文学照亮人生

文学照亮人生

——中国现当代优秀文学作品选

WENXUE ZHAOLIANG RENSHENG

ZHONGGUO XIANDANGDAI YOUXIU WENXUE ZUOPINXUAN

报告文学回忆录卷

沈　轩 ◎主编

时代出版传媒股份有限公司
安　徽　文　艺　出　版　社

图书在版编目(CIP)数据

文学照亮人生:中国现当代优秀文学作品选·报告文学回忆录卷/沈轩主编.—合肥:安徽文艺出版社,2013.6
ISBN 978-7-5396-3818-8

Ⅰ.①文…　Ⅱ.①沈…　Ⅲ.①报告文学-作品集-中国-现代②回忆录-作品集-中国-现代③报告文学-作品集-中国-当代④回忆录-作品集-中国-当代　Ⅳ.①I216.1

中国版本图书馆CIP数据核字(2012)第284073号

出 版 人:朱寒冬　　总 责 编:朱寒冬　宋潇婧
本卷责编:宋潇婧　王婧婧　　装帧设计:许含章

出版发行:时代出版传媒股份有限公司　www.press-mart.com
安徽文艺出版社　www.awpub.com
地　　址:合肥市翡翠路1118号　邮政编码:230071
营 销 部:(0551)63533889
印　　制:安徽新华印刷股份有限公司　(0551)65859551

开本:710×1010　1/16　印张:33.25　字数:500千字
版次:2013年6月第1版　2013年6月第1次印刷
定价:56.00元

(如发现印装质量问题,影响阅读,请与出版社联系调换)

编者的话

为配合全民阅读活动，应广大干部群众要求，我们选编出版了《文学照亮人生——中国现当代优秀文学作品选》（小说卷、诗歌散文卷、报告文学回忆录卷）。

我国现当代优秀的文学作品，凝聚着人类文明的智慧结晶，蕴含着历久弥新的情感力量，其思想艺术价值已跨越时空，成为中华民族共有的精神家园。在新的历史时期，倡导人民群众特别是年青同志阅读优秀的文学作品，对于把握人生航向，塑造高尚品格，建设美好生活，具有重要的意义。根据这一主旨，本书精心选择各个历史时期引导、激励人们积极向上，推动时代发展进步，至今仍具有震撼力量的优秀作品，力求为广大读者提供一套可供鉴赏收藏的文学经典读本。

在选编过程中，安徽省省直有关单位、高等院校、研究机构的部分专家学者提出了许多宝贵意见，安徽省作协和安徽文艺出版社对本书出版给予了大力支持，在此一并表示感谢。

2012 年 11 月

目　　录

报告文学

回忆录

报告文学

包　身　工

夏　衍

已经是旧历四月中旬了，上午四点一刻，晓星才从慢慢地推移着的淡云里消去，蜂房般的格子铺里的人们已经在蠕动了。

“拆铺啦！起来。”

穿着一身和时节不相称的拷皮衫裤[①]的男子，像生气似的叫喊。

“芦柴棒！去烧火，妈的，还躺着，猪猡！”

七尺阔、十二尺深的工房楼下，横七竖八地躺满了十六七个“猪猡”。跟着这种有威势的喊声，在充满了汗臭、粪臭和湿气的空气里，她们很快地就像被搅动了的蜂窝一般地骚动起来。打伸欠，叹气，叫喊，找衣服，穿错了别人的鞋子，胡乱地踏在别人身上，在离开别人头部不到一尺的马桶上很响地小便。成人期女孩所共有的害羞的感觉，在这些被叫作“猪猡”的人们中间似乎已经很钝感了。半裸体的起来开门，拎着裤子争夺马桶，将身体稍稍背转一下就会公然地在男人面前换衣服。

那男人虎虎地向起身得慢一点的女人们身上踢了几脚，回转身来站在不满二尺阔的楼梯上，向楼上的另一群人呼喊：

“揍你的！再不起来？懒虫！等太阳上山吗？”

蓬头，赤脚，一边扣着纽扣，几个睡眼惺忪的“懒虫”从楼上冲下

① 拷皮衫裤：拷绸裤褂。

来了,自来水龙头边挤满了人,用手捧些水来浇在脸上;“芦柴棒”着急地要将大锅子里的稀饭烧滚,但是倒冒出来的青烟引起了她一阵猛烈的咳嗽。十五六岁,除出老板之外大概很少有人知道她的姓名,手脚瘦得像芦棒梗一样,于是大家就拿芦柴棒当作了她的名字。

这是杨树浦福临路东洋纱厂的工房。长方形的,用红砖墙严密地封锁着的工房区域,被一条水门汀的弄堂马路划成狭长的两块。像鸽子笼一般的分割得很均匀。每边八排,每排五户,一共是八十户一楼一底的房屋。每间工房的楼上楼下,平均住宿着三十三个被老板们所指骂的“懒虫”和“猪猡”,所以,除出“带工”老板①、老板娘、他们的家族亲戚和那穿拷皮衣服的同一职务的打杂、请愿警②……之外,这工房区域的墙圈里还住着两千个左右穿着破烂衣服而专替别人制造衣料的“猪猡”。

但是,她们正式的名称却是“包身工”。她们的身体,已经以一种奇妙的方式,包给了叫作“带工”的老板。每年——特别是水灾旱灾的时候,这些在东洋厂里有“脚路”③的带工,就亲身或者派人到他们家乡或者灾荒区域,用他们多年熟练了的、可以将一根稻草讲成金条的嘴巴,去游说那些无力“饲养”可又不忍让他们儿女饿死的同乡。

“还用说,住的是洋式的公司房子,吃的是鱼肉荤腥,一个月休息两天,咱们带着到马路上去玩玩。嘿,几十层楼的高房子,两层楼的汽车,各种各样好看好玩的外国东西,老乡,人生一世,你也得去见识一下啊!

“做满三年,以后赚的钱就归你啦,块把钱一天的工钱,嘿,别人跟我叩了头也不替她写进去!咱们是同乡,有交情。

---

① “带工”老板:管理包身工的工头。

② 请愿警:旧社会有钱的人为了安全,出钱向反动政府雇用的警察,也就是“保镖”。

③ 脚路:就是门路。

“交给我带去,有什么三差二错,我还能回家乡吗?”

这样说着,咬着草根树皮的女孩子可不必说,就是她们的父母也会怨悔自己没有跟去享福的福分了。于是,在预备好了的“包身契”上画上一个“十”字,包身费一般是大洋二十元,期限三年,三年之内,由带工的供给住食、介绍工作,赚钱归带工者收用,生死疾病,一听天命,先付包洋十元,人银两讫,“恐后无凭,立此包身契据是实”!

福临路工房的两千左右的包身工,隶属在五十个以上的带工头手下,她们是顺从地替“带工”赚钱的“机器”,所以每个“带工”所带包工的人数,也就表示了他们的手面[1]和财产。少一点的三十五十,多一点的带到一百五十个以上。手面宽的“带工”不仅可以放债、买田、起屋,还能兼营茶楼、浴室、理发铺一类的买卖。

东洋厂家将这些红砖墙围着的工房以每月五元的代价租给“带工”,“带工”就在这鸽子笼一般的洋式楼房里装进三十几部没有固定车脚的活动机器。这种工房没有普通弄堂房子一般的“前门”,它们的前门恰和普通房子的后门一样。每扇前门楹上,一律钉着一块三寸长的木牌,上面用东洋笔法的汉字写着:“陈永田泰州”、“许富达维扬”等等带工头的籍贯和名字。门上,大大小小地贴着褪了色的红纸春联;中间,大都是用红纸剪的元宝、如意、八卦,或者木版印的“姜太公在此,百无禁忌”的图像。春联的文字,大都是“积德前程远”、“存仁后步宽”之类。这些春联贴在这种地方,好像是在对别人骄傲,又像是在对自己讽刺。

四点半之后,当没有影子和线条的晨光胆怯地显现出来的时候,水门汀路上和弄堂里,已被这些赤脚的乡下姑娘挤满了。凉爽而带有一点湿气的朝风,大约就是这些生活在死水一般的空气里的人们仅有的天惠。她们嘈杂起来,有的在公共自来水龙头边舀水,有的用断了齿的木梳梳掉拗执地粘在她们头发上的棉絮。陆续地、两个一

---

① 手面:排场的意思。

组两个一组地用扁担抬着平满的马桶,吆喝着从人们身边擦过。带工老板或者打杂的拿着一叠叠的"打印子簿子",懒散地站在正门出口——好像火车站轧票处一般的木栅子前面。楼下的那些席子、破被之类收拾掉之后,晚上倒挂在墙壁上的两张板桌放下来了。十几只碗、一把竹筷,胡乱地放在桌上,轮值烧稀饭的就将一洋铅桶糨糊一般的薄粥放在板桌的中央。她们的定食是两粥一饭,早晚吃粥,中午干饭。中午的饭和晚上的粥,由老板差人给她们送进工厂里去。粥,它的成分可并不和一般通用的意义一样。里面是较少的籼米、锅焦、碎米和较多的乡下人用来喂猪的豆腐的渣粕!粥菜,这是不可能的事了,有几个"慈祥"的老板到小菜场去收集一些莴苣菜的叶瓣,用盐卤渍一浸,这就是她们难得的佳肴。

只有两条板凳,——其实,即使有更多的板凳,这屋子里面也没有同时容纳三十个人吃粥的地位,她们一窝蜂地抢一般地各人盛了一碗,歪着头用舌头舔着淋漓在碗边外的粥汁,就四散地蹲伏或者站立在路上和门口。添粥的机会,除出特殊的日子——譬如老板、老板娘的生日,或者发工钱的日子之外,通常是很难有的。轮着揩地板、倒马桶的日子,也有连一碗也轮不到的时候。洋铅桶空了,轮不到盛第一碗的人们还捧着一只空碗,于是老板娘拿起铅桶,到锅子里去刮下一些锅焦、残粥,再到自来水龙头边去冲上一些冷水,用她那双方才在梳头的油手搅拌一下,气烘烘地放在这些廉价的、不需要更多"维持费"的"机器"们前面。

"死懒!躺着死不起来,活该!"

十一年前内外棉的顾正红事件①,尤其是五年前的"一·二八"战争之后,东洋厂家对于这种特殊的廉价"机器"的需要突然增加起来。据说,这是一种极合经营原则和经济原理的方法。有括弧的机器,终

---

① 顾正红事件:1925 年 5 月间,上海日本内外棉纱厂的资本家镇压工人罢工,枪杀罢工运动的工人领袖共产党员顾正红,造成五卅惨案。

究还是血肉构成的人类。所以当他们忍耐到超过了最大限度的时候,他们往往会很自然地想起一种久已遗忘了的人类所该有的力量。有时候,愚蠢的“奴隶”会体会到一束箭折不断的理论,再消极一点他们也还可以拼着饿死不干。此外,产业工人的“流动性”,这是近代工业经营最嫌恶的条件,但是,他们是决不肯追寻造成“流动性”的根源的。一个有殖民地人事经验的自称是“温情主义者”的日本人在一本著作的序文上说:“在这次争议(五卅)中,警察力没有任何的威权。在民众的结合力前面,什么权力都是不中用了!”可是,结论呢?用温情主义吗?不,不!他们所采用的,只是用廉价而没有“结合力”的“包身工”来代替“外头工人”(普通的自由劳动者)的方法。

第一,包身工的身体是属于带工老板的,所以她们根本就没有“做”或者“不做”的自由。她们每天的工资就是老板的利润,所以即使在生病的时候,老板也会很可靠地替厂家服务,用拳头、棍子,或者冷水来强制她们去做工。就拿上面讲到过的芦柴棒来做个例吧(其实,这样的事倒是每个包身工都有遭遇的机会),有一次在一个很冷的清晨,芦柴棒害了急性的重伤风而躺在床(其实这是不能叫作床的)上了。她们躺的地方,到了一定的时间是非让出来做吃粥的地方不可的。可是在那一天,芦柴棒可真的不能挣起来了,她很见机地将身体慢慢地移到屋子的角上,缩作一团,尽可能地不占屋子的地位。可是,在这种工房里生病躺着休养的例子,是不能任你开的。很快的一个打杂的走过来了。干这种职务的人,大半是带工头的亲戚,或者在“地方上”有一点势力的“白相人”①,所以在这种地方他们差不多有生杀自由的权力。芦柴棒的喉咙早已哑了,用手做着手势,表示身体没力,请求他的怜悯。

“假病!老子给你医!”

一手抓住了头发,狠命地举起往地上一摔,芦柴棒手脚着地,打

① 白相人:流氓。

杂的跟上去就是一脚,踢在她的腿上,照例,第二第三脚是不会少的。可是打杂的很快地就停止了。后来据说,那是因为芦柴棒露骨地突出的腿骨,碰痛了他的足趾!打杂的恼了,顺手夺过一盆另一个包身工正在揩桌子的冷水,迎头泼在芦柴棒的头上。这是冬天,外面在刮寒风。芦柴棒遭了这意外的一泼,反射地跳起来,于是在门口擦牙的老板娘笑了:

"瞧!还不是假病!好好的会爬起来?一盆冷水就医好了。"

这只是常有的例子的一个。

第二,包身工都是新从乡下出来,而且她们大半都是老板的乡邻,这一点,在"管理"上是极有利的条件。厂家除出在工房周围造一条围墙,门房里置一个请愿警,和门外钉一块"工房重地,闲人莫入"的木牌,使这些"乡下小姑娘"和别的世界隔绝之外,将管理权完全交给了带工的老板。这样,早晨五点钟由打杂的或者老板自己送进工厂,晚上六点钟接领回来,她们就永没有和"外头人"接触的机会。所以,包身工是一种"罐装的劳动力",可以"安全地"保藏,自由地取用,绝没有因为和空气接触而起变化的危险。

第三,那当然是工价的低廉。包身工由"带工"带进厂里,于是她们的集合名词又变了,在厂方,她们叫作"试验工"或者"养成工"。试验工的期间表示了厂家在试验你有没有工作的能力,养成工的期间那就表示了准备将一个"生手"养成为一个"熟手"。最初的工钱是每天十二小时,大洋一角乃至一角五分,最初的工作范围是不需要任何技术的扫地、开花衣、扛原棉、松花衣之类,几个礼拜之后就调到钢丝车间、条子间、粗纱间去工作。在这种工厂所有者的本国,拆包间、弹花间、钢丝车间的工作,通例是男工做的。可是在上海,他们就不必顾虑到"社会的纠缠"和"官厅的监督",就将这种不是女性所能担任的工作,加到工资不及男工三分之一的包身工们身上去了。

五点钟,第一回声很有劲地叫了。红砖罐头的盖子——那扇铁门一推开,就像放鸡鸭一般地无秩序地冲出一大群没锁链的奴隶。

每人手里拿一本打印子的簿子，不很讲话，即使讲话也没有什么生气。一出门，这人的河流就分开了，第一厂的朝东，二、三、五、六厂的朝西。走不到一百步，她们就和另一种河流——同在东洋厂家工作的“外头工人”们汇在一起。但是，住在这地域附近的人，对这河流里面的不同的成分是很容易看得出的。外头人的衣服多少的整洁一点，有人穿着旗袍，黄色或者淡蓝的橡皮鞋子，十七八岁的小姑娘们有时爱搽一点粉，甚至也有人烫过头发。包身工，就没有这种福气了，她们没有例外地穿着短衣，上面是褪了色和油脏了的湖绿乃至青莲的短衫，下面是元色或者柳条的裤子。长头发，很多还梳着辫子。破脏的粗布鞋，缠过而未放大的脚，走路也就有点蹒跚的样子。在路上走，这两种人很少有谈话的机会。脏，乡下气，土头土脑，言语不通，这也许都是她们不亲近的原因。过分地看高自己和不必要地看轻别人，这在“外头工人”的心里也是下意识地存在着的。她们想：我们比你们多一种自由，多一种权利——这就是宁愿饿肚子的自由，随时可以调厂和不做的权利。

红砖头的怪物已经张着嘴巴在等待着它的滋养物了。印度门警①把守着铁门，在门房间交出准许她们贡献劳动力的凭证，包身工只交一本打印子的簿子，外头工人在这簿子之外还有一张粘着照片的入厂凭证。这凭证已经有十一年的历史了。顾正红事件之后，内外棉摇班（罢工）了。可是其他的东洋厂还有一部分在工作，于是，在沪西的丰田厂，有许多内外棉的工人冒混进去，做了一次里应外合的英勇的工作。从这时候起，由丰田厂的提议，工人入厂之前就需要这种有照片的凭证了。这种制度，是东洋厂所特有的，中国厂当然没有。英国厂，譬如怡和，工人进厂的时候还可以随便地带个把亲戚或

① 印度门警：那时候上海许多帝国主义国家经营的洋行、工厂等，都用印度人做门警。因为那时候，印度也是被侵略的国家，帝国主义国家就利用他们的特权，奴役了一部分印度人为他们服务。

者自己的儿女去学习(当然不给工资),怡和厂里随处可以看见七八岁甚至五六岁的童工,这当然是不取工钱的“赠品”。

织成衣服的一缕缕的纱,编成袜子的一根根的线,穿在身上都是光滑、舒适而愉快的。可是,在从棉制成这种纱线的过程,就不像穿衣服那样的愉快了。纱厂工人的三大威胁,就是音响、尘埃和湿气。

到杨树浦去的电车经过齐齐哈尔路的时候,你就可以听到一种“沙沙”的急雨和“隆隆”的雷响混合在一起的声音。一进厂,猛烈的骚音,就会消灭——不,麻痹了你的听觉,马达的吼叫、皮带的拍击、锭子的转动、齿轮的轧轹……一切使人难受的声音,好像被压缩了的空气一般的紧装在这红砖墙的厂房里面,分辨不出这是什么声音,也绝没有使你听觉有分别这些音响的余裕。纺纱间里的“落纱”(专管落纱的熟练工)和“荡管”(巡回管理的上级女工,日本人叫作“见回”),命令工人的时候,不用言语,不用手势,而用经常衔在嘴里的口哨,因为只有口哨的锐利的高音才能突破这种紧张了的空气。

尘埃,那种使人难受的程度,更在意料之外了。精纺、粗纺间的空间,肉眼也可看出飞扬着无数的“棉絮”,扫地的女工经常将扫帚的一端按在地上像揩地板一样地推着,一个人在一条“弄堂”(两部纺机的中间)中间反复地走着,细雪一般的棉絮依旧可以看出积在地上。弹花间、拆包间和钢丝车间更可不必讲了。拆包间的工作,是将打成包捆的原棉拆开,用手扯松,拣去里面的夹杂成分;这种工作,现在的东洋厂差不多已经完全派给包身工去做了,因为她们“听话”,肯做别的工人不愿做的工作。在那种车间里,不论你穿什么衣服,一刻儿就会一律变成灰白。爱作弄人的小恶魔一般的在室中飞舞着的花絮,“无孔不入”地向着她们的五官钻进,头发、鼻孔、睫毛和每一个毛孔,都是这些纱花寄托的场所;要知道这些花絮粘在身上的感觉,那你可以假想一下——正像当你工作到出汗的时候,有人在你面前拆散和翻松一个木棉絮的枕芯,而使这枕芯的灰絮遍粘在你的身上!纱厂女工没有一个有健康的颜色,做十二小时的工,据调查每人平均要吸入零点一五克的花絮!

湿气的压迫,也是纱厂工人,尤其是织布间工人最大的威胁。她们每天过着黄霉,每天接触着一种饱和着水蒸气的热气。按照棉纱的特性,张力和湿度是成正比例的。说得平直一点,棉纱在潮湿状态比较不容易扯断,所以车间里必须有喷雾器的装置。在织布间,每部织机的头上就有一个不断地放射蒸气的喷口,伸手不见五指,对面不见他人!身上有一点被蚊虱咬开或者机器碰伤而破皮的时候,很快地就会引起溃烂。盛夏在一百十五六摄氏度的温度下面工作的情景,那就绝不是“外面人”所能想象的了。

这大概是自然现象吧,一种生物在这三种威胁下面工作,加速度地容易疲劳,尤其是在做夜班的时候,打瞌睆是不会有的。因为野兽一般的铁的暴君监视着你,只要断了线不接、锭壳轧坏、皮辊摆错方向,乃至车板上有什么堆积,就会有遭“拿莫温”(工头)和“小荡管”毒骂和殴打的危险。这几年来,一般地讲,殴打的事实已经渐渐地少了,可是这种“幸福”只局限在“外头工人”的身上。拿莫温和小荡管打人,很容易引起同车间工人的反对,即使当场不发作,散工之后往往会有“喊朋友”、“品理”和“打相打”①的危险。但是,包身工是没有“朋友”和帮手的,什么人都可以欺侮,什么人都看不起她们,她们是最下层的“起码人”,她们是拿莫温和小荡管们发脾气和使威风的对象。在纱厂,做了“烂污生活”的罚规,大约是殴打、罚工钱和“停生意”三种,那么,从包身工所有者——带工老板的立场来看,后面的两种当然是很不利了。罚工钱就是减少他们的利润,停生意不仅不能赚钱,还要贴她们两粥一饭,于是带工头不假思索地就欢喜他们采用殴打这一种办法了。每逢端午节重阳年头年尾,带工头总要给拿莫温们送礼,那时候他们总是卑屈地讲:

---

① “喊朋友”、“品理”和“打相打”:旧社会帮派之间解决纠纷的一些办法。工人往往利用这种形式,向工头展开斗争。

“总得请你帮忙，照应照应，咱的小姑娘有什么事情尽管打！打死不干事，只是不要罚工钱，停生意！”

打死不干事。在这种情形之下，“包身工”当然是“人人得而欺之”了。有一次，一个叫作小福子的包身工整好了的烂纱没有装起，就遭了拿莫温的殴打，恰恰运气坏，一个东洋婆走过来了，拿莫温为要在东洋婆面前显出他的威风，和对东洋婆表示他管督的严厉，打得比寻常格外着力。东洋婆望了一会，也许是她不喜欢这种不“文明”的殴打，也许是她要介绍一种更合理的惩戒方法，走近身来，揪住小福子的耳朵，将她扯到太平龙头的前面，叫她向着墙壁立着，拿莫温跟着过来，很懂得东洋婆的意思似的拿起一个丢在地上的皮带盘心子，不怀好意地叫她顶在头上。东洋婆会心地笑了：

“迭个（这个）小姑娘坏来些！懒惰！”

拿莫温学着同样生硬的调子说。

“皮带盘心子顶在头上，就不会打瞌眈！”

这种“文明的惩罚”，有时候会叫你继续到两小时以上，两小时不做工作，赶不出一天该做的“生活”，那么工资减少而招致带工老板的殴打，也就是分内的事了。殴打之外，还有饿饭、吊、关黑房间等等方法。

实际上，拿莫温对待外头工人也并不怎样客气，因为除出打骂之外还有更巧妙的方法，譬如派给你难做的“生活”，或者调你去做不愿意的工作，所以外头有些工人就被迫用送节礼的办法来巴结拿莫温，希望保障自己安全。拿出血汗换的钱来孝敬工头，在她们当然是一种难堪的负担，但是在包身工，那是连这种送礼的权利也没有的！外头工人在抱怨这种额外的负担，而包身工人却在羡慕这种可以自主地拿出钱来贿赂工头的权利！

在一种特殊优惠的保护之下，吸收着廉价劳动力的滋养，在中国的东洋厂飞跃地膨大了。单就这福临路的东洋厂讲，光绪二十八年三井系的资本收买大纯纱厂而创立第一厂的时候，锭子还不到两万。

可是三十年之后，他们已经有了六个纱厂、五个织布厂、二十五万个锭子、三千张布机、八千工人和一千两百万元的资本。美国哲人爱玛生的朋友达维特·索洛曾在一本书上说过，美国铁路每一根枕木下面，都横卧着一个爱尔兰工人的尸首。那么我也这样联想，在东洋厂的每一个锭子上面，都附托着一个中国奴隶的冤魂！

“一·二八”战争之后，他们的政策又改变了，这特征就是劳动强化。统计的数字表示着这四年来锭子、布机数的增加和工人人数的减少。可是在这渐减的工人里面，包身工的成分却在激剧地增加。举一个例，杨树浦某厂的条子车间，三十二个女工里面就有二十四个包身工，全般的比例，大致相仿。即使用最少的约数百分之五十计算，全上海三十家东洋厂的四万八千工人里面，替厂家和带工头二重服务的包身工总在两万四千人以上！

科学管理和改良机器，粗纱间过去每人管一部车的，现在改管一“弄堂”了；细纱间从前每人管三十木管的(每木管八个锭子)，现在改管一百木管了；布机间从前每人管五部布机，现在改管二十乃至三十部了。表面上看，好像论货计工，产量增多就表示了工资的增加，但是事实并不这样简单。工钱的单价，几年来差不多减了一倍。譬如做粗纱，以前每“亨司”(八百四十码)单价八分，现在已经不到四分了，所以每人管一部车子，工作十二小时，从前做八“亨司”可以得到六角四分，现在管两部车做十六“亨司”工钱还不过四角八分左右。在包身工，工钱的多少，和她“本身”无涉，那么当然这剥削就上在带工头的账上了。

两粥一饭，十二小时工作，劳动强化，工房和老板家庭的义务劳动，猪猡一般的生活，泥土一般的作践——血肉造成的“机器”，终于和钢铁造成的机器不一样的，包身契上写明的三年期间，能够做满的大概不到三分之二。工作，工作，衰弱到不能走路还是工作，手脚像芦柴棒一般的瘦，身体像弓一般的弯，面色像死人一般的惨！咳着，喘着，淌着冷汗，还是被逼着在做工。譬如讲芦柴棒吧，她的身体实在瘦得太可怕了,放工的时候,厂门口的“抄身婆”(检查女工身体的女人)也不愿意用手去接触她的身体。

“让她扎一两根油线绳吧！骷髅一样,摸着她的骨头会做怕梦!”

但是,带工老板是不怕做怕梦的！有人觉得太难看了,对她的老板说:

“譬如做好事吧,放了她!”

“放她？行！还我二十块钱,两年间的伙食、房钱。”他随便地说,回转头来瞪了她一眼。

“不还钱,可别做梦！宁愿赔棺材,要她做到死!”

芦柴棒现在的工钱是每天三角八分,拿去年的工钱三角二分做平均,做了两年,带工老板在她身上实际已经收入了两百三十块了!

还有一个,什么名字记不起了,她熬不住这种生活,用了许多工夫,在上午的十五分钟休息时间里,偷偷地托一个在补习学校念书的外头工人写了一封给她父母的家信,邮票,大概是那同情她的女工捐助的了。一个月,没有回信,她在焦灼,她在希望,也许她的父亲会到上海来接她回去。可是,回信是捏在老板手里了。散工回来的时候,老板和两个打杂的站在门口。满脸横肉的老板赶上一步,一把揪住她的头发,踢、打、掷,和爆发一般的听不清的轰骂!

“死婊子！你倒有本事,打断我的家乡路!

“猪猡,一天三餐喂昏了!

“揍死你,给大家做个样子!

“谁给你写的信？讲,讲!”

鲜血和惨叫使整个工房都怔住了,大家都在发抖,这好像真是一个榜样。打倦了之后,再在老板娘的亭子楼里吊一晚,这一晚上,整屋子除出快要断气的呻吟一般的呼唤之外,绝没有别的声息,屏着气、睁着眼,千百个奴隶在黑夜中叹息她们的命运。

人类的身体构造,有时候觉得确实有一点神奇。长得结实肥胖的往往会像折断一根麻梗一般的很快地死亡,而像芦柴棒一般的却偏能一天一天地磨难下去。每一分钟都有死的可能，可是她还有韧性地在那儿支撑。两粥一饭、十二小时骚音、尘埃和湿气中的工作，默默地，可是规则地反复着，直至榨完了残留在她皮骨里的最后的一滴血汗为止。

看着这种饲养小姑娘谋利的制度，我禁不住想起孩子时候看到过的船户养墨鸭捕鱼的事了。和乌鸦很相像的那种怪样子的墨鸭，整排地停在舷上，它们的脚是用绳子吊住了的，下水捕鱼，起水的时候船户就在它的颈子上轻轻地一挤。吐了再捕，捕了再吐，墨鸭整天地捕鱼，卖鱼得钱的却是养墨鸭的船户。但是，从我们孩子的眼里看来，船户对墨鸭并没有怎样地虐待，因为船户总还得养活它们，喂饱它们。而现在，将这种关系转移到人和人的中间，便连这一点施与也已经不存在了！

在这千万的被饲养者的中间，没有光、没有热、没有希望……没有法律、没有人道。这儿有的是二十世纪的烂熟了的技术、机械、制度，和对这种制度忠实地服务着的十五六世纪封建制下的奴隶！

黑夜，静寂的、死一般的长夜。表面上，这儿似乎还没有自觉，还没有团结，还没有反抗。——她们住在一个伟大的锻冶场里面，闪烁的火花常常在她们身边擦过。可是，在这些被强压强榨着的生物，好像连那可以引火、可以燃烧的火种也已经消散掉了。

不过，黎明的到来还是没法可抗拒的：索洛警告美国人当心枕木下的尸骸，我也想警告这些殖民主义者当心呻吟着的那些锭子上的冤魂。

英雄的十月

华　山

历史大进军

一九四八年秋天,当东北人民解放军的各路大军奔向北宁线的时候,当烟水迷蒙的大凌河突然在脚下溅起了涉水偷渡的万朵寒光的时候,我们没有想到十一月二日将要成为全东北完全解放的日子。当时我们想的只是一场空前的决斗,是一场远离后方、插到敌人走廊去扭断敌人咽喉的决斗——彻底摧毁敌人东北与华北的反动联系,从战略上根本动摇错乱敌人,以便把国民党军队最后消灭在东北地区——一场艰巨的生死搏斗是完全可以预期的。

"现在完全翻过来啦!"四保临江的一个英雄连长对我说,"铁路是咱们的,大炮是咱们的,汽车也是咱们的;咱们打到哪里,哈尔滨的火车也跟到哪里了。"整整半个月,满载人马的进军列车,日夜疾飞南下,而车窗外面,原野上依然尘土飞扬,马达轰响,伪装着绿丛的炮车活像一行行飞跑着的林荫,从步兵纵队旁边掠过。在大凌河边,这道锦州北面的天然屏障,耀眼的灯炬如同夜市的大街,望不到头,亮彻了原野。躲在义县城里的敌人,隔河听着惊心动魄的机械吼声,连风沙里的汽油味也闻到了。

从松花江到大凌河,并不是太远的距离。可是我们也知道,脚下的每一步路都是两年来用血和超人的勇敢坚韧夺回来的，我跟着先头部队前进，全团一千多枚勇敢奖章和艰苦奖章便是证人。东北百分之九十七的土地已经解放了。四平废墟上的烟囱已经冒出滚滚浓烟了。一个月以前还是支离破碎的前线铁路，已经奔驰着"毛泽东号"机车了。辽河平原的农民，也开始在去年冬天的战场上，收割第一个丰年的庄稼了。而现在，战士们胸前挂着银光闪闪的勋章，不是去出席庆功宴会，而是继续征伐敌人。在出征誓师大会上，年轻的团政委用他们两年来歼敌一万五千人的光辉战绩，总结了光辉的道路。他说：

"新形势是打出来的，我们的光荣也是打出来的。现在蒋介石快完蛋了，但是敌人永远不会自己消灭。只有坚决打下去，才能打出更大的光荣，打出全中国最后解放的新形势！"

这是全东北人民的心声。一个名叫安殿启的东北新战士，他的母亲在他出征时就这样叮咛："现在咱家有吃有穿有地种了，可别忘了天下穷人啊！快把国民党打倒，给为娘的增光……"他自己的决心也只是一句话："守住家门，打不上敌人了；我父亲是担架模范，母亲是生产模范，我一定争取做个战斗模范！"

解放全国的阶级责任感，使得一个刚刚穿上军装的普通农民也闪烁着远大的战略眼光。当挺进北宁线还是一个军事秘密的时候，班务会上讨论外线作战，许多战士就一口咬定说："这回啊，准是搁下长春、沈阳打锦州了。"

当时，蒙古草原已经枯衰了，燕山余脉还是层层翠色。沿途斑驳的枣丛、茂密的梨园、攀绕墙头的藤葛、沿着村道拾粪的老汉，莫不给人以久别重逢的亲切感觉和异常的鼓舞。战士们在行进中遥望南方，忍不住敞开胸膛唱道：

"走一山，又一山，眼看就到山海关！"

小通讯员伏到路旁的河岸喝口凉水，也意味深长地凑到指导员的耳边悄悄说："这河水，有股关里味哩！"

塔山英雄们

“到锦州过过考”，这句话成了大练兵以后指战员们要求艰巨任务的豪语。而最严重的考验就在十月八日开始了。锦州守敌从五个半师突然增至七个半师，从锦西向北增援的九个师敌人，和锦州只隔半天路程，从沈阳倾巢而出的十二个精锐的美械师，又把我们通往后方的铁路供应线切断了。这是蒋介石亲自部署的“东北决战”。我们的部队勇敢地迎接了这个考验。

当时处身南北夹击之中的严重情况，某将军曾经这样描述：“我们只准备请一桌客，蒋介石一下子来了三桌客人。请吧，菜不够；不请吧，这桌菜又凉了。反正请客不能闹个难看，塔山部队就单独包了一桌客。”英明的指挥意图正是由指挥员和战斗员的钢铁意志实现的。在炮火犁遍了的锦州城郊，每晚都可以看到，塔山上空闪耀着虹彩缤纷的照明弹和信号弹，听到那里清晰的炮声。攻城部队还是毫无顾虑地日夜进行着一个空前规模的攻坚准备工作：夺取外围要点，改造四郊地形，在火网下完成一系列的环城通讯网和地下交通干线，把总攻击的冲锋出发地一直摆到城墙紧跟前。战士们始终坚信：“敌人援兵来不了。”唯一的理由就是：“那里有兄弟部队！”

而在塔山的兄弟部队，既没有优势兵力，也没有强大炮火，更没有什么永久工事，和敌人面对面只隔四百米。——左面是海，右面是山，中间十来里宽的狭长地带平展展的，正是铁路和公路笔直穿过的地方，无险可守，只能依托几处村落。敌人从海上，从山头、从天空日夜轰击着，每天总有五千发炮弹落到阵地上。村庄从地面毁灭了，工事毁而复修者达数十次。耳朵震聋流血。但是，每个人仍然顽强坚持着。某师长指着脚下的焦土说：

“我的阵地就在这里！”

日日夜夜，勇士们抗击着敌人六个师的轮番猛攻，心中只有一个信念:“不让敌人前进一步,保证主力顺利攻入锦州!”地堡被轰塌了,转到壕沟里打;壕沟被轰平了,跳进弹坑打;子弹打光了,用手榴弹打;手榴弹打光了,用石头打;正面挡不住,就插到敌人中间去打。有人说:“我死了也要挡住敌人!”另一个马上纠正他说:“死了还能完成任务?我们要想办法活着打到底!”战士们最喜欢的一个办法,便是以反冲锋消灭敌人。冲到敌人屁股后面的机枪组长纪守法,只带着一个小组,就把冲上来的敌人打死了六个。他们在敌人的夹击中,打的机枪、步枪都坏了,他又把敌人手中的武器夺过来打,最后打的只剩下单人独枪,他一个人还是把敌人打退了。在突出的海岸一角,独胆英雄们歼灭了十倍于己的敌人;在伤亡殆尽的上坎子阵地,最后击溃整营敌人的是四个重彩号的四支枪。哪怕打到双手已经不能使用任何武器,勇士们仍然在血泊中继续作战——给战友们指点方向,反击敌人。两个打残废了的战士,下火线坚决不用旁人抬,打瞎了眼的把打断了腿的伙伴背着,断腿的便在他的背上指路,为了不减少阵地上的杀敌力量,他们宁肯忍受着肉体痛苦的折磨……

“有口气,阵地丢不了!”这就是塔山部队的英雄的誓言。敌人在七昼夜发动了三次总攻,每天整团整营的集团冲锋不下十余次,一梯队垮了二梯队上,二梯队垮了三梯队上。而人民战士依然在血泊中傲然挺立。把敌人挡住的不是尸体,而是打到最后一人一枪还要冲杀敌人的坚强意志。荣膺“塔山守备英雄团”的部队,当场在火线挂上勇敢奖章的,就有一百五十多人。他们把敌人打的血水成流,在百来米宽的地段就扔下了几百条死尸,纵然付出了七千伤亡,始终未能前进一步,最后只好连军官团也拿出来冲锋了:敌人用机枪在后面赶着,好容易把两个连的军官,赶到我军阵地前沿几十米的地方,又被塔山英雄们按到火网底下,进不得退不得,全部投降过来。

“锦西阻击战是解放锦州的第一功!”攻城指挥员们异口同声地说。就在塔山部队完成了阻击战的光辉战例这一天,他们以三十一小时的惊人速度，攻克锦州而轰动中外，把蒋家小王朝的“东北生命线”一举斩断了。

致命的一击

一周以来，锦州盆地日夜滚动着爆炸声和炮弹的啸声。强大的野战兵团从四面八方直逼城下。可是我站在高处，二十里以内简直看不到人。几十万大军云集的大战场是一片空虚。而突然间——十月十四日上午十一时，总攻击一声号令，天崩地裂一样的炮火和潮水一样的队伍，都一齐迸发涌现出来。锦州城头顿时雷电交加，城墙坍塌，浮动在城市上空的白色朝雾，瞬时变成了凝滞低沉的黑云。

我顺着闪电形的交通壕走向北山制高点，头顶正响着炮弹撕裂空气的千种怪啸。而交通壕里，人吼马嘶，步兵炮和弹药车向前滚动，爆破手挤在嗖嗖前进的行列里，忍不住欢呼起来：

“赶快上，咱们的‘大家伙头’发言了！”

这是步兵专门给那些专用美国十轮大卡车拉着跑的美国重炮起的绰号。我忽然想起，在四平前线曾经听到过这种笑声。去年夏天，上千辆的马拉大车日夜跋涉半个月，运到四平前线的炮弹只够攻城部队轰击十分钟。今春我再访四平前线，沿途运送炮弹的已经是一列列的火车和一直开到火线的汽车了，我亲眼看着不下一千米的敌人防线上的纵深地堡群，在八分钟内被解放军的炮火轰成一片焦土。就在那个时候，我听到从我身边冲向前去的后续部队有人笑着说：“可要立他一功了！”而此刻不是在四平，而是远离后方的敌人咽喉重镇锦州，我又听到了这样的笑声。陡然涌上心头的胜利信心，再没比现在更强烈的了。炮火还未停止，红旗已经飞上城头；等到大风沙刮散了浓烈的炮烟，出现在眼前的城墙缺口，简直就是一条跨越城壕的进军大道。

胜利的召唤使得初上战场的新兵也变成无畏的勇士。锦州人民永远忘不了爆炸英雄梁士英。在城西北角的巷战道路上,他单独冲到地堡跟前,把两米长的爆破筒塞进两挺重机枪正在向外射击的枪眼里。正要回身跑出爆炸威力圈,敌人却把爆破筒推了出来。铁筒上的导火索已经嗞嗞冒烟,他一把抓过来又塞进地堡,用双手死死顶住不放。连长命令他赶快往回跑,他却干脆拒绝说:“回去就完成不了任务了!”为了炸开前进道路,他慷慨地和地堡同归于尽。而在城外,突破的捷报一经传出,你看吧,空虚的战场顿时黑压压的,也不知从哪里冒出来这许多队伍:两路纵队,四路纵队,从北山公路上抢奔突破口的是好几个并肩滚滚前进的部队。飞机在头顶轰炸扫射,堵击的炮火落到身旁,而冲进城去的行列没有哪个爬下隐蔽的。机枪手刚刚栽倒,助手抢上去就捞过他的枪,一眼不看便继续前进。突破口挤不动了,后续部队干脆从小北门翻城而入,不把脚下的地雷放在眼里。

“不管侧射,往里猛插!”光是这股气势就把敌人压倒了。

退到车站的敌人,正在车厢里疯狂堵击,先锋班已经用刺刀剁开铁丝网,钻到车厢底下去逼令敌人缴枪。横着三十几道铁轨和堆满了车皮等杂乱障碍物的二百米宽的调车场防线,突击连仅仅十五分钟就把它完全打通了。地堡群的敌人只顾封锁着正面,手榴弹却在后门的交通壕里猛炸起来。敌人紧忙夺路窜回楼房,突击队却从后窗迎头打来了。——曾经在四平直捣敌人核心工事的第八连,就是这样地单独打了七里路的巷战,一路上连夺三座核心地堡群,从城墙到市中心,都是一个先锋班抢在头里;一直冲到敌人兵团司令部的几十个人,又用沿途缴获的一色冲锋枪突然猛攻,完成了全师预定的巷战任务。

压倒一切的英雄气概,勇猛穿插的分割渗透战术——同时突破四面城垣的四路大军,如同四把插进敌人心窝的楔子,不出五小时便全部会师,把全城守敌割裂成四大块。每路大军沿途又变成无数把尖刀,只管向两侧敌人的纵深迂回猛插。英雄们冲得这样快,以致闯进了敌人的一个营指挥所以后,满屋的守军还以为他们是“自己人”。勇士们的骤然出现,只吓得敌人成百地跪下缴枪。可是谁也顾不上他们了——“不要人枪,迅速猛进”!他们别开生面地命令敌人说:“枪放左边,人靠右边,顺着大街往外走!”交代一声又继续前进,打遍全城,把十万守敌搅成一锅粥。少数强固要点的敌人,也完全陷于孤立无援的绝境中,不投降的都一个个地被歼灭干净。

从十五日下午六时锦州宣告解放起,东北蒋匪开始全局动摇了。无论是迟滞解放军进军也好,收兵回巢加强华中防卫也好,蒋介石这些反动计划都随着锦州陷落而破灭。蒋介石之所以拼命号叫“南北夹击”,正是因为东北人民解放军一旦从锦州战场腾出这个要命的铁拳,无论捶到哪里,都是加倍沉重的了。

从胜利奔向胜利

“没想到这样快就完了!”锦州守敌兵团司令被俘以后说,“哪怕一座楼打十分钟,我们想怎的也守它七八天。结果没怎么打,就完了。”

自然,这句话只有一半是对的:“完了”。如果“没怎么打”,成十万固守顽抗的精锐部队,怎么会突然缴枪呢?而十天以后,倾巢出犯的廖耀湘兵团,又怎么会突然陷入走投无路的绝境呢?

看一看这些不朽的战场吧!

在饶阳河边,厉家车站一线,经过了敌人四个美械师连续两天一夜的轰击,阵地上已经分辨不出哪里是人挖的工事,哪里是炮火掀开的弹坑了。焦土翻过来还是焦土,劈裂的树根冒着火焰,硬挺在火海中的一个连队,只剩下一挺重机枪。而这个重机枪班唯一剩下来的射手史学义,头一天就被炮火轰断了右臂。独臂英雄记不清炮弹把他埋到土里多少次,只知道一苏醒便从土里挣扎出来,用仅有的一只左手射击冲上阵地的敌人。他用指导员遗留下来的匣子枪打,用阵地上被炮火炸断了木柄的手榴弹打,让一个新同志把美式机枪扛到跟前给他打。最后,连紧握枪柄的力气也没有了,他又在几分钟内教会了新同志射击,自己在旁边一面装子弹,一面给他指示目标说:“有个喘气的,敌人就上不来;廖耀湘这条大鱼落到网里,别想再溜掉了!”

藐视一切的英雄气概,浑身沸腾的胜利信心——在这席卷北宁线的英雄的十月,还有什么命令比“抓住敌人”更鼓舞人呢?前总命令说:“不让敌人西进!”黑山部队就在阵地上挡住了七倍敌人连续两天两夜的猛攻,打得廖兵团连夜南逃;前总命令说:“不让敌人南逃!”饶阳河部队就在一夜间从北线插到饶阳河畔,拦头截住了四倍敌人两天一夜的猛攻,打得廖兵团连夜向北“转进”,终于掉进了人民解放军的天罗地网里。

这是紧接着锦州大捷的又一个大会战。经过了空前大规模的攻坚战斗以后,主力部队的疲劳是可以想见的。战斗刚刚结束,战士们倒头就在战场上睡着了,整夜的轰炸也未能侵扰甜梦。可是突然,辽西敌人继续西进的消息传到军中,战士们乐得直拍大腿说:

“廖耀湘这条大鱼叫我们钓出来啦!”

从十月二十日起,滚滚大军又连夜北渡大凌河,奔向指定的地点。脚板走得打满血泡了,战士们说:“我爬也要跟上队伍!”脚脖子肿得瓦罐子粗,战士们说:“跑断腿也不能放走敌人!”猛听得兄弟部队已经把敌人抓住,进军行列简直沸腾起来:

“决战的时候到啦!”

担架上的彩号也躺不住了,跛着脚的也把拐杖扔了。驮马跟不上队伍,射手就扛起重机枪走;小桥过不了四路纵队,蹚水过;解绑带过河太耽误时间,穿着棉裤过!

三下江南的英雄部队,四保临江的英雄部队,曾经在去冬并肩横扫辽河大平原的兄弟部队，都从四面八方潮拥上来了。

方圆五十里的包围圈，围住了走投无路的廖兵团。“架起炮猛揍啊！”步兵还未展开，炮兵已经开始试射了。指挥所却来电话说：“不用打炮啦！敌人溃退啦！猛追啊！”队伍收不拢来，有多少上多少！和司令部联络不上了，哪里敌人多就往哪里打！重机枪刚架好又要前进，“干脆架在肩头猛打得啦！”——“猛追猛插！不让敌人喘息！”正是三年前廖兵团横冲直撞的地方，腾起了总清算的复仇怒火。敌人的后卫还要抵抗，躲在核心的兵团司令部却叫解放军戳翻了。兵团司令廖耀湘爬上吉普，就往新六军军部开，半道上碰见李涛这位军长也是孤零零地迎面逃过来。他们搭上伙，又去找二十二师救命，谁知这个“虎威”部队的三个团早已分路“突围”到俘虏群里去了！——插到敌人中间的一个部队，仅仅伤亡了一百多人，就活捉了两万五千个“王牌军”；另一个部队伤亡了几十个人，就抓了一万六千个活的。甚至在战地失掉联络的参谋人员坐着空汽车，也活捉了敌人一个骑兵旅。

“以乱对乱！穷追猛截！”围歼廖兵团的各路解放大军布满了辽西战场。野战司令部也弄不清哪一部分打到哪里了。总清算的暴风雨已经来临。无线电指挥台只好这样发布命令：“所有××一带的部队，立即沿公路向沈阳前进！”

“所有××附近的部队，立即沿铁路向沈阳前进！”

“……”

于是，道旁马上出现了各色各样的路标：“向沈阳前进！”在墙上、门上、树干上、电线杆上、桥头堡垒上、一串串的部队代号底下写着：“向沈阳前进！”在十轮大卡车拉着的美式榴弹炮上，也用粉笔写着：“向沈阳挺进！”……直通沈阳的大道上，十月的英雄们展开了奔向胜利的赛跑。而跑在头里的“钢铁”部队，正是在十月一日首先登上义县城头的英雄。他们紧接着突破锦州西北角的激战之后，又以七昼夜的急行军纵横辽西战场，在廖兵团全军覆没的当天，挥戈东向，终于在十月的最后一天，以四小时七十里的速度，直捣沈阳西线，为东北人民的“十一月二日”打开了胜利的大门。

谁是最可爱的人

魏 巍

在朝鲜的每一天，我都被一些事情感动着；我的思想感情的潮水，在放纵奔流着；它使我想把一切东西，都告诉给我祖国的朋友们。但我最急于告诉你们的，是我思想感情的一段重要经历，这就是：我越来越深刻感觉到谁是我们最可爱的人！

谁是我们最可爱的人呢？当然，我们的工农群众就是无比可爱的；可是这里我想说的是他们的子弟，那些拿起枪来献身革命斗争的工农子弟，那些为马列主义、毛泽东思想武装起来的战士们，我感到他们是最可爱的人。

也许还有人心里隐隐约约地说：你说的就是那些"兵"吗？他们看来是很平凡、很简单的哩，既看不出他们有什么高明的知识，又看不出他们有丰盛细致的感情。可是，我要说，这是由于他跟我们的战士接触太少，还没有了解到我们的战士：他们的品质是那样地纯洁和高尚，他们的意志是那样地坚韧和刚强，他们的气质是那样地淳朴和谦逊，他们的胸怀是那样地美丽和宽广！

让我们还是来说一段故事吧。

还是在二次战役的时候，有一支志愿军的部队向敌后猛插，去切断军隅里敌人的逃路。当他们赶到书堂站时，逃敌也恰恰赶到那里，眼看就要从汽车路上开过去。这支部队的先头连就匆匆占领了汽车路边一个很低的光光的小山冈，阻住敌人。一场壮烈的搏斗就开始了。敌人为了逃命,用了三十二架飞机、十多辆坦克和集团冲锋,向这个连的阵地汹涌卷来,整个山顶的土都被打翻了,汽油弹的火焰把这个阵地烧红了。但勇士们在这烟与火的山冈上,高喊着口号,一次又一次地把敌人打死在阵地前面。敌人的死尸像谷子似的在山前堆满了,血也把这山冈流红了。可是敌人还是要拼死争夺,好使自己的主力不致覆灭。这场激战整整持续了八个小时。最后,勇士们的子弹打光了。蜂拥上来的敌人占领了山头,把他们压到山脚。飞机掷下的汽油弹把他们的身上烧着了火。这时候,勇士们是仍然不会后退的呀,他们把枪一摔,身上、帽子上呼呼地冒着火苗,向敌人扑去,把敌人抱住,让身上的火,也要把占领阵地的敌人烧死……据这个营的营长告诉我,战后,这个连的阵地上,枪支完全摔碎了,机枪零件扔得满山都是。烈士们的尸体,保留着各种各样的姿势,有抱住敌人腰的,有抱住敌人头的,有卡住敌人脖子把敌人摁倒在地上的,和敌人倒在一起、烧在一起。还有一个战士,他手里还紧握着一个手榴弹,弹体上沾满脑浆;和他死在一起的美国鬼子,脑浆迸裂,涂了一地。另有一个战士,嘴里还衔着敌人的半块耳朵。在掩埋烈士们遗体的时候,由于他们两手扣着,把敌人抱得那样紧,分都分不开,以致把有些人的手指都掰断了……这个连虽然伤亡很大,他们却打死了三百多敌人。更重要的,他们使得我们部队的主力赶上来,聚歼了敌人。

这就是朝鲜战场上一次最壮烈的战斗——松骨峰战斗,或者叫书堂站战斗。假若需要立纪念碑的话,让我把带火扑敌和用刺刀跟敌人拼死在一起的烈士们的名字记下吧。他们的名字是:王金传、邢玉堂、王文英、熊官全、王金侯、赵锡杰、隋金山、李玉安、丁振岱、张贵生、崔玉亮、李树国。还有一个战士,已经不可能知道他的名字了。让我们的烈士千载万世永垂不朽吧!

这个营长向我说了以上的情形,他的声调是缓慢的,他的情感是沉重的。他说在阵地上掩埋烈士的时候,他掉了眼泪。但他接着说:“你不要以为我是为他们伤心,我是为他们骄傲!我觉得我们的战士太伟大了，太可爱了，我不能不被他们感动得掉下泪来。”

朋友们，当你听到这段英雄事迹的时候，你的感想如何呢？你不觉得我们的战士是可爱的吗？你不以我们的祖国有着这样的英雄而自豪吗？

我们的战士，对敌人这样狠，而对朝鲜人民却是那样地爱，充满国际主义的深厚热情。

在汉江北岸，我遇到一个青年战士，他今年才二十一岁，名叫马玉祥，是黑龙江青冈县人。他长着一副微黑透红的脸膛，高高的个儿，站在那儿，像秋天田野里一株红高粱那样淳朴、可爱。不过因为他才从阵地上下来，显得稍微疲劳些，眼里的红丝还没有退净。他原来是炮兵连的。有一天夜里，他被一阵哭声惊醒了，出去一看，是一个朝鲜老妈妈坐在山冈上哭。原来她的房子被炸毁了，她在山里搭了个窝棚，窝棚又被炸毁了。回来，他马上到连部要求调到步兵连去，正好步兵连也需要人，就批准了他。我说：“在炮兵连不是一样打敌人吗？”“那，不同！”他说，“离敌人越近，越觉着打得过瘾，越觉着打得解恨！”

在汉江南岸的那些日子里，有一天他从阵地上下来做饭。刚一进村，有几架敌机袭过来，打了一阵机关炮，接着就扔下了两个大燃烧弹。有几间房子着了火，火又盛，烟又大，使人不敢到跟前去。这时候，他听见烟火里有一个小孩子哇哇哭叫的声音。他马上穿过浓烟到近处一看，一个朝鲜的中年男人在院子里倒着，小孩子的哭声还在屋里。他走到屋门口，屋门口的火苗呼呼的，已经进不去人，门窗的纸已经烧着。小孩子的哭声随着那滚滚的浓烟传出来，听得真真切切。当他叙述到这里的时候，他说：“我能够不进去吗？我不能！我想，要在祖国遇见这种情形，我能够进去，那么，在朝鲜我就可以不进去吗？朝鲜人民和我们祖国的人民不是一样的吗？我就踹开门，扑了进去。呀！满屋子灰洞洞的烟，只能听见小孩哭，看不见人。我的眼也睁不开，脸烫得像刀割一般。我也不知道自己的身上着了火没有,我也不管它了,只是在地上乱摸。先摸着一个大人,拉了拉没拉动;又向大人的身后摸,才摸着小孩的腿,我就一把抓着抱起来,跳出门去。我一看小孩子,是挺好的一个小孩儿呀。他穿着小短褂儿,光着两条小腿儿,小腿儿乱蹬着,哇哇地哭。我心想:'不管你哭不哭,不救活你家大人,谁养活你哩!'这时候,火更大了,屋子的家具什物也烧着了。我就把他往地上一放,就又从那门里钻进去。一拉那个大人,她哼了一声,我就使劲往外拉,见她又不动了,凑近一看,见脸上流下来的血已经把胸前的白衣染红了,眼睛已经闭上。我知道她不行了,才赶忙跳出门外,扑灭身上的火苗,抱起这个无父无母的孩子……"

朋友,当你听到这段事迹的时候,你的感觉又是如何呢?你不觉得我们的战士是最可爱的人吗?

谁都知道,朝鲜战场是艰苦些。但战士们是怎样想的呢?有一次,我见到一个战士,在防空洞里,吃一口炒面,就一口雪。我问他:"你不觉得苦吗?"他把正送往嘴里的一勺雪收回来,笑了笑,说:"怎么能不觉得?咱们革命军队又不是个怪物。不过咱们的光荣也就在这里。"他把小勺儿干脆放下,兴奋地说:"就拿吃雪来说吧。我在这里吃雪,正为我们祖国的人民不吃雪。他们可以坐在挺豁亮的屋子里,泡上一壶茶,守住个小火炉子,想吃点什么就做点什么。"他又指了指狭小、潮湿的防空洞,说:"再比如蹲防空洞吧,多憋闷得慌哩,眼看着外面好好的太阳不能晒,光光的马路不能走。可是我在这里蹲防空洞,祖国的人民就可以不蹲防空洞呀,他们就可以在马路上不慌不忙地走呀。他们想骑车子也行,想走路也行,边溜达边说话也行。只要能使人民得到幸福,也就是我们最大的幸福。所以,"他又把雪放到嘴里,像总结似的说,"我在这里流点血不算什么,吃这点苦又算什么哩!"我又问:"你想不想祖国呀?"他笑起来,"谁不想哩,说不想,那是假话。可是我不愿意回去。如果回去,祖国的老百姓问:'我们托付给你们的任务完成得怎么样啦?'我怎么答对呢?我说'朝鲜半边红，半边黑’，这算什么话呢?”我接着问：“你们经历了这么多危险，吃了这么多苦，你们对祖国对朝鲜有什么要求吗?”他想了一下，才回答我：“我们什么也不要。可是说心里话——我这话可不一定恰当呀，我们是想要这么大的一个东西……”他笑着，用手指比个铜子儿大小，怕我不明白，又说：“一块‘朝鲜解放纪念章’，我们愿意戴在胸脯上，回到咱们的祖国去。”

朋友们，用不着多举例，你已经可以了解我们的战士是怎样一种人，这种人是什么一种品质，他们的灵魂是多么的美丽和宽广。他们是历史上、世界上第一流的战士，第一流的人！他们是世界上一切伟大人民的优秀之花！是我们值得骄傲的祖国之花！我们以我们的祖国有这样的英雄而骄傲，我们以生在这个英雄的国度而自豪！

亲爱的朋友们，当你坐上早晨第一列电车走向工厂的时候，当你扛上犁耙走向田野的时候，当你喝完一杯豆浆、提着书包走向学校的时候，当你坐到办公桌前开始这一天工作的时候，当你向孩子嘴里塞着苹果的时候，当你和爱人悠闲散步的时候……朋友，你是否意识到你是在幸福之中呢？你也许很惊讶地说：“这是很平常的呀！”可是，从朝鲜归来的人，会知道你正生活在幸福中。请你意识到这是一种幸福吧，因为只有你意识到这一点，你才能更深刻了解我们的战士在朝鲜奋不顾身的原因。朋友！你是这么爱我们的祖国，爱我们的伟大领袖毛主席，你一定会深深地爱我们的战士——他们确实是我们最可爱的人！

向秀丽(节选)

郁　茹

广州何济公制药厂的党支部副书记、车间党小组长秦汉标大踏步跨着楼梯,一口气登上了楼。他停在新成立的化工车间前,往里面一望,只见大煤炉燃烧得通红,炼药锅发出有节奏的响声。向秀丽、罗秀明、蔡秋梅三位青年女工都在自己的工作岗位上操作,室内安静、温暖,一切工序正在有条理地进行。

他喘了一口气,感到心情格外愉快。这个车间是专门制造甲基硫氧嘧啶的,这种药对农村来说,是供不应求。

车间里有像向秀丽这样勤勉踏实,在生产上力争先进,又肯帮助别人的好工人,真是能起作用啊!应该把这样优秀的工人吸收到党的队伍中来……

秦汉标这次上楼来并不是为了检查生产,他跨进门,匆匆地穿过车间,在两间房里走了一遍,走到窗前站住了。

"阿丽!"他打着招呼。

向秀丽正用量筒调和着药剂配料,这工作需要细致、准确,因此她聚精会神,竟没有听到秦汉标的呼唤。

秦汉标笑了笑,他看见向秀丽一副又谨慎又认真的表情,又严肃地叫道:"向秀丽同志!"

向秀丽抬起头,怔怔地望了他一会:"什么事,秦汉标同志?"

"下班以后,我找你谈件事!"

向秀丽抿了抿头发，点了点头。下班后她找到了秦汉标。

“我们随便谈谈吧！阿丽，你想过参加党组织的事没有？”秦汉标说。

向秀丽震动了一下，但随即安静地、低声地反问：

“为什么不想呢？想得可多啦！”

“你是怎么想的？”

“我不够条件啊！虽然早就是个共青团员，可是文化水平低、工作能力差。我只是一个工人，只能做最平凡的工作……”

“阿丽，党正是需要这样的同志！普通的但是能在工人群众中起带头作用、推动生产的人，你不正是这样的人吗？”

向秀丽微微摇头：

“我能做些什么呢？最多和大家一样，况且多少人比我做得更好、更突出。我呢，只能做最简单的工作。”

“那么我问你，你勤勤恳恳、日日夜夜地工作，到底为了什么？是想增加工资，还是想成为先进生产者？”

向秀丽不禁微笑起来：

“啊哟，我哪能想那些？我是为了建设共产主义嘛！”

“对，为了共产主义事业，这就是既平凡又伟大的工作，怎么你不把这两者联系起来呢？”

向秀丽的眼睛亮晶晶地望着他，领悟地点了点头。

“你还想些什么？”

“我想，像我这样有缺点的人，如果参加了党，会影响组织的威信……”

秦汉标站起身来，大踏步走了几步，突然站住了：

“不，阿丽，你要考虑的是：你自己有没有决心为共产主义奋斗到底？有没有决心为了党的利益克服自己一切缺点？有没有决心把一切献给党？……”

向秀丽抬起头来：“这个问题……你让我想一想。”她严肃地说。

“对！好好想一想。”秦汉标鼓励她，“要多往深处想，往集体利益上想。”

向秀丽真的认真地考虑起来，她知道秦汉标是党支部副书记，是代表组织来和她进行这番谈话的，组织永远是那样亲切地关怀她、严肃地教育她。她，一个自小被地主、资本家践踏如脚底泥的女孩子，打从解放后，参加了工会，参加了共青团，是在党的教育培养下成长起来的人，在她，没有党，也就没有了一切。今天，秦汉标的话，使她认识到，不论在什么岗位上，都能为党的事业尽一份力量；不论什么工作，对于建设社会主义共产主义都是重要的；不论什么人，只要他理解一个共产党员的责任，通过实践，都能成为一名好党员。

回到车间，她的眼睛浏览着车间的一切，她的心里唱起了一支欢乐、幸福之歌，她的工作是很平凡，但所有的人、所有的车间、所有的轰鸣的马达和车轮、所有的炼钢炉、所有的鼓风机，不都在合唱着一支同样的歌——社会主义进军曲，跟着党的红旗前进！这力量是多么强大，这是多么幸福的劳动啊！

深夜一时，秦汉标来了，这次他是来检查生产情况的，向秀丽碰到了他，心跳得厉害，全身血液都涌到脸上来了。

“秦书记！”向秀丽屏住呼吸，低声唤他。

“啊，阿丽。”秦汉标没有看清楚她的神情，随口又问，“你想好了没有？”

“我想过啦，”向秀丽低声严肃地说，“我决定申请入党，你，肯当我的介绍人吗？”

“哦，你是怎样想的呢？”

“我没想什么，我只是想：我没有什么不能交给党的，我能按照党的指示去做一切工作！”

秦汉标凝视着这个青年女工，他感到这一句简单的话深深表达了她为共产主义事业奋斗到底的决心。而这又是党多年来对她教育的结果。

一九五八年十月三十日,向秀丽光荣地加入了中国共产党。

一九五九年元旦快来临了,利用两班交替的时候,秦汉标召集了车间一部分工人,传达了党支部一个紧急指示:

"新年快到了,我们一定要特别警惕,做好防止一切事故发生的措施。"

秦汉标特别提到"甲基"车间,制造甲基硫氧嘧啶需要烈性爆炸品金属钠,这种金属钠又怕火,又怕水,又不能接触空气,但是车间有火又有水,稍不留意,就可能引起严重的爆炸事故,所以"甲基"车间的工人都要百倍提高警惕。

"我们一方面采取了一切措施,防止事故发生。但是,万一发生了事故,我们应该怎么办呢?同志们,我们是工人阶级,我们要对人民、对集体负责,如果发生了事故,要镇静、沉着、勇敢,必要时,宁愿牺牲自己,也不能让国家财产、人民生命受损失!"

向秀丽说:"是的,应该这样。"

向秀丽已经下班了,但她仍然在车间各处巡视着,墙上挂着灭火筒,屋角堆放着沙箱,一切都很好,她又检查了一遍装着金属钠的油箱。

"我们今天用不了这么多金属钠,不如把它搬回一部分到仓库去!"她提议,一面动手搬。

罗秀明同意她的建议,但是拦住她说:

"让我们来搬吧,你路远,夜深了,孩子还病着,你先回去吧!"

向秀丽望了她一眼:"不,我们一起搬!"

她们一起从楼上往仓库运送金属钠,向秀丽低声对罗秀明说:"秀明,你现在也是一个党员了,你要注意,做一名党员,哪怕是最小的事,也要带头干,党既然有了指示,我们就要行动,不完成任务,决不收兵,刚才你怎么反要我先回去呢?"

罗秀明点头笑了一笑。

十二月十三日,又轮到向秀丽上中班了。

广州市正是华灯初上的时候，百货公司挤满了人，电影院排队买票的行列，长长地拉开在两边人行道上，母亲们抱着、牵着欢蹦乱跳的孩子们，走进妇女儿童商店去，汽车像流水一样穿过马路。播音机放着红线女优美的歌声，正是向秀丽最喜爱的曲子。

向秀丽一面走，一面欣赏着这节日前的繁荣景象，她想着每一个人在享受劳动后休息的幸福，自己就走得更快，更急于要回到车间去。

今天又轮到她和蔡秋梅、罗秀明一起当班了。罗秀明从仓库里领来了五十斤装的无水酒精，气喘吁吁地上楼来，向秀丽赶紧过来帮助她，她们一起提着玻璃瓶把酒精倾倒进量筒里去。

“够了。”罗秀明说着，把瓶子往地下搁。忽然，瓶底发出了碎裂声。

“啊哟！”罗秀明惊叫，赶快提起它来。

瓶子就在她手上破碎了，大量的酒精迅速在地面流开去。

“快！”向秀丽叫，她抓过几条毛巾，扔到酒精上去，想把它吸干。

轰的一声，地上的酒精接触到炉子的热气，燃烧起来，满地都滚动着蓝色的火焰……

向秀丽一眼望见罗秀明的裤脚也燃着了，她赶快替她扑打。罗秀明扯下围裙，赶紧在地上打起滚来。

“救火！”向秀丽抢过去搬沙箱。

“阿丽，你身上也着火了呀！”蔡秋梅奔过来大声地叫。

向秀丽愣了愣，这才看见自己的裤子也在燃烧。她猛然站住脚，望了一眼沙箱，可恨沙箱却和金属钠靠得那样近。不行，不能过去，金属钠会爆炸的！

“快去叫人救火！”她向蔡秋梅大声呼叫。

“你身上在烧呀！”蔡秋梅着急地提醒她。

“别管我，快去叫人！”向秀丽又扑向火焰，她用双手双脚踩着、扑打着火，“快去啊！”

地面正是向金属钠那面倾斜的，猛烈的火流张牙舞爪地向那边蔓延……

向秀丽用手堵着火，酒精顺着她的手、臂、肩、头燃烧。

“不能让金属钠爆炸，不能让金属钠爆炸！”向秀丽在心里急促地提醒自己：“堵住火啊！”

她猛然把整个身子侧卧下来，截住火流，酒精渗透了她的全身，向秀丽咬牙承受着烈焰燃烧，与烈火争夺每分每秒的时间。她感觉到现在酒精是集中在自己身上燃烧了：“应该离开金属钠更远些！”她在昏迷中闪过这个想法，尽量地紧缩着身子，滚动着，滚到楼梯门口去。

党支部书记卢华和秦汉标带着人冲上楼来，他们看见一个浑身是火的人滚下楼梯……

“阿丽！”书记惊叫，扑到她身边……

“快，快抢金属钠！别管我！”向秀丽喘息着，指着楼梯上面。

车间主任倒转过灭火筒，射熄了她和书记身上的火焰。书记跳起来，奔上楼去。车间主任把向秀丽抱起来下了楼梯。

“你，上去吧，主任，上面……”

向秀丽挨着一张椅子坐下，她听见楼上人声嘈杂，听见工厂门前救火车尖锐的声音由远而近，她又站了起来，但随即又昏迷了过去……

由于向秀丽用自己的身体吸干地上燃烧着的酒精，火终于没有蔓延到金属钠这边，它的余焰很快被扑灭了。

向秀丽迅速地被送进医院，她全身烧伤面积达百分之八十，其中深度烧伤占百分之六十七以上，她的生命危在旦夕……

深夜，中国共产党广州市委会调集了全市所有的卫生部门负责人、各个医院的外科主任、中西医学专家，举行了紧急会议，由市委书记亲自主持，组成了向秀丽抢救小组。党为了挽救向秀丽的生命，号召全体医务人员要解放思想，树立共产主义风格，来进行救治工作。

党要求有关的部门要服从一条规定:“向秀丽需要什么,就即刻提供什么!”

三天三夜以后,向秀丽度过了休克关,苏醒了过来。

病房是安静的,只有值班医生和护士在她床前,但她哪里知道,就在病室侧边的图书室里,日日夜夜守候她的是市委书记、区委书记、总支书记、工厂支部书记和她的亲人们。而在医院的甬道上,有一条长达四百余人的队伍川流不息地在等候着为她输血、献皮。她更不知道,在这时候,为抢救她而采办药物、补品、医疗仪器的人的足迹,踏遍了祖国的多少地方。

她睁开疲倦的眼睛,低声询问:

“我们厂的党支书在哪里?”

穿着消毒衣服的党支书马上被叫进来,俯身向她。

“啊! 卢华同志,金属钠有没有爆炸?”

“没有,阿丽,是你用身子堵住了火,把这场大灾难消灭了。”

“工厂损失大吗?”向秀丽又问。

“不大,阿丽,你挽救了同志们的生命和工厂的财富!”

向秀丽闭了一会眼睛,马上又睁开来:“那么,‘甲基’是不是还能继续生产?”

“还在生产,阿丽,你的行动鼓舞了全厂职工,现在甲基车间生产更大大地跃进了!”

“啊,不知道我什么时候才能回去参加生产呢!”向秀丽羡慕地说,“罗秀明被火烧得厉害吗?”

“不,她比你轻多了,很快就可以出院的!”

向秀丽安心地闭上了眼睛,她全身像千万支钢针穿刺般疼痛起来。

支部书记望着她因痛苦而变形的脸,低声鼓舞她:

“阿丽,你在这次救火中表现得真勇敢,现在有成千上万的人从你这种英勇行为中受到了共产主义教育。你现在更应该用同样的精神来战胜自己的烧伤,党一定要医好你,党现在给你的任务,就是要你养好伤!”

于是他把党为了挽救她所做的一切措施,简单扼要地告诉了她。

向秀丽激动地倾听着,忘却了身上的痛苦,她向支部书记抬起了明亮的眼睛:

“你放心,卢华同志,我保证苦战一月,争取养好伤出院,为党做更多工作!”

崔俊钖驾驶的火车停在英德,站上人来通知,广州来电话等着他。

在电话里,他知道了向秀丽烧伤的事,要他立即赶回广州。

崔俊钖像在噩梦中一样,带着一颗悬着的心,昏惘地踏上回广州的火车,又从车站来到医院。

他和许多党的负责同志、医生、护士一起,守护着向秀丽度过了休克关。

当他走近向秀丽床前时,他觉得千言万语都涌上了嘴边,他竭力克制着自己:“不能叫阿丽难受啊!”

但迎接他的却是一对微笑的眼睛,就像平常一样亲切,一样安静。

“你怎么也来了,是下班了吗?”

“不……哦,是下了班。”他原来想说:组织上为了照顾他,没有让他上班。他还想安慰她说:他将一直陪着她,直到她伤愈出院。但不知怎么,他没有这么说,撒起谎来。

“我很好,你放心,金属钠没有爆炸,我也就放心了!”向秀丽已经看出他的不安了。

“阿丽……”

向秀丽静静地想了一想:

“你上班去吧,多争取时间休息。别替我操心,工作的时候,要是不专心,会出事故的!"

崔俊钖点点头。他很奇怪,原来他准备了多少话来安慰她,结果,被安慰的反是他自己。

自从卢华同志传达了党交给她的任务后,向秀丽决定努力实践她对党的保证,她在病床上克服着肉体上难以忍受的痛苦,用苦战精神来与烧伤作斗争。她把最苦的药当成糖果一样大量吞下去;她勇敢地迎接一切医疗手术和转移变换床位、翻身的痛苦;她不呻吟,不叫痛,没有烦躁与不安,总是安静地告诉每一个人:

"放心,我很好,不痛!"

医生告诉她,她的母亲和婆婆来探望她。向秀丽要护士给她一面镜子,她对自己端详了很久:

"我瘦吗?"

"是啊!"护士们同情地回答。

"不。请你把我的头发整一整。看,这不就显得精神多了?"

两位老人家进来了,含着泪,问这问那……

"妈妈,我很好。你看,烧得一点也不重!"她把一只伤势较轻的手从被单下伸出来,"不是已快好了吗?"

"那一只呢?"婆婆不放心地追问。

"这只就烧伤了一点皮,不用看了!"向秀丽把整只烧到见筋骨的手藏在被单里,微笑着回答,"妈妈,请你们代我去看看罗秀明,问问她好些没有,要她注意休养!"

老人家们谈起孩子来,孩子乖,又顽皮,又健康。可是向秀丽轻轻地闭上了眼睛,老人家们不得不退出了病房。

向秀丽用钢铁般的意志抑制住自己的痛苦,就像她小时候为了让母亲和妹妹多吃一口粥,竭力忍住自己的饥饿一样,瞒过了两对最敏感的母亲的眼睛。

厂里的职工代表来探望她,她关心地询问着他们的工作、学习、生活,对每个人说着鼓舞的话,同志们带着悲痛与不安进来,却带着希望与安慰回去。他们一方面更加劲生产，一方面积极做着欢迎她伤愈回厂的准备工作，排演了新节目，写作了献给她的新诗、欢迎词，在厂里出现了一片新气象，人人都以向秀丽精神自勉，大家更加认真、严肃地来对待生产任务。

一九五八年的除夕到来了，向秀丽在注射了麻醉药品后的沉睡中听到了音乐声，她睁开了眼睛。

在她的床前，堆满了从各方面送来的鲜花和贺年片，护士们趁着她入睡时，把最美丽的贺年片钉在她床头和一切她能看到的地方。

向秀丽微笑地念着贺年片上的祝词。

这一年中，她做了些什么呢？她记得她是怎样从一个普通的包装工，接受了组织上的分配，在一个月内突击学完了复杂的化学程式，掌握了试制"甲基"的技术，使"甲基"车间正式投入生产。为了支援炼钢，她怎样组成了一个突击小组，自动地开夜工、加班，抽调出人力来参加炼钢。她怎样参加了芳村突击修筑铁路的工作，鼓动了整个小组，用如火如荼的干劲，夺取了全工地的流动红旗……但也不过仅仅是做了这一些而已！

随着欢乐的音乐，她的心又飞回工厂，飞回同伴们中间去，在病床上，她更体会到工作时的幸福，她才更加渴慕工作。这一天等于二十年的时光啊，怎能在病床上白白地消磨？

党给了她那样巨大的物质帮助和精神力量，使她能够坚强地与烧伤搏斗过了整整十八个日日夜夜。亲爱的党，我能拿什么来报答你呢？给我工作，我一定要比一九五八年做得更多、更好！

她望着静静地守护着她的值班医生、护士，倾听着音乐：

"你们为什么不去跳舞呢？医生，来，你们跳，我给你们唱歌！"

医生和护士互相看了一眼，医生迅速地站起来：

"来，我们跳舞！"

护士是知道医生从来不跳舞的，她一面带着医生在病室里旋转，一面提出了另一个建议：

“让我来给你们唱一支歌!”

医生也知道护士从来没有在人前唱过歌,但她的歌声充满了真正的激情。

她们唱着、舞着,只要为了向秀丽,他们可以这样歌舞着。

一个微弱的声音也跟着唱起来了,这是向秀丽,她把顽强的生命力投入歌唱,歌唱自己的祖国、自己的家乡,歌唱幸福的生活,歌唱她所向往的伟大理想——共产主义的明天……

所有与向秀丽接触过的医生和护士,尽管完全清楚向秀丽的伤势是多么严重,尽管完全理解她的症状是在一天比一天恶化,尽管他们是日日夜夜集中了最大的智慧和劳动在进行艰难的抢救,但他们却从未想到向秀丽将会死去;向秀丽和他们谈生产,谈生活,谈祖国各地的建设,就是没有谈到过死,死亡的念头从未在她思想中出现过。这个年轻、顽强、大半个身子已成了焦炭的女工,是革命乐观主义的生动化身。那些参加抢救的医生、护士,只要和向秀丽在一起,他们的思想里就活跃着各种崇高的愿望,渴望把自己冶炼得更好,更符合党和人民的要求。

年轻的医生悄悄地对向秀丽倾诉着自己的心事:

“我二十六岁啦,可还是个团员呢,我要向你学习!”

向秀丽轻声地微笑着说:

“你好好努力,创造条件,争取早日参加党啊!”

“我一定朝这方向努力!”年轻的医生抬头,激动地说。

向秀丽和她一样沉浸在激动中,对同志深情的关怀,对党的力量的巨大的信念,使她完全忘去了自己身上正在发作着的剧痛。

向秀丽的生命延续了三十三天。

不幸的时刻到来了,各级党委负责同志和厂里的同志、亲人焦心如灼地守护在她的床前,难道竟要和这样一个坚强、乐观的人永别了吗?难道闪耀着如此夺目的光辉的生命之火将要永远熄灭了吗?向秀丽,党的好女儿,党和人民需要你活下去啊!

向秀丽竭力使自己苏醒过来，她在昏迷中幻想到自己回到了车间，投入了操作。她焦急不安地望着医生：

“医生，我究竟哪天出院呢？什么时候才能回车间去呢？”

等她再一次睁开眼睛时，她看见自己的爱人一张悲痛的脸，从他掩盖不了的表情中，她突然明白，在自己身上已发生了可怕的事……

她集中最后的力量，想着应该再为自己亲爱的祖国、人民，亲爱的党付出一些什么，唉，真是无能为力啊！她感到她欠下了祖国和人民多少恩情！……

眼前站着她最亲爱的人，崔俊钖还不是党员啊！她想，平时对他的帮助太少了，现在怎样向党交代呢？

在她头脑中飞快出现了自己熟悉的车间，烈火熊熊地在燃烧，也似乎听到秦汉标严肃的声音：“你知道党正是需要这样的人！普通的、能在工人群众中起带头作用、推动生产的人……”

烈火变成了一面红旗，向秀丽从秦汉标手上接过入党志愿书，在党的红旗下前进……

大家看到向秀丽的眼珠明亮了起来，她的脸显得那样美丽，回复了生命的光彩。在停止呼吸的前一刻，她用十分微弱的声音，一字一字叮嘱丈夫说：“你要……依靠党……依靠组织，……有事……和党商量，……听党的话，永远……跟着党走！”

党的优秀女儿，不朽的共产主义战士和我们永别了！安息吧！向秀丽同志！你永生在我们心上！

为了六十一个阶级兄弟

王　石　房树民

一滴水能反映出太阳的光辉，一件平常事足以体现我们时代最美好的思想、最高尚的风格。党的教育，在我们心里开出了多少最芬芳的共产主义鲜花？你数不清！这种思想使人们创造了多少共产主义大协作的奇迹？你数不清！但是这种平凡而伟大的事情，却每天都在你的身边发生。现在，就让我们讲一件给你听……

一九六〇年二月三日，农历正月初七
现在，整整是下午五点钟

在首都王府井大街，车水马龙，热闹繁忙，商店穿戴着节日的盛装，人们满面春风地东来西往。就在这王府井北口八面槽的路东，有一家门市很小的国营特种药品商店。这时候，营业员们在笑盈盈地答对顾客，办公室里，算珠连响，快下班了，正忙着结账。忽然，有人兴致勃勃地拿来一大把红红绿绿的票子：

“同志们，今晚政协礼堂有精彩晚会，首都商业职工春节大联欢！”

“好哇！”大伙乐得嘴都合不上了。

原来，在春节放假的日子里，我们大家都休息。可商业职工却还忙在柜台上，为了让我们在假日里买到称心的东西，可真是忙得脚不

沾地。所以，这个有首都著名艺术家表演、内容十分精彩的大联欢，只好推到正月初七才举行。大家分到了票子，更是欢喜地忙工作，只等下班以后，带上全家老少，去尽兴欢度六十年代的第一个春节……

陡然，办公桌上的电话，响起了十分急促的铃声，戴近视眼镜的业务员老胡一把抓起听筒：

"喂，哪里？"

"长途！我是中共山西平陆县委，我们这里有六十一名民工发生食物中毒，急需一千支二巯基丙醇，越快越好，越快越好！"听筒里的声音十分响亮而焦灼。

"我们立刻准备药品！"很怕对方听不清楚，老胡几乎喊起来了："我们马上设法把药发到太原！"

"不行！太原距平陆尚有一千余里，而且要翻山越岭，交通极为不便，请设法空运……空运！"

六十一个同志的生命，危在旦夕！一千支注射剂，非得空运！……每一个字，都好似一颗钉，颗颗钉在人们的心上！就在老胡抓耳搔腮地和对方通话时，大家都已经围上来了。商店里好一阵紧张，人们的心里，早已把"精彩晚会"丢得无影无踪。党支部立即召集紧急会议研究，决定全力以赴办好这件事。发动大家想办法，立刻请示领导。于是，全商店的人把心拧成一股绳，把精力全都集中在这一连串的悬念、一连串的困难上了……

在我们的社会主义大家庭里，亿万劳动人民是一个亲密无间的整体。一根红线贯穿，颗颗红心相连，大家同呼吸、共甘苦……

事情原来是这样发生的：

二月二日，在山西省平陆县

一座新落成的红色大楼里，灯火辉煌。中共平陆县委扩大会议，照常进行着。与会者精神振奋，讨论的是一九六〇年跃进规划。

七点钟时,县人民委员会燕局长匆匆奔进会议室,找到县人民医院王院长说:

"一小时前,风南公路张沟段有六十一名民工,不慎发生食物中毒,请立刻组织医务人员抢救!……"

他们的话还没说完,坐在主席位置上的中共平陆县委第一书记郝世山同志也已晓得这紧急情况。这位五十来岁的老书记立刻站了起来,目光炯炯地把会场扫视了一遍,然后果决地说:

"同志们,现在要全力处理一件急事,会议暂停!"

说完,郝书记一甩手,披起那件旧棉大衣,立即召集县委常委会议研究,当机立断,全力抢救。片刻,大卡车就载着负责同志,载着县医院全部最好的医生,在茫茫的黑夜里,翻山越岭,向我们的六十一个阶级弟兄身边奔去!

这平陆县与河南省的三门峡市,只隔一条黄河。县北五十里外张村一带,正在修建一条从芮城风陵渡到平陆南沟的省级公路,这条公路是山西全省支援黄河三门峡伟大建设工程的交通命脉。筑路民工都是人民公社社员,干起活来,真叫干劲冲天,有个叫侯永胜的,一个人一天就挑了几百担土。他们展开了对手赛,改革了一系列工具,工效步步提高。在春节期间,自愿少休息,打了个开门红的大胜仗。谁想竟发生了这偶然的不幸!这是六十一个多么好的建设社会主义的积极分子,他们的生命有危险,我们能不心疼吗?

县里的汽车来到张沟工地以前,张村公社党委第一书记薛忠令,亲率公社医院二十多名医护人员,早已来到。他们正在忙着给病人洗身、洗脚、消毒。县里的医生跳下汽车,立刻插手诊断,立即治疗!

他们使用了各种办法:

给患者喝下了绿豆甘草水解毒,无效!

给患者又注射了吗啡,仍然无效!

……无效!无效!

紧张,无比地紧张!空气窒人,医生、护士挥汗如雨。县人民医

院负责医生解克勤等同志,经过紧张详细的会诊后,断定:

“非用特效药‘二巯基丙醇’不可!必须在四日黎明前给病人注射这种药,否则无效!赶快派人去找!”

就在同一个时间内

县委会里,不安之夜。

我们的郝书记,不停地吸着烟,守在电话机旁,他嘴角上的皱纹,更加深陷了。参加革命二十多年来,他养成了这样一种习惯:自个生病(他现在还患着关节炎),好像没那么回事。可乡亲们一有个头痛脑热,他就记着放不下,非想个法帮你治好心里才舒坦。何况,现在这六十一个同志,有的是生命危险!郝书记更加坐卧不安了。……这时候,他们接到了患者急需“二巯基丙醇”的电话,马上就派人去找。县人民医院的司药王文明和张寅虎这两个小伙子连厚衣服也没顾得穿,两步并作一步走,跳过一道道深沟险壑,到三门峡市去找药。你看,这才叫真正的“司药员”,药房里没有的,他愿意经历千辛万苦,跑遍天涯海角,也要给你找到!

他们来到了黄河茅津渡口,在微微的星光底下,只见那黄河翻滚着巨浪,只听那河水拍打岸头,声声震人心碎。这两个小青年,明明知道夜渡黄河容易翻船落水,极其危险,但是,为了挽救六十一位同志的生命,在这重要的时刻,就是天大的险,他们也心甘情愿去冒!他们毫不犹豫地去敲船工的门。船工从鼾睡中醒来:

“敲门干什么?”

“请摆我们渡河!”

“黄河渡口,自古以来,夜不行船,等天亮吧!”

“不能等!为了救人今夜非过河不可!”

当船工们听说是为了挽救六十一个祖国建设者,老艄公王希坚不顾今晚正发喘,猛然从热乎乎的被窝里跳了起来,系上搭膊,吆喝一声:“伙计们,走!”后面王云堂等几个人紧紧跟上。来到岸边,二话不说,驾起船,直奔河心。凭着与黄河巨浪搏斗了几十年的经验,凭着一颗颗赤诚的心,终于打破了黄河不夜渡的老例,把取药人安全送到了对岸。

可是,三门峡市没有这种特效药!

这已经是二月三日的中午了。时间啊,你停滞一会吧!你为什么老是从人们的身边嗖嗖地急驰而过,想挽也挽不住你……

郝书记急切而坚定地指示:“我们还是应该就地解决。向运城县去找!向临汾县去找!向附近各地去找!”

就在这时,张村公社医院又来了电话:“如果明晨以前拿不到‘二巯基丙醇’,十四名重患者,将会有死亡!”

找药的电话,不断地回来了:

运城县没这种药!

临汾县没这种药!

附近各地都没这种药!

郝书记斩钉截铁地说:“为了六十一位同志的生命,现在我们只好麻烦中央,向首都求援。向中央卫生部挂特急电话!向特药商店挂特急电话!”

于是,这场紧张的抢救战,在两千里外的首都,接续着开始了……

人心向北京,北京的心立刻和平陆的心一起跳动……

二月三日,下午四时多,在卫生部

在中华人民共和国卫生部的一所四合院里,药政管理局的许多同志都停下了别的工作,忙办这件刻不容缓的事。药品器材处长江冰同志,在接到平陆县委打来的电话后,就一面叫人通知八面槽特种药品商店赶快准备药品,一面跑去请示局长和正在开党组会议的几位部长。徐运北副部长指示:一定要把这件事负责办好,立刻找民航局或请空军支援送药!

现在,处里胖胖的老吴同志,头上汗水津津,正在紧张地向特种药品商店催药,共青团员冀钟昌正在与民航局联系;电话里传来的是不匀称地呼吸,显然对方也在焦急:

“明天早晨,才有班机去太原,那太迟了,太迟了!……对啦,请求空军支援!”

真急人,电话一个劲占线。当小冀接通了空军领导机关的电话时,空军已晓得了这件事。原来民航局先一步为此事打来了电话,这时,值班主任向小冀又进一步了解了卫生部的要求,立即跑去请示首长。首长指示:全力支援,要办得又快又好!于是,像开始了一场战斗一样,有关人员各就各位,研究航线、研究空投,向部队发出命令……这一切都办得十分神速,这一切都贯注着人民军队的光荣传统,都贯注着对人民极其深沉的爱!

阶级友爱,情深似海。在我们中间,一个人发生困难,就有上百、上千、上万个素不相识的人热切地向你伸出手,不遗余力地帮助你……

现在,已经是下午五点多了

从首都广安门外到八面槽的遥远路途中,穿过熙熙攘攘的人群,穿过川流不息的车辆,走过大街小巷,一位三十来岁的工人正冒着数九天的寒风,拼命地蹬着一辆载货自行车飞驰。

“同志们,闪道,闪闪道!”

他不断地向行人呼喊着。这车上拉的就是“二巯基丙醇”。骑车的叫王英浦,是位先进工作者。你看,他把车轮蹬得飞转,三十华里的路程,一个多小时就赶来了。干吗要从三十里外运药来?这其中还有段小故事:

这“二巯基丙醇”，原本是由国外进口的，算是一种稀有药品。可是去年大跃进中，我们的国营上海第一制药厂的工人，创造性地揭开了它的秘密，现在已能大量生产供应了。它再也不是什么稀罕玩意，它的身价，已经从特种药品降为普通药品，所以特药商店刚刚把它送到库房去，准备发往各地普通医药公司经售。谁知现在又突然需要它，因此又拉了它回来。

且说王英浦这时正气喘吁吁地把药品搬进屋来，大家忽地围住他：

“老王，你真是两条神仙腿呀！”

就在同一个时间内

我们的特种药品商店里，党支部书记田忱和共产党员何思鲁正拿着电筒，伏在地图上，照啊，找啊，他们干什么呢？屋里明明亮着太阳灯，往常，针掉到地上都可以找到，可是今天却怎么也不够亮，噢，他们在找：平陆在哪？他们在想：到底如何运送？这些，迄今还都是悬案！

正在这急死人的节骨眼上，卫生部又来了电话：

“空军已热情支援，保证今夜把药品空投到平陆县城！请你们快把一千支药品装进木箱，箱外要装上发光设备……”

有飞机啦！人们的心眼里，真像是久旱逢甘雨，兴奋得都跳起来了！但紧跟着又是一个困难：这发光设备可怎么解决呢？

就在同一个时间内

时间，一秒，一分，……一闪而过。现在距离四日清晨已经没几个小时了。

在张村公社医院里，空气仍然异常紧张！张村公社的社员们给自己的弟兄们送来了大量豆腐、粉条、蔬菜、糖、细粮……这些东西堆在那里,有谁能吃呢？我们的弟兄还在危险中！山西省人民医院、临汾人民医院在听到这项紧急消息后,也都迅速派来了医生。现在,四十多位医护人员,头上冒着一串串的汗珠,他们已经有二十来个小时没合眼,为了延续这六十一条生命,土法、洋方,各式各样的招,都使尽了,可是病人还不见有任何好转!

突然有人报告:“同志们,县委来电话说,中央已决定今晚派飞机送药来!”

这是真的吗？是真的！病人们那绝望的眼神,忽地亮了,人们的眼里,都饱含着无限感激的热泪……

现在,时间将近晚上七点

特药商店里,药品箱都快装好了,可是发光设备却还没个着落。这时,一个戴眼镜的姑娘猛地把辫子一甩说:

“我找五洲电料行去!”这人名叫李玉桥。

她飞也似的来到了五光十色的五洲电料行。呵,这里真是顾客盈门,共青团员贺宜安在忙着给顾客拿这拿那。李玉桥简短地把情况跟小贺说完,问他:

“给你三十分钟,能不能办好?”

“放心吧,李大姐,坚决保证!”

李玉桥帮他搞营业,小贺抬腿就去找人。半路上正好碰见了王明德,小王是北京市的先进生产者,更是一位热心肠的小伙子。他俩急中生智,连跑带研究,真是一个踉跄一个智慧,他们想用四节电池焊在一起,接上灯泡,可亮半个多小时;又研究出用十六节电池、四个灯泡,把药箱的四面都装上灯,空投落地时,这一面的摔灭了,保险那几面的还亮着。说着说着,他们就干起来了。这时,正好门市部主任老杨从外面开会回来,一听说这是急事,也帮他们干起来。过了一会，李玉桥又来催：

“时间紧迫，不能超过三分钟啦！”

“我们保证两分半钟就弄好！”

果真，李玉桥头脚走回商店，小王就带着焊好的发光设备，一溜风地踩着她的脚跟，也钻了进来，真是两分半钟啊！

现在，是七点半钟以后

一辆胜利牌小轿车，从卫生部大门里急驰出来，奔向特药商店。

车子来了。这时候，正像老何事后所描绘的：也不知那一箱子药品，到底是怎么拿出去的。只见大家一拥而上，生怕误了一分一秒的时间，生怕有个拿不住摔到地上，许多只手擎着这一千支“二巯基丙醇”，挤出商店的那狭小的门，轻轻地把它放在胜利牌小轿车最好的席位上！

胜利牌轿车载着一千支“二巯基丙醇”，正在灯火辉煌的大街上，在静谧的京郊林荫大道上，响着喇叭，箭也似的向机场疾驰。

就在同一个时间内

平陆县邮政局的电话铃声一阵疾响。从下午三点开始，平陆——北京的长途电话已经成为一条极为敏捷的专线。这电话又是空军领导机关打来的。亲自守护在电话机旁的邮政局长董鸿亮同志忙把电话接到县委会。郝书记接过电话，只听见：

“请赶快物色一块平坦地带，要离河道远些，准备四堆柴草。飞机一到，马上点火，作为空投标志！”

“好！立即准备！”

于是，书记、县长亲自指挥，有线广播站里传来了最洪亮的声音，向县城附近的机关、学校、人民公社，向千万群众，发出了县委、县人民委员会最紧急的号召。声音所到之处，正在学习拼音文字的干部们撂下了书本跑出来，学生们从温课的教室里拥出来，老人们拄着拐杖走出来，新婚夫妇从温暖的新房中走出来，建设局的工人们拖着废木碎柴往城外空地上跑；圣人涧那面的山坡上，又有一大群红旗公社的男女社员，抱着大捆大捆的棉柴芦苇，向这块平坦地势上奔来……

眨眼间，岗尖岗尖的四大堆柴草已经准备好了！

几千人林立在这块名叫"圣人涧"的空地上。人们满怀急不可耐的激动心情，向茫茫的夜空，向东北方向，不，向我们伟大的首都，瞭望着、瞭望着；人们的心早已经穿过了云层！曾经在部队上做过通讯工作的孙治勤同志，站在高高的山冈上，凭着他的经验，凭着他一双能听出十里以外的耳朵，倾听着飞机的动静……

这是一场共产主义风格大发扬的胜利战斗。舍己为人、友爱互助精神万岁！

现在，是夜里九点零三分

北京，繁星满天。一架军用运输机满载首都人民的深情厚谊，冲向银光闪闪的夜空，向西南方向风驰电掣地飞去。卫生部的陈寅卿同志随机前往。

这是一次十分困难的飞行。夜间空投，在乎陆空投场没有地面指挥和对空联络的情况下，加上地形复杂、山峦重重，空投的又是水剂药品，而且要保证做到万无一失。……部队领导对这次空投任务极为重视，政委、大队长、参谋长亲自研究，特别选派了最有经验的机长、领航长、通讯长和机械师，并且是一架飞机，派了两个机组同时前往。就在起飞之前，他们还选择了最好的降落伞，把药箱加了重，一切都筹划得最有把握，大家满怀信心。

一个飞行员十分激动地请求机长："为了使药箱确保及时送到，我请求批准我跟着药箱一起下去！"

机长说："首长已经指示，人不要下去，我们要保证把药品准确投到！"

现在，我们的雄鹰正在高速航行。下面是茫茫大地，祖国到处是不夜城，繁星与万家灯火交相辉映。这时候，有多少人还在辛勤地为祖国劳动着！

现在，是夜里十一点二十三分

"请平陆准备！准备！飞机再有七分钟就到你县，马上点火！"

董局长把这空军领导机关的电话通知，立刻传给守候飞机的人群，不知是谁，向每堆柴草上泼了一些煤油，火苗冲天而起，大火把天空和大地都照红了！

这时，飞机已越过黄河，来到平陆上空。现在飞机的高度是两千七百米，为了空投的准确，必须降低，越低越准！机长周连珊压了压操纵杆，飞机迅速下降，两千、一千五、一千……五百米，巍峨的山影从机身旁掠过，好危险哪！这是一场勇敢加技术的搏斗！

飞机上的全部人员，双眼睁得彪圆，心情极不平静！机长突然兴奋地命令：

"准备空投！"

保伞员、机械师还有小陈，早就把药箱上的电灯接亮了，只听电铃一响，他们嗖的一声准确地把药箱推出机舱，一千支"二巯基丙醇"带着降落伞，向预定空投地点坠下去，坠下去！……由县委打电话向北京求援，到神药从天而降，这其中牵动了多少单位，牵动了多少人。可是这全部复杂辗转的过程，却只用了八个多小时，这是多么惊人的高速度！

我们不是常说"千里送鹅毛，礼轻人意重"吗，这一箱从天而降的神药啊，盛满了首都无数人的最美好的感情，它比泰山还重！

就在同一个时间内

在平陆县城外的圣人涧,四大堆火越烧越旺。人流如春潮,数不清的手电光点缀着夜空,活像国庆夜首都天安门的探照灯。郝书记、郭县长等都亲赴现场来了。

“看,天上有个亮火下来了!”突然谁叫。

“那是降落伞,那是神药!”

几千双手高高地举起来,谁都想把这一箱药擎住!人们向飞机、向降落伞此起彼伏地欢呼!

降落伞带着闪闪的亮灯向下飘落!人流追踪着降落伞飘落,跑啊!跑啊!郭逢恒县长向降落伞跑去,劈面碰见了蒲剧演员杨果娃,这是个十六岁的女孩,唱小旦的。她的脸上还抹着红红的粉,戏装也没卸,全是舞台上那个打扮呢!

“果娃!你怎么也跑来啦!”郭县长问她。

“看戏的人都来啦,我怎么不来,来接毛主席送来的神药哇!”说着她又赶快向降落伞跑去。

降落伞带着药箱安全地着陆了,安在药箱四角的电灯闪闪地亮着,寨头管理区的社员最先抱住了药箱!几千人簇拥着这一箱药,你刚扛了两步,他抢过去又扛在肩上……

交通局派来的一辆最好的汽车和最好的司机沈宽亮,早已等在县委会门口。药箱放在车上,车就大开油门,向五十里外的张村医院飞奔。俗话说:平陆不平沟三千。这里的山路狭窄崎岖,极端难行,汽车随时都可能发生故障抛锚。沈宽亮早把汽车做了最好的检修,可是他还在想:

“万一出了毛病,我就扛着它送去!”

二月三日，深夜

盼！盼！——在张村公社医院的大门口，社员们、医护人员们正焦急地盼望着……

汽车开来了！——好！

马上拿下药箱。

马上注射。

注射剂十分灵效，立竿见影，病人立时止住了疼痛，恢复了神智。医生原来规定，药品不能迟于四日黎明找到，但这药品却在黎明之前就送到了。我们的六十一个阶级弟兄化险为夷了。他们新的更强壮的生命，是党给予的，是同志们用阶级友爱救活的。狂喜从人们的心底里迸发出来……

不仅仅是这六十一个死而复生的人，不，我们每个人都有两次生命。党用它思想的阳光，帮助我们消除旧时代遗留给我们的思想毒菌，抚育我们成为全新的人。

二月五日

红日高照，春光灿烂。

县委书记处书记兼县长郭逢恒及县里其他几位领导同志，代表县委会和全县人民，率领着县文工团，携带着慰问品，来到了张村公社医院。他们亲自到床边抚慰病人。郭县长见病人已恢复了健康，打心眼里高兴。民工们紧紧地拉住了郭县长的手，不知说啥是好。

民工周满禄，眼眶里噙满滚热的泪，他说：

“万恶的日本鬼子打瞎了咱一只眼，没人管；国民党阎老西杀了咱多少人，苦水往肚里咽！今天，咱这些普通民工闹点病，中央就派飞机救咱们，党和毛主席真是咱贴心的人哪！”

张店公社的老汉吴进喜，从八十里外赶来看他的儿子吴广新。这时他激动得浑身抖动，拉着儿子：

“小子，在咱这偏僻山沟子里，我想你是没救啦！谁想毛主席在北京比咱老汉还关心我儿！小子，毛主席才真是你的亲爹娘！”

当场，大家都再也躺不住，纷纷爬起来，向郭县长请求：

“为了感谢党和毛主席，感谢首都人民的支援，我们明天就上工！”

郭县长慰抚他们说：“你们要听党的话，好好休息几天！”

第一连连长怎么也按不住心里的那股冲劲，攥着两只粗大的拳头，代表全连的民工向郭县长表示：

“我们一连全体向党和毛主席保证：鼓起最大干劲，把第三连的工全部包下来！”

紧跟着，大家在公社医院的里里外外，在工地上，贴出了几百张大字报表决心；写给党中央和毛主席的信，更像雪片般飞来……

民工们真是说到做到，他们一上工，就由过去每天挖十五方土，增加到挖三十方，工效提高一倍。有的人，更是一天干了三天的活！大家决心提前三个月修好这条支援三门峡伟大建设工程的公路！无数的奇迹在创造着！……

不仅仅是我们的这些筑路民工，不，十二万平陆人，不，六亿五千万中国人，人人心里都燃着一团烈火，这团烈火越烧越旺：对党和毛主席的深沉热爱，化作无穷无尽的力量，人们正在用它加速建设我们伟大的社会主义祖国！干劲冲天地、高速度地建设她吧，这是咱们的靠山，这是咱们永远幸福的保证！

毛主席的好战士——雷锋

甄为民　伶希文　雷润明

每个人每时每刻都在写自己的历史。每个共产党员和共青团员都应好好地想一想，怎样来写自己的历史。……我要永远保持自己历史鲜红的颜色。

——摘自雷锋日记

在沈阳，在辽宁的每个城市，在中国人民解放军沈阳部队每个连队里，人们都在谈论着一个普通战士的名字——雷锋。这位被誉为毛主席的好战士、无产阶级革命战士的解放军某部班长，正当生命火花四射的时刻，竟与世永诀了。他的整个生命还不到二十二年，可是，他却给人们留下了一部鲜红鲜红的历史。

雷锋——这个贫苦农民的儿子，从小生活在非人的极端贫困和饥饿里，直到解放，他才第一次感到人间的温暖。党从死亡中救了他，他热爱党、热爱毛主席、热爱解放军，而对旧社会的压迫者和剥削者怀着无比的仇恨。十岁，他参加了对敌人——地主阶级的斗争。十六岁起，投入了建设社会主义祖国的行列，当过国营农场的拖拉机手，参加过鞍钢的建设。一九六〇年，他又成了保卫祖国的中国人民解放军的一员。在革命部队里，他又光荣地参加了中国共产党。在党的教育培养下，他坚定地树立了终身为共产主义事业奋斗的伟大理想。在日常生活中，他一直把革命利益放在第一位，他听党的话，他努力学习毛主席的著作，他关心别人胜过自己，他英勇顽强而又艰苦朴素……这些年来，他为党和人民做了许多有益的事情。雷锋的历史是一部深受民族压迫、封建剥削和资产阶级压榨的劳动人民的血泪史，是一个工农兵群众自觉的革命斗争的历史。

牢记阶级敌人杀亲之仇

雷锋生在湘江畔望城县安乐乡的一个雇农家里。当他刚刚懂得想念爸爸的时候，爸爸因为参加抗日斗争，被日本强盗活埋了。扔下母子四人，饥饿难当，妈妈让刚满十二岁的哥哥进工厂当了童工。可是，机器把哥哥的小胳臂轧断了，资本家一脚把他踢出了工厂。哥哥回家没钱医治，活活疼死在妈妈的怀里。接着，小弟弟也饿死在床上。苦命的妈妈为了保全这最后一条命根，忍气吞声地给一家姓谭的地主帮工。哪知道，妈妈在这地主家里，竟被少东家强奸了。这位饱受摧残的善良妇女，最终在一九四六年七月十五日的晚上，含恨悬梁自尽了。她留给了雷锋两句遗言：愿老天保佑你自长成人，给全家报仇！

这时，雷锋还不满七岁。他在失掉一切亲人之后，地主又强迫这个孤苦伶仃的儿童给他放猪。住的是猪栏，吃的是霉米。冬天，衣不遮寒，他挤在猪仔窝里，偎着母猪肚皮取暖。一天，地主的狗偷吃了他的饭，雷锋打了这条狗一下，不料惹出大祸，地主谭老三挥起一把剁猪草的刀，朝雷锋左手连砍三刀，把他赶了出来。

小小年纪的雷锋并没有因此而失去生活的勇气。他记着妈妈死前的话，一心要活下去，为全家报仇。他用泥土糊住刀伤，逃进深山，拾野果、喝山水，有时用手攀些树条，到村中换饭吃。夏天让蚊虫咬烂了全身，冬天在山庙里冻得难熬，但他还是顽强地生活着。不过，经过两年非人生活的折磨，他已经枯瘦不堪了。

正在雷锋濒于死亡的时刻，他的故乡解放了。人民政府的乡长彭德茂，从深山破庙里找到了遍体鳞伤的雷锋，送他进了医院，治好了他满身的脓疮。当彭乡长拿着给他做的新衣裳，接他出院的时候，雷锋双膝跪在彭德茂的脚下，喊着："救命恩人哪！"从妈妈死后，他第一次流下热泪，也是第一次下跪。彭德茂急忙扶起他，抚摸着他的头说："我们的救命恩人，是毛主席，是共产党，是解放军。现在，可以给你的父母兄弟报仇了！"从此，雷锋苦尽甘来。他怀着对压迫者和剥削者的深仇大恨，十岁那年（一九五〇年）手执红缨枪，投入了反封建的斗争。当时他是儿童团长，和一队同命运的小伙伴，押着恶霸地主游街。在斗争大会上，他用被砍伤的手，揪着害死妈妈的地主问罪。他亲眼看到人民政府枪决了那地主，为他，为千百万穷人报了仇。

人民政府免费供这个苦孩子上了小学。他最先学会了"毛主席万岁"五个字。他默默地对死去的妈妈说："老天没有保佑我，是毛主席，是共产党救了我的命。"他用六年时间便学完了从小学到初中的九年功课；尽管人民政府决定供他念完大学，他却急不可耐地要为祖国社会主义建设添砖加瓦。这时，他才十六岁。

发无产阶级之愤

雷锋从十岁就想当兵为亲人报仇。可是，当时他年纪太小，解放他的家乡的一位解放军连长对他说："你的仇，大家替你报，等你长大了，建设咱们的新中国吧！"雷锋长大了，果然献身于祖国的社会主义建设。不论参加农业生产，当国营农场拖拉机手，还是从温暖的南方来寒冷的东北鞍钢开推土机，他都恨不得把自己的手臂变成顶天立地的钢梁，把祖国的社会主义大厦赶快支撑起来。

一九五八年秋天，在党中央发出大办钢铁的号召不久，鞍钢派人到雷锋所在的团山湖农场招收青年工人。因为雷锋懂得钢铁同祖国建设的关系，便毅然报名应招。到了鞍山，他驾起了推土机。他驾驶的"斯大林 80 号"推土机，车体高大，一位老师傅怕累坏了他，要给他换个小型的机车。他说："开大车干大活，再困难，我也能够克服。"不久，鞍钢为了发展钢铁生产，化工总厂要在弓长岭建一个化工分厂，动员一批工人去搞基本建设，雷锋第一个报了名。有人对他说，那里吃没好吃，住没好住，劝他不要去。雷锋听了非常生气，他说："正因为那里是这样，我才情愿去！"他去了，什么活重干什么活，不管多么艰苦，他都毫不畏惧地迎上前去。

这个贫苦农民的儿子，经过工人阶级队伍的锻炼，视野更加宽阔了，革命责任感更加强烈了。在一九五九年十二月三日，他听了征兵报告之后，第二天一大早，就到征兵站报名应征。他知道自己的身材太矮，很担心身体检查不及格。在兵役局量身高的时候，他偷偷地踮起了脚，军医发现了，笑了笑，让他再量一次，结果只有一百五十二厘米高；量体重时，尽管他站在磅秤上用力往下压，也只有四十七公斤；身高、体重都不合格。医生又发现他身上有许多伤疤。提起这伤疤，他立刻流下了泪水，跟医生讲述了自己的苦难童年。他说："记起过去的仇恨，我非参军不可。"医生很同情他，让他去找兵役局再谈谈。他跑到兵役局找到了来接新战士的荆营长，他拉着荆营长的手，诉说了自己过去的一切，他说："想起过去，想到咱们国家周围还有美帝国主义，我的心就催促我拿起武器保卫祖国……"他讲着讲着哭了，荆营长也流下了热泪。荆营长以老战士的名义，收下了这个新兵。

作为一名战士，雷锋深知战士的责任。这里有一段与洪水搏斗的故事，可以感到这个革命战士的责任感是多么强烈：

一九六〇年八月，当百年不遇的大洪水袭击抚顺的时候，雷锋所在的连队接受了参加抗洪抢险的命令。当时雷锋身体不好，连长让他留下来休息。他却找到连长恳求说："洪水正威胁人民的生命财产的安全，我在家待不住，我请求和连队一块儿去！"由于他百般要求，连长和指导员最后同意了。

情况很紧急，昼夜不停的大雨，倾满了上寺水库，中共抚顺市委决定开掘溢洪道以防万一，并把这个艰巨的任务交给了部队。雷锋同他的战友们,顶着大雨,踏着泥浆,连夜挖掘溢洪道。他挥锹猛挖,突然锹板脱落了,天黑看不见,找不到,他就甩掉手中的锹把,用手挖泥,时间长了,手指被磨破了,鲜血掺着稀泥,溅满了他的军装。卫生员让他下去上点药,他说:“眼前的洪水,岂不和万恶的敌人一样,哪能为点轻伤误了大事!”

天快亮了,当部队集合被换下要去休息时,雷锋突然晕倒在地。连长立刻命人把他扶到老乡家去。打针、服药,护理了一天,雷锋觉得轻松了许多。傍晚,外边一响起集合的哨音,他趁卫生员没留神,拔腿就跑,又闯进了夜雨蒙蒙的工地。

在这以后不久,在部队党组织的教育下,他光荣地参加了中国共产党。

活着就是为了使别人过得更美好

共产党员雷锋,在他的一言一行中,都闪耀着灿烂的共产主义光辉。

他在日记中曾经写道:“我觉得要使自己活着,就是为了使别人过得更美好。我要以黄继光、董存瑞、方志敏等同志为榜样,做一个热爱祖国、热爱人民,永远忠实于党、忠实于人民革命事业的人。”

这就是他的人生观,这就是他的生活目的。他是个运输兵,是个班长,但他不满足于仅仅完成自己的本职工作,总想多做些事。连队各项活动他几乎全部参加了。连队俱乐部的学习委员是他,他热心地帮助大家学习毛主席著作,买书、借书给大家看,给大家读报,宣传党的方针、政策和国内外大事。开展文化学习时,他主动请求担任兼职教员,在业余时间里,给大家讲课,批改作业。他是技术学习小组长,也是连队的教歌骨干,他还担任了部队驻地附近小学少年先锋队的辅导员。对他来说,事情越多越好,为党、为人民工作,他有无限的热情和精力。和他生前一起相处的战友告诉我们,什么个人打算呀、情绪不高呀等等，根本和雷锋沾不上边，他整天笑容满面，心里想的除了工作就是学习。他认为那些“闹名誉，闹地位，闹出风头”的人一个个都是“没出息”！

这里记述的是雷锋的一些小事：

有一次，他到丹东去参加军区体育运动大会，从抚顺一上火车，就主动做了义务列车员，擦地板、擦玻璃、帮妇女抱孩子、给老人找座位、冲茶倒水，忙个不停，稍一有空，又拿出报纸，给旅客读报。

另一次，他外出在沈阳换车时，看见一个从山东来的中年妇女，急着要到吉林去探亲。可是车票在中途丢了。他看她情真意切，二话没说，就领着这位大嫂到售票口，自己掏钱买了张车票，又带着她上了车。

一个星期天，他肚子疼，到医务所去看病，经过一个建筑工地，那火热的劳动场面，立刻吸引了他。他忘了自己是个病号，奔到推砖场，操起一辆小车就推起砖来了，心想：能为社会主义建设添一块砖也是好的。这个来历不明的解放军战士，越干越欢，车子推得飞快，脸上流着汗水，使全工地的建设者受了很大的鼓舞，不久工地广播站传出了“向解放军学习”的声音。最后当工人们知道他是个病号时，都万分感动，大家写了表扬他的大字报，敲锣打鼓地把他送回营房。

雷锋每月的津贴除了交党费、买肥皂、理发和买书之外，全部存入银行。班里有的新战士问他：“你就是一个人，何必这样熬苦自己呢？”雷锋回答说：“谁说我熬苦自己？现在的生活比我过去受的苦真是好上天了。”雷锋存那些钱准备干什么用呢？谜底到底揭开了：部队领导机关先后收到了中共辽阳县委办公室、抚顺望花区和平人民公社的来信，感谢雷锋在辽阳遭受特大洪水灾害和城市人民公社刚成立的时候，分别寄来一百元钱。雷锋同志的一位同班战友更接到一封奇怪的家信，这位战友的父亲在信中说：寄来的二十元钱已经收到，我的病已经好转，望你在部队安心。后来一打听，又是雷锋做的。为什么要这样做？雷锋在日记上写道：“有些人看我平时舍不得花一个钱，说我是‘傻子’。其实，他们是不知道我要把这些钱攒起来，做一点有益于人民、有利于国家的事情。如果说这就是傻子，我甘愿做傻子，革命需要这样的傻子，建设祖国也需要这样的傻子。我就是长着一个心眼：我一心向着党，向着社会主义，向着共产主义。”

雷锋这样处处表现出毫不利己、专门利人的高尚风格，是为了夸耀于人，求得领导的表扬和同志们的称赞吗？不是。运输连的指导员高士祥同志告诉我们，雷锋丝毫没有这样的思想，他做了好事从来也不对人讲。那次抱病在工地运砖，人们再三问他的名字，他始终不说，只说是附近部队的。人们握着他的手对他表示感谢时，他却说：“这是我应该干的。”在沈阳车站给那位山东大嫂买了车票，她问他在哪个部队、叫什么名字时，他却幽默地说：“叫解放军，住在中国。”

严格要求自己，努力锻炼自己

雷锋同志的革命品质之所以可贵，就可贵在“自觉”这两个字上。在毛主席发出迎接合作化高潮的伟大号召的时候，他响应号召，参加合作社当了一个有文化的农民；当祖国号召要建设社会主义新农村的时候，他当上了第一批拖拉机手；当祖国号召大办钢铁的时候，他又报名投入了鞍钢工人的先进行列；当祖国处在帝国主义、反动派、现代修正主义的进攻之下，他又积极争取当上了一名祖国的保卫者、人民解放军的战士。入伍那天，他在自己的日记上写道：“我要坚决发扬革命部队里的优良传统，向董存瑞、黄继光、安业民等英雄们学习，头可断，血可流，在敌人面前决不屈服。我一定要做毛主席的好战士！”参军以后，他又以自己的行动，实践自己的诺言。虽然旧社会留给他三条刀痕和一个有胃病的身体，但他严格地要求自己，努力锻炼自己。当他刚入伍投掷手榴弹不及格的时候，在全班同志的帮助下，他以勤学苦练来弥补，终于在正式演习时达到“优秀”的水平。党的艰苦朴素的优良传统，他时刻牢记在心头。按规定，部队每年夏天发两套军装,他却只领一套。他说:“我一套就够穿,破了可以补一补,给国家能省一点是一点。”他用的搪瓷脸盆、口杯,上面的瓷几乎全脱落了,像是用黑铁做的。他穿的袜子补了又补,完全改变了原来的模样。他看到有的人吃饭时掉了一粒米在地上,乱花了一分钱,他都善意地提出批评,耐心地进行帮助。

革命的自觉性绝不同于盲目的自发性。雷锋的自觉性是建立在学习运用毛泽东思想的基础上的。参军后的这几年,他响应部队党组织的号召,在人民解放军这个大学校里抓紧了一切学习时间,读完了《毛泽东选集》一至四卷,其中有些文章更反复阅读过好多遍。在学习中,他深深体会到学习得越多越深,思想越开朗,胸怀越开阔,立场越坚定,理想越远大。

在雷锋同志一生的前进道路上,并不是没困难的,他是在不断克服困难的过程中,依靠党和群众,自觉地锻炼自己的革命意志。农业战线上的治水模范,工业战线上的先进生产者、红旗手,解放军中的“五好”战士,团组织中的模范团员,抚顺的人民代表等光荣称号,就是雷锋以自觉的主观努力,克服各种客观困难的最好证明。

雷锋在一九六二年八月十日的日记中写道:“今天我又认真学习了毛主席在中国共产党第八次全国代表大会上的开幕词,其中有两句话:‘虚心使人进步,骄傲使人落后’。这是千真万确的真理。过去按毛主席的教导做了,所以进步了;现在,我仍要牢记毛主席的这一教导,更好地做到这一点,永远做群众的小学生,做人民的勤务员。”

就在写出这些思想、并准备更加奋发为党工作后的第五天——一九六二年八月十五日,雷锋同志在执行勤务中,不幸牺牲了。

雷锋同志的生命的火花是熄灭了,然而他的思想的火花将永远放射光芒。

南京路上好八连

西　虹　胡奇坤　张哲明

一

在上海最繁华的南京路上，出了一个艰苦朴素的好八连。好八连又出了一个好指导员刘仁福。这些年来，在党的领导下，刘仁福指导员同其他干部是怎样兢兢业业，以身作则地培养了“南京路上好八连”？好八连在刘仁福同其他干部的影响下，又是怎样保持和发扬了人民解放军艰苦朴素的优良作风和高尚的共产主义风格的呢？

让我们回到一九五六年九月初头。那时候，好八连刚从上海浦东地区来到南京路上某号楼房驻扎下来。战士们从临街的楼窗口，从楼顶的平台上，看着大街上重重叠叠的高楼，来来往往的电车、汽车和五花八门的热闹景象，口里赞赏道：“好啊！漂亮！”到了晚上，商店的橱窗里射出彩霞般的霓虹灯光，真叫人看得有点眼花缭乱。头天开饭的时候，刘仁福指导员发现有些战士的动作不够迅速整齐，爱歪着头瞅马路。他在心里想道：部队在这样一个闹市执行警卫任务，应该怎样保持和发扬我军艰苦朴素的优良作风呢？我们不是来南京路上看热闹玩儿的，我们是来保卫大上海，保卫人民的安全的。后来他就把战士们领到三楼平台上，向四外观察一遍，然后用手指划着说：“那座紫红色的大楼是国际饭店，带钟塔的大楼那儿是人民公园。

轮船冒烟的那个方向是外滩,紧挨黄浦江。我们住的地方是南京路,上海最繁华的地方。从这儿一直到外滩都很热闹,很多大楼过去都是大资本家的,现在都成人民的财产了。”又向后退了几步,指着不远处一座古老的楼房,说道:“那座楼房是我们党刚成立召开第一次代表大会的地方。中国共产党就是在上海诞生的。大革命时代,中国共产党领导上海工人阶级举行过三次武装起义。五卅惨案就发生在南京路。为了祖国的解放,上海工人阶级在南京路洒过不少鲜血。上海是一个革命的光荣的城市,南京路是红色的南京路。”往下,刘仁搞向战士们介绍了周围的情况,说:“我们附近有很多重要机关、重要企业,我们要专心专意做好警卫工作。我们还要注意军容,注意政治影响,好好工作和学习,生活要紧张起来。”

第二天,好八连便很快恢复了正常的生活秩序。但是,在繁华的南京路上,各种各样的商行店铺,都是考验好八连的战场。工农子弟兵那种缝缝补补、勤劳俭朴的生活,一时遭受到都市生活种种习惯势力的包围。个别刚刚入伍的义务兵,就被南京路上的热闹风光照炫了眼。战士李玉德本是吸黄烟的,星期天上街就买了一支雪茄烟,叼在嘴上说:“这东西不错,劲头是大,尝一尝。”十九岁的童新根看着穿纺绸衫的人从身边走过去,就扯扯自己的布衫,向别人说:“挺好,比咱们的风凉!”

各个党小组把这些不够健康的苗头反映到了党支部。面对这些事实,党支部书记刘仁福同志深深感到,连队如今是站在警卫大上海中心区的光荣岗位上,同时也是处在思想斗争的前沿阵地上。于是他就向同志们谈起一九四九年部队进驻上海以前,陈毅司令员的谆谆告诫:“……上海是个革命的城市,也是党的诞生地。由于上海长期遭受着帝国主义和国民党反动派的统治,使它成了‘冒险家的乐园’,变成了一口大染缸,特别是南京路,是资产阶级生活方式最集中的地方。我们要用无产阶级思想去占领阵地,改造旧的上海,决不能让旧的上海染黑我们!”他想:眼前南京路上的私人资本主义工商业已经转入全行业公私合营，完成了社会主义改造，可是资产阶级思想和残余的资产阶级生活方式在南京路仍然有市场。李玉德的雪茄烟，童新根的言论，难道真的都是属于无关紧要的生活小节吗？如果听任这样的事情发展下去，革命战士的斗志就要受到侵蚀。刘仁福及时地召集了党支部委员会，提出：一定要保持人民军队优良传统，警惕资产阶级思想侵袭。

这一天，刘仁福看见上士刘云彦使一只小铜烟锅吸黄烟，脚上穿着一双布袜子，心里说："我们正需要这样的战士！"便跟上士拉开家常。刘仁福问他每月的津贴干啥用，刘云彦说有的寄回家，有的存银行。后来刘仁福问到他游览人民公园的经过，刘云彦仍然不慌不忙地说："走着去，走着回来，既锻炼了自己，又省下车费。馆子吗，我不去！下午三点钟我回到连里吃午饭。"刘云彦的情况跟童新根的大不相同。

刘仁福还发现管理排长葛世奇，双手沾着粪便，一个人埋头修理下水道。刘仁福问他为啥不请修理工，葛排长笑着说："这事我们自己可以干，找根竹皮子一通就行了。"

副连长的球鞋，鞋底到鞋帮，补了又补，穿着不说。刘仁福问他："你还穿这双鞋？"副连长说："再补一补还可以穿。"

接着，刘仁福就深入到班里找战士拉家常。了解到一班战士吴月生，七岁死了父母，八岁上就给地主放牛，地主打他，不给饭吃，饿他，用香火烧他的皮肉，真是受尽折磨。解放后他有了房子，有了地，有了幸福的家庭。吴月生当时十九岁，参军是为了保卫胜利，不再当牛马。谈起过去，吴月生就痛哭起来。刘仁福坚信：只要领导上注意教育，这样的战士是永远不会忘本的！

所有这些活生生的事实，都被刘仁福指导员当作教材拿到了课堂上。这一天，楼窗外车声人声闹喧喧，楼房里面，刘仁福指导员正在以"保持和发扬人民解放军艰苦朴素的光荣传统，反对资产阶级思想侵蚀"为题，给好八连讲课。他像摆故事似的说道："我参军的时候，正赶上解放区度春荒。我们八路军跟灾区人民同甘共苦，一人一天只吃十二两粗粮，自己还得推磨磨面。为了节约粮食支援灾区，我们吃豆饼，还挖野菜吃。为什么呢？我们是人民的军队，处处为人民。”接着就表扬了上士刘云彦，管理排长葛世奇和副连长。又把这些事例跟个别同志来到南京路以后追求吃穿的种种表现，对照了一下，最后就把吴月生的苦难生活向大家作了介绍。刘仁福说道：“我们一些同志刚刚离家半年一年的，来到南京路可不能忘本！艰苦朴素是人民军队的本色，我们是劳动人民子弟，应当艰苦朴素。”

这堂课好比一剂镇邪灵药，角角落落的邪气开始被驱除，勤俭节约之风一时吹遍好八连。就拿那个十九岁的童新根来说吧，他也置办了针线包，自己动手补衣服、补袜子。过去他的津贴月月不够花，从这以后每月都有储蓄。更可喜的是，战士们都能精打细算，一点一滴节约国家资财。半盆污黑的洗脸水也要留着，代替自来水冲洗厕所。盘好省煤炉灶还不够，还要在煤灰堆里拣煤核烧。晚上进门出门，随手关灯。星期天很少有人请假上街，都在家里学习政治和文化。

二

一九四九年五月间，人民解放军刚刚解放大上海的时候，南京路上曾经出现这样一幅巨大的标语：“人民的军队，我们欢迎你！”那时候，刘仁福还是攻城部队某营的通信员。他亲眼看到我军的崇高品质和优良作风是怎样赢得了上海人民极高的赞誉的。巷战中，战友们淋着雨，在南京路永安公司的门口露宿，各级指挥所也是在露天用雨布搭起来的，没有一个人进民房，只怕让上海市民受到惊扰。部队的饭食也是从郊区三四十里远的地方煮好后，再送到市区来的。战士们宁肯用钢盔盛菜，炮弹壳盛饭，也不肯向市民借用盆碗饭具。那些帝国主义分子的奴才们，怀着恶意丢在南京路上的金钱、香烟、饼干、糖果等东西，都被雨水淋湿，被来往的解放军战士用脚踩碎了。刘仁福当时就在南京路上某号楼房驻扎过。想不到七年以后，他又回到了南京路上的某号楼房。跟当时相比，南京路上的情况已经发生了天翻地覆的变化，社会风气也比早先好多了。但是这个曾经被人们称作大染缸的上海中心地带，仍然残留着资产阶级的奢侈和享乐的气息。全连的干部和战士，必须保持和发扬战争时期我军进入大上海时候那种崇高的品质和优良的作风。党支部在组织大家学习了党的七届二中全会的文件以后，刘仁福更深刻地感到，在和平时期，资产阶级思想对人的侵袭的确是多方面的，但往往都是从生活方式上开始的。毛主席教导我们，在进入大城市后要保持和发扬艰苦朴素的光荣传统，不要受资产阶级思想的侵蚀，不要被资产阶级的糖衣炮弹打倒。在这个情况下，特别是在连队驻地分散，执勤任务又比较繁重的情况下，连队的坚强堡垒——党支部，就必须站在思想战线的最前哨，时时刻刻把思想工作放在头里，做在前面，同时还必须发动群众做思想工作，培养党团员骨干做思想工作。

一天早晨，好八连在外滩作罢早操刚刚解散休息，矮胖、老实的徐淑朝迎着黄浦江畔的朝霞向刘仁福走来了。这战士喊了声“报告”，神色严肃地说：“刚才拾到一分钱。”便把一张小小的钞票递到刘仁福手里。刘仁福当下说道：“很好，你做得很对。”徐淑朝笑着走开了。晚上点名的时候，刘仁福便在队前表扬徐淑朝，说：“这是我们无产阶级战士的本色，一分钱是个小事情，不值什么，但是对待这一分钱的态度也反映了一个同志的品质。拾到一分钱也交公，这就是我们人民解放军的品质。你要是私自留下来，一分钱在你心灵里留下的污点就永远擦不掉了。”

战士陈进林在哨位上拾到一个小皮夹，里面有二十多块钱，立即归还了原主，可是他没有向连里汇报。后来连长因事去执勤点，看到执勤单位的黑板报上有表扬他拾金不昧的稿件，等他下哨后连长问他：“为什么不向连里报告？”陈进林说：“爱护群众的利益是我们革命战士的本分，也是我们军队的传统，不值得汇报。”

那时候，好八连战士在执勤中间，不管拾到什么都交公：钞票、钢笔、围巾、童鞋、帽子、戏票、支票、工作证、身份证，直到青菜、萝卜，什么都有。为了不耽误戏票的失主看戏，战士唐照顺下哨后没有吃晚饭，一直站在值勤单位的大门口，拿着一张戏票，笑嘻嘻地问遍了每一个进出大门的人。为了寻找失主，战士们追赶汽车，顶风淋雨，牺牲过多少睡眠和休息！

有一天，战士们打打闹闹的时候，碰碎了一块窗玻璃。又有一天，检查武器的时候，查出一个战士的枪上积了点灰尘。刘仁福感到很不安，心里想道：我们还应该教育战士懂得：爱护武器装备，爱护国家资财。连的干部一起谈了谈，接着又召开支委会讨论了这个问题。过了几天，他就拿着俱乐部的一把胡琴和几本书给大家上课。那把胡琴还不算旧，只是蟒皮上穿了个洞，音色不好了。几本书都撕破了封皮，书上还有人乱写乱画。刘仁福劈头就说：“同志们，这就是不爱护公物的具体表现。”往下便提出爱护公物、营具、武器装备的问题。从这以后，连里的每一张床、每一个凳子，直到每一件雨衣，都有专人负责保管。自己动手修凳子、修地板的，一天天地多了起来。

好八连战士爱护国家资财的事例真是太多了。他们搬家的时候，从不向公家报销一分钱的运输费，桌椅板凳自己搬运，床铺、厨具自己扛抬。为了不致妨碍城市交通，他们夜里搬大件，白天搬运小物件。搬运的时候，床头、桌脚也不让受到一点磕碰。就是出公差的战士，也常常是徒步往返几十里，不坐车，不花一文车费。

好八连的驻地，屋子破了自己修，井坏了自己挖，没向公家要过一分钱的修理费。他们把打了补丁的衬衫当好衣服穿，手巾破得不能再用，就洗得干干净净当枕巾。拖把、簸箕、营具、训练器材，逢着缺什么，好八连战士就动手来做什么。他们说：“共产主义的美好生活不会从天上掉下来，要靠大家艰苦的劳动去创造，也要靠大家珍惜每一分财力、物力，一点一滴的节约来积累。”

好八连的战士都是这样，平时一分钱不乱花，一个人一个月花三五毛钱还觉得不俭省；一旦进到书店就这个五元，那个六元，争购毛主席的著作和其他政治书籍。一九五七年自愿认购公债的时候，战士们也是这个十元，那个二十元，争先报名。他们说："为了支援社会主义建设，自己宁可不花钱。革命大家庭过日子要精打细算，我们要处处为革命利益着想……"

刘仁福无明无夜地忍苦忍累，忙得汗水淋漓，找战士谈心，跟战士同尝甘苦寒暖，不正是为了培养这样的战士，塑造这样高尚的心灵吗？

三

一九五七年夏季，好八连的巡逻哨在南京路上抓住了贴反动标语的反革命分子。刘仁福向战士们说道："我们要提高警惕，坚守哨位，坚决保卫党，保卫社会主义！……"好八连的战士们眼睛雪亮，他们迎风冒雨，彻夜巡逻在南京路上。

七月一日，党的生日到来了。好八连的俱乐部在刘仁福的具体指导下，举办了一个很有意义的革命历史图片展览会。一幅幅珍贵的图片贴满了俱乐部的墙壁，从敬爱的领袖毛主席在湖南创立共产主义小组到中国共产党成立，又从上海工人的三次武装起义到中国工农红军在井冈山竖起红旗，直到新中国成立，每一组图片前面都围着许多人。刘仁福站在战士们中间，向战士们介绍着这些图片，向大家说道："同志们看过以后要从这里面吸取营养，向领袖、向革命老前辈学习。我们的先辈都比我们艰苦，为了解放全国人民，他们历尽千辛万苦，吃不饱、穿不暖，遭受着反革命的迫害，但是他们仍然积极地和敌人展开英勇的斗争，终于使革命取得了胜利。我们要学习他们艰苦奋斗的精神。"又说："我们现在的环境比他们强过几百倍、几千倍，这完全是党给我们的幸福。但是我们不要忘本，我们的生活还要艰苦朴素,不要受资产阶级思想的影响。”

在南京路上,好八连的战士是那样热爱党、热爱领袖、热爱社会主义。新年刚过,节日的锣鼓还在响,刘仁福就和张维保连长率领好八连开赴远郊的农业合作社消灭钉螺的战场,为民除害。他们白天挖河泥,干部战士抢着下河,抢着搬冰挑泥,雨雪交加的天气,干部怎么喊,战士都不离工地。晚上在弄堂里铺上稻草睡觉。春节前夕他们回来了,放下背包就在南京路上站岗、巡逻,为使上海人民安安乐乐地欢度春节而彻夜操劳。

春风刚吹,苏州河畔的薄冰还没有融化,好八连的战士们就写了家信向亲人要菜籽,又跑出几十里地去寻找荒地。为了让上海人民能多吃一点菜,他们一心要开展蔬菜生产,再也不愿意去市场上买菜了。好八连仅有的两块荒地,近的离南京路十五里,远的有二十多里,战士们都是起早带晚和利用星期天搞生产。有的战士夜三点下岗不回家,跑到菜地里去了,第二天不吃早饭苦干一头晌,中午赶回来参加学习,或者上岗。一次又一次,他们提着桶、扛着锄,走出繁华大街,走出南京路。一次又一次,他们肩扛担挑,带着鲜嫩的青菜,从菜地走回南京路,走回自己的连队。

就在一九五八年的秋天,有一桩事情深深地触动了刘仁福的心灵。原来好八连夏天去上海近郊进行军事训练的时候,曾经路过一处建筑工地,当时工人们有的抬泥,有的砌砖,正在盖楼房。工地附近那一片草棚是工人宿舍,稻草顶、草席墙,里面铺着木板。到了秋天,好八连返回来的时候,路过那处工地一看,建筑工人已经没有了,一幢幢楼房已经盖起来。白色的、绿色的楼房整整齐齐一大片,里面已经住上人。战士们议论道:“去的时候才盖,回来的时候楼房已经盖起来,这么漂亮!”刘仁福触景生情,想到建筑工人的风格真高,他们给别人盖大楼,自己住草棚。当时他的心情很激动,不久之后他就拿建筑工人的材料给大家上了一堂课,叫大家学习工人阶级的思想,全心全意为人民服务。刘仁福最后说:“炊事员最近要调换几个,喂猪的也要调换,大家讨论一下,愿去的报个名吧,可是要自愿。……”下课不一会,各班战士都纷纷报名,要求下伙房和去喂猪。

以后,好八连有些老战士要复员了,当他们告别心爱的连队,即将奔赴建设岗位的时候,他们有的临走还坚持要站最后一班岗,有的在告别会上,还再三勉励大家保持和发扬好八连的优良作风。刘仁福指导员对六班长张友洋说:“把你那条用了三年还在用的毛巾留下来吧,给咱们连队作纪念。”三班长朱长和去找刘仁福谈的却是另外一码事:“我什么都不想要,就想要一张报纸——登载我们连的消息的那张《解放军报》,以后走到什么地方,翻开看看,就会想起连队,想起我们解放军的艰苦朴素作风,鞭策自己进步。”

这些复员的老战士在南京路上度过了整个兵役期,但是每个人的背包都跟刚来的时候一样,还是那样小巧;除了公家发的东西,没有在南京路上添置什么。只是每个人增加了一个网篮,网篮里面装的都是书,有《毛泽东选集》、《怎样做一个共产党员》、《人民公社万岁》、《初中文学》、《几何》,还有各种政治理论和文学书籍。他们就这样轻松、俭朴地离开了好八连,离开了南京路。

四

为了坚持和培养艰苦朴素的作风,好八连的党支部和全连干部,真是做尽了塑造革命战士灵魂的工作。好八连的值勤地点是分散的,骑上自行车,大约三个半钟头的时间方能跑遍全部值勤点。可是好八连战士白天、晚上都可以看到张维宝连长、刘仁福指导员和其他干部。寒风冷夜,他们知道有一只温暖的手常常给他们盖被子;炎夏酷暑,这只手又常常来给他们压蚊帐;他们衣服破了,一时顾不上缝补,这只手又会来给他们做针线。冬季野营训练的日子,部队的生活比较苦,体弱多病的刘仁福走了两天累得病倒了,但是还拒绝坐车,并且向劝他下来休息的排长们说:“越是艰苦困难,我越不能离开大家，离开连队。”照样背起背包，带领着战士跳大沟、蹚冰河，又去抢战士的枪和背包背。平时给战士们上课，刘仁福常常在课堂上累得发晕，可是他只说一声：“休息十分钟。”让大家休息，他去吃点药，转而又继续讲下去，越是下雨刮风的天气，他和张维宝连长上各个哨位就越去得勤；逢到节假日，他和连长通宵达旦地奔走在各个哨位上。为了让值勤的战士看一场电影，张连长就跑到七里以外的哨所代替战士站岗。哪班的战士去菜地劳动没回来，张连长便大老远地赶到菜地里给战士送饭。只要想起这些，好八连战士就会高度自觉地去完成各种各样任务，信心百倍地去克服各种各样困难。在南京路上，把好八连优良作风的红旗举得更高。

今天的南京路，也吹遍了勤俭朴素的风。满街光华灿烂的橱窗里，贴满了“勤俭建国、勤俭持家”等等引人向上的标语。穿戴朴素的漂亮姑娘也推着粪车，满面春风地从南京路上走过。“我们的好八连！”南京路上的人们这样称呼好八连。

“好八连叔叔！”南京路上的红领巾这样称呼好八连的同志们。从小学到大学，从工厂到里弄，数不清有多少单位和群众团体都写公函、派专人，来邀请“南京路上好八连”的同志们去给他们作关于艰苦朴素作风的报告。人们都把好八连当作南京路上的光荣和骄傲，都是从心眼里把“南京路上好八连”当作自己学习的好榜样。上海市第三师范附属小学的一群少先队员们，曾经向“好八连叔叔”报告他们在好八连叔叔的启发下开展缝缝补补活动的情况，说：“……我们还是第一次拿针线呢！小小一枚针拿在手里，觉得比钢笔还重。在缝补破衣服的时候，常常把针戳在手指上，有人把袜子上下两层缝在一块儿了，但是我们仍然坚持着，我们决心人人都学会缝补，就像叔叔们那样。”好八连的清新之风已经抚拂到祖国的新一代，抚拂到这些共产主义的幼芽。

现在，好八连战士们衷心爱戴的指导员正躺在医院的病床上。但是好八连的战士们还是经常给刘仁福写信，一面表示对指导员的怀念,一面汇报自己的工作和学习情况。连里的一切也都井井有条:人们去菜地劳动的时候,照旧是四十里地走着去走着回;战士们照旧穿着打了补丁,但是洗得很干净的衣服;星期天一概没有人请假逛大街,不是缝缝补补,就是学习文化,一切都跟刘仁福在的时候一样。好八连艰苦朴素作风的传统之花,正越开越艳,越开越红。"南京路上好八连",这是一个多么值得人学习和歌颂的连队啊!

红桃是怎么开的？
——记党的忠实女儿赵梦桃

魏钢焰

楔　子

一九六三年四月二十七日的下午，汽车，人流，向咸阳市专署礼堂门口拥来。

由陕西省人委召集的表彰赵梦桃及赵梦桃小组先进事迹大会就要开始了。

天空的电波，地面的电线，讲台上，人丛里，回响着这个二十八岁细纱女工的名字——赵梦桃。

她，不在主席台上，不在观众席里，她，在哪里呢？

在军大医院三楼最边的那个窗户下，她，正躺在病床上。

花瓶里插着红彤彤的花束，不知是哪位护士特意为这个节日找来的。房间里，只听见收音机里嗡嗡的交流声：再有几分钟，大会的实况广播就要开始了。她半仰着，神情严肃专注，像是要从电波的声响里，听出那熟悉的脚步、笑音、语声来。

钟声响了三下，收音机里传出来庄严的军乐，她凝望着瓶中的红花，只觉一股暖流冲上胸口，在耳边，又响起那辚辚的车轮声……

轮　声

十四年前早春的一天,天已破晓,春寒逼人。

在洛阳通向潼关的大道上,有辆满载的铁轮大车,一摇一甩,吱——吱——呻吟着挪进。高高的货包顶上,有一个小小的白色人形在摇晃。

她,就是那十四岁的赵梦桃。她身穿重孝,蹲缩着身子。她耳边,震响着父亲临终前那咽哑无力的喊声:“梦桃!梦桃!”爹呀!为什么给你那苦到根上的女子,要起这么甜的一个名字呢?

——可是,这能怪那个洛阳城的小摊贩赵书林么?

赵书林一辈子勤勤恳恳,安分守己,到头来,只落得房无一间,地无一垄。梦桃出生后全家人围在这个头生女儿的身边起名字,他都不称心。赵书林,望着小女儿红彤彤的脸蛋儿,多像朵桃花呀!叫个什么桃呢?……翌晨,他说他梦见:街心里摆着一盆绿臻臻的夹竹桃,小骨朵红彤彤的。他一把抱了起来,粉红花瓣噗噗隆隆开了个满堂红!

这就是“梦桃”名字的来由。这个梦是实是虚,自很难说。但谁能说,赵书林对小女儿的祝福心愿,是不真切感人的呢?

……

车轮呻唤,赵梦桃全身冻得缩成一堆。娘问她:“冷吗,桃?”“不冷,娘!”怎么不冷呢?我们的小梦桃血泪里生,冰日中长呵。伏在父亲肩上的小桃看到过洛阳的大火、惊跑的人群、南山的日本骑兵……这,就是旧中国给小桃的见面礼!

大哥和小妹因贫病惊吓先后死去,小哥哥被送到蔡家坡学手艺去了,父亲也得了肺痨病躺在床上,全家搬到雷家祠堂里,人家为了摆赌把大门堵起,他们就在后门的一个小洞口爬出爬进,怎么活呢?

赵梦桃有个二姑,嫁给一个恶霸地主。老爹打发梦桃去告借药钱,小桃怯生生地去了。好排场!方砖铺地,深堂大院,二姑扭了出来,两只手扎煞着,摆呀摆地走。梦桃低头一瞅,嗬,金戒指、金手镯,戴了一手;小桃想,这下爹的药钱该有着落了。没想,这位少奶奶哼了一下:“要借钱吗?行啊,啥时候还呢?”小桃急了,回嘴道:“诓不了你!俺哥在蔡家坡学手艺,一赚下钱,不吃不喝都还了你!”二姑用鼻子笑了一声,两眼斜瞅着她,小桃觉得身上一冷。女人又开了口:“依我看,你们不该叫你哥当那个穷工人去!拿上三斤包谷面喝糊糊去吧!好歹咱们是亲骨肉嘛!”

回到家后,爹气得上气不接下气,连着把“亲骨肉”念了几十声!娘提上小布袋给那女人送了回去。夜静了,三个人守在那没灯的黑屋子里,等死吗?才十岁的小桃一把捏住爹的手说:“爹,桃养活你!”平素很少掉泪的赵书林,一把搂住梦桃哇的一声大哭起来。

从此,这个又瘦又小的女孩儿,就和母亲挑起了养家的重担!

赵梦桃的整个幼年,就是在一个笸箩里坐完了的。

天刚麻麻亮,小桃翻身起来,扯过被子往圆笸箩里一放,就抱着一大团毛线拿上竹针坐了进去:织呵织呵!娘送饭来,热的端来,凉的端走,哪一顿饭不催几十回!娘怕她累,藏起了竹针,她哭一顿、吵一顿,直到娘把竹针递到手上才算。织呵织呵!顶到上灯了,娘才能把她拖出来!赵书林躺在炕上,眼看着这株梦中的夹竹桃,脸上没了血色,瘦得成了棍儿,心痛啊!倔小桃不听他劝,只仰头说句:“爹,我壮着呢,他们逼不死咱!”就又低头为老板织毛活去了。一次,她发高烧,还挺着干!这个从没对女儿叫骂过的慈父,眼里迸出了泪水,嘶声吼着:“你给我出来!想死在那笸箩里吗?”

别骂她性子倔吧!她能眼睁睁看你咯血咯死吗?她曾看见娘手里拿条绳子仰望着横梁,听到过深夜里老娘的呜咽声,让她怎么能不豁出身子硬起心来干活呢?

织呵织呵,小小的竹针,既补不住这个千疮百孔的家,也挡不住掐着父亲脖颈的病魔,老人终于倒下了!

突然，小哥哥从蔡家坡来了封信，叫她们去，这样，娘俩就搭了这辆拉货的铁轮车……

天，已近黄昏，铁轮在深厚的浮土中滚得很吃力，梦桃娘望着那茫茫的路程，不由得哭了起来，小桃用瘦小而有力的手紧攥着娘的手。

吱——吱——车轴哀叫着，向前转动。

红 围 腰

一九五一年十一月二十六日，蔡家坡陕棉二厂为正在修建的国棉一厂招考培训工。

瞧瞧吧！这条大路上拥满了半大女子，挤得车不好转轮，马不敢抬蹄。

人流中，就有咱们的赵梦桃和她的民校同学小桂云。小桂云趴到她耳边说："你又瘦又小，怕不够分量！你看我……"梦桃一看，她衣襟下鼓鼓囊囊地装了一口袋碎石破瓦，梦桃扑哧笑了：

"只要我走进工厂，五条老牛也拽不出我来。"

可惜，没人能把这群刚离开妈妈的毛女子们进厂时的憨样儿拍摄下来。

开饭了，饭堂里红火得像开了戏……等大家都盛好了，坐定了，才看见一个瘦女子从墙拐角站起来，慢条斯理地去盛饭，咦，这个瘦娃可怪！

编组了，好铺她让别人睡，苦活她抢着去。话不多说一句，手可总不闲着。怪啊，她怎么那么老气懂事？

三天头上，选组长，女子们一哇声指着她喊："就选那个瘦娃！"老师傅共产党员老蔺说："她叫赵梦桃！"梦桃大睁眼问："咦，你怎么知道我的名字？"老蔺笑笑说："我也长了一双眼睛嘛！"事儿就这么怪，愈是不想叫人看见的老实人，人们倒愈注意她！

谁能忘记第一次上班工作的情景呢？细纱车间里，大玻璃窗投射的阳光下，万锭飞转，银线如流，梦桃看见女工们轻盈地飘滑在弄堂里，小手这么一拨，那么一捻，把人羡慕死啦！最叫人眼热的还是老师傅身上带的那个红围腰，周围镶了一条鲜红的宽边，中间缀着郝建秀工作者几个字。听说这女子创造了个什么工作法。啥时候才能和人家一样呢？

万事起头难哟！由教练工领着的小姐妹们，一个个头发都剪得像假小子，忍着笑、憋着气，像一排受检阅的小兵，个挨个地站在机台前，每人只看八个锭子。不一会儿，都满头冒气了，紧张呵！

在车间，老师傅手把手教干活；睡个觉，老师傅还要守到女子们打开呼噜才离开。一会儿学歌咧，一会儿老师傅领上玩猫捉老鼠咧。翻身了！当主人了！

在笸箩里度过自己童年的梦桃，今天，才像从冰山下探出头来的桃枝，见了空气阳光。

天一亮，梦桃一仄身就坐了起来，一边揉着惺忪的睡眼，一边放开嗓子唱开《南泥湾》。痛快嘛！人们一天说娘亲爹亲，家好舍好，天下还有这么好的家吗？梦桃如今的心事，只有一个：啥时候才能学成郝建秀那样，带上红围腰？啥时候才能成个真正的工人，报答党的恩情？

星期日，梦桃坐到炕上摇着娘的胳膊，说个没完没了，老人听得喜泪直流。半晌，老娘说："桃，我不明白，为啥你那姑姑，亲骨亲血，对咱那么狠？厂里的伙伴们，姓不是一个姓，坟不是一个坟，可待咱这么好？"

诉苦大会开了，愤怒的热泪、枪弹似的语言……赵梦桃这才看见，天下有这么多的苦姐妹呵！这些坐在筐子里挑来的，光着脚丫走来的，叫人家用二斗包谷换来的，才是自己的亲骨血呵！她懂得了，她的对头冤家不是那个六亲不认的少奶奶，而是那些吃瘦了工人、农民的吸血鬼们！她现在刁开始懂得了"主人翁"三个字的分量！

“好好干！下苦干！老实干！”这就是赵梦桃的口头禅。论灵巧，她赶不上人，话，说不到一堆儿，手，也不麻利。但她一进车间，就像开足了发条的钟表，不管人前人后，活儿松紧，就是那么按照郝建秀工作法掐分扣秒，一个点儿地干！

笨吗？狠命学！纯得像水晶似的梦桃，看见哪个姐妹有点长处，都那么喜欢，在车间给人家递手巾、端水，拜师学艺，毫不嫉妒。

一九五二年五月，国棉一厂开工了。不久，在学习郝建秀工作法的毕业典礼上，赵梦桃看到桌上那一叠就要为优秀学生颁发的红围腰，又爱又怕。这时，她想到的净是自己的缺点。没想到，第一名叫的就是她。梦桃还以为叫错了人。系上红围腰，小桂云说：“好威武！好光荣！”梦桃说：“带上郝建秀围腰，就要按郝建秀工作法办事！”

“好好干！下苦干！老实干！”别人一个巡回三到五分钟，她用两分五十秒；别人在车头车尾说话，她上厕所都是小跑；有人说：“看一台车也是那么些工资，何必？”她说：“咱不是为工资干活！”首先响应党委号召，独自看了一台车。有些技术尖子说：多看台非多出白花不可。她这个出名的老实疙瘩，毫不显眼的瘦女子，白花却出得惊人地少！渐渐地有些人和她疏远了，用斜眼看她了，耳背身后，有些嘀咕声了……

一场风雨就要来了！可梦桃却从没觉察到，只是个闷头干，干，没想到，一头就撞在界石上！

红围腰，是那么好带的吗？

“赵梦桃不见了！”轮班长老赵闯到了老蔺面前，气喘吁吁地说。

“什么？”老蔺简直不相信自己的耳朵。

“开完批评会，有人见她收拾东西，一转眼，就……就不见人了。你快找去吧，有人说她许是……回家了！”

“不会！我知道她！”老蔺斩钉截铁地说，他一把按住老赵的肩头。“坐下，慢慢说，到底是怎么回事。”

老赵扶着个脑袋说：“咳！都怨我！没调查研究，就开了这个倒霉的会！”

事情是这样的：

当赵梦桃闷头苦干的时候，有几个人在嘀咕她：

“梦桃今天的白花又出的最少，别看这人不吭不哈，还真行！”

“保险，人家有点窍门！”小胡说。

“什么窍门？”小韩眼皮一闪，嘴一撇。“哼！没看她接头那个笨样子！不是说气话，我用脚指头也比她接得快些！”

“难道说，梦桃的白花是老鹰叼去了？”有人不服了。

“老鹰倒没见，可难保老鼠不偷着藏呀！”不知谁撩了一句。

闲话就像地里的蝗虫，愈传愈多。生产组长陈师傅听了底下的反映，心想：“好哇！我叫拣大口袋装纱管，压分量，多报点产量，也是为全组着想嘛！你说我不老实。现在，你可做出了这种事！”随即去找轮班长老赵，老赵一听就急了，学习模范还干这种事？开会批评！

天窗发白，红灯大亮，是下班的时候了。赵梦桃唱着《南泥湾》进了宿舍，一进工房门觉得气势不对，架子床上下都坐满了人。不一会，老赵也来了，把门一关，拿了个凳子背朝门坐下，脸色阴沉地说：

“今天开会不为别的，单为帮助赵梦桃同志……”

会上，许多同志向梦桃投来同情的目光，有些人心想：“像这老实疙瘩，你教给她捣鬼，她也学不来！”片刻，有人发言了，人数不多，可那些话就像冰雹打在梦桃的脸上、心上！

“凭你的技术，为啥白花出得少？”

“要有鬼，就说，别隐瞒！”

“带上红围腰，咋能做这种事！”

梦桃坐在那里，开始是惊异不安，后来是委屈痛苦，最后，脸色大变，手脚冰凉。想想看，一个十七岁的女孩儿，进厂才几个月的新工，从小就那么要强的倔性子，却遇到这么一场斗争！

最后她站起来忍着泪说:“我只说好好干,下苦干,报答领导和大家,没料想……还说啥呢?我能哄一天,哄不了一年!往后看吧!”

会议不了了之,大伙吃饭去了。她把门一关,这才放声哭了起来。我偷懒了吗?骄傲了吗?做鬼了吗?这是为什么,为什么呵!我们的梦桃,遇到生活道路上的岔口了!

她突然翻起身来,收拾着衣物:“我要走!走!哪儿不能为人民服务?”可是,手却不听使唤,发软、打战。一下,她碰到了那领红围腰,手像被烫了一下,缩了回来,站在那里怔着。她把红围腰紧搂在胸前,念叨着:“郝建秀!你说说,我该怎么办?”

手提着红围腰,她昏昏沉沉地出了工房门,从小道走到鱼池旁边坐了下来。望着那刚栽下的小树,才铺好的马路……面前就是操场,红围腰就是在这里发的呀!……厂房里的机器声,是那么匀称、甜心……

她真想一下冲到车间去,和那些贴心挨肉的姐妹们,并肩站到机子前去!可是,怎么躲过那几双刺人的眼睛?怎么受得了这份委屈?

找了好半天,没想在这儿碰到了她!老蔺轻轻走了过来。梦桃想躲开,脚抬不动,想叫他,又张不开嘴。只见嘴皮动了一下,泪花就在眼里转开了。

老蔺心里也有些发酸,这是他眼盯着成长的人,他知道这事的原委,他很想安慰一下这个孩子。可是,他懂得她:她虽性倔,对自己却一向要求严格。支部书记刚才叮咛的好:她要的不是乖哄而是严格诚恳的帮助,要开路劈山让她跨前一步!……老蔺手抱着膝盖,坐在旁边好半晌,才细声慢气地说:

“看,眼都哭肿了,哭肿了眼还能看清路?咱们工人阶级的泪可不能随便掉!”

果然,这话生了效,梦桃用手背把泪一抹,梗起了脖子问:“既都是工人阶级,为啥要给我脸上抹黑?”

“你以为工人阶级是从天上飞来的?不经过千锤百炼和各种斗

争,就能成为工人阶级吗?拿你说吧,一向没二心,闷头干。可是,一碰个风吹雨打,就想退却!这像个工人阶级好战士吗?”

“退却?我到外厂也是为人民服务!”她颇有些不服。

“别的厂要再不顺心呢?”

赵梦桃低下了头。

“同志,革命不是串亲戚。哪个地方没有斗争?不要锻炼?你以为他们是对你个人过不去?不,他们是不相信工人阶级的力量,不相信自己,不相信新的劳动态度。”说着,老蔺把她膝上的红围腰扯过来,抚平摸展,又说:“就说郝建秀吧,她也是硬着脊梁斗争过来的。当初……”

赵梦桃渐渐抬起头来,越听越入迷,甚至忘了自己是为啥跑到这儿,忘了收拾包袱那件事。

“……真的假不了!一个革命者嘛!没有个硬脊梁还行?哪一块好钢,不挨几百锤敲打?”

赵梦桃把乱发往后一掠,擦干了泪,忽地站了起来。

“要上班去?别忙走,把这个带上!”老蔺站起把红围腰递给她。

赵梦桃脸红了,把手藏在背后。

“带上!常看着点这领围腰,你就走得更欢些、更稳些!”

这下可见了她

一九五二年深秋,赵梦桃从青岛疗养回来,车快到咸阳了,她早早儿就守在车门口,恨不得一下跳到车间去!投到阔别了两个月的姐妹们怀抱里去。

回厂的路上,已经调任为细纱车间支部书记的老蔺,深情地含笑望着她,看这娃,脸晒黑了,胖了,两步当一步那么有劲地走着,她像是有些地方变了。

赵梦桃揪住他的胳膊,有点神秘地说:“蔺老师,这下我可见了她!”

“谁?”

“郝建秀嘛!一去青岛,我就一心想见她,一到下午,我就站在楼房晒台上看,哪个烟囱下是郝建秀的工厂呢?盼呀盼呀,不想,正午睡哩,听她来了,我的天哪!慌得我连鞋也穿不进去。一看,郝建秀是那么憨厚的女子,和我早先想的可不一样!”

“你想她该是啥模样?”老蔺忍着笑问。

“我思谋嘛,既能闯过那么多关口,一定是个高大个儿,胸脯挺着,挺威严。没想到,是那么朴素、本色。穿一身洗得都快要发白的蓝列宁装,一见人就笑,笑的哟,两个眼都不见了。虽说只见了一面,就觉得是能掏出心来对她的。”

“你和她说话了没有?”

“挤不上去哟!话虽没说上,可这一辈子也忘不了她!当天夜里我就想:看人家,那么随和又那么坚强,自己呢,碰了个坎子就嘴撅脸吊的。”

“是呀,要说上次那件事,你也有责任!为啥有人误会你?你光顾自己埋头猛干,可忘了把你的劳动态度和工作方法给组里传授一下!”

“我教人家?我不是技术尖子呀!怎好意思去教人家?”

“病就害在这儿!这叫自卑感。你是工会组长,是先进生产者,对不?你的责任就是团结全组带动全组,自己教不了,还有小韩和其他技术好的,为啥不请人家,求人家?”

“求小韩?”提起这个“尖子”,梦桃迟疑了。

“对,求她们去!这不是为个人求米求面,有什么不好意思?这对你也是个考验哩!”

上班了,梦桃赞羡地看着正在操作的小韩。这巧人儿,在弄堂里穿行得像只小燕,接头好比掐花,蔺老师说得好,要是全小组都能这样飞起来,该多好!

下班的时候,梦桃兴致勃勃地赶到小韩面前,叫了一声。没应。没听见?又叫了几声,人家才回头冷冷地说:“有话说嘛!我听得见!”话头比北风还硬,梦桃强笑着说:“小韩,你是咱们组里的技术尖子,大家希望你担任技术组长,带带徒弟!”小韩停住脚掉过头,眼一闪,嘴一撇:“我?你找错人了吧!凭我这个笨样子,还敢教人?”说完一扭身就走了。

赵梦桃像钉在地上,半晌动不得。心想:天哪,我笨,我技术差,你就该这么藐视我吗?

但,经过一次风雨考验的梦桃,究竟不同从前了,她走在路上,想起了那结实、健壮的郝建秀。难道,这点坎子还难闯吗?只要为了工作好,有什么不能忍不能咽?小韩一向利落、肯干,只是要要小性子,难道就看着自己姐妹任性下去?她咬咬牙又去了。

《三国演义》上有个三请诸葛,赵梦桃请小韩,谁数清有多少次?个别谈不行,就在生产小组会上请。当着二十几个姐妹,小韩稳坐钓鱼船,一言不发。

有人劝梦桃:“算了吧,何必呢?”

算了?不!梦桃想:我一定要把这盏灯拨亮,一定要打开小韩的心,叫她满肚子蝴蝶飞满车间!

小韩前边走,她后头跟,你不理我我理你,你不说话我说话。小韩一甩手洗衣裳去,梦桃去打水;小韩一扭脸收拾床铺去了,梦桃就拿起笤帚。磨来磨去,小韩心活了,她不能不想:“人都有一口气,梦桃这样大仁大义,是为了谁?”有一天,她终于对赵梦桃笑了,说话了,点头了!革命的诚心和坚强性胜利了!

梦桃跨过又一道坎子,她觉得:眼界亮了许多,一个问题浮上心头:为什么蔺老师总比自己看得远呢?自己啥时候也能那样的胸怀广阔呢?

一九五三年八月,梦桃和小黄参加全国纺织劳模大会,在会上,她又见了刚上大学的郝建秀和许多当了劳动模范的共产党员,她觉得这些同志身上,都有着非常扎实、坚强的革命意志和广阔的胸怀。引起她无限的向往和深思。

夜晚,灯早灭了,赵梦桃还在翻身,一个女伴悄声问道:“梦桃,还没睡吗?也难怪哟!要是我能到天津开一回会,回来高兴得非晕了不可!”

“傻女子!你要真的称了心,就不这么想了。”

“那你为啥睡不着?”

“我觉得,开一次会,肩上就沉甸甸地加一层分量。你不知道,咱们工人里有多少真金子呵!这回我见了几个党员劳动模范,人家那才是锤不垮的真英雄啊!啥时候,我才能像他们一样呢?”

不久,她入了积极分子训练班,听讲党史、党的建设。梦桃手扶着脸,凝望着教员的面孔,被那一场场烽火硝烟里的搏斗,一次次英雄的前仆后继吸引着、激动着!赵梦桃才知道:“为什么共产党员一定要是真金子?怎样才能成为真金子!”

真 金 子

一九五三年夏季的一天,十几个人聚会在夜校的一间教室里,这里,听不到往常的嬉笑吵嚷,如此安静严肃!这是讨论赵梦桃和小黄、小李入党的支部大会。

讨论小黄的时候,在肯定了她的一些优点后,会议气氛转化得严肃了。梦桃看到这些平日那么和气宽厚的同志,如今却脸对脸、心对心的,对小黄说出她在自己父母兄弟身边也听不到的浑透批评!有的说她当劳模后有脱离群众的苗头,有的说她别把党和群众的功劳荣誉记在自己头上,……梦桃一边听一边想:这些坦率严格的话,除了党的会议,哪里能听到?对!谁要站到这个队伍里,就要去迎接最严格的考验。去战斗一生、改造一生,要不,怎么做真金子呢?

轮到讨论自己的时候,她倒反而心定了。蔺书记和党员同志们,望着这个眼睛清得像泉水似的女子。她是那么纯洁、质朴、克已、勤恳，经过一次次考验，迈过一道道坎子。她也有缺点，她毫无锋芒，却有自卑感，这由于她还不充分了解一个共产主义的突击队员的责任，还缺乏豪迈的气魄与宽阔的胸怀。

赵梦桃睁大眼睛，把这些战友的话吸进心里。她不遮掩自己身上的缺点，也不隐瞒渴望得到党内严格锤炼的心情，去承受最困难任务的勇气。

支部大会通过了。

她走出会场之后，第一个涌上来的念头就是："今后我能做一个怎样的人民勤务员？怎样才能配得上'党员'这个称号呢？"

党的血液，在梦桃身上流动。她的眼更明，心更亮了。

梦桃对人说："一个党员不能像我过去那样，只懂个好好干，下苦干，还要懂得为谁好好干，为什么好好干，怎样好好干才行！"

梦桃听说：一个刚调来的邦车工张秋芬，到哪部车，哪部车不欢迎，和谁住在一起，谁就嫌她邋遢。梦桃望着这个看来也挺灵醒的姑娘，摸着她那自幼磨粗了的大手，心里不觉一动，就把自己的褥子给她换上，帮她拾掇梳洗。要秋芬为自己邦车。梦桃仔细观察着她：车间里，锭转如飞，别人都忙得像走马灯，她却常呆呆地盯住个啥，傻看半天不动弹。这神情，看来好熟啊！这不是当年祠堂里，母亲常有的神态吗？下班后，梦桃就陪着她，关心她，用阶级的爱融化着梗在她心头的那块冰！这个见人不搭腔的姑娘，倒在她肩上哭了。原来她是个童养媳出身，心灵上受过摧残。一次，梦桃领着组员到医院去看她的病，她抓着梦桃的手不放，硬要跟着回去，她流着泪说："我实在离不开你们呀！"路上，有人说："没想到秋芬是这么个好姐妹！"梦桃说："她本来就是咱的亲骨血！旧社会冷眼看她，挤轧她，到了自己家里，咱们党员就该捧出心来暖她！伸出手来扶她！"

在党的事业与利益面前，赵梦桃义无反顾地挺身而出。一九五五年的一天，梦桃从外地回来，就遇上了一个小组会，大家正为孟金弟完不成生产计划,影响了先进小组的荣誉而焦躁。孟金弟鼓起个眼睛,越听越烦:“你们光会说,也不了解了解情况,是我不努力吗?”一炮就把个会崩垮了!

梦桃想,金弟一向工作不错呀!就亲自到金弟车旁观察;原来,这车子是不顺手,连对班两个技术很好的同志也是完不成计划,一见面就唉声叹气,弄得孟金弟一上车就心慌,白花越出越多。

怎么办?赵梦桃急得心里像火烧,正走着,忽听有人说:“梦桃的技术并不是尖子,计划为啥完成得那么好?”另一个说:“她的车子好使呀!”梦桃听了并不反感,反觉立刻心亮了:“对!我去换车!”同行的女伴说:“那车子太难照看!换个技术尖子去吧!”梦桃说:“这里真正有困难了,是正需要咱党员的时候,技术差,就推给别人吗?”

换车后的头一天,弄得个手忙脚乱,白花虽比金弟少一些,但也相当惊人。周围的同志都心慌了,有的说:“你不同呵,梦桃!你要完不成计划,各方面都要受影响咧!”有的说:“你是工会组长,这样如何说服别人?快换回来吧!”梦桃笑了笑,平静地说:“我要退下来是个什么影响?又怎么说服别人?一个共产党员,要的是党的事业,不是个人名声!”

在这样的战士面前,故障,能不胆怯?车子,怎不驯服?

太　阳

轮声,铿铿锵锵,载着梦桃,车头欢叫着昂奋地奔跑!九月十五日下午,在北京,中国共产党第八次全国代表大会就要开幕了。

赵梦桃眼望着一张张和蔼的面孔,他们年龄不同、服装不同、身份不同,但那投来的亲切的目光、同志爱的流露,却都是如此深切的。梦桃知道,在座的每一位,都是一部活的斗争史,坐在这些最优秀的革命战士中间,自己真像投入大海的一滴水:飞腾,回旋于这海水之中,既那样微小,又如此巨大!

快开会了，会场静悄悄的，梦桃探起身子，向主席团的中间望着。多少个不见天日的旧中国黑夜，望不尽阳光普照的新中国春天，眼下，她就要亲眼看到这轮光辉的太阳了！

全场灯光大放，毛主席站起来致开幕词，他的声音，那么雄浑、乐观，就像在千岭万壑、长天大海之间回响！

梦桃仔细看着毛主席的手势、笑容，琢磨着开幕词里的每一个字，她被那安详、沉着而热情洋溢的语调感染着。忽然，她觉得：毛主席就像一座高山！不论什么风雨，他都能承担。不论什么云雾，他都能看透。你在他面前，就觉得整个世界都在脚下，几十亿劳动人民都在身边！

会议进行着，一座壮丽的社会主义大厦在这里设计，奠基、搭架。梦桃豁然开朗：她看见自己车间的机车，流泻出一条条绣织万里江山的彩线；她看见厂房，支撑着共产主义大厦的一角；她看见一个个姐妹们的手里传送着奠基的砖石，呵，有什么跨不过的坎子？有什么迈不过的山岭？

会上，梦桃被代表们以毛泽东思想进行批评与自我批评的认真态度所深深感动着。他们肩上担着多么重的担子呵，遇到过多少难关。可是，他们都是那么乐观而严格地要求自己。会后，梦桃向人说："现在，我才体会到要做人民勤务员这句话的意思，这话深得很，深得很！谁要能真懂了这句话，就懂得什么是共产党员了。"

选举时，会场里只听得纸张翻动声和沙沙的笔响；赵梦桃伏在桌上，挚情地瞅着候选名单上毛主席的名字，想起了：那辆哀叫的铁轮大车，倒下的老爹，洛阳血火中惊跑的人群，诉苦会上一声声的血泪控诉……想起了：拖拉机上的青年农民，炼钢炉前的伙伴，千万个正走向建设岗位的小梦桃……她举起了笔，在毛泽东的名字上，浓浓地画了一个圈。她要为那些不能来的亲人们也投上一票！她要在这名字上留下对党的深情和誓言。

轮声，那么沉稳。梦桃倚在窗口，急切地向西望着，脑中展现着灿烂的未来。自己那个平凡的岗位,有多少工作要做呵！她感到自己那小小的肩头上,也肩负着革命大厦的重量！

不让一个伙伴掉队

熟识的人们都觉得,自八大回来,梦桃身上有了变化。她笑得更开朗,胸怀更宽了,更虚心、更诚恳了,她关心人更深沉、更普遍了！这,是怎么回事？

我们且听听她自己怎么说吧！

一天下午,梦桃约好几个组长在鱼池边亭子上聊天。她倚在栏杆上等人,瞅着当年在这儿坐着流泪的地方,就不禁又脸红又想笑。也别羞也别笑,人,就是要这样一步步往前走咧！看,那来来往往穿白围裙的姐妹们,这里有多少想戴红围腰的毛女子？有多少还没挖出来的金豆子？怎么才能使她们很快成为英雄的突击手呢？

几个组长一来,谈到组里的情况,就像开了戏。这个组一向先进,可这也是个小社会呀！这个同志老实肯干,可就是生产上不去！那个心灵手巧,可就是老皱着个眉,这个人一向挑尖,最近却突然走了下坡路……

怎么办？有的说:“多调些尖子来。”有的说:“那还叫什么先进小组？要帮她们学技术！”有的说:“思想问题不解决,技术也学不进。”各说一理,争执不下。梦桃说了:“依我看,咱们组的同志都不错。哪个同志心里没盏灯？没把火？在咱们队伍里,哪个是甘心落后的？要不,为啥一听完不成计划就哭鼻流泪？生产上不去,各人有各人心上的一把锁。”

“对！可谁有那么多钥匙去开它？”

“有,”梦桃肯定地回答,“我们有一颗同志的诚心！这就能开万家锁！”

接着,梦桃就和大家一块挨个模头地排队摸底,分工帮助,大家的心像是亮了许多！最后梦桃说:“能帮助别人先进,是人生的最大幸福！我们要把每一个同志心里的火都扇旺！要不让一个伙伴掉队,不让周围有一个小组掉队!”

“不让一个伙伴掉队!”这话何等地豪迈,有气魄！何等地乐观,充满信心！这话,警惕了先进,振奋了后进,在党委的倡议下,震响了整个国棉一厂。

要不让一个伙伴掉队,就要对同志以心换心。

赵梦桃,对自己很严,对同志却耐心启发,善于等待。对自己的生产学习以最高标准去衡量,从不强调困难;对同志却缜密分析,体贴入微。自己有病,从不声张;对同志却知冷知热,心细如发。

十年多来,赵梦桃就是这样,把自己的精力、时间、心血全放在同志的身上！她察言观色,无微不至,同志们说:什么也逃不过梦桃那双眼!

这眼睛,看见新从外厂调来的赵喜芳,无精打采地拖着一双鞋上班。“怪！平常我鞋上掉一个扣子,还老觉得巡回起来不攒劲,车间是战场嘛！她是怎么啦?”梦桃不忙着批评,先去从各方面了解,星期日搞家庭访问。原来是婆媳间闹纠纷！对症下药,喜芳心上的锁开了,生产还用催吗?

这眼睛,看见了一天歌声不断的小鬼梁福云,突然不吭声了,一开起会就坐在墙角想心事。会后梦桃就扳着肩膀问,原来是小鬼生了头胎,不会处理家务,不懂得人世上还有个婆媳关系！自己觉得对婆婆没二心,可是那股孩子劲儿却得罪了人。梦桃像个母亲,一点点教她。不久,又听见她放开嗓子,大老远就唱得吱吱哇哇的,进门一把抱着梦桃说:“灵！老人对我好了。”人唱了,机子还能不唱吗?

有些人纳闷:为什么不管是先进的、后进的,性子绵的、性子暴的,喜欢她的还是对她有偏见的,梦桃都能换过她的心来？好像她有一股魔力,谁见了她,也无法不受她的吸引,不把藏在心底的心事告诉她。有的说:“梦桃不管对谁都是一个态度,能知道人的冷热甘苦,一说就能扎到病上。”有的说:“她从没一点‘帮助人’的架子,不是高高在上的指责,夸耀自己,而是一见面就诚心诚意地肯定你的优点,老老实实说自己的短处,叫你听得心跳脸红,自己就把啥也倒出来了。”有的说:“一见她那么诚恳耐心,心地磊落的样子,心里就是有座冰山,也早化了!”

这是何等的胸怀!

梦桃的作风,渗透了她的小组,每到假期,她们就进行家庭访问,野游,互相体贴、关心,成了全组的风气。

“不让一个伙伴掉队!”不仅要能像春风化雨那样,而且要能在狂风暴雨中挺身而出。困难,挑起!方便,让人!以英雄的战斗姿态去召引别人,这,又是梦桃共产主义精神一个主要方面!

只是数得上来的,梦桃就先后和别人换过十一次车!

红　旗

荣誉呵,革命的荣誉!你是那么坚贞,光彩!就像那长征草地上的篝火,游击队手中的红灯,它提醒战士,照亮路程,燃烧理想,鼓舞斗志!你又是呵,那么严肃冷峻,毫不徇情!谁要是偷窃你的羽毛,当作帽子上的装饰,谁要是对着你的红灯,只照自己过去的脚印,他就会被你那电火般的目光,直射得冷汗淋淋,无地自容!

梦桃呵,为什么你能十年如一日,通过了一个个荣誉的考验?为什么你能手持着党交给你的红旗,一步一个脚印,不歇气、不换肩地向前走去?

让我们听一段动人的谈话吧!

夜深了,在人行道上,还有两个女工并肩走着,一个是梦桃,另一个也是位先进生产者。

“……这话我只对你一个人说,梦桃,我实在想改个名字!”

“为啥?”梦桃睁大眼问道。

“免得叫人指责！当了劳模倒像是理亏了，领导上严，群众就更苛，为大家熬心血没人见，一点走不到，指头就能把脊梁戳烂！”

“熬心血是咱的本分，要求严是对咱的信任，要不，给咱这么高的荣誉为啥？”

“这杆红旗我是扛不了啦！”

“你说什么？”梦桃想不到她会说出这样的话来。

“红旗是光荣，可我扛不动呵！”

“同志呵，这杆旗既然举就要举到底，这套车既然拉就要拉到头！当不当先进生产者，不是你我个人的事，这是为了党的事业发展！这是党的威信，工人阶级的威信问题！”梦桃不禁激动起来。“一次，我坐火车回咸阳，有几个乘客从窗口向外望着，一个说：‘听说这里有个赵梦桃，还是八大代表，真给咱们工人阶级争气！’另一个说：‘就担心她能不能走到底！扛起红旗容易，走到底可不易！’这句话，在我心里翻腾了好几年，咱能叫这些同志失望吗？”

“难呵，梦桃！当初只想光荣光荣，抢着要红旗，今天扛上了，才知道不简单！”

“要说难，也难，当突击队员是不简单！要说容易，也容易，只要咱把一切都交给党和群众，没私心、没歪念，咱就一定能把这杆老红旗，稳稳地扛到共产主义去！”

可谁想到，一九六二年元月份，赵梦桃和她的小组在月评时，没评上红旗！

这是怎么回事？

一九六一年秋季，细纱车间接受了改纺高支纱的任务，车上需要的一个新零件暂时买不到。一九六二年元月，原棉质量还来个下降，断头大增，为了加强捻度，车上加了个中心牙轮。不料，细纱捻头更小，断头直超过规定指标一倍多！

眼看就要评比了，谁愿意失去红旗呢？测定员来为她们组测定，测完说：“你们也不错嘛！”拔腿正要走，梦桃喊住她说：“要测就要测透测全，光测中纱不标准，中纱断头最少！”梦桃待她把大、中、小纱都测完后，去问：“多少？”测定员苦笑说：“老样子，又超过指标一倍！”梦桃点点头说：“是多少就报多少嘛！”

元月份评比过后，小组里喊着：“拼了个力尽汗干，红旗还是没评上！”

“说良心话，咱可是下了死力啦！还是完不成计划。别组是啥法子完成的？”

梦桃说：“红旗没评上，谁也不好过，可咱们要的是真红旗，不是假荣誉。咱们要长志气，想办法，坏棉出好纱，然后实事求是地反映情况才对！”

二月初，梦桃抽空把本组齐测定了一遍，又找对班的同志了解。情况证明：在当时条件下，指标规定是过高的。

怎么办呢？反映真实情况吧，也许有人说自己为小组争荣誉；不反映呢，老实人拼死拼活完不成计划，车子改进不了，整个生产都要受影响！想到这里，她就毅然决然去找领导了。

没料想，当时的车间主任听完意见后，却反问了一句：

“同志，是车子的毛病，还是工人思想有毛病？”

一向忠实于党，冲锋在前的梦桃，什么时候听到过领导的这种指责？“难道我真是做了群众的尾巴？落后了？……不！我做过调查研究！为什么不体谅一下工人的心？还有什么比完不成国家计划使工人更痛苦的呢？在八大会议上，党指示：‘坚持真理，修正错误’，我不能稀泥抹光墙！”

怕什么误会，猜疑？怕什么指责，钉子？赵梦桃公字当头，一片赤诚，胸有成竹，光明磊落！她又去找厂部、找工程师、找党委，问题终于都得了合理解决。

看来，还是梦桃的话对！“没私心、没歪念，就一定能把这杆老红旗，稳稳地扛到共产主义去！”不能哄党，要向党说老实话！说知心话！绝不能为了个人得失，损害党的事业！这，就是赵梦桃的风格！

一九六一年。“怪！为什么最近细纱质量不好？断头多，白花多，空锭多？”才疗养回来的梦桃纳闷。一查看，原来工人们怕扣个人得分就不肯抹锭脚回丝，结果，出了一堆毛病。第二天梦桃上班就一反“常规”，勤抹回丝，结果，别人是四十多根断头，她却不到十根，清洁工作一百分。可是当收回丝时，她却抓出了一大把，测定员说：“以后要注意！”同志们说：“人家不抹，光咱抹，太吃亏！评不上红旗怎么办？”梦桃说：“回丝指标不恰当，咱去反映。可要为个人得分，弄得细纱质量坏，国家受损失，得来了红旗也烫手！”

赵梦桃这个红旗手，就这样，十年如一日，经过了种种考验才走过来的！

共产主义精神的光辉

一九六三年元月份，《陕西日报》发表了一个重要消息。消息说：赵梦桃刻苦钻研，吸取能手们的优点，摸出了一套巡回清洁检查操作法。去年十一月底，省纺织工业局总结后，现已在全省推广。

这个当年一心想戴红围腰的小女子，今天，也为整个细纱工人做出了这样的贡献！

不料，一向体弱多病、动过手术的梦桃，这时病又发作了，好不容易领导和同志们才把她强送进医院。

就要动肺部手术了，医生来问她的意见，梦桃抬起头来说：“我整个身子都是党的，需要怎么治疗，就怎么治疗！我什么都不怕，只怕不能为党工作！”

动手术时，她迷迷糊糊地觉得：好像自己一个人走在田埂上，太阳是那么烈，棉田里一片青色，再走时，满眼是怒放的棉桃，她沿着田埂走啊、看啊……不知怎的，腿那么软，便靠在一株大树上，在阴凉里歇着，歇着……

不知过了多久，她睁开眼，看见满屋子穿白衣的人，才想起已动了手术。医生看见她眼里急切探询的目光，便轻按着她的胸说道："放心！你还能到车间去！"梦桃衷心地笑了！

渐渐地，护士和病友们从别人嘴里，知道了她是先进生产者、八大代表，就纷纷来向她询问、学习。她却只是一笑，热情地向别人介绍着郝建秀、张秋香，那么深情地谈自己的小组和姐妹们的劳动。大家听得入了迷，可是一出病房门，才想起她对自己的事迹一句也没提，"这人的嘴好紧呀！"

可是，哪有不出响的战鼓、不发光的火种？

当刚能由护士扶持下床时，她就爬上窗台，挽起袖子去擦窗户。她就牺牲掉午睡帮助护士裁剪"油纱布"，她就去当"临时护士"，为病人做"输液"的准备工作，一站就是四十多分钟！

护士和病友们心疼她，劝她别放下扫帚就拿拖把地干。她却笑说："我能动，就要干！"

我能动，就要干！像赵梦桃这样的战士，活着就是为了革命，活着就是为了别人！她把自己所有的热都暖了别人，所有的光都照了别人！

梦桃在刚动过手术后，伤口疼痛，但没有一个护士能看到她的眼泪和痛苦的脸孔。她总是笑呵呵地看着你！可她们哪里知道，在别人扭脸出门后，她就又咬起了被角！

在清晨，梦桃从一位护士的脸上，发现了劳碌一夜的倦容，她异常不安。以后就挣扎着下床，洗脸、倒水，还帮着重病人洗脚、擦澡，护士赶来劝阻说："你按电铃嘛！"梦桃歉然地说："我躺着，倒把你们累成那样！"

当组织上了解到这个情况，就派了厂的团委副书记李爱玲来招呼她。她原先不知道爱玲来做什么，高兴地问到操作法的情况，姐妹们换单衣了没有，要告诉她们预防感冒……可是，一听说她是来招呼自己的，就沉下了脸。当晚，人们诧异，梦桃的病房里怎么听不见笑声。突然，她欠起身来，请人为她打电话，直到组织上答应把李爱玲调回去，她才向李爱玲调皮地笑说：“别生我的气！全国都在学雷锋哩，我躺着就够啦，你又来了，这项工作怎么在团里开展？对不？”

不对，你并没躺着！这间小小的病房，就能阻止你共产主义精神的光辉吗？能说你只躺在床上吗！你在医院里，仍然是按车间的钟表、沸腾生活的钟表、共产主义的钟表，分分秒秒地走着，走着……

当你早晨醒后，那门外护士的急促脚步，就给你带来战斗的感情，你望着窗外那匆匆上班的白衣战士，想着在林荫道上笑着走向车间的姐妹们。你从台子上拿起了纱管，一声不响地练着掐头动作！一分钟六十二个？不行呵，最高纪录是九十个呢！可是，她忘记自己却正在发烧哩！

吃过早饭，记者就要来了，一定记着，今天我要再一次地向记者讲：千万不能把我写成天生的先进，什么周围的同志都是我帮助的，巡回清洁检查操作法是我一个人的创造……没有党的心血抚育，小组的姐妹顶梁立柱，数不清同志的教育关怀，我还不是个不懂事的苦女子嘛！

是谁来了？记者同志吗？请你先说说省上的纺织业先进生产者会议吧！下雨对棉花的影响怎样？南越游击队的战况如何？为什么一定写我呢？你要我谈我们小组、我们厂，两天两夜也说不完。我不过是尽了一个普通党员的义务！你说呢……

要是为了写党，写咱们工人阶级，那么就写吧！写党和毛主席对我的教育，写我对党、对群众的感激，写我对共产主义的深情！告诉所有的同志，扛起红旗，坚定地走下去，走下去！

还是让我从根儿说起吧！

十四年前，春天，早上，我坐着辆铁轮大车从洛阳来，大车的铁轮，吱儿吱儿，一摇一摆地走着……

尾　声

咸阳的大会还在继续开着。

主席台上，正播放着赵梦桃给大会的录音：

“党给我们的荣誉，是党交给我们的任务，现在我们肩上的担子更重了。我相信，全组同志一定会团结得像一个人一样，每时每刻都听党的话。我要和全组全厂同志一起，像雷锋同志那样，用共产主义的革命精神为党工作，永远不骄傲、不自满，再接再厉，做坚强的突击队的旗手，把这面老红旗不歇气、不换肩，稳稳地扛到共产主义去！”

这声音，如此诚挚深情，如此热烈铿锵！难道这是个卧床数月的病人声音吗？这声音勾起了会场中多少人的深情回忆！这里有：手把手教过赵梦桃的老师傅，有在她入党志愿书上签过字的书记，有和她一个车间里并肩作战十年左右的阶级弟兄，有曾伏在她肩上诉过心事的小姐妹，有被她感动过来的“冤家”……他们，仿佛突然才懂得了这个朝夕共处的战友的真价。会场上，静得只听见心跳的声音。

但是，你没有看见吗？就在这个时刻，千万株红桃正在默默地伸枝抽条，吐蕊展瓣！

后记：我进行采访的时候，梦桃同志已接近病危，但从她微弱而清朗的笑声里，清澈纯真的眼神中，质朴而崇高的语言内，仍感到那瘦小的胸膛下，有个巨大汹涌的海！六月二十三日下午，得悉她去世的噩耗。然而，海洋会死吗？就只是透过这篇粗糙的小文，您不是也能听到些她生命浪涛的澎湃声吗？

大寨英雄谱
——陈永贵抗灾记

孙　谦

一

一九六三年八月上旬，昔阳连续下了七天七夜瓢泼大雨。八日下午，暴雨停了，乌云在天空翻滚，松溪河在两山之间呼啸，小沟小汊里倾泻着红泥水，这里溜坡，那里塌山……

从留庄到大寨有一条山间小路。大寨党支部书记陈永贵心急火燎地在小路上走着。这条路难走极了：沟里一踩能陷尺半深，坡上滑得站不住脚——暴雨把地形都改变了，这里，洪水把路冲断了；那里，塌山又把路堵塞了。路难走，心里又着急，陈永贵头上冒着汗，嘴里喘着气，不停脚地在泥泞中跋涉。

陈永贵四十八九岁，紫膛脸，粗眉毛，厚嘴唇，额上布满皱纹。他的身板子很壮实，全身涨满了气力——有人说，陈永贵年轻时候曾和毛驴比赛过气力：毛驴身上放一百五十斤，陈永贵身上也放一百五十斤；毛驴身上再加一百斤，陈永贵身上也再加一百斤。结果是，毛驴压得跌倒了，陈永贵却稳稳地站着。这个铁铮铮的汉子，在旧社会吃尽了苦头，受尽了折磨，就像那被压在五行山下的孙悟空，奄奄待毙，无声无息。一九四六年，土地改革的巨风吹到了大寨。这股巨风把压在陈永贵身上的封建大山掀掉了。像所有的翻身雇农一样，陈永贵对党的革命事业充满信心，朝着党指引的方向，坚定地前进。土改以后，那些既有劳力又有畜力的硬户头，组成了“好汉互助组”，把那些既缺劳力又缺畜力的老汉、娃娃们一律关在门外——这些人都是清一色的贫雇农。陈永贵是大寨有名的劳动好手，他没有参加“好汉互助组”，却组织一个“老小互助组”。这个“老小互助组”依靠集体力量，不分明黑地苦干，把“好汉组”比倒了。这个“老小互助组”不单种好了土地，而且培养了人——现在大寨的主要骨干，大部分是“老小互助组”时代的那些娃娃。陈永贵不仅浑身都是气力，而且有着惊人的智慧、坚忍的意志、广阔的胸怀。他真像是从旧社会的泥垢里拣出来的一颗明珠，擦去脏污，顿时就变得光彩夺目。十八年来，大寨党支部和大寨农民一起，干出了多少令人敬佩的成绩！大寨把七条沟八道梁一面坡都修成好地了；大寨的山坡上种活了数不清的果木树；大寨的粮食亩产由一百四十斤，提高到七百七十斤；粮食总产由十一万斤，提高到五十五万斤……大寨的土地变得整齐好看了，大寨党支部书记脸上的笑纹也多了。但是，七天七夜的暴雨，把陈永贵脸上的笑纹都冲走了。

大雨开始那天，陈永贵正在城里开县人民代表大会。四日上午，大队长贾承让还给陈永贵来过电话，他说：社员贾承保的窑洞已经漏水了，动员他搬家他不搬，还骂人呢！陈永贵说：他不搬，抢救队就替他搬，要想尽一切办法保护社员群众的生命。四日夜晚，电话不通了，雨却愈下愈大。陈永贵急得吃不下饭，睡不着觉。六日，人代会闭幕了，陈永贵冒着大雨跑到河边：松溪河像发了狂，又是吼又是叫，满河满沿的洪水，波涛滚滚，汹涌澎湃。七日，还是过不了河。八日下午，在好几个水手的帮助下，费了好大劲才渡过了河。

社员们怎么样了？牲畜怎么样了？土地怎么样了？窑洞和房子怎么样了？……

陈永贵越走越热。他脱下布小褂，随手把它甩到肩上，又摸下头上的毛巾，擦了擦汗水。过了武家坪，闪进了大寨沟。离村越近，心里就越急。拐了一个弯，陈永贵看见了大寨北口的那个小小观音阁——观音阁依旧如故，没有塌，也没有冲走。陈永贵加快了脚步，恨不得一步能跨进村里。走到麻湟沟口，陈永贵忽地站住了。麻湟沟的水库决了口，冲走了一片好地；南崖塌了，把上好的玉茭苗埋在泥土里；那些没被冲走和埋没的玉茭，有的被冲得趴倒在地上，有的被淤没了一半。陈永贵忽然觉得非常累，好像连举足的气力都没有了。他习惯地取下搭在脖颈上的旱烟袋，想抽袋烟，缓缓气。忽然一个念头冲进了他的脑际："那些社员们怎么样了？"他把旱烟袋又挂到脖颈上，拔腿就往村里走。

还没有进村，陈永贵就望见了西崖下的那些塌窑，有的窑门被溜坡泥封了，有的还露个黑窟窿，陈永贵的心上像浇了一瓢滚油，火辣辣地疼。他停下脚步，定了定神，心想：这可是塌天大灾！庄窝[①]塌了，土地冲了！庄窝是几辈子的人住惯了的，土地是用了十几年工夫修好的——土是一镢头一镢头刨的，地是一箩头一箩头垫的，碴[②]是一块石头一块石头垒的。哪个人见了这摊场能不心疼？我心疼，社员们也心疼。他们要抱住我啼哭，我该怎么办？我也跟着大家一起哭吗？——不能，不能，我要把苦恼藏在心里！我得给大家鼓气！……

陈永贵一进村口，不知道哪个眼尖的年轻人喊了一声："永贵回来了！"紧接着，大队长贾承让就向着陈永贵冲了过来。贾承让是个大个子，平常精精干干的，未曾说话先带笑，虽然当过十几年雇工，却有股书生风度。七天没见面，贾承让大变了：两眼赤红，脸盘又瘦又长，衣服上满是泥污，裤管挽到腿衩跟，两条腿上和两只脚上都沾满了泥巴。陈永贵一看见贾承让，心跳得更厉害了，他扑过去拉住了承让的大手，急切地问道："人呢？"承让说："都在。""牲畜呢？""也都

---

① 庄窝即房屋和窑洞的统称。

② 碴音春，是用石垒成的地堰，地埂。

在。”“粮食呢?”“抢出来了——毁了一些,数目不大。”陈永贵舒了口气,用力握了握贾承让的手,说:“只要人在、牲畜在、粮食在,这就是大胜利!”贾承让看了看陈永贵,激动地说:“永贵,灾情可不小啊!庄窝塌了百分之八十,土地冲了一多半——我到四处转了转,咱那些好地,有的连地基都没有了!”贾承让说到痛心处,眼里噙满泪花,几乎要哭出声来。陈永贵赶忙又用劲握了握承让的大手,说:“不要这样——千斤担子都在咱们身上,咱们得给社员撑腰壮胆!——社员们在哪里?”贾承让说:“庄窝都漏得不敢住了,人都挤在俱乐部屋里。”“咱去和大家开会。”他们相跟着往俱乐部走去。这时候,陈永贵才发现贾承让走路有点瘸:“承让,你的腿怎了?”“碰破了。”“在哪里碰破的?”“我也不知道。”

俱乐部的大房子里挤满了人。陈永贵一眼就认出了梁便良、贾来恒、赵大和、贾进才、赵启福、贾承富这班子老朋友。老伴李虎妮和儿子陈明珠也在这里。那些老朋友和亲人一看见陈永贵,便激动得坐不住了,这个喊老陈,那个喊永贵——他们眼里闪烁着泪花,喉咙里像塞了块红炭,呆愣愣地望着陈永贵,不知道该说什么好。这时候,有几个女人抽抽搭搭地啼哭起来。陈永贵心上像扎了把刀子,泪水一个劲儿往上涌,但是泪水没有涌到眼里,却流进了心里,他强作镇静地笑了。

满头白发的老贫农李喜庆说话了:“永贵啊,你还有心肠笑?看看这摊场——咱们大寨变成大灾了!”

陈永贵说:“灾是不小,可我要给大家道喜!”

李喜庆愣住了,大家也愣了。

李喜庆思谋了好一阵,怎么也翻腾不清陈永贵说话的意思。他嘟嘟囔囔地说道:“这还是喜事?庄窝塌了,土地漂了,不哭妈妈就好啦,还要道喜?”

陈永贵笑了笑,说:“呃,咱们是要道喜。第一,咱们遭了这么大的灾,没有死一个人——没有死人,这就是大喜事!人常说,留得青山在，不怕没柴烧，有人就是老本儿，什么江山都是人闹的！第二，咱们遭了灾，可是没有伤了元气。咱们的牲畜没有死亡，咱们的粮食保存住了。有牲畜，有粮食，再有咱们这些人，还怕什么？旧庄窝塌了，咱们盖新庄窝；土地漂了，咱们再修新土地！第三，这场灾要跌在旧社会，我看咱大寨不知道有多少人寻死上吊、卖儿卖女。大家还记得民国九年吧？那年是旱灾，既没有塌房，也没有漂地，只有四十天没下雨，人们就吃不住了。那时候，我家是五口人，卖了三口，剩下我爹和我，后来我爹也上吊死了，就剩下我这个小长工。如今，我家正好又是五口人，同样是遭灾，可咱们大队囤着七万斤储备粮，银行里存着一万多公积金。要是明珠闹着要卖他华妮，我闹着要卖虎妮和小闺女，你们大家准要说：陈永贵父子都发了卖人疯啦！"

大家笑了。李喜庆吧嗒吧嗒地抽起烟来。

陈永贵继续说道："我说这是咱大寨天大的喜事——上有共产党、毛主席的好领导，下有集体经济的优越性，还有咱们大家伙的冲天干劲，有了这三件宝……"

陈永贵还没说完，李喜庆老汉呼地站了起来，接了茬："有这三件宝，咱们敢和老天爷比高低！——永贵，你说吧，现在咱们该干什么？"

陈永贵说："现在你的任务是吃好睡好休息好，等天晴了干活儿。"

李喜庆刚坐下，陈永贵忽然想起一件事来。他大声问道："贾承保来了吗？"

贾承保闷声闷气地答道："来了。"

陈永贵问道："你老婆给你生了个什么？"

"小子。"

"还住在那老窑里吗？"

贾承保嘿嘿地笑了笑，说："还说呢，要不是承让他们催撵得紧，全家人都埋进去了。"

陈永贵笑了:“你可不能埋怨承让强迫你搬家,那是我让他干的,你要有意见,可以批评我。”

贾承保又嘿嘿地笑了:“谢还谢不过来呢,哪还有意见?”

陈永贵说:“没意见就好。老婆刚坐了月子,想办法给吃点好的。”

贾承保说:“还吃好的呢?抢闹出来点米面都吃光了,想给她再碾磨点,可全村的碾磨都淋灌得不能用了。”

陈永贵说:“这问题好解决,晚上就开咱们的柴油机,用钢磨磨面——咱们先给产妇和病人磨点白面。”

社员大会直开到天大黑。晚上,陈永贵又召开了支部大会。已经半夜了,会议结束,陈永贵几次催撵党员们去找地方睡觉,有几个党员却老“赖”着不走。

陈永贵急躁地问道:“承让,你等在这里要干什么?”

贾承让指着桌上的马灯,说:“等你们睡了,我要提上灯巡查。”

陈永贵又向梁便良、贾来恒、赵大和他们问道:“你们呢?”

原来他们几个也是要等着提上马灯巡查去。

陈永贵急忙握住了马灯的提手,说:“你们都在这里睡觉,我去查夜。”

贾承让说:“还是我去吧。”

陈永贵说:“你们已经七天七夜没睡了,再要熬下去,你们是不想再工作了?”

贾承让说:“说我们呢?看你躁得瘦成个甚模样?”

陈永贵说:“我瘦,可我的眼睛还没熬红,两腿还没泡肿——你们赶快找地方躺下,我要提上灯走了。”

贾承让还要争辩,陈永贵便赶紧提起了马灯,快步走出大队部,返身把窑门关上。

支部会开得好,陈永贵很兴奋。在暴雨中,除了个别人外,全体党团员和干部都表现得很好。他们把自己的家扔下,冒着生命危险救人、救牲畜、抢救粮食和物资——要是没有这班子人，大寨不知道要变成个啥样子呢！

第一道关口总算闯过来了，下一道关口还得闯。陈永贵吁了口气，抬头望了望天色。天上还有乌黑的块块云，下弦月在云块中时明时暗地游动。

陈永贵刚刚走下泥滑的斜坡，忽然从机器房里传出了几声熟悉的马嘶。陈永贵想道："准是赵启福又没睡觉，我得去看看他。"

赵启福有三十八九岁，中等个子，两只大眼睛十分有神，在那宽厚的大嘴角上常挂着笑意。他当了七年解放军战士，参加过淮海战役，挂过彩。从一九五九年以来，赵启福一直负责喂养队里的六十多头牲畜。由于他眼勤、腿勤、手勤，虽然他的两眼常是熬得血红，可是牲畜却喂养得又肥又壮。今年七月间，一匹母马生了小驹子，赵启福把小驹子抱到母马跟前吃奶，却冷不防让母马踢断了一条肋骨。在这次暴雨期间，赵启福一直守在马房里，照他的话说是：两只眼老是盯着那几十头牲口，不知道饥，也不知道困。五日后半夜，马房的一条横梁断了。赵启福刚把横梁顶架好，马房后边的土山流了。形势很危急。赵启福呐喊来抢险队，大家七手八脚地拉上牲口就往机器房走。天黑，雨大，水深，牲口害了怕，打死也不敢走。赵启福急中生智，一手抱了小马驹，一手牵了母马，第一个趟蹚进了二尺深的洪水中——母马一下水，别的牲口也跟着下了水。这时候，溜山泥水把马棚的山墙冲塌了——好险哪！

赵启福不是党员。经过了这次严重的考验，陈永贵觉得支部应该吸收启福入党了。

赵启福把草倒进槽里，扭身看见了陈永贵。他先咧着嘴笑了笑，说："老陈，你还不睡？"

"来你这里抽袋烟。"

陈永贵向房里走了几步，把马灯放在地上，从脖颈上取下旱烟袋来。他和赵启福在一根火柴上抽着了烟。

陈永贵问道:“牲口怎么样?”

“开头受了点惊怕,这两天缓过来了——我给多加了点料,没有掉膘。”

陈永贵望了望那些啃食夜草的骡马,思谋了一阵,说:“启福,我给你个任务——从明天起,你甚事也别管,好好地睡它三天三宿。”

赵启福说:“牲口刚上新槽,不习惯,就是让我回家去睡,我也睡不着。”

陈永贵严肃地说:“不能这样。要把工作分给大家做。以后咱们的牲畜还要大发展,你就是长了四只手也照顾不来呀。你要老这么干下去,你的身体受不了,别的饲养员也会说你是包办代替呢。”

这时候,那只小马驹走了过来,竖着两只耳朵,亮晶晶的两只眼睛,实在逗人爱。陈永贵摩挲了小马驹一阵,便推着它往母马跟前走。

赵启福说:“停下吧,老陈。那母马是只母老虎,现在还踢人呢。”

陈永贵看了看黑母马,又看了看赵启福,问:“你的肋肢窝还疼吗?”

“不疼了。阳泉那二十天医院住得真管事,现在一点也不疼了。”

“注意不要太劳累,小心再犯了——记住,明天你的任务是睡觉。”

从机器房出来,陈永贵向着俱乐部的大房子走去。

大房子里住了四十多口人。有男人,有女人,有老人,有小孩,还有喂奶的妇女。大家已经睡了,房里很安静。油灯的光亮从玻璃窗上射出来,照亮了院子里的泥泞和污水。陈永贵在门口站了一阵,便向大柳树那里走去。

大柳树下原是大寨的饭场,现在搭了一架帆布棚,帆布棚下新安了一个大风箱炉,炉里的煤火还没熄灭。这是塌了家的社员们的临时厨房。整个白天炉火就闲不住,这家做了饭,那家又来做——为了做饭,大家还得排队呢。

陈永贵在炉火上抽着了烟，找了块石头坐下来。村里没有鸡叫，没有狗咬，安静极了。陈永贵一边抽烟一边想着："让社员们在棚底下排队做饭，这不是长久办法。一个大房子里挤了几十口人，要闹开传染病，该怎么办？……明天先把公用房子都腾出来，让有小孩的社员住。我可以腾出一处房来，进才能腾出一眼窑来——谁家还能再腾出来呢？……承让说，有二十几处窑修一修就能住人。明天就派人修那些窑……对，派人修窑……"

陈永贵打了个盹，猛地又醒了。大房子里有小娃娃夜哭，机器房里有牲口嘶叫，不知道在什么地方又传来了柴油机的突突声。

陈永贵打了个呵欠，提起马灯。这时候，天空的乌云块又凝连到一起，月亮隐没了，满天漆黑。

陈永贵提着马灯，在暗夜中巡行。

二

从八月八日到十二日，这几天的天气变化无常：一会儿阴天，一会儿晴天，一会儿又落一阵子雨。大寨村里，仍然是这里淌水，那里流泥。

但是，设在帆布棚下的那个风箱火炉，却不冒烟了。

经过了腾家、并家、挤家、修家等等措施，社员们大部分都有了个窝——当然谈不到什么舒适，不过起码有个睡觉做饭的地场了。

这几天，陈永贵白天忙着给社员安顿房子、搬家，晚上又得查夜，可他一有空空，就要到地里转一转——越转心里越难受。前一天上午送走了省和专区的慰问团，他一个人又到地里转去了，一直转到太阳落山还没回来。

大寨的土地很集中，连爬山带翻沟，转一圈子有三个钟头足够了，陈永贵为什么转了几乎整一天？

陈永贵每走到一块重灾地，心疼得就走不动了。

全村两千多块土地，每块土地都有一段故事，每个故事里的主角都是陈永贵和他的那些伙伴们——为了改变这土石山区的低产面貌，大寨人民付出了多么高的代价！

那是大黄沟。暴雨以前，这里是一层一层的梯田，梯田的石碴，像是一道道整齐威严的城墙。梯田里长着油绿油绿的玉茭——玉茭已经开花吐须了，玉茭中间还长着一排一排的苹果树。暴雨一来，山水从山顶直泻而下，冲开了石碴，刮走了泥土，把那些碗来粗的苹果树冲得根子朝了天，把那些吐着红缨的玉茭苗冲得倒挂在堺上，把那些五百多斤重的大碴石，冲到溜山泥里。

看着那些大碴石，陈永贵立刻就想起了贾进才——

贾进才五十四岁了。他是大寨党龄最长的党员。他生在穷家，从小就过着“吃饭寻灶、睡觉借炕”的日子，九岁上就给地主家当了小羊工——因为他吃尽了旧社会的苦，才特别感受到新社会的甜，他把集体事业看作是自己的命根子。他不大爱说话，就爱干活儿——他最拿手的本事是打石头。打石头不是件轻松活儿，打石头的人大都是些粗壮汉子。不，贾进才既不粗又不壮，是个瘦麻条条的小老汉。表面看来，贾进才的身板子和他担负的工作性质实在不相称，可是到取石场一看，立刻就会发现贾进才身上蕴藏着使不尽的气力、用不尽的智慧。金石坡有个石窝，许多人都看中了，可就是无法下手。金石坡人自己开过，没开开；一九五八年县里修水库，派人来开了一阵，又没开开；两年以前，陈永贵曾请来石匠师傅看过，石匠师傅说：“要开这石窝顶少也得半年工夫。”去年七月，陈永贵对贾进才说：“老伙计，还是你来开吧。”贾进才带了个助手，在金石坡折腾了六天，第七天，石窝口子打开了。贾进才有股子恒劲儿，瞅中了要干什么，非干到底不可：修白驼沟有他，修后底沟有他，三战狼窝掌也有他——当第二次失败以后，别人都灰心丧气的时候，第一个跟着陈永贵走进狼窝掌的还是他！修地就要垒碴，垒碴就得用石头，用石头就得贾进才去打。在每一道碴上，都有贾进才打出来的石头；在每一块石头上，都有贾进才的指印和汗水点子。

现在,山洪把贾进才打下的大碴石埋到泥里去了,陈永贵能不心疼吗?

陈永贵又碰见一块重灾地。

这是一块很别致的土地,三面是五丈高的黄土陡崖,一面向着大沟,很像一张簸箕。修治这块簸箕地可费了事啦。地基都是河刮石、泡山石和锈渣石,不用说长庄稼,连草都不长。为了把这块石滩变成良田,社员们劈倒了多大的崖!挑了多少担土!土地修治出来了,可那三面土崖上的荫歇物却没法除下来——那土崖上长满了酸枣刺、荆条、杂树。不把这些东西除去,大块地里就不透风,不透风就不能长庄稼。

这时候,赵大和站出来了。

他是个红脸汉子,高颧骨,方下巴,走路慢吞吞的,干起活儿来却像只猛虎。在旧社会,他是个赤贫户,土改分下地,因为没底垫,无法养种。那时候,陈永贵成立了个老小互助组,赵大和便把自己的命运交给了那个小集体。多年来,他养成了这么个习惯:集体就是家,除了集体利益,他不知道还有什么别的利益。初级社时期,富农分子贾喜禄装疯卖傻、拿刀弄杖,扬言要杀害陈永贵。赵大和和他说理,贾喜禄却说:“陈永贵住的是我的窑,他得给我腾下;你住的是我家的长工房,也得腾下!”赵大和很想劈脸揍他一顿耳光,但是忍住了。从此,他便暗暗保护着陈永贵,每天黑夜到陈永贵家门口放哨,一连站了七夜哨,直到陈永贵发现了,他才撤了哨。

赵大和在腰里扎了一条粗绳,让三个年轻后生扯住绳头,他便下到崖壁,把身体吊在半空中。他一手抓住那些荫歇物,一手抡着大斧砍劈。他的两腿为了找寻支点,被酸枣刺扎破了;他的双手被那些荆棘刺得直流血,但他没有理会那些伤痛,连着干了三天活,把崖壁上的那些酸枣刺、荆条、杂树通统砍掉了。

从此,簸箕地成了有名的高产地,但是这次洪水却把那些熟土刮了个光，只留下河刮石、泡山石和锈渣石！

陈永贵走累了，蹾了蹾脚上的泥水，蹲在场垴畔，抽起烟来。在他的脚下，就是山楂沟——山楂沟的地也流了。这块地是今年春天修好的，垫了五尺厚的新土，费了好多人工。那时候，正好孝义有个参观团来参观。他们对陈永贵说："你垫了这么多新土，今年不能长庄稼。"陈永贵用铁锹平了平土，想了想，说："要是再加点工，能长。"他们说："那我们夏天还要来。"陈永贵说："我们很欢迎。"接着，陈永贵带着社员们把这块地连翻了六次，卧了羊粪，上了圊肥。苗子出来了，苗子长得好；苗子长大了，成了全村第一份玉茭。但是现在土地流了，剩下的那些玉茭苗都趴倒在稀泥里。

真是靠山山流，靠河河刮，靠坡坡塌——多少好地毁了！

到掌灯时候，陈永贵才转回到大队办公室来。连着两顿没吃饭，肚里却不觉得饿，只是有些口渴。这一个晚上，他很少和人说话，只是想着怎么恢复土地。夜里，办公室的人都睡着了，很安静。陈永贵躺在铺上，翻过来折过去地睡不着，老是想着那些冲毁了的土地。一会儿兴奋了，觉得心劲挺足：塌就塌了，流就流了，用点劲，十天半月就把它修好了。一会儿又泄了气：十天半月修好，那是幻想；不要说修地，就是修那些路，也得个半年一载……一阵困意袭来。他在一条泥泞的山路上走着，碰到了一段断路，他奋力跳了过去，又碰到了塌山泥拦住去路，他爬上了塌山泥，忽然陷进去了。他想拔出腿来，可那些稀泥比胶还黏。他越陷越深。他挣扎，他叫喊，他醒了。

早晨起来，陈永贵还是不觉得饿。本来不想回家，又怕虎妮惦记。他决定回家去看看。

虎妮是陈永贵的老伴，四十一二岁，细长身材，乌黑的眼球，是个能干的女人。她十岁上死了母亲，十一岁上父亲带她来大寨逃荒。有一天，虎妮独自到外村要饭，找不到回村的路了。第二天，他爹费了好大劲才在一个山洼洼寻见她。为了免于被狼吃掉，她爹把虎妮许给了陈永贵。那时候，陈永贵正当小长工，要甚没甚，是个赤腿穷汉。两个人打闹下一斗黑豆、四十斤麸皮、八十斤粗糠，就是一年三百六十天的口粮。解放以后，虎妮和陈永贵一起斗地主、闹土改，一起组织老小互助组，一起入党闹革命——他们手拉手地爬出了苦难窝，又手拉手地一起建设新生活。近几年来，虎妮害了病，身板子瘦了；但是，只要能挣扎起来，她总要去参加劳动。

虎妮刚做好饭，陈永贵回来了。虎妮关心地问道："昨天你在谁家吃饭来？"陈永贵说："谁家也没。"虎妮愣了："那你饿了两顿？——刚做好饭，我给你盛一碗。"陈永贵说："不用盛，我不想吃。"虎妮看了陈永贵一眼，猜出丈夫的心思来了。她说："光愁有什么用？人是铁，饭是钢。不吃不喝你想怎呀？"

陈永贵心里一动。他想道："是呀，不吃不喝，我是想怎呀？——这样想下去有什么用？"陈永贵忽然想起这么件事来：一九五八年，有个村庄遭灾了，当时陈永贵正在县里开会，那个村的支部书记一到了县里，抱着县委书记就号啕大哭起来。当时陈永贵想道："遭了灾，和灾斗吧，哭顶甚用？"陈永贵继续想道，"现在大寨也遭灾了，灾情还挺大，难道我陈永贵也要到县里抱着张书记哭一场吗？"

一股力量从心底冒出，陈永贵呼地站了起来，说："给我盛一大碗，多夹点咸豆！"他接过虎妮端来的饭碗，一边吃饭一边向饭场走去。

饭场里稀稀落落没几个人，谈论的中心题目是天气——大家都希望能好好地晒几天，再这么阴霾下去，躺在泥水里的那些庄稼苗子就要沤烂了。

这时候，有个四十来岁的"地富"子弟站在大柳树下，笑眯眯地向大家问道："你们到石坡看过吗？石坡的地流了。真有意思，整整半座山跑了半里地，把咱大寨的地，流到金石坡地界去了。你们说石坡那块地变得像个甚样子？像颗甩成一堆的烂柿子。那块地呀，不要说我这辈子，下一辈子也修不起来了！"

陈永贵心上像被人钉了一根长针。碗里还有几口饭，却怎也咽不下去了。他抑制了和那个“地富”子弟辩论的冲动，把饭碗放到俱乐部的窗台上，便到石坡察看去了。

在路上，陈永贵愤怒地想着：“集体的财产受了大损失，他们反倒说风凉话，看笑话——看他们这些人安的是什么心肠！……‘下一辈子也修不起来！’好，让你们再看一看大寨人民的英雄气魄——用不了下一辈子，我这一辈子就要把它修好！我已经修了十三年地，我还要再修它十三年！”

暴雨以后，陈永贵已经是第三次来石坡了。不错，石坡的半座山确实流了，不过，那有什么？两三年以后，这里照样还会长出好庄稼来！

站在石坡垴上可以看见赵背峪。赵背峪的坡上有一块条条缕缕的梯田——那是陈永贵在土改时候分下的三亩地，这一次，山雨把陈永贵亲手垒下的石碲冲了。赵背峪里边有一小块沟地——那是陈永贵的父亲卖掉老婆孩子以后，典下的一块荒滩地，这一次被塌山泡石盖满了。在脚下，就是塌成“像烂柿子”的石坡地，这是李交锁的十几亩地。要是在单干时候，这几家今年算没法过了，可现在是人民公社，这块地流了，还有那块地没流；这块地漫了，还有那块地没漫；这块地淹了，还有那块地没淹。全队有七百多亩地，就是冲了一多半，还有一少半能收粮……

一个新的念头在脑子里一闪，陈永贵立刻便想到另一个问题：“我们真的有一多半土地毁了吗？承让说有四百亩，我说有三百亩——我们是不是让暴雨吓昏了头，把灾情扩大了？……”

他转身向坡上沟里看去。这时，太阳刚冲出云端，阳光很亮。地里那些没被冲倒的庄稼苗，显得又绿又亮，很有生气；而那些趴倒的苗子，像是些溺水的孩子，正在等人抢救。

陈永贵跑进一块玉茭地里。地里还很湿、很泥，可是已经可以撑得住人了。陈永贵把一苗伏倒的玉茭，款款地扶了起来，玉茭苗像是大病初愈的病人，有点摇摇晃晃，站不住脚。陈永贵在玉茭苗根部轻轻地踩了踩，玉茭苗站稳了。陈永贵舒了口气。一种出自内心的真正喜悦出现在他的脸上——他那脸上的笑纹活动了，他笑了。

陈永贵又去察看那些受灾的土地。走一阵便停下来扶一阵苗，越扶苗越觉得抗灾的信心大了。中午时分，陈永贵回到大队办公室来。刚进门，正好公社给他来了电话。他拿起了耳机，听着听着便感动了。他说："上级这样关心大寨，我们很感动，不过，让我和大家商量一下。"他用手捂住传话筒，转身向承让他们说："公社给咱们拨来八十元救灾医药费，还有五十领席子，你们说，这些东西，咱要不？"大家没有说话。陈永贵说："我看咱不要——别的村庄比咱大寨灾重……"赵大和说："咱大寨长着苇子，要是用席，咱自己动手编。"陈永贵说："对对，把席子支援给那些没苇子的村庄。"贾承让说："咱村又没伤人，就我腿上磕了点皮，咱要医药费干什么？"陈永贵说："那让他们把医药费支援重灾区吧。"

打罢电话，陈永贵立即召开了队委会，述说了核实灾情和扶苗抢救庄稼的重要性。会议决定：下午动员社员先到梁坡干燥地里扶苗——尽可能动员社员全出勤。散了会，陈永贵赶忙往家里走——这时候，他才觉得肚里真饿了。

下午，陈永贵和贾承让到地里核实灾情。核实的结果是：冲了地基的一百四十亩，上塌下漫的四十亩。这两种地都没苗了，占粮田面积的百分之二十二。另外有二百多亩的苗子倒伏了——要是把这些苗子都扶起来，估计今年的亩产不会少于去年，因为今年的苗架长得好。因此，陈永贵捉摸出这么个口号：三不少——不少卖给国家粮食，不减少社员的口粮，力争不减少产量。

这是一个很有鼓动力、很能振奋人心的口号。

但是，越走近村子越使陈永贵吃惊：中午不是决定了要抢救庄稼吗？为什么不见社员们出来扶苗？——这可是大寨少见的现象！多年来，大寨农民已经习惯了集体生产，只要大队部有个号召，社员们立刻就响应；而这一次——扶苗抢救庄稼，这是个火急措施，为什么社员们却不出勤了?

进了村口,陈永贵看见贾承富正从他那塌窑的稀泥里刨石头。

贾承富是第二生产队的队长。阔脸庞,黑面皮,两只细小的眼睛,十分有神,下巴上长着浓密的黄胡楂子,是个又粗又壮的汉子。贾承富是大寨有名的能人:会种庄稼,会烧砖、烧石灰,会点木匠活,还会点泥匠活。这个人脑子很灵,善于安排农活,长于计划,因此人们选他当了队长。但是,好多人对他又有意见:第一,贾承富不会抽烟,干起活来又好拼命,那些抽烟的人已经瘾得不能忍耐了,他却老不招呼大家休息;第二,贾承富是大寨有名的大力士,抬石头爱拣大的——他抬起来轻轻松松,别人已经压得喘不上气来了。不过,这是两年前的事了;现在,贾承富已经把那两个毛病改掉了。他是个好队长。

这次暴雨,把贾承富的两眼窑都冲塌了。

陈永贵走了过来,说:"你怎不领上人扶苗,刨这些烂石头干甚?"

贾承富叹了口气,说:"我一看这一摊子,身上就软软稀稀地没劲了——歪好总得先打整个窝呀!"

陈永贵看了看那两眼塌窑,说:"你这窑不能修了,大水漫了不算,现在还往下滴水,修起来也不能住人。"

贾承富无可奈何地说:"那也得将就着住。老婆马上又要生孩子。现在住着人家一间破房子,走风漏气……"

陈永贵说:"你搬到我家,我给你腾一间房。"

贾承富愣了一阵才说:"你已经腾出一眼窑来,怎么能再腾一间房?你有儿子有媳妇,媳妇也是马上要生孩子——你能老小三辈子睡一条炕?"

陈永贵说:"我搬到大队部睡。"

"可媳妇坐了月子,你怎进去吃饭?"

"这是封建习惯,咱们要把它打倒。就这么决定了,明天我就给你腾家。"

贾承富迟疑了一阵，说："我还是修这破窑吧。"

陈永贵拍了拍承富的肩膀，诚挚地说："平时要依靠集体，遭了灾也要依靠集体。你的力气大，又有手艺，可那些缺少人力、没有手艺的人家怎么办？破窑冲了，咱们要修新的，修好的——要修，一定要修。眼下的任务不是修庄窝，是扶苗救庄稼。节令不等人啊。下暴雨，这是天灾；要是让苗子泡烂了、沤了，这可就成了人灾啦——我们大寨要把大灾变成小灾，把小灾变成无灾，全在这扶苗救庄稼一着！"

贾承富的两只小眼睛亮了。他说："好，我先搬到你家去。明天我就去扶苗——我保证我们小队全部人马都出勤！"

晚上，在社员大会上，陈永贵先让人念了省、专区、县以及各地寄来的慰问信，然后报告了公社党委对大寨的关心和核实灾情的情况，最后才动员社员们扶苗救庄稼——这个大会开得好极了，第二天，除了吃奶的小孩和幼儿园的小朋友，全体大寨人都拥到地里去了。

过了六天，把能扶的苗子都扶直了，有的浅锄了一次，有的上了圊肥；道路修好了，排洪渠道修通了，蔬菜下种了。一年庄稼二年闹，一九六三年遭灾受了损失，一九六四年要向土地索取更多的粮食；这时候，陈永贵便为修地种麦和明年的肥料问题谋划点子了。

三

生产要抓，生活也要抓；土地要修治，庄窝也要修葺。陈永贵把大寨人马分为三路大军：第一路，修整土地，准备种麦。这一路人数最多，占总劳力的百分之六十。第二路，割蒿沤肥，为明年的生产打基础。这一路，占总劳力的百分之二十。第三路，烧砖烧灰，为社员们修补塌房。

三路人马的战斗任务都很艰巨：准备种麦的土地被暴雨破坏得不成样子了，地磅塌了，山洪在地里刮下了深壕、旋下了大坑；熟土被暴雨冲走了，如果没有充足的肥料补充地力，明年的生产准定要减产。修补旧房并不比建造新房省事,时间紧促,缺乏材料,这里修好那里又塌……

大寨人民在党支部的正确领导下,在上级党委的诚挚关怀下,在各方面的热情鼓励下,充分地显示了自己的力量。他们不扩大灾情,也不低估灾害带来的损失。自然灾害阻挡不住大寨人民前进的道路。他们有着人定胜天的坚定意志,他们把那些灾害造成的困难,一个个地搬开,踢倒,粉碎!

且看这三路大军中的英雄闯将——

梁便良是"老小互助组"时代的娃娃头。那时候,爱打闹,爱掏鸟、捉兔儿,爱探听消息,又爱在地里睡觉;如今是条壮实的汉子,粗粗的,黑黑的,像是一块钢锭。十几年来,梁便良跟着陈永贵学就了浑身本领:阶级立场坚定,领导作风踏实,样样农活儿都能拿得起来。他是大寨最能吃苦的人,也是出勤最多的人,不论刮风下雨,不论白天黑夜,有什么重活儿、脏活儿,梁便良总是抢着干。他担任过几年大队长,现在是第一生产队的队长。在他担任大队长时期,工作最忙,下地劳动也最多,连着几年没要过一个补贴工分——每年讨论干部补贴工分时候,他总是说:"我不要补贴——我作下的劳动日足够我用。"在这次暴雨中,他和大队长贾承让共同指挥抢救队,救人救牲畜救仓库,七天七夜没有睡觉。大雨还没停,他就去检查水库、察看土地。灾害是吓不倒梁便良这种人的!队委会决定了扶苗,谁也没心计上地,梁便良独自去了。这一次,梁便良去修治麦地。康家岭麦地里被洪水冲了个大坑。人们估计:要想填平那个坑,十个好后生得紧干十天。梁便良带了七个人,三天又一早,把那个大坑填平了。

副支书贾来恒是个安安静静的中年人,平时十分重视社员的思想工作。有一年,中农李小货在集体地边开了块"自由地",并且不住地蚕食集体地。社员们看不惯,便和李小货说理。李小货不认理,反和大家争辩。贾来恒把李小货拉到僻静处,让他抽了袋烟,平了平气,然后说道:"小货,你开那屁股大的一块地,能收多少山药蛋?""还不收一箩头?”“你收下一箩头山药蛋,可集体地该受多大损失?——咱大寨都是梯田,要是大家都在埂下掏‘自由地’,咱这些地磅就不牢固了,大雨一来,全得冲了。”李小货惊惶地说:“有那样严重?”贾来恒说:“就这么严重。还有,你开了这块地,春天得种,夏天得锄,秋天也不过收一箩头山药蛋;可你要多参加一个劳动日,秋天该多分多少粮食?——要想过好生活得靠集体,靠这点小块地不沾!”李小货觉悟了,不再刨小块地了。贾来恒平常就是这样稳重、有耐心,但在暴雨面前,他却变得非常勇敢,非常大胆。他带着一班子年轻人冒雨救人,他们救出了李三货家,救出了贾占元家,救出了贾承保家……八月五日那天,有座石窑塌了,把个五保户老太太捂到里边。那时候,又是急雨,又是稀泥,窑上石头还一直往下滚。贾来恒没有惧怕这些,他从窗户钻进了塌窑,把那位五保户老太太救出来了。贾来恒是垒磅的好手,这次修治麦地,他又负责修磅。有一天,他带着四个人到了神土角,一边从烂泥里捡石头,一边垒磅,一天工夫,修了一道六尺多高、五十丈长的大石磅。

贫农赵怀恩是个老木匠,解放以前,给人家盖了大半辈子房,自己却老住着破土窑。现在,全大队的木匠活儿都归他管。耕地的犁坏了,掌犁的把它往木匠房一放,说一声:“老赵,快点修,明天早晨要用!”第二天,坏犁修好了。社员们的门窗坏了,找老赵,赵怀恩立刻就去修补。赵怀恩不大好说话,可是腿勤,他常到车房、场棚、工具库房里游走,一发现有什么工具坏了,马上就动手修理——单这一项,就不知道给队里节省了多少钱。赵怀恩虽已上了年纪,可在下大雨那几天也没在家待着。马房的横梁断了,赵怀恩用柱子把它顶住。装粮食的土窑漏水了,紧挨着窑门的库房后梁又断了——不把那根断梁顶住,谁也不敢到窑里抢救粮食。情况十分紧急。赵怀恩冒着被砸的危险,第一个冲进了库房,把那条断梁撑住了。暴雨过后,这家叫换梁,那家叫换柱,又要修门,又要补窗,赵怀恩忙得连吃饭的空空都挤不出来了。

富裕中农贾承显是个黑大个子，背略有点驼，走起路来慢慢悠悠的。八月五日那天，他的两眼窑都漏水了。他和老婆把衣服、被褥搬到院邻家。他拿着口袋从大瓮里装粮食。当他刚装满了口袋，猛听得梁便良在暴雨中呐喊开了："仓库漏水了，快拿着口袋来抢救粮食！"仓库里放着大队的三万斤储备粮！要是不去抢救，那三万斤粮食就毁了！贾承显把装进口袋的粮食，又倒回大瓮里，提着口袋就跑向仓库去了。大队的粮食抢出来了，贾承显回家一看，两眼窑都塌了，把那些没有拿出来的粮食、家具，都砸到泥土里去了。贾承显是条硬汉子，既没流泪，也没哭泣；他老婆却伤心得又哭又喊。大队长贾承让说："塌了房，我给你找住处；粮食用不着发愁，咱们的储备粮救出来了，咱们有的是粮食。"扶苗以后，贾承显便跟着贾进才到了采石场。贾进才把那些大石头打开，贾承显和贾占元便把它抬出了石坑。贾承显一点也没灰心丧气。在组织农业生产合作社时候，贾承显是第一个入社的富裕中农；在十多年的集体劳动、集体生产中，他确信自己的脚步走对了！过去从来没有余粮，现在有了；过去从来没有余钱，现在银行里有存款。要在单干时候，这一次他算爬不起来了；现在，他在伟大的集体中，他相信能战胜灾荒，他相信陈永贵说的话："旧的不坏，新的不来；旧窑塌了，咱们修新的！"贾承显一抬一抬地抬着石头，他相信能住到新房，他相信以后的日子会过得更好。

大寨的英雄闯将数不清，大寨的英雄闯将写不完！在这些英雄闯将面前，暴雨不足畏，洪水不足畏，遭灾以后的恢复工作也不足畏！

四十亩麦地下种了。陈永贵一边摇耧下种，一边想着：今年的麦子可种好了，土地比去年修得好，肥料比去年下得多，种子也比去年下得密！为明年生产准备的肥料充足了……贾承让一边劳动，一边想着：今年是合作化以来沤绿肥最多的一年！大力士贾承富领导的修建队，把能修的房屋和窑洞都修补好了，把马房也修好了——有的社员已经搬到自己的家里，队里的牲口都牵到新修的马房里去了。

这时候，陈永贵和支委、队委们，已经把新建二十眼石窑、四十间瓦房的计划拟好了。陈永贵把修建计划提交给社员大会讨论，社员们热烈地欢迎这个计划。第二天，大寨便掀起了修建热潮。开石头的，拉石头的，脱坯烧砖的，捡石头烧石灰的——还派了几个人到沾尚林区伐木。

正当陈永贵忙着为修建新房备料时候，县委通知他去开会。陈永贵把工作托付给大队长贾承让，便动身到县里去。刚出村口，正好碰见赵小和赶着大车往城里走。陈永贵惊异地问道："小和，你怎么出来了？"赵小和说："再不让我出来，我就要憋死了——大家都忙着救灾、盖房子，让我一个人躺在家里，谁受得了？"陈永贵说："可你的腿？"赵小和说："好了。——你上车吧！——现在我就是接骨先生，这点儿毛病我自己会治。"

赵小和是个乐天派，整整四十岁。红红的脸，大眼睛，宽嘴巴——整天咧着大嘴笑，不知道什么叫忧愁和烦恼；有时候还说两句俏皮话，逗得人捧腹大笑。他九岁上死了父亲，十岁上死了娘，十二岁就给地主贾太元家放羊。后来，贾家的羊卖给了平定县，赵小和就跟着到了平定的地主家放羊，一直到二十四岁才回到大寨。他回来时候，土改运动已结束，他既没参加诉苦，又没参加斗地主，因此觉悟程度极低。他从平定带回几只羊来，便想靠那几只羊"发家"。有一年，武家坪闹驴瘟，连着死了四十头牲口，有一家的毛驴已经病了，主人想把它卖掉，要价不算贵，赵小和自信会治羊病，大概也可以治驴病，就把病驴买下了。病驴拉到家，没两天就死了。原来赵小和想占便宜，结果是吃了亏。合作化以后，赵小和给队里放羊，他把羊群赶上坡，便不管了，任着羊群乱跑，他却割荆条编筐子卖钱，结果把羊放瘦了。陈永贵批评了他，又给他讲解应该怎样爱护集体财产，怎样巩固集体经济。以后，调赵小和去赶车。有一次，他给公家运钢材，卸车时候，他就把一条钢材拉回来了。陈永贵批评他，他反倒说："以前没把羊放好，是我自私，我不好。这一次，我把钢材拿回来，又不是我自己用，我是要给铁匠大师傅打农具用——我这是为了集体利益呀!”他的说法,差点把陈永贵逗得笑起来。陈永贵给他讲解国家与集体的关系——做一个公社社员要光明正大,绝不能随便拿任何人的东西。赵小和是有点心眼小,可懂道理——他把那条钢材送回去了。在陈永贵不断的教育和影响下,赵小和变得胸怀广阔了。

有一年秋天,赵小和赶着一匹劣马,从地里往场上驮玉茭。正走到崖畔,马却尥起蹶子来,眼看着就要跌到深崖下了,赵小和不顾性命地扑到崖畔,奋力向马一抗,马向地里闪了两步,马身一倾斜,连身子带玉茭一下子压到赵小和腿上,赵小和的右腿被压断了。陈永贵要送他到太原医治,赵小和说:“这点毛病还用得着到太原?我放的那些羊跌断腿,哪一只不是我治的?”第一次,他自己瞎揉搓了一阵,就说接好了,陈永贵不相信,请来个接骨先生一检查:根本就没有接上。没有接上嘛,只好重新接。过了半个月,赵小和解开护板,摸了摸骨头,觉得不对劲儿,又请来一位老接骨先生检查。老先生看了看腿,摸了摸骨头,说:“嗐,接错碴儿了,没法儿了!”陈永贵说:“我看还是运到太原治吧。”先生说:“送到太原也没法儿了:新碴和新碴已经长住了,谁能把它再弄开?”陈永贵领着老先生吃饭去了,赵小和独自一个思谋着:“我就不信我赵小和能变成瘸子!瘸子,整天不劳动,拄着条棍子跌拐拐,算啥东西!没法儿了?——我有的是法儿!”他喊来了叔伯哥哥赵大和,他说:“你去给我叫几个年轻力大的人来——可千万别让永贵和先生知道!”几个年轻人来了,赵小和说:“你们不要嚷不要叫,我让你们干什么你们就干什么!”他让两个人抱住他的腰,两个人按住他的右膝盖,两个人拉住他的右脚。他说:“我喊一二,你们抱腰的使劲抱住,按膝盖的使劲按住;我喊三,你们两个就使劲扯我的脚!”年轻人愣了:“我们不会接骨……”赵小和说:“谁要你们接骨?我让你们把长住的骨头拉开!”赵大和急了,说:“兄弟,这可不成,我得告永贵!”赵小和喊住了赵大和,说:“大哥,我要不受点罪,我这条腿就毁了!”随即他就喊了声:“一二!”又大声喊了声:“三!”那两个青年用劲一拉,只听“叭”的一声响,已经长在一起的错碴骨头真的被扯开了。赵小和疼得淌了一身汗，把假牙都咬烂了，可他一声儿也没叫喊。赵大和去请来老接骨先生。老先生摸了摸赵小和的腿，盯着看了看赵小和，说："想不到你有这大骨气——你可真是条硬汉子！你再忍一忍疼，让我给你接上——你不用愁了，再过两个月，我保险能让你再去赶车！"赵小和说："只要能不让我当瘸子，我受甚罪都行！"手术完了，老先生一边擦汗一边说道："人里边有人！我活了六十多，给人接了三十年骨头，第一次碰到你这样的人！"过了两个月，赵小和真的又去赶马车了。今年七月，赵小和往城里送粮食，又把左腿弄断了。这次伤势不重，很快就接上了。下雨那几天，他正躺在家里养伤。如今，他的骨伤还没全好，就在家歇不住了。

大车过了松溪河，快到城跟前了，赵小和忽然向陈永贵问道："咱盖那么多新房，修那么多新窑，你就不怕塌下饥荒?"陈永贵说："咱们有储备粮，又有储备款——算下来，还欠缺万把块钱，可秋天卖了余粮咱有十几万进项呢。"赵小和又问道："咱大寨遭了这大的灾，国家就不给点钱?"陈永贵想了想说："国家肯定要给，问题是咱们要不要。"赵小和说："要——国家给咱钱，咱还能不要?"陈永贵说："这事不那么简单，咱还得仔细想一想。"大车停住了，陈永贵到县委开会去了。

陈永贵从县里回来时候，大寨已经大变了。到处都是堆着那些新拉回来的石头，新烧出来的砖，新出窑的石灰，还有那些准备搭架用的椽檩和那些新伐回来的小木料。平地基的人唱着歌，打夯的人吆着号子。铁匠房里叮当响，木匠房里正解板。砖窑上冒着青烟，石灰窑里燃着红火。把这个灾后的大寨，装扮得红火热闹，充满生气。

回村不久，陈永贵就发现好些社员有着赵小和的思想——向国家张手要钱，钱少了还不顶事，得多要！连大队长贾承让都悄悄地向陈永贵问道："你在县里摸了摸底来吗？国家到底能给咱多少钱?"偏偏这时候会计赵素恒又对陈永贵说道："公社又给咱拨来一千元救灾费，一百元安置费，还有一部分救灾物资；听说以后还要拨来修房费、修地费——数目还不小呢!”陈永贵急着问道:“这些东西咱们要下了吗?”赵素恒说:“通知是来了,拨条还没下来。”陈永贵说:“拨条来了也不要忙着去取。”

这事情给陈永贵的压力很大:社员们嚷着要干部向国家要钱,干部并没把这意见反映上去,国家已经把款拨下来了,这钱和物资该要不要?不要吧,不仅要脱离群众,而且可能脱离干部;要吧,对国家对集体对大寨有什么好处?这可真是个难题。为了解开这个难题,陈永贵用尽了心思。白天,他和大家一起刨土、搬石头;晚上,他却老是睡不着——照他的话说是:三更天睡着,四更天就醒了。第四天鸡叫时分,陈永贵又睡不着了。他穿了衣服到村里转悠。村里很安静,只有石灰窑里的熊熊大火映红了半个村。陈永贵走到村口,碰见了背着打石头家具的贾进才——这位打石能手,在夜色中,显得多么瘦小、多么单薄啊!陈永贵问道:“怎么你就走?天还没有亮。”贾进才说:“等我走到石场正好天亮。”他们相跟着走了一段路,陈永贵把他的苦恼告诉了贾进才。贾进才说:“我天天打石头,耳朵不灵。远处的情况咱不知道,只说近处吧。听说水泉今年一个劳动日只能分五分钱,可咱大寨今年还能分一元钱——国家的钱有限,我看有钱得使到刀刃上。”陈永贵高兴极了,用劲拍了一下贾进才的肩膀,说:“老伙计,你这话说到我心上了!咱大寨遭了灾,可咱的共产主义风格不倒;咱把方便让给别人,咱要自力更生战胜困难!”贾进才说:“对,咱多干点活,什么都有了!”

肯定了:大寨虽然遭受了严重的自然灾害,可是一不向国家要钱,二不向国家要物资,三不向国家要粮食——这叫“三不要”。这个口号很响亮,很有力。但是陈永贵并没立即向社员们宣传。他觉得:必须把这种先进思想变成群众的普遍思想,只有这样,才能充分地鼓起群众的革命干劲;只有这样,才能最大限度地发扬大寨人的藐视困难,战胜困难的革命勇气。陈永贵继续思谋着。不向国家要东西,对国家有甚好处?对人民公社有甚好处?对大寨有甚好处?对社员个人有甚好处……一条一条地捉摸、推敲、思索。陈永贵费了好几个晚上,想出了有名的“十有利”。

“三不要”和“十有利”的革命思想,在支部会上开了花,在贫雇农会上开了花,在社员大会上开了花。

但是在社员大会快要结束的时候,却发生了两件意外事情。第一件是李喜庆老汉提出来的——就是在灾后第一次社员大会上,向陈永贵提问题的那个白头发老汉。

李喜庆说:“陈永贵把咱大寨人的心里话都说出来了。这叫遭灾不怕灾,英雄不下马——咱还要一股劲儿往前赶呢!我有这么个思想:咱大寨八十户人家,就有七十大几户在银行存着款;现在修盖新房要用钱,为甚不把那些死钱变成活钱?不说别人先说我——我拿出八百元!”陈永贵说:“你又没有塌了家,为甚要拿出钱?”李喜庆说:“旧社会还一家有事四邻不安呢,如今咱们是集体,是公社,他们的房子塌了,我和大家一样难受。我有钱闲在那里,大家住不上新房,我心里别扭;我把钱借给大家盖房,心里就痛快了!”

大家热烈地给李喜庆鼓掌。在掌声中,有人悄声问李喜庆道:“你不是打定主意要逛北京、看天安门吗?怎么你不去了?”李喜庆说:“为什么不去?等咱的房子、土地修治好了,我还是要去。”“可你没有路费了。”“这不用你愁,银行里还存着我四百元——四百元还不够到北京的路费?”

这真是意外!在李喜庆的带动下,贾承福报了五百元,贾承让报了五百元,赵怀金报了三百五……很快地就报到一万以上了。

第二个意外是赵小和掀起来的。

赵小和说:“这个会可给我开了窍啦!看来,我这脑瓜子里只有个大寨,既看不到公社,又看不到全县,更看不到全国!以后我要好好向陈永贵学习——学他那种英雄气魄!今天,我可想出个好主意来:如今天短了,一天干不下多少活儿。我主张:白天干地里的活儿,晚上咱点上汽灯,给新房平地基、打房根、搬砖、抬石头,一天干两个钟头，五十个人干上一个月，看能多干多少活！”

这个意见实在好。修建队长贾承富第一个拥护，农业队长梁便良举双手赞成，全体社员大鼓掌，一致通过。

社员的干劲给了陈永贵新的鼓舞和力量，第二天天一亮，就到阳泉购买木料去了。

两个月过去了。二十眼新石窑修成了，四十间新瓦房盖起了。新砖新石头在阳光下，闪耀着蓝色的光辉，那新房顶上的红缸瓦，就像给大寨插了无数面红旗！

四

秋收开始了。

暴雨之后，大寨又遭了两次风灾、一次雹灾、一次冻灾，加上春天的涝灾、伏天的旱灾，整整是七次灾。大寨人民战胜了七次自然灾害的袭击，取得了好收成——虽然在总产和亩产方面都略低于一九六二年，但比大幅度增产的一九五八年还超过了一万多斤。

在春天和夏天，大寨党支部采取了很多增产措施，决心亩产八百斤，跨越长江。暴雨冲毁了土地、刮倒了禾苗，一些“地富”分子私下里放冷风：“哼，还过长江呢，陈永贵连南河也过不来了！”

暴雨冲毁了大寨的土地，却冲不垮大寨人的雄心壮志。党支部提出了响亮的战斗口号：土地受灾粮不减，明年一定过长江！

增产措施有许多，中心是恢复土地。土地被摧毁那么多，该先从哪里下手？陈永贵想道：“不下恶雨，不收恶田，狼窝掌淤了二尺厚，把石头一搬，就能长好庄稼。对，沟洼地潜力大，先修沟洼地！”

但是，陈永贵没有以此为满足。他早看中了一块“心思地”，就是还没拿定主意甚时修。

麻湟沟口有一个小水库，这是大寨和武家坪合修的。八月的暴雨把库壩冲了，库底却留下了五尺厚的肥土。要是把河道改由库底中央通过，把库底北半归还武家坪，大寨就能在库底南半修出一块十五亩大的地来——十五亩平地！大寨最大的地块是三亩。那一年在后底沟修了一块五亩大的平地，全村人都把它叫成是“大寨的大平原”。如今要能修出一块十五亩大的平地来，这对大寨人该有多大的诱惑力？

但是那块“心思地”实在不好修。第一，必须摊平那道三丈高五丈宽的大壩；第二，必须铲平半个小山；第三，必须填平几十丈长的河道；第四，必须垒起几十丈长的大石磅。这么大工程，得用多少劳力啊？要在往年，陈永贵并不把这点工程放在心上，可是现在——现在有多少旧土地要恢复，哪来的力量再去开辟新地？

可是要能把这块地修成，准定能拿到一万五千斤粮食！

陈永贵“谋”住要开“心思地”，但又怕新地开不成，反倒误了修旧地！

陈永贵有个习惯：抓住一个问题就不放手了，吃饭想，睡觉想，走着站着都要想。

一天早晨，陈永贵和青年们一起从地里往场上担谷。按定额，一早晨是担三回。年轻人跑得快，陈永贵行动慢；青年们已经把第三担谷放到场上了，陈永贵还在半路上慢慢走呢。陈永贵正走着，只见那些小伙子们又拿着扁担走来了。陈永贵问道：“你们怎不回去吃饭？”贾吉义说：“我们要超额。”小顽皮贾来小说：“大爷你还在后边，我们怎能回去端起碗吃饭？”陈永贵慈祥地说：“就数你顽皮！——挑回这担来可不要再挑了。”

陈永贵把谷捆放在场上，又向着青年们走去的方向看了看。那十二个青年最大是二十六岁，最小的是十六岁，个个都是身体强壮，满面红光，真是一群逗人爱的好后生。陈永贵一边蹲下来抽烟，一边想道：“都长大了。搞‘老小互助组’时候，这些人有的还穿着开裆裤，有的还在娘怀里吃奶，有的还没生下，如今都长大成人了！”

陈永贵认识贾吉义的父亲，也记得那老雇工去世时候，贾吉义才五岁。贾吉义本来有兄妹五个,因为生活不下去,把一个弟弟和一个妹妹卖了。贾吉义的两个哥哥都讨过乞、要过饭,十二岁就下了煤窑。冬天天冷,贾吉义没有被窝,他母亲用笸箩把他扣住。要不是有土地改革运动和互助合作运动,这家人真不知道怎样活下去。贾吉义的两个哥哥——贾承宣和贾承联都是老小互助组的娃娃兵,是陈永贵亲手把他们带大的。贾吉义最有福气,不只没有讨过乞,还念了四年小学。贾吉义身材不大,瘦麻麻的,不笑不说话,有点姑娘相。嘿,可别小瞧这个腼腆青年,他才二十六岁,就已经当了十一年村剧团团长。他会演唱十一出新歌剧,每出戏里都是他担任主角。他不会念简谱,只要别人唱两遍,他就能跟着哼;哼上三两遍,就能上台表演了。大寨村子小,又没戏台,专业剧团不来这里演戏,每到逢年过节,村剧团的这群娃娃就成了大红人啦。他们不只在大寨演,还到周围村庄去演,一九六三年在公社会演,他们还夺了第一。贾吉义不单会演戏,农活儿样样会,还会烧石灰、脱坯烧砖,还能在铁匠房里抡大锤。这次修新房,贾吉义和另外两个青年烧出了五万块新砖。下暴雨那几天,贾吉义忙着救人、救粮、救牲畜,七天七夜连家门边儿都没着,肚里饿得支不住了,就到大嫂家要点干粮,吃完干粮,又冒着大雨抢救去了。

说起贾吉义,很自然地就要想到陈明珠。陈明珠是共青团支书,贾吉义是副支书。贾吉义是村剧团的主要演员,陈明珠是首席乐师。他们两个工作在一起,生产在一起,搞文化娱乐在一起,这一次和暴雨搏斗,两个人又都在一个抢险队里。陈明珠是陈永贵的独生子。生得又粗又壮,黑黑的脸庞,厚厚的嘴唇,头发又粗又密,乱糟糟的,像一堆沙蓬。陈明珠中学毕业以后,陈永贵在儿子身上花了不少工夫,不单教他耕作技术,更重要的是教他怎么认识阶级斗争、生产斗争和科学实验的相互关系,怎么学会更好地为人民服务。陈明珠从小被母亲娇养惯了,脾气很倔,动不动就要发肝火。有一次,陈永贵发现陈明珠在共青团会上对青年的态度粗暴,回到家来,就批评他:

“为什么要对大家发脾气？为什么要对大家动冷眼？你是工作嘛，你又不是当老爷！知道的人，说你是骄傲自大；不知道的人，一定要说你是抱了我这粗腿！”一句话把明珠说得动了火，他把饭碗一放，抱着脑袋就到院里号啕大哭起来。等他哭完了，陈永贵问道：“二十出头的人了，为什么要哭？”陈明珠说：“你不给我撑腰！”陈永贵说：“好事儿我一定给你撑腰，这事儿我可不能给你撑腰。我越给你撑腰，你就要越头大。咱们和大家一样，都是公社社员，没有一点特殊地方。只有一点不同地方，咱们是干部。干部是大家选出来办事的，不是选出来训人的。要想把事情办好，干部就得吃苦在前，享受在后，就得比普通社员多干活、多操心。社员有了思想问题，得要启发诱导、苦口婆心地规劝他们，这才是个好干部。像你这样的，我看只能当个坏干部——坏干部也当不长，因为你给大家办不了事，大家就不选你了。”这时候，正好有人吼喊上山割蒿，陈明珠连鞋也没穿，就提着镰刀上山了。虎妮一见儿子光脚上山，着急得不得了。陈永贵说：“由他去吧。”虎妮说：“割蒿可不像锄谷，山上净葛针！”陈永贵说：“你倒忘了？贾二货放了七年羊，没穿过一双鞋，他光半天脚就把皮磨了？咱们再不能惯他了，要把他惯成个公子，甚事办不了，还得给你办坏事！”陈永贵的心血没有白费。在这次暴雨中，陈明珠和贾吉义相跟着，救了这家救那家，哪里危险到哪里。李三货的窑塌了，把全家七口人捂到黑洞里。陈明珠和贾吉义他们踩着三尺深的稀泥，爬进了塌窑，把李三货全家救了出来。仓库漏水了，窑顶裂了缝，泥水不住气地流着，墙上的泥皮一个劲地往下掉，危险万分。陈明珠和贾吉义冲进窑里，别人给他们扔进来口袋，他们灌满一口袋粮食，把口袋推到窑门口，让别人背走。灌完了小米灌黑豆，灌完了黑豆灌高粱。梁便良给他们打着手电，贾承让两眼盯着窑顶，急得满头流汗。裂缝越来越大，泥皮越掉越多。眼看着要塌了，贾承让大声喊道：“撤！”陈明珠和贾吉义刚跑出窑门，房大的一块土，“轰”的塌了下来，把仓库塞满了。

在担谷的青年中，贾来小年纪最小。贾来小是大队长贾承让的儿子，从小就是个捣蛋鬼。来小已经十二三岁了，还是不好好念书。在家里不听爹妈的话，在学校里不听老师的话；见了男孩子就打架，见了女孩子就骂人；比他小的不敢惹他，比他大的也惹不起他。有一天，老师到大队来诉苦：“来小可没法教了！今天上课时候，他突然擂了一阵桌子，高声喊叫‘下课了！’他先背着书包跑了，别的孩子也跟上他跑了！——你们看这怎教？”陈永贵看了看贾承让，贾承让喟然叹了口气：“我甚的法儿都用了，就是管教不了他！”陈永贵说：“你管教不了，我来管教。”没过了两天，孩子们相跟着找陈永贵来了。他们说：“来小老打我们，我们也要打他！”陈永贵笑着说：“他打人不好，你们为甚要打人？”小孩子们说：“他打了我们十下，我们只打他一下。”正说着，贾来小过来了。陈永贵示意让孩子们隐蔽，然后跑过去抓住贾来小，使双手捂住他的眼睛。孩子们涌过来了，陈永贵说：“每人只准打一下，打罢就跑开。”孩子们每人擂了贾来小一拳，跑走了。陈永贵放开了贾来小，笑着问道：“大家为甚要打你？”贾来小一边哭一边答道：“因为我打过他们！”陈永贵严肃地说：“你以后要再打人，我用绳子把你捆起来，用布把你的眼睛蒙住，让大家狠狠揍你！”贾来小说：“那不把我打死了？”陈永贵说：“那你就不要再打人！”这是贾来小第一次杀了威风。在以后的日子里，陈永贵免不了还吓唬一下贾来小，更主要的是给他讲家史、讲村史、讲翻身史。有一次，陈永贵对贾来小说：“解放以前，咱大寨除了富农贾子寿没有一个会写字的，人们要是写个条条或是看个信，还得跑到武家坪求人。现在，你们这些小福蛋蛋，有吃有穿有书念，你要再不好好念书，能对得起你爷爷、你爸爸和那些为你们打江山的人吗？”这样说着说着，贾来小开窍了。高小毕业以后，贾来小参加了农业生产。这孩子干活儿手勤，又肯卖力气，一天也不缺勤。春天，队里要调两个青年去放羊，贾来小第一个报了名，在他的带动下，有五个青年都争着要放羊——不久以前，大寨的青年还不大愿意放羊，现在的羊工多得要排队呢！

在担谷的青年中还有李有禄、贾富元、贾谷都、赵素文……

陈永贵忽然想到：大寨的力量越来越大了！搞老小互助组的时候，才有三两个强壮劳力；组织初级社的时候，强壮劳力也不过三十来个；现在，单这些强壮小伙子和年轻妇女就有五十多个！这些青年阶级觉悟高，听党的话，有力气又有文化，个个都像那闪着亮的黄金，个个都是身强力壮的英雄——有了这把子生龙活虎般的新力量，大寨的旧地能修好，大寨的新地能造成！有了这把子年轻人，大寨能抗得住一切灾害！有了这把子年轻人，大寨像山上的青松，大河的流水，永不败，永不竭——大寨的青年是共产主义事业的好接班人！

担谷的青年们已经又回来了，陈永贵没同他们相跟着回村吃饭，却拉着大队长贾承让到了麻湟沟，研究那块“心思地”的工程计划去了……

冬天来了。一场小雪带来了过早的严寒，土地冻结了。地冻工不停，麻湟沟新开地的工程在高昂的歌声中进行。壮劳力用尖镢把冻土凿开，揭起了一大块一大块八寸厚的冻皮；轻劳力用小车、用扁担、用双手，把那些大冻皮运到河槽里垫地。在凛冽的寒风中，青年小伙子们一边干活，一边唱着：“天冷冷不了热心，地冻冻不了决心，寒风吹不倒信心！”

麻湟沟是整治土地的主要战场，大寨的精兵强将们几乎全都涌到这里来了。梁便良领着贾吉义他们一伙年轻人抬大石头；赵大和和李喜庆领着一班人开山取土；赵小和和赵启福赶着大车往这里拉石头——这石头是贾进才和贾承显从石窝里取出来的；陈永贵和贾来恒带着一把子技术老农垒碃基——陈永贵不仅敢于创造，也勇于学习，他觉得杜庄以小石子灌碃的办法既省料又坚固，他就在“心思地”里用这办法砌碃。

陈永贵在一次青年会上说：“我们大寨的女青年都应该表扬，她们都超过了工分定额，有的超额百分之三十，有的超过了百分之五十！”这次修“心思地”，大寨的大姑娘和小媳妇们都出动了。这里有不大爱说话、只低着头干活儿的李兰花和李圆眼妮，也有村剧团的女主角郭凤莲和爱唱歌的贾秀兰妮。风停了，赵大和说了一声“休息”，人们坐在向阳坡上抽烟、聊天。陈永贵笑着说：“欢迎青年们唱个歌!”陈永贵先拍手，大家跟着他拍巴掌。经过一阵推让和忸怩，郭凤莲和贾秀兰一起唱了《大寨山上红旗飘》，贾吉义指挥男女青年齐唱《唱得幸福落满坡》。大家一直鼓掌，青年们就一股劲地唱，直唱到赵大和拿起了工具，大家才又去干活。

半架土山铲倒了，大壩摊平了，大片大片的崖土劈倒了，河槽垫平了，大碴基垒起了。只等明年开了春，用石灰把那条大石碴垒起，把土地经过翻整，这块十五亩大的“心思地”就要长好庄稼了！

大寨党支部并没有顾此失彼，他们是全面规划生产的。麻湟沟在修地，狼窝掌也在修地；金石坡在取石头，狼窝掌也在取石头；村里，妇女们用切草机剁切沤肥用的秸秆，老汉们在粪场上翻制肥料，贾承富和赵怀恩正给社员们开山修窑……

陈明珠在村剧团会议上说：“过春节，咱们要演几个好戏，趁现在冬闲，咱们就动手排练。”陈永贵说：“明珠，你又说得走了题啦！你们要排新戏，大队一定给你们安排时间。你说现在是冬闲，这你错了。大寨没有冬闲！现在不正是冬天吗？你看咱大寨有哪个人闲着？”

是的，大寨没有冬闲！大寨人在严寒和朔风中，为明年的生产高潮做准备，他们满怀信心地迎接那温暖的春天和丰收的秋天！

八月的暴雨和以后的冰雹、飓风和霜冻，曾经在大寨肆虐地疯狂了一阵子，但它们在大寨留下什么呢？什么也没有留下！大寨人以藐视困难敢于革命的英雄气概，面向灾荒；大寨人以自力更生奋发图强的坚强意志，和灾荒搏斗；大寨人以以国为怀顾全大局的高尚风格，战胜了灾荒！

把灾荒踢到一边。在风雪中，大寨人昂首阔步地前进。正当此时，县委又传来喜讯：现在正向大寨架设电线，到了春节，大寨就能用电开动机器、用电照明了！

有了电，大寨人将像长上冲天的翅膀！有了电，大寨这个干旱的土石山区，将向着电气化、水利化的方向迈进！陈永贵已经这样想了：麻湟沟的土地还可以往大里修，狼窝掌也能修出块平整的大块地来；到了一九七〇年，大寨将有百亩平地！在狼窝掌和麻湟沟的沟底，将会打出几眼深井；电动水车将把那清清的井水抽出井来，灌溉那百十亩平整的大块水地！那时候，大寨将做到旱涝都丰产，年年亩产过长江！

大寨人说到哪里做到哪里。大寨人说要修沟，沟里就有了平地；大寨人说要治坡，山坡就变成了水平梯田！大寨人说要战胜灾荒，他们就把灾荒远远地甩到后边！大寨人说要修水地，就一定能修出水地来；大寨人说要亩产过长江，大寨的亩产就一定能过长江！

大寨人民的革命精神是我们伟大中国人民革命精神的缩影；大寨人民的坚定意志，是我们伟大中国人民坚定意志的缩影！

大寨的英雄们万岁！大寨精神万岁！

县委书记的榜样——焦裕禄

穆青　冯健　周原

一九六二年冬天，正是豫东兰考县遭受内涝、风沙、盐碱三害最严重的时刻。这一年，春天风沙打毁了二十万亩麦子，秋天淹坏了三十多万亩庄稼，盐碱地上有十万亩禾苗碱死，全县的粮食产量下降到了历年的最低水平。

就是在这样的关口，党派焦裕禄来到了兰考。

展现在焦裕禄面前的兰考大地，是一幅多么严重的灾荒的景象啊！横贯全境的两条黄河故道，是一眼看不到边的黄沙；片片内涝的洼窝里，结着青色的冰凌；白茫茫的盐碱地上，枯草在寒风中抖动。

困难，重重的困难，像一副沉重的担子，压在这位新到任的县委书记的双肩。但是，焦裕禄是带着《毛泽东选集》来的，是怀着改变兰考灾区面貌的坚定决心来的。在这个贫农出身的共产党员看来，这里有三十六万勤劳的人民，有烈士们流血牺牲解放出来的九十多万亩土地。只要加强党的领导，一时有天大的困难，也一定能杀出条路来。

第二天，当大家知道焦裕禄是新来的县委书记时，他已经下乡去了。

他到灾情最重的公社和大队去了。他到贫下中农的草屋里，到饲养棚里，到田边地头，去了解情况，观察灾情去了。他从这个大队到那个大队，一路走，一路和同行的干部谈论。见到沙丘，他说：“栽上树，岂不是成了一片好绿林！”见到涝洼窝，他说：“这里可以栽苇、种蒲、养鱼。”见到碱地，他说：“治住它，把一片白变成一片青！”转了一圈回到县委，他向大家说：“兰考是个大有作为的地方，问题是要干，要革命。兰考是灾区，穷，困难多，但灾区有个好处，它能锻炼人的革命意志，培养人的革命品格。革命者要在困难面前逞英雄。”

焦裕禄的话，说得大家心里热乎乎的。大家议论说，新来的县委书记看问题高人一着棋，他能从困难中看到希望，能从不利条件中看到有利因素。

“关键在于县委领导核心的思想改变”

连年受灾的兰考，整个县上的工作几乎被发统销粮、贷款、救济棉衣和烧煤所淹没了。有人说县委机关实际上变成了一个供给部。那时候，很多群众等待救济，一部分干部被灾害压住了头，对改变兰考面貌缺少信心，少数人甚至不愿意留在灾区工作。他们害怕困难，更害怕犯错误……

焦裕禄想：“群众在灾难中两眼望着县委，县委挺不起腰杆，群众就不能充分发动起来。‘干部不领，水牛掉井’，要想改变兰考的面貌，必须首先改变县委的精神状态。”

夜，已经很深了，焦裕禄躺在床上翻来覆去睡不着。他披上棉衣，找县委一位副书记谈心去了。

在这么晚的时候，副书记听见叩门声，吃了一惊。他迎进焦裕禄，连声问：“老焦，出了啥事？”

焦裕禄说：“我想找你谈谈。你在兰考十多年了，情况比我熟，你说，改变兰考面貌的主要问题在哪里？”

副书记沉思了一下，回答说：“在于人的思想的改变。”

“对。”焦裕禄说，“但是，应该在思想面前加两个字：领导。眼前关键在于县委领导核心的思想改变。没有抗灾的干部，就没有抗灾的群众。”

两个人谈得很久、很深，一直说到后半夜。他们的共同结论是：除“三害”首先要除思想上的病害，特别是要对县委的干部进行抗灾的思想教育。不首先从思想上把人们武装起来，要想完成除“三害”的斗争，将是不可能的。

严冬，一个风雪交加的夜晚，焦裕禄召集在家的县委委员开会。人们到齐后，他并没有宣布议事日程。只说了一句：“走，跟我出去一趟。”就领着大家到火车站去了。

当时，兰考车站上，北风怒号，大雪纷飞。车站的屋檐下，挂着尺把长的冰柱。国家运送兰考一带灾民前往丰收地区的专车，正从这里开过。也还有一些灾民，穿着国家救济的棉衣，蜷曲在货车上，拥挤在候车室里……

焦裕禄指着他们，沉重地说：“同志们，你们看，他们绝大多数人都是我们的阶级兄弟。是灾荒逼迫他们背井离乡的，不能责怪他们，我们有责任。党把这个县三十六万群众交给我们，我们不能领导他们战胜灾荒，应该感到羞耻和痛心……”

他没有再讲下去，所有的县委委员都沉默着低下了头。这时有人才理解，为什么焦裕禄深更半夜领着大家来看风雪严寒中的车站。

从车站回到县委，已经是半夜时分了，会议这时候才正式开始。

焦裕禄听了大家的发言，最后说：“我们经常口口声声说要为人民服务，我希望大家能牢记着今晚的情景，这样我们就会带着阶级感情，去领导群众改变兰考的面貌。”

紧接着，焦裕禄组织大家学习《为人民服务》、《纪念白求恩》、《愚公移山》等文章，鼓舞大家的革命干劲，勉励大家像张思德、白求恩那样工作。

以后，焦裕禄又专门召开了一次常委会，回忆兰考的革命斗争史。在残酷的武装斗争年代，兰考县的干部和人民，同敌人英勇搏斗，前仆后继。有个地区，有一个月内曾经有九个区长为革命牺牲。

烈士马福重被敌人破腹后,肠子被拉出来挂在树上……焦裕禄说:“兰考这块地方,是同志们用鲜血换来的。先烈们并没有因为兰考人穷灾大,就把它让给敌人,难道我们就不能在这里战胜灾害?”

一连串的阶级教育和思想斗争,使县委领导核心在严重的自然灾害面前站起来了。他们打掉了在自然灾害面前束手无策、无所作为的懦夫思想,从上到下坚定地树立了自力更生消灭“三害”的决心。不久,在焦裕禄倡议和领导下,一个改造兰考大自然的蓝图制订出来了。这个蓝图规定在三五年内,要取得治沙、治水、治碱的基本胜利,改变兰考的面貌。这个蓝图经过县委讨论通过后,报告了中共开封地委,焦裕禄在报告上,又着重加了几句:

“我们对兰考的一草一木都有深厚的感情。面对着当前严重的自然灾害,我们有革命的胆略,坚决领导全县人民,苦战三五年,改变兰考的面貌。不达目的,我们死不瞑目。”

这几句话,深切地反映了当时县委的决心,也是兰考全党在上级党组织面前,一次庄严的宣誓。直到现在,它仍然深深地刻在县委所有同志的心上,成为鞭策他们前进的力量。

“吃别人嚼过的馍没味道”

焦裕禄深深地了解,理想和规划并不等于现实,这涝、沙、碱三害,自古以来害了兰考人民多少年啊! 今天,要制伏“三害”,要把它们从兰考土地上像送瘟神一样驱走,必须进行大量艰苦细致的工作,付出高昂的代价。

他想,按照毛主席的教导,不管做什么工作,必须首先了解情况,进行调查研究。“没有调查就没有发言权”。要想战胜灾害,单靠一时的热情,单靠主观愿望,事情断然是办不好的。即使硬干,也要犯“闭塞眼睛捉麻雀”、“瞎子摸鱼”的错误。要想战胜灾害,必须详尽地掌握灾害的底细,了解灾害的来龙去脉,然后做出正确的判断和部署。

他下决心要把兰考县一千八百平方公里土地上的自然情况摸透,亲自去掂一掂兰考的"三害"究竟有多大分量。

根据这一想法,县委先后抽调了一百二十个干部、老农和技术员,组成一支三结合的"三害"调查队,在全县展开了大规模的追洪水、查风口、探流沙的调查研究工作。焦裕禄和县委其他领导干部,都参加了这场战斗。那时候,焦裕禄正患着慢性的肝病,许多同志担心他在大风大雨中奔波,会加剧病情的发展,劝他不要参加,但他毫不犹豫地拒绝了同志们的劝告,他说:"吃别人嚼过的馍没味道。"他不愿意坐在办公室里依靠别人的汇报来进行工作,说完就背着干粮,拿着雨伞,和大家一起出发了。

每当风沙最大的时候,也就是他带头下去查风口、探流沙的时候;雨最大的时候,也就是他带头下去冒雨涉水,观看洪水流势和变化的时候。他认为这是掌握风沙、水害规律最有利的时机。为了弄清一个大风口、一条主干河道的来龙去脉,他经常不辞劳苦地跟着调查队,追寻风沙和洪水的去向,从黄河故道开始,越过县界、省界,一直追到沙落尘埃,水入河道,方肯罢休。在这场艰苦的斗争中,焦裕禄简直变成一个满身泥水的农村"脱坯人"了。他和调查队的同志们经常在截腰深的水里吃干粮,蹲在泥水处歇息……

有一次,焦裕禄从兰考堌阳公社回县的路上,遇到了白帐子猛雨。大雨下了七天七夜,全县变成了一片汪洋。焦裕禄想:"啊,洪水呀,等还等不到哩,你自己送上门来了。"他回到县里后,连停也没停,就带着办公室的三个同志察看洪水去了。眼前只有水,哪里有路?他们靠着各人手里的一根棍,探着,走着,这时,焦裕禄突然感到一阵阵肝痛,不时弯下身子用左手按着肝区。三个青年恳求他:"你回去休息吧!把任务交给我们,我们保证按照你的要求完成任务。"焦裕禄没有同意,继续一路走,一路工作着。

他站在洪水激流中,同志们为他张着伞,他画了一张又一张水的流向图。等他们赶到金营大队，支部书记李广志一看见焦裕禄就吃惊地问："一片汪洋大水，您是咋来的？"焦裕禄抡着手里的棍子说："就坐这条船来的。"李广志让他休息一下，他却拿出自己画的图来，一边指点着，一边滔滔不绝地告诉李广志，根据这里的地形和水的流势，应该从哪里到哪里开一条河，再从哪里到哪里挖一条支沟……这样，就可以把这几个大队的积水，统统排出去了。李广志听了非常感动，他没有想到，焦裕禄同志的领导工作竟这样的深入细致！到吃饭的时候了，他要给焦裕禄派饭，焦裕禄说："雨天群众缺烧的，不吃啦！"说着，就又向风雨中走去。

送走了风沙滚滚的春天，又送走了暴雨连连的夏季，调查队在风里、雨里、沙窝里、激流里度过了一个月又一个月，方圆跋涉了五千余里，终于使县委抓到了兰考"三害"的第一手资料。全县有大小风口八十四个，经调查队一个个查清，编了号，绘了图；全县有大小沙丘一千六百个，也一个个经过丈量，编了号，绘了图；全县的千河万流，淤塞的河渠，阻水的路基、涵闸……也调查得清清楚楚，绘成了详细的排涝泄洪图。

这种大规模的调查研究，使县委基本上掌握了水、沙、碱发生、发展的规律。几个月的辛苦奔波，换来了一整套又具体又详细的资料，把全县抗灾斗争的战斗部署，放在一个更科学更扎实的基础之上。大家都觉得方向明，信心足，无形中增添了不少的力量。

"榜样的力量是无穷的"

夜已经很深了，阵阵的肝痛和县委工作沉重的担子，使焦裕禄久久不能入睡。他的心在想着兰考县的三十六万人和两千五百七十四个生产队。抗灾斗争的发展是不平衡的，基层干部和群众的思想觉悟也有高有低，怎样才能充分调动起群众的革命积极性？怎样才能更快地在全县范围内开展起轰轰烈烈的抗灾斗争？……

焦裕禄在苦苦思索着。

在多年的工作中，焦裕禄善于从毛泽东同志著作中汲取营养，按照自己的说法叫作“白天到群众中调查访问，回来读毛主席著作，晚上‘过电影’，早上记笔记”。他所说的“过电影”，主要是指联系实际来思考问题。他说：“无论学习或工作，不会‘过电影’那是不行的。”

现在，全县抗灾斗争的情景，正像一幕幕的电影活动在他的脑海里，此时此刻，他觉得毛泽东同志所倡导的深入群众，深入实际调查研究的方法，是基本的领导方法。

他决定发动县委领导同志再到贫下中农中间去，集中群众的智慧，寻求解决困难的办法。他自己更是经常住在老贫农的草庵子里，蹲在牛棚里，跟群众一起吃饭，一起劳动。他带着高昂的革命激情和对群众的无限信任，在广大贫下中农间询问着、倾听着、观察着。他听到许多贫下中农要求“翻身”、要求革命的呼声，看到许多队自力更生、奋发图强对“三害”斗争的革命精神，他在群众中学到了不少治沙、治水、治碱的办法，总结了不少可贵的经验。群众的智慧，使他受到极大的鼓舞，也更加坚定了他战胜灾害的信心。

韩村是一个只有二十七户人家的生产队。一九六二年秋天遭受了毁灭性的涝灾，每人只分了十二两红高粱穗。在这样严重的困难面前，生产队的贫下中农提出，不向国家伸手，不要救济粮、救济款，自己割草卖草养活自己。他们说，摇钱树，人人有，全靠自己一双手。不能支援国家，心里就够难受了，决不能再拉国家的后腿。就在这年冬天，他们割了二十七万斤草，养活了全体社员，养活了八头牲口，还修理了农具，买了七辆架子车。

秦寨大队的贫下中农社员，在盐碱地上刮掉一层皮，从下面深翻出好土，盖在上面，他们大干深翻地的时候，正是最困难的一九六三年夏季，他们说：“不能干一天就干半天，不能翻一锨就翻半锨，用蚕吃桑叶的办法，一口口啃，也要把这碱地啃翻个个儿。”

赵垛楼的贫下中农在七季基本绝收以后，冒着倾盆大雨，挖河渠，挖排水沟，同暴雨内涝搏斗。一九六三年秋天，这里一连九天暴雨，他们却夺得了好收成，卖了八万斤余粮。

双杨树的贫下中农在农作物基本绝收的情况下，雷打不散，社员们兑鸡蛋卖猪，买牲口买种子，坚持走集体经济自力更生的道路。社员们说："穷，咱穷到一块儿；富，咱也富到一块儿。"

韩村、秦寨、赵垛楼、双杨树，广大贫下中农自力更生的革命精神，使焦裕禄十分激动。他认为这就是在毛泽东思想哺育下的贫下中农革命精神的好榜样。他在县委会议上，多次讲述了这些先进典型的重大意义，并亲自总结了他们的经验。他说："榜样的力量是无穷的，我们应该把群众中这些可贵的东西，集中起来，再坚持下去，号召全县社队向他们学习。"

一九六三年九月，县委在兰考冷冻厂召开了全县大小队干部的会议，这是扭转兰考局势的大会，是兰考人民自力更生、奋发图强的一次誓师大会。会上，焦裕禄为韩村、秦寨、赵垛楼、双杨树的贫下中农鸣锣开道，请他们到主席台上，拉他们到万人之前，大张旗鼓地表扬他们的革命精神。他把群众中这些革命的东西集中起来，总结为四句话："韩村的精神，秦寨的决心，赵垛楼的干劲，双杨树的道路。"他说，这就是兰考的新道路！是毛泽东思想指引的道路！他大声疾呼，号召全县人民学习这四个样板，发扬他们的革命精神，在全县范围内锁住风沙，制伏洪水，向"三害"展开英雄的斗争！

这次大会在兰考抗灾斗争的道路上，是一个伟大的转折。它激发了群众的革命豪情，鼓舞了群众的革命斗志，有力地推动了全县抗灾斗争的发展。它使韩村等四个榜样的名字传遍了兰考，它让毛泽东思想的伟大红旗，在兰考三十六万群众的心目中，高高地升起！

从此，兰考人民的生活中多了两个东西，这就是县委和县人委发出的"奋发图强的嘉奖令"和"革命硬骨头队"的命名书。

“当群众最困难的时候，共产党员要出现在群众面前”

就在兰考人民对涝、沙、碱“三害”全面出击的时候，一场比过去更加严重的灾害又向兰考袭来。一九六三年秋季，兰考县一连下了十三天雨，雨量达二百五十毫米。大片大片的庄稼汪在洼窝里，渍死了。全县有十一万亩秋粮绝收，二十二万亩受灾。

焦裕禄和县委的同志们全力投入了生产救灾。

那是个冬天的黄昏。北风越刮越紧，雪越下越大。焦裕禄听见风雪声，倚在门边望着风雪发呆。过了会儿，他又走回来，对办公室的同志们严肃地说：“在这大风大雪里，贫下中农住得咋样？牲口咋样？”接着他要求县委办公室立即通知各公社做好几件雪天工作。他说：“我说，你们记记。第一，所有农村干部必须深入到户，访贫问苦，安置无屋居住的人，发现断炊户，立即解决。第二，所有从事农村工作的同志，必须深入牛屋检查，照顾老弱病畜，保证不许冻坏一头牲口。第三，安排好室内副业生产。第四，对于参加运输的人畜，凡是被风雪隔在途中的，在哪个大队的范围，由哪个大队热情招待，保证吃得饱，住得暖。第五，教育全党，在大雪封门的时候，到群众中去，和他们同甘共苦。最后一条，把检查执行的情况迅速报告县委。”办公室的同志记下他的话，立即用电话向各公社发出了通知。

这天，外面的大风雪刮了一夜。焦裕禄的房子里，电灯也亮了一夜。

第二天，窗户纸刚刚透亮，他就挨门把全院的同志们叫起来开会。焦裕禄说：“同志们，你们看，这场雪越下越大，这会给群众带来很多困难，在这大雪拥门的时候，我们不能坐在办公室里烤火，应该到群众中间去。共产党员应该在群众最困难的时候，出现在群众的面前，在群众最需要帮助的时候，去关心群众，帮助群众。”

简短的几句话，像刀刻的一样刻在每一个同志的心上。有人眼睛湿润了，有人有多少话想说也说不出来了。他们的心飞向冰天雪地的茅屋去了。大家立即带着救济粮款，分头出发了。

风雪铺天盖地而来。北风响着尖厉的哨音，积雪有半尺厚。焦裕禄迎着大风雪，什么也没有披，火车头帽子的耳巴在风雪中忽闪着。那时候，他的肝痛常常发作，有时疼得厉害，他就用一支钢笔硬顶着肝部。现在他全然没想到这些，带着几个年轻小伙子，踏着积雪，一边走，一边高唱《南泥湾》。

这一天，焦裕禄没烤群众一把火，没喝群众一口水。风雪中，他在九个村子访问了几十户生活困难的老贫农。在许楼，他走进一个低矮的柴门。这里住的是一双无儿无女的老人。老大爷有病躺在床上，老大娘是个瞎子。焦裕禄一进屋，就坐在老人的床头问寒问饥。老大爷问他是谁？他说："我是您的儿子。"老人问他大雪天来干啥？他说："毛主席叫我来看望您老人家。"老大娘感动得不知说什么才好，用颤抖的双手上上下下摸着焦裕禄。老大爷眼里噙着泪说："解放前，大雪封门，地主来逼租，撵得我串人家的房檐，住人家的牛屋。"焦裕禄安慰老人说："如今印把子抓在咱手里，兰考受灾受穷的面貌一定能够改过来。"

就是在这次雪天送粮当中，焦裕禄也看到和听到了许多贫下中农极其感人的故事。谁能够想到，在毁灭性的洪灾面前，竟有那么一些生产队，两次三番退回国家送给他们的救济粮、救济款。他们说："把救济粮、救济款送给比我们更困难的兄弟队吧，我们自己能想办法养活自己！"

焦裕禄心里多么激动啊！他看到毛泽东思想像甘露一样滋润了兰考人民的心，党号召的自力更生、奋发图强的精神，在困难面前逞英雄的硬骨头精神，已经变成千千万万群众敢于同天抗、同灾斗的物质力量了。

有了这种精神，在兰考人民面前还有什么天大的灾害不能战胜！

“县委书记要善于当‘班长’”

焦裕禄常说，县委书记要善于当“班长”，要把县委这个“班”带好，必须使这“一班人”思想齐、动作齐。而要统一思想、统一行动，就必须靠毛泽东思想。

他是这样想的，也是这样做的。

县人委有一位从丰收地区调来的领导干部，提出了一个装潢县委和县人委领导干部办公室的计划。连桌子、椅子、茶具，都要换一套新的。为了好看，还要把城里一个污水坑填平，上面盖一排房子。县委多数同志激烈地反对这个计划。也有人问：“钱从哪里来？能不能花？”这位领导干部管财政，他说：“花钱我负责。”

但是，焦裕禄提了一个问题：

“坐在破椅子上不能革命吗？”

他接着说明了自己的意见：

“灾区面貌没有改变，还大量吃着国家的统销粮，群众生活很困难。富丽堂皇的事，不但不能做，就是连想也很危险。”

后来，焦裕禄找这位领导干部谈了几次话，帮助他认识错误。焦裕禄对他说：“兰考是灾区，比不得丰收区。即使是丰收区，你提的那种计划，也是不应该做的。”焦裕禄劝这位领导干部到贫下中农家里去住一住，到贫下中农家中间看一看。去看看他们想的是什么，做的是什么。焦裕禄作为县委的班长，他从来不把自己的意见强加于人。他对同志们要求非常严格，但他要求得入情入理，叫你自己从内心里生出改正错误的力量。不久以后，这位领导干部认识了错误，自己收回了那个“建设计划”。

有一位公社副书记在工作中犯了错误。当时，县委开会，多数委员主张处分这位同志。但焦裕禄经过再三考虑，提出暂时不要给他处分。焦裕禄说，这位同志是我们的阶级弟兄，他犯了错误，给他处分固然是必要的;但是,处分是为了达到治病救人的目的。当前改变兰考面貌,是一个艰巨的斗争,不如派他到最艰苦的地方去,考验他,锻炼他,给他以改正错误的机会,让他为党的事业出力,这样不是更好吗?

县委同意了焦裕禄的建议,决定派这位同志到灾害严重的赵垛楼去蹲点。这位同志临走时,焦裕禄把他请来,严格地提出批评,亲切地提出希望,最后焦裕禄说:"你想想,当一个不坚强的战士,当一个忘了群众利益的共产党员,多危险、多可耻啊!先烈们为解放兰考这块地方,能付出鲜血、生命,难道我们就不能建设好这个地方?难道我们能在自然灾害面前当怕死鬼?当逃兵?"

焦裕禄的话,一字字、一句句都紧紧扣住这位同志的心。这话的分量比一个最重的处分决定还要沉重,但这话也使这位同志充满了战斗的激情。阶级的情谊、革命的情谊、党的温暖,在这位犯错误的同志的心中激荡着,他满眼流着泪,说:"焦裕禄同志,你放心……"

这位同志到赵垛楼以后,立刻同群众一道投入了治沙治水的斗争。他发现群众的生活困难,提出要卖掉自己的自行车,帮助群众,县委制止了他,并且指出,当前最迫切的问题,是从思想上武装赵垛楼的社员群众,领导他们起来,自力更生进行顽强的抗灾斗争,一辆自行车是不能解决什么问题的。以后,焦裕禄也到赵垛楼去了。他关怀赵垛楼的两千来个社员群众,他也关怀这位犯错误的阶级弟兄。

就在这年冬天,赵垛楼危害农田多年的二十四个沙丘,被社员群众用沙底下的黄胶泥封盖住了。社员们还挖通了河渠,治住了内涝。这个一连七季吃统销粮的大队,一季翻身,卖余粮了。

也就在赵垛楼大队"翻身"的这年冬天,那位犯错误的同志思想上也翻了个个儿。他在抗灾斗争中,身先士卒,表现得很英勇。他没有辜负党和焦裕禄对他的期望。

焦裕禄,出生在山东淄博一个贫农家里,他的父亲在解放前就被国民党反动派逼迫上吊自杀了。他从小逃过荒,给地主放过牛,扛过活,还被日本鬼子抓到东北挖过煤。他带着家仇、阶级恨参加了革命队伍,在部队、农村和工厂里做过基层工作。自从参加革命一直到当县委书记以后,他始终保持着劳动人民的本色。他常常开襟解怀,卷着裤管,朴朴实实地在群众中间工作、劳动。贫农身上有多少泥,他身上有多少泥。他穿的袜子,补了又补,他爱人要给他买双新的,他说:“跟贫下中农比一比,咱穿得就不错了。”夏天他连凉席也不买,只花四毛钱买一条蒲席铺。

有一次,他发现孩子很晚才回家去。一问,原来是看戏去了。他问孩子:“哪里来的票?”孩子说:“收票叔叔向我要票,我说没有。叔叔问我是谁?我说焦书记是我爸爸。叔叔没有收票就叫我进去了。”焦裕禄听了非常生气,当即把一家人叫来“训”了一顿,命令孩子立即把票钱如数送给戏院。接着,他又建议县委起草了一个通知,不准任何干部特殊化,不准任何干部和他们的子弟“看白戏”……

“焦裕禄是我们县委的好班长,好榜样。”

“在焦裕禄领导下工作,方向明,信心大,敢于大作大为,心情舒畅,就是累死也心甘。”

焦裕禄的战友这样说,反对过他的人这样说,犯过错误的人也这样说。

他心里装着全体人民,唯独没有他自己

县委一位副书记在乡下患感冒,焦裕禄几次打电话,要他回来休息;组织部一位同志有慢性病,焦裕禄不给他分配工作,要他安心疗养;财委一位同志患病,焦裕禄多次催他到医院检查……焦裕禄的心里,装着全体党员和全体人民,唯独没有他自己。

一九六二年春天,正当党领导着兰考人民同涝、沙、碱斗争胜利前进的时候,焦裕禄的肝病也越来越重了。很多人都发现,无论开会、作报告,他经常把右脚踩在椅子上,用右膝顶住肝部。他棉袄上

的第二和第三个扣子是不扣的,左手经常揣在怀里。人们留心观察,原来他越来越多地用左手按着时时作痛的肝部,或者用一根硬东西顶住右边的椅靠上。日子久了,他办公坐的藤椅上,右边被顶出了一个大窟窿。他对自己的病,是从来不在意的。同志们问起来,他才说他对肝痛采取了一种压迫止疼法。县委的同志们劝他疗养,他笑着说:"病是个欺软怕硬的东西,你压住它,它就不欺侮你了。"焦裕禄暗中忍受了多大痛苦,连他的亲人也不清楚。他真是全心全意投到改变兰考面貌的斗争中去了。

焦裕禄到地委开会,地委负责同志劝他住院治疗,他说:"春天要安排一年的工作,离不开!"没有住。地委给他请来一位有名的中医诊断病情,开了药方,因为药费很贵,他不肯买。他说:"灾区群众生活很困难,花这么多钱买药,我能吃得下吗?"县委的同志背着他去买来三剂,强迫他服了,但他执意不再服第四剂。

那天,县委办公室的干部张思义和他一同骑自行车到三义寨公社去。走到半路,焦裕禄的肝痛发作,疼得骑不动,两个人只好推着自行车慢慢走。刚到公社,大家看他气色不好,就猜出是他又发病了。公社的同志说:"休息一下吗?"他说:"谈你们的情况吧,我不是来休息的。"

公社的同志一边汇报情况,一边看着焦裕禄强按着肚子在做笔记。显然,他的肝痛得使手指发抖,钢笔几次从手指间掉了下来。汇报的同志看到这种情形,忍住泪,连话都说不出来了,而他,看来还是神情自若的样子,说:"说,往下说吧。"

一九六四年的三月,兰考人民的除"三害"斗争达到了高潮,焦裕禄的肝病也到了严重关头。躺在病床上,他的心潮汹涌澎湃,奔向那正在被改造着的大地。他满腔激情地坐到桌前,想动手写一篇文章,题目是:《兰考人民多奇志,敢教日月换新天》。他铺开稿纸,拟好了四个小题目:一、设想不等于现实。二、一个落后地区的改变,首先是领导思想的改变。领导思想不改变,外地的经验学不进,本地的经验总结不起来。三、榜样的力量是无穷的。四、精神原子弹——物质变精神,精神变物质。

充满了革命乐观主义的焦裕禄,从兰考人民在抗灾斗争中表现出来的英雄气概,从兰考人民一步一个脚印的实干精神中,已经预见到新兰考美好的未来。但是,文章只开了个头,病魔就逼他放下了手中的笔,县委决定送他到医院治病去了。

临行那一天,由于肝疼得厉害,他是弯着腰走向车站的。他是多么舍不得离开兰考啊!一年多来,全县一百四十九个大队,他已经跑遍了一百二十多个。他把整个身心,都交给了兰考的群众、兰考的斗争,正像一位指挥员在战斗最紧张的时刻,离开炮火纷飞的前沿阵地一样,他从心底感到痛苦、内疚和不安。他不时深情地回顾着兰考城内的一切,他多么希望能很快地治好肝病,带着旺盛的精力回来和群众一块战斗啊!他几次向送行的同志们说,不久他就会回来的。在火车开动前的几分钟,他还郑重地布置了最后一项工作,要县委的同志好好准备材料,等他回来时,向他详细汇报抗灾斗争的结果。

"活着我没有治好沙丘,死了也要看着你们把沙丘治好!"

开封医院把焦裕禄转到郑州医院,郑州医院又把他转到北京的医院。在这位钢铁般的无产阶级战士面前,医生们为他和肝痛斗争的顽强性格外感到惊异。他们带着崇敬的心情站在病床前诊察,最后很多人含着眼泪离开。

那是个多么令人悲恸的日子啊!医生们开出了最后的诊断书,上面写道:"肝癌后期,皮下扩散。"这是不治之症。送他去治病的赵文选同志,坚决不相信这个诊断,人像傻了似的,一连声问道:"什么,什么?"医生怀着沉重的心情,低声说:"焦裕禄同志最多还有二十天时间。"

赵文选呆了一下,突然放声痛哭起来。他央告着说:

“医生,我求求你,我恳求你,请你把他治好,俺兰考是个灾区,俺全县人离不开他,离不开他呀!”

在场的人都含着泪。医生说:“焦裕禄同志的工作情况,在他进院时,党组织已经告诉我们。癌症现在还是一个难题,不过,请你转告兰考县的群众,我们医务工作者一定用焦裕禄同志同困难和灾害斗争的那种革命精神,来尽快攻占这个高地。”

焦裕禄又被转到郑州河南医学院附属医院。

焦裕禄病危的消息传到兰考后,县上不少同志去郑州看望他。县上有人来看他,他总是不谈自己的病,先问县里的工作情况,他问张庄的沙丘封住了没有?问赵垛楼的庄稼淹了没有?问秦寨盐碱地上的麦子长得怎样?问老韩陵地里的泡桐树栽了多少?……

有一次,他特地嘱咐一个县委办公室的干部说:

“你回去对县委的同志说,叫他们把我没写完的文章写完;还有,把秦寨盐碱地上的麦穗拿一把来,让我看看!”

五月初,焦裕禄的病情进一步恶化了。在这种情况下,县委的一位副书记匆匆赶到郑州探望他。当焦裕禄用干瘦的手握着他的手,两只失神的眼睛深情地望着他的,这位副书记的泪珠禁不住一颗颗滚了下来。

焦裕禄问道:“听说豫东下了大雨,雨多大?淹了没有?”

“没有。”

“这样大的雨,咋会不淹?你不要不告诉我。”

“是没有淹!排涝工程起作用了。”副书记一面回答,一面强忍着悲痛给他讲了一些兰考人民抗灾斗争胜利的情况,安慰他安心养病,说兰考面貌的改变也许会比原来的估计更快一些。

这时候,副书记看到焦裕禄在全力克制自己剧烈的肝痛,一粒粒黄豆大的冷汗珠时时从他额头上浸出来,他勉强擦了擦汗,半晌,问道:

“我的病咋样？为什么医生不肯告诉我呢?”

副书记迟迟没有回答。

焦裕禄一连追问了几次,副书记最后不得不告诉他说:“这是组织上的决定。”

听了这句话,焦裕禄点了点头,镇定地说道:“啊,我明白了……”

隔了一会儿,焦裕禄从怀里掏出一张自己的照片,颤颤地交给这位副书记,然后说道:“现在有句话我不能不说了。回去对同志们说,我不行了,你们要领导兰考人民坚决地斗争下去。党相信我们,派我们去领导,我们是有信心的。我们是灾区,我死了,不要多花钱。我死后只有一个要求,要求组织上把我运回兰考,埋在沙堆上,活着我没有治好沙丘,死了也要看着你们把沙丘治好!”

副书记再也无法忍住自己的悲痛,他望着焦裕禄,鼻子一酸,几乎哭出声来。他带着泪告别了亲密的阶级战友……

谁也没有料到,这就是焦裕禄同兰考县人民,同兰考县党组织的最后一别。

一九六四年五月十四日,焦裕禄同志不幸逝世了。那一年,他才四十二岁。

在他生命的最后时刻,中共河南省委和开封地委有两位负责同志守在他的床前。他对这两位上级党组织的代表断断续续地说出了最后一句话:“我……没有……完成……党交给我的……任务。”他死后,人们在他病床的枕下发现两本书:一本是《毛泽东选集》,一本是《论共产党员的修养》。

他没有死,他还活着

事隔一年以后,一九六五年春天,兰考县几十个贫农代表和干部,专程来到焦裕禄的坟前。贫农们一看见焦裕禄的坟墓,就仿佛看见了他们的县委书记,看见了他们永远也不会忘记的那个人。

一年前，他还在兰考，同贫下中农一起，日夜奔波在抗灾斗争的前线。人们怎么会忘记，在那大雪封门的日子，他带着党的温暖走进了贫农的柴门；在那洪水暴发的日子，他拄着棍子带病到各个村庄察看水情。是他高举着毛泽东思想的红灯，照亮了兰考人民自力更生的道路；是他带领兰考人民扭转了兰考的局势，激发了人们的革命精神；是他喊出了“锁住风沙，制伏洪水”的号召；是他发现了贫下中农中革命的“硬骨头”精神，使之在全县发扬光大……这一切，多么熟悉，多么亲切啊！谁能够想到，像他这样一个充满着革命活力的人，竟会在兰考人民最需要他的时候，离开了兰考的大地。

人们一个个含着泪站在他的坟前，一位老贫农泣不成声地说出了三十六万兰考人的心声：

“我们的好书记，你是活活地为俺兰考人民，硬把你给累死的呀！困难的时候你为俺贫农操心，跟着俺们受罪，现在，俺们好过了，全兰考翻身了，你却一个人在这里……”

这是兰考人民对自己的亲人、阶级战友的痛悼，也是兰考人民对一个为他们的利益献出生命的共产党员的最高嘉奖。

焦裕禄去世后的这一年，兰考县的全体党员，全体人民，用汗水灌溉了兰考大地。三年前焦裕禄倡导制订的改造兰考大自然的蓝图，经过三年艰苦努力，已经变成了现实。兰考，这个豫东历史上缺粮的县份，一九六五年粮食初步自给了。全县二千五百七十四个生产队，除三百来个队是棉花、油料产区外，其余的都陆续自给，许多队有了自己的储备粮。一九六五年，兰考县连续旱了六十八天，从一九六四年冬天到一九六五年春天，刮了七十二次大风，却没有发生风沙打死庄稼的灾害，十九万亩沙区的千百条林带开始把风沙锁住了。这一年秋天，连续下了三百八十四毫米暴雨，全县也没有一个大队受灾。

焦裕禄生前没有写完的那篇文章，由三十六万兰考人民在兰考大地上奋力集体完成。这是一篇人颜欢笑的文章，是一篇闪烁着毛泽东思想光辉的文章。在这篇文章里，兰考人民笑那起伏的沙丘“贴了膏药，扎了针”[①]，笑那滔滔洪水乖乖地归了河道，笑那连茅草都不长的老碱窝开始出现了碧绿的庄稼，笑那多少世纪以来一直压在人们头上的大自然的暴君，在伟大的毛泽东时代，不能再任意摆布人们的命运了。

焦裕禄虽然去世了，但他在兰考土地上播下的自力更生的革命种子，正在发芽成长，他带给兰考人民的毛泽东思想的红灯，愈来愈发出耀眼的光芒。他一心为革命，一心为群众的高贵品德，已成为全县干部和群众学习的榜样。这一切宝贵的精神财富，今天已化为强大的物质力量，推动着兰考人民在自力更生、奋发图强的大道上继续奋勇前进。兰考灾区面貌的改变，还只是兰考人民征服大自然的开始，在这场伟大的向大自然进军的斗争中，他们不仅要彻底摘掉灾区的帽子，而且决心不断革命，把大部分农田逐步改造成为旱涝保收的稳产高产田，建设社会主义新兰考。

焦裕禄同志，你没有辜负党的希望，你出色地完成了党交给你的任务，兰考人民将永远忘不了你。你不愧为毛泽东思想哺育成长起来的好党员，不愧为党的好干部，不愧为人民的好儿子！你是千千万万在严重自然灾害面前，巍然屹立的共产党员和贫下中农革命英雄形象的代表。你没有死，你将永远活在千万人的心里！

---

① 这是焦裕禄生前总结兰考人民治沙经验说过的两句话。“贴了膏药”是指用翻淤压沙的办法把沙丘封住；“扎了针”是指在沙丘上种上树，把沙丘固定住。

大庆精神大庆人

袁　木　范荣康

列车在祖国广阔的土地上奔驰着。它掠过一片片田野，越过一条条河流，穿过一座座城市，把我们带到了向往已久的大庆。

大庆，不久前人们对她还很陌生。如今，人们在各种会议上，在促膝谈心时，怀着无比兴奋的心情谈论着她，传颂着她。有机会去过大庆的人，绘声绘色地描述着这个几年前还是未开垦的处女地，现在已经建设起一个现代化的石油企业；描述着大庆人那一股天不怕、地不怕的革命精神和英雄气概。没有经受过革命战争洗礼和艰苦岁月考验的年轻人说，到了大庆，更懂得了什么叫作革命。身经百战的将军们，赞誉大庆人"是一支穿着蓝制服的解放军"。在延安度过多年革命生涯的老同志，怀着无限欣喜的心情说："到了大庆，好像又回到了延安，看到了延安革命精神的发扬光大。"

我们来到大庆时，这里还是严冬季节。迎面闯进我们眼底的，是高耸入云的钻塔，一座座巨大的储油罐，一列列飞驰而去的运油列车，一排排架空电线和星罗棋布的油井。这一切，构成了一幅现代化石油企业的壮丽图景。同它相对衬的，是一幢幢、一排排矮小的土房子。它们有的是油田领导机关和各级管理部门的办公室，有的是职工宿舍。夜晚，远处近处的采油井上，升起万点灯火，宛如天上的繁星；低矮的职工宿舍里，俭朴的俱乐部里，不时传出阵阵革命歌声，在沉寂的夜空中回荡。到过延安的同志们，看着眼前的一切，想到大庆人在艰苦的条件下为社会主义建设立下的大功，怎么能不联想起当年闪亮在延水河边的窑洞灯火哩！

但是，对于大庆人说来，最艰苦的，还是创业伊始的年代。

那时候，建设者在一片茫茫的大地上，哪里去找到一座藏身的房子啊！人们有的支起帐篷，有的架起活动板房，有的在不知道什么时候被丢弃的牛棚马厩里办公、住宿。有的人什么都找不到，他们劳动了一天，夜晚干脆在野外大地上一躺，几十个人扯起一张篷布盖在身上。

霪雨连绵的季节到了。帐篷里，活动板房里，牛棚马厩里，到处是外面大下，里面小下，外面雨住了，里面还在滴滴答答。一夜之间，有的人床位挪动好几次，也找不到一处不漏雨的地方。有的人索性挤到一堆，合顶一块雨布，坐着睡一宿。第二天一早，积水把人们的鞋子都漂走了。

几场萧瑟的秋风过后，带来了遮天盖地的鹅毛大雪。人们赶在冬天的前面，自己动手盖房子。领导干部和普通工人，教授和学徒工，工程技术干部和炊事员，一齐动起手来，挖土的挖土，打夯的打夯。没有工具的，排起队来用脚踩。在一个多月的时间里，垒起了几十万平方米土房子，度过了第一个严冬。

就在那样艰苦的岁月里，沉睡了千万年的大地上，到处可以听到向地层进军的机器轰鸣声，到处可以听到建设者们昂扬的歌声："石油工人硬骨头，哪里困难哪里走！"夜晚，在宿营地的篝火旁，人们热烈响应油田党委发出的第一号通知，三个一群，五个一伙，孜孜不倦地学习着毛泽东同志的《实践论》和《矛盾论》。他们朗读着，议论着，要用毛泽东思想来组织油田的全部建设工作。没有电灯，没有温暖舒适的住房，甚至连桌椅板凳都没有，但是，人们那股学习的专注精神，却没有受到一丝一毫影响。

时间只过去了短短四年，如今，这里的面貌已发生根本变化。我们访问了许多最早来到的建设者，每当他们谈起当年艰苦创业的情景，语音里总是带着几分自豪，还带着对以往艰苦生活的无限怀念。他们说，大庆油田的建设工作，是在困难的时候、困难的地方、困难的条件下开始的，如果不是坚信党的奋发图强、自力更生的号召，如果没有一股顶得住任何艰难困苦的革命闯劲，今天的一切都将是空中楼阁。许多人还说，他们过去没有赶上吃草根、啃树皮的二万五千里长征，也没有经受过抗日战争和解放战争的战火考验，今天，到大庆参加油田建设，也为实现六亿五千万人民的远大理想吃一点苦，这是他们的光荣，是他们的幸福。

深深懂得发扬艰苦奋斗、自力更生这个革命传统的伟大意义，心甘情愿地吃大苦、耐大劳，临危不惧，必要时甚至不惜牺牲个人的一切，而能把这些看作是光荣，是幸福！这，不正是大庆人最鲜明的性格特征吗？

有着二十多年工龄的老石油工人王进喜，大庆油田上有名的“铁人”，就是大庆人这种性格的代表人物。

当年，这里有多少生活上的困难在等待着人们啊！但是，四十来岁的王进喜在一九六〇年三月奉调前往大庆油田时，他一不买穿的用的，二不买吃的喝的，把被褥衣物都交给火车托运，只把一套《毛泽东选集》带在身边。到了大庆，他一不问住哪里，二不问吃什么样的饭，头一句就问在哪里打井？接着，他马上就去查看工地，侦察路线。

钻机运到了，起重设备还没有运到。怎么办？他同工人们一起，人拉肩扛，把六十多吨重的全套钻井设备，一件件从火车上卸下来。他们的手上、肩上，磨起了血泡，没有人叫过一声苦。开钻了，一台钻机每天最少要用四五十吨水，当时的自来水管线还没有安装好。等吗？不。王进喜又带领全体职工，到一里多路以外的小湖里取水，保证钻进，这样艰苦地打下了第一口井。

无语的大地，复杂的地层，对于石油钻井工人来说，有时就好像难于驯服的怪物。王进喜领导的井队在打第二口井的时候，出现了一次井喷事故的迹象。如果发生井喷，就有可能把几十米高的井架通通吞进地层。当时,王进喜的一条腿受了伤,他还拄着双拐,在工地上指挥生产。在那紧急关头,他一面命令工人增加泥浆浓度和比重,采取各种措施压制井喷,一面毫不迟疑地抛掉双拐,扑通一声跳进泥浆池,拼命地用手和脚搅动,调匀泥浆。两个多小时的紧张搏斗过去了,井喷事故避免了,王进喜和另外两个跳进泥浆池的工人,皮肤上都被碱性很大的泥浆浇起了大泡。

那时候,王进喜住在工地附近一户老乡家里。房东老大娘提着一筐鸡蛋,到工地慰问钻井工人。她一眼看到王进喜,三脚两步跑上去,激动地说:“进喜啊进喜,你可真是个铁人!”

像王“铁人”这样的英雄人物,在大庆油田岂止一人!

马德仁和段兴枝,也是两个出名的钻井队长。他们为了保证钻机正常运转,在最冷的天气里,下到泥浆池调制泥浆,全身衣服被泥水湿透,冻成了冰的铠甲。

薛国邦,油田上第一个采油队长。在祖国各地迫切需要石油的时候,他战胜了人们想象不到的许多困难,使大庆的首次原油列车顺利外运。

朱洪昌,一个工程队队长。为了保证供水工程赶上需要,他用双手捂着管道裂缝,堵住漏水,忍着灼伤的疼痛,让焊工在自己的手指边焊接。

奚华亭,维修队队长。在一次油罐着火的时候,他不顾粉身碎骨的危险,跳上罐顶,脱下棉衣,压灭猛烈的火焰,避免了一场严重事故。

毛孝忠和肖全法,两个通讯工人,在狂风怒吼的夜晚,用自己的身体连接断了的电线,接通了紧急电话。

管子工许协祥等二十个勇士,在又闷又热的炎夏,钻进直径只比他们肩膀稍宽一点的一根根钢管,把总长四千八百米的输水管线,清扫得干干净净。

……

大庆人都贯注了革命精神，他们的确是特殊材料制成的。历年来，在大庆油田，每年都评选出这样的英雄人物一万多名。

请想想看！在这样一支英雄队伍面前，还有什么样的困难不能征服！

但是，大庆人钢铁般的革命意志，不仅表现在他们能够顶得住任何艰难困苦，更可贵的是，他们能够长期埋头苦干，把冲天的革命干劲同严格的科学态度结合起来。这正是他们在同大自然作战的斗争中，战无不胜、攻无不克的法宝。

在油田勘探和建设中，大庆人为了判明地下情况，每打一口井都要取全取准二十项资料和七十二个数据，保证一个不少，一个不错。

一天，3249 钻井队的方永华班，正在从井下取岩心。一筒六米长的岩心，因为操作时稍不小心，有一小截掉到井底去了。

从地层中取出岩心来分析化验，是认识油田的一个重要方法。班长方永华，当时瞅着一小截岩心掉下井底，抱着岩心筒，一屁股坐在井场上，十分伤心。他说："岩心缺一寸，上级判断地层情况就少了分科学根据，多了一分困难。掉到井里的岩心取不上来，咱们就欠下了国家一笔债。"

工人们决心从极深的井底，把失落的岩心捞上来。队长劝他们回去休息，他们不回去。指导员把馒头、饺子送到井场，劝他们吃，他们说："任务不完成，吃饭睡觉都不香。"他们连续干了二十多个小时，终于把一筒完整的岩心取了出来。

这从深深的井筒中取上来的，哪里是什么岩心，简直是工人们对国家建设事业高度负责的赤胆忠心啊！

几年来，就是用这样的精神，勘探工人、钻井工人和电测工人们，不分昼夜，准备齐全地从地下取出了各种资料的几十万个数据，取出了几十里长的岩心，测出了几万里长的各种地层曲线。地质研究人员和工程技术人员，根据大量的第一手资料，进行了几十万次、几百万次、几千万次的分析、化验和计算。

想一想吧，是几十万次、几百万次、几千万次啊！那时候，大庆既没有像电子计算机这一类先进的计算设备，又要求数据绝对准确，如果没有高度的革命自觉，没有坚韧不拔的革命毅力，没有尊重实际的科学精神，这一切都可能做到吗？

正是因为有了这种自觉、这种毅力、这种实事求是精神、这种以毛泽东思想武装起来的新作风，在几万名大庆建设者的队伍中，形成了一种非常值得珍贵的既是继承了我党的优良传统，又是在社会主义建设时期的全新的风气：他们事事严格认真，细致深入，一丝不苟。大庆人不论做什么工作，他们的出发点都是："我们要为油田建设负责一辈子！"

大庆的钻井工人们有一个永远不能忘记的"纪念日"——"难忘的四一九"。那是指一九六一年的四月十九日。这一天以前，大庆人封掉了一口新打的油井。这口井，如果同老矿区的井比起来，已经不错了，照样可以出油，只是因为井斜度超过了他们提出的标准，原油采收率和油井寿命可能受到影响，建设者们含着泪，横着心，把它填死了。"四一九"这天，大庆人召开万人大会总结经验教训，展开了以提高打井质量为中心的群众运动。

"四一九"以后，这里的油井都打得笔直。最直的井，井斜只有零点六度，井底位移只有零点四米。打个比方说，这就等于一个人顺着一条直路走，走了一公里，偏差没有差过半米。

1284 钻井队有一次打的一口油井，发生了质量不合格的事故。这个队的队长王润才和工友们，把油井套管从深深的地层中拔出来，逐节检查，研究发生事故的原因。他们终于发现，有一处套管的接箍，因为下套管前检查不严，变了形。后来，队长王润才就背上沉重的套管接箍，走遍广阔的油田，到每一个钻井队去现身说法，给全体钻井工人介绍发生质量事故的教训。

对油田建设负责一辈子的大庆人，用科学精神武装起来的大庆人，就是这样对待自己工作中的缺点的。从那时以后，油田上打井因为套管接箍不好而造成质量事故的情况,再也没有发生过。

不仅对待关系到整个石油企业命运的大事情如此严格,即使对待一些看来“微不足道”的小事情,也同样一丝不苟。大庆人说:“好作风必须从最小处培养起。”

今年春天,油田上召开了一次现场会。会场中央,端端正正放着十根十米长的钢筋混凝土大梁。这些大梁表面光滑平整,根根长短粗细一致,即使最能挑剔的人,也找不出它们有什么毛病。但是,油田建设指挥部的负责人却代表全体干部在会上检讨说,由于他们工作不深入,检查不严,这些大梁的少数地方,比规定的质量标准宽了五毫米。

五毫米,宽不过一个韭菜叶,值得为它兴师动众地开一次几百人的现场会吗?不,值得!大庆人性格的可贵之处正在这里。会上,工程师们检查了他们没有严格执行验收标准,关口把得不好,具体负责施工的干部和工人,检查了他们作风不严不细,操作技术不过硬。人们纷纷检查以后,干部、工程技术人员和工人们,抄起铁铲,拿起磨石,把大梁上宽出五毫米的地方,一一铲掉,磨光。人们说:“咱们要彻底铲掉磨掉的,不只是五毫米混凝土,而是马马虎虎、凑凑合合的坏作风!”

这种一丝不苟的作风,在工程技术人员中也形成了风气。几年来,他们不分昼夜,风里雨里,奔波万里,为的是找到一个合理的科学参数,他们伴着摇曳烛光,送走了多少个不眠之夜,为的是算准一个技术数据。

青年技术员谭学陵和另外四个年轻人,花了整整十个月时间,累计跑了一点二万多里路,从一千六百多个测定点上测得五百多个数据,找到了大庆油田最正确的传热系数,为整个油田输油管道的建设提供了科学根据。

技术员蔡升和助理技术员张孔法,在风雪交加的冬季,身揣窝窝头,怀抱温度计,五次乘坐没有餐车、没有卧铺、没有暖气的油罐列车，行程万余里，在挂满冰柱的守车上实地探测原油外运时的温度变化。

技术员刘坤权，一个普通高中毕业的学生，一连几个严冬，冒着风雪从几百个不同的地方挖开冻土，进行分析化验，终于研究出这里土层的冻涨系数，为经济合理地进行房屋基础建筑提供了可靠数据。

亲爱的读者，你们看到这些事例会想些什么？当我们听到这一切时，都被大庆人这种可贵的性格深深地感动了。

在大庆，我们访问过不少有名的英雄人物，也访问过许多在平凡的岗位上忠心耿耿的无名英雄。从他们身上，我们发现，大庆人不论做什么工作，心里都深深地铭刻着两个大字："革命"。

电测中队的一位副指导员，就是大批无名英雄中的标兵。

四年前，他是人民解放军这个伟大集体中的普通一兵。来到大庆以后，他当过电测学徒工，当过炊事员，样样工作都做得很出色。在长期的平凡劳动中，他显示了一个自觉的革命战士的优秀品质。他在自己的日记上曾经写道：

"共产党员要像明亮的宝珠一样，无论在什么地方，都要发光发亮。"

"我要像个万能的螺丝钉一样，拧在枪杆子上也行，拧在农具上也行，拧在汽车上、机器上、锅台上……凡是拧在对党有利的地方都行，都要起一个螺丝钉的作用，而且要永远保持丝扣洁净，不生锈。"

做一粒到处发亮的宝珠！当好一颗永不生锈的万能螺丝钉！这就是大庆人对待生活的态度。

一天夜晚，在一间低矮的土房子里，我们见到了油田的一个修鞋工人，他的名字叫黄友书，三十来岁年纪，也是个复员军人。他到大庆以后，当过瓦工、勤杂工、保管工，磨过豆腐，喂过猪，后来，领导上又派他去给职工们修鞋。

修鞋！在轰轰烈烈的社会主义建设战线上，去当一个"修鞋匠"？对这种平凡而又琐碎的劳动，你是怎样看待的？

黄友书二话没说，愉快地接受了任务。他说："战士没鞋穿打不了仗，工人没鞋穿也搞不好生产，谁离得了鞋啊？给工人们修鞋，这也是革命工作！"

他跑遍附近好几个城镇去找修鞋工具。他每天挑着修鞋担子下现场。他经常收集废旧碎皮，捡回去洗净揉好，用它来给职工们掌鞋。

黄友书看到职工们穿着他修好的鞋踏遍油田，心里乐开了花。就是这个并非油田主要工种的修鞋工人，每年都被职工们选为全矿区的标兵，被誉为忠心耿耿为人民服务的"老黄牛"。

在大庆，这样的事例是举不胜举的。从大城市的大工厂调来不久的老工人何作年，自豪地说："在咱们大庆，人人都懂得他们做的工作是革命。扫地的把地扫好了，是革命；烧茶炉的把开水烧好了，又省煤，也是革命。一个人懂得了这个道理，做啥也浑身是劲。大家都懂了这个道理，就能排山倒海，天塌下来也顶得住！"

一切工作都是革命，所有的同志都是阶级兄弟。人们精神世界的升华，渗透到人与人之间的关系中去，谱成了多少扣人心弦的乐曲！在大庆这个革命的大家庭中，人们时刻铭记着毛主席在《为人民服务》这篇文章中的教导："我们都是来自五湖四海，为了一个共同的革命目标，走到一起来了。""一切革命队伍的人都要互相关心，互相爱护，互相帮助。"

在大庆，干部们对工人的关心，关心到了一天的二十四小时。每天深夜，干部都要到工人的集体宿舍中去"查铺盖被"，看一看工人兄弟休息得可好，睡得是否香甜。

一场暴风雪过后，气温骤然下降了十多度。年轻的单身工人张海青，被子又薄又脏，还没有来得及拆洗，没有添絮新棉。支部书记李安政"查铺盖被"时，发现了这个情况，他趁工人们上班，悄悄把张海青的被子抱回家，让自己的爱人拆洗得干干净净，又把自家的一床被拆开，扯出一半棉花，絮到张海青的被子里。张海青发现他的被子变得又洁净又厚实，到处查问是谁干的，李安政在一旁一声没吭。新从一个大城市调到大庆的老工人王文杰，把这一切看在眼里，暗暗掉下了眼泪。

1202 钻井队的十几户家属，听说技术员李自新的妻子死了，遗下两个孩子，争着把孩子抱到自己家里看养。她们说："孩子没妈了，我们就是她俩的妈。"前任队长王天其的爱人李友英，天天把奶喂给李自新一岁的女儿小英，却让自己正在吃奶的孩子小香吃稀饭。有人为这件事写了一份材料给钻井指挥部党委书记李云，李云把这份材料转给李自新，同时含着泪给李自新写了一封意味深长的信："等两个孩子长大了，告诉她们：在新社会里，在革命大家庭里，人们是怎样关怀她们，养育她们长大成人的。叫她们永远记住，任何时候都要听党的话，跟着党走。"

在地质研究所、设计院、矿场机械研究所这些知识分子干部集中的"秀才"单位，人与人之间的关系也发生了根本变化。有一次，地质研究所女地质技术员陈淑荪，看到同一个单位的地质技术员张寿宝的被面破了，就把一床准备结婚时用的新缎子被面，从箱底翻出来，偷偷缝在张寿宝的被子上。张寿宝发现了，怎么也不肯要。陈淑荪对他说："你说说，我们是不是阶级兄弟？是不是革命同志？是，你就把被面留下。不是，你就还我。"这几句话，说得张寿宝感动极了。他含着两眶激动的眼泪，再也说不出不要被面的话了。

为了实现六亿五千万人民的远大理想，心甘情愿地吃大苦，耐大劳；为了对国家建设事业负责一辈子，事事实事求是，严格认真，一丝不苟；为了革命的需要，全心全意地充当一颗永不生锈的万能螺丝钉；在革命的大家庭中，人人关心别人胜过关心自己……这些，就是大庆人经过千锤百炼铸造出来的可贵性格。在我们伟大祖国的社会主义建设事业中，是多么需要这样的性格啊！

也许有人要问：大庆油田的辉煌成就和建设者们身上的巨大变化，这一切是怎样得来的？大庆人的回答很简单："这一切都是毛泽东思想的胜利!”

一个晴朗的早晨,我们去访问油田的一个工程队,想进一步了解毛泽东思想在大庆是怎样的深入人心。同路的一位年轻的工人说:“那里今天开会,不好找人。”我们问他开什么会,他说:“冷一冷!”冷一冷,这是什么意思?年轻工人解释说:“我们大庆经常开这样的会,找一找自己的缺点,找一找工作中还存在的问题。找准了,就能迈开更大的步伐前进。”

在大庆人已经为祖国建设立下奇功的时候,在全国都学习大庆的时候,他们还要冷一冷,继续用毛主席提出的“两分法”,从自己的不足处找出不断前进的动力。这不正是我们想了解的问题的答案,也是大庆人更可贵的性格吗?

人民的好医生李月华

易　云

一九七一年八月三十一日。辽阔的淮北平原。长空碧蓝,安徽泗县丁湖公社的社员们,一早就踏着露水下地了。

突然,县医院的一辆救护车从公路上穿过,直向丁湖医院驰去。正在附近田里干活的社员们吃了一惊:“出了什么事了?”他们放下锄头,也跟着跑去。

救护车停在丁湖医院的门前,一个令人不安的消息迅速传开了:李月华医生的病危险了。

脸色苍白的李月华被抬上了救护车,送往县医院抢救。许多人跟着车子追了好远一阵。

人们焦虑不安地念叨着:“月华啊,你可得好好地回来呀!”……

“她做的好事俺们数不清”

李月华是位普通的乡村医生。她在泗县工作已经有十多年了。

这些年来,李月华走村串户为贫下中农防病治病,孩子们称她“李姨”,年轻人喊她“二姐”,大爷大娘们,亲切地叫她“闺女”。来找李月华看病的人,看着她那和蔼可亲的笑脸,殷勤体贴的细心劲,都觉得她是自己的亲人。

那是一九六二年的冬天,李月华的男孩小冠军刚满三个月的时候，她去为邻居赵二姐接生。产妇分娩很顺利，刚生下的女孩小金叶非常可爱。当时，赵二姐丈夫不在家，没有照应，李月华从自己家里拿来米面、红糖、鸡蛋，亲自做好送到赵二姐床前。后来，赵二姐突然生了病，经过李月华细心治疗和护理，病是好了，可奶水一滴也没有了。小金叶衔着奶头哇哇哭闹，赵二姐急得直淌眼泪。李月华听着小金叶的哭声，揪心似地难受，她决定给小冠军停乳喂粥，用自己的奶水哺育小金叶。从此以后，李月华每天按时给小金叶喂奶，夜里只要听见小金叶的哭声，天气再冷也要赶来。

一个风雪交加的深夜，李月华出诊归来，远远就听到小冠军和小金叶都在啼哭，赶紧加快了脚步。但是她没有回家，而是去敲了赵二姐的门："二姐，开门呀！"赵二姐听见李月华的声音，一骨碌爬起来点上了灯。看到李月华背着药箱子走进来，便激动地拉住李月华的手说："她李姨，你家小冠军也在哭呢！"李月华笑着说："没啥，有他姥姥在着哩。"一边说，一边给小金叶喂奶。赵二姐望着渐渐入睡的小金叶，感动地伏在李月华的肩上哭了，泪水把李月华的衣裳润湿了一大片……

就这样，冬去春来，李月华整整给小金叶喂了六个月的奶，直到可以断奶喂粥。

李月华一心想着贫下中农，她的家，也成了一个"家庭病室"。贫下中农到李月华的家里看病，不论是一身汗水，还是两脚泥巴，也不论是普通病，还是传染病，李月华总是把他们让到自己的床上检查治疗，甚至还做些小手术。有时候，医院里的病床住满了，李月华就把需要住院治疗的病人接到自己家里，腾出一张床给病人住。这几年，先后在这张家庭病床上住过的病人，往少里说也有一百五十人。李月华家的煤炉子，白天黑夜都不灭，那是李月华为病人准备着的茶水炉子。远路来的病人，就在这炉子上烤馍做饭。李月华对贫下中农是这样关心体贴，难怪人们说，李医生给俺看病，"药方没开俺的病就好三分！"

李月华的家里养了一条小黄狗。说起这条小黄狗，还有一段来历：

一个夏末的深夜，大雨下个不停，李月华查完病房回到家里。紧张工作一天，躺下就睡着了。忽然，一阵急促的敲门声把她惊醒了，开门一看，北头生产队的叶大娘正站在雨中，全身上下都湿透了。李月华赶紧把叶大娘让进屋里，原来是她儿子王春得了急病，肚子疼得在床上直打滚。当李月华知道叶大娘已经敲过两次门，在雨地里等了好长时间，心里很不安。她背起药箱，来到叶大娘家。检查结果，王春得的是“胆道蛔虫”。李月华给他打针，吃了药，王春渐渐好些了。李月华坐在床前一边观察病情，一边在想：如果王春得了更紧急的病，我醒得晚了，不是很危险吗？怎样才能不耽误时间呢？想着想着，叶大娘家的公鸡喔喔报晓了，李月华心里一亮：鸡能叫明，狗叫不是也能给人个信号吗？回去以后，她就买了一条小黄狗。从此，只要有生人走进院子，小黄狗“汪汪”一叫，李月华的屋里就点了灯。

李月华的宿舍就在医院的院子里。一天深夜，东风大队小彭生产队彭兴汉的小孩得了急病，抬到医院。软床子刚搁下，李月华已站在他们面前，来人都很惊奇：“她李姨，你怎么知道俺们来了？”李月华指着身边的小黄狗，笑笑说：“是它给我报的信。”

李月华为病人想得就是这样周到，这样细致。正像七十二岁的贫农周廷俊说的：“俺们心里刚刚想到的，月华就为俺办到了；俺们心里没有想到的，月华也为俺办到了。她做的好事，就像天上的星星，俺们天天都看到，可是俺们数不清啊！”

“做医生就要学习白求恩！”

李月华出生在江苏省宿迁县一个贫苦的农村医生的家庭。一家人随着父亲漂泊行医难以糊口，李月华饱一餐饥一顿地度过十个春秋。苦难的童年，把李月华和千千万万贫下中农联结在一起，使她从小就懂得爱什么、恨什么,也使她从小就看到,贫下中农多么需要自己的医生来为他们解除病痛。十六岁那年,李月华就走上了医疗卫生工作的岗位,在毛泽东思想的哺育下,她迅速成长起来。毛主席的光辉著作,是她爱读的书;毛主席提倡的为人民"救死扶伤",是她行动的指南;毛主席号召学习的白求恩同志,更是她心目中的光辉榜样。

多少次她读着《纪念白求恩》,认真地领会着毛主席的这段教导:"白求恩同志毫不利己专门利人的精神,表现在他对工作的极端的负责任,对同志对人民的极端的热忱。"她到处搜集白求恩的故事、图片。她常说:"做医生就要学习白求恩!"

一天深夜,李月华给一个难产的妇女接生回来,一进屋就低头坐在床沿上,红肿的眼睛里凝着泪花。她丈夫赵斌问她出了什么事。李月华难过地说:"我守了三天三夜……大人保住了,可是,孩子……没了。"过了一会,她抬起头来认真地说:"老赵,我过去认为,学习白求恩只要把一颗赤诚的心交给人民就行了,现在才知道,要把革命工作搞好,还应当像白求恩那样对技术精益求精,不断提高为人民服务的本领。"

从这件事情以后,李月华深深地感到自己的医疗技术水平远远不能适应人民群众的需要。她多么渴望一个学习的机会啊!

党了解李月华的心思。一九六八年八月,组织上推荐她到宿县专区医院进修。

李月华废寝忘食地学习起来。领导上让她进修的是外科与妇科,但是她除此以外,还利用一切空余时间,学内科、儿科,后来又扩大到牙科、眼科、骨科。她不懂就问,不会就学,恨不得把各方面的医疗技术统统学会。有人说:"你这也学,那也学,不就成'万金油'了吗?"李月华认真地说:"农村缺医少药,贫下中农需要我们成为一个多面手。如果这叫'万金油',我甘心情愿做这样的'万金油'。"

为了掌握多方面的医疗技术,李月华不知花费了多少心血。就拿外科手术的打结来说，开始的时候，李月华每分钟只能打一两个结。她到处寻找结扎用的废线，用锁扣、床架、板凳腿……练习打结。一天晚上，已经是半夜十二点钟了，李月华还在宿舍练习打结。一位值班的医生走到她身边，发现她每分钟能打五六个结了，高兴地说："你进步得真快啊！"李月华想了想说："光着手打结，与做手术时戴着手套打结不同。现在能打五六个，戴手套就打不了那么多了，我还得练。"

一年零两个月很快就过去了。对李月华来说，这是一段多么宝贵的时间啊！她没有辜负党的期望，学习归来，她的医疗技术水平有了很大的提高，已经是一个会看妇科、儿科、内科、外科常见病，能做二十多种大小手术的医生了。

离职的进修结束了，她在工作中的学习又开始了。为了学习中医的理论知识和临床经验，她把办公桌搬到一位老中医的对面，随时请教；为了掌握针灸穴位，她不知在自己身上扎了多少针；为了寻找一个民间引产秘方，她三次访问一位贫农老大娘；为了学习化验，她把化验员李守信的有关书籍全部看完……

在这短短的几年里，李月华不仅反复阅读了《毛泽东选集》一至四卷，写下了不少政治理论学习笔记，而且也读了二十多种中西医学理论书籍，写了六七万字的业务学习笔记。

"是革命的本钱，就要舍得花在革命上"

在专区医院进修以后不久，李月华被调到泗县草沟医院。

李月华心里有团火。她要把在专区医院学到的技术，全部献给贫下中农。她像一部开足的马达，日日夜夜不知疲倦地工作着。不论是上班，还是在家，病人一叫就出诊，病人一到就看病。正在吃饭时，把碗一推就去；正在喂奶时，把孩子一放就走。她夜间很少睡过安稳觉，有时一夜出诊四五次。

那是一九六七年的中秋节，李月华家里做的节日饭菜，凉了又热，热了又凉，还不见李月华回来。

她是头天晚上深夜出诊的，黎明才回来。刚刚疲倦地躺在床上，就听见有人来找赵斌，低声地告诉说："稻王大队贫农社员王翠侠难产，小孩一天多没生下来，现在抬到了医院，由于出血过多，昏迷不醒……"李月华听到外面的低声细语，立即披衣起床。她看见赵斌关切的神色，便笑着说："我去看看，我不累，不要紧的。"说着，就匆匆走出门去。

经过检查，产妇是横位难产。李月华迅速地给王翠侠做好麻醉，施行内倒转手术，矫正胎位。就这样，一直忙到下午三点，孩子才生下来。但是，大人、孩子都没气了。李月华赶忙抢救大人，大人醒过来，她又把婴儿嘴里的羊水吸出来，口对口地进行人工呼吸，婴儿也终于得救了。

李月华从深夜出诊起，到这时已经连续工作了十五个小时。她两顿饭没有吃，低血糖病又发作了，满脸汗珠往下直流，一下就瘫倒在地上……

李月华有多少个节日是这样度过的？贫下中农说："俺们说不全。"李月华有多少次像这样带病工作？她家里的人说："俺们记不清。"

贫下中农看到她日夜工作，眼睛陷下去了，他们多么心疼！有人对她说："你再不注意休息，俺们以后不找你看病了！"李月华笑着说："过去白求恩同志哪里枪声急，伤员多，他就去哪里。比起白求恩，我差得远哩！"有人劝她说："身体可是革命的本钱呀！"李月华说："对呀！是革命的本钱，就要舍得花在革命上！"

一九六九年一月，李月华生下了最小的女孩冠英。直到临产的前两天，她还在工作；产后第二天，她又坐在床上给人看病。

就在生下小冠英第五天的深夜，外面下着鹅毛大雪。李月华坐在床上看书，直到十一点多才睡下。朦胧中她仿佛觉得有人踏雪走到门外。“是不是有急诊?”她立即起身点灯,问道:“谁呀?”外面一位老大娘颤抖的声音回答说:“月华,俺外孙子没气了。”“我就来!”

大门一开,一阵寒风吹进片片雪花。李月华认出是草沟大队西南生产队的蒋大娘,赶紧让她进屋坐下。老大娘不肯坐,慌乱地叙述着她外孙的病情。

李月华穿上套鞋,背上药箱,拉着蒋大娘就走,并催着说:“快!快!”可是走不多远,一阵风传来小冠英的哭声。蒋大娘一把抱住李月华:“哎呀,俺想起来了,俺外孙子比你家冠英还大十天,你才是月子里第五天,怎么能在大雪天出来呢?都怪俺急糊涂了。快回去吧!俺找别的医生去。”一边说,一边把李月华往回推。李月华赶忙说:“大娘,不要紧,快走吧!”说罢,头也不回地赶到了蒋大娘的前面。

来到蒋大娘家,只见孩子浑身青紫,眼睛紧闭,呼吸微弱。她问了一下情况,断定是孩子妈妈睡觉不慎,把孩子捂得窒息了。她立即进行人工呼吸,过了半个钟头,孩子才“哇”的一声哭了出来。李月华又给孩子打了针,孩子渐渐安睡。这时,已经是深夜两点多钟了。

李月华走了以后,蒋大娘母女俩激动得泪流不止。大娘对闺女说:“俺孩子金贵,人家孩子不金贵吗?你是月子里十五天,月华月子里才五天哪!可是人家没听到一个‘请’字就来了。闺女,你一辈子都要记住,毛主席教育出来的李医生,是你做人的榜样。”

母女俩说到天蒙蒙亮,才渐渐睡着。这时,门外又响起了李月华亲切的声音:“大娘,孩子好了吗?”蒋大娘赶忙开门,只见外面雪花还在飘着,李月华深夜前来的两行脚印还没有盖满,一条新的脚印又通到她家的门前。她拉着李月华的手说:“好闺女,叫俺怎么感谢你啊!”

“把自己的一切献给人类的壮丽事业”

一九七一年四月,李月华夫妇调到了丁湖医院。

八月中旬，李月华向丁湖公社党委交了入党申请书。这天晚上，她异常兴奋，对党无限热爱的激情，在她心中翻腾。她在日记里写道：

“我虽然还不是个共产党员，但是我要以共产党员的标准来要求自己……我愿把自己的一切，献给人类的壮丽事业，为共产主义奋斗终生。”

八月二十七日，她忽然病倒了。

八月三十日是李月华连续高烧的第三天。

这天上午，贫农社员李文用拖车拉着他的爱人，来找李月华看病。一见李月华病倒在床上，就说：“李医生，你休息吧。俺们等几天再来找你看。”李月华说：“有病哪能等啊！”她让爱人赵斌搀扶着，走到拖车前，仔细地给病人做了检查，开了处方。李文夫妇走后不久，李月华的体温又上升到摄氏四十一度，昏昏沉沉地躺在床上。

晚上十点多钟，产妇邓彩霞生下婴儿两个小时以后，胎盘还没有下来，大量的出血引起虚脱，被送进丁湖医院来了。郑海泉医生为产妇进行子宫按摩，不见效果。产妇的丈夫丁持东焦急地问：“是不是去请李医生？”郑医生为难地说：“看来要做胎盘剥离手术，我们医院也只有李医生能做。可是，她高烧三天了，上午还休克一次，我……”

时间在飞逝，产妇的病情越来越危急。丁持东忍不住了，悄悄来到李月华家。看着李月华仍在昏睡中，他把要说的话又咽了回去。这时刚刚清醒些的李月华觉着来了人，轻声问道：“谁呀？”“李医生，俺孩子娘快没命了……”丁持东说着忍不住哭出声来。

李月华强撑着要起床，可是一阵眩晕，又倒了下去……“老赵，快扶我起来，救病人要紧！”李月华的声音十分微弱，但语调是那么刚毅坚定。赵斌把她从床上扶起来，同丁持东一左一右搀着她走出门外。

淮北平原上的初秋深夜，大地沉寂，清风凉爽。持续高烧四十一度的李月华，被凉风一吹，“哇”的一声吐了。从宿舍到门诊室只不过二十来米，可是，李月华接连呕吐了三次。看着这情景，丁持东激动地说:“李医生,你回去吧!”李月华艰难地走着,轻轻地摇摇头。她以顽强的毅力走完了那二十米——这是不能用普通尺子衡量的二十米,这是她生命途中光辉的二十米!

李月华终于跨门进了诊室。她脸色苍白,上气不接下气地坐在椅子上,一面听郑医生叙述病情和抢救的经过,一面让他给自己戴好手套。李月华吃力地站了起来,颤颤巍巍地走到病床边。赵斌扶着她,郑医生为她举着煤油灯,李月华倾注全部精力,为这个贫农女社员开始了胎盘剥离手术。

手术在紧张地进行。李月华的两腿渐渐支持不住了,几乎全靠在赵斌的身上。汗水沿着她的发梢往下流,全身都湿透了。每做一个手术动作,每坚持一分钟,李月华要凝聚多么巨大的精神力量,战胜多么巨大的病痛啊!

手术终于结束了。

人们把李月华扶到椅子上,她长长地吁了一口气,微弱的声音断断续续:“胎盘……完整……吗?”郑医生立即做了检查,告诉她胎盘完整。这时,李月华的脸上微微露出了宽慰的笑容。

李月华喘息了片刻,向赵斌要过听诊器,让他扶着又为产妇做了一次检查。“心音很好。”说罢,便昏倒在床边。

“李医生!”“李医生!”……

李月华苏醒过来了。大家劝她立即回去休息,她摇摇头说:

“等一等,我再观察一下。”

郑海泉热泪滚滚,激动地说:“李医生,你回去吧。把这个任务交给我!”

李月华回到了宿舍,可她的心还在产妇身上。她对守护在床前的赵斌断断续续地说:“要给病人……打一个星期的……青霉素,服一个……星期的……长效磺胺,防止……感染。”

赵斌再也忍不住了,泪水夺眶而下,他一把攥住李月华的手:“月华,你放心吧,我们会办的。”

三十一日凌晨,李月华正躺在床上输盐水,郑医生来看望她,她不安地说:“这两天我生病,你们辛苦了。等我烧退了,就去接你的班。”李月华,这个党的好女儿,人民的好医生,在她生命垂危的时刻,还是这样满腔热忱地想着工作,想着同志们。谁料到,这几句话竟是她最后的遗言!

半个多小时以后,李月华的病情急剧恶化。尼克刹米注射了。无效!山梗菜碱注射了。无效!肾上腺素注射了。无效!强烈针刺、物理降温都做过了,李月华仍在昏迷中……

李月华病情危急的消息,迅速传开了。正在开公社党委会的同志们停止了会议,正在上课的师生们走出了教室,正在田头的社员放下了锄头……人们怀着焦灼的心情纷纷跑来探望。

上午十点,泗县县医院的一辆救护车,载着垂危的李月华,载着丁湖人民的焦虑和期望,疾驰而去。

县医院立即组织抢救,但已经迟了。根据诊断,李月华患的是脑型疟疾。由于在持续高烧中劳累过度,出汗太多,抢救无效,下午三时四十五分,李月华同志光荣殉职,年纪只有三十三岁。

激励千万人前进

下午,不幸的消息传到丁湖公社,许多人痛哭失声。李月华救活的那位产妇邓彩霞,一听到这消息,受到极大的震动,她泣不成声地说:“李医生,李医生!你最后一口气也用来救俺,你这样好的人怎么能死呢!”这一天,丁湖大队三百五十多户,多少人家晚饭凉了没人吃一口,多少人家屋里传出了哭泣声。噩耗传到了草沟公社,传到了曹场公社……人们想起李月华背着药箱,风里来雨里去,为贫下中农日夜奔波的往事,辗转不能入睡。

丁湖公社召开了追悼李月华同志大会,许多贫下中农自动地来了,草沟公社的贫下中农也从二十里外赶来。追悼会开始的时候,已经到了两千多人了,人们还在陆续不断地赶来。

夜已很深,草沟镇的一间草屋里,仍然亮着灯。参加追悼会回来的贫农张成坤,抚摸着两个被李月华救活的小孙子,想着李医生,止不住泪水纵横。一天清晨,这位七十二岁的老人又默默地来到李月华的墓地。他围着坟墓走了一圈又一圈,抓起一把坟土,看了又看,攥了又攥,把它紧紧地贴在心窝上:"月华,好闺女,俺和俺的全家永远忘不了你,俺的两个小孙子长大后,一定让他们像你一样……"

李月华同志去世以后,她父母原来想把她的遗体运回原籍安葬。可是,丁湖人民恳求两位老人:"李医生是为俺丁湖贫下中农累死的,还是把她葬在丁湖吧!让她永远和我们在一起,让她全心全意为人民服务的精神,永远教育着俺的下一代!"李月华的坟墓,现在在丁湖公社村东口的高地上。来这里致哀的人,从她去世以后,一个多月里一直络绎不绝。

中国共产党宿县地区委员会根据李月华同志生前的申请,追认她为中国共产党党员。中共安徽省委号召全省广大党员、干部和群众向李月华同志学习。李月华的光辉事迹,越过淮河,跨过长江,传遍了整个安徽。广大群众赞扬她,说她是社会主义时代英雄谱上又一个高尚的人。她短短的一生,是全心全意把健康和幸福送给阶级弟兄的一生;她走过的道路,是共产主义战士所走的道路,正像鲁迅所说的:是"将血一滴一滴地滴过去,以饲别人,虽自觉渐渐瘦弱,也以为快活"的道路。她"毫不利己专门利人"的伟大共产主义精神,将永远激励着千千万万人在继续革命的大道上奋勇前进。

亚洲大陆的新崛起

——从李四光走的道路看中国地质科学的跃进

黄 钢

一九四九年九月底的一个夜晚，英吉利海峡的朴次茅斯港口，有一个身材高大的中国人，快步踏上了一艘开往法国的渡海轮船。当他穿过英伦海峡的迷雾，迎着海风走上甲板的时候，可以看见他的脚步稳重、矫健；他每一步的跨度，总是零点八五米——这是他多年从事地质工作、长期在野外考察养成的习惯。他平时迈开的每一步，实际就成了测量大地、计算岩层距离的尺子。

这位用准确尺寸走路的人，就是李四光。

但是，此时此刻，李四光在英伦海峡跨出的这一步，却不是普通的零点八五米，而是结束了他在旧中国旧世界半个世纪多的生活斗争历程的一步。正在这时，一位全球注目的巨人，在北京发出了震撼世界各大洲的声音："我们的工作将写在人类的历史上，它将表明：占人类总数四分之一的中国人从此站立起来了。"毛泽东主席宣告的伟大胜利，冲破了帝国主义的东方战线，表明了亚洲大陆上新的崛起。

就在这个可纪念的日子里，李四光被新中国选任为第一届全国政协委员。国民党驻英使馆妄图强命李四光发表反对新中国和退出政协的声明，李四光态度鲜明地拒绝了。当天夜晚，他就在伦敦郊区隐居的地方，把自己所有的地质科学论文装进了手提皮包，立即踏上了返回祖国的漫长途程。

朴次茅斯港是伦敦防御性的海军要塞和造船工业城市。旅游者通常都不会从这多风浪的宽阔地带渡海。曾经学习过造船工业的李四光,选择了这一偏僻的货运航道,毫不畏惧拉芒什海峡上汹涌的浪涛,机智地避开了蒋党特工人员对他的追逼和跟踪。

像这样远远离开蒋政权的控制,在李四光已不是第一次了。抗日战争期间,李四光多次谢绝了蒋介石的“宴请”。一九四七年秋天,李四光就以参加国际地质会议为理由来到英国。此刻,当货轮离开了海岸,李四光在轮机的轰轰声中看了一下手表:这正是格林尼治时间深夜十二时。李四光在海轮调头之时朝那遥远的东方看了一眼,计算了一下西欧和亚洲的时差,欣喜地想到:现在好了,东方已经破晓,中国已经天亮了!

《受了歪曲的亚洲大陆》的真实面貌

李四光在归航中,写作了他本人划时期的代表作,《受了歪曲的亚洲大陆》。

李四光常说:大自然就是我进行地质科学实验的广阔课堂。他最喜欢大海,习惯在户外或船上写作。他一向热衷于观察那无边无际的海洋,在别人眼里不过是席卷巨浪的茫茫海域,但在李四光这里,迅雷闪电和暴风雨之下的海涛,对他引起的反应,却是在甲板上沉静地来回踱步,长时间地思考远古年代气候的变迁,和若干亿年以来海水时进时退的规律。

人类,究竟怎样认识地球史的变迁呢?或者,用李四光的话来说,如何认识我们的老母亲——地球——若干万万年来面貌的改变呢?长久以来,这个重要的课题,成为世界地质学界反复讨论的一个中心。

欧美地质学家认为,环绕太平洋的山脉是由于太平洋底的陷落、边缘向大陆方面挤压而成的。就这个意义上说,他在海船上所写的《受了歪曲的亚洲大陆》,是对“欧美的地质学家用他们的眼光来解释亚洲的造山运动,使亚洲受了冤枉"的理论提出的反驳。他认为,欧美传统地质学,根本不能够认识到亚洲或与亚洲有关的那些构造型式(及其造山运动)在地质力学以及动力地质学上的一般意义。

李四光根据数十年来在我国及世界其他地区观察的无数事实,对中国大陆和海域及东亚濒临太平洋地区有关的一系列主要构造体系作了完整的划分。他所首创的地质力学的基本理论和方法,同传统地质学静止的、孤立的观点不同。地质力学从运动的观点来分析地壳的结构,探索构造的规律,不是孤立地静止地去描述地质现象的形态构造及其表象的特点,而是在运动之中探索与揭露地质现象的本质和它们之间内在的联系。依据一系列确凿的论据,李四光在文章结尾写道:"这样,我们的结论是:随着地球旋转加快,亚洲站住了,东非、西欧破裂了,美洲落伍了。"这是向传统地质学权威们提出的尖锐的挑战。

李四光回国后的科学论著,渗透着新中国建立后的自豪感(这是他的前期著作中没有的):"由于地质科学是一种带着高度区域性的科学",所以那些自高自大的欧美地质学者,往往把他们在局部地区习见习闻的区域地质现象,当作一般准则,来衡量世界上其他地域的地质情况和构造规律。"在我们伟大的中华人民共和国境内",地质方面各种构造形成"破碎不堪"的困难是不存在的。他写道:"我们这个亚洲大陆,在地质构造意义上(也和地理意义上一样)从来是统一的。各式各样的构造型式,还有它的主要部分,都完完整整、清清楚楚摆在我们眼前。拿这种情况来和西欧北美那种(各种构造型式)破碎不堪的情况比较,是用我们这儿发现的事实为基础来探求地质构造的规律,比较地更靠得住呢?还是用西欧和北美方面那种破烂局面来作为基础靠得住呢?"

对地壳运动规律的认识,这就是李四光同传统地质学派(后来又包括了对苏联正统大地构造学派)尖锐斗争的一个焦点。

周总理说:李四光是一定会回来的!

“过了印度洋,风浪就大些了,特别在冬季是这样。”李四光轻快地回答了周总理对他旅途和健康的询问。李四光到达北京后不几天,周总理来到北京饭店看望他,两人纵论了国际局势。李四光发现,总理注意倾听他对西欧的现场感受。后来,周总理在第二次政协会议上作的国际形势报告中还引用了李四光在这方面所提供的事实与观察。总理虚心与谦和的态度,使李四光倍增了景仰之心,这次晤谈,大大促进了李四光往后二十年在科学和政治社会活动中的发展变化。用李四光自己的语言来说,回国后就像是地球自转的速度加快了,有些落后的东西,在运动的过程中,因调整(也就是改造)而被淘汰了!

这次到北京以前,李四光已经知道自己被任命为中国科学院副院长,当时他不大想承担这样高级的行政领导职务;他也认真考虑过国家的重托,担心自己力不胜任。因此,当他北上以前,他把自己过多的书籍以及秋冬的衣服都留在南京了。他以为到北京只是向祖国报到,马上就可以回到南京,回到他抗战前后一直惨淡经营和主管的地质研究所去,衷心希望以全副精力从事地质研究——这是他在旧中国几十年来梦寐以求的啊!

但是,周恩来周志亲切告诉他:“在北京,准备召开一个全国性的地质会议。地质会议等你等了五个月了。有人说:李四光不会回来啦,会议不要再延期了。我告诉他们:李四光是一定会回到祖国来的!他现在还没到家,那我想,一定是路上发生困难了……”

总理继续说:“我们坚定地相信你会回来!我告诉他们,只要李四光还没有到达北京,这个地质会议就延期召开。现在好啦,你回来了!……”

一阵阵巨大的暖流冲击着李四光的心房。即使是印度洋上冬季的巨浪,也不曾使他受到这样的震动！李四光这时体会到:中国共产党人为了建设理想中的富强国家,在科学事业的准备方面,具有何等的魄力和远见啊！他马上站起来,向总理表示:“原来是这样啊,总理！党叫我做什么工作,我就做什么工作,一切随国家分配。”

这就揭开了李四光科学事业中崭新的一章。

毛主席关怀地质力学和科学基础理论

一九五二年,毛主席在一次会议中同李四光晤谈,亲切地问他:“‘山字型构造’是怎么一回事？你是不是给我讲一讲？”

“山字型构造”,是地质力学理论首先提出的构造类型,毛主席的提问,表示出对于地质力学和科学基本理论的深刻关心。毛主席曾多次单独接见李四光同志,就天文、地质、古生物、冰川、天体演化等自然科学中的重大问题同他进行交谈。

李四光在科学领域中的开拓工作,经历了艰难的历程。早在二十年代初期,正当西方资产阶级历史著作家韦尔斯在他的《世界史纲》中公开宣称“非洲及亚洲地方,还没有有经验的探险家去探查过”的时候,李四光已经在中国自己土地上,认真调查了北方石炭二叠纪的含煤地层,他对于古生物中的原生门类并对石炭二叠纪的䗴(tíng)科化石进行的深刻研究,赢得了广泛的国际声誉(他规定的䗴科分类标准至今还被各国所沿用)。这就从事实上批驳了欧美历史学家企图把亚洲人圈定在学术上不毛之地的歧视,在重要的科学勘探中,显现了中国人民的聪明才智。

长期以来国际间就充斥着中国内地第四纪无冰川的谬论。在美国被誉为亚洲地理专家的葛德士,一九四四年在他的《亚洲之地与人》一书中断然宣称:“第四纪中国无冰川发生,因南方太暖,而北方又嫌过干之故。”这位自称为“游历亚洲十万英里并居留二十余年”的地质学教授,所持的无非是“中国文化西来说”的反动地理政治学观点。因为第四纪冰川的发生,是与早期人类活动的发展密切相关的,这就涉及了亚洲大陆究竟是否是早期人类的起源地问题。所以,欧美权威们一直坚持第四纪中国无冰川之说,说到底,无非是“西欧文化东渐论”这个帝国主义理论的翻版。

李四光认为,解放前那些肩负着“地质科学家”称号来到中国的探险队、远征队,大都是一些“开辟殖民地的急先锋”。因为帝国主义者开辟殖民地掠夺地下资源,首先的步骤就是来窃取我国地质情报。例如国际间知名的“地理学家”海定博士,一九二七年来到我国内蒙古,自称是“一个欧洲的——一个瑞典的‘侦探’”。他在书中写道:每当他本人“愈是深入亚洲腹地”,“对于我们地球最大的陆地更觉亲密,我总是带着更大的计划再到‘家’里来,作新的‘地理占领’”(见海定《探险生涯·亚洲腹地旅行记》原序)。由此可见,李四光解放前在地质战线上所进行的斗争,就是反抗殖民主义者“地理占领”的一种斗争。

在关于中国第四纪究竟有无冰川的大论战中,李四光孤军与对阵的国际地质界人物是:德国的探险家李希霍芬、美国的巴博尔教授、法国的德日进牧师、瑞典的专家那林、安迪生顾问等人。他们大都在十九至二十世纪之初到中国进行过“调查”,一向以所谓对亚洲与中国地质素有研究而闻名于世,甚至有的人号称是冰川学专家,但他们却一概没有找到过中国内地的第四纪冰川的遗迹。不仅如此,一九三三年国民党政府的“御用(地质)学者一伙”,还以数万元重金礼聘巴博尔、德日进、那林等人到庐山现场来围攻李四光,名曰辩论冰川问题,实则力图否认李四光所肯定的确凿依据。因为李四光早于一九二一年就在太行山东麓、大同盆地,随后,一九三三年又在我国东南部庐山和黄山等地,一再发现了中国第四纪冰川遗迹的确证。李四光在这前后延续四分之一世纪的长期论战中,虽然始终是以寡敌众,但他坚持了不间断的努力,先后在国内外发表了一系列论述华北和扬子江流域以及庐山与黄山冰川确证的文章。在庐山与黄山辩论的现场和世界地质论坛上，他终于以自己获得的大量实据，推翻了那些面对面“斯杀”的国际冰川学权威和一批西方教授，以及“探险”“远征”专家们的错误结论。

难怪李四光在总结我国地质战线斗争时，强调“地质科学的政治性比其他科学显得特别强烈”。他进一步认识了我国地质界“买办式的知识分子集团”恰好和那些帝国主义国家派来进行“地理占领”的先头部队结成了“最适当的伙伴”，指出帝国主义“文化侵略的方式正好做掩护经济侵略的外衣”，而他们这种“实行奴役的措施”，“在地质事业上表现得特别明显”。

李四光围绕中国第四纪冰川问题进行的斗争，不仅揭开了研究中国第四纪地质新的一页，而且也充分说明：中国科学的发展必须走自己的道路。第四纪冰川问题对探索中国晚近时代的气候演变、生物变迁以及人类发展史等方面都有极其重要的意义。毛主席多次接见李四光同志时，谈到了冰川气候的发展变化规律与人类同自然界的斗争问题，毛主席十分重视科学基础理论对于生产实践的指导作用。

毛主席说：你的太极拳打得不错啊！

李四光回国后对地质战线上政治思想斗争的深入总结，对帝国主义之间矛盾的精辟分析，引起了党中央、毛主席进一步的重视，认为李四光不仅是爱国的卓越科学家，同时又是一名坚定的反帝战士。

在第一个五年计划开端的日子里，毛主席、周总理等几位中央领导同志就询问过李四光：我国天然石油这方面远景怎么样？

多少年来，帝国主义和修正主义者一直在散布“中国贫油论”。国际间的“权威”们有多少次论断过，世界已知油田大都在海相地层中，而中国大部是陆相地层，因此不可能储藏有工业开采价值的石油。李四光则认为，找油的关键不在于“陆相”或“海相”，而在于有没有生油和储油的条件,仍在于对地质构造规律的认识。

历史已经证明:传统地质学的不幸,是他们不可能理解李四光早在一九三四——一九三五年旅欧讲学时提出的关于中国石油资源的预见。他曾不止一次地在演讲和著作中论及我国新华夏系的沉降带中"含有有经济价值的沉积物"。李四光这里指的就是石油。只是在当时蒋政权控制下,他不愿意把祖国潜在的石油蕴藏说给那些外国冒险家罢了。

现在呢,祖国九百六十万平方公里的富饶大地,以她的自由之身,展开在我们面前。曾几何时,地质力学不仅在开辟石油能源问题上,得到了成果丰富的验证;而且以李四光独创的理论(通过构造体系去认识、研究和控制矿产分布的规律),在寻找钨、铬、铀、金刚石、煤及稀有金属等战略资源和其他矿产资源方面,也都取得了重要战果。直到大庆、大港、胜利油田相继报捷,我国渤海湾的石油滚滚流出如同泉涌的时候,塔斯社还引述他们"著名科学家"的话,重弹"中国贫油论"的老调,说什么"按照一般地质学概念——陆相岩层,不大可能开掘出含油的矿层来",说"渤海湾有石油那是耸人听闻的"等等。就在这一情势之下,李四光又被召唤到毛主席面前。

时间:一九六四年底,三届人大会议期间。

地点:人民大会堂北京厅。

一位工作人员对李四光说:"请你到北京厅去一下。"李四光拉开门跨进北京厅时,发现毛主席在那里,李四光以为是通知错了,就说:"主席,对不起,我走错了门。"正想转身出门。

这时,毛主席走过来,握住李四光的手说:"你没有走错,就是我找你的。李老,你的太极拳打得不错啊!"

李四光暗自诧异,心想:太极拳我刚刚学,主席怎么一下就知道了呢?于是回答说:"我的身体不好,刚学会一点,太极拳打得还不好。"

主席温和地笑开了,原来主席指的是根据地质力学理论的指引,在新华夏沉降带中（如同李四光历来所预见的那样）找到了一系列油田。主席在沙发上坐下来，一直在谈石油的话题。主席谈的是地质部和石油部协同作战，以及石油工人开发了大庆油田的辉煌战绩。

“主席，这都是遵照您的指示做的啊！”李四光激情满怀地说。

破除不可知论，地震是可以预报的！

一九五七年三月，杭州西湖的竹林边已经是片片嫩绿。在生机蓬勃的春色里，周总理对休养中的李四光谈到了入党问题。李四光这时已经有入党的要求，但顾虑自己条件不够。他考虑：中国共产党已经是执政党了，几十年艰苦斗争，有无数先烈流血牺牲，而自己却没有投身于武装斗争，很惭愧……

周总理谈到：全党都要学习辩证法——这是毛主席最近讲的——提倡照辩证法办事。根据周总理的提示，李四光回顾了自己走过的道路：他最初应用朴素的唯物辩证法观点，敢于同传统地质学的形而上学观点决裂，逐步形成和确立了构造体系的地质力学理论核心；解放前后，自己的思想又经过了多次飞跃，其中的第一次飞跃，得力于在伦敦居留时精读了外文版的《自然辩证法》。恩格斯这本深湛的著作，成为他回国后学习毛主席哲学思想极为重要的前导。

李四光经常说，地质力学真正的发展，是在解放以后。他牢牢记住了毛主席的教导：“许多自然科学理论之所以被称为真理，不但在于自然科学家们创立这些学说的时候，而且在于为尔后的科学实践所证实的时候。”经过一九五八年的大跃进，特别是在验证我国广阔的石油远景方面，地质战线的广大战士突破了苏联大地构造学派传统观念和陈腐石油地质学的层层束缚，这就使得地质力学再次考验了自己的生命力，获得了又一次飞跃！这次飞跃，比起前一次飞跃来，意义更加伟大。

在这之后遇到的一个问题是：地震能不能预报呢？地质力学理

论,又面临一次愈加严峻的考验。

一九六六年邢台发生强烈地震后,周总理多次召集会议,并提出:“必须对地震的形成和发展的趋势,找出规律,总结经验。”“必须加强预测研究,做到准确及时。”周总理把破除(地震)“不可知论”的伟大战斗,提到国务院的紧急议事桌前。

的确,地震是否可以被认识?可否预测和预防?在一部分人中间还没有解决,总理有一次听取了会议上许多发言之后,转向了正在那里凝神思索的李四光,向他问道:“你呢,李四光同志,你的意见怎么样?”

李四光的回答是:“我认为地震是可以预报的,地震与任何事物一样,它的发生不是偶然的,而是有一个过程的。”李四光提出,要进行与地震预测任务相适应的科学试验工作。

李四光当场发言的精神,是要探索这一特定的自然现象在其发展阶段上矛盾的全过程,研究矛盾的特殊性。总理很欣赏他这样肯定的回答。总理说:“李四光同志独排众议,说地震是可以预报的,这很好!世界上没有不可知的事物,我们就是要发扬独创精神,突破科学难题。我们的前人,只给我们留下了地震的记录,我们就要给后人留下地震预报的记录!”

何等雄伟的气概!多么高贵的对人民对后代负责的精神!从这以后,李四光就在周总理的气势磅礴的号召之下,投入了探索地震预测的工作,不论是风雨雪飘,夜幕深沉,这一位在年近七十岁高龄时入党,现在又快到八十岁的共产党员李四光,亲身深入战斗的第一线。

李四光对地震地质的一系列探索,把地质力学推进到新的延长线上,使地质力学进入了新的领域。

我国地震预测史上有这么一场重要情景——一九六七年河北省河间县地震后,李四光在一个深夜里接到了国务院紧急开会的电话通知,他赶到会场已近凌晨两点钟。总理正坐在长桌的一头主持会议。总理让李四光在他的右边坐下，桌上摊开了一张京津地区的防震地图。会议的议题是：有关方面向国务院报告，这天清晨七时北京将发生七级地震，要求国务院准允立即通知北京居民到室外避震。这也就涉及毛主席的安全。会上，各种各样的意见都讲过了。周总理这时问李四光："请你说说，情况真是这样紧急吗？"

李四光在发言以前，先走近电话机，迅速给他近年来在北京周围按地质力学理论亲自建立的地应力观察站打了电话，让他们仔细汇报近日来地应力值是否稳定，有无异常。当他得到"无异常"的回答后，这才坐回到他参加讨论的位置上来。这时候，能够给李四光考虑的时间已经很少了，但是，根据北京地区地质构造条件，当他掌握了必要的可靠数据，经过了紧张的思索与迅速判断之后，必须回答这个重大的问题。

李四光十分明确地说："不存在这种紧急情况。"并且建议：最好不要发警报惊动全市市民。李四光对周总理说："请毛主席安心休息吧！"

总理同意不发警报，并说："李四光同志，您年纪大啦，身体不好，早点回去休息吧！"这时已经是凌晨三时左右了。

但是，敬爱的总理，这一夜他自己并没有睡，为了伟大领袖毛主席和首都全城居民的安全，他在国务院办公室密切注意有没有新的情况发生，一直到平静的黎明到来，冉冉的红日升起在北京上空……李四光的判断证实了。

你们听见了吗？听见了吗？

一九七一年四月二十八日凌晨，总理办公室值班同志接到李四光病情恶化、生命危急的电话报告。习惯于深夜工作的周总理刚刚躺下，服用过安眠药，睡着了。值班人员叫醒总理。总理马上派去了自己身边的两名医生。但是，长期患有多种严重疾病的李四光，虽有国家和党组织多方关注,在他身上的动脉瘤破裂之后,一切妥善的疗法都已失效了。

自从前几年动脉瘤确诊之后,他知道自己生命不长了。为了京津地区的安全,冒着动脉瘤随时可能破裂的危险,力争到北京近郊区县去抓紧地震预报工作,同时,也抓紧了海洋地质和新的能源——地下热的开发工作。直到临终的前一天,李四光还在战斗。

这一天,他对医生恳切地请求说:“大夫,请你坦率告诉我,究竟我还有多长时间?总理交给我的地震预报任务还没有完成……”关于地震工作,李四光又和他的秘书谈了整整一个下午。他叮嘱秘书,第二天清早把大幅的全国地图带到医院来,他说还有一些防震预测工作要安排下去……

但是,李四光再也看不见秘书带来的地图了。动脉瘤致命的破裂,中断了他在科学上的万里长征。中国共产党中央委员会委员李四光同志,终年八十二岁。在他停止呼吸以前,总理派来的医务人员决定对病人施行最后的手术抢救,当护士把李四光抬上平推车替他整理卧具时,从李四光的枕头边掉下了一本《毛主席的五篇哲学著作》——在这本书上面,还留下了他去世以前的阅注,留下了李四光最后时刻身上散发的温热。

“我一生经历了曲折的道路,共产党就是我最后的归宿!”这是李四光一九五八年入党时倾吐的感想。他这一生追求的崇高境界,正是表达了今天广大有志青年和无数科学工作者共同的心愿。今天,千百万知识分子和青年,一想到李四光这面科技战线上又红又专的旗帜,就像是看到了我们向科技现代化目标迅速进军的信号!从李四光身上,可以看到攻克科学城堡,攀登世界高峰的先锋战士形象!

——你们一定要继承李四光同志的工作!

我们敬爱的周总理,一九七一年五月二日,同中国科学院院长郭沫若等领导同志一起,参加了李四光同志的追悼会以后,缓慢地走出了八宝山革命公墓小礼堂,对那些拥集在礼堂外面臂戴黑纱的人群说话。总理向他们问道：

——你们都是搞地质的吗？

——是的！那许多来自郊区的地质队员们回答。李四光生前，十分重视广大地质队员的实践，他曾经说：“常年战斗在野外的地质队，就是一些不挂牌子的地质力学研究所。发展地质力学的希望在他们身上。”

——搞地震预测的，来了没有？

——来啦！我们来啦！另一部分群众向总理回答。他们的面容悲戚，但声音响亮亮。

这是一个阴雨天。这时候大家清楚地看到：冰冷的雨丝，正在浸洗着周总理的白发。这时，总理还没有戴上帽子，他亲切地环视着大家，用略带一点沙哑的语音在低声说话：

——现在任务交给你们了！刚才在追悼会上，我念过李四光同志生前说过的话，他说过，对地震预报也有极大的信心。这不仅是赶超世界先进水平的问题，更重要的是保障人民的生命和财产。你们一定要继承李四光同志的工作！还要整理和学习他的遗著。你们听见了吗？

总理的发问，使他的声调也随之高昂起来。

——听见了！大家有力地回答。

总理以他指挥员的果决的语气，再次问道——大家一定要继承李四光的工作，你们听见了吗？听见了吗？

——我们都听见了！礼堂内外齐声回答。这回答，盖过了隆隆的雷声。

回答总理这番问话的，岂止是地质战线广大指战员的代表！在我们祖国的每顷土地上、每片树林中、每条河流边劳动的人们，在实验室和科研所，在车间、教室和电子计算机旁进行操作和教学，在图书阅览室里研究和思考的人们，都在回答祖国的要求，完成党的嘱托——那就是毛主席和周总理生前留下的实现四个现代化的遗愿！

——你们听见了吗？听见了吗？

——我们听见了,都听见了。

这就是亚洲大陆新崛起的一声巨响！说明一个具有高度科学文化的中华民族和强大的社会主义的新中国,必将屹立于世界！

哥德巴赫猜想

徐　迟

……为革命钻研技术，分明是又红又专，被他们攻击为“白专道路”。

——一九七八年两报一刊元旦社论《光明的中国》

一

陈景润是福建人，生于一九三三年。当他降生到这个现实人间时，他的家庭和社会生活并没有对他呈现出玫瑰花朵一般的艳丽色彩。他父亲是邮政局职员，老是跑来跑去的。他母亲是一个善良的操劳过度的妇女，一共生了十二个孩子。只活了六个，其中陈景润排行老三。上有哥哥和姐姐，下有弟弟和妹妹。孩子生得多了，就不是双亲所疼爱的儿女了。他们越来越成为父母的累赘——多余的孩子，多余的人。从生下的一天起，他就像一个被宣布为不受欢迎的人似的，来到了这人世间。

他甚至没有享受过多少童年的快乐。母亲劳苦终日，顾不上爱他。当他记事的时候，酷烈的战争爆发。日本鬼子打进福建省。他还这么小，就提心吊胆过生活。父亲到三元县的三明市，一个邮政分局当局长。小小邮局，设在山区一座古寺庙里。这地方曾经是一个革命根据地。但那时候，茂郁山林已成为悲惨世界。所有男子汉都被国民党匪军疯狂屠杀,无一幸存者。连老年的男人也一个都不剩了。剩下的只有妇女,她们的生活特别凄凉。逃难进山来的人多起来。这里飞机不来轰炸,山区渐渐有点儿兴旺。却又迁来了一个集中营。深夜里,常有鞭声惨痛地回宕。不时还有杀害烈士的枪声。第二天,那些戴着镣铐出来劳动的人,神色就更阴森了。

陈景润的幼小心灵受到了极大的创伤。他时常被惊慌和迷惘所征服。在家里并没有得到乐趣,在小学里他总是受人欺侮。习惯于挨打,从来不讨饶,这更使对方狠狠揍他。而他则更坚韧而有耐力了。他过分敏感,过早地感觉到了旧社会那些人吃人的现象。他被造成了一个内向的人,内向的性格。他独独爱上了数学,演算数学习题占去了他大部分的时间。

当他升入初中的时候,江苏学院从远方的沦陷区搬迁到这个山区来了。教授和讲师也到本地初中里来兼点课,这些老师很有学问。他喜欢两个外地的数理老师。外地老师倒还喜欢他。人们对他歧视,拳打脚踢,只能使他更加爱上数学。枯燥无味的代数方程式却使他充满了幸福,成为唯一的乐趣。抗战胜利了,他们回到福州,陈景润进了英华书院。那里有个数学老师,曾经是国立清华大学的航空系主任。

二

老师非常渊博,又诲人不倦。他在数学课上,给同学们讲了许多有趣的数学知识。不爱数学的同学都能被他吸引住,爱数学的同学就更不用说了。

数学分两大部分:纯数学和应用数学。纯数学处理数的关系与空间形式。在处理数的关系这部分里,讨论整数性质的一个重要分支,名叫“数论”。十七世纪法国大数学家费马是西方数论的创始人。但是中国古代老早已对数论做出了特殊贡献。《周髀》是最古老的古典数学著作。较早的还有一部《孙子算经》。其中有一条余数定理是中国首创。据说大军事家韩信曾经用它来点兵。后来被传到了西方,名为孙子定理,是数论中的一条著名定理。直到明代以前,中国在数论方面是对人类有过较大的贡献的。十三世纪下半纪更是中国古代数学的高潮了。南宋大数学家秦九韶著有《数书九章》。他的联立一次方程式的解法比意大利大数学家欧拉的解法早出了五百多年。元代大数学家朱世杰,著有《四元玉鉴》。他的多元高次方程的解法,比法国大数学家毕朱,也早出了四百多年。明清以后,我们落后了。然而中国人对于数学好像是特具禀赋的。中国应当出大数学家。中国是数学的故乡。

有一次,老师给这些高中生讲了数论之中一道著名的难题。当初,他说,俄罗斯的彼得大帝建设彼得堡,聘请了一大批欧洲的大科学家。其中,有意大利大数学家欧拉,有德国的一位中学教师,名叫哥德巴赫,也是数学家。

一七四二年,哥德巴赫发现,每一个大偶数都可以写成两个素数的和。他对许多偶数进行了检验,都说明这是确实的。但是这需要给予证明。因为尚未经过证明,只能称之为猜想。他自己却不能够证明它,就写信请教那赫赫有名的大数学家欧拉,请他来帮忙做出证明。一直到死,欧拉也不能证明它。从此这成了一道难题,吸引了成千上万数学家的注意。两百多年来,多少数学家企图给这个猜想做出证明,都没有成功。

说到这里,教室里成了开了锅的水。那些像初放的花朵一样的青年学生唧唧喳喳地议论起来了。

老师又说,自然科学的皇后是数学,数学的皇冠是数论,哥德巴赫猜想则是皇冠上的明珠。

同学们都惊讶地瞪大了眼睛。

老师说,你们都知道偶数和奇数,也都知道素数和合数。我们小学三年级就教这些了。这不是最容易的吗？不,这道难题是最难的呢。这道题很难很难。要有谁能够做了出来，不得了，那可不得了啊！

青年人又吵起来了，这有什么不得了，我们来做，我们做得出来。他们夸下了海口。

老师也笑了。他说："真的，昨天晚上我还做了一个梦呢。我梦见你们中间的有一位同学，他不得了，他证明了哥德巴赫猜想。"

高中生们轰的一声大笑了。

但是陈景润没有笑。他也被老师的话震动了，但是他不能笑。如果他笑了，还会有同学用白眼瞪他的。自从升入高中以后，他越发孤独了。同学们嫌他古怪，嫌他多病，都不理睬他。他们用蔑视的和讥讽的眼神瞅着他。他成了一个踽踽独行，形单影只，自言自语，孤苦伶仃的畸零人。长空里，一只孤雁。

第二天，又上课了。几个相当用功的学生兴冲冲地给老师送上了几个答题的卷子。他们说，他们已经做出来了，能够证明那个德国人的猜想了。可以多方面地证明它呢。没有什么了不起的。哈！哈！

"你们算了！"老师笑着说，"算了！算了！"

"我们算了，算了。我们算出来了！"

"你们算啦！好啦好啦，我是说，我是说，你们算了吧，白费这个力气做什么？你们这些卷子我是看也不会看的，用不着看的。那么容易吗？你们是想骑着自行车到月球上去。"

教室里又爆发出一阵哄堂大笑。那些没有交卷的同学都笑话那几个交了卷的。他们自己也笑了起来，都笑得跺脚，笑破肚子了。唯独陈景润没有笑，他紧结着眉头。他被排除在这一切欢乐之外。

第二年，老师又回清华去了。他早该忘记这两堂数学课了。他怎能知道他被多么深刻地铭刻在学生陈景润的记忆中。老师因为同学多，容易忘记，学生却一辈子记着自己青年时代的老师。

三

福州解放！一九五〇年，他考进了厦门大学，因为成绩特别优异，国家又急需培养人才，提前毕了业。而且，立即分配了工作。一九五三年秋季，陈景润被分配到了北京，在中学当数学老师。这该是多么的幸福了啊！

然而，不然！在厦门大学的时候，他的日子是好过的。同组同系就只四个大学生，倒有四个教授和一个助教指导学习。他是多么饥渴而且贪馋地吸饮于百花丛中，以酿制芬芳馥郁的数学蜜糖啊！学习的成效非常之高。他在抽象的领域里驰骋得多么自由自在！大家有共同的 dx 和 dy 等等之类的数学语言。三年中间，没有人歧视他，也不受骂挨打了。他很少和人来往，过的是黄金岁月，全身心沉浸在数学的海洋里面。真想不到，那么快，他就毕业了。一想到他将要当老师，在讲台上站立，被几十对锐利而机灵，有时难免要恶作剧的眼睛盯视，他禁不住吓得打战！

他的猜想立刻得到了证明。他是完全不适合于当老师的。他那么瘦小和病弱。他的学生却都是高大而且健壮的。他最不善于说话，说多几句就嗓子发痛了。他多么羡慕那些循循善诱的好老师。下了课回到房间里，他叫自己笨蛋。辱骂自己比别人的还厉害得多。他一向不会照顾自己，又不注意营养，积忧成疾，发烧到摄氏三十八度。送进医院一检查，他患有肺结核和急腹症。

这一年内，他住医院六次，做了三次手术。当然他没有能够好好的教书。但他并没有放弃了他的专业。中国科学院不久前出版了华罗庚的名著《堆垒素数论》。它摆上书店的书架，陈景润就买到了。他一头扎进去了。非常深刻的著作，非常之艰难！可是他钻研了它。

厦门大学校长来到了北京，在教育部开会。那中学的一位领导遇见了他，谈起来，很不满意，提出了一大堆的意见：你们怎么培养了这样的高才生？

王亚南，厦门大学校长，就是马克思的《资本论》的翻译者，听到意见之后，非常吃惊。他同意让陈景润回到厦门大学。

听说他可以回厦门大学数学系了，说也奇怪，陈景润的病也就好转了。而王亚南却安排他在厦大图书馆当管理员。又不让管理图书，只让他专心致意地研究数学。王亚南不愧为政治经济学的批判家，他懂得价值论，懂得人的价值。陈景润也没有辜负了老校长的培养。他果然精深地钻研了华罗庚的《堆垒素数论》和大厚本儿的《数论导引》。陈景润都把它们吃透了。他的这种经历却也并不是没有先例的。

当初，我国老一辈的大数学家、大教育家熊庆来，我国现代数学的引进者，在北京的清华大学执教。三十年代之初，有一个在初中毕业以后就失了学，失了学就完全自学的青年数学家，寄出了一篇代数方程解法的文章，给了熊庆来。熊庆来一看，就看出了这篇文章中的英姿勃发和奇光异彩。他立刻把它的作者，姓华名罗庚的，请进了清华园来。他安排华罗庚在清华图书馆中工作，一面自学，一面听课。而后，派遣华罗庚出国，留学英国剑桥。学成回国，已担任昆明云南大学校长的熊庆来又介绍他当联大教授。华罗庚后来再次出国，在美国普林斯顿和伊利诺的大学教书。中华人民共和国成立以后，华罗庚马上回国来了，他主持了中国科学院数学研究所的工作。

陈景润在厦门大学图书馆中也很快写出了数论方面的专题文章，文章寄给了中国科学院数学研究所。华罗庚一看文章，就看出了文章中的英姿勃发和奇光异彩，也提出了建议，把陈景润选调到数学研究所来当实习研究员。正是：熊庆来慧眼认罗庚，华罗庚睿目识景润。

一九五六年年底，陈景润再次从南方海滨来到了首都北京。

一九五七年夏天，数学大师熊庆来也从国外重返清华。

这时少长咸集，群贤毕至。当时著名的数学家有熊庆来、华罗庚、张宗燧、闵嗣鹤、吴文俊等等许多明星灿灿，还有新起的一代俊彦、陆汝钤、王元、越民义、吴方等等，如朝霞烂漫，还有后起之秀，杨乐、张广厚等等已入北京大学求学。在解析数论、代数数论、函数论、泛函分析、几何拓扑学等等的学科之中，已是人才济济，又加上了一个陈景润。人人握灵蛇之珠，家家抱荆山之玉。风靡云蒸，阵容齐整。条件具备了，华罗庚做出了战略性的部署。侧重于应用数学，但也向那皇冠上的明珠——哥德巴赫猜想挺进！

四

要懂得哥德巴赫猜想是怎么一回事？只需把早先在小学三年级里就学到过的数学再来温习一下。那些12345，个十百千万的数字，叫作正整数。那些可以被2整除的数，叫作偶数。剩下的那些数，叫作奇数。还有一种数，如2、3、5、7、11、13等等，只能被1和它本数，而不能被别的整数整除的，叫作素数。除了1和它本数以外，还能被别的整数整除的，这种数如4、6、8、9、10、12等等就叫作合数。一个整数，如能被一素数所整除，这个素数就叫作这个整数的素因子。如6，就有2和3两个素因子。如30，就有2、3和5三个素因子。好了，这暂时也就够用了。

一七四二年，哥德巴赫写信给欧拉时，提出了：每个不小于6的偶数都是二个素数之和。例如，$6=3+3$。又如$24=11+13$等等。有人对一个一个的偶数都进行了这样的验算，一直验算到了三亿三千万之数，都表明这是对的。但是更大的数目，更大更大的数目呢？猜想起来也该是对的。猜想应当证明。要证明它却很难很难。

整个十八世纪没有人能证明它。

整个十九世纪也没有能证明它。

到了二十世纪的二十年代，问题才开始有了点儿进展。很早以前，人们就想证明，每一个大偶数是两个“素因子不太多的”数之和。

他们想这样子来设置包围圈，想由此来逐步、逐步证明哥德巴赫这个命题一个素数加一个素数(1+1)是正确的。

一九二〇年，挪威数学家布朗用一种古老的筛法(这是研究数论的一种方法)证明了：每一个大偶数是二个“素因子都不超九个的”数之和。布朗证明了：九个素因子之积加九个素因子之积，(9+9)，是正确的。这是用了筛法取得的成果。但这样的包围圈还很大，要逐步缩小之。果然，包围圈逐步地缩小了。

一九二四年，数学家拉德马哈尔证明了(7+7)。一九三二年，数学家爱斯斯尔曼证明了(6+6)。一九三八年，数学家布赫斯塔勃证明了(5+5)；一九四〇年，他又证明了(4+4)。一九五六年，数学家维诺格拉多夫证明了(3+3)。一九五八年，我国数学家王元又证明了(2+3)。包围圈越来越小，越接近于(1+1)了。但是，以上所有证明都有一个弱点，就是其中的二个数没有一个是可以肯定为素数的。

早在一九四八年，匈牙利数学家兰恩易另外设置了一个包围圈。开辟了另一战场，想来证明：每个大偶数都是一个素数和一个“素因子都不超过六个的”数之和。他果然证明了(1+6)。

但是，以后又是十年没有进展。

一九六二年，我国数学家、山东大学讲师潘承洞证明了(1+5)，前进了一步，同年，王元、潘承洞又证明了(1+4)。一九六五年，布赫斯塔勃、维诺格拉多夫和数学家庞皮艾黎都证明了(1+3)。

一九六六年五月，像一颗璀璨的明星升上了数学的天空，陈景润在中国科学院的刊物《科学通报》第十七期上宣布他已证明了(1+2)。

自从陈景润被选调到数学研究所以来，他的才智的蓓蕾一朵朵地烂漫开放了。在圆内整点问题、球内整点问题、华林问题、三维除数问题等等之上，他都改进了中外数学家的结果。单是这一些成果，他那贡献就已经很大了。

但当他已具备了充分依据，他就以惊人的顽强毅力，来向哥德巴赫猜想挺进了。他废寝忘食，昼夜不舍，潜心思考，探测精蕴，进行了大量的运算、一心一意地搞数学，搞得他发呆了。有一次，自己撞在树上，还问是谁撞了他。他把全部心智和理性统统奉献给这道难题的解题上了，他为此而付出了很高的代价。他的两眼深深凹陷了。他的面颊带上了肺结核的红晕。喉头炎严重，他咳嗽不停。腹胀、腹痛，难以忍受。有时已人事不知了，却还记挂着数字和符号。他跋涉在数学的崎岖山路，吃力地迈动步伐。在抽象思维的高原，他向陡峭的巉岩升登，降下又升登！善意的误会飞入了他的跟帘。无知的嘲讽钻进了他的耳道。他不屑一顾，他未予理睬。他没有时间来分辩，他宁可含垢忍辱。餐霜饮露，走上去一步就是一步！他气喘不已，汗如雨下。时常感到他支持不下去了。但他还是攀登，用四肢，用指爪。真是艰苦卓绝！多少次上去了摔下来。就是铁鞋，也早该踏破了。人们嘲笑他穿的是通风透气不会得脚气病的一双鞋子。不知多少次发生了可怕的滑坠！几乎粉身碎骨。他无法统计他失败了多少次。他毫不气馁。他总结失败的教训，把失败接起来，焊上去，做登山用的尼龙绳子和金属梯子。吃一堑，长一智。失败一次，前进一步。失败是成功之母，成功由失败堆垒而成。他越过了雪线，到达雪峰和现代冰川，更感缺氧的严重了。多少次坚冰封山，多少次雪崩掩埋！他就像那些征服珠穆朗玛峰的英雄登山运动员，爬啊，爬啊，爬啊！而恶毒的诽谤，恶意的诬蔑像变天的乌云和九级狂风。而热情的支持为他拨开云雾，明朗的阳光又温暖了他。他向着目标，不屈不挠，继续前进，继续攀登，战胜了第一台阶的难以登上的峻峭，出现在难上加难的第二台阶绝壁之前。他只知攀登，在千仞深渊之上；他只管攀登，在无限风光之间。一张又一张运算的稿纸，像漫天大雪似的飞舞，铺满了大地。数字、符号、引理、公式、逻辑、推理，积在楼板上，有三尺深。忽然化为膝下群山，雪莲万千。他终于登上了攀登顶峰的必由之路，登上了(1 +2)的台阶。

他证明了这个命题，写出了厚达二百多页的长篇论文。

闵嗣鹤教授给他细心地阅读了论文原稿。检查了又检查，核对了又核对。肯定了，他的证明是正确的，靠得住的。他给陈景润说，去年人家证明(1+3)是用了大型的、高速的电子计算机。而你证明(1+2)却完全靠你自己运算。难怪论文写得长了。太长了，建议他加以简化。

他当时正修改他的长篇论文，突然陈景润被卷入了政治革命的万丈波澜。滚滚而来的巨浪冲击了一切剥削阶级的思想意识。史无前例的无产阶级"文化大革命"，像一颗颗的精神原子弹氢弹的成功试验一样，在神州大地上连续爆炸了。

五

无产阶级发动的"文化大革命"也是政治大革命。狡诈多变的资产阶级不得不负隅顽抗，做垂死的挣扎。人类历史上从来没有过这样伟大的群众运动。整个人类的四分之一，不分男女老少，一齐动员起来，壮丽的大革命，把工、农、兵，劳动群众和知识分子，还有圣徒和魔鬼，一股脑儿卷了进去。检举和被检举，揭发和被揭发，批评和反批评，批判和自我批判。人人触及了灵魂，三千年积污要涤荡。我们的生活朝气蓬勃了，生活中大量的阴暗东西就自行暴露了。渣滓浮上表面了，驱除它们就容易了。我们社会主义社会的主要方面，光明面，毫光四射了，阴暗东西的危害之大，也就越加明显了。

这是进步与倒退，真理与谬论，光明和黑暗的搏斗，无产阶级巨人与资产阶级怪兽的搏斗！中国发生了内战。到处是有组织的激动，有领导的对战，有秩序的混乱。无产阶级的革命就是经常自己批判自己。一次一次的胜利，一次一次的反复。把仿佛已经完成的事情，一次一次的重新来过，把这些事情再做一遍，每一次都有了新的提高。它搜索自己的弱点、缺点和错误，毫不留情。像马克思说过的要让敌人更加强壮起来，自己则再三往后退却，直到无路可退了，才在罗陀斯岛上跳跃，粉碎了敌人，再在玫瑰园里庆功。只见一个一个的场景，闪来闪去，风驰电掣，惊天动地。一台一台的戏剧，排演出来，喜怒哀乐，淋漓尽致；悲欢离合，动人心肺。一个一个的人物，登上场了。有的折戟沉沙，死有余辜；四大家族，红楼一梦；有的昙花一现，萎谢得好快啊。乃有青松翠柏，虽死犹生，重于泰山，浩气长存！有的是英雄豪杰，人杰地灵，干将莫邪，千锤百炼，拂钟无声，削铁如泥。一页一页的历史写出来了，大是大非，终于有了无私的公论。肯定—否定—否定之否定。化妆不经久要剥落，被诬的终究要昭雪。种子播下去，就有收割的一天。播什么，收什么。

天文地理要审查，物理化学要审查，生物要审查，数学也要审查。陈景润在无产阶级“文化大革命”中受到了最严峻的考验。老一辈的数学家受到了冲击，连中年和年轻的也跑不了。庄严的科学院被骚扰了，热腾腾的实验室冷清清了。日夜的辩论，剧烈的争吵。行动胜于语言，拳头代替舌头。无产阶级“文化大革命”像一个筛子，什么都要在这筛子上过滤一下。它用的也是筛法。该筛掉的最后都要筛掉，不该筛掉的怎么也筛不掉。

有人曾经强调了科学工作者要安心工作，钻研学问，迷于专业。陈景润又被认为是这种所谓资产阶级科研路线的“安钻迷”典型。确实他成天钻研学问，不太问政治，是的，但也参加了历次的政治运动。共产党好，国民党坏，这个朴素的道理他非常之分明。数学家的逻辑像钢铁一样坚硬，他的立场站得稳。他没有犯过什么错误。在政治历史上，陈景润一身清白。他白得像一只仙鹤。鹤羽上，污点沾不上去。而鹤顶鲜红，两眼也是鲜红的，这大约是他熬夜熬出来的。他曾下厂劳动，也曾用数学来为生产服务，尽管他是从事于数论这一基础理论科学的。但不关心政治，最后政治要来关心他。

善意的误会，是容易纠正的。无知的嘲讽，也可以谅解的。批判一个数学家，多少总应该知道一些数学的特点。否则，说出了糊涂话来自己还不知道。陈景润被批判了。他被帽子工厂看中了：修正主义苗子,安钻迷,白专道路典型,白痴,寄生虫,剥削者。就有这样的糊涂话:这个人,研究(1+2)的问题,他搞的是一套人们莫名其妙的数学。让哥德巴赫猜想见鬼去吧!(1+2)有什么了不起!1+2不等于3吗?此人混进数学研究所,领了国家的工资,吃了人民的小米,研究什么1+2=3,什么玩意儿?!伪科学!

说这话的人才像白痴呢。

并不懂得数学的人说出这样的话,那是可以理解的。可是说这些话的人中间,有的明明是懂得数学,而且是知道哥德巴赫猜想这道世界名题的。那么,这就是恶意的诽谤了。权力使人昏迷了,派性叫人发狂了。

六

台风的中心是安静的。

而旋卷在台风里面的人却焦灼着、奔忙着、谋划着、叫嚷着、战斗着、不吃不睡,狂热地保护自己的派性,疯狂地攻击对方的派性。他们忙着打派仗,竟没有时间来顾及他们的那些“专政”对象了。

待到工人宣传队进驻科学院各所以后,陈景润不但可以读书,也可以运算了。但是总有一些人不肯放过了他。每天,他们来敲敲门,来查查户口,弄得他心惊肉跳,不得安身。有一次,带来了克丝钳子,存心不让他看书,把他房间里的电灯铰了下来,拿走了。还不够,把开关拉线也剪断了。

于是黑暗降临他的心房。

“九一三”事件之后,大野心家已经演完了他的角色,下场遗臭万年去了。陈景润听到这个传达之后,吃惊得说不出话来。这时,情况渐渐地好转。可是他却越加成了惊弓之鸟。激烈的阶级斗争使他无所适从,唯一的心灵安慰就是数学,他只好到数论的大高原上去隐居起来。现在也允许他这样做了。图书馆的研究员出身的管理员也是他热情的支持者。事实证明,热情的支持者,人数众多。他们对他好,保护他。他被藏在一个小书库的深深的角落里看书。由于这些研究员的坚持,数学研究所继续订购世界各国的文献资料。这样的几年也没有中断过,这是有功劳的。他阅读、他演算、他思考,情绪逐步地振作起来,但是健康状况却越加严重了。他也不说,他也不顾。他又投身于工作。白天在图书馆的小书库一角,夜晚在煤油灯底下,他又在爬,爬,爬了,他要找寻一条一步也不错的最近的登山之途,又是最好走的路程。

敬爱的周总理,一直关心着科学院的工作,着手排除帮派的干扰。半个月之前,有一位周大姐被任命为数学研究所的政治部主任。由解析数论、代数数论等学科组成的五学科室恢复了上下班的制度。还任命了支部书记,是个工农出身的基层老干部,当过第二野战军政治部的政治干事。

到职以后,书记就到处找陈景润。周大姐已经把她所了解的情况告诉了他。他们会了面,会面在图书馆小书库的一个安静的角上。

刚过国庆,十月的阳光普照。书记还只穿一件衬衣,衰弱的陈景润已经穿上棉袄。

"李书记,谢谢你。"陈景润说,他见人就谢。"很高兴,"他说了一连串很高兴,他一见面就感到李书记可亲,"很高兴,李书记,我很高兴,李书记,很高兴。"

李书记问他:"下班以后,下午五点半好不好?我到你屋去看看你。"

陈景润想了一想就答应了,"好,那好,那我下午就在楼门口等你,要不你会找不到的。"

"不,你不要等我。"李书记说,"怎么会找不到呢?找得到的。这是用不到等的。"

但是陈景润固执地说:"我要等你,我在宿舍大楼门口等你。不然你找不到。你找不到我就不好了。"

果然下午他是在宿舍大楼门口等着了。他把李书记等到了，带着他上了三楼，请进了一个小房间。小小房间，只有六平方米大小。这房间还缺了一只角。原来下面二楼是个锅炉房，长方形的大烟囱从他的三楼房间中通过，切去了房间的六分之一。房间是刀把形的。显然它的主人刚刚打扫过清理过这间房了。窗子三槅，糊了报纸，糊得很严实。尽管秋天的阳光非常明丽，屋内光线暗淡得很。李书记没有想到他住处这样不好。他坐到床上，说："你床上还挺干净！"

"新买了床单。刚买来的床单，"陈景润说，"你要来看看我，我特地去买了床单。"指着光亮雪白的蓝格子花纹的床单。"谢谢你，李书记，我很高兴，很久很久了，没有人来看望……看望过我了。"他说，声音颤抖起来，这里面带着泪音。霎时间李书记感到他被这声音震撼起来。满腔怒火燃烧。这个党的工作者从来没有这样激动过。不像话，太不像话了！这房间里还没有桌子。六平方米的小屋，竟然空如旷野。一捆捆的稿纸从屋角两只麻袋中探头探脑地露出脸来。只有四叶暖气片的暖气上放着一只饭盒。一堆药瓶，两只暖瓶，连一只矮凳子也没有。怎么还有一只煤油灯？他发现了，原来房间里没有电灯。"怎么？"他问，"没有电灯？"

"不要灯，"他回答，"要灯不好，要灯麻烦。这栋大楼里，用电炉的人家很多，电线负荷太重，常常要检查线路，一家家的都要查到，但是他们从来不查我。我没有灯，也没有电线。要灯不好，要灯添麻烦了。"说着他凄然一笑。

"桌子呢？你怎么没有桌子？"

陈景润随手把新床单连同褥子一起翻了起来，露出了床板，指着说："这不是？这样也就可以工作了。"

李书记皱起了眉头，咬牙切齿了。他心中想着："唔，竟有这样的事！在中关村，在科学院呢。糟蹋人啊，糟蹋科学！"

李书记回到机关。他找到了比他自己早到了才一个星期的办公室老张主任。主任听他说话后，认为这一切不可能。

“瞎说！怎么会没有灯呢?”李书记给他描绘了小房间的寂寞风光。那些身上长刺头上长角的人把科学院搅得这样！立刻找来了电工。电工马上去装灯。灯装上了,开关线也接上了。一拉,灯亮了,陈景润已经俯伏在一张桌子之上,写起来了。光明回到陈景润的心房。

七

数学的公式也是一种世界语言,学会这种语言就懂得它了。这里面贯穿着最严密的逻辑和自然辩证法。它可以解释太阳系、银河系、河外系和宇宙的秘密,原子、电子、粒子、层子的奥妙。但是能升登到这样高深的数学领域去的人不多。

且稍稍窥视一下彼岸彼土。那里似有美丽多姿的白鹤在飞翔舞蹈。你看那玉羽雪白,雪白得不沾一点尘土;而鹤顶鲜红,而且鹤眼也是鲜红的。它踯躅徘徊,一飞千里。还有乐园鸟飞翔,有鸾凤和鸣,姣妙、娟丽,变态无穷。在深邃的数学领域里,既散魂而荡目,迷不知其所之。

闵嗣鹤教授却能够品味它,欣赏它,观察它的崇高瑰丽。他当时说过:“陈景润的工作,最近好极了。他已经把哥德巴赫猜想的那篇论文写出来了。我已经看到了,写得极好。”

“你的论文写出了,”一位军代表问陈景润,“为什不拿出来?”陈景润回答他:“正做正做,没有做完。”军代表说:“希望你早日完成。”

室里的领导老田对李书记说:“可以动员动员他,让他拿出来。但也不急。他不拿出来,自然有他的道理的。”

陈景润说:“那个稿子我还在做。我确实没有做完。自从我到数学研究所以来,在严师、名家和组织的培养、教育、熏陶下,我是一个劲儿钻研。怎么还能干别的事？不这样怎么对得起党？在世界数学的数论方面三十多道难题中,我攻下了六七道难题,推进了它们的解决。这是我的必不可少的锻炼和必不可少的准备。然后,我才能向哥德巴赫猜想挺进。为此,我已经耗尽了我的心血。

“一九六五年,我初步达到了(1+2)。但是我的解答太复杂了,写了两百多页的稿子。数学论文的要求是(一)正确性,(二)简洁性。譬如从北京城里走到颐和园那样,可有许多条路,要选择一条最准确无错误,又最短最好的道路。我那个长篇论文是没有错误,但走了远路,绕了点儿道,长达两百多页,也还没有发表。从那年到今天已经过去了七年。

“这个事是比较困难的,也是难于被人理解的。从学习外语来说,我是在中学里就学了英语。在大学里学的俄语,在所里又自学了德语和法语,我勉强可以阅读而且写写了。又自学了日语,意大利语和西班牙语,到了勉强可以阅读外国资料和文献的程度。因而在借鉴国外的经验和成就时,可以从原文阅读,用不到等人翻译出来了再读。这是必不可少的一个条件。我必须检阅外国资料的尽可能的全部总和,消化前人智慧的尽可能不缺的全部的果实。而后我才能在这样的基础上解答(1+2)这样的命题。

“我的成果又必须表现在这样的一篇论文中,虽然是专业性质的论文,文字是比较简单的,尽管是相对地严密的,又必须是绝对地严密的。若干地方就是属于哲学领域的了。所以我考虑了又考虑,计算了又计算,核对了又核对,改了又改,改个没完。我不记得我究竟改了多少遍。科学的态度应当是最严格的,必须是最严格的。

“我知道我的病早已严重起来,我是病入膏肓了。细菌在吞噬我的肺腑内脏。我的心力已到了衰竭的地步。我的身体确实是支持不了啦! 唯独我的脑细胞是异常地活跃,所以我的工作停不下来。我不能停止。……”

八

一九七三年二月，春节来临。

早一天，数学研究所的周大姐说，佳节前后，要特别关心一下病号。她说："那些老八路的作风，那些过去部队里形成的作风，我们千万不能丢掉了。尤其像陈景润那样的同志，要关心他，他很顽强。他病得起不来了，但又没有起不来的时候。在任何情况下挣扎起来，他坚持工作。他为什么？他为谁？为他自己吗？为他自己，早就不干了。不是，他是为人民、为党工作。我们要去慰问他，也要慰问单位里所有的病人。"

大年初一早晨，周大姐和几个书记，包括李书记，一行数人，把头天买好了的苹果、梨子装进一些塑料线网袋子。若干袋子大家分头提了，然后举步出发，慰问病人。他们先到陈景润那里。他住得最近。

陈景润正从楼梯上走下来。大家招呼他，他很惊讶，来了这许多的领导同志。周大姐说："过春节，我们看你来了，你的病好点了吧？"李书记也说："新年好，给你贺新年。"陈景润说："噢，今天是新年了啊？谢谢你们，谢谢你们。新年好，你们好。"李书记说："到你屋里去坐坐吧。""不，不行，"陈景润说，"你没有先给我打招呼，不能进去。"周大姐沉吟了一下说："好吧，我们就不去了。李书记，你给他送水果上楼吧。我们还上别家去，你回头再赶上我们好了。"李书记说："好。"周大姐和陈景润握手，并祝他早日恢复健康，然后转过身走了。李书记把水果袋递给陈景润说："春节了，这是组织上送给你的，希望你在新的一年里，多给党做点工作。""不要水果，不要水果。"陈景润推却了，"我很好，我没有病，没有什么……这点点病，呃……呃，谢谢你，我很高兴。"说着说着他收下了水果。李书记说："上你屋聊聊？"他又张手拦住，"不，不要进屋了，你没有给我打招呼。"

李书记说："那好，我不上去了。你有什么事，随时告诉我。我也得去追上他们，到别家去看望看望。"于是握手作别，他返身走。刚走两步，后面又叫："李书记，李书记！"陈景润又追过来，把水果袋子给了李书记，并说："给你家的小孩吃吧。我吃不了这多。我是不吃水果的。"李书记说："这是组织上给你的，不过表示表示一点点心意罢了。要你好好保养身体，可以更好地工作。你收下吧，吃不下，你慢慢地吃吧。"

他默然收下了。他默默地送李书记到大楼门口。李书记扬手走了，赶上了周大姐他们的行列。陈景润望着李书记的背影，凝望着周大姐一行人的背影消失在中关村路林荫道旁的切面铺子后面了。突然间，他激动万分。他回楼上，见人就讲，并且没有人他也讲。"从来所领导没有把我当作病号对待，这是头一次；从来没有人带了东西来看望我的病，这是头一次。"他举起了塑料袋，端详它，说，"这是水果，我吃到了水果，这是头一次。"

他飞快地进了小屋，一下子把自己反锁在里面了。

他没有再出来，直到春节过去了。头一天上班，陈景润把一叠手稿交给了李书记，说：

"这是我的论文。我把它交给党。"

李书记看他，又轻声问他："是否那个(1＋2)？"

"是的，闵老师已经看过，不会有错误的。"陈景润说。数学研究所立即组织了一次小型的学术报告会。十几位专家，听了陈景润的报告，一致给以高度评价。然后，数学研究所业务处将他的论文上报院部。

九

四月中的一天，中国科学院在三里河工人俱乐部召开全院党员干部大会。武衡同志在会上作报告。他说到数学研究所一位中级的研究员做出了世界水平的重大成果。当时没说人名。李书记在座中,听到了,还不知说谁。旁边的人捅了他一下。“干什么?”他问。那人说:“你听到没有?”“怎么啦?”那人又说:“这活儿是陈景润做出来的啊!”“噢?还这么重要?”那人说:“这是世界名题。真不简单!”

第二天,新华社记者来访。他见到了陈景润,谈了话,进他房间看了看。回去就写出一篇报道,立即在内部刊物上发表。其中,说到了陈景润的经历,他刻苦钻研的精神,重大的科研成果以及他现在还住在一间烟熏火烤的小房间里。生活条件很差!疾病严重!!生命垂危!!!

伟大领袖和导师毛主席看到了这篇报道,立即作出了指示。

当天深夜,武衡同志走进了陈景润的小房间。

他立即被送进医院,由首都医院内科主任和卫生部一位副部长给他做了全面的身体检查。他患有多种疾病。他们要他立即住院疗养,他不肯。于是,向他传达了毛主席的指示。

他一共住院一年半。

在住院期间,国家领导人安排了陈景润的全国人大代表席位。在第四届全国人民代表大会上,陈景润见到了周总理,并和总理在一个小组里开会。人代会期间,当他得知总理的病时,当场哭了起来,几夜睡不着觉。大会后,他仍回医院治疗。

当他出院的时候,医院的诊断书上写着:

“经住院治疗后,一般情况较好。精神改善;体温正常。体重增加十斤;饮食睡眠好转。腹痛腹胀消失;二肺未见活动性病灶。心电图正常;脑电图正常。肝肾功能正常;血沉及血象正常。”

早在他的论文发表时,西方记者迅即获悉,电讯传遍全球。国际上的反响非常强烈。英国数学家哈勃斯丹和西德数学家李希特的著作《筛法》正在印刷所付印。他们见到了陈景润的论文立即在这部书里加添了一章,第十一章:“陈氏定理”。他们誉之为筛法的“光辉的顶点”。在国外的数学出版物上,诸如“杰出的成就”、“辉煌的定理”，等等，不胜枚举。一个英国数学家给他的信里还说：“你移动了群山！”

真是愚公一般的精神啊！

或问：这个陈氏定理有什么用处呢？它在哪些范围内有用呢？

大凡科学成就就有这样两种：一种是经济价值明显，可以用多少万、多少亿人民币来精确地计算出价值来的，叫作“有价之宝”；另一种成就是在宏观世界、微观世界、宇宙天体、基本粒子、经济建设、国防科学、自然科学、辩证唯物主义哲学等等等等之中有这种那种作用，其经济价值无从估计，无法估计，没有数字可能计算的，叫作“无价之宝”，例如，这个陈氏定理就是。

现在，离开皇冠上的明珠，只有一步之遥了。

但这是最难的一步。且看明珠归于谁之手吧！

十

陈景润曾经是一个传奇式的人物。关于他，传说纷纭，莫衷一是。有善意的误解、无知的嘲讽、恶意的诽谤、热情的支持，都可以使得这个人扭曲、变形、砸烂或扩张放大。理解人不容易，理解这个数学家更难。他特殊敏感、过于早熟、极为神经质、思想高度集中。外来和自我的肉体与精神的折磨和迫害使得他试图逃出于世界之外。他成功地逃避在纯数学之中，但还是藏匿不了。纯数学毕竟是非常现实的材料的反映。“这些材料以极度抽象的形式出现，这只能在表面上掩盖它起源于外部世界的事实。”（恩格斯）陈景润通过数学的道路，认识了客观世界的必然规律。他在诚实的数学探索中，逐步地接受了辩证唯物论的世界观。没有一定的世界观转变，没有科学院这样的集体和党的关怀，他不可能对哥德巴赫猜想做出这巨大贡献。正是无产阶级“文化大革命”不可抗拒地促使他突变。被冷酷地逐出世界的人，被热烈的生命召唤了回来。帮派体系打击迫害，更显出党的恩惠温暖。冲击对于他好像是坏事，也是好事，他得到了锻炼而成长了。没有无产阶级“文化大革命”，他不可能写出如此成熟的论文。病人恢复了健康。畸零人成了正常人。正直的人已成为政治的人。他的进步显著。他坚定抗击了“四人帮”对他的威胁与利诱。无所不用其极地威胁他诬陷邓副主席，他不屈！许以高官厚禄，利诱他向人妖效忠，他不动！真正不简单！数学家的逻辑像钢铁一样坚硬！今后，可以信得过，他不会放松了自己世界观的继续改造。他生下来的时候，并没有玫瑰花，他反而取得成绩。而现在呢？应有所警惕了呢，当美丽的玫瑰花朵微笑时。

大　雁　情

黄宗英

她……

我挤上了第一辆向长城进发的记者车，踏着城头上的朝露，我抢占了制高点。这是一九七八年春天，祖国大地万木百草茵茵萌发的春天，全国科学大会正在北京召开。

我看见一些鹤发童颜的科学家，奋发挺进，拾级而上。年轻的姑娘们，嘻嘻哈哈笑着，比赛着看谁跑得快。我移开视线，看见城堞边站着一个姑娘，她凝神眺望着向北飞去的大雁。我走过去，轻轻拍着她的肩膀，问道："姑娘，你在想什么？"话音刚落，我察觉出了自己的错误。她一回头，我看见她的两鬓已经斑白，微黑的面颊上，已刻下细密的智慧的年轮。透过近视眼镜，她安详地看着我，淡淡地一笑："我看见大雁，就想起了大雁塔下的植物。"

"你是——"

"我是种野药的。"

我、赛跑的姑娘、种药的同志临时凑到一起，不等到各自背囊里的杂食交换着吃完，就已天南地北、从古到今、数着地球的经纬谈个没够了。人们啊，往往如此，有时在一起工作几十年，却依然形同陌路；有时，才碰头，就好像几辈子之前就相知了。尤其那位两鬓微霜的种野药的妇女,引起我极大的兴趣。为什么?当时我也说不清。大概是因为她那直率泼辣的性格,也可能是因为她那泰然自若的神情,也许是因为她太平凡、太普通——普通得就像我在农村里常碰到的那种半土半洋的助产士,才放下喂猪的勺把,洗洗手又抄起消毒的刀钳。我觉得,她是一位生活在群众中的、朴朴实实的科学工作者。我想:她,也许正是若干天来我在五千名科学家代表里,寻了千百回的描写对象。普通人,总是大多数。我正应该从普通中找一找这一代科学工作者的缩影。她,姓秦,名官属,生于一九二九年,现任陕西西安植物园助理研究员。第二天,我约了两位和我一样的特约女记者,来到她的住所,进行个别采访,想跟她仔细谈谈。妇女科学工作者,妇女文学工作者,在我们的国家里,数量还不算多吧。我们一见面,就被摄影机和录音机所包围。深谈是不可能了。只记得闪光灯摄下了秦官属眼里闪闪的泪花,她的两鬓在弧光下显得银亮银亮。她比她那四十九岁的实际年龄显得苍老,却又具有那样一种吸引人的特殊魅力。她那经常紧闭成一字形的嘴唇和沉静的目光,显示出一种为远大志愿和理想而深思的神情。这是一种有着顽强事业心的知识分子脸型。在"四人帮"横行的年代里,"事业心"三个字成为禁语,成为"反党思想的罪恶渊源"。于是这种神情在知识分子群中好像消失了,代替它的,是较多的、茫然无知的面容,尽管五官端正,身体康健,然而没有光彩。在这跨入历史新阶段的全国科学大会的会场上,我重又欣喜地看到了那么多的面生眼熟的思考者的面影。夜里,我看完晚会节目回到宿舍。书桌台灯下压着一张折得很工整的纸条。打开一看,是几行娟秀的字迹:

记者同志:

感谢你们对我的支持和鼓励,请求你们千万别写我。我的处境很为难,望你们能谅解。

秦官属　×月×日

纸条上的字句，不像一般的谦虚：难道有什么特殊情况？我要弄个明白。

我来到科学大会陕西代表团的秘书组，要求让我看一看陕西代表的个人书面材料。秘书组的同志十分热情，给我送来一大摞材料，我翻了一个晚上，不见秦官属同志的名字。

第二天一大早，我去送还材料时问及："为什么没有秦官属同志的个人材料？能不能帮我找到？"

过了两天，秘书组很抱歉地告诉我：秦官属同志不算是先进科学工作者个人代表，北京没有她的材料，省代表团也没有。只有西安植物园填写的简表，没有更多的事迹。接着，秘书眨巴眨巴眼睛，热情地向我介绍了陕西省许多女先进科学工作者代表的事迹。他感到有点奇怪：我为什么竟然看中这么一个名不见经传的秦官属？

之后，我又从侧面知道，对秦官属能不能来参加全国科学大会，原单位曾有很大的争论。本来报上来的名字不是她，现在也不见得就真的同意她来。她的同屋代表——找地下水的姑娘告诉我："老秦发愁回去怎么传达、怎么贯彻。她常常愁得睡不着觉。"

秦官属同志为什么处在这么个不明不白、难上难下的境况之中？这件事引起了我刨根底的兴趣。

我得到陕西省代表团副团长——也是省科委副主任杨戈同志和副主任刘抗同志的热情支持。

我对刘抗同志颇有好感。她认为：我国知识分子是"两头小中间大"。目前，全国知名老科学家的政策落实工作，有中央直接抓，比较好办。而对大多数的中年科学骨干的政策落实任务，地方上担子很重、很艰巨。因此，她希望我到陕西去调查，这将有助于他们政策落实工作的开展。于是，我委托陕西代表团秘书组同志，替我问问秦官属的工作单位——西安植物园的领导，到西安给秦官属写篇小报道，行不行？

大会快结束时，传来了西安植物园领导的回答："可以，欢迎。"

她？

到我能抽身去西安时，已是几个月以后的事了。

我确实受到了热情的、郑重的欢迎。省科委出面安排，由西安植物园具体接待。

庄严美丽的西安啊，我中华民族灿烂文化之骄傲。世世代代，你孕育了多少俊杰英才，诗圣文豪。唐代大诗人李白和杜甫就在这里留下了千古传诵的轶话。半坡村六千年前母系氏族公社村庄遗址里精巧的陶器；北宋哲宗元祐五年（公元一〇九〇年）始创的历代碑林中灿烂的书法石刻；西安事变中敬爱的周总理执行伟大领袖毛主席的民族统一战线政策，扭转乾坤，掀起民族抗日高潮的黄楼；还有玄奘藏经的大雁塔，以及塔畔三百亩连片的植物园……古往今来的历史啊，你曾留下了多少光辉的足迹！而现在呢？未来呢？大雁啊，你们能不能告诉我：在你们的翼翅下，西安植物园将怎样承担"提高整个中华民族科学文化水平"的一份重任呢？为什么本应是一片翠绿的植物园，如今竟是这般荒芜？园墙是新筑的。园内可向祖国汇报的科学研究新成果，究竟有多少项目？出了多少人才？在实现祖国四个现代化的伟大进军中，这里做出了多大贡献？俗话说："种田看田头，着衣看袖头，烧饭看灶头。"植物园中阡陌小径上的枯草败叶，植物栽培布局上界、门、纲、目、科、属、种的杂乱无章，试验室里缺胳臂断腿的板凳：这些现象说明什么呢？

唉，嚼着主人待客的、园里试制的、可口的椒盐扁桃仁，还要挑剔地感叹，实在太不通世故人情了。主人若知道在热情接待我参观之后，我竟写下这样的贬句，也许当时不请我吃桃仁，而要摔我一顿毛栗子了。我焦急，我慨叹，不是因为当时看到了这些被"四人帮"破坏的情景；我焦急，我慨叹的是听不到、看不见园主人在粉碎"四人帮"

以后大打翻身仗的激情和壮志。难道他们是在等待吗？等待什么呢？祖国的未来，应该较盛唐无可比拟般地辉煌。马克思主义武装的党和人民，岂能不如自己的祖先？岂能让古老的历史老是戳着我们的脊梁？更岂能容忍我们的敌人幸灾乐祸地投来蔑视的目光？又怎忍心啊，怎忍心使我们的朋友惋惜、哀叹、失望？

我扯到哪儿去了。

我开始调查有关秦官属的情况。

在我所接触的植物园的干部中，对老秦能久离家庭进深山工作这一点还是肯定的，其他的意见则不大一致了。给我印象最深的是否定的意见：

她：脱离群众，脾气极坏，骄傲自大，特爱吵架撒泼。

她：个人主义、成名成家思想严重。

她：地主的女儿，始终跟反动家庭划不清界限。

她：不能正确地对待"文化大革命"中群众对她的帮助，至今耿耿于怀。

她：本来不想进山，更不想去搞野生药物的栽培，是组织上一再说服才勉强去的。

……

这真叫我一筹莫展，不免心寒了。我怎么冒冒失失地找了这么一个采访对象？

我找园领导去了。

园书记老梁同志很有政治风度地说："你写吧，这对秦官属同志会是很大的促进。至于群众方面，我可以多做做思想工作。调动一切积极因素，这是党的政策嘛。尽管缺点很多，女同志嘛，也不简单了。"

"噢……"我愕然地望着书记，心想：原来领导对秦官属也是那种看法。作为女同志，我可不同意在选先进问题上这么个照顾法。既然园里干群对她意见如此之大，为什么还同意我写报道呢？我该怎么写，我又该写些什么呢？……

唉，我迢迢千里而来，怎么回去交账？是他们选错了去北京的代表，还是我选错了写报道的对象？她所工作的洛南县药材公司为什么极力推荐她呢？

我感到问题似乎已超出我写文学报道的范围了。于是，向省科委刘抗同志如实反映了情况，并谈了我的看法。刘抗同志想了一想，说："当然，我做不了你的主，我不勉强你写作。但我想，你既来了，就该深入下去。如果下边错了，省里官僚主义，你调查清楚了，对我们也是个很大的鞭策。我们可以汲取教训，改进工作，你说好吗？碰到乱线团，不找出个头绪来，我估计你那性格也丢不开它。哈哈，到秦岭玩玩去，划分祖国南北的分水岭啊。洛南地区是当年李自成屯兵之地，又是咱们的老解放区，值得去参观参观。只要不兴师动众，大吃大喝，我是支持作家游山玩水的。名山大川，人物风情里有政治嘛。百闻不如一见，去走一趟吧，写不写是次要的。"

她

我们一行数人，驱车驰过莽莽秦岭之巅。高原上，麦子收了，柿子坐果了。小松鼠被机鸣声吓得四处逃窜。在那人马牛羊上不去的峡谷里的陡峭岩石缝中，小松鼠丢下了核桃，也许明年春回大地时会钻出绿芽。小松鼠，谢谢你这顽皮的小播种家。

植物园的同志们，一路上指点给我看，这是漆树、黄连木、五角枫、吴茱萸……花瓣淡粉的野蔷薇向我们点头微笑。羽毛乌黑的顺河溜溅起水花。窄梁尖峁坡地、川道平坦河滩，一片紫、一片白，好一派山乡风光。植物园的同志们辅导我阅读祖国大自然的课本，谈笑风生，朝气勃勃，我觉得和他们并不难相处，而老秦……

当我在商洛山区洛南县药材公司晒药场旁下车时，以当年蝗虫庙旧址改建的发电站，正把光源输向灯火点点的小镇。我看到秦官属正在院里收拾洗净晾干的单衣裤褂和棉袄——只有住在高原山区的人们，才知道盛夏季节早晚也往往离不开棉袄。老秦是昨夜接到省里的电话，黎明起身，从海拔两千米的黑嶂山村，赶了八十里路回县城迎我的。在黑嶂举行的栽植桔梗现场会上，她圆满完成了短期培训技术人员的讲课任务，风尘仆仆地来和我这个新交的老朋友会面。

县药材公司实验室在正中间，东屋是官属的宿舍，西屋就是我的临时客房了。

晚饭之后，小县城的夜异常清静。官属和我都赶了一天的路，不免有些倦意。一时，我也不急于和她深谈什么。我坐在她屋里的小板凳上洗脚。热乎乎的水，解着我的疲乏。我们有一搭、没一搭地闲聊着。后来，我还是忍不住了，就拐弯抹角、语重心长地对她说："你现在参加了全国科学大会，地位和从前不同了，你应该注意群众关系……"

老秦默默地折叠晾干的衣物，叠了又叠，拉了又拉，压了又压，好像要把那几件带补丁的粗布劳动服，折叠得和首都高级旅馆里洗烫出来的礼服一样平整。

她一语未发，取出一盒烟，拿了一支递给我，漠然地看了我一眼。我顺势接过烟。于是，我们这两个在"文化大革命"中才正式学会而又绝少在公共场合抽烟的知识妇女，对坐着，默看那缭绕飘升的青烟……沉默，压得我胸口发闷。我站了起来，朝当院把水泼掉，心想：让她去自我思想斗争吧，我的责任尽到了。

"哈哈！哈哈！老黄同志啊，我们可等了你好几年啦！"我来到药材公司办公室，公司主任老王一边给我沏茶，一边极其热情地欢迎我。

我摇摇头笑道："都说你们山里人木性子，你可会说俏皮话。我几个月前才决定来陕西，你们怎么会等了我好几年？"老王说："我说的是实心话。我们几年前就盼望记者、作家来咱洛南，好好地把老秦的事写一写，表扬表扬。我实在不会写文章，挺生动的事儿，让我一写就干巴了。我只会画图表，你看——”老王拉亮一盏日光灯，指点我看东面墙上的一张洛南县地图——是那种在县委各部、公社、大队办公室常见的统一挂图。不同的是，这张长方形的地图，展现在我眼前，很像一块大赤豆糕，上面布满了密密麻麻的红圆点。

老王说：“洛南县历史上是个药材产地。山上野生着远志、藿香、桔梗、五味子、丹参、半夏、金银花、石斛等等。年长日久，野生药材越采越少。解放以后，中药受到重视，医疗卫生事业一发展，天然药材短缺情况日益显著。从一九六六年起，我们县开始搞野生药材家种。一开始全县搞了四十亩药场。”他戳了几处红点，“原计划到一九七〇年发展到三百九十亩，但只完成二百二十六亩。”他又戳了几处红点，“当时办药场是个赔本的事，年年药材公司照例付出一笔赔款。没有人批评，默认这是个规律。从一九七〇年开始，我们和西安植物园挂了钩，邀请园里派技术员来帮助我们总结经验教训，进行野生驯化的技术指导，老秦同志和其他一些同志，就是那一年来的。从此情况迅速好转。一九七七年全县县、社、大队三级，一共办了一万一千亩药场。你看看，你看看——”他指着“赤豆糕”上数不清的红点点，“到一九七八年药材场地发展到一万六千五百亩，是一九七〇年的七十三倍！”

“药场是否占用可耕农田？”

“除极少数做试验的种田外，大都是在龇牙咧嘴的梁峁、坡洼、死板上、石渣土上筑堰开荒。在我们这八山一水一分田的老山沟，好地怎舍得种药？”

“那么种药能改良土壤、改善农民生活吗？”

“当然！所以咱们药材公司对老秦同志不是什么个人情谊。老秦和我们一起艰苦创业。我们没去的山，她去了；我们吃不了的苦，她吃了；我们解决不了的问题，她解决了，——所以我们都敬佩她。”

他深有体会地说，“更重要的是证明了：科学技术本身也是生产力这一马列主义真理嘛！虽说，这一万六千五百亩地是贫下中农一锄一镐刨出来的，可这斑斑红点也渗透了老秦的心血啊！老秦亲自动手不说，没有科学的指导，我们哪有那么大胆子铺那么大摊子？老秦没来那阵，我们多辟一个药场，就多赔上一笔资金。有一冬，光天麻一项就赔了两万块！现在你看——”

老王又指点西边墙上的两张图表——洛南县历年药材生产发展示意图和洛南县历年药材收购计划与完成金额对比示意图。

我看见箭头一年比一年往上蹿得高，便赞叹地说：“今年的箭头要蹿透房梁了吧！”“药材收购额一九七〇年是三十二万零四百元，今年可达一百万元。这对解决国家短缺药材起了一定作用。药材公司从过去年年赔本，变成年年增加上缴利润。如今各大队合作医疗费用大部分已能自给，队里副业收入逐年增加，为农业机械化提供了资金。省科委刘副主任看见这表，兴奋地夸奖说：太好了，你们这指标直线上升，快顶到房梁了……”

“刘抗同志来过？”我插嘴问。

“来过！那正是一九七六年十一月，刚刚打倒‘四人帮’的时候，她要我们总结经验往省里送！”

我猜想：秦官属所以能出席全国科学大会，一定和刘抗同志来此有关。我的脑瓜跑弦了：刘抗同志为什么没有和我提起呢？……

电灯忽然灭了。

“给工厂让电。”老王说，“你赶了一天路，也该休息了。”他照着手电筒送我，边走边说，“我们县里凡有药场的社队，谁不知道秦师傅、老秦同志、秦老师呢？尤其是她常去的、公司直接抓的试验点，老人娃子都认得她。他们说：‘秦师傅离儿别女扔着老伴，把心扑在俺这苦山疙瘩地里。她黑着头发进山，如今白了头发，俺们忘不了她。’”

东屋灯光下，几个青年技术员围着秦师傅议论回社队后将要采取的措施，有的提出没有弄懂的问题。他们都曾集中在黑嶂学习，今晚住县，明晨分道赶路。

老秦给我屋里点上蜡烛，又回到青年中去了。

我累了，躺了下去。落枕又毫无倦意，只好把蜡烛移到床头放仪器的木箱上，打开从王主任那里借来的图表底样，大约莫地誊绘在我的笔记本上。

耳边，听着东厢房老秦和青年们融洽无间的谈话声……我的思想飞得很远很远。

如今，轮到思想斗争的倒是我了：什么叫群众关系？群众关系好与不好的标准是什么？为什么对老秦会有两种截然不同的评价？

第二天一大早，按照我的习惯，一个人溜上了街，正值小集。我转了一圈，回到药材公司收购站门口，只见送零星药材的农民队伍越排越长。老秦夹在公司职工中间鉴别药材。她不时地和职工、农民交谈着如何识别药材真假、好次、什么该挖、什么挖早了……这个大学毕业的助理研究员成了药材业的行家里手，我却孤陋寡闻得不知道药物学专业都设在什么大学里……

参观药场的日程开始了。按照公司王主任的安排，要把好的、中的、差的、老的、新的都给我们看看。

一路车行一路谈，老王一一向我介绍所经各场的建场史。老秦一下车总是去找该场的技术员了解情况。有时她也会过来跟我说："这就是头一年我搞试验失败了的地方。"或说："这就是我才来时认不出药草出洋相的地方……"

海拔一千八百米的蟒岭在望。古城公社谢底大队快到了。这里杉皮小屋和砖瓦房错落有致。进村了。远远听见像鸟叫般的童声："秦姨——"

蓝天、白云、树丛、小径、石级，金银花含苞，红芍药怒放。一个小女孩，像一只淡粉色的蝴蝶，从山顶飞下来，飞下来，一头扎在了老秦怀里："秦姨，我做梦都梦见你哩。快家去，快家去。"小女孩又像一头小鹿，深情地蹭啊、顶啊、拉啊地把老秦拽进家。一个小男孩也过来抱住老秦的腿。“康成，长高了！瞧，鞋又穿反了！”老秦说着坐在小板凳上，把小男孩抱在怀里，给他换鞋。

孩子们的妈才收早工进家，前脚张罗给我们沏红糖茶，后脚急忙从柜子里找出藏着的柿饼、核桃；一边点火做饭，一边把几个月来当队干部的丈夫受气、受累，大儿子的对象，小姑娘的老师，以及娘家母、舅舅、表叔……三亲六邻家里屋外的事一嘟噜一嘟噜地往外端。直到谢底大队药场场长叫我们上场部去吃晌午饭时，她才住嘴，生气地说：“咋不在家吃？糕都给蒸上了。”场长说：“两桌人哪，嫂子。”孩子妈说：“她秦姨来客，我翻转米坛也愿意咧！”老秦推说今天真的有事，下回一定来。那大嫂才气咧咧地拿一块干净手帕，硬是把柿饼包了，塞在老秦书包里。老秦也留下一个纸包，里面是孩子们念书用得着的铅笔和簿子。她又针对刚才谈话中了解到的孩子妈的病情，开了一个药方，让那大嫂到医疗站去取药服用。——老秦有这本事，我又没想到！

等我们坐在药场吃饭时，小姑娘又像粉蝴蝶般飞来，在老秦耳朵边悄悄告诉她，一小篮蒸糕已放到她床头柜上，让她夜里当点心吃。

经过参观、访问、座谈、闲聊，我在谢底大队接触了许多不同身份的人，了解到了许多情况。于是，秦官属同志来山区前前后后活动的底片，在我的脑海里越来越清晰地“感光显影”了。

谢底大队位于蟒岭北坡的群山之中。耕地和住家都散落在三阴、四岭、八坡、七条沟里。一年做到头，打粮少，费工多。这里地薄人穷，山可是富啊。光叫得出名来的野生资源就有一千一百多种。俗话说：“认识是宝，不认识是草。”这一带坡坡岭岭上千年万载野生着丹参。山里人不知道丹参是医治心脏病的名贵药材，每当盛花时节，只是放牛娃子采摘几朵紫花，放在嘴皮上当“蜂糖罐儿”吮吮，而丹参、丹皮一股脑儿喂了牲口。置身于天然药库里的庄稼人，生了病，却要跑到五十里外的公社所在地古城镇去买药治疗。后来，县药材公司进山收购药材，用两角一斤的价格收进晒干的丹参。不到三冬两春，紫色的“蜂糖罐儿”在万绿丛中越来越罕见了。其他野生药材也是越挖越少，越采越少。一九七〇年，县药材公司和西安植物园合作，到这里搞“七叶一枝花”的栽培。西安植物园派出了一个科研小组，由曾是“秦官属专案”组的负责人带队。秦官属也随同前来。当时虽然“专案”已经撤销，但是她的处境依然尴尬。贫下中农一眼就能看出，她是那种“犯了错误来改造的人”。但是，贫下中农对“四人帮”的“全面专政”是有着本能的对抗的。他们对大批知识分子干部下乡改造，自有一套要求和标准。

秦官属初来谢底大队，就住在破庙里。柯拉叶子的酸菜，她咽得下，腰里揣上橡子面窝头，大早上山，一天没水喝，不叫苦，不埋怨。她能这样，贫下中农就觉得不简单。

老秦干活泼泼辣辣，认认真真。她撂下三岁的娃子，五岁的妮，顾不上照顾孩儿他爹，整年整月在山沟里奔波。每年她不等六九阳坡绿就进了山，待到秋霜打草草枯黄，挖出待收的药草，栽下来春萌发的根块籽种，她还是不愿回家。乡亲们心疼她，常常逼她回城去看顾看顾她的家。

“天麻神仙脚，石钵拿不住，天种人不种。”在西安植物园同志来之前，这个队就试种天麻。因为科学知识不足，风险很大。老秦他们来了之后，现在队里连小孩儿都知道天麻和密环菌的伴生关系。人们学会拴住神仙脚了。现在大队药场种了一百六十窝，估计每窝可挖出一至三斤天麻。收购价格是每斤六元五角。一九七七年有一窝天麻就重三斤六两。人们说：科学比神仙强。

秦官属用超声波处理桔梗种子，出芽快，苗齐壮。

秦官属搞无性繁殖，普遍扩种丹参。如今“蜂糖罐儿”漫山遍野，宅前屋后，蝶闹蜂繁。山里人赞道：“一篮一斤半斤，换来手扶拖拉机进村。”

谢底大队药场，从半亩杭芍，发展到五百多亩药材地（其中有三百亩是木本药材）。

从一九七二年到一九七七年,药场收入一万四千元。大队的手扶拖拉机、粉碎机、脱粒机、架子车、缝纫机、开山炸药……大都是用药场赚来的钱买的。一九七七年一年提供药材三千二百零七斤,支援各社队药材种子三百二十斤、苗二十五万株,一九七八年贡献将更大。仅赤小豆(亦粮亦药)一项,估计可收一万斤。收购价格是每斤四角三分,就是四千三百元了。预计一九七八年药场收入可达一万元。群众管药场叫“银行”。

尽管现在秦官属并不经常来谢底大队,但大家仍认为这一切成绩都和秦师傅带来的科学知识分不开。

两天来,孩子们总是围着老秦打转转,跟前跟后,既不干扰,又不离开。我偶然问孩子们:“你们长大了,干什么啊?”孩子们回答:“像秦姨那样嘛!——”秦官属同志在山区培植成功的岂只是药材……

坡陡路滑的蟒岭啊,我上去容易下来难。场长张罗着给我砍青竹,做手杖。老秦当然用不着,她常常在我们前边带路,一路上如数家珍般指点我认黄柏、黄芩、杜仲、忍冬、威灵仙、鸡头根……

参观访问以来,我总感觉到老秦有意躲着我,于是我常常借故请教药物靠近她。她教我认五味子,告诉我,到没有人家的山上去种药,喝不上水,吃窝窝头时,就摘一把五味子解渴,这就酸甜苦辣咸全有了。

一次,她从岩缝中拔出一棵草问我:“认识吗?”

那大概又是什么药,看起来它是那么不起眼的草,却有着长长的棒槌般的根,花骨朵还没开,从花托透出的花色看,将会开出淡紫色的花。我开玩笑地胡猜:“一定是‘勿忘我’——Oh, God! Forget me not!”

老秦微笑着说:“它不会去拉住上帝的衣角,祈求上帝给它取名。它的名字可能是古代山里一位读书人给取的吧!学名叫远志,俗名细草、小草。这小草能在岩石缝里扎根,根部入药,名曰‘醒心杖’。它的药性能益智强志,也就是西医说的,对健全脑神经有作用。”老秦的神情显得庄严起来,“这小草,漫山崖长着,用不着我去育种驯化。可这几年,它成了我的好朋友。在家里,我还搞了个标本,有时间就拿出来看看……”

这庄严,我能意会:大多数知识分子——祖国浩浩荡荡的脑力劳动大军啊!他们像漫山遍野的小草,分布在九百六十万平方公里的大地上。无论在什么情况下,无论是狂风暴雨、冰雹严霜、刀砍火伤,哪里有土地,哪里有人民,他们就在哪里深深扎根。

我问秦官属:“你在哪个大学里学的野生药物?”

庄严的神情变成了愤懑:“我根本没学过。”她头也不回,“噔噔噔”地奔下山去。

用什么办法打开老秦半掩的心扉?我这个记者没辙了。老秦像是一头受过伤害的小兽,动不动就扎毛。是她敏感到别人已向我说过什么?还是她担心和我谈多了会惹出更多的麻烦?

离开谢底前的黄昏,蟒岭舒坦地仰卧在绚丽的晚霞中。姑娘们恋恋地问起我们文化界的生活。我谈到敬爱的周总理,介绍了两三件总理关怀知识分子的“小事”。我突然发现老秦满脸绯红,满眼泪花……

谢底大队药场新建的试验室土屋里,夜雨敲打着格子窗。我们俩在摇晃的烛影下,回忆着那被林彪、“四人帮”扰乱的黑暗年月。我们谈到了“人心所向”,谈到了血雨腥风的丙辰清明……渐渐地,她那掩着的心扉向我敞开了。

解放前,秦官属由于弟妹众多,生计困难,读到高中二年级时,就弃学任教,当了一名小学教员。

解放后,一九五一年,秦官属抱着改造沙漠、绿化祖国的理想,以“同等学力”考入西北农学院林学系,是该届仅有的两名女生之一。入学之初,有人劝她转系,说女同志搞林,受不了那份苦。她回答:“我还没受,怎么就断定受不了?”

在大学学习、实习和最初工作的日子里,她逐渐地对杨树的优选育种专题,产生了很大的兴趣,进行了较深入的研究。她和老师、同学、同志们一起,以陕北高原、渭水河滩为考察基地。她驰马、骑驴、跨骆驼,踏过内蒙古茫茫草原,攀过新疆高高的阿尔泰山。她在鄂尔齐斯河里洗过脚,在布尔津河畔搭过帐篷。秦官属以优异的成绩毕业。一九五九年四月,在西安植物园建园之始,她就来了。一九六一年开始搞杨树引种,她是杨树树种优选研究专题的业务组长。

植物园中,选自全国各地的杨树树种有一百多种。

老秦也曾跟随外国植物学家,远走峨眉、太白,近踏渭河两岸。以后,外国专家从他们遥远的祖国,邮寄来了各国的杨树优良品种。那随树而来的泥土里渗透着抗击法西斯的鲜血,碧绿的青苔维护着人民友谊的生命之芽……

“文化大革命”的风暴来临了。由于林彪、“四人帮”的干扰破坏,老秦从重点培养、重点使用的对象,转瞬之间变为重点批判的对象。她靠边站了。而原来生机勃勃的植物园,原来团结战斗的集体啊,突然之间,战友变陌路,助手变对手,互相学习变成互相攻讦。切磋钻研的科研单位,变成了“文攻武卫”的角斗场。同志之间的关系,一下子紧张起来,对立起来。没完没了地斗个不停,乱得没个够。

于是,一百多种的杨树种植圃一大半被刨掉了,杂种上庄稼,名为贯彻“以粮为纲”的方针。外国杨树树种没人经营了,植物园里杨树研究的课题被取消了。

在批斗会上,秦官属始终不肯“低头认罪”。有人大声嚷叫:“搞杨树树种研究,本身就是脱离生产的修正主义课题。杨树,用不着你研究也长了几千年了,哪个农民不会种?”老秦肚里气鼓鼓地想:“无知!这像科研单位的批判水平吗?你倒不说距今七千万至一亿年前地质年代晚白垩纪时期,就有杨树化石了。什么脱离生产……”越批她越想不通。揿着脑袋不让辩论,还能挡得住心里不服气?“你倒不问问,不管是为了国计民生,还是为了生财有道,世界上有多少国家,在精心钻研杨树树种的优选!”践踏科学的“自杀政策”像舂米的木杵捣得她心碎欲裂。

大自然慷慨地奉献给人类以笔直、坚韧、速生、挺拔的杨树。它树种繁多,宜旱宜涝,抗风固沙。它能渐渐改变小气候,能快快献出好木材。如果我们的祖国能广为换种上适宜于当地条件的优良杨树品种,那么,全国每年增产的木材,只有用电子计算机才能计算出来……

撤了杨树研究课题,刨了中国杨树种圃,心痛得秦官属三魂七魄离了窍。她常常到仅存的外国树种的杨林中徘徊。从小有着韧性性格的老秦,曾多次萌起轻生的念头,恨不得一头栽到大杨树上,血肥杨林,死了算啦!她多年搜集的植物标本被抄走了,笔记弄散了。她一气之下,把自己省吃俭用置来的业务书籍胡乱捆扎起来,论斤卖掉,有的一本一本地当了引火纸生煤球炉。一天清晨,她又拉过一本书,点火引炉子。火力不够,再拉过一本……突然,像全身引着了火一般,她猛地站了起来……她呆呆地望着那本书……那封面……那……啊……七批八斗不低头、不掉泪的秦官属,她把那本书紧紧地贴近火热的胸膛,号啕大哭起来。

那本书是:

中国共产党西北农学院总支委员会印赠的、周恩来同志于一九五六年一月十四日在中国共产党中央委员会召开的关于知识分子问题的会议上所作的《关于知识分子问题的报告》。

山风传送着松涛。屋里恬适地响着药场青年女工们均匀的鼾声。新打的松木板床吐着清新的木香。新置办的超声波仪器和玻璃瓶中标本液里浸润的药材标本,在烛影下闪光。蜡烛快烧尽了,淋漓酣畅地流着泪……

官属说:"我坚决相信我们的党不会抛弃我们知识分子的。我坚决相信社会主义不会不要科学文化……"

官属没有哭,却流下了泪;我也没有哭,也流下了泪……在林彪、"四人帮"横行的黑暗日子里,多少知识分子,多少从事科学、文化、教育工作的共产党员，为了这个不泯的信念，流过泪，甚至流尽了最后一滴血。

“风摇十洲影，日乱九江文。”世界上没有任何力量能阻挡科学文化前进的浪潮。

远志啊，远志！读书人——我们当代的知识分子啊！只要我们的专业知识，能对祖国、对人民、对党有用，能点滴造福于世界，能对人类美好的理想——共产主义的实现有所促进，那么，即使工作再艰苦，精神的折磨再大，尝尽人间五味，也如嚼过神秘果，只品得出个甜哪甜！

沉默了好久，我问她：“你本不愿意来种药吗？”

她理直气壮地说：“那当然！凭什么撤掉杨树选种课题？没道理嘛！再说，我又没学过药科。下达野生药物驯化课题时说这是战备任务，我出身不好，万一失败了，再扣上一顶‘阶级报复’的帽子，怎么受得了？我不干！”

“那你怎么又干了呢？”

她拿自己也没办法地摇摇头：“唉，关着我时，我倒也死了心。出来了，我能够工作，没有工作，这种惩罚实在受不了。有人说我每个细胞都是黑的，说十七年培养的大学生都是专门挖社会主义墙脚的。我就想通过实践修个墙脚给他们看看。我不能和人民赌气，不能和党赌气。没有党，我能上大学？人民需要药，我就不信学不会……”

过了一会儿，我又问：“都说你脾气大，你能否告诉我，你发的最大的一次脾气，是为了什么？”

她一下子从被窝里坐了起来：“那是有人要锯杨树树种！就是那仅存的外国稀有杨树树种！当时我早已被迫放弃了杨树研究课题。有一次我从山里回到西安，发现有人要锯我的杨树，我一下子就站到了杨树前头。我大喊大叫：为什么要锯杨树树种？谁敢锯这杨树树种就先锯了我！——”

蜡烛流尽了它那最后一滴泪，屋里霎时变黑了。

屋外，雨，不知什么时候停了。月亮悄悄出来了，透过婆娑点点的树梢，映照出秦官属同志挺直的半身侧影。

画面外，是秦官属款款的声音："当时有人劝我，你早就不搞杨树课题了，这事和你还有什么关系？何必为这个得罪人，闹得不可开交！唉，这怎么是我个人的事呢？这些树种，好不容易在咱们的土地上扎根、长大了，它就是我们祖国的科研成果了。谁也没有权利毁掉它！"

透过窗框上的画面，我仿佛看到远处的山峦峭壁，漆黑险峻。我想起了此番进山，出县城四五十里处，看到一个黑潭，潭边矗立着一块黑色的巨岩，据传那就是《山海经》上记述过的仓颉造书之地，是洛南县胜景之——"阳虚乌迹"。

人间本来是没有文字的。传说上古时候，仓颉为帝南巡登阳虚山，有灵龟负图出于水中。仓颉接受后，就懂得了天地之变，仰观奎星圆曲，俯察龟文乌迹，指掌而创文字，造为六书，写下二十八个大字。这可不得了啦！龙哀鬼哭，说是有了字，人就能书了，泄露天机了：于是泼油纵火，颓山裂石……如今，当我行经此山，只是一片乌焦。举首细看，二十八个字，我一个也找不到，认不出。可是，人间毕竟有了文字。文字在发展，科学文化在发展。可笑的是，远古至今，星流日转，仍有牛鬼蛇神害怕人民识字有文化！林彪、"四人帮"暴跳号叫，大肆鼓吹"焚书坑儒"，欲毁我五千年文化精华于一旦，拒世界优秀文化于国门之外。他们远远听见"四个现代化"，就像鬼怪瞥见照妖镜之灵光，赶快使出浑身解数。而唯独他们自己能独霸天机，独知天秘，大书帮文，大播帮语，横扫狠砸，武卫文攻，空留下乌焦一片鬼话连篇，是为二十世纪七十年代人间之奇景也！嗑兮，呜呼哀哉！

她？

驰车返回西安的路上，对我来说，最触目的是，展望山巅、野岭、川道、河滩,几百里长的公路两旁,几乎都是白杨、白杨、白杨,新栽的、成材的……在这阴坡油松阳坡橡、四旁沟洼核桃多的莽莽秦岭之地,我也几乎只认得出杨树、杨树、杨树……我分辨不出那些杨树是不是优种,只是老秦的话总响在我的耳边:"如果我们都换种优选树种……"

我问书记老梁:"为什么把老秦的杨树研究课题撤了呢?"虽然我知道老梁那时还没来植物园,还在原来单位被当成"走资派"批斗,但我还是向他提出了问题。他倒也答得出来:"园里把这题目让给林业研究所了。"

"记得来植物园第一天,我听说老秦是被掐着脖子,才勉强搞药的。从研究杨树到研究野生药物驯化,算不算用非所学呢?"我知道老梁过去也是农学院的,是懂业务的领导。

"不能那么说。"老梁说,"就好像演员演戏,今天演这个,明天演那个,说不上是改行。"

我不同意地摇摇头。我虽然不懂植物学的分类究竟多细,但高高的乔木和遍野丛生蔓长的草药,它们除了都可称是植物、都是靠光合作用生长叶绿素外,其中差距有多远,我还是多少知道一点的。我说:"她大学四年,实际工作六年,搞的都是杨树,忽然丢下杨树搞药,对她个人的研究专业来说,不能不说是改行。就像演电影、话剧的,你让他改唱京戏,即使掐着他脖子也是唱不出来的。"

梁书记解释说:"植物园根据生产需要改变研究课题,是常事。"

"那不能把老秦调到林业研究所吗?"

老梁忙说:"哎哎,老黄你可不能拆我的台啊!"

我也笑了:"现在你就是掐她脖子,恐怕她也不愿放下药呵。"

我又继续问:"锯树是怎么回事?"

"锯什么树?"

"锯外国的杨树品种,老秦为了这个不是跟人大吵过吗?"

"她就那脾气!嘴不饶人,爱吵爱闹。"

“吵得对不对?”

“有时也有道理,就是方法不对头。一次人家在杨树林里搭工棚,她说烟囱熏了树,大吵大闹。我们开了个会,把工棚撤了,换了地方。”

是的,老秦和我说过,梁书记为此召开了紧急会议。

我又问:“锯树呢?”

“那是间伐。一般长到一定年限,木心变色,或太密了,就应该间伐。”

“间伐?”我不言声了。如果应该间伐,老秦大吵,就是无理取闹。

我曾问某同志:“你对老秦在洛南山区的野生药材驯化研究工作怎么估价?”答:“她还是肯吃苦、肯钻的。不过,洛南县野生药材驯化有成绩,也不是老秦一个人搞出来的。何况,严格地说,那也算不了科研,很多地方都搞成功了。农民自己都会搞。”

“那用超声波科学处理种子的经验算不算科研成果?”我想起了老秦那密密麻麻的笔记、对比试验的记录卡片和用“西安植物园科研小组”的署名刊印出来的经验材料。

答:“那是很一般的处理种子的方法,谈不上科研成果,而且也没做否定试验。”

是我对什么叫科研、什么叫成果的提问方式本身不对头,还是……

我问某骨干:“现在回过头来看,当初对秦官属的批判是否对头?那样的冲击是否过头?”

回答是:“我们园里相当文明,又没打过她,只不过挂挂白袖章,批了几次,短期隔离,劳动劳动。群众运动嘛,她应该正确对待。”

“对这样一位立了专案的同志,该怎么落实政策?”

对方觉得我的提问很奇怪:“她还有什么落实政策问题?都去北京开过会了嘛!又没给她定什么性,档案里也没塞进什么材料。再说,她也不是一点问题也没有,她……”

我问曾经是“秦官属专案”组的负责人:“老秦究竟是不是地主出身?”

他很严肃地回答:“填出身定成分的政策界限是硬碰硬的。她上大学时,乡里填送的表格上写着‘出身:地主’。”

“老秦一九五一年上大学,这是土改后的结论吗?”

“这次运动,我们又外调了。地主出身是肯定的。”

“那为什么老秦说,政府没给她父亲戴地主帽子?”

“人总是要为自己辩护的。”他说。

“人总是要为自己辩护的。”我说。

唉,植物界没有两片相同叶脉的叶子;而人界,却有着统一的表格,出身一栏只够写三五个字,怎么表达得出中国社会长期以来那么复杂的情况……唉,本来,什么出身并无大碍。毛主席历来倡导:“有成分论,不唯成分论,重在表现。”可是让林彪、“四人帮”祸害得啊,这个本人无从选择的出身,简直要命哩!

我又问另一位骨干:“这么多年来,西安植物园的领导对老秦在洛南的工作算是支持的吧?”

答:“支持得不够。但,这是园里的重点科研项目,总的来说……是支持的。”

“那为什么在她这个课题组长的身边,技术人员一直在调换?合作者、助手为什么那么不稳定?”

“老秦脾气暴。另外,作风也不大正派。有个青年技工和她配合挺好,可是她……唉……”

我的心一沉,朴朴实实的老秦……我问:“那青年多大岁数?”

答:“二十五六岁。”

我的心又一沉:“怎么搞的?”

对方说:“是啊,她把他介绍给自己女儿搞对象,现在八成都快成她女婿啦。”

我惊讶得眼睛都直了:“那怎么样哪?那又怎么样哪?”

“别人议论可大啦!”

天啊……

最后,我问老梁:“你说,报道老秦的这篇文章我是写,还是不写?”

“你写,你当然可以写。”

“你们园里干部和群众,对她有意见的不在少数。我写了,会不会有反作用?”

“不碍,我们组织上做工作。大家也是说说罢了。现在各人都有一摊业务,忙还忙不过来呢,管不了那么多……”

是啊,我曾问过一些人:“你们是不是不同意秦官属出席全国科学大会?”

有的同志回答说:“赞成。”有的却说:“也没什么,去也去了,反正有个名额,可以去个人,但是起标兵作用,向她学习,那可办不到!”

“我为什么写她呢?”我也不知是问自己,还是问书记。

“老黄同志啊,落实政策嘛!华主席、党中央大抓科研,团结一切可以团结的力量,调动一切可以调动的积极因素嘛!”

那秦官属算不算可以团结的力量?是不是可以调动的积极因素?

又是一个星期日。对我们搞创作的人来说,上帝的安排和法定的例行假日,都关系不大。在我又了解到一些情况之后,有多少问号在我脑子里翻腾!我苦于自己政治理论水平太低,逻辑思维能力太差。我不知道自己碰到的情况,说明什么问题。但老秦在洛南山区留给我的印象很深,我很想写写她。

我的脑子都想涨了,就强迫自己先翻翻植物学方面的书籍。我像学生一样认真地做着阅读摘记:

纤维素——是使植物具有刚性和强度的物质。假如没有纤维素,所有植物都会像胶状物那样柔软;而当下雨时,就会被溶化掉。……不溶性、抗热能力和高抗张强度,使纤维素分子对植物极为有用……所有这些，都起源于依靠太阳能所进行的光合作用。就像老秦，她在党的阳光下……（呀，怎么拿老秦和植物类比？）

我接着阅读：

植物生长发育的必需元素是：碳、氢、氧、氮、磷、钾、钙、镁、硫、铁、锰、铜、锌、钼、硼等。数一数，必需元素在十五种以上，而有些人只会给植物“二二三”“六六六”“DDT”，天天打除虫剂还了得。（行了行了，思想别开小差……）缺少某一元素时，植物体就会出现某种病症。只有补加所缺元素，病状才能消失。秦官属缺少哪种必需元素呢？她为什么过早地白了头发？她的性格为什么变了？她本来在学校里爱唱歌，爱打球，爱傻笑……（哎，我干吗又连上她？）

我继续阅读——

自由水：不被植物细胞内的胶体所束缚……束缚水：与植物细胞内的胶体结合，而不能自由流动的水分。抗热性、抗旱性和抗寒性较强的植物，体内束缚水较多。老秦束缚水较多……（糟糕，老秦不肯退出我的“植物生理学”笔记了！）

是的，是的啊！三年枝柴五年椽，七年矿柱十年檩。老秦同志，你自己已成长为一棵挺拔的、枝叶茂密的直木——大杨树了。风媒传花结籽。洛南县地图上的斑斑红点里，也都长出了秀丽的杨树苗苗。正是：

似杨枝沾土就活，
效丹参红在根本，
如桔梗开花漫野，
怀远志感报春晖……

忽然刘抗出现了：“大星期天的，还把人头搡在书上！走，到我家玩玩去。今天不许工作，也不谈工作。”没二话地把我拽走了。

嗑着瓜子，喝着茶，聊着这个那个，我也不记得了。反正谈着谈着，瓜子不嗑了，茶忘喝了。不知咋的，我就谈起老秦的事儿来了。

当我讲到“老秦就在大杨树前头一站,大喝一声,谁敢锯!要锯就先锯我!”时,刘抗同志不自觉地站了起来,说:“太好啦!我们有这样的女干部,实在是太好了!我们本来对她了解很不够……”我觉得她相当了解老秦。要不,老秦处在这种情况下,怎么能去北京开会?可是刘抗同志为什么还是不提她去过山区的事?

我说:“有人说那树该锯,是间伐。”

刘抗说:“噢?……我想对杨树种圃该不该间伐,从西安植物园来说,最有发言权的,应该是秦官属吧!”

“矛盾着的问题很多,我希望向省科委作一次正式汇报。”

“你和杨戈同志谈一下吧,我来约时间。”刘抗说。

我一见杨戈同志的面,他就对我说:“关于锯杨树的问题,间伐是站不住脚的。当时,植物园领导决定间伐,实际是挑粗粗大大的伐,主要是盖房子要用材料,因此秦官属同志怒火三丈是对的。这连老梁也承认了。这件事说明秦官属同志的斗争性是很强的。”

我对杨戈同志说:“报告文学一般以表扬先进为主,写出主要人物先进的一面。现在秦官属同志的问题已超出了记者调查的范围,是否请省科委派一个调查小组去调查落实,比如秦官属同志的地主出身问题……”

杨戈同志说:“就是地主出身,又为什么不能写呢?重在表现嘛!就是地主出身,可是在三大革命运动中洗刷了地主阶级烙印,证明我们党的力量嘛!”

我说:“我的意思是她家在解放前几年主要经济来源是靠她父亲和她自己教书的收入,土地剥削量不到总收入的三分之一。当然旧知识分子的经历是复杂的,但经过了那么多运动,也有结论,应该说是清楚的。解放初期,她父亲是地区林业局局长、政协主席、技术干部,而她的母亲则是个有着卖身契的壮族女奴。和秦官属挨肩只差一两岁的弟弟、妹妹都是职员出身,她为什么是地主出身呢?‘文化大革命’运动中,她父亲被扫地出门,遣返原籍,身染重病。秦官属把他接回城里，死在她家——这就构成了她是‘地主阶级孝子贤孙’的主要罪状。”

杨戈同志沉默半晌，说：“宗英同志，我看你大胆写吧。你亲耳听到了贫下中农、基层干部对她的反映，你亲眼看到了她在山区的艰苦努力，你为什么老嘀咕你没有看到的档案里的材料呢？出身问题我们帮你调查调查，存而后论罢。我看，你是不是心有余悸啊？”

我说：“她父亲即使是战犯我也敢写她！可情况得明啊。这是写真人真事的报告文学的起码条件。秦官属的家庭成员中，有七个是搞林的。她父亲，她两个弟弟，两个弟媳，她爱人，都是搞林的。你们陕西榆林地区干得颇有成绩的飞机造林——第一批去的成员里，就有老秦的爱人。搞林业，有多艰苦，不用我说。……地主……孝子贤孙……他们一家子疯啦，已经是社会主义社会了，竟然野心勃勃，想分霸祖国荒山大漠？他们想当‘林主’吗？”我不知是跟谁生气，一肚子火，连说话都粗声粗气了。好在杨戈同志并不在乎，笑眯眯地看着我，说：“写吧，你就写吧。我们支持你，不要怕。”

我不是胆小的人，也不是很勇敢的人。我的工作是要用笔向社会说话，怕也白搭，悸也无用。我要尽可能地了解一个人的全部情况，以便把握住他的基本素质。当然，秦官属也不是没有缺点。世界观完全改造好了的人能找出几个呢？一个人的优点和缺点，往往是一面镜子的两个方面。今天，促成一个人做出成绩的优点，以后又往往成为他犯错误的前因。一个人是好是坏，并不决定于他做出成绩的大小、犯过错误的多少。要紧的是他的基本素质。如今呢，秦官属同志的情况不清不楚、不明不白。虽然我的采访日记里已记了满满一本子，可还是个乱线团，没搞出个头绪来。

在“文化大革命”中，我们认识了许多人（包括自己），也一下子知道了许许多多本来不认识的人的事情。有人一提到某某，人们就说：“噢——我知道。”他们相识吗？不。“大字报上写的……”“小报上登的……”“批斗会上听的……”啊，有多少不做结论的专案，没有入档的材料，以及存而后论的出身、成分、问题……漂洋过海，传播四方，抹不掉，洗不清。西安植物园里的同志们，本来对秦官属并没有什么个人成见、个人恩怨。造成如此局面的根由、造成致命内伤的元凶，就是万恶的“四人帮”！“四人帮”强迫人们戴上了形而上学的眼镜；“四人帮”阴毒地使革命队伍内部、同志之间彼此相看时，“管窥蠡测”地只看对方的污点、缺点——扩大了的、硬上纲的、变了形的、无中生有的……是“四人帮”发明了种种新式刑具——打着冒牌“马列”标记的思想的镣铐，刻着“全面专政”钢印的眼睛的枷锁……善良的人们，让我们尽快地清醒过来，团结起来。

本来，这篇报告文学对我来说，当大雁从北方飞来的时候就可以写了。可是，踌躇再三，难以动笔。矛盾写不写？写出来能发不能发？发了能不能解决问题？目前全国都在大力落实政策，陕西省也不例外。我现在发稿也许过时了吧？没有必要了吧？老秦毕竟是出席了全国科学大会的代表，毕竟比更大量的、默默地工作着的知识分子们的政策落实问题要好办些。从典型的普遍意义来说，真过时，真没必要了，那可是大喜特喜了。我嘀咕来，嘀咕去，仿佛进入了梦乡。我梦见：大雁飞过我的窗前，盘旋，盘旋。大雁们围在我的书桌前，站成一个半圆，在观看、在议论我写下的草稿。只听得头雁用宽厚的男低音说：“呃——这种情况很熟悉嘛，很熟悉。我们从北方飞到南方，从南方飞到北方，常常碰到，常常碰到！”

大雁们马上用各种声部参加讨论：“快——研究研究。”“快——研究研究。”

大雁们把我写好的草稿一张一张地衔走了，衔走了。大雁们排成了人字形，飞远了，飞远了……

祖国高于一切

陈祖芬

柏林妻子

三十年前。德国柏林。

俗话说:人非草木,岂能无情。即使像王运丰这样豁达的人,现在也屡屡跌进感情的深渊。他陷在厚实的沙发里,望着正在地毯上嬉戏的三个儿女:孩子们和她长得太像了!那凹陷的棕色眼睛、那举手投足之间,无一不渗透着她的音容笑貌。说来也怪,只有在她出走之后,他这做丈夫和父亲的人,才充分地领略了这一切遗传上的惟妙惟肖之处。于是孩子们那欢快的笑声,只能引起他悲凉的情思。人对于失去了的东西,总是感到分外地宝贵。她出走了,却较之她在家的时候,愈发地使他感觉着她的存在和他视之比生命更宝贵的她的爱情。

这些日子发生的事情,像旋转木马似的把他搞得晕头转向。一切都是从那个邮件开始的。那是一张祖国寄来的《人民日报》——报道了新中国成立的消息。他简直不是看报,而是吞!他一口气把那条喜讯吞了下去,然后才久久地品味着、陶醉着……当然喽,回国去!一九三三年他出国留学时,坐的是德国海轮。这样先进的海轮,这样超乎他想象的内燃机!世界上一见钟情的故事不少,他和内燃机的姻缘就由此产生了。海轮途经新加坡，几个洋人向海里扔下几枚钱币，对中国人说：谁下海捞着，钱就归谁。洋人笑着，笑得白脸变成血红；下海的中国人也笑着，笑得黄脸变成惨白。这种愚昧痴呆的笑，都是因为他们心里没有一架燃烧起自豪和力量的内燃机！

柏林到了。啊，这么多的汽车！一辆、两辆，三、四、五、六……唉，数不过来！来自人力车和马车的国土的王运丰啊，这些飞驶的汽车无疑是给他来了个下马威：你们中国造不了汽车，你们连一个内燃机厂都没有！

唉唉，中国在德国的四百多留学生，几乎谁都不学内燃机专业——回国没饭碗啊！可是难道中国就永远没有内燃机，永远没有自己制造的汽车、轮船了?！不！……

现在王运丰是西德内燃机专业的国授（国家授予）工程师，拥有一吨多重的书。正是这些书，浓缩成他生命的精髓；而他的生命，也分解在这些书里了。书本是他生命的影子，当然要跟随他回国的。影子是不会和他自身分开的。妻子再好，也可能分开……前几天国民党在西德的便衣跟踪他、审问他。昨天半夜又有人打电话来威吓："小心点，否则我们要用手枪来对付你。"妻子吓得睡不着了。她痴愣愣地瞪着他，那棕色的大眼睛更加凹陷了。一夜之间，她变得像一朵萎缩了的花。他的心也萎缩了起来：他干了什么对不起她的事？他召集了留德同学和侨民开会，呼吁响应周总理对海外知识分子的号召，回国参加社会主义建设，而且立刻给周总理发了电报："留德同学会全体会议通过决议，表示忠于中华人民共和国毛泽东主席，并响应周恩来总理的回国参加建设的号召，请速派遣外交代表和安排留德学生回国事宜。"祖国解放前几年，国民党驻西德的机构先后三次动员他回国，他拒绝了。可这次，他偏要回！"你别走吧……"棕色眼睛的妻子哭了，泪水莹莹地望着那六间一套的家。每间房里都有大幅的地毯和贵重的家具。于是，他看见爱情在讲究的咖啡壶上闪耀，在雕花木上微笑，在地毯上伸展，在她的泪水里流淌……只有他和她才知道,他的事业加上她的爱情,才能经营起这个美妙的家庭。他们是一体的,他和她之不能分开,犹如他们那三个孩子不可能再分解成他和她的细胞一样。

但是,当她知道他回国的决心已不可动摇时,她赌气回到东柏林的娘家去了。这位柏林妻子和他竟是同样地把祖国看得高于一切。唉,人们往往津津乐道:一个共性如何使有情人终成眷属。但人们可知道,往往同一个共性,又能使眷属终成无情人?

无情?当法官宣读了离婚的判决后,她在法庭上当众就哭了起来。他真想一把搂住她说:别哭了,和我一道去中国吧,就像结婚时他拥着她走向他们的家……

家被无理查封了。家具、地毯、车库,一切都贴上了封条。根据当地法律,私自撕毁封条的,要加倍从严地法办。但是封条可封不了王运丰那急于回国建设的心,那颗像内燃机一样产生巨大能量的心。一切可能发生的凶险,都在"祖国"这个古今中外最有魅力的名词面前,变得不值一顾了。王运丰撕下了汽车上的封条。在德国司机的帮助下,他带走了三个孩子和跟随他的影子——一吨书。而财产,全丢下了。"生活中最没有用的东西是财产,最有用的东西是才智。"这话是谁说的?对了,莱辛!是啊,只要有书,有才,就可以为祖国服务。他怀着赤子之心奔向理想的境地。啊,解放区的天,是明朗的天,解放区的人民好喜欢。五十年代的知识分子是天真的。第一个从西德回国的工程师王运丰,和他那三个七岁、五岁、两岁的孩子一起稚气地笑着……

"德国特务"

有人靠回忆度日,有人靠想象生活。有人因独具精神而力量过人,有人因敏于思想而陷于痛苦。人之所以成为人,就是因为有了思想。王运丰被作为专政对象,独个儿在河北蔚县的崎岖山路上担煤。

他的思想却因抵抗专政而变得毫无规则。如果他能未卜先知地预料他这个留德的内燃机专业工程师在六十年代中期将以担煤为生(虽然煤也是燃料),真不知当初他还能不能拼命攻读了!不过他当然还是要攻读的,否则他就不叫王运丰了!“王运丰,你老实交代,你是不是德国特务?”特务?他在德国倒是有特殊的任务。他从内燃机专业毕业后,本来满可以每两年准备一篇博士论文,到一九四五年,两个博士学位也到手了。但他不去考。他给自己规定的特殊的学习任务,是尽可能多学会几门技术——祖国什么都欠缺啊!于是他又去学焊接、电工、管理、铸造。铸造是冶金不可缺少的部门,但在旧中国被看成下贱活:打铁翻砂么!西德教授惊讶地打量着站在他面前的王运丰:“我没见过中国留学生学我这个铸造系的。”王运丰在铸造厂实习,每隔三四分钟就得把一只七十斤的砂箱搬上机台。搬几下还凑合,一会儿就对这七十斤的宝贝儿望而生畏了。那也得搬,默默地喊个号子吧:“一、二——为了祖国!一、二——为了祖国!”十个月后,他的臂力使他在留德侨民中成了划船冠军。二十多年后,他的臂力使他还能在蔚县山区担煤、运煤……

黑煤上闪烁着白雪。漫天又飞扬起雪片。一九四五年,炮弹皮和断砖碎瓦像雪片似的飞着。苏军进攻柏林了。柏林当局规定,居民听到空袭警报,全下防空洞。“王先生,整个楼的人都下防空洞了,你快走吧!”邻居劝他。“我就不信炸弹正好掉到我的头上。”炸弹尖叫着,偏偏来到了他的头上。他万念俱灰,只等着人生最后的刹那。一声巨响,楼晃悠着,土直往他头上掉。还有知觉?那就是说还没死?他活脱脱地蹦了起来,跑出去一看,五十米远的一幢楼成了瓦砾堆。他又回到楼里攻读。他不是不怕死。天生不怕死的人是没有的。他只是想,每次轰炸几小时,他要是往防空洞一钻,这几小时岂不是浪费了?对于一个学习癖,最痛苦的莫过于时间的浪费了:几个小时又可以吸收多少人类文明的精华!顾不上危险不危险了。一个人只有忘却自我,才能真正地发现自我。正是在忘却的时刻,他会焕发出他全部的智慧和力量,他将惊讶地看到他拥有着什么样的才能!

“王先生是我们的安慰,王先生不怕轰炸,我们也不怕了。”德国邻居们信任地望着他,差点没把他当成了上帝。但是炸弹像下最后通牒似的把他的门、窗都震落了。搬家。又震落了门、窗。再搬。他终于把一叠十几张设计图交给了德国老师考核。“王先生真不是一般的学生!”他快活地在弹坑间疾步走着,好像在生与死的边界线上穿行。“王先生来了!”书店老板亲热地招呼他,“我给你留出了一捆书,准是你需要的。”他和书店老板之间已经达成了这样的默契:不用他挑书,老板知道该给他留下一些什么样的书。他又把一份咖啡送给了好心的老板。咖啡在战时因缺货配给而变得身价百倍。但是咖啡再贵重也就是咖啡。而书籍却能变出内燃机,变出坦克,变出祖国所需要的无穷尽的宝物。

天安门前的阅兵行列里,开来了一辆辆中国制造的轻坦克、水陆两用坦克和装甲车。王运丰坐在观礼台上,像父亲欣赏儿子那样,向坦克倾注着全部的情和爱。真不知是坦克因他的注视而变得威武雄壮,还是他因坦克的出现而变得这样不能自已。他回国后就担任了坦克专业局的技术领导职务。可是厂呢?只有农机修理厂、机车修理厂。衣衫褴褛的祖国母亲啊,让我们来装扮你吧!先把这几个修理厂改建成发动机厂和坦克制造厂。唉唉,师傅们还是在山沟里制造步枪的半手工业做法,没有工艺规程,做出的零件一会儿一个样。必须把坦克几千个零件的每一个工艺规程都写下来,一切纳入现代化生产的轨道!规程写了三年,以后进程就快了。原先坦克的大部件都得向苏联订货,以后订货单上开的项目一年比一年少了,最后终于全部取消了订货单,而代之以中国制造的坦克。

不过他跟坦克的缘分并不长,反而跟卡车很有缘。一辆卡车载着造反派抄了他的家,抄走了毛主席、周总理接见他这个全国先进生产者的相片,抄走了好几箱书。书是他的影子。人一旦连影子都给剥夺了,将是怎样的凄苦!另一辆卡车拉他游街、批斗“无产阶级革命造反派的战友们,他,是一个彻头彻尾的德国特务!他的柏林老婆还到中国来串联过!”唉,柏林妻子!他离开柏林时,把本想留给她的小女儿也带走了——愿思念女儿的心情使她回到他的身边来吧。他给她邮去了路费,一年年地等着,终于把她等来了。他怎么也没想到,这期待中的会见又这样的激动着他。在匆匆的一瞥中,他就把对于他是那么熟悉的她的身影、她的一切都看清楚了。“亲爱的,我们再也不分开了!”她笑了。她又伤心了:孩子们的德语说不利落了。因为前不久他出差了七个月,孩子们没人管了,就把德语忘了一半。可是他总得下去开展工作啊。他吻别了妻子,又走了。妻子回来一年多,他走了倒有八个月。他怎不想想,这个数字对一个不懂中国话,又对德国有着深深的眷恋的妻子来说,意味着什么!何况当时又正逢困难时期。“你看人家全家去德国了,我们一起走吧!”妻子痴愣愣地瞪着棕色眼睛,做着最后的努力。火车门关上了。妻子的泪水一行行挂在车厢玻璃上。他追着启动的车厢想说,想说什么?唉唉,全忘了,忘了。他只是用内疚的、失神的眼睛看着她,眼睁睁地看着火车载走了他的爱、他的心。他的胸膛一下空虚了,只有火车的隆隆声在他那空荡荡的胸膛里撞击着、回响着……

卡车的隆隆声在野地里显得孤单单的——又是一辆卡车把他送往蔚县监督劳动。押送“德国特务”的人戒备森严地拿着枪。其实,为确保安全起见,他们不妨先枪决在他领导下设计的坦克。卡车途经八达岭。雪把他的胡子、眉毛都染白了。黑夜里,他只见野狼闪着碧绿的眼睛。他柏林家的地毯就是这种绿色。现在要是能把这地毯裹在身上就好了。在这大冬天里坐卡车,身上冷得就像穿了皇帝的新装——什么也没穿!也许今晚就冻死,连同他的知识一起消亡。培根说知识就是力量。但是知识碰到暴力,毫无招架之功;知识分子碰到秦始皇,也只有束手待坑……

雪,纷纷扬扬地下着。漫天大雪使天地之间成了个大雪坑。王运丰在蔚县的山路上挑着一担煤,一步一停地向山上爬着。爬了半天好像还只是停留在雪坑的坑底。好大的坑啊……

中国母亲

一个人在平静的时代生活、工作,他也许永远也不会懂得什么叫解放。当王运丰重新获得工作的权利时,他的感觉犹如一个刚走出监狱的人,来到充满阳光的天地里,感到了令人目眩的光明、自由和解放。他的知识和才能,原先就像是一群拥挤着给关进笼子的小鸟,现在要把它们统统放出来,让它们冲天而起,展翅飞翔了。唉唉,要干的事情太多了。六十多岁的人啦,他是恨不得把每一分钟的时间拉长。有些人受了委屈,或是疯狂地对社会挥着拳头,或是颓废地失掉了自信。一个人要是对自己都不信任,还会信任什么真理呢?——王运丰摇着头。他自信他的才能、他的价值,所以他这个"德国特务"偏要给周总理写信——给我工作!可惜总理已病了。他又给邓副总理写信,不料"批邓"开始了。一九七七年他再给党中央写信,于是应邀出席了国宴,获得了工作的权利。

是啊,只要能为祖国工作,他什么都可以不计较——贫困、委屈、凶险、一切。一九六〇年苏联撤退专家,某柴油机厂陷于困难境地。"领导同志,让我去支援这个厂吧。""老王啊,那是重灾区,你知道吗?""怎么不知道?我刚从那儿出差回京么。那儿,已经有人吃树叶了。""你能受得了?""那儿的上万职工都受得了,我为什么受不了?我还要把三个孩子都带去。整个家迁去!"

"厂长同志,你们厂哪个部门最吃紧?"王运丰问。"铸造。不过铸造车间最脏、最累——""我来主管铸造车间。"王运丰毫不怀疑当年他在德国铸造厂搬那七十斤重的砂箱时,就预感到有一天会在中国的铸造车间里大显身手了。他和职工们改善了车间管理,稳定了产品质量。

人们往往以为,一场战斗胜利结束了,就可以痛快一下。但是王运丰是这样疲乏,以致没有精神来享受曾经那么期望着的胜利的日子。是的,只是在任务完成了之后,他才一下感到精力衰竭,难以支付生命的需要。生活是苦啊。“李师傅,你怎么没吃饭去?”“王总,是……是这样,我粮票没了。”“李师傅,拿着,快买饭去!”“三斤?!”“快去!”他回家了。孩子们饿得用自来水把生高粱面冲得稀稀的,当饭吃呢。可怜的孩子啊,爸爸怎么忍心看着你们挨饿啊!他晕倒了。营养不良性关节炎、脊椎硬化,等等,他近乎瘫痪地卧床了。一般的人,谁不愿意生活得好一些,活得长一些,留给子女的钱多一些?老年得病难免会想这想那。但是他最揪心的,是他的才能没有得到预期的、真正的发挥。就说在柴油机厂吧,书记很好,带头吃苦。可工厂是多头领导,总工程师制又没建立。他这个党外人士又只能担任副职。他的职权范围就相当有限。想作一些重大的改革,无职无权,无法推广,才能施展不出来啊!医治这种制度上的弊病,比医治营养不良性关节炎要难多了。

当他干活的时候,他只有一个要求:不要把他的手脚束缚起来。但是难啊,总有一些绳索从他的前后左右伸将过来……一九七五年,他靠边站时,有一位老上级请他到南京帮助筹建电子计算机站。他是个给剥夺了工作权利的“德国特务”,到南京去当临时工,政治上可是担风险的事。但他说去就去了,就像当年走向重灾区。他从大量的技术资料中,发现外国某公司提供的电子计算机和合同中规定的型号不一样。这是一套拼凑的旧设备,连正规的出厂合格证都没有。可我们的干部说:“我们已经验收了,而且支付了货款的百分之九十五。”“不能听任外商欺骗!”“客人是我们请来的,别谈电子计算机的问题。”王运丰震惊了:这么奴颜婢膝!是啊,往往愈是真心实意地学习外国先进技术的人,愈是有自力和奋发的精神;而排外的人,往往走向媚外。科学使人格高尚,而无知使人格萎缩。

“我要上国际法庭控告你们!”外商想先发制人。

真闹出事儿来,王运丰当然是罪加一等。那么又会有一辆卡车把他带走。也许是囚车。不过他这时倒冷静了:其实死也是生活的一部分,不值得大惊小怪的一部分。当初轰炸柏林时,年轻轻的都不怕死,何况现在?人要是能死在他所爱的事业上,那也就找到了最好的归宿。可是孩子们怎么办?这些年他们插队、掏粪,而且因为那显而易见的外国血统而给人围观!活着,还能送去一片父爱……唉,人老了,更重感情了。这三个孩子从小离开了妈……当初在柏林法庭上离婚的劲头哪去了?我是个科学家,一个热爱祖国母亲的科学家。母亲可以一时错怪她的孩子,但我不能不爱母亲。让我们感谢祖先传给我们的这种默默的献身精神吧!我已经和计算机站的领导和同志们研究了一切材料和数据,我们绝不能花钱买一架废物,更不能让外国人把中国人当做废物。“科学是使人的精神变得勇敢的最好途径。”布鲁诺又在给我以启示了……

勇敢战胜了欺骗。外商同意交一套新产品:“你们中国还是有人才的。”

还是有人才的?仅仅“还是”?不,我们有的是人才!但是在我们这块充满着人才的土地上,还延续着一种扼杀人才的习惯:有些掌握科学而不掌权的,得服从本单位掌权而不掌握科学的;有些想干且知道怎么干的,得服从不想干且不知道怎么干的。在两种对立的精神品质的阴差阳错、东拉西扯中,人才还在给消耗着,但是人们往往不震惊,不愤怒,因为这一切都已习惯了。而习惯是一种何等不可思议的力量!它能把一切可笑的和可泣的、可怜的和可叹的、可鄙的和可赞的、可恶的和可爱的统一起来,维系着一个伟大而落后的国家。

“王院长,您来了!”是的,在五机部党组、国防工办和王震副总理的一次次关心下,王运丰副院长沐浴着党的政策的春雨,来到了五机部科学研究院。“王院长,您来了!”是的,他又来到了以人相待的社会里,重新感到在人和动物的千差万别中,还有礼貌这一说。而礼貌,正是对人的价值的肯定。他回国三十年,实际工作时间只有十五年。其他时间除了挨斗、靠边,还有让他坐办公室。他本来可以创造多少价值？他自己无法估计，更无暇估计。他又忙于筹建电子计算中心。“如果说，机械化是十九世纪进入二十世纪的一个象征，那么，电子计算机科学将是从本世纪过渡到二十一世纪的重大标志。”——他什么时候成了电子计算机的义务宣传员了！他什么时候变得这么交游广阔！他几次去西德寻找三十年前的同学、老师。在国际合作中，有时私人友谊比官方谈判更起作用。他联系派遣了一批中国实习生去西德学机械制造业，又几次请来西德的专家、教授来我国讲学，进行造船、建工等方面的合作。“王先生，”柏林大学的老校长望着他三十多年前的学生，“在我有生之年，能为中德教育合作建立关系，是最大的愉快。”而王运丰也感受到一种意识到自己的价值的愉快。可是我们的行政效率……直到他第三次赴德找老校长时，教育合作才刚有所进展，而这时，老校长已过世了……

我们有些当领导的，往往把精力花在如何转动官僚主义的机器上，而不去转动生产机器，去提高生产力。当我们很多人恨不得把每一分钟拉长的时候，偏有一些人在把每一分钟掏空。制造冤案的时代过去了，但是那种因循的习惯，却像幽灵似的戏弄着勤勤恳恳的人才。母亲老了，往往有些怪癖。好在祖国母亲现在是又古老又年轻，既有老人的涵养和怪癖，又有年轻人的朝气和冲动。我们做子女的，应该关心的不是母亲给我们什么或给了多少，而是我们是否帮助了母亲。说起来，王运丰被抄走的书至今没退还。他在“牛棚”被迫写的材料，也没退还。“造反派”为了给他强加罪名，硬把他的中农出身改成“富农”，也至今不更正。他的住房还是那么紧，他那些没被抄走的书，也只能继续封存在板箱里——没有地方摆出来。一位西德专家来他家做客时，他很怕有伤国体：“我这间房又是卧室，又是书房，又是饭厅，又是会客室。”“不，王先生，这已经不错了。你记得吗？战后我那间屋连窗玻璃都没有，只好用X光胶片贴在窗框上。”

好了，伤感使人衰老，牢骚使人不思进取。王运丰毕竟找到了他的幸福。他从一九三八年出国留学时就希冀着的幸福：为祖国奉献才能。人是要有信念的。在古今中外人类发展史上,信念始终是动力。王运丰在科学的道路上探索了一辈子,他确认的最伟大而又最平凡的真理,则始终只有一条:祖国高于一切!

胡　杨　泪

孟晓云

在世界上,胡杨——最古老的杨树品种已罕见。

我在塔克拉玛干大沙漠的边缘,见到了这珍奇的树。只有一棵,孤零零地立在塔里木河滩上。它高大,树干弯曲,像一个弓着背的老人,其貌不扬,却有着很强的生命力,耐干旱,耐盐碱,抗风沙,能在夏季酷热、冬季严寒、年降水量只有十几毫米的恶劣自然条件下生长。维吾尔族农民说,胡杨三千年,长着不死一千年,死后不倒一千年,倒地不烂一千年。

当地人称胡杨是“会流泪的树”。这是因为,生活的环境越干旱,它体内贮存的水分就越多。如果用锯子将树干锯断,就会从伐根处喷射出一米多高的黄水。如果有什么东西划破了树皮,体内的水分会从“伤口”渗出,看上去就像伤心地流泪一样。千百年来,这自生自灭的天然胡杨,总是默默地为人们提供各种财富。它的木质,质地坚硬,是优良的建筑材料;它的嫩枝、树叶,营养丰富,含有大量的钙和钠盐,是牛羊爱食的饲料;就是它流出的“泪”,很快变成一种结晶体,叫胡杨碱,也可以食用、洗衣、制肥皂……哦,这会流泪的树!我抚摸着胡杨粗糙的树干,被它可贵的品格深深感动了。

蓦地,我想到了一位在塔里木结识的农垦大学教师钱宗仁。任何一个陌生人,握住他那粗糙的手,看到他黝黑多皱的脸,绝不会认为他只有三十九岁,也绝不会想到他是一个知识分子。

整整四个下午、四个夜晚，钱宗仁向我讲述了二十年自学的坎坷经历。他并非一个成功者，甚至可以说是一个失败者。我不停歇地记啊、记啊，他的一句句话，仿佛是胡杨树上流出的一滴滴泪珠。

离 乡 歌

一九六四年八月，从兰州开往吐鲁番的慢车上，坐着一个约莫二十岁的青年，瘦高个儿，看上去很老实，也很忧郁。他没有行李，没有提包，甚至买了火车票后，已分文全无，既不是走亲戚，也不是做买卖，但他出远门了。

这青年叫钱宗仁，湖南湘乡县浒州大队人。

火车哐当哐当地响着，沉重的车轮从钢轨上碾过去、碾过去，像是碾碎了他童年的梦幻。那窗外一晃而过荒凉的戈壁，像是他流逝的学生时代。也许是命里注定，二十岁就要流落异乡。他是一个本分、勤奋、纯洁的青年，自懂事起，就有一块石头压得他喘不过气来，有一个影子总伴随着他——他是“富农”的儿子。为此，他入不了团，三次失去上大学的机会，甚至连在家乡都无法生活下去。

公平地说，土改时，钱宗仁家的成分第一次被划为贫农，这在情理之中。可是由于一点家庭纠纷得罪了当时的农会主席，他节外生枝，硬把钱家划为“佃富农”。在急风暴雨式的南方土改运动中，某一点点差错并不妨碍这场运动的伟大，然而就是这一点点差错，竟酿成了钱宗仁前半生的悲剧。

一年前，华北遇到洪水，郑州不通车了，一群拿着哈尔滨工业大学录取通知书的学生，只好绕道济南，从济南转烟台，再从烟台买船票到大连。哈尔滨工业大学在济南组织了一个返校委员会，一个年轻人跳到广场的台子上，举着大喇叭筒说：“同学们，在这种特殊困难情况下，大家都不要心急，我们要发扬互相帮助、团结友爱的精神。有个新同学姓钱，他主动帮助别的同学托运行李，把旅店里的床位让出来,自己去露宿街头,他还找开水,热心为同学们服务,我们应向他学习……”

当时,有谁能理解钱宗仁复杂的心境呢?新生们虽然要延误报到的日期,他们的心情毕竟是快活的——对未来的大学生活充满憧憬。而钱宗仁,手中没有户口迁移手续,他考上了哈工大,但能不能就读,就读多长时间,尚不可知,前途莫测啊!

命运总在捉弄着他。第一年考大学,钱宗仁的成绩优异,进入全湖南省前十名。清华大学招生小组准备录取他。湘乡二中党支部一个副书记,为了发泄对其他教师的私愤,利用一个学生干部的嫉妒之心,盗走钱宗仁的日记本,断章取义,将其政审结论改为“出身不好,思想反动,不宜录取”。就这样,钱宗仁落榜了。但他不甘心,第二年又考,以优异的成绩被哈尔滨工业大学精密仪器系录取。他欣喜若狂,一宿没合眼。

那时长丰公社刚开始搞“四清”试点,公社罗书记任浒州大队工作组组长,他们正在摸底组织阶级队伍时,传来钱宗仁被录取上大学的消息。当天晚上,村上召开群众大会,罗书记作报告,有一段话使钱宗仁毛骨悚然:“我们这里有没有阶级斗争动向啊?解放二十多年了,这个大队只有一个师范专科大学生,现在我们这里有一个富农的儿子钱宗仁考上了大学,还是什么秘密专业(他不懂‘精密’二字)。为什么这么多贫下中农子女不上大学,却叫他去上这么好的大学?还有人批准,你们说这是不是阶级斗争?我们能叫他上大学吗?我宣布,他上大学谁批准谁负责,谁给办手续谁负责!”

钱宗仁又气又急,散了会就去找罗书记了。罗打着官腔:“这是大是大非的原则问题,你不能理解……”难道,年轻人的前途又要被儿戏般地毁掉?钱宗仁痛哭流涕,眼泪是感动不了罗书记这号人的,他怎么能知道钱宗仁为取得深造机会苦苦奋斗的日日夜夜,怎能理解他朝思暮想进大学门的心情!

十九岁的年纪,无法接受这冷酷的现实,宗仁回到家里,哭啊、哭啊，又是一夜没睡。队干部拒绝给他办理迁移户口的手续。恰好这时，曾是湘乡二中毕业的十几个大学生回乡度假，听到这个消息，气愤地去找公社干部辩论，后来他们联名写信向教育部反映情况。钱宗仁怀着对党的政策的信任，身带一份报告书，空手登上了赴哈尔滨的征程。

如烟的往事，伴随着列车单调的哐当哐当的声音，一桩桩闯进钱宗仁的心头。告别、告别，这不是告别同窗三个月的好友。他所在的6312班全体同学到哈尔滨火车站送行。钱宗仁流泪了，大家都流泪了。“宗仁，我们等着你归来。”“宗仁，如果此行你回不来，可以在家乡从事文学创作，照样有出息。”“怎么会回不来？学校领导亲口说的：‘我们是希望你上学的，但有些问题需要你回去对证。’”天真的宗仁，哪里知道这只是一些安抚的话语，哪里会想到一去不返，从此不能再登哈工大的门槛了呢？

他的命运操在罗书记等人的手中了。恼羞成怒的罗书记发函给哈工大，要求取消钱宗仁的入学资格。哈工大党委让宗仁跟班上课，又派孙景略同志去湘乡县进行调查协商，到长丰公社宣传党的“有成分论、不唯成分论、重在政治表现”的政策，请公社和“四清”工作队允许宗仁上学。那位罗书记立即组织人马，三天写了十几页材料，说明钱宗仁“政治表现不好”。当孙景略了解此材料纯属编造，据理力争时，罗书记在事实面前蛮不讲理，居然说：“要是我们公社一级党领导机关还搞不过一个地富子女，这会产生什么影响？你们哈工大是共产党的学校还是国民党的学校？为什么不支持贫下中农，却支持地主富农？”最后竟要起无赖，“你们硬要钱宗仁上学，我们立即撤走工作队，这里的‘四清’由你们派人搞就是了。”协商无效，哈工大无奈，只有劝钱宗仁退学。

告别，又是告别，这回是向考场告别。为了求学，钱宗仁付出了多少代价，可他依然没有绝望。就在头年被劝退学的那次谈话中，他流着泪还在问：“我今年只有不上大学了，以后我要再考大学，还让不让我考呢?”哈工大送他回家乡的同志热诚地说:“希望你明年考大学,继续报哈工大,我们欢迎你。”在场的公社干部也一口应承:“没问题,让你考。”钱宗仁轻信了。第二年,他一切准备就绪,去报名时,“四清”工作队从中作梗,他跑了公社九次,九次被拒之门外。报名工作截止了。钱宗仁茶不思、饭不想,沮丧、绝望和忧愁笼罩在心头,他第一次感到了自己的软弱。

那年的十月十五日,学生们纷纷走进考场,魂系考场的宗仁也情不自禁地向那走去。他进不去,只能远远地望着。年轻人在专注地答题,多么熟悉又多么亲切的考场,永别了!钱宗仁深情地向考场投了最后一瞥,跑到小河边,抱着苦楝树,一个人长久地哭着,然后写下了两句诗:“理想崇高志永恒,常将寸步比长征……”

告别,又是告别。他告别了家乡,谁知道这是不是永别?他要到那最荒凉、最荒凉的戈壁滩去。不能上学,他还有一颗心、一双手,可以参加祖国的建设呢。

不知为什么,钱宗仁对未来产生了一种神秘感,并夹着热烈的向往,又飞笔疾书,在西行的列车上写了首离乡歌:“凝眸回首意难详,去地归期两渺茫。汽笛声催家恋淡,车轮响报路行长。但须后事争前事,也或他乡胜故乡。寻觅英雄用武地,好花无处不芬芳。”

好花无处不芬芳

新疆阿克苏县图书馆阅览室增添了一个年轻人的身影,瘦瘦、高高的个子,皮肤被风沙吹打得很粗糙,这青年就是钱宗仁。他在实验林场当工人,月工资三十三元。没有钱买书,他自有办法:每逢星期日,天蒙蒙亮,他就上路了,从林场到阿克苏县有三十里呢,他疾走如飞,到了县城是最早一个等阅览室开门的人。女图书管理员都认识这个小伙子了,你看他,中午啃着苞米面饽饽还在看书呢。《百炼成钢》、《林海雪原》、《子夜》、《静静的顿河》、《走向新岸》、《悲惨世界》……一些古今中外的名著几乎都是那时候读完的。

“傻瓜，真是个呆子，星期日也不知喘口气。”同睡在一个土炕上的工人，大多是全国各地来的“盲流”，他们没有文化，当然无法理解宗仁那求知的欲望。他们只知道下工后打牌、睡大觉，哪里会想到书中有无穷的乐趣。

从来林场的那天起，钱宗仁就被人们称为“傻瓜”了。

钱宗仁完全可以找一个更理想的工作岗位。他的一个老乡李金云在阿克苏黑孜尔公社当木匠。此人忠厚老实。当时公社有一个姓常的书记是从阿克苏行署劳动局下放来的，李金云很勤快，给老常扫地、打洗脸水，晚上做个伴儿，两人建立了深厚的感情。后来，老常调回劳动局当局长，还挂念着小李。小李说他有个弟弟想来新疆找个工作，老常一口应承。就这样，钱宗仁代替李金云的弟弟来阿克苏了。常局长是个痛快人，见面不到三分钟，把钱宗仁领到劳动局办公室，让姓翁的干事替他安排工作。

“你怎么认识常局长的？你和他什么关系？”姓翁的干事发问了。钱宗仁不会撒谎，一五一十地讲了。翁干事的脸立刻拉长了：“工作不好安排哟，你有户口吗？能否办来？”“没有户口。恐怕一时也办不来。”“你有什么特长？”“没有。只会劳动。”“那么你去林场开荒种树行不行？”“行。”

钱宗仁来到实验林场后，向同宿舍的工人学舌一番，大家都嘲笑他是个笨蛋：“你不会说你是常局长的亲戚吗？马上可以安排到地区工厂或者机关，户口以后慢慢办嘛，你也太傻了。”钱宗仁或许这辈子也学不会为自己打小算盘，他已经很满足了，只要政治上不再受歧视，他就是由地狱进了天堂，再吃苦受累他也心甘情愿。

“傻瓜，你书读得再多也成不了作家！”后来，“傻瓜”竟变成了钱宗仁的爱称。

钱宗仁神秘地笑了。他没有足够的过冬的衣服，没有被褥，这些都不放在小伙子心上，要紧的是找一个墨水瓶做油灯，他要学习，要写作。钱宗仁在《阿克苏报》上发表的散文,在《新疆文学》上发表的短篇小说《开荒队的姑娘》、《认识》,都是在这小油灯下写出来的。

钱宗仁的才干开始被林场的领导看重,场里成立了一个业余文艺宣传队,钱宗仁写了不少文艺节目,什么相声、快板、小话剧,以后又让他当了保管员,生活过得挺有意思,时间流逝得很快。时间,像一个生活的医生,它能使心灵的伤口愈合,使绝望的痛楚消灭。阿克苏的土地够肥沃的,不信长不出红花绿草,钱宗仁在这块土地上落脚了,扎根了。

大约是一九六五年吧,不少工人嫌林场工资低,生活又艰苦,跑掉了,帐篷里只剩下钱宗仁和另一个工人。专区"四清"工作队的何组长到林场检查工作,发现钱宗仁床头贴着这样一首诗:"谁言塞外不荒凉,风沙帐,尘土床。中华儿女,有志此中央。想得江南风景好,挥汗水,改新装。亲人岂可不思量,话心肠,寄爹娘,扎得根深,此地是家乡。望我成材如树木,宜红柳,宜白杨。"

老何连声称好。他在大会上表扬了钱宗仁。信任,又使钱宗仁那颗备受磨难的心受不住了。人与人之间的间隙在缩短,他向老何全盘托出——家庭的历史、个人的遭遇。老何深表同情,建议钱宗仁趁"四清"运动全面展开,到原籍甄别家庭成分。宗仁当时无钱回家,写了一份很长的报告,寄到湖南省委"四清"工作队总部。没想到,在动乱岁月中竟成了他为家庭成分翻案的罪名。这是一根十分敏感的神经。湘乡长丰公社连续九次发函阿克苏实验林场,要求把钱宗仁送回原籍劳动改造。

还是别提那动乱的岁月吧,偌大的中国,几乎每一个家庭、每一个善良的人都有自己一段难以言传的痛苦遭遇。钱宗仁不容置疑地是"黑七类",有这么几条就够了:一、混进大学,被开除;二、坚持反动立场,为家庭翻案;三、书写反动诗词,发表毒草作品;四、骗取"走资派"的信任,得重用,妄图钻进革命队伍。往事不堪回首,反省、揪斗、绑打、苦役、逃亡、流浪……日夜吊起来轮流拷打,拖着沉重的脚镣被关进土牢，人们把他当马骑，用鞭子抽着他去撞墙，用香烟烫他的脸部，这种非人的生活，钱宗仁实在难以忍受。有一天，趁看守打瞌睡，他小心翼翼地把土牢的窗户撬开，逃跑了，到耆焉、乌鲁木齐、喀什流浪，曾在沙漠的废墟中度过那漫长的冬天……

“走上人生的旅途吧。前途很远，也很暗。然而不要怕。不怕的人的面前才有路。”鲁迅的话点燃他的精神。钱宗仁心里还有一把火没有熄灭。他要学习。坐牢的时候，他默诵古文和诗词，推演数学公式；办“学习班”的时候，他利用写检查之机，学语法修辞。他指望有那么一天，把自己的智慧献给祖国，把积累的知识献给人民。

生活把什么都夺走了，剥去了，把钱宗仁从正常人的圈子里开除出来，入了另册，却单单剩下了这把火。好一个在逆境中自强不息的生命，好一个在苦旱沙漠中倔强的灵魂！

在那漫长的岁月中，人与人之间的间隙开始无限度地扩大，扩大到林场不容钱宗仁立脚，将他遣送原籍；扩大到钱宗仁不得不含泪和他的未婚妻分手，可那钟情的女子，是为了心上的人，不远万里来到新疆落脚的。钱宗仁告别了生活六年的阿克苏。

他在县城里的青石板路上踽踽独行。一个苗条秀气的女子向他走来，是中学同班同学文化南。他想躲开，自从回老家后，他不敢去看自己的同学和老师。“这不是宗仁吗？到我家来坐坐。”善良的文化南听了宗仁的遭遇，非常同情。她说：“从生产队偷跑出来吧，你不学得一手木匠好手艺吗？到二中修门窗来吧，我当管理员，可以给你开条子。”一番热情的话语，使寂寞中的宗仁感到丝丝温暖。

钱宗仁在二中干了六七天活，被一个老师发现了。校方把文化南叫去好批了一顿，怎么把这种危险人物留在学校里干活？生产队同意了吗？钱宗仁欲哭无泪，我还有什么出路？凭自己的手艺给母校修门窗的权利都被剥夺了，劳动，也要偷偷摸摸的，伤心哪！

钱宗仁挑着木匠担子，拖着沉重的脚步，心灵的负荷使他透不过气来。一九七四年的腊月廿九，他离开了家乡，除了亲人，谁也不知晓。告别,又是告别。也许命中注定他这一生都处在动荡中。向何处去,怎样生活,三十岁的钱宗仁感到一种惆怅和茫然。

在武汉,他有幸认识了一个小漆匠,使他茅塞顿开,给他生命注入了一种新的力量。这小漆匠叫杜焺御,看上去二十六七岁,是个插过队的待业青年。在武汉钢铁公司三矿,钱宗仁为别人做木工活,杜焺御涂油漆,他俩这样认识了。有一天,钱宗仁在工厂里看批林批孔的大字报,小杜拍了拍他的肩膀:"钱师傅,你还挺关心政治的嘛。走,到我那儿坐坐。"

钱宗仁来到小漆匠的住处,那是一座用废板子钉的棚子,屋里有两张床,是用木板拼起来的,上面铺的稻草。给他印象最深的是满床满地的书,书上用钢笔画得圈圈点点,全部是哲学和历史方面的书籍,没有一本小说。这小伙正在读《反杜林论》和《美国内战》。

"你看这些书有什么用呢?"钱宗仁问。

"书,永远是宝贵的。中国为什么这样动乱,我在找寻答案。批林批孔你知道矛头是对着谁吗?是周总理……"

小漆匠从中国革命的历史讲起,解释中国社会当时的政治形势,有理论,有实际,头头是道,钱宗仁非常信服。

两个人越谈越投机,钱宗仁把自己的经历毫无保留地告诉了小杜:"就是因为'富农'出身,如今连混碗饭吃都困难,我怎么表白自己也不行,人们只认那个'烙印'……"

"唯成分论是唯心论。你背上沉重的包袱是人为的,既然是人加上去的,人还可以去掉……"

这番谈话深深地震动了钱宗仁。这一震动,把传统与习惯涂在事物表面上清一色的油漆震落了。他感到自己的贫乏和狭隘。他第一次意识到,应该向自己的"影子"告别,尽管它是那么难以摆脱。因为这影子是虚幻的,而他钱宗仁,是实实在在的。

仅仅超过两岁

一九八一年的冬天，钱宗仁跳上南去的列车——从乌鲁木齐到西安。他的心情是复杂的。

自一九七八年七月开始到一九八一年春，钱宗仁在繁忙工作和沉重家务的间隙中，学完了八门大学课程，写了四十多本笔记，做了二十册练习题，参加新疆广播师范大学毕业考试，以几乎全是满分的成绩取得毕业证书。一九八一年九月，他考取西北大学数学系刘书琴教授的研究生，成绩在二十六名考生中名列第一。他左等右等，通知书却没有寄来。这究竟是为什么呢？他已经三十七岁了，这或许是最后一次入学深造的机会了，钱宗仁怎能错过？他要去西安问个究竟。

难道我有什么过错吗？钱宗仁在飞驰的列车中沉思默想。数学中有这样一个名词，叫“条件极值”。某一个量在一定固定的条件下可变动内在因素，取得最大的值。人，只能在不可改变的条件下，尽量开足马力，争取最大的值。重返阿克苏后的八年，钱宗仁正是以这种积极态度，争取着人生最大的“值”。

与小漆匠杜煸御分手后，钱宗仁回到实验林场筑路队，以往加给他的一切罪名都一风吹了，他又重新当了一名工人。筑路工地远离居民点，在戈壁上搭起帐篷，喝的是浑黄泥沙水，吃的是咸菜玉米馍，扫冰雪、挖冻土，顶着风沙铲石头，这一切苦都不在话下。钱宗仁庆幸从此再没有那折磨人的政治运动的折腾，生活安定了，又可以自学了。

钱宗仁开始研究文字，只需几本字典和一些废纸。经过无数个不眠之夜，他将所有的汉字一笔一画地进行反复推敲、归类排列，到一九七五年底，编成一种“汉字笔顺号码排字法”。这种方法适用简化汉字和常用字，符合文字改革的方向。钱宗仁同时还对汉字形声结构进行过研究，并掌握了一些规律和总结出一些基本数据。

一九七六年三月十七日的《参考消息》有一篇报道，讲一个美籍华人发明了"丙字检字法"，在国外实行。工人们惊奇地发现，报上介绍的方法竟与钱宗仁的排字法基本相同。在他们的建议下，钱宗仁把自己的排字法和检字表寄给《人民日报》，请他们代为推荐，《人民日报》寄给了商务印书馆。事隔两年，商务印书馆在清理资料中清出退还给钱宗仁，说该馆没有这方面的研究机构，要他改寄其他部门或请有关专家审阅。当年全国科学大会期间已报道有人发明类似的笔顺号码检字法，其后又陆续报道了更先进的方法，钱宗仁望尘莫及。他羡慕别人有良好的工作条件，利用电子科学技术，而他身居僻地，既无人指导，又缺乏图书资料，与任何科技部门、教育机构都无联系，有谁指引？有谁支持？即便是学到了一定程度，达到了相当的水平，又有谁发现？有谁推荐？有谁承认？有谁录用？

一种想法在钱宗仁的脑海中盘旋：我应该也能够为祖国"四化"建设做出更大的贡献！不久，钱宗仁在《新疆青年》上看到有关少年大学生宁铂的报道，结尾引用宁铂的一首诗，他读后即写道："偶读宁铂《报考有感》诗，思潮顿起，何处相诉？步韵和之：平生常怨浓云障，却喜如今日又昭。怀拥春风志常在，身居僻陋步应高。少年幸运心堪羡，中岁宏图念亦遥。争气化为原动力，云泥也有接连桥。"

考大学已超过年龄，钱宗仁决定自学大学课程，报考研究生。

每走一步都要付出心血和代价。钱宗仁无法选择专业——没有任何书籍，有什么书就决定他学什么专业。他在近处寻到一本残缺不全的《高等数学》上册，他向北京、上海、天津等地新华书店发出七十多封信邮购，都云无货；他向内地的亲友写信——十年浩劫中使许多人失去联系，而有联系的，都爱莫能助；他向哈尔滨工业大学写信，请求购买原来所考专业的教科书——杳无音信。费尽心机，终于得到了几本数学书和一本《英华大辞典》。

时间是这样安排的：白天，钱宗仁坚持搞好本职工作，尽量挑重担子，公务活动绝不缺席——防止在所难免的非难；正常休息时间，他非干体力劳动（打家具挣钱）不可，不然他无法维持家庭基本生活——工资低微，上有老人，下有妻小，都要靠他养活；除了五小时的睡眠外，剩下的每一分钟都要抓紧，吃饭、洗脸、走路、上厕所都算作学习时间。三年之间，他从 ABC 学起，演算了上万道算术题，身体一天天消瘦，体重一天天减轻，可是顾不上了——这是一个抢时间的特定时期。

沉重的钢铁车身，吭哧吭哧地发出巨大的声响。命运，你为什么对我这样无情？难道我朝思暮想的志愿又要被碾得粉碎？我有什么过错？有什么过错？

钱宗仁终于在记忆深处搜寻出一个错误，他少报了两岁年龄，可只有这样才能取得考试资格呀。一九七八年报考研究生年限是四十岁，一九七九年和一九八〇年是三十八岁，一九八一年退至三十五岁，而钱宗仁已三十七岁。他早早地撑出他生命的船到远处漂泊，可时光却在岸边挨延消磨了，这能怪他吗？钱宗仁给西北大学研究生办公室写了报告，述说了自己特殊的经历和求学的心情。他相信能得到同情和谅解。

这个报告钱宗仁已背下来了，此刻在火车上，他又默想了一遍：

“我一生梦寐以求能有进高等学校的机会，哪怕是一个很短的时间。我不是为了什么名声，这对我的经济状况也无所改善。我一生只要求一个基本的生活条件，却渴求一个较好的求知环境。我想实践一下，当国家能满足她的一个儿女渴求学习的心愿时，他的年华能否放出光芒。我愿以两年时间学三年课程，提前结业，以消除年龄矛盾。若在任何时候发现我赶不上其他年轻优秀学生，立即退学……”

回想起到西安复试时和刘书琴教授的接触，这位七十四岁高龄的学者了解了钱宗仁的经历，同情他，喜欢他，认为年龄不是原则问题，历年也有超龄录取的先例，建议学校予以破格录取，陈述的理由是：一、该生考试成绩好，据指导教师实测后认为，由于该生是在全无指导下自学应试，其实际水平还高于由考试分数所反映的水平，确有培养前途；二、从该生的经历看，其年龄是被错误路线所耽误，本人尽了最大的努力补救，纵然超龄，其情可谅；三、该生生活环境和学习条件都相当差，能如此长期坚持自学，其志可嘉；四、数学系研究生没有招满，既然有培养能力，而国家人才紧缺，不应错过机会。这个建议经数学系讨论书面送交学校。

难道我的请求报告及数学系的建议都未获准吗？当钱宗仁来到西北大学，见到研究生办公室负责人那张毫无表情的脸时，他证实了这一不愿相信的事实。

“我代表学校向你宣布，由于超过录取年龄，不予录取。”

钱宗仁的心不死，他去看望刘书琴老教授。刘老听了很气愤：“我招的研究生，怎么不与我商量一下就不要了？年龄超过就超过了，三十五岁能当，三十七岁也能当嘛。你到北京去找教育部，看看年龄问题是否还有活动的余地。我给你带封信，先找一下数学研究所的张广厚，他会帮你的忙的。”

刘老从皮夹里拿出三十元钱，让孩子给钱宗仁买了一张去北京的快车票。

张广厚在百忙中接待了钱宗仁，并请他吃了一顿便饭。两人边吃边聊，钱宗仁说：“世界上有成就的人，他们的黄金时代在二十五岁至三十岁，四十岁前出成果的占百分之九十，我是快四十岁的人了，但我想可以算到百分之十里去。”张广厚连声称赞：“好，你这个人看来很有志气，每个人都有权利争取进入百分之十的行列，四十岁以后出成果的也大有人在。我们与教育部很少打交道，《光明日报》和《中国青年报》有两个记者我很熟，他们很懂政策，你去找他们试试看。”

钱宗仁带着张广厚写的信找到《光明日报》。记者老林十分热心，当即与教育部研究生处联系，并递上钱宗仁请求当研究生的报告。教育部研究生处批给陕西省高教局：“钱宗仁情况确有特殊之处，望陕西省高教局协助西北大学考虑，是否作为特殊情况处理。”

钱宗仁满怀希望,回到西安,再次去见西北大学研究生办公室的那位负责同志。回答是冰冷而圆滑的:“教育部让我们考虑,没有说一定录取。我校中文系有一个应届毕业生也是超龄报考,考试成绩过了分数线,本拟录取,却因中文系过分数线的学生人数多于录取名额,这个超龄生没有被录取。为了一视同仁,我们不能录取你。你没有上成大学,‘文革’中又受种种磨难,对此我们表示同情,但这与我们无关。自学成才不一定都当研究生,在新疆也是大有可为的。”

钱宗仁的心凉了。他向刘书琴教授辞别。不想刘老不放他走:“太无道理,你再去一次北京找蒋南翔、华罗庚……”又掏出三十元钱让钱宗仁赴京。钱宗仁虽然已感到希望渺茫,但为了不辜负刘老的一片心意,第二次来到北京。

他去找教育部研究生处,那里的同志说,招研究生的主权在学校,如果学校一定不肯录取,教育部也无能为力。他不能在京久留,一天两元钱的住宿费使他几乎囊空如洗。他向热心的记者老林辞行,没想到老林告诉他一个消息,使他大有“柳暗花明又一村”之感——陕西省高教局已打长途电话给哈工大,西大不录取钱宗仁,哈工大表示可以考虑。

钱宗仁在北京耐心地等待了几天,哈工大研究生办公室的回音来了:我校尽最大力量,但我们是工科,钱宗仁同志报的是理科,很难找到适合他专业的指导教师。

多少次希望,又有多少次希望的破灭,钱宗仁的心沉下去了,沉下去了。仅仅因为超过两岁,他奔波行程几万里,历时近百天,破费数百元,倘若能有条件利用这段时间学习,恐怕也越过了一年研究生课程。

人们为钱宗仁惋惜的同时,也发出了这样的慨叹:人的价值在人的本身,两岁,这在人生的长河中算得了什么?可我们的一些部门却把这微不足道的外在因素看得那么郑重,神圣不可侵犯,而忽视有才华的人本身。多少人才因僵死的人事制度被压抑、被搁置、被埋没,这种束缚人的制度难道不应改革吗？

“伯乐”，到处都有

钱宗仁，这棵从石板缝中钻出来的小草，并非只遇到冷而圆滑的石头，他也感受到春风的温暖和爱抚。他遇到了不少“伯乐”，西北大学的刘书琴教授不就是一个吗？刘老给教育部写的一封信，一直珍藏在他身边：“我认为钱宗仁实际水平较高，各种基础具备，如能使其有一个较好的条件加以深造，定能见效，很有可能做出成绩……对这种人才仅因超龄而拒之门外，实为浪费埋没人才，我深感不安，似与当前所倡精神有违……我有信心，敢尽有生之年，在其他同志帮助下，悉心培养之……我年事已高，难得几回为国家‘四化’出力，因此特修书陈情……”每逢读到这里，钱宗仁心中都会涌出一股热流，尽管处处是路障，但到底有人理解他，有人发现和承认了他呀！

还有那位未曾见过面的北京工业学院基础部的杨维奇教授，在青岛一次会议中，遇到张广厚和刘书琴，他为钱宗仁未被录取之事愤愤不平，又深为钱宗仁在逆境中自强不息的精神感动。他决定破格在一九八二年招钱宗仁当研究生，并征得教育部的同意。虽然，由于种种原因此愿未遂，但杨维奇的这番心意，钱宗仁领了，至今，他还与这位素不相识的教授保持通信联系，当他的“校外研究生”。教授给他学习材料，他帮助教授整理“单页函数”翻译初稿……

二十年过去，钱宗仁遇到了不少坎坷，但也得到了不少人的理解。他没有被畸形的生活所带来的痛苦淹没，反而被这痛苦造就着。

“伯乐”，到处都有，相识的，素不相识的，那些热情的学者、专家、记者在关键时刻都向钱宗仁伸出了声援的手。

……

考研究生落榜，再次回到新疆后，钱宗仁在这方面的感受有增无减。西北大学虽然没有录取钱宗仁做研究生，却愿意向新疆教育厅推荐，欢迎新疆送钱宗仁去西北大学进修研究生课程。

这意见并非不可取，考研究生不是钱宗仁的目的，他只是想有一个深造的机会。但是事与愿违。到了乌鲁木齐，钱宗仁找了自治区教育厅，他们表示无法推荐，因为推荐首先要有选送单位，阿克苏实验林场是赔钱单位，他们不可能选送。调钱宗仁去高等学校工作吧，新疆大学的一些教授也不是没有做过努力，一是教师超编；二是因为钱宗仁不过是个林场职工，无正式学历，无调动条件，户口牵制，家庭拖累，要计划指标，要人事手续，种种一切，五关六将，没有大将关云长休想通过。教育厅的一位同志对钱宗仁说："如果你有本事能过这么多关卡，能叫所有部门考虑你的特殊情况而破格办理的话，你也有可能请西北大学破格录取，手续简单而又各方满意。"言之有理，进修和考研究生一样难，钱宗仁几乎没有精力去周旋了。

在阿克苏，钱宗仁遇到了一个"伯乐"——阿克苏地区宣传部部长宣惠良，算是钱宗仁不幸中的有幸。宣惠良读了钱宗仁的自述材料后，深为感动。这个青年人对理想的追求那样执着，没有虚假的夸张和自我炫耀，字里行间跳动着一颗真诚的心。他亲自到实验林场调查了解钱宗仁的情况。他听到一些非议，比如钱宗仁对人冷漠、孤僻，有名利思想，不务正业，但就是对他有意见的同志也承认他经过百般磨难坚持自学的毅力令人佩服。宣惠良理解钱宗仁，喜欢钱宗仁——他看到了这个小伙子的品质和潜在的能力，他走进了钱宗仁的住处——一个破破烂烂的小屋。钱宗仁上下打量了来客，个头不高，戴着黑边眼镜，风度潇洒，没想到这位素不相识的宣部长竟成了他今后生活道路上的良师益友。

宣惠良自一九八一年五月初识钱宗仁，半年中帮助他办了三件事。第一步是工人转干部。宣惠良打算把钱宗仁调到阿克苏地区的中学教书，这里图书学习条件都比林场强，先联系二中，二中推托他有湖南口音，不宜教学而未接收；又联系四中，四中表示欢迎，但提出钱宗仁是工人，必须转成干部才能算作正式教师。宣惠良跑了文教处、农林处都还顺利，到了地区人事处卡了壳，一个干事说工转干要九月份统一审批，而当时是八月。无可奈何，只有耐心等待。

不怪老宣性子急，就怕夜长梦多，后来又发生一件事足以证明。正在办转干手续时，钱宗仁收到北京工业学院杨维奇教授的来电，让他速寄档案，北工院要破格录取他为一九八二年的数学系研究生。良机不可失。偏巧钱宗仁的档案找不到了。一九八〇年新疆石油管理局南疆石油指挥部刚刚上马，需要师资和翻译人才，欢迎钱宗仁去。当时宗仁考虑那里自学条件比林场强，也就同意了，作为商调，档案寄到石油部门，到第二年此单位属于关停并转企业，又不需要人了，钱宗仁的档案就这样遗失了。

北京工业学院二次来电催促，宣惠良的心情和钱宗仁一样焦急。他跑到人事部门去游说，讲述钱宗仁的遭遇，希望得到他们的同情，补办一份档案材料。那些干事竟毫不动心，打着官腔，说学校已经放假，书记和政工科长均不在，无法办理。

宣传部部长不掌人事权、财权，却有着正义感。尽管处处碰壁，他仍要成全钱宗仁，想办法一帮到底。宣惠良只好超越他的职权范围（这样不大合乎中国办事情的手续），将钱宗仁的转干报表、自传、鉴定一一复制，盖上宣传部的大印，寄到北京去了。

但毕竟晚了一步，延误了时机，使钱宗仁到北京工业学院当研究生一事又告吹。宣惠良很伤感，对某些机构的衙门作风及对人才的难以容忍的冷漠感到气愤，同时为钱宗仁这样的人才被埋没而痛惜。多少良机，钱宗仁一一丧失了，他心绪不安，又无可奈何。他对宣惠良说："我已被逼上梁山，义无反顾，不管成败如何，我要背水一战，不管采取什么方式，要继续深造，不容许自己退下来。"那心境很有些悲壮。

一波未平，一波又起。《光明日报》驻新疆记者站的同志给钱宗仁来了一封信，告诉他自治区常委富文同志对钱宗仁的使用有一个批件，大意是应就近调塔里木农垦大学试用后任教。这自然使钱宗仁心中浮起了新的期望，他找到阿克苏地区组织部，得知这份批件竟被压在抽屉里两个月无人过问。组织部的回答是："我们管区以上的干部，包括教授、讲师及工程师，像你这样的人不归我们管；即使归我们管，塔里木农大是农牧渔业部和建设兵团合办的学校，我们也管不着。"于是这份批件从组织部转到了文教部。宣惠良再次做说客，带着富文同志的批件乘车赶到距阿克苏一百多公里的阿拉尔，找到塔里木农大的某书记。这位书记一口应承表示不需商调，阿克苏人事部门直接将钱宗仁介绍过来就是了。宣惠良又跑到实验林场，林场同意办手续，人事处也同意放人了，一关关都通过了。这以后，宣部长到乌鲁木齐开了一个月会，回来后此事毫无进展，人事部门强调口说无凭，要塔农大发商调函。宣惠良第二次赶到阿拉尔，苦口婆心，做好了塔农大所有领导的工作，拿到商调函，终于使钱宗仁在一九八二年十二月三十一日来到塔里木农垦大学报到。

钱宗仁感叹地说："中国，要是多一些宣部长这样的干部就好了。"是啊，如果我们的人事部门的干部，都能像宣惠良一样常给自己的心加加温，中国的事情将会好办得多。

钱宗仁到塔里木农垦大学任教，结束了二十年坎坷的生涯，但愿他今后在生活中不再扮演悲剧的角色，但愿他能成功。但愿！

"过去的都已过去了。我今后二十年能为人民做些事，得到人们的理解，我的心就得以满足，它将证明我前二十年的努力没有白费。我想通过自己的努力得到社会的承认，使一些在那里刚开始发奋自学又遇到挫折的青年产生信心，也让那些曾打击和阻拦我前进的人看看，小草要破土而出，任什么人也压不下去。我对生活充满了信心，相信命运是可以抗争的。奇迹多是在厄运中出现的。最后，我希望我们现行的政策稳定，哪怕是半个世纪也好。"

我相信，钱宗仁讲述这一切时，他的心是淌着泪的，一定。

他的身上印着过去的痕迹，也包含着未来的种子，不仅整个脸，而且整个姿态，都表现出思想、热情和生命的波动，你能听见他汹涌的内心的呼声。

他的经历、他的性格、他的人品、他的精神,都使我想起塔里木河畔的胡杨,那会流泪的树。

钱宗仁就是一棵扎根在阿拉尔的胡杨。一个曾被忽略的倔强的灵魂。在沙漠旱风的席卷和盐碱的吞噬中,那被压抑、被扭曲的人性终究要伸直它的躯干。他不抱怨,不灰心,因为,他知道以往个人的悲剧,也是整个社会的不幸。生活前进了,他正和人民和国家一道共享春风的吹拂。

哦,胡杨树,壮美的树!

哦,胡杨泪,悲壮的泪!

袁隆平,用一粒种子改变世界

马万里

他是一位真正的耕耘者,当他还在一个偏僻的城镇当教师时,已具有颠覆世界权威的胆识;当他誉满天下时,却仍专注于田畴。淡泊名利,一介农夫,播撒种子,传授智慧,收获富足。他毕生的梦想,就是让所有人远离饥饿。他以科学精神与人文情怀、专业素养与道德操守、事业追求与社会责任完美结合的风范,赢得了社会的普遍尊重。

他——袁隆平,一个显得有些平凡和土气的老头,以自己不懈的努力和才华,在古老的土地上创造了非凡的奇迹。目前在我国有一半的稻田里播种着他培育的杂交水稻,每年收获的稻谷的百分之六十来源于他培育的杂交水稻种子。

是怎样的力量把一个人的命运紧紧联系并且积极影响着十三亿人的命运呢?又是一种怎样的力量促使着袁隆平年轻时违背父亲的意愿作出自己的人生选择?又是一种什么力量促使他执着于杂交水稻的研究而最终走向成功的呢?

梦想,诞生于儿时那片美丽的园艺场

回眸袁隆平的成功之路,可能谁也无法想到,他之所以会如此义无反顾地选择农业作为自己奋斗一生的事业,竟是缘于儿时感觉到的刹那间的美丽。

一九三〇年九月一日，一个风和日丽的初秋，在北平协和医院的产房里，一个新的生命呱呱坠地了。为了纪念次子降生于北平，袁兴烈先生按照袁氏家族“隆”字的排辈，为其取名隆平。

袁隆平的父亲袁兴烈先生毕业于东南大学中文系，是一位典型的中国知识分子。袁隆平的母亲华静是一位扬州姑娘，自幼在英国教会学校读书，能讲一口流利的英语。

袁隆平少年时代兴趣广泛，喜欢音乐，爱好体育，尤其酷爱游泳。一九四九年夏天，袁隆平高中学业期满，当父亲问他将来的志向时，他回答得很干脆：“我唯一的选择就是成为一个农业科学家。”他的童年和青少年时代主要是在武汉和重庆度过，对于这样一个生长在大城市，并自小就上教会学校的人来说，在风华正茂的时候选择学农，实在是出人意料。

“大约我六岁时一次郊游，曾在武汉郊区参观了一个园艺场，满园里郁郁葱葱，到处是芬芳的花草和一串串鲜艳的果实。我觉得这一切太美丽了！美得我当时就想，将来我一定要去学农。”

没有指点江山的豪情壮志，没有功成名就的意气风发，有的只是质朴的表白，有的只是对美丽的特别感悟与无悔执着。时隔六十多年的漫长岁月，袁隆平忆及当年的感受，仍不免双眼灼灼，神采焕发。可见当年那片花果鲜艳的园艺场，在风雨飘摇、国事艰难的年代，曾是多么深刻地打动了一个孩子纯真的心。这片美丽的记忆，成了袁隆平心中永远挥之不去的情结与梦幻，使他从此与“农”结下了不解之缘。也正是这片美丽的永远，最终改变了袁隆平一生的命运，并在某种程度上改变了十三亿中国人的命运。

一九五三年，从西南农学院农学系毕业的袁隆平，为了追求心中的梦，毅然从四川重庆来到了偏僻的湘西雪峰山下的安江农校任教。

在安江农校，他一待就是十九年。回顾在安江农校的教学生涯，袁隆平感触颇深：“我在教学过程中，积累了较多的生物学知识和农业生产实践经验。因此，在以后的作物育种科研中，才具有一定的发现问题、分析问题和解决问题的能力。”在这里，袁隆平以非凡的努力完成了知识和经验的积累，为将来的科研打下了基础；同时，一场梦魇般的饥荒最终促使他全力以赴地编织杂交水稻梦。安江农校成为袁隆平腾飞的起点。

一生的付出，为的是战胜记忆中梦魇般的饥荒

二十世纪六十年代初期，一场罕见的饥荒席卷神州大地。安江农校宁静的校园也无法幸免。袁隆平为这沉痛的现实深深地感到不安。在这种情况下，袁隆平响应党的号召，和学生们一起来到黔阳县硖州公社秀建大队支农。生产队队长老向企盼地对他说：“袁老师，听说你正在搞科学试验，如果能研究出亩产八百斤、一千斤的新稻种，那该多好啊！我们就不怕有饥荒了，苦日子就可以结束了。”老队长的一席话又一次唤醒了袁隆平深藏在心底的童年之梦，从那一刻开始，他将“所有人不再挨饿”奉为终生的追求。

“三年困难时期，我亲眼见过有人饿死在路边、田坎上，很多人因饥饿得了浮肿病。当时我们农校的老师被下放到艰苦的地方锻炼，在集体食堂里，我们吃的菜就是一大锅红薯藤，加一小酒杯的油来煮，跟猪食差不多。饭是双蒸饭，用水蒸了两次，饭粒儿看起来大，吃下去一会儿就饿，整天想的就是能吃顿饱饭就好了。

“人类能否战胜饥饿？我认为主要靠科技进步，再有一个和平的环境，通过不断研究，取得农业科技的不断提高，就能解决饥饿问题。我是学农的，每年做点优产育种研究，日有所思，夜有所梦，我曾经做过一个梦，稻子如花生米那么大，我们几个朋友累了，就坐在稻穗下面乘凉。”

回忆当年的那场灾难，袁隆平那种济世情怀、对生命的真挚的呵护与关爱，让人分明感受到了一位伟大科学家内心的崇高与博大。

梦当然还是梦。为了通过科研的力量在实践中一步步接近这个梦,袁隆平以一种义无反顾的精神一头扎进了杂交水稻这个世界性的难题中。不为别的,就是为了在现实中使落后、贫困的农村能变得富饶而美丽。为此,他所经历的困苦与磨难超出了常人的想象。但他数十年如一日地坚持着、努力着。“真的,我从没有后悔,我这个人有点痴,认准的一定要走到底。”他一直是这样说的,也一直是这样做的。杂交水稻已成为他生命中不可缺少的重要部分。

正当袁隆平准备大干一场的时候,史无前例的“文化大革命”的暴风骤雨袭来。造反派把“自由散漫、典型的资产阶级知识分子”袁隆平的试验田搅得一片狼藉,并准备把他关进“牛棚”。许多人说他是自找苦吃,他坦然回答:“为了大家今后不再饿肚子,我心甘情愿地吃这个苦。”为此,他郑重地告诉结婚不久的妻子邓哲要做好分手的准备。但邓哲的话给了他最大的安慰:“大不了,我和你一起当农民。”这让他下定了决心,再苦再难也要坚持下去。

一九六八年五月十八日,这是袁隆平终生难忘的日子。这一天,他视为生命的试验田里的秧苗竟然全部被人连根拔起,整个试验田被彻底破坏。事发后第四天,痛不欲生的袁隆平才在学校的一口废井里找到残存的五根秧苗,继续坚持试验。

袁隆平回顾自己育种走过的路程,总结以往的经验和教训,觉得应加快育种步伐,不能局限于安江和长沙,而要到气候炎热的地方去。从一九六八年起,每年的冬天,袁隆平就和助手一起赶到海南三亚搞水稻育种。他把这种与季节赛跑、追着季节走的育种方式叫作“南繁”。在路上,他们甚至把珍贵的种子绑在腰上,利用体温催芽。孩子出生、父亲病故,他也没有时间回去看一眼。可做了三千多次实验,竟没有取得实质性的进展。虽然非常焦虑和苦闷,但步入不惑之年的袁隆平从来都没有灰心,更别说放弃。在十分艰苦的生活条件下,他患上了风湿性肠胃炎,体重下降。原湖南省科技信息研究所党委书记陈明山多年来对袁隆平的科研大力支持,他告诉记者:“袁隆平最苦最难的是一九七〇年以前，但他从来没有消沉过，也没有抱怨过。即使再多的困难也难不倒他，这样的人我还没有发现第二个！”

时间终于到了一九七一年十一月二十三日，在海南岛茫茫野生稻丛中，袁隆平的两位助手——他的学生李必湖和南红农校技术员冯克珊发现了一株雄花败育的天然野生稻！袁隆平仔细观察后，又采集了稻花样品，放在显微镜下进行检验，最终确认这是一株十分难得的野生稻雄性不育株。鉴于它是一株碘败型花粉败育的野生稻，袁隆平当即高兴地将之命名为“野败”，并向全国育种专家和技术人员通报了他们的最新发现。

最令人感动的是，袁隆平他们还把“野败”材料贡献出来，组织全国性的攻关。一九七一年春，湖南省农业科学院成立了杂交水稻研究协作组，袁隆平调省农业科学院杂交水稻研究协作组工作。一九七二年三月，国家科委把杂交稻列为全国重点科研项目，组织全国协作攻关。袁隆平将“野败”材料分发到全国十多个省、市的三十多个科研单位，用了上千个品种与“野败”进行了上万个测交和回交转育的试验，扩大了选择概率，加快了三系配套进程……就在这一年，袁隆平选育成功中国第一个应用于生产的水稻雄性不育系“二九南1号A”。

一九七三年，在突破了“不育系”和“保持系”的基础上，广大科技人员广泛选用长江流域、华南、东南亚、非洲、欧洲等地的一千多个品种，进行测交筛选，找到了一百多个具有恢复能力的品种。四十三岁的袁隆平和他的助手在世界上首次育成三系杂交水稻，将水稻产量从每亩三百公斤提高到每亩五百公斤以上。当年十月，袁隆平在苏州召开的全国水稻科研会议上，发表了《利用“野败”选育三系的进展》一文，正式宣告中国籼型杂交水稻“三系”配套成功。原来有人预言：“三系三系，三代人也搞不成器。”而事实上，表隆平及其同行只用了短短的三年时间就攻克了杂交水稻这道世界性难题。

从一九六四年发现第一株雄性不育株起，到“三系”配套成功，在那个动荡的年代里，袁隆平整整熬了十年。他的执着、创新，尤其是为了科研事业和国家利益而不计较个人得失的精神感动了很多很多的人。接受记者采访时，中国工程院院士、武汉大学朱英国教授感慨地说："没有袁老师把自己的成果公开，我们大家就不会有今天的成就，我们很多人可能还在饿肚子！"

忠孝难两全，真爱感动上苍

一九七五年三月，袁隆平从天涯海角"南繁"归来，风尘仆仆地回到安江镇，回到妻子邓哲身边。他在一块试验田里见到了邓哲。邓哲起初看到袁隆平脸上露出惊喜，但突然收住了笑容，双眼瞬间充满了泪水。袁隆平也惊异地左顾右盼，发现邓哲的左臂上佩戴着黑纱，他被这突如其来的黑纱惊呆了。他惊恐地指着黑纱问邓哲："这是怎么回事？""咱们的父亲在重庆病逝了。""为什么不通知我？""考虑到你正在攻关，耽误你几天，弄不好要误事一年。父亲临终前说，他不希望你度过一个平庸、平淡的人生，他祝愿你走一条平安、平静的人生道路……"听了邓哲的一番叙述，袁隆平怀着沉痛的心情，随手抓起一把田头的红土，用力地攥着，只觉得手中的泥土在融化，在沸腾，在他体内燃烧起了熊熊火焰；只觉得一股悲痛的激情，撞击着他的心扉。他发誓，要以优异的科研成果告慰父亲的在天之灵。

这天夜里，袁隆平久久难以入睡。他索性披衣起床，走向月色映照下的山村原野，面对西方，向着家乡深深地三鞠躬。

一九八二年除夕，袁隆平在南方育种十多年来第一次回家过春节。正月初二那天，妻子邓哲因突患急性病毒性脑炎，被送到怀化地区医院抢救。然而祸不单行，紧接着他八十岁高龄的母亲也患上了重感冒，在家卧床不起，岳母又患脑血栓住进了黔阳县医院。这突如其来的病魔袭击，给原本其乐融融的家庭以沉重打击，累坏了本来就不善于操持家务的袁隆平。

他除了紧急动员三个儿子分头服侍病人外，自己则忙不迭地跑三个地方轮流照料病人，从挂号、缴费、拿药，到买营养品、端屎倒尿、端茶喂饭，忙得焦头烂额。好在安江农校的老同事曹胖公夫妇及李代举他们热心帮忙扫地抹灰、洗衣做饭，否则袁隆平真不知道怎么处理这堆家务活。

那时，邓哲躺在病床上深度昏迷，将近半个月没有睁开眼睛，靠输液维持生命。袁隆平白天照料着病中的两位老人，晚上几乎夜夜陪伴在妻子身边。他深情地看着妻子孱弱苍白的脸，柔肠寸断，半是内疚，半是心酸。他喃喃地说："都是我不好，我不是好丈夫，你是累病的呀！可我没办法，我离不开杂交水稻，禾苗也离不开我呀！老天不公啊，熊掌和鱼不可兼得……邓哲，我在你身边，守着你、护着你，你就醒醒吧……"说着说着，泪水模糊了他的眼睛。

在以后的日子里，他更加精心地照料妻子，回报妻子多年来对他、对家庭的付出。他为妻子抹身子、换衣服，一勺一勺地喂鸡汤；为她背唐诗、讲故事，轻轻地用英语唱《老黑奴》。他知道妻子心里明白他在为她祝福、祈祷，为她做丈夫应做的一切……也许是苍天有眼，好人有报，他的真爱和一片痴情感动了上苍，连死神也悄悄抽身而退。不久，邓哲终于睁开了眼睛，神情恍惚地看着丈夫，深情地吐出几个字：袁先生。"谢天谢地，你总算醒了！"袁隆平高兴得像孩童般笑了，笑得格外开心。接下来，他按照医生的嘱咐，每隔一小时帮妻子翻身，为她按摩。一个月后，邓哲出院了，并没有留下任何后遗症。

袁隆平曾经说过：爱，是一份长久的承诺；爱，渗透在日常生活的每个细节中，哪怕是一个会心的微笑，擦一擦汗，洗一洗碗，陪爱人逛一逛街，都是幸福的、值得回味的。后来，当袁隆平事业有成就，应邀出访，或到国外去领奖，只要条件允许，他都带妻子一道去散散心。在他们银婚纪念的那天，他还特意让妻子换上了婚纱，拍了一张婚纱照，并花三千元钱给妻子买了一条项链，给妻子戴上。

培育杂交水稻,是他生命中最强的音符

对于一个几千年来受贫穷与饥饿折磨的民族,用高产量的杂交水稻良种来帮助解决吃饭问题,这是一个多么巨大的贡献啊！难怪一些地区的农民称他为“神农”,而国际同行称他的研究是“全人类的福音”。

一九七九年四月,袁隆平首次走出国门,赴国际水稻研究所的所在地——菲律宾首都马尼拉市远郊的洛斯巴洛斯镇,参加一个重要的国际水稻科研会议。这次会议有二十多个国家的两百名科学家参加。同行的中国水稻专家共四人,袁隆平应邀在会议上宣读了他用英文写的《中国杂交水稻育种》的论文并即席答辩,与会者一致公认中国杂交水稻研究处于领先地位。

一九八一年六月六日,袁隆平的籼型杂交水稻获国内第一个特等发明奖。这不仅在国内引起轰动,也引起了世界的极大关注。袁隆平在国际水稻领域首次亮相后的第三年——一九八二年的秋天,国际水稻研究所的又一次学术讨论会上,国际水稻研究所所长斯瓦米纳森先生庄重地引领袁隆平走向主席台。同时,投影机在屏幕上打出了袁隆平的巨幅头像和“杂交水稻之父袁隆平”的英文字幕。顿时会场为之欢声雷动,来自世界各国不同肤色的学者和专家一起起立,向袁隆平鼓掌致意。

曾担任过印度农业部部长的斯瓦米纳森也是著名的水稻专家,他在发言中说:“今天,我十分荣幸地在这里向你们郑重介绍我伟大的朋友、杰出的中国科学家、我们国际水稻研究所的特邀客座研究员——袁隆平先生！我们把袁隆平先生称为‘杂交水稻之父’。他是当之无愧的！他的成就不仅是中国的骄傲,也是世界的骄傲。他的成就给世界带来了福音！”

这次会议期间,菲律宾报纸头版刊登了袁隆平的照片和《杂交水

稻之父》的大字标题。从此,袁隆平在国内和国际上赢得了当之无愧的“杂交水稻之父”的称号,这也是袁隆平非常珍惜的一个荣誉。

一九八五年十月十五日,袁隆平首次获国际大奖——联合国知识产权组织“发明和创造”金质奖章和荣誉证书。一九八六年十月,国际水稻研究所和湖南省科委、湖南杂交水稻研究中心联合在长沙举办了世界首届杂交水稻国际学术研究会。来自世界二十多个国家的专家共两百多人参加了这次盛会。袁隆平作了题为《杂交水稻研究与发展现状》的学术报告,提出了今后杂交水稻发展后战略设想:通过“三系法”过渡到“两系法”,再向“一系法”发展。这一新颖的设想,让与会代表深受鼓舞。

后来,湖南杂交水稻研究中心还举办了多期杂交水稻国际培训班,为印度、越南等国家培养了一批杂交水稻的专业人才。从一九八一年至今,湖南杂交水稻研究中心等机构共举办了二十多期国际杂交水稻培训班,培训了来自三十多个国家的五百多名科技人员。袁隆平也先后应邀前往菲律宾、美国、日本、法国、英国、德国、埃及、澳大利亚等国家和地区传授技术,让世界各地的人们分享丰收的喜悦。

在中国的帮助下,越南和印度的杂交水稻发展很快,已应用于生产。二〇〇四年越南种植杂交水稻六十五万公顷,印度为五十六万公顷,并取得了比当地良种每公顷增产一点五吨至二点五吨的效果……全世界越来越多的人感受到袁隆平带给他们的惠泽,很多人在告别饥饿的同时记住了袁隆平。一九九九年,国际小天体命名委员会将一颗小行星命名为“袁隆平星”。

袁隆平先后获得了国内国际多项顶尖大奖,身兼数十个学术和社会职务。浩瀚宇宙中,袁隆平,安江农校的一名普通教师,终于摘得了“杂交水稻之父”的桂冠。

不知多少人梦寐以求的辉煌、荣耀、名利,却丝毫也没有使袁隆平发生任何改变,他还是始终如一地恋着杂交水稻事业。从播种到收获,他依然风尘仆仆地骑着摩托车去试验田,从春夏到秋冬,他依然分秒必争地察看着育种基地。他心中想的只有他的试验田，只有他的杂交水稻。

“通过科技进步，现在我国常规水稻的亩产平均为七百斤左右，我们培育的杂交水稻平均亩产达八百斤左右。我们正在研究一种超级杂交水稻，亩产将达到一千五百至一千六百斤，有希望在两至三年内培育成功，那时又将推动全国的水稻产量上一个大的台阶。我们‘超级稻’的培育十分紧张，不管我在哪里，都要求基地三天报一次数据，这样我就可以随时对情况进行分析。我们有信心提前两年实现亩产八百公斤的目标。”

一九九八年，国家国资局对“袁隆平”品牌进行了无形资产评估，认定其价格达一千亿元人民币。对此，社会上反应很大，各方面给予积极评价，并誉为昭示着中国知识经济风暴和尊重知识、尊重人才时代的真正到来。

“隆平高科”上市后，社会上有人称“袁隆平一夜之间变成了亿万富翁”，他却很平静，对此一笑了之。他仍然一如既往地奔波在试验田地里。

“在我有生之年，我还有两大心愿：一是把超级杂交稻研究成功，大面积应用于生产，这样二十一世纪谁来养活中国的问题就解决了；再一个是让杂交稻进一步由中国走向世界，‘发展杂交水稻，造福世界人民’。”

虽已届古稀之年，但袁隆平仍魂牵梦萦着杂交水稻；虽已没有了园艺场的美丽与缤纷，但那种淳美与质朴，却更能透出一种科学巨人所特有的崇高品质与境界。

人生能有几回搏

——记我国第一位乒乓球世界冠军容国团

王鼎华

翻开我国乒乓球运动史册，英雄辈出，人才济济，荣登世界冠军宝座的运动员就达七十多人，国球三十多年长盛不衰。在长长的乒乓群英的画廊里，领头的人物无疑是容国团。这位海外赤子被人们称为经历中国乒乓球队“三个第一次”的福将，为祖国的体育事业开创了不朽的业绩。

一九五九年，容国团在德国多特蒙德举行的第二十五届世界乒乓球锦标赛上，单枪匹马，勇闯七关，为我国夺得了第一个男子单打世界冠军，在圣·勃莱德杯上首次刻上了炎黄子孙的名字。

一九六一年，容国团作为中国男队团体赛成员，在北京举行的第二十六届世乒赛中，与战友们一起团结奋战，击败了五连冠的日本队，为祖国赢得第一个男子团体世界冠军。

一九六五年，担任中国乒乓球女队主教练的容国团，率领年轻的乒乓女，在南斯拉夫卢布尔雅那举行的第二十八届世乒赛上，打了一场漂亮的翻身仗，第一次夺得女子团体冠军奖杯。

这“三个第一”，开创了我国体育运动的新纪元。可是，这位对祖国的体育事业做出杰出贡献的功臣，却在人妖颠倒的“文化大革命”中惨遭迫害，刚过而立之年，就被夺去了年轻的生命。

容国团的一生是短暂的，但他的业绩和精神将永世长存。他的名言“人生能有几回搏”，已广为流传，成为宝贵的精神财富，激励和鼓舞着一代又一代的运动健儿，为祖国勇攀高峰。

贫贱不移　威武不屈

一九三七年，容国团出生于香港筲箕湾一个贫苦海员的家庭。父亲容勉之是广东中山人，家境清寒，十五岁就当童工，后来上船当上了一名海员，曾参加过香港大罢工和广州公社起义，受过革命洗礼。

一九四三年，容勉之一家为躲避日寇的战乱，从香港逃难回到家乡中山县南屏镇。这年夏天，容国团已到该上学的年龄，便进入南屏甄贤学校读书。这所学校是我国近代著名爱国学者容闳倡办的，建于一八七一年，是广东最早的华侨学校之一，具有爱国主义教育的传统。学校的校歌是：

> 我甄贤兮，秀毓南屏。前贤遗训兮，谨守以循。教育乡村兮，史何光荣。甄陶后进兮，贤明是经。甄贤学生兮，相兴鹏程。

容国团从一开始，就受到爱国主义和传统文化的熏陶。他天资聪颖，学习用功，成绩出众。七岁那年，容国团就与乒乓球结缘，一下子被小小的白色赛璐珞球迷住了。尽管他个子瘦小，比乒乓桌高不了多少，但他打球自小有一股灵气，进步神速，很快便成了全校的“乒乓小大王”，不少高年级同学都打不过他。

一九四五年八月，抗战胜利，日寇投降，容勉之又回香港当海员。容国团于一九四八年二月转入香港慈幼学校学习。但天有不测风云，容父身染疾病，被船老板解雇，失业在家，后来靠替人家算算账，获取微薄的报酬，艰难度日。即使如此，他也想尽办法让自己的独生儿子阿团继续上学。

穷人的孩子懂事早，容国团眼看家境越发困顿，他不忍父母为他上学而心力交瘁，便毅然对父亲说：“爸爸，我不上学了，我要去干活。”

容勉之听了一阵心酸。他是多么想让学习成绩优异的儿子多读几年书啊！无奈失业多年，贫病交加，实在难以为继，也只好答应了。他含泪对容国团说：“好孩子，爸爸对不住你了！”父子俩抱头痛哭。

就这样，容国团只读了七年书就辍学了。十五岁那年，他走上了与父亲当年同样的道路，到香港东区渔行当童工。

为赶渔行的早市，容国团半夜就得起床，三四点钟摸黑赶到码头，在一片泥泞腥臭中拣鱼、运鱼，干着又脏又累的活儿。他瘦骨伶仃，年幼力单，免不了经常受老板的训斥。但为了维持家庭的生计，他咬牙坚持着。生活的劳累和营养不良，使他染上了肺结核病，身体更加瘦弱，可是他的意志在苦难中不断得到磨砺。

即使生活如此艰辛，容国团也没有忘掉心爱的乒乓球。父亲是香港工人的进步组织工联会所属的海员工会会员，因此他有机会随父亲经常来到工联会俱乐部的康乐馆，跟海员叔叔们打乒乓球。只有在墨绿色的球桌前龙腾虎跃挥拍对阵的时候，他少年老成的脸上才露出欢乐的笑容。海员们渐渐地发现，在大家都喜欢的阿团身上，有着打乒乓球的特殊才能。

一九五五年十月，香港居民组织了庆祝中华人民共和国建国五周年的活动。容国团应邀参加了工联会组织的乒乓球表演赛。后来这件事传入渔行老板耳朵里，老板极为恼火，把容国团叫来大骂一顿，并勒令他写悔过书。无理的高压激起了容国团的愤慨，他当即给以回击：“我是中国人，庆祝自己祖国的国庆有何罪？即使人头落地，我也不会写什么悔过书！”老板想不到他小小年纪会这样顶撞，便大发雷霆：“你给我滚，再也不要来上工！”容国团头也不回地转身就走。

容勉之支持儿子的正义行为。贫贱不能移，威武不能屈，人穷志不短，是这个家庭的性格。第二天，老人就亲自到渔行替儿子取回行李铺盖。

容国团被解雇，家庭生活更为艰难。但他仍然没有放弃乒乓球爱好。在父母的支持下，他每天都到一个朋友那里去练球，常常到深夜才徒步回家。

有一天，在回家的路上，他遇上了一位姑娘。这位姑娘是一所中学校长的女儿，也是个乒乓球爱好者，曾看过容国团打球，颇为仰慕，主动上前交谈。姑娘说："我看你不上学，不做事，整天打球，将来怎么办？"容国团回答："家里无力供我上学，想做事又没有事可做。"姑娘很热心地说："我找爸爸给你想想办法。"经过她的一番努力，她父亲答应让容国团到他的学校读书，同时代表学校打球，可以免付学费，还发给一些生活补助。

容国团又过了一段愉快的学校生活，还经常与这位姑娘一块儿练球。有一次，姑娘问起他为什么被渔行老板解雇的事。容国团告诉她是为了参加中华人民共和国十一国庆纪念活动。姑娘听后立刻变了脸色，指责他为什么跟着共产党跑，庆祝什么大陆的国庆节，而应该参加台湾的"双十节"活动。她又说："我父亲就是怕共产才从上海逃到香港的，以后可不能再干这种傻事了。"容国团闻言心里十分反感。他终于发现，他们两人生长在两种不同的土壤，受的是完全相反的教育，有着截然不同的思想感情。他渐渐觉得，他俩是多么格格不入。最后，他毅然离开了这所学校。

在香港工联会的帮助下，容国团被安排到工联会俱乐部的康乐馆工作，晚上陪会员们打球，白天可以自己找伴训练。生活有了保障，他练球就更加专心致志，技术水平得到迅速提高，不久就在香港乒坛崭露头角。

但是，一个穷苦孩子要在香港体育界出人头地，是何等艰难。他处处受到各种阻碍和挤压。如本来容国团已入选香港代表队，准备去菲律宾参加亚洲乒乓球锦标赛，可是临上飞机前，有人暗中捣鬼，以签证有误为由，硬把他刷了下来，另派别人顶替。

一九五六年，日本乒乓球队访问香港。日本队刚刚在本土东京举行的第二十三届世乒赛上一举夺得男子团体、男女单打和男子双打四项冠军，处于全盛时期，气势正旺，根本不把香港队放在眼里。香港的接待者有意安排年轻的容国团与刚获世界单打桂冠的荻村对阵，目的很明显，就是“借刀杀人”，让荻村来煞一煞容国团的威风。

容国团憋足一股劲，以初生牛犊不怕虎的精神，上场与荻村拼杀。结果爆出一个大冷门，他以 21∶18、21∶13 直落两局，将世界冠军拉下马，轰动全香港，大长中国人的志气。

第二年，容国团代表工联会参加全港比赛，夺得男子单打、双打和团体三项冠军。从此，容国团名声大振，从一个默默无闻的穷孩子，成了一个家喻户晓的乒坛明星。这时，东区渔行的老板几次托人来说情，邀请容国团重返渔行工作，并代表渔行办的球会打球，答应给丰厚的报酬。容国团与父亲的意见完全一致：“不去，给多少钱也不去！”随着球艺的提高，容国团的爱国热情也越发高涨，他向往的是为祖国争光。

心向祖国　壮志凌云

一九五七年夏，容国团随港澳乒乓球代表团回祖国访问，先后到了北京、上海、杭州。

他沐浴着灿烂的阳光，呼吸着清新的空气。祖国欣欣向荣的建设图景，人民当家做主、扬眉吐气的豪情，给了他极大的鼓舞。在友谊比赛和参观业余体校的过程中，他亲眼看到祖国体育事业的蓬勃发展和乒乓球运动水平的飞速提高，心情更是激动不已。先期从香港回到祖国的乒乓老将傅其芳和姜永宁，向他倾吐了回国后的感受。最难忘的是贺龙副总理接见时那殷切、炽热的目光，贺老总紧紧握住他的手说：“欢迎你回来，为祖国的乒乓球事业做贡献。”

容国团深切体会到，只有把自己的生命与祖国的前途结合在一起，生活才会充实和幸福。在香港，他已成了名人，被当地报纸赞誉为“令男士敬慕、婵媛倾心的港埠才子”，已经摆脱了原先的贫困状态。许多企业老板以重金聘请他去打球、做广告，电影制片商也邀他去拍片子。但他不为所动，下了决心要回祖国效力，因为只有这片热土，才是他施展才华的用武之地。

一九五七年十一月一日，容国团的生活翻开了崭新的一页。他告别父母，跨过罗湖桥，投入了祖国的怀抱。在深圳车站，他受到广东省体委和广州体育学院领导以及运动员的热烈欢迎。当天深夜，他坐在整洁的宿舍里，心潮起伏，动情地写下了一篇日记：

> 这是我走向新生活的一天。当我踏入广州体育学院所在地的时候，和我早已在球赛中认识的乒乓球运动员们纷纷向我握手问好，表示了热烈欢迎。这时候我心里充满了幸福的感觉。很久以前我就想成为他们当中的一个，现在终于如愿以偿了。

容国团满怀激情地投入紧张的训练。可是因为他自幼生活贫苦，体质孱弱，运动量一大，身体反应强烈，有时练一个小时就疲惫不堪，浑身没劲。后来经医生检查发现，他当童工时染上的肺结核病复发，病灶又严重起来了。

省体委领导对他的病情十分关心和重视，特地请了广州最有名的大夫为他会诊，不惜花钱买来昂贵的进口特效药给他服用，还安排他到从化温泉疗养了一段时间。在温暖的祖国大家庭里，经过多方的精心治疗和护理，容国团的肺病彻底痊愈了。他容光焕发、精力充沛地迎接新的艰苦训练的生活。

一九五八年，是中国人民意气风发的年代。容国团受到极大的感染和鼓舞，心里一直在想：外国人能夺得世界冠军，我们中国人为什么不能？过去我在香港受苦受压，打球的条件那么差，尚且达到了一定的技术水平。现在祖国人民为我们创造了如此优越的训练和生活环境，又有乒乓球队集体的共同努力，难道反而无所作为了吗？

不！为国争光，此其时也！雄心壮志在他胸中急剧地萌生、凝聚、勃发。

在广东省体委召开的一次誓师大会上，平时文静少语的容国团勇敢地走上台，石破天惊地发出“三年之内夺取世界冠军”的战斗誓言，全场掌声雷动。有人赞扬道：“好样的，敢想敢说！”

“世界冠军”对中国人来说，过去确实是连想也不敢想的。对容国团的凌云壮志有些人不理解，也是很自然的事，有人认为他“狂”。好心的朋友私下劝他说：“你的壮志可嘉，但暗暗地放在心里比较主动，这样公开表态，万一实现不了……”容国团坚定地回答：“不！我就是要公开表态，与大家共勉，接受大家的监督和帮助。不给自己留一点退路，可以逼迫我竭尽全力去拼！”

此时不搏　更待何时

远大的目标产生强大的动力。容国团在教练的指导下，制订了一个攀登世界高峰的计划，更加发愤图强，勤学苦练。他是个右手直拍快攻手，善于动脑，在技术上精益求精，不断探索和创新。在与荻村对阵时，他无意中发现，对方有的发球看起来是旋转很强的动作，但实际上一点也不转，轻轻一拉就出界。他从中得到启发，便反复琢磨，千百次试验，终于创造出用同样的动作打出转与不转球的新技术，使对手判断不清而失误。这种技术后来被我国运动员广泛运用，丰富了我国乒乓球的传统技术风格，在“快、准、狠”的后面加上一个“变”字，其中就包含有容国团的心血。

为准备参加第二十五届世界乒乓球锦标赛，容国团被调到国家队集训，在北京与全国的强手一起切磋、磨砺技艺。为弥补体力差的缺陷，他每天长跑。他自小在南国长大，很不适应北京冬天的刺骨寒风，但他咬牙坚持。就这样，他的技术和体力都有明显提高，获得了一九五八年全国比赛的单打冠军。同年十一月，容国团光荣地加入了共产主义青年团,为国争光的热情更高、干劲更大、信心更足了。

一九五九年四月,有三十八个国家和地区两百四十多名运动员参加的第二十五届世界乒乓球锦标赛在多特蒙德拉开战幕。容国团第一次代表祖国参加世界大赛,深感机会难得,责任重大。但中国男队在团体比赛中输给了匈牙利队,痛失决赛权。他认真吸取教训,发出“人生能有几回搏,此时不搏,更待何时”的豪言,意气风发地投入单打比赛。

崇高的使命感,激发出神奇的力量。容国团一路过关斩将,节节胜利,先后战胜联邦德国名将朗格,淘汰南斯拉夫全国冠军马科维奇,赢了瑞典新秀埃里克森,制伏日本快攻“杀手”星野,拼掉本届大赛头号种子、匈牙利主将别尔切克。半决赛与美国三十多岁的削球老将迈尔斯相遇。

迈尔斯经验丰富,防守稳固,人称“牛皮糖”,前面已磨掉了我国两名快攻好手,对我国运动员的打法比较适应。容国团一开头就打得比较费劲,以 22∶20 险胜了第一局。迈尔斯调整战术,以更转更低的削球控制容国团,使其攻势难以发挥,以 25∶23、21∶12 连扳两局,反以 2∶1 领先。

形势对容国团极为不利。他冷静思索,寻求对策。既然进攻不见效,就改变战术,不再轻易起板,耐心地搓出转与不转、落点变化多端的球,来与对方“泡”。迈尔斯反而不耐烦起来,很少进攻的他不断起板,但连连失误,以 18∶21 输掉第四局。场上比分 2∶2 平。

在决胜的第五局,容国团完全掌握主动权,有时故意搓出半高的球,诱使对方进攻。迈尔斯进攻连连失误,便又稳守起来,一个球往往要打二十多个来回。容国团看准时机一板打死,弄得迈尔斯晕头转向,阵脚大乱,从此一蹶不振,比分远远落后。这时场上出现了一个小插曲。

容国团一记重扣得分,小球弹出挡板滚到了远处。迈尔斯见大势已去,无心恋战,也不想捡球了,摊开双手表示认输。但裁判并没有允许,示意他去把球捡回来继续比赛,引起场上观众哄堂大笑。迈尔斯无可奈何,只得懒洋洋地跨过挡板去捡球。最后,迈尔斯以 8: 21 的悬殊比分败下阵来。容国团获得了与匈牙利老将西多争夺冠军的决赛权。

一九五九年四月五日,多特蒙德威斯法伦体育馆座无虚席。在热烈的掌声中,肥胖的老将西多和瘦高的年轻运动员容国团走进场里。观众普遍看好西多,这位"重量级"的选手,久经沙场,技艺精湛,曾多次获得世界单打和双打的桂冠。在前两天的团体比赛里,西多以 2: 0 打败过容国团,因此许多人认为他稳拿冠军。他的伙伴已经准备好了发奖时献的鲜花,放在挡板外。

决赛的第一局就打得难解难分,从 7 平一直打到了 17 平。西多的削中反攻很厉害,他用反手抖腕击球,既快又狠,颇具杀伤力,容国团不太适应,以 19: 21 先失一局。

在困难的时刻,容国团想起赛前团里为他召开的"诸葛亮会"上,有人针对西多善用加转逼角反攻的战术,提出采用正手拉侧上旋的办法来破的建议。他大胆试用,奋力一搏,拉出的球到对方台上弹起后会往右拐弯,使西多难以瞄准,因此不敢轻易反攻,攻势大为减弱。容国团还根据西多体胖肚子大,特意将球拉到他的中路偏左,球跳起后正好拐到他的肚皮跟前,使他削起来十分别扭。这一招果然奏效,打得西多措手不及,连连失误。

容国团愈战愈勇,一鼓作气连扳三局,战胜了最后一个对手,成为中国体育运动史上第一个敲开世界冠军大门的人,提前两年达到奋斗目标,实现了自己的诺言。

一锤定音　将功补过

人生的道路通常不是平坦和笔直的,往往会有曲折和坎坷。容国团从多特蒙德载誉归来,受到了党和人民的高度评价和赞扬。在巨大的荣誉面前,他的思想在有意无意之中发生了变化,他一度感到“平生大志已酬”,斗志有些松懈,不像过去那么旺盛了,苦练的劲头也有所减退,因此技术没有什么长进。

运动技术是硬碰硬的,正如逆水行舟,不进则退。在五个月后的第一届全运会乒乓球比赛中,他就被一位年轻选手淘汰。对容国团来说,经验和教训最为深刻的是参加第二十六届世界乒乓球锦标赛。

第二十六届世乒赛是一九六一年在北京举行的。这是新中国第一次举办世界大赛。全国调拨了一百零八名乒乓好手进行集训,最后选拔出一支精锐之师参加比赛。容国团作为当时的世界第一号种子选手,深感肩上担子沉重,很想在父老乡亲面前出色完成任务,再次为祖国争光。他投入了艰苦的训练,付出了无数的辛劳。但由于他思想上走过一段弯路,技术仍然没有达到最佳状态,锐气也没有过去足,在比赛中暴露出一些问题。

男团决赛在中、日之间进行。日本队从第二十一届世乒赛开始,已经连续五次夺得斯韦思林杯,这次挟着五连冠的威势,由老将荻村带领新秀星野、木村,一心想卫冕。中国队出场的是容国团、徐寅生、庄则栋。容国团前两盘打得拘谨,显得思想包袱过重,连续输给了荻村和木村,使总比分一再落后。但幸好庄则栋、徐寅生二人打得很漂亮,连连告捷,把比分扳了回来。

在我队4:3领先的关键时刻,容国团迎战星野。人们把全部希望都寄托在容国团身上,领导、教练和同伴们都来鼓励他,为他出谋划策。这时,容国团举起双拳,在心头高喊:“人生能有几回搏,此时不搏,更待何时!”他精神抖擞地走进场地。全场观众热烈鼓掌,为他加油。

星野跟容国团一样,也是丢了两分,想赢怕输的包袱较重,加上在锦标赛的单打比赛中,就是被容国团淘汰的,心里有一些阴影。相反,容国团占有一定的心理优势,豁出去了,奋力与星野周旋。前两局打成一平,决胜局容国团一路领先,打到20:18。星野还力图挽回败局，拼命侧身连续拉弧圈球，容国团沉着地一板板挡回，打了六七个回合，星野用力过猛，将球拉出界外。中国队终于首次荣获男团冠军，容国团忍不住跳了起来。

刹那间，工人体育馆内全部灯光一齐打开，照得如同白昼。观众掌声如雷，欢声似潮。队友们冲进场地把赢得最后一分的容国团高高地抬起来，沿着场地转，向群众致意。

这时候的容国团成熟了，没有因胜利而昏昏然，而是异常的清醒和冷静。当人们肯定他的功劳，赞扬他"一球定乾坤"时，他总是抱愧地说："我是将功补过。"

容国团深刻地记取了在胜利面前松劲的教训。在他担任教练工作之后，常常现身说法，告诫年轻队员说，胜利只能成为我们连续攀登的阶梯，绝不能成为往后退的滑梯。后来，中国乒乓球队提出了著名的"从零开始"的口号，在成绩和荣誉面前始终保持着不骄不躁、勇往直前的高贵品质。这是英雄集体的智慧结晶和思想升华，其中就包含有容国团的这一段难忘的经验教训。

翻身大业　画龙点睛

一九六三年，容国团开始担任教练工作，先是在国家男队。周兰荪、于贻泽等优秀运动员，就是在他的悉心指导下成长起来的。一九六四年八月，领导委以重任，调他到国家女队当主教练，并提出了在第二十八届世界乒乓球锦标赛上打一场翻身仗，夺取女子团体冠军的奋斗目标。

我国乒乓球队自第二十六届世乒赛以来，男子连续夺得团体和单打世界冠军，雄踞世界乒乓球运动技术的最高峰。而女队虽然也已具备了夺冠的实力，但由于种种原因，总是功亏一篑。全国上下都希望男女队并驾齐驱，女队也立志要打翻身仗。

容国团上任的头一天，便用缓慢而坚定的语气对年轻的女运动员们说:“现在党交给我一个光荣的任务,同你们一起去夺取世界冠军,我的劲头又来了。咱们一同为祖国荣誉而搏!”他把女将们心头的“翻身”烈火,扇得旺旺的。

一九六五年一月,毛主席对徐寅生在女队的讲话作了历史性的批示,掀起了全国学习辩证法的热潮。容国团激情满怀,带头学习,获得了巨大的精神力量。他更加勤奋工作,严格训练和严格管理,为打好翻身仗竭尽全力。

他把原定的结婚日期往后推迟,一切等打完世界比赛再说;春节假期一天也没有休息,忙于训练和制订作战计划;连多年养成的午睡习惯也改掉了,用来批阅队员的训练日记。

一九六五年二月二十八日,他在一个队员的训练日记上批道:

> 为了夺取最后的胜利,在这非常时期的三十天,我希望你做到每日三省:一、是否忘了翻身重任?二、是否依靠党的领导?三、勤奋否?

他要求队员这样做,自己也是这样身体力行的。

在日常训练中,他天天挥拍,为队员陪练一阵,常常是大汗淋漓。他认为这样既能调动运动员的训练积极性,又能及时发现和解决问题,有效地提高训练水平。

他善于针对比赛中出现的问题进行训练,注意做思想工作,加以正面引导。有的运动员在比赛中往往一路领先,就是最后几分球咬不下来。容国团结合自身的体会,给队员讲“叶公好龙”的故事。他说:“咱们每天讲为国争光,真的到了为国争光的时候,就在那几分球的争夺,有的人就犹豫、害怕了。我们不能当叶公!”他还常在练习或队内比赛中突然对队员说:“注意!现在就是世界比赛的最后3分球!”锻炼队员的咬劲和拼劲。

一九六五年四月,容国团率领乒乓女将满怀信心地来到南斯拉夫的卢布尔雅那，参加第二十八届世乒赛。

他精心策划，集中全队的智慧，出色地指挥了一场翻身仗。在女子团体比赛中，大部分场次他派两名直拍快攻小将梁丽珍、李赫男出场。她俩打得极好，势如破竹，七战七捷。最后由中、日两队争夺考比伦杯，派谁上阵？

容国团主张上一对横拍削球手林慧卿和郑敏之。但也有人认为，她俩前面很少打球，又是第一次参加世界大赛的决赛，恐怕不适应紧张气氛，还是梁丽珍、李赫男打比较顺。容国团说："两块横板打日本是准备已久的了。我问过郑敏之，她说脑子里一直在想这场决赛，甚至觉得自己已经打过好几次决赛了。"

代表团的领导听取了各种意见，深入地进行分析研究，认为启用两名削球手能出奇制胜，是上策。这时，人们发现容国团在秩序册的空白处勾勾画画，拿过来一看，原来是画了一条腾飞的蛟龙，龙身上写着梁丽珍、李赫男的名字，而两颗大而圆的龙眼珠上则分别写了林、郑二字。大家会心地笑了。于是，这个画龙点睛的作战方案便确定了下来。

晚上决赛前一刻，双方教练交换出场名单。容国团看到日本队出的是关正子和深津尚子，微微一笑，完全抓个正着。日本教练看了中方名单则一惊，神色慌张地赶紧回队，重新布置战术。看来果然出乎对手的意料。

林慧卿和郑敏之胸有成竹，以柔克刚，削败了两位日本名将。到了双打时，她俩愈加艺胆超群，比分一路领先。最后中国女队以 3∶0 击败了雄踞女子世界冠军宝座八年之久的日本女队，第一次获得女团冠军。

容国团作为中国乒乓球女队的统帅，带领中国姑娘打了一个漂亮的翻身仗。他与女将们一起手捧考比伦杯，站在象征乒乓运动最高荣誉的领奖台上。

“人工天河”屹立太行
——一九五九年建红旗渠纪实

陆幸生

“红旗渠”，一代的集体记忆。它是艰难岁月不屈不挠的精神代表，也是创新思维的伟大音符。

周恩来总理曾经这样向国际友人介绍：“新中国有两大奇迹，一个是南京长江大桥，一个是林县红旗渠。”

二〇〇四年四月，原名“引漳入林”工程的红旗渠通水已经整整四十年，周刊记者来到这里，实地采访了特等劳动模范任羊成和当年主持修渠决策的原县委第一书记杨贵。

杨贵：红旗渠有“超级机密”。

杨贵这种具有林县人特征的性格没少让他尴尬。在那个大放卫星的年代，他只能眼巴巴地看着别的县委书记们在毛泽东的面前慷慨激昂。

翻开由河南作家王怀让等撰写的《中国有条红旗渠》，第 2 页上这般写道：“讲解员小李指着前面一块大石壁上的一段刀刻斧凿般的文字，说那是当年率领群众修渠的老县委书记杨贵题写的‘赠言十水’，江泽民总书记走上前去情不自禁地念出声来：‘祖祖辈辈缺水盼水，红旗渠引来漳河水，水库蓄住了山谷水，红旗渠灌满库池水，浇地渠库池齐放水，一渠水可顶两渠水，平整土地合理浇水，大家都来节约用水，关键保好渠管好水，林县就不再缺水。’念完后，总书记连连称赞。”

用劳模任羊成的话说，杨贵比他小一岁，今年七十岁了。杨贵生于河南当地一贫苦农民家庭，十四岁在中国共产党动员抗日反对内战的号召下，参加了抗日和反对国民党苛捐杂税的斗争。十六岁加入中国共产党，先后担任村和区的抗日救国会主席。一九四七年七月，在战斗中负伤，未愈，即赴淇县前方指挥部工作。一九五〇年任中共汤阴县宣传部部长，一九五二年十二月，调任中共安阳地委办公室副主任。

据记载，淇县为“封神榜”时代姜子牙姜太公的故地，汤阴是民族英雄岳飞的家乡，而安阳，用毛泽东的话说，是曹操起家的地方。中原大地汇聚着的民族英豪之气，想来也一定包裹着、浸润着当时年仅二十多岁的杨贵的心灵。一九五四年五月，二十六岁的杨贵调任中共林县县委书记兼任人民武装部主任。杨贵从此在林县一干就是二十一年。

在《红旗渠建设的回顾》中，杨贵这样写道：“修建红旗渠，首先遇到的是经济问题。当时县财政的收入十分薄弱，等到形势好转后再修建，会出现什么情况，很难预料。山西同意引水这个机会不可失，错过机遇，林县人民可能永远吃缺水之苦。

那么，依靠自力更生，林县经济实力这张‘荷叶’，能不能包住修建红旗渠这个特大的‘粽子’？”但是，关于“县财政”问题，在采访所收集到的各种材料中，几无涉及。

《中国有条红旗渠》的第二十九页上有这样一段话：“杨贵这种具有林县人特征的性格没少让他尴尬。在那个大放卫星的年代，他只能眼巴巴地看着别的县委书记们在毛泽东的面前慷慨激昂。”这是一段内涵极其丰富的记叙。

在林州，我挂通了北京的长途电话，先请任羊成与老书记杨贵同志通话。随后，我与杨贵通话：我是上海《新民周刊》的记者，在中学时代我就知道红旗渠，听过“劈开太行山”的歌声；这次亲眼看到红旗渠，心中非常感动。我的体会，红旗渠精神主要有两点，一是艰苦奋斗，二是实事求是。“我这样理解红旗渠精神，对不对？”我特别提到，“在见到毛主席的时候，您究竟说了些什么？”

杨贵略一沉吟，在电话中他用很恳切的口吻说道——

你的这个观点非常对。光靠不怕牺牲，不怕死，豁出命去，并不一定能建成红旗渠。修建红旗渠，是在一九五九年底做出的决定，以后的三年，属困难时期。前一年，是一九五八年，当时正在“大跃进”，各地的浮夸风非常厉害。那年，林县小麦丰收，亩产一百一十四斤。我到地区汇报工作，是第一个发言的。个别领导听到我的数字，很不屑地说：你们林县就是躺着不干，麦子产量也不应该这么低。他还问，你是按干小麦计算的，还是按照湿小麦计算的？你得加上“水分”。我说，湿小麦比干小麦有分量，但我真不知道该怎么来计算这个“水分”。一边有人讲话，就算10%的水分吧。我说，加十一斤“水分”，林县小麦单产还就是一百二十五斤。

在我后面发言的，就说自己县里边的小麦亩产四百斤、五百斤的。也有谎称亩产一千斤的。可是，后面事情就来了，上级收“征购粮”，那个县亩产一千斤，就上交五百斤，留五百斤也够吃了。那个县亩产根本没有达到五百斤，但要交足五百斤，还要“担上自留了五百斤口粮的虚名”。

我告诉你，在一九五八年很“风光”的那些地方，在后来的困难时期基本都垮了。

那时候“大炼钢铁”，林县与附近两个县成立指挥部，我任指挥长。地区要求要上十五万人。我最终只上了五万人。

一九五八年十一月一日，毛泽东离京赴郑州主持召开中央工作会议，途经新乡，在火车站召见豫北的几位县委书记，杨贵名列其中。毛主席握住年仅三十岁的杨贵的手说：“林县杨贵，我知道你，听说你搞水利很有一套。”看到杨贵激动得额头沁出了汗珠，毛泽东风趣地说道：“不要这么严肃嘛，你们把衣扣解开，解开。”

毛主席问我，你这里大炼钢铁，去了多少人？当时在座的有省委副书记史向生,还有地委领导。我想,跟毛主席座谈,不能讲假话的。我说,我们“上去”了五万人。毛主席问话了,这么多人都住在什么地方?我回答毛主席,少部分人住在老乡家里,大部分住在野外。毛主席再问:住在野外,那生病的人多不多?我说,现在刚刚“上去”,生病的人不多,可是时间长了,会有问题的。毛主席继续问道,你们一天能够生产多少?我回答毛主席的问话,我们汇报有一天炼出两百吨、三百吨的,但是实际上,因为办食堂,老百姓的锅不用了,把砸锅的铁算上,也就十多吨“土铁”。毛主席打量着周围的人,问道,杨贵说的情况有没有代表性?省委副书记史向生回答,客观地讲,有代表性。我又说,今年是丰收年,可现在地里的麦子都收不回来,因为人都炼铁去了。毛主席说,千万不要再上人了,把大部分人撤下来,收粮食、搞水利;留少部分人炼小高炉,就可以了。一九五九年,林县再度遭受严重旱灾,河渠断流,井塘干涸。杨贵狠下决心,多次召开县委会议,大胆作出引漳入林、修建红旗渠大型水利工程的决策:向山西的浊漳河“借水”,劈开太行山,建造人工天河,把水引进林县。

当时,尤其是省里及相邻县的干部们,心头有个大疑惑:修红旗渠,林县究竟有多少家底?这是林县的“超级机密”,当年除了杨贵和县委几个主要负责人以外,省里和地委谁也不知晓。几年后,“超级机密”“露馅”了。原来杨贵和县委一班人趁着一九五八年丰收,也没有因虚报产量而多交征购粮,悄悄攒下了四千多万斤储备粮,“私设”了一个两百万元的“小金库”(尽管这些资金和粮食,远远不够后来修建红旗渠的需求)。“上面”派来调查组,县人民银行行长受到党内警告处分。调查报告送往北京,时任主管财贸工作的副总理李先念阅后说,这不是什么大问题,不要把它看得过重了,动用这个钱合情合理,只不过有点不合乎当时的规定。在林州,任羊成跟我说了一个“林县组织部部长被撤职又被复职”的故事。回到上海,我再次跟杨贵打电话,询问此事。杨贵首先在电话里说了一句:“我非常敬佩老一辈的无产阶级革命家谭震林。”

那时处在困难时期，有的老百姓在挨饿。红旗渠建设经受着严峻的考验，资金、物资供应都非常紧张，一部分干部、群众对于修建红旗渠的认识也不一致。

一九六一年七月初，中央书记处书记、国务院副总理谭震林到河南七里营蹲点。他参加了中共新乡地委在豫北宾馆召开的会议。

有人向谭震林反映，林县群众没有饭吃，把树皮都搞光了。“林县的书记杨贵还把‘引漳入林’改名为红旗渠，为了‘挣红旗’，不顾群众死活。”谭震林听到这话，火了，就说道，这样的死官僚，要撤职。千人大会的气氛顿时紧张起来。在小组讨论的时候，县委组织部部长说，杨贵很注重调查研究的，领导批评“不符合事实”。这个话反映上去，谭震林说，还不认识错误。于是，地区领导就决定，撤销这位组织部部长的职务，调离林县工作；同时决定，第二天召开地委委员扩大会议。

我是地委委员，来到安阳开会，感到气氛紧张，有些同志不敢跟我讲话，也不敢握手。相熟的一位同志，趁着中午来到我的房间，悄悄说，要注意啊，中央领导点你的名了。就说了这样一句话，赶紧走人。

第二天开会，有三十多人参加，参加会议的还有中南局、河南省委和国家农委的同志。省委副书记史向生是了解我的，他从台上传了张条子给我，上面写着：尽快发言，认真检讨。我懂他的好意，快做检讨早过关。我没有按照那个意思讲话。我说：“修建红旗渠，不是组织部部长主持决定的，如果说修建红旗渠是错误的，要撤就撤我的职。毛主席说过，共产党人有‘三不主义’：不戴帽子、不揪辫子、不打棍子，不能因为组织部部长说了不同意见的话，就撤他的职。”我还说：“农村出现问题，应该实事求是地分析一下原因，只责备下边，我不赞成，况且这也纠正不了错误。事实上这些问题和责任也不只是在下边。”

我这样讲话，是有点“说完了就随便怎么处理”的意思，但是坐在台上的谭震林没有发火，也没有批评。

地委书记宣布休息，有十多位县委书记上来跟杨贵说话：“你今天可讲出了我们不敢讲的话。”杨贵回答：“我不同意撤组织部部长；要撤，撤我。请地委将我的意见上报中央和省委。”会后，没有发言的谭震林立即组织调查组来到林县，结果是有人“讲了假话”，杨贵讲的是真话。组织部部长随即复职。

“文革”开始后，一九六六年七月二十日，有数百人到林县要揪斗杨贵，遭到林县上万群众的包围。“走资本主义道路的当权派”杨贵在医院做阑尾手术。中央知道了河南及林县的情况，周恩来要谭震林通知河南省委，邀请杨贵“参加国庆观礼”。然而，因为“阻拦”，杨贵未能成行。后来，谭震林遇见河南省委的同志，问起此事，有人汇报说，杨贵在林县“挑动群众斗群众”。谭震林反问道，他们为什么到人家林县地盘上去造反？打他们活该。

杨贵说：“我真是敬佩老一辈革命家，光明磊落，敢作敢为。”

一九七三年八月，在中国共产党第十次全国代表大会上，杨贵被选为中央候补委员；十一月，周恩来总理提议，调杨贵同志任公安部核心小组成员、副部长，兼任中共河南省委常委、安阳地委书记、林县县委第一书记。

林县人民苦战十个春秋，削平一千两百五十个山头，架设一百五十一座渡槽，打通两百一十一个隧道，修建了全长一千五百公里的红旗渠。周恩来总理曾这样向国际友人介绍：“新中国有两大奇迹，一个是南京长江大桥，一个是林县红旗渠。”

通水四十年，红旗渠总引水量八十五亿立方米，历年灌溉面积达八千万亩次，增产粮食十五点九亿公斤，发电四点七亿千瓦时，共创效益近十七亿元，相当于总投资的二十三倍。

一九九五年四月十四日，中共中央政治局常委、书记处书记胡锦涛参观红旗渠青年洞，他说：当年林州人民在那样困难的情况下，能把红旗渠修起来，真不容易。红旗渠精神在改革开放的年代，仍需大力弘扬，希望你们利用青年洞、神工铺等景点，办成青少年教育基地，继续发扬红旗渠精神，再创林州辉煌，谱写好林州发展四部曲。

在林州，我听到一个花絮：离休后居住在北京的杨贵，在院子里修了个全北京独一无二的“水窖”。我在电话里问他，有这个事吗？杨贵回答：就是修个蓄水池，想起红旗渠，想到林县老百姓曾经那样子的缺水，我实在是舍不得浪费一滴水。天上的雨水掉下来，我就存起来，可以浇花。

永远的红树林

何建明

一

那是什么？远处的一条江河入海处，生长着一片茂密的小树林，郁郁葱葱，生机盎然。

“这是红树林。你折一根看看它们的心，红的吧！它因此得名红树林。别的地方不会有的，红树林只能生长在海陆交界处、海岸低潮线和高潮线之间，大多集中在淡水和海水交汇的地方。可别小看这其貌不扬的红树林，它对保持大陆岸架免受海水侵袭的作用可不一般哪！”

原来，汹涌的大海与郁葱的大陆之间能够保持如此的和谐与平衡，竟然是红树林的功劳啊！“边缘地带”的学科为什么总能推动我们这个星球往前？奥妙也许就在于此。青年学者梁言顺激动了，他为这观海中不经意的发现而激动。

一九九三年，一位青年学者走到我国著名经济学家苏星教授的身边，成为苏教授的博士生。苏星教授在中国的理论界无人不晓，他在上世纪六十年代初与另一位著名经济学家于光远一起主编了《政治经济学》（资本主义部分），影响和教育过几代中国学者。苏教授这一年收录的博士生姓梁名言顺，山东泰安人，刚从辽宁大学毕业一年的世界经济专业硕士。

“苏老师,你说我该选择什么样的研究方向呀?我查阅了自己所能接触到的全部经济理论,几乎所有的课题都有人研究了,经济学已没有空白地带。”学生有些疲惫和迷茫地问导师。

苏教授举起右手,摸了摸他那颗“列宁头”,一副笑眯眯的样子看着自己的学生:“经济学是致用之学,研究经济学要从现实出发,关注现实,而不要从概念出发。”应该关注什么现实呢?梁言顺的思维在飞旋!

“好兄弟,求你救救我的孩子,救救我的村庄吧!”这是梁言顺的一位挚友在临终前发出的最后呼救。挚友是一位在当地颇有名气的青年实业家,为了改变家乡落后面貌,他竭尽全力引资建起了一座颇具规模的现代化化工企业,父老乡亲很快因此而富裕起来。但很快问题也来了,村上的人接二连三不明不白地得上一种怪病,甚至连吃奶没几个月的孩子也没能逃脱厄运。后来发现,使人们富起来的化工厂导致了周围水和环境的严重污染,人们在点钞票的同时也在吮吸着毒汁。乡亲们开始把存款提出来改造湖泊与河江,但存款用光了,疾病仍然如魔地袭击着他们的生命。乡亲们愤怒了,终于有一天举起锄头,将家园边的那座化工厂一扫而平。当他们再拾起锄头回到地头种植活命的稻粮时,却发现那地、那河早已飘不出原有的稻谷香了。他们转身找到铁门高楼里的厂主,谁知厂主的家里正在为十三岁的独生子举行葬礼。厂主自己也得了与儿子同样的不治之症,他在床头痛心疾首地喊着:“你们杀了我吧!别让我受折磨了,快杀了我吧!杀了我吧……”乡亲们看着这一景,不由得都恸哭起来。

挚友的绝望呼救和乞求,如铁钩般扎在梁言顺的心头。他感到彻骨入髓的痛。

海陆之间,梁言顺的思绪如潮汛般起伏激荡。“啊喔,啊喔——”一群海鸥在头顶飞翔而过。

“代价代价——”一个名词在梁言顺的脑海里蹦出。挚友无可挽回的惨痛例证和眼前红树林的生长现象，让梁言顺迷乱的心空豁然晴朗。代价，这不正是我要研究的课题吗？

“苏老师，我有题目了！”梁言顺飞步来到导师身边。苏星教授仍然笑眯眯：“噢？你想研究……”

“发展经济是中国的国策，也是中华民族走向富强的必然选择。不发展就是死路。但我们不能因为高速发展而忽视所付出的代价。”学生激动而急切地说。

“你的意思是……”

“中国必须走低代价的经济增长道路。我想就研究这个，您看行吗？”

“有什么不行？好题目！”苏教授的眼睛发亮。

这是十年前的事。

十年后的二〇〇四年。春节刚过，中国共产党的最高学府——中共中央党校来了一批高级干部，他们是来参加一个重要的专题研究班的。近一百八十位学员全是各省区市和部委的主要领导，其中包括四位兼任省区市一把手的中共中央政治局委员。如此规格，在中央党校的历史上近几年才有。此次专题研究班的主题是：树立和落实科学发展观。温家宝、曾庆红和曾培炎等亲自来专题研究班作报告。科学发展观，是以胡锦涛同志为总书记的新一届中央领导集体在十六届三中全会上提出的一个具有划时代意义的科学理论。中央下决心将几乎所有省区市和部委的主要领导集中起来学习研究，足见“科学发展观”的重要性。研究班上，有件事很意外。中央党校的领导向这些高级官员介绍了一本学术著作，说是中央党校原副校长苏星教授的一位博士生写的，名为《低代价经济增长论》，此书很有价值。

“《低代价经济增长论》？几年前就有人写这样的书了？”“谁写的？快找来看看。”几乎都是中共中央委员、中共中央候补委员的学员们流露出几分好奇。

“梁言顺。梁言顺是谁?”

“树立和落实科学发展观,十分重要的一环就是正确处理经济增长的数量和质量、速度和效益的关系。否则即使一时搞上去了,最终也要付出沉重的代价。低代价经济增长论符合科学发展观的要求。”

“是啊,这么重要的经济发展的理论和实践问题,人家已经在十年前开始研究了,不简单,有机会真想跟他聊聊。”

“哪儿找去呀?”

担任要职的学员们万不曾想到,这梁言顺就在他们的眼皮子底下。作为中央主办的省部级主要领导干部专题研究班领导小组办公室的“快报组”副组长,梁言顺也算是位“老资格”的笔杆子了。今天,人们对他刮目相看。

二

“梁,你好!……你能否用几句比较简单的语言定义‘低代价经济增长’?对我来说,这是个新概念……感谢你的帮助。”

这是麦克尔·思朋斯于二〇〇二年二月二十六日给梁言顺的电子邮件。

麦克尔·思朋斯是谁?

二〇〇一年度诺贝尔经济学奖获得者、美国斯坦福大学教授、世界著名经济学家麦克尔·思朋斯的名字和简历可以从联合国的网站中找到。

二〇〇二年四月十二日,这位世界级经济学大师又一次来信:“我现在理解了你的观点。这是个好观点,已经引起了广泛的兴趣。”“我很高兴地期待着有机会在中国和你当面讨论你的观点。”

一个月以后,思朋斯再次来信:“我现在在伦敦,将于五月二十日飞赴北京。我的手机号是美国××××××。我现在还不能确定行程安排是否合适,我们将住在五洲大酒店。”

两天以后,梁言顺又接到思朋斯的电子邮件:“我将于明天到达,但不了解我们的行程安排。如果合适的话,我很高兴和你座谈。”

二十七日早上,思朋斯的电子邮件再次出现在梁言顺的电脑显示屏上:“虽然飞机晚点,还是终于到达了。最好能今天一起座谈,明天演讲。”

由于种种原因他们未能相见,思朋斯抱憾而归。

一个在学术界如此重量级的人物,无人介绍,却想与一位中国的年轻学者“见面”,这是为什么?

这也是我在认识梁言顺的“低代价经济增长论”之前感到迷惑的。有人约请我为梁言顺的“低代价经济增长论”写一篇报告文学时,介绍说这比陈景润的“哥德巴赫猜想”研究成果“更富有现实意义和长远意义”。初始我有怀疑,但很快便证实这并非耸人听闻。

恩格斯说过这样的话:“在马克思看来,科学是一种在历史上起推动作用的、革命的力量。任何一门理论科学中的每一个新发现——它的实际应用也许还根本无法预见——都使马克思感到衷心喜悦。”马克思如此重视科学理论的贡献,是因为科学理论是“时代精神的精髓,人类发展的圣火”。它的每一个重大发现和发展,都给人类进步和历史前进带来革命性的作用。

低代价经济增长理论应属此列。但是,任何一种理论的产生都要经过从不被理解到被理解的过程。梁言顺深知这一点,以勇敢者的无畏精神踏上了探索之路。他哼着郭小川的诗句:“在青春的世界里,沙粒要变成珍珠,石头要化作黄金……青春的魅力,应当叫枯枝展出鲜果,沙漠布满森林……这才是青春的美,青春的快乐,青春的本分”,开始了一场追求真理的长跑。而这样的长跑是与飞速奔驰的GDP快速列车比赛,比方向,也比时速。有人几度嘲笑这场比赛是新一出“龟兔比赛”,但梁言顺以勇气和毅力将“比赛”进行下去,并取得成功。

在中央党校工作,喜欢交朋友的梁言顺有着得天独厚的“人力资源”。他的那些学员朋友，个个都是意气风发的中国社会栋梁之材，是GDP快速列车的“司机”。梁言顺完全可以轻松地与这些“司机”顺势而行，或者搭上一程去共同高唱“凯歌”。但梁言顺没有，他在深入地思考着、探索着。

一位市长学员正在讲台上介绍他的城市如何连续十几年以两位数的GDP速度向前发展，梁言顺正巧从一份国外资料上看到了这个市长所在的城市已经被列入从卫星照片上确认的中国几大“雾都”之一。

“好啊，人家将我的城市与英国伦敦相比，我高兴还来不及呢！”当梁言顺将这一消息相告时，那位市长居然这样说道。

“你以为这个‘雾都’称号给了你真的很光荣啊？错，大错特错！”性格斯文的梁言顺难得发火，他说，“你知道‘雾都’伦敦的景象吗？”

“我到那儿考察过。伦敦的雾确实很浓，像披上了一层神秘的面纱似的，很美，也很壮观。”市长说。

“那不是美，更不是什么壮观，而是一场抹不去的灾难！”梁言顺动情地给这位市长讲起“雾都劫难”的故事。伦敦每年春秋两季，经常被浓雾所笼罩。据统计，伦敦的雾天，每年可高达七八十次，平均五天之中就有一个“雾日”。英国著名的日记体作家约翰·伊夫林曾写道：“绝大部分伦敦人所呼吸的别无他物，老是一些又浓又浊的烟雾，外加一种又脏又臭的气体直入肺腑，使得全伦敦患黏膜炎、哮喘、肺结核的人比全世界其他地方患这些病的总人数还要多。”一九五二年十二月四日，连续的浓雾将近一周不散，工厂和住户排放出的烟尘和气体大量在低空聚积，整个城市为浓雾所笼罩，陷入一片灰暗之中。其间，有四千七百多人因呼吸道病而死亡；雾散以后又有八千多人死于非命。这就是震惊世界的“雾都劫难”。

“天呀，我的城市本来就是个‘煤城’，这么说来弄不好也有一天会惨遭伦敦式的大劫难啊！”市长惊恐起来。

“你以为呢？千万记住，经济建设要快速，可得注意全面协调地发展。光讲发展,不计代价,那样的 GDP 再高也是虚的!”梁言顺直言。

市长开始有些焦虑不安,但很快又说:“梁兄,你可不知。我们是干具体工作的,现在是啥时候?一个城市跟一个城市、一个地区跟一个地区在较着劲比 GDP 呢。你 GDP 硬了,啥也都硬了!明白吗?”

“这样的局面早晚要改变。”梁言顺坚信自己的观点。

市长拍拍梁言顺的肩膀:“好吧,理论问题就留给你们这些笔杆子吧!”

梁言顺的内心一阵痛楚:中国发展社会主义市场经济,是一项前无古人的伟大实践,不重视科学理论的指导,难免会付出惨重的代价。

代价?要发展自然要付出代价。干什么都要代价嘛。有人这样说,似乎还很有道理。

但这样的认识是浅层的。经济科学的作用在于指导实践,使经济发展不走或少走弯路。然而在实际生活中,人们常常被一些其实是错误的理论支配着、引领着。

梁言顺在研究西方经济学理论时发现,从亚当·斯密、李嘉图及后来的丹尼森、库兹涅茨等人主张的“多因素决定论”,到法国重农学派鼻祖弗朗斯瓦·魁奈及后来的凯恩斯、哈罗德、多马等人的“资本决定论”,到新剑桥学派琼·罗宾逊、卡多尔及帕森奈蒂的“收入分配决定论”,到索洛和阿布拉莫维茨的“技术进步决定论”,到德国历史学派先驱弗里德里希·李斯特及后来的舒尔茨、卢卡斯、罗默等人的“知识和人力资本决定论”,这些西方经济学家的经典之作,在剖析经济增长理论时都有意无意地遵循了这样两个假定:(1)凡是产出的都是有益的,即都计入收益;(2)生产除了消耗成本外,不付出任何代价。这就是说,要素投入效果都是正向的。

这些理论影响着十九世纪的大半时间,并几乎占据了整个二十世纪。在改革开放后的中国经济发展中,这些理论同样影响着理论界尤其是经济运行中的实际工作。

“事实上,影响经济增长的诸要素如劳动、土地、资本、技术进步、人力资本以及寓意宽泛的知识因素,对经济增长的作用都不是单向的。它们既能增加物质财富,促进经济增长,又会产生负面效应,如浪费资源,破坏生态环境,造成大量的不良品、人为事故以及诸多社会问题,等等。”梁言顺说。

任何理论的前提假定的片面,必然导致理论本身的片面。梁言顺研究的结果是:如果把要素投入效果的二重性引进增长理论中,那么几乎所有西方经济增长理论的结论“都需要重新推敲和修正”。

“只求增长不顾代价、只计眼前利益不为未来着想的经济政策,必定会造成经济增长与沉重代价并存的局面,这已为近现代经济增长的历史事实所证实。”梁言顺在证实西方经济理论的缺陷时,也在证实自己的观点的正确性。

“资源、生态、环境等问题,是发展经济学的研究对象,经济增长理论不应该涉及这些问题。”权威人士反驳梁言顺。

梁言顺用自己的研究成果回击:“这种观点是站不住脚的。因为一方面经济增长的本义就是国民生产总值或国民收入或说是国民财富的增加,而经济增长的代价仅就代价的经济意义看,表现为国民生产总值或国民收入或说国民财富的浪费与减少。人类追求的应该是扣除了代价以后的纯净的经济增长,这种经济增长与减少代价具有同等重要的经济学含义。因此,把一个问题的两个方面人为地割裂开来是没有道理的,是违反经济学规律的。另一方面,西方经济学界长期以来形成的一种认识极其有害,似乎只有不发达国家或者发展中国家才存在着资源浪费、环境污染、生态破坏等一系列问题。于是这些代价问题自然而然地成为发展经济学的研究对象了。其实,造成全球资源浪费和环境污染及生态破坏严重的国家首先是那些发达国家。”

世界第一经济强国美国,从二十世纪二十年代到七十年代,发展速度超过任何一个国家。它的工业化程度和信息化程度够可以的吧,但美国无法摆脱目前世界上“环境污染大户”这顶黑帽子。联合国环境计划署提供的数据表明,美国仅占全球百分之五的人口所排放的二氧化碳却占了全世界的百分之二十四。很多人会记得一份为限制二氧化碳排放的《京都议定书》,在这个文件上,别的国家都签了字,唯独美国不干。为什么?因为它做不到。

日本的教训不在其下。日本最大的化工厂千素公司,因为把甲汞释放到了水俣湾中,致使两千二百四十八人被证实患上了“水俣病”,其中一千零四人已经死亡。这个厂排放的甲汞如果不加控制,厂方每年要向居民支付的损失费多达九千七百万美元,等于每年要从利润中拿出近三成的钱来作赔偿,而这仍然不能扑灭周围居民想“砸烂工厂”的愤怒之火。

经济增长的代价问题是一个世界性难题。大量确凿的数据和事实表明,西方发达国家都已为此付出了沉重代价,并且到现在还没有从根本上解决。中国的情况也并不乐观。

物质文明正在颠覆已有规则,但想拉住人类发展的列车往后退,那是不可能的。前进的时代列车在永不停歇地奔驰着,我们所能做的事情就是为其选择最佳的速度和最节约的能量。

“苏老师,我的理论分析部分出来了。”一天早上,梁言顺兴冲冲地抱着一沓稿子来到苏星教授办公室。

在数万字的草稿里,有对西方经济增长理论的流派及其片面性的分析,有对低代价增长模型建立过程的论述。运用数学进行经济分析是这个初稿的一大特点。请看下面的推导——

$$Y(t)=AK(t)\alpha L\beta(t)P(-1)-Y(t)e\lambda t \qquad (1)$$

式中,A 仍为常数,λ 为余值。将(1)式两边取对数,得 $(dY/dt)/Y=\alpha(dK/dt)/K+\beta(dL/dt)/L-y(dP(-1)/dt)/P(-1)+\lambda$

上式中,$(dY/dt)/Y$ 即是经济增长率 GY;$(dK/dt)/K$ 是资本投入增长率 GK;$(dL/dt)/L$ 是劳动投入增长率 GL;$(dP(-1)/t)/P(-1)$

是代价增长率 GP。

于是,得:

$$GY = \alpha GK + \beta GL - \gamma GP + \lambda \quad (2)$$

这就是低代价经济增长模型。建立这个模型需要相当厚实的数学基础。这正是梁言顺的特长所在。

一九七九年,年仅十六岁的他,以全省突出的考分进了山东理工大学。据说那年的数学考题特难,能考到四五十分的便能进入高校,而梁言顺考了八十五分,这个成绩在全省属凤毛麟角。为此,山东理工大学负责招生的一位女教师骄傲了好一阵子。大学本科时的梁言顺轻松自如,精力过剩,为此他在当时的"哥德巴赫猜想"热下,也研攻过这道"世界级难题"。大学毕业后,作为全系应届毕业生中唯一的留校生,梁言顺干起了政治辅导员和共青团工作。一九八九年,他得到学校同意,考上了辽宁大学日本研究所硕士研究生。梁言顺曾对日本经济的研究入迷,但很快他发现这种研究与自己的抱负有距离。日本的经济已近成熟,中国的现代化建设才刚刚起步,有那么多问题需要有人去研究,何必舍近求远?梁言顺毅然放弃留学日本的机会,只身来到北京,报考到著名经济学家苏星门下。

诺贝尔经济学奖获得者思朋斯,几经周折后,于二〇〇四年五月的最后一天,在北京与中国青年学者梁言顺相见了。

在北京西郊的友谊宾馆贵宾楼里,思朋斯与梁言顺一见面就说,梁,也许连你自己都不知道,你的"低代价经济增长"理论对世界经济学界有多么大的影响。是你以自己的勇气和胆识,第一个指出了包括许多诺贝尔经济学奖得主创立或尊崇的西方经济增长理论所共同存在的缺陷,忽视影响经济增长的要素投入效果的二重性,以及由此引起的经济增长的代价。

未等梁言顺开口,这位经济学理论中的信息不对称理论奠基人又提高语调说:"梁,你提出的低代价经济增长理论,其意义不仅对中国,对世界经济学界也是个重大贡献。"

梁言顺听后不能不激动，因为他的“代价理论”发现本身就充满了代价的真实含义……

三

《现代汉语词典》中“代价”的条目这样说：代价，泛指为达到某种目的所耗费的物质或精力。梁言顺研究经济增长的“代价问题”所耗费的又何止是物质与精力。

自改革开放以来，中国的经济用“蒸蒸日上、一日千里”来形容毫不夸张。可是梁言顺现在要做的是“会诊”中国经济发展所付出的代价，难免有“不合时宜”之忧。

“压力自然很大。我一直遵循着苏老师的话，他说要想做好经济理论的文章，就必须从实际出发，而不要从原理到原理。正如毛泽东说过的，调查研究就像‘十月怀胎’。不怀胎，何来分娩？而分娩的过程总是充满阵痛。苏教授是过来人，经历过几十年的政治风云，他经常教导我，追求真理确实不容易。有些搞马克思主义的人为什么也会动摇？原因有二，一是信念不坚定；二是有私心，明知不对，或者明知是对的，却由于经受不起各种压力而改变航向。我选择低代价经济理论研究，目的非常清楚，是想让我们快速发展着的时代列车在奔驰向前时，要十分注意计算是不是该用那么多油，是不是该开得平稳些，是不是注意到了列车行进时的安全性。一句话，研究代价是为了减少和降低代价。所以，顶再大的风险和压力，我也要把自己的理论研究做下去。”梁言顺说，“让我特别感到振奋的是，就在那段时间，江泽民同志在谈到经济建设与人口、资源、环境的关系时，告诫人们，不仅要安排好当前的发展，还要为子孙后代着想，绝不能吃祖宗饭，断子孙路，走浪费资源和先污染后治理的路子。这段话确实解除了我的担忧！”

这一年，梁言顺到南国春城昆明开会，顺便对滇池进行了小范围的考察。伴着泰山长大的梁言顺很早就期待到昆明、滇池看一看，因为他在小时候就被一段赞美滇池的优美文字所吸引："……站在滇池旁的四山顶上，眺望滇池，波光浩渺，苍苍茫茫，俨如高原上镶嵌的一颗璀璨晶莹的明珠，以其卓绝的风姿著称于世。"到滇池一饱眼福，是梁言顺少时留存的梦。

说来也巧，梁言顺住的房间就在滇池湖畔。他一进房间就推开窗户，想赶紧领略滇池这颗"明珠"的风采。哪知扑面而来的不是湖风惬意，而是难闻至极的奇臭，再下楼近看，水里杂草丛生，水面上漂满了各种污垢……这就是滇池，这就是南国的"明珠"，梁言顺站在湖边，叩问苍天。

苍天明白无误地告诉他，明珠当年确实风姿婀娜，可如今早已黯然无光。

梁言顺的心很痛，几天开会他都寡言少语。

后来会议组织者特意带他们到与滇池一箭之遥的翠湖一游，梁言顺听到一则动人的传奇，更是思绪万千。

自上世纪八十年代初以来，每年冬天的早晨，车水马龙的翠湖边，总有一个老人在徘徊。原来，这个老人在十年时间里，节衣缩食，用他微薄的退休金，喂养在湖面上飞来飞去的海鸥。一九九五年，当这群西伯利亚的白色小精灵再次飞临翠湖时，守护它们的老人不幸病逝了。邻居说，在老人家里，没有一样值钱的东西，几个鸡蛋是老人生前的全部"财产"，而这也是老人准备蒸鸡蛋馍喂海鸥的。

老人的故事感动了春城。《山茶》杂志社和云南"人与自然"基金会为此在老人常去喂海鸥的翠湖边发了个讣告，告知人，也告知鸟："海鸥老人于一九九五年十二月二十日病逝，终年七十一岁，为昆明化工厂退休工人……老人虽逝，却望海鸥常飞，愿老人与海鸥同在。"讣告和老人最后一次喂海鸥的那张照片就放在湖边，许多行人见后都在照片上签字，他们中有母亲，也有与"海鸥老人"同样年龄的老者和背着书包的儿童。人们把签满名的老人遗照放在草坪上，准备撒食，以代表老人再一次喂海鸥。意想不到的事发生了——一群海鸥突然飞至，围着老人的遗照一次次盘旋飞翔，连连鸣叫，那叫声和飞翔的姿势与平时完全不一样。

再细看这群鸟儿，它们时而急速地扇动着翅膀，轮流定格在老人遗像上空鸣叫；时而俯身掠过老人的遗照，轻轻用翅膀抚摸着照片，又在空中盘旋鸣啼……在场的人无不落泪，人们感慨万千，鸟儿有灵性，好人得好报啊！

这个故事令梁言顺感动，他特意到老人常去喂海鸥的地方凭吊。

站在斯人已去的地方，梁言顺想到了污垢的滇池，也想到了断流的黄河和泛滥成灾的长江……他的心在阵痛。

“我要数据。必须是准确无误的。”

“对，最好是实例，一丝不差的实例。”

“不行，简单的数据不能说明问题，你们最好给我提供年度统计表。”

“对，对，我要的就是经过精确计算后的资料。政府正式公布的当然好嘛！”

“……”

梁言顺开始了繁杂而庞大的收集与统计相关资料的工作。在那些日子里，同事们看到办公室里的梁言顺，只要一停手头的工作，就抓起电话，四方联系。有时为了一个数据，他要打几十遍电话才能得到。

打电话毕竟简单些，而上门索取资料、核实数据可就困难多了。梁言顺虽然有在中央党校工作这块“金牌子”，但毕竟向人索要资料，或者核对数据，是件烦琐的活儿。有几次梁言顺抽出中午时间赶到一个部委，说好的是几点几分上那儿等人，可一到那儿，根本找不着人。满头大汗的他只好待在传达室一小时一小时地等啊等。有一回他等了近三小时，刚要折身回走，有人突然拉住他的胳膊，大呼小惊地说：“哎呀梁博士，实在对不住，一喝酒把你这事给忘了！快快上楼吧,资料在我办公室呢!”求人的事,能怎么着?最后还得向人家好言道谢。

以一九九五年《中国统计年鉴》为例,在其所列的十九类五百四十八个指标中,负向指标不足十个,而反映经济损失和代价指标的仅有三个。

这是传统的思维模式和对经济学认识上的缺陷造成的。梁言顺以一个学者的身份,想为国家和民族弥补这种缺陷。

当他把吃尽千辛万苦收集来的资料和数据进行综合评估和论述时,那种艰辛与焦虑更是常人难以想象的。

一个新理论的诞生过程,就像一次火山爆发、一次冰川活动、一次岩层形成。裂变和挣扎,毁灭后再获新生,否定之后又否定,几经轮回,无数颠覆,最后才能定型立质,抛光亮颜。

真正的理论不是空洞无物之文,它是实实在在的。只有在铁铸的事实面前,新的理论才会被普遍地接受和认识。

梁言顺的低代价增长论,最先获得的资料和第一手“铁证”来自那个非常配合的环境保护部门。数据统计分析是个系统工程,仅环境污染和自然资源浪费所形成的代价,就需要从废水排污、大气污染、固体废物排放、噪声污染、环境污染以及森林破坏、草地破坏、人为造成的自然灾害、物种丧失、土地沙化与减少、水资源的浪费、矿产资源的浪费和不良品损失等方面来计量,一个项目都不能落,一个指标都不能漏。尤其对那些介于是与非、非与是之间的中性指标更要精心剥离。其中的艰难与困苦可想而知。

走进他的书斋,我看到的各种电话记录、学习笔记和收集来的资料,可以毫不夸张地用“山”来形容——而且是连绵叠起的崇山!

就说“废水排放造成的直接经济损失”一个单支吧。仅这里面就包括了四大组成部分,分别是水污染危及人体健康而造成的经济损失、水污染造成的工业经济损失、水污染造成的农作物损失、水污染对畜牧业和渔业造成的损失。再看看数据,一个是二十四点一亿元,一个是一百九十二点八亿元，一个是一百三十七亿元，一个是十三点八亿元。这仅仅是一九九二年一年废水排放造成的直接经济损失中的水污染危及人体健康而造成的一个支项的损失数字：三百六十七点七亿元！

还有对经济增长不当带来的社会代价的分析，包括“黄、赌、毒”的代价分析，艾滋病的代价分析，假冒伪劣产品的代价分析，违法犯罪的代价分析，等等。

如此统计，如此计算，如此结论。

一项项、一块块、一个个相关分支，然后是横面的统计，再进行立体的整合……

梁言顺的额上汗淋如雨。那汗珠既是累出来的，也是被数据震骇出来的。梁言顺的额上能不汗雨淋淋？怕出差错，又不能有错。

再算！将这些年来中国所有年份的经济增长代价全部算出来！只有这样才有说服力！国家需要这样的数据，国人需要知道自己干了那么多事后到底付出了多少代价，即使不可避免的代价也应该心里有数。一个只算收入，没有代价意识的商人，不是好商人；一个国家的经济发展史上如果没有一本可知的代价簿，怎么可能是完整的经济发展史呢？中国的社会主义市场经济需要这样的账目。这既是对今人付出劳动的回应，更是对后人的交代。

梁言顺继续潜入数据和资料的海洋中……

他的 $GY = \alpha GK + \beta GL - \gamma GP + \lambda$（低代价经济增长模型计算公式）就像一台不知疲惫的兆兆次/秒转的巨型计算机，日夜不停地飞旋着……

星光在轮复，日月在交替；沉静与寂寞伴随，激情和焦虑厮守；点点滴滴，滴滴点点；惊涛骇浪，骇浪惊涛；如雨扑洒，草木变青；如云散落，岩崖露廓；如虹纷飞，彩霞四射……

海潮，正以其汹涌拥抱红树林。

欣喜的、激动的、悲愤的、痛苦的……梁言顺思绪万千。每一个数据都在考验着他的理性，论证着他的观点，撞击着他的心弦。

他知道，要发展，必要的代价无法避免。但有人把化工厂建在老百姓的家门前，任意排放有毒的污水，致使人畜患病、草木不长，这难道是该有的代价吗？

他知道，要发展，必须建的楼需要水泥和钢筋。但有人把好端端的国有富矿乱采乱挖，一个百年富矿仅几年之内便丧失殆尽。矿老板因为不愿多花几百块钱购置安全设施，一声瓦斯爆炸，几十条生命顷刻间告别人世，这难道不该谴责吗？

还有新筑的马路一年几回"剖膛开肚"，还有闲置的楼堂馆所，还有重复建设占用大量土地的工矿企业。

还有黄、赌、毒的泛滥，制假贩假，湖南会泽县一次假酒事件致死三十六条人命。"八五"期间，全国光破获毒品案件就达二十三万多件，涉案人数三十二万多，国家投入的公安和治安经费就是几十亿元，花去几十亿元的还有为了捣毁非法光盘和"打非扫黄"的专项经费。更有人为造成的泥石流、滑坡、耕地沙化、江湖污染……那可是几百亿元、几千亿元的代价啊。

根据梁言顺所掌握的资料和他的模型推得，由于代价的存在，经济增长率实际上要减少四分之一。

代价，沉重的代价，它以铁的事实告诉我们，江泽民同志为什么一再强调"在现代化建设中，必须把实现可持续发展作为一个重大战略。要把控制人口、节约资源、保护环境放在重要位置，使人口增长与社会生产力的发展相适应，使经济建设与资源、环境相协调，实现良性循环"；同样也告诉我们，以胡锦涛同志为总书记的新一届中央领导集体提出"树立和落实科学发展观"的意义有多么重大而深远！

梁言顺对我说，按照他的模型推导，美国等西方发达国家的经济增长代价其实远远高于中国。可见，经济增长代价问题已经是个全球性的问题，而且，越发达的国家其代价问题愈显现。

该到人类彻底警示自己的时候了：一个不计成本和代价的经济

模式肯定是个不完善的经济模式。一个不懂得计算成本和代价的经济理论肯定是个存在缺陷的理论。一个民族和国家如果不明晰自己在发展中曾经或正在付出的代价,那就不是一个成熟的民族和国家。

"强本而节用,则天不能贫!"远远的历史长河边,一个叫荀子的人在朗读他的《天论》。

梁言顺接过先哲的话,回应道:天苍苍,地茫茫,现代化文明古国的发展车轮势不可当。强本自有节用之论。天不能贫也不会贫,重要的是要觅出不贫之道。

梁言顺在完成中国经济增长中的代价损失寻访后,将目光转向了如何实现"低代价经济增长"的研究课题上。

"照你的理论,我们在创造一百元的财富时付出了几十元的巨大代价,这种发展还有多少意义呢? GDP 还有什么价值呢?"有人这样对梁言顺说。

梁言顺不同意这种观点:"中国如果没有必要的 GDP 快速增长,社会主义现代化和全面建设小康社会的目标就会落空。提出代价问题,并不等于 GDP 就不重要了,更不是要刻意制造人为因素去拖国民经济快速列车的前进步伐。其根本点是我们在追求 GDP 的指标同时,必须考虑经济增长的代价因素,实现一种以人为本的低代价经济增长模式。"

"这样就可以实现可持续发展了吗?"

"低代价经济增长之于可持续发展,非常必要,但是还不够。这就是数学上讲的必要而不充分。"

梁言顺的后续研究就是针对这个问题的。

他在进一步深入研究的基础上,于一九九九年又提出了可持续发展的"两循环三增长"理论。梁言顺认为,可持续发展作为一种新的理念,已经深入人心,但至今并未形成系统的科学的理论,在可持续发展的标准和实现途径方面的研究更不够。因而他提出,在发展的前提下,不论整个地球,还是哪个国家、哪个民族,或者哪个地区,既要满足当代人的需要，又不对后代构成危害的基本条件只有两个：一是自然资源的循环使用和循环替代，二是生态环境的循环净化。至于可持续发展的实现途径，梁言顺概括为“三增长模式”：经济低代价增长，自然资源总量和环境容量扩大增长，人口适度地零增长。

理论有时显得异常枯燥，但理论的价值常常能产生无可比拟的能量。

在不少人片面追求 GDP 时，梁言顺勇敢地提出了“必须重视经济增长中的代价”，而当人们嘴里说着“可持续发展”其实又不很明白如何实现这种“可持续发展”时，他的“两循环三增长”理论，使学术界和广大实践者眼前为之一亮。中国工程院院士、中国生态学会理事长李文华每当谈起此事，都会喜形于色：“‘两循环’思想，这种在复杂的事物和多种矛盾中突出主要矛盾的做法，反映了发明者抓纲带目的哲学思想在分析可持续发展问题中的具体应用。”另一位中国工程院院士、东北林业大学的马建章教授认为，梁言顺的“三增长”理论“不仅具有重要的学术价值，而且具有重要的实践价值”。

一九九七年，梁言顺的《低代价经济增长论》作为博士论文获得专家一片好评，并在日后荣获中共中央党校一九九五至一九九九年优秀学术成果一等奖（经济学类第一名）。一九九九年，他的这部学术著作被人民出版社出版。中国社会科学院经济研究所所长张卓元教授作序并如此评价：“这是一本具有开创性的学术专著，对推动经济学界认真研究经济增长所付出的代价问题，有重要的意义。”苏星教授从来不轻易对自己学生的研究成果作评价，但这回破例应邀为《光明日报》和《博览群书》杂志撰写书评，指出：“《低代价经济增长论》一书的优点，是从理论上探讨可持续发展问题。作者考察了十八世纪以来工业化过程中经济增长付出的沉重代价，认为理论误导是经济增长付出沉重代价的重要原因。为了从理论上弄清楚问题，作者研究了从斯密、李嘉图到凯恩斯，一直到当代西方经济学家们的经济增长理论，指出了他们的成就和片面性，也吸取了其中的合理成分

(如索洛模式),从而形成了作者独创的低代价经济增长理论",并且"具有开创性"。

党的十六届三中全会上,一个洪亮的声音在回荡:树立和落实全面发展、协调发展和可持续发展的科学发展观,对于我们更好地坚持发展才是硬道理的战略思想具有重大意义。树立和落实科学发展观,这是二十多年改革开放实践的经验总结,是战胜"非典"疫情给我们的重要启示,也是推进全面建设小康社会的迫切要求!

那一天,我正在海南,正在海边,正在一片红树林旁。

汹涌激荡的大海波涛,挂满瓜果、飘扬稻香的海岸,在它们中间是一片我早已渴望观赏的红树林——它真的太美了!葱绿挺拔,尽管奔腾而来的海潮会将它淹没,但海水退去,它依然生机勃勃,绽放着独特的异彩。因为它的根,深深地扎在生养它的土地之中。它以自己独有的质地和能力,使大海和陆地和谐共存,亘古永生。

我终于明白,梁言顺为什么总把自己的低代价增长理论与红树林连在一起,并如此倾情。

回忆录

我的一家

陶承 口述 何家栋 赵洁 执笔

一

我是个孤儿，从小不知有家，不知父母是谁，可是长到十七岁，忽然有个家了。

一九一一年三月十六日。清早起来，干娘就忙坏了。给我梳头，插花，戴耳环，换衣裳——我要出嫁了。

这一天，正是我的生日。照家乡的习俗，过生日这天，是不能动荤腥的。这是表示不忘父母养育的恩情。谁知竟选了这个日子叫我“过门”。干娘说，男方中了邪祟，病了几个月起不了床，急等着花轿上门冲喜呢！

家里并不像办喜事的样子，没有宾朋，也没有亲友，只有干娘一个人照料着我。亲属只有一个当外科郎中的舅舅。他成天背着小木箱，东游西串，没个固定的住处，因此把我寄养在邻居（也就是干娘）家里。此后，我就很少见到他了。我跟干娘长大，干娘又送我去学刺绣，为我择婚；就是这几件嫁衣，也是干娘做的。她是我唯一的亲人。

“舅舅怎么还不来呢？”我问。

“快了吧？”干娘说，“昨天就着人找他去了。”

忽然，笙管唢呐响了，迎娶的花轿到了门前。我慌了，心跳个不住。干娘一把抱住我，哭了。

我还没来得及哭，舅舅闯了进来，二话不说，背起我就跑。他身上有一股酒气，大概是在什么地方喝醉了。

轿子里挺闷，头上又蒙着盖头，路上颠颠簸簸，把我搅得昏头涨脑，直想呕吐，走了十多里，进了城，转进一条小巷，轿子停下来。以后就是繁琐的仪式：拜天地，入洞房，坐床……我完全像个木头人，听人摆布。吃交杯茶的时候，有人送来了红枣、花生、桂圆、莲子……我稀里糊涂的，连核也吞下去了。我偷偷看了一眼，新郎也吃了，还吐核哩！不知是谁嚷了一声："新娘子笑了！"于是，屋子里顿时喧笑连天，有人跺脚，有人怪叫。

正在这时候，新郎摇晃了一下，两边的人赶忙扶住，才没有跌倒。他的脸色苍白得可怕，嘴唇不住地哆嗦。不得不勉强结束仪式，叫人搀走了。

这一夜，我独自睡在陌生的新房里。

邪祟没有冲走，经一天的劳累，他的病更重了。

我的丈夫欧阳梅生，那时正在长沙第一师范读书，比我还小一岁。他也是自幼父母双亡，由祖母抚养大的。

过门不久，我就操持家务了。祖母治家很严，常为一点小事唠叨不休。淘米的时候，偶尔掉几粒米在地上，她也要拾起来，还嚷得四邻都能听见："不能这样糟蹋呀！"火烧旺了，她又嚷："这柴是钱买来的呀！"我真怕她。

幸好梅生还体贴人，背地里总安慰我说："祖母岁数大了，说你几句，不要见怪！你做你的，用不着怕。"可是他自己，在祖母跟前也不敢高声说话。

我们都还是毛孩子，贪玩，不懂事，祖母拘管得紧，每天要我们晨昏定省，问安三次。梅生下学回来，得先去请安，要是先进自己的卧室，她就生气。一生气就不正眼看人。晚上，她坐在角落里，捻着一串佛珠，闭上眼睛，不声不响，像是参禅的样子，我们也只好陪她打坐，一动不动。

我真困了，打了个哈欠。

祖母睁开眼，狠狠瞪我一下，又入定了。

梅生趁这个机会，活跃起来，做出各种怪相，跟我传送消息。看我不懂，比画得就更起劲。后来连他自己也忍不住扑哧一声笑了。

“轻薄！”祖母气哼哼地说，这回没有睁开眼睛。接着做个不耐烦的手势，那是叫我们走开。

我们就像出笼的鸟儿，身上再轻快不过了。可是还不等我们的脚跨出门槛，她又叫了：“不要点灯熬油哇！”

老人家虽然厉害，心眼倒挺好。高兴的时候，也把收藏的菱角、莲蓬、花生拿给我们吃。并且感叹地说：“你们年轻人，不知道过日子的艰难呵！”

这年夏天，湘北各县大雨。长沙城水深数尺，垸内禾苗、杂粮、棉花都淹了，电线也冲断了。湘江上漂着草屋、猪狗、死尸。我们屋里也进了水，要柴无柴，要米无米。多亏干娘驾了小船，把我们救出险地。

第二年，我们有了第一个孩子，起名立安。说来惭愧，我们还没有脱尽稚气，却过早地做起父母来了。

小家伙好哭。一哭就给吃奶。要不，就是梅生抱着满屋子转。我们所能做到的，就是这些了。

最辛苦的还是老祖母。她晚上顾不得再捻佛珠了，浆浆洗洗，都落在她头上。然而，她没有等到重孙子喊她一声“太婆”，就一病不起，弥留的时候，她不住地摸着孩子的小腿。这大概是她对人生唯一的依恋吧！

祖母死了，我们的境况变坏了。她临终以前，曾特别嘱咐，请几个和尚来，给她念三天三夜金刚经，超度来世。在安葬的时候，我们虽卖掉那一小块土地和池塘，还是背了一身债。这身债务，以后也没有卸下来，因为接连又生了两个孩子。生下一个孩子，梅生就高兴地叫:“又多了一个还债的!”他把什么都不放在心上,“少年不识愁滋味”,有什么办法呢。

梅生师范毕业以后,便到外县教家馆。收入微薄,难以养家。我带着孩子住在城里,靠做针线手工,维持生计。

十三岁上,我在湖南有名的杨季堂湘绣馆学过两年湘绣。那时湘绣的主顾,多是官绅人家。一幅中堂,几扇条屏,多的要卖几十两银子。杨家手艺是家传,绣人像的眼睛、动物的卷毛这些细活,总是放在内室,由他儿媳——十姨娘自己做,不传外人,她们绣出的眼睛,也像会转动似的。我们学不到这些手艺,只做粗活。

说是粗活,也不简单。案前摆着布绷子,绷上绣件。缎子上虽然先由画师打好了图样,可是那只是个轮廓,自己还得按小图配线,绣出层次。一根丝线,要批成十六根,每种颜色,从最深到最浅,又要分成十三种。所以绣一两针,就得换线。我学了两年,连画稿也学会了。

现在,我又重新理起这些活计。在家里,绣不了大件,就给人绣些花边、领条、袖口,或是帐沿。做活的时候,把大儿子立安放在床上,给他一本破旧的《芥子园画谱》。他能翻来覆去,翻看半天,不和大人纠缠,看累了,就把画本蒙着脑袋睡觉。

虽然清苦,可是我们倒过得挺快活。没吵过嘴,没闹过气。灯前月下,梅生兴致一来,还要吟几句诗呢。古人说“贫贱夫妻百事哀”,但我们却总是欢乐的。

二

一连数年,孩子一个挨着一个,我们的生活一天不如一天。做手工,工钱低,一幅帐沿才两吊钱,到手就光。亏得那个好干娘,进一回城,就给些接济,不然,我们真得挨饿了。

不久,经朋友介绍,梅生到离长沙六十里的龙家大屋教书去了。

全家也都跟着搬了去。

这里有山有水，树林子里，有好多叫得中听的鸟儿，路旁塘边，还有好吃的野果。孩子们简直入迷了，早晨爬起来，就满山遍野地跑，回来时，每个口袋里都装得鼓鼓的：野花、野果、石头、甲虫，什么都有。

龙家大屋前面有个锅底塘，塘边生着茂密的芦苇。那里蜻蜓最多，孩子们喜欢悄悄地溜过去，伸出两个指头，捏住蜻蜓的尾巴，再用线拴上，叫它满屋里飞。

孩子们很快迷上了这个开心的游戏。一天傍晚，下过大雨，立安招呼弟弟妹妹说：

"走，去捉洋迷迷！"

孩子们跑到塘边，大哥眼明手快，伸手捏住一只。

"那边还有个大的！"老二应坚嚷着。

"捉住！"哥哥下了命令，伸手又捉住一只。

"我够不着！"弟弟胆小，脚边就是水塘，伸手试一试，不敢动。

"不怕，再往前一点！"哥哥一边命令一边行动，他已经捉到三只了。

扑通！……

"二哥掉到塘里了！"妹妹本纹惊叫起来。

我甩下针线就往外跑。只见塘边围了一群人，梅生也在那里。他见我气急败坏的样子，忙迎上来说：

"不要紧，救上来了。"

应坚浑身是水，鞋也丢了，一见我，就咧着嘴哭。我没有好气，上去给他两巴掌。

"你还哭！没淹死还不便宜！"

"妈妈，莫打弟弟。"立安在一边说，"是我叫他去的！"

"那你也跑不了！"我又给他两巴掌。

我把孩子领回家，气还不消，顺手把他们拾回来的破破烂烂，都扔到院子里。梅生站在门旁,看我一眼,笑着说:"真是昏官断案,有理无理,一律四十大板!"我心里一动:是有点过分了。

"你还在生气,可是挨淹的早把这事忘了!"梅生又说,"你看应坚在做什么!"

应坚在院子的水坑边赶小鸭子。

"这证明你失败了,"梅生说,"应该给孩子讲通道理。"

"我没有那个耐心!"我说。

"耐心也是学的!"梅生说,"不然,就会专做蠢事!"

我无话可说了。

日子像流水一样过去,立安上学了。乡下生活要简省得多,野蔬充膳,落叶添薪,都不用花钱,再养几只鸡,喂两只鸭,下了蛋,还能换些油盐。因此家里的生活宽裕多了。可是,梅生还不满意。

"不能像麻雀一样,守着屋檐下的窠儿叽喳。"他总这么说,"一个人还有社会责任,不应该一生陷在家庭的圈子里!"

他需要什么呢?

一九二三年,他终于离开了家,和几个朋友结伴到四川去办学校。他说要出去"见见世面",寻找真理。我相信他不管做什么都是对的。我没有拦阻他,自己带了几个孩子,又回到长沙。

谁知不到三年,他就逃了回来。学校被军阀封闭了,半路上遇见土匪,随身衣物也被抢了精光。到家的时候,脚上只穿着一只鞋子。

"这回真是全军覆没了!"他一进屋就嬉笑着说,好像是要宽慰我,故意现出满不在乎的样子。接着把孩子一个个抱起来,亲着,胡子扎得他们哇哇叫。

他那模样,着实狼狈。身上满是灰土,一件短衫,被撕成七零八落的片片,脸上白一块,黑一块,叫太阳晒得脱了皮。就连他说话的声调也不一样了。

"梅生,你变多了!"

"是吗?"他转过身,端详着我,"那么,我来看看你,变了没有。哎呀,还是那么丑!"

"你的心也变了!"我也玩笑地说。

"变了变了!"他半真半假地说,"都交给革命了! 你看吧,不要多久,这些军阀、地主,也得全军覆没!"

当时我还不明白这些话的意思。只觉得天下要大变,压迫人的倒下去,受压迫的站起来。梅生先就变得厉害,早出晚归,连吃饭细嚼慢咽的习惯也变了,匆匆忙忙,好像总有事等着他。但是更重要的变化,我还不知道:原来他已经是共产党员了。

一天清早,我上街买菜,才出巷口,就被行人挡住了去路。踮起脚跟看:一队队工人、农民,还有学生,摇动着纸旗,喊着口号,向前涌去。墙壁上贴满了红红绿绿的标语,有的墨迹还没有干。一家商店门口,有个学生模样的人,站在桌子上,热烈地讲着什么,四周围了好多人。我挤到前面去,悄悄问旁人:

"出了什么事?"

"你还不知道?"他大声说,"革命军进城了!"

他边说边随着人群涌走了。看那神气,似乎怪我连这样的大事都不知道。

我不由自主地随着人群向前走。

忽然又一支队伍涌了过来。人们匆忙地往两边让路。几个拿梭镖的农民,押解着逃亡地主过去了。

我好容易从人堆里挤了出来,竹筐子也挤烂了。定一定神,也不知是到了哪里,原来,不知不觉间,人群把我冲过好几条街。天快晌午,菜市也收了,趁着人少些,连忙往家跑。老远就听见屋里孩子们哭闹成一片。

这一天,怎么也安不下心来:烧饭,饭煳了;炒菜,忘了放盐。头脑全给搅乱了。耳边老是人声鼎沸,眼前老是旗子翻动。直到天黑,也不见梅生、立安回家,饭也等凉了。出门看看,老不见他们的影子。我哄孩子们睡了,坐在门外等。忽然立安一阵风似的闯进来。

“妈妈，快拿吃的，我饿坏了！”他嚷着。听得出来，嗓子是沙哑的。

“不饿你还不回来呢！”

“妈妈，你生气了，是吗？”他要辩解什么，就会把人缠个不休，“我去开会了，不是贪玩……”

“行了行了，”我打断了他，“快吃吧，你又不饿了？”

“你要不消气，就打我两下。”他嘻嘻笑着，“妈妈，你不知道，我还上台讲话了，把嗓子都喊哑了，人真是多！……”

“开什么会？”

“欢迎北伐军！”他神情严肃起来，就像是个大人，“就是革命军。革军阀的命。北伐军一来，要像爸爸说的那样，再不许压迫人，穷人都有饭吃……”

是这么回事呵！我忽然觉得有一肚子话要问梅生。可是，这一夜，他没有回来。

那时我还不明白革命是怎么回事。为什么革命，革谁的命，梅生倒讲过不少，但总是觉得跟自己关系不大。不过，革命带来的变化，却是容易看到的。粮食落价了，卖东西的也和气了，交租钱给房东，房东也说：“若不方便，你们先用吧！”我想，这就是革命的好处了。

革命军一来，梅生很少在家落脚。他担任了湖南总工会的秘书，事务繁杂，不仅要动员工人，协助前线运弹药，抬伤兵，夜间还给纠察队员们上课。偶尔回来看看，也是急急惶惶。我看见他头发蓬乱，眼里布满了血丝，担心他累倒，就劝告说：

“你身体不好，要注意休息！”

“不累！我的精神蛮好。熬几夜有什么要紧。”他不以为意地回答。

“不要井，吃河水。”我不高兴地说。

“算了算了，哪就能累死我呢？”说着，他抽身要走。

“把衣服脱下来，给你洗洗！”我说。衣服上已经发出难闻的气味了。

“时间不够了!”他为难地说,“我要去开会。明天……”

可是第二天,他又没回来。

大街上天天敲锣打鼓,游行示威。教育会坪上,成天开大会,有时候是审判工贼、土豪劣绅,有时候是总工会的负责人给工人讲话,宣传革命道理,那里总是人山人海,风雨无阻。

湘江里,本来挤满了外国军舰和商船;长沙城里还设有洋行、医院。革命军一来,英、意等帝国主义国家又增派兵舰,在湘江上日夜游弋,进行武装威胁。外国水兵还在水陆洲和江岸强行登陆,殴打市民和工人纠察队员。北伐军忍无可忍,在江两岸鸣枪警告,总工会组织十万人游行示威,才把帝国主义分子的气焰压下去。市民们扬眉吐气,焚烧洋烟,公卖洋油,查封货栈,收回医院、海关,把为非作歹的洋鬼子都赶跑了。

不几天,我们搬到东茅巷工会旁边一座有画栋雕梁、朱漆栏杆的房子里,这里原是官僚的公馆,现在成了我们的宿舍。

“这房子可真讲究!”我还是第一次进这样漂亮的房子。

“无产阶级盖的么!”梅生说,“无产阶级就是了不起,叫帝国主义滚蛋就滚蛋,叫军阀垮台就垮台!将来革命成功了,盖的房子比这还要好!”

三

最叫人不放心的,还是立安。他带着一队儿童团,也上街“巡逻”了。有时候多管闲事,把左邻右舍的孩子,弄得哭哭啼啼。一天到晚,告状的挤破了门:

“你不管管孩子吗?你们家野猴子又打人了。”

我只好赔礼。然而这个刚走,那个又来。而且,都是气势汹汹的大人,领着哭哭啼啼的孩子。大人一开口,孩子也像助威似的,哭着撒泼。

我不得不“管管”了。

“立安,明天不许出去!”晚上回来,我对孩子下了命令。

“为什么?”立安惊奇地问。

“为什么?”我生气了,“我怎么知道为什么!你自己闯了祸,还问我为什么!”

“不行!”他思索了一下,固执地说,“我没有错。”

“你就这样跟妈妈说话吗?好吧,你去找爸爸回来!你不去?我去!”

他咬着嘴唇,迟疑了很久,见我真动了气,便说:“好,我去找爸爸!”

显然,他也知道,爸爸回来,不会有什么好结果。但他自尊心很强,不愿意示弱。

他刚转身出去,忽然爸爸回来了。梅生一眼看出家里在怄气,忙问:“这是怎么了?”

“你问他自己吧!成天不问功课,领了一群毛猴子,上街胡闹。……”我忍不住,一五一十把旧账全翻了出来。

一向温和的梅生也焦躁起来。

“你都这么大了,还给妈妈添麻烦,惹是生非,是什么道理?”

“我没有……”孩子分辩着,眼窝里闪着泪花,好像受了委屈的样子。

“你还不服气?”爸爸顺手拍了一巴掌,高声责备道,“你没有!人家为什么找上门来?读书是求学问的,告诉你,你门门功课都得考够八十分,少一分别来见我!”

看见梅生那么激动,我忽然后悔不该拿这些琐事纠缠他。他还要为大家办事呵!

“天不早了,我们吃饭吧!”我说,表示事情已经过去了。

可是这一晚上,怎么也快活不起来。立安不肯吃饭,躲在一边用小刀刻画石，爸爸一眼也不看他，好像是说：你这样骄傲，就该吃点苦头！谁稀罕这样的孩子！

暑假来了。清早，立安和应坚到学校行完结业典礼，应坚不见了哥哥，只好自己回家。

“又贪玩了！”我想，也没有在意。

到吃午饭的时候，还不见立安的影子。

“怎么哥哥还不回来？”应坚说。

“不要管他，谁晓得野到哪里去了！”我严厉地说，心想这真不像话。

应坚很爱哥哥。哥哥不在，他也没心思吃饭，端着饭碗，眼溜着门外，可是又不敢多嘴，胡乱扒了几口，就往外跑，找哥哥去了。

天黑了，应坚汗流满面地跑回家，愁眉苦脸地说：“我找了一下午，也没找到。”

“你跟我到学校去一趟。”我有些着急了。

“好！”应坚困得眼也睁不开，听说去找哥哥，马上又蹦了起来。

我们穿街走巷，跑到学校，那里已经关了大门，叫了半天，没人答应。我们又跑到总工会，梅生也不在。两个人像游魂一样，在街上无目的地流荡着。沿街搭满了凉床和藤椅，人们悠闲地打着扇子。我热得要命，心里一急，汗流得更凶。

“妈妈，回去吧，”应坚打着哈欠，“也许哥哥回家了。”

我不知如何是好。阴暗的天空，没有一颗星星，天气又闷热，怕要下雨吧。我们只好往回走。

然而，立安并没有回家。

第二天，梅生带着应坚，把立安几个要好的同学都找遍了，都说没有看见。只有住在南门外的一个同学说：立安昨天跟他的好朋友郑大年一起离校。郑大年回湘潭去了。难道他能到湘潭去么？

“去看看也好，”梅生想了想做了决定。看得出来，他也很着急，“去看看就放心了。”

他弄了一张船票,我当天赶往湘潭。

果然,就在湘潭打听到这小冤家的下落。郑妈妈说,立安已经进军队当了兵。

"他哪能当兵呵!还没有枪高,又不懂事!"我又急又气地说,恨不得马上见到他。

"可是,他还说要北伐呢。"郑妈妈笑着说。

我向郑妈妈道过谢,就往兵营跑。心想,见面得狠狠训他一顿。

这小冤家万没想到我会找到这里来,他一见我,大吃一惊:"妈妈,你怎么知道我在这里!"

"我怎么能不知道!"我刚想发作,可是一看孩子满面愁容,穿着一件不合身的军装,像肥大的道袍,就心疼起来,便换了口气说,"一家人满城找你,饭也顾不上吃。爸爸这两天,把工作都丢下了……"

我顾不得细说,急忙去找连长,说明来意。连长说,他猜想孩子是瞒着家里偷跑出来的。不收留他,怕他乱跑,说不定会出意外,既然找来了,就领回去吧!

立安只得脱下军装,可是一出营门,他就站住了。

"我不回家,我要自谋生路。"他固执地说。

"说什么傻话,你跟谁怄气呢?"

"我没法见爸爸,我的算术不及格!"

"回去认个错,就完了!"

他想了一下,又说:"我不愿意再挨巴掌。"

原来为的是这件事!过了那么久,他还觉得委屈。他说暑假前上街巡逻的时候,有些淘气的孩子,躲在暗处扔小石头,找儿童团员打架,他从来没动过手。可是,爸爸却无缘无故怪罪他!

"你别怪爸爸,"我深深后悔太不理解孩子,"是我没把事情弄清楚,错怪了你。"

听我这样说,他高兴了,扑过来搂住我的脖子,亲热地说:"妈妈,你真好!"

我们往回走了。一路上,孩子像往日一样活泼,絮絮不休,话总说不完。

"妈妈,你说爸爸会生气吗?"

"会生气的,"我说,"只是你别再逃跑了!"

"我得先把算术学好。"他叹了口气。一提起倒霉的算术,他就变得无精打采了。

我忙岔开话头:"你是走来的吗?"

"郑大年搭船走了,我只好起早。头天夜里,住在回龙寺,老道人还管了我一顿饭。"

"你向道人化缘了?"

"那个老道要收我当徒弟,"他咯咯地笑着,"天不亮我就跳墙跑了。"

"不害怕?"

他不好意思地说:"我怕他追上来,问我要饭钱。我身上只有两个铜板,万一找不到事做,还能买两个烧饼。"

"你想得很周到,"我不禁笑了,"烧饼吃完了呢?"

"我跑到一家铁匠铺,要帮着打铁,他们嫌我小,不要……"

"所以,你就当了兵。往南跑,还说要北伐!……"

"妈妈!"他扑过来,紧紧搂住我的脖子,不让我再说下去。

孩子们见到哥哥回来,又惊奇又高兴。挤眉弄眼像是在说:你藏得紧些,怎么叫找到了?立安只是笑,有些难为情。

正如预料到的,梅生没有白白地放过他。回家那天晚上,梅生竟例外地留在家里,没有出去。他把孩子叫到跟前,严肃地说:

"你以为功课不好,一跑就完了吗?真没有志气!今天当了兵,明天要是不行,你再跑?"

"我不会跑!"孩子自信地说。

"我不相信。历史上有个项羽,就是这样的。读书不成,学剑,又不成,学兵法,还是不下工夫。结果兵败乌江,他却怨老天,你还不如他，先学会了逃跑！"爸爸一口气说下去，"也许你想，算术有什么了不起，不学它，还不一样过活！是不是？这么说，该学的东西就太少，不该学的就太多了。反正学不好，还可以当兵。不行，再开小差！"

"爸爸！"立安恳求着。

"那有什么了不起！还可以做别的！"爸爸好像是循着孩子的思路说下去，"反正一件事做不好，把它踢开，也不费什么力气。好在说大话，吹牛皮，并不需要什么智慧。你以为做人真那样轻巧？你错了！天下就没有轻巧的事。你说说看，哪件事是不经过艰苦的努力，就可以做好的？"

后来，他又讲起自己是怎样学习的：他五岁发蒙，七岁就学写字，手腕上放一碗水，笔杆上放一串铜钱，为的是加强笔力；水洒出一点，老师要打板子，奶奶也拿筷子夹指头。每次出远门，要脱下鞋，打赤脚走路，省下鞋钱好买书。他还讲怎样千里迢迢的跑到四川，那是去追求真理，可不是逃避巴掌！他还说起自己现在多么感到知识的贫乏。无知的人，虽生活得最快乐，对社会却没有贡献。

他的声调渐渐柔和了，孩子们又活跃起来。看得出立安是真正感动了。上床的时候，他附在我的耳边低声说：

"爸爸真好！我得管住自己，像爸爸那样，不逃避困难。"

他说到做到。整个暑假，他天天早早起来，唤醒弟弟妹妹，一起收拾屋子，生火，烧水，煮粥。然后又一起做功课。几个小的，都听他的话。他们也感到高兴：有这样一个好哥哥。

四

按节气说，还不到谷雨。可是连天牛毛雨，迷迷蒙蒙，不见一丝阳光。地下冷潮往外冒水，墙上直往下掉灰皮，屋里有一股难闻的霉味。我最不喜欢这样的天气，不死不活，叫人难受。

这是一九二七年的春天，也是一个血腥的春天。四月十二日，刚刚取得江浙统治权的蒋介石公开背叛革命，疯狂屠杀共产党人和革命人民。这一股反革命阴风从上海刮到湖南，湖南的反革命也抬了头。驻在长沙的三十五军，急急忙忙在街口堆积沙包，准备巷战。五月十九日晚上，突然听见枪声。细细倾听，好像是在南门一带。梅生连忙披上衣服跑出去。

孩子们都惊醒了，几个小的吓得躲在我的怀里。

“不怕！”我安抚着他们，“爸爸还往外跑呢，躲在屋里怕什么？”

“哪里放鞭炮呀？”应坚睁着两只迷糊的眼睛问道。

“是枪响。”神情严肃的立安回答说。

“枪为什么响呢？”本纹好像不怕了。

“你们不要说话，”立安制止说，“听听外面有什么动静！”

是爸爸回来了。

“出了什么事吗？”我问。

梅生说，工农纠察队十几个人，押解着几个工贼路过三十五军留守处，被三十五军缴了械。停一会儿，又说：

“你带孩子们先睡吧！我去总工会看看。”

“现在怎么去。路上危险！”我说。

“不知机关怎么样，要是出了事，有人也好照应。”梅生说，“你们睡吧，有什么风声，不要惊慌。”

我茫然地点了点头，心里有些紧张。可是又觉得不应该拦阻他。既然有必要，那就去吧。

这是不安的一夜。梅生走后，省党部旁边富雅里十号，突然起了火，火势很猛，蔓延得很快。兵工厂的工人出来救火，被一帮伤兵打散了。伤兵又乘乱抢劫兵工厂纠察队的枪支，一时全城人声嘈杂。我搂着孩子，整整守了一夜。

第二天晌午，梅生回来，说三十五军已经向总工会解释了误会，收缴的枪支也送了回来。被兵工厂工人扣留的伤兵，都转到戒严司令部处理去了。

“现在伤兵又包围了戒严司令部，谁知要的什么把戏。”

“别出什么事才好！”我担心地说。

“什么事都会发生的，”梅生看了我一眼说，“你怕吗？”

“跟你在一起，我什么也不怕。”

“就是你一个人，也不要怕。”梅生靠近我说，“你把我换洗的衣裳找出来，放在外边。”

听到这话，我心里一沉。我的天！难道真要出祸事吗？

市面上混乱不堪，好多店家也不敢开门了。我把孩子们统统关在家里，不许出去。梅生嘱咐几句，又到总工会去了，晚上六点多钟，他又匆匆跑回来，清理文件和书籍；把犯禁的材料，放在灶膛里烧了。然后和衣倒在床上，倾听着街上的动静，可是这一夜竟安然度过了。

不料，二十一号晚上十点多钟，全城突然枪声四起，密密麻麻，像爆炒豆子。步枪、驳壳枪、机关枪，还夹杂着一声声沉重的大炮。驻军团长许克祥叛变了！总工会、省农民协会和所有的民众团体及党校等机关，都被许克祥劫掠一空，贴上了封条。工农纠察队被反动军队缴了械，省特别法庭也被捣毁，在押的土豪劣绅全部释放了。

枪炮声一夜未停，梅生急得满屋子里打转了，他为同志们的安全担心。几次要出去，都被我拖住了。

“还有几个同志在那里编报呢。”他焦急地说。

“你赤手空拳，怎么救他们？”

他默然了。

四处都是枪声，隔窗可以看见熊熊的火光，半边天都红了。马路上传来人群仓皇奔跑的脚步声，孩子和妇女的哭叫声。到天亮，才稍稍静下来。这一夜，梅生好像苍老了许多。两只大眼睛深陷进去，额上的皱纹也多了。枪声一停，他马上奔出去。

一夜之间，长沙变成了恐怖世界。南门外，北门外，大街小巷，遍地尸体。城楼上贴着大幅布告，碗大的黑字写着被通缉者的姓名，其中有一幅是“通缉屠杀无辜民众的暴徒分子欧阳梅生”！

要来的事终于来了。我想起前几天的谈话。路已经摆在跟前，我必须勇敢地走下去。

立安不声不响地回来了。

“妈妈,你知道吗?”他不安地说,“外面贴了布告,要逮爸爸!”

“知道了,”我说,并竭力表示出镇静的样子。“你爸爸做的都是好事,反动派才捉他！没有什么可怕!”

夜里,梅生回来了。进屋就说:“我要到岳麓后山去,那边有农军。”

我把一小包衣服塞在他手里。

“我们很快就会打回来。现在十万农军,已经四面包围了长沙。许克祥是瓮中之鳖,没几天活头。”他鼓励我说,“你只管放心,他们抓不住我。过几天,会有人来看你们,帮助你们搬搬家。环境没有安定以前,我没办法照顾你们。担子是重了点,不过我相信你挑得起来。勇敢一点,坚持下去!”

他亲过每个孩子,夹着小包悄悄走了。我看着他的背影,心里一阵难过。以前,我并不了解他工作的意义。仅仅几天之间,我就懂了:革命还有这么多困难！斗争是这样的复杂！不打倒反动派,人民更得遭殃呵！这样想着,我和梅生更接近了！唉！我们在一起生活了十几年,我到现在才了解他！可是刚刚了解,就分别了,谁知道还能不能再见?

“妈妈,进去吧!”立安在身后小声地催促着。我还不知道,孩子一直站在身后,我忽然觉得有了力量,因为孩子已经懂得分担我的忧愁了。应该让孩子们感到,他们有个勇敢的母亲！我紧紧把他搂在怀里说:

“孩子！咱们一定要坚持下去!”

长沙城叫反动派毁了。好多房屋毁于炮火,遭劫的人们拖儿带女地沿街乞讨。所有的学校都被抄抢、检查,一律停办。学生不准留校。反革命到处捕人、杀人。四十九标操场上,杀人号声不绝。见穿中山装的，剪短发的，便说是共产党，不加问讯，就拖去杀了。贴标语的要杀，撕标语的也杀。反动军队都缠了白袖章，打着白纸旗，见了不打白旗的士兵，也捉去杀。许克祥的“救党委员会”，还编了一首歌谣，指使团防局的人沿街叫嚷：

工会你莫凶，三十三团用炮轰。
农会你莫恶，我们要你脑壳。

黄梅时节，连天阴雨，再不见个晴朗的日子。梅生到哪里去了呢？眼前这一堆孩子又该怎样生活？望着窗外，我不禁又想起梅生的话：“我们很快就会打回来！”是的，无论多么困难，我也得坚持下去！

五

第二天，党组织派人来帮助我们搬家。我们不声不响地卷起铺盖，收拾起锅碗瓢盆，从东茅巷逃到北城贫民区铁佛东街。我们成了无家可归的难民了。

孩子们失学了，待在家里，无事可做。翻烂了的旧课本，再引不起孩子的兴趣。市面上不安静，也不敢让他们乱跑，怕闯出祸来。敌人完全疯狂了，就是几岁的孩子，说话走了嘴，也得丧命。反革命认定“凡农皆匪，无徒不暴”，老百姓人人都是他们的仇敌！

有一次，立安出去买东西。不一会儿急慌慌地跑回来，嚷道：“妈妈！我要到岳麓山去！我真受不住啦！”

“怎么啦？”我猜到又有不幸的事。

“我们的老师叫人杀了！”他哭着说。

我不知道该说什么，只轻轻抚着孩子的头。

“我要找爸爸去，”他哽咽着，“我要跟他们拼了！”

我替孩子难过。光这一个月里,他受的苦处,一点不比我少。虽然生活使他成熟过早,但毕竟还是孩子。

“眼前这些事,我也难过!”我说,“可是谁知道城外情况怎么样?听说农军都退了,到哪里找爸爸呢?忍耐点吧!看在眼里,记在心上。血不会白流的。如果爸爸有消息,我们就一起走。你是大哥,应该帮助妈妈……”

“妈妈!”立安伏在我的腿上大哭起来了。

对孩子说的,也正是我心里对自己说的。梅生走后,一直没有信,这已经够叫人担心了,而家里又断了粮。我自己咬咬牙,还可以挺挺,可是孩子咋办呢?

我卖掉几件衣服,凑得两块银元,到小市上趸了点香烟、麻糖和凉薯。

“我们自己谋生活吧,”我对孩子们说,“爸爸出门了,不能叫他替咱们操心。你们都很懂事,能吃苦。从今天起,上码头卖东西去吧!”

孩子们高兴地答应了。一来是家里憋得慌;二来是自己成了“有用的人”,能够帮助家庭,可以夸口了。

我把凉薯洗干净,切成薄片,放在茶盘里,又把香烟和麻糖放在竹篮里,交给两个大孩子。

“不要惹事。”我把他们送到门口,又嘱咐着。

然而,在这兵荒马乱的年月,小生意也不好做。兄弟俩早出晚归,一天只卖十几个铜板。码头上无人照料,又怕他们出事。可是家里的生活全靠这十几个铜板,不去又怎么办?这两天,四女儿本双病了,无钱抓药,只好眼睁睁看她受苦。我日夜守着她,累得头昏眼花。

天完全黑了,兄弟俩还没有回来,留的饭重温了三次,仍旧听不见打门的声音。我慌了。哄着小姊妹们躺下,便悄悄溜出屋去。

沿着江边,是一路昏黄的灯影,没有一个行人,凉风一吹,我清醒些了。突然,眼前好像有许多黑影在晃。我心里一惊,是眼花吗?可别病倒!我定定神,再看,已经被好多黑影包围了,周围发出了狺狺的声音,原来碰上了饥饿的野狗群。这些野狗,在郊外吃惯了死尸,见人就眼红。现在它们狂吠着,围攻上来。我拼上全身力气,连跑带窜,又喊又叫,顺手捡几块砖头乱打,才冲出重围。

金家码头显得那么凄凉,听不见码头工人"哼哟、哼哟"的号子声,一艘艘小火轮,像干瘪的蚱蜢似的,泊在岸边。江水静静淌过,无声无息。江心的水陆洲,灯火闪烁。那是另一个世界,被赶走的洋鬼子又跑回来寻欢作乐了。我一眼看见两个孩子坐在一盏半明不暗的路灯下。

"立安哪! 还不快回家!"

"妈妈,"立安跳了起来,"待一会儿还有一班船来。"

我紧走了两步,才发现应坚靠着灯柱睡着了。我一边轻轻摇他的肩膀,一边叫着:

"应坚,应坚,醒醒,跟妈妈回去。"

应坚睁开两只眼睛,低低叫了声"妈妈"又要睡下去,我赶紧把他扶起来。

"妈妈,你和弟弟先回去吧,我再等一会儿。"立安说。

"一块回去吧,你们早该饿了。"我一手牵着应坚,一手拉着立安。"说什么今天也不能再卖了!"

"妈妈,你看月亮多亮!"立安指着湘江对面的岳麓山,上弦月映照着起伏的山峦,显得冷峻而庄严。"爸爸还在山上吗?"

我心里一热,泪水遮住了视线:亲人呵,你们在哪里?

我不敢再走江边,怕又遇见野狗,领着孩子,绕了个大圈子。进了巷口,远远听见孩子在哭。我心里扑扑通通直跳,撇下这两个孩子,紧往前赶,险些撞到屋门上。

"怎么啦?"

"妈妈,你看……"

本双脸色铁青,上气不接下气。我连忙给她灌水,但是手抖得厉害,水都洒到地上……

孩子咽气了。

我一直哭到天亮。早晨,找来个收破烂的,把一些零星物品全卖掉,凑了几百钱,买了一口薄薄的小棺材。两个大孩子帮着我,把它抬到郊外,埋在一块清静的地方。一家人在坟堆旁坐了很久。我几乎没有力气走回家去,好像把一件重要的东西丢在那里,那是我的心呵!

到了冬天,长沙城依然一日数惊。听说纱厂工人炸毁了光华电灯公司,还攻破了新河警察署,打了新河车站,烧了米捐分局、灰面公司、牛皮工厂。我暗暗祝祷梅生平安归来,可总是渺无消息。

过了不久,总工会一个同志来看望我,看见自己人,我高兴得不知怎么是好。我慌慌张张地给他让座,但是,这个家太破烂了,连一只可坐的板凳也没有。他只好坐在床沿上。

"梅嫂子,大家知道你很困难,叫我来看你,你有什么要求,可以跟我说。"

革命正处于危急关头,无数同志牺牲流血,颠沛流离,面对敌人的屠刀,英勇战斗,我不能叫苦。

"看见你们,我心里就踏实了!千难万难,一咬牙就过去了。我只想知道梅生的消息。"

"他已经转移到武汉了。"

"能去找他吗?"

他看看孩子们,沉吟不语。

"我要去找他。"我又加上一句。

"那里跟这里一样,还是不去吧。家里的生活,大家会照顾的。"

不用说,武汉正在吃紧。我更加拿定主意了。

"我在这里没有一点用处,白白给大家添麻烦。"我说,"到武汉去,也许能给梅生当个帮手。"

他看不能说服我,答应回去商量一下再说。

第二天他果然来了,但是仍旧劝我不要去。他说:"武汉那边,没有准确消息,听说比这里更凶。”

“那我更要去!我不能让梅生一个人冒风险,我和他是一个人,死要死在一起。”我说,“大家都在出生入死,我不能袖手旁观。”

终于,他交出几个不很确切的地址。

天气已经很冷了,我们把厚衣服都穿在身上,这样行李就更少了些。船票是这个同志替我买的。我带着几个孩子奔向码头。

离开船只有半点钟,还上不了船。这是不定期的小火轮,只能载二三百吨,而等着上船的人很多,再有两只船,恐怕也装不完。我一边嘱咐孩子牵紧衣服免得失散,一边往前挤。挤着挤着,裹在人堆里,再也转不动。我急得冒汗,忽然有人拉拉我的袖子,回头一看,原来是那个同志。他朝我直摇头,好像责备我说:“你真那么任性吗?”

我向他笑笑,大声地说:“二舅,你回去吧,告诉外婆,不要念着我们。”

“这包蛋糕,给孩子路上吃。……”他递过来一包点心。

不是他帮忙,真上不了船。他抱着两个小的,一边嚷着:“踩坏人了,踩坏人了!”一边横冲直撞,冲开一条路。我们紧跟着往前挤。

他把我们安置下来,又嘱咐说:

“当心,别遇上小偷!找不到再回来……”

开船了。舱里挤满了人,简直无法挪脚,稍动一下,就踩着人。我们被挤到一个角落里,也顾不得好歹,趁势坐了下来。

“哎哟哟,怎么不长眼珠?往人头上坐?”是谁在嚷。

天寒水枯,船走不动。到后半天,它索性湾在一个小码头上不动了。一待就是三天。

带的干粮吃完了。船上暂时供应一点粗米饭。饭装在大竹筐里,拿钱只能买一碗,没钱就没得吃。

忽然船上吵嚷起来:

“打死他!”

“扔到江里去!”

一个衣衫褴褛的人，双手捧着一把米饭，直往嘴里塞，随别人拳打脚踢，全然不顾。原来他饿坏了，又没钱，只得抢饭。我不忍再看，偏过头去。

立安见人行凶，气得呼呼出粗气。我怕他惹事，拉他坐下。他挣脱了，把自己的小半碗饭，送给了那个汉子。

本来两天两夜可以到汉口，这船却足足走了六天。可是，一眼望见江边的黄鹤楼，我禁不住心跳了。谁知道岸上等待我们的是吉是凶是福是祸？

码头上，军警和密探排了一层又一层，拦着旅客，检验每件行李。

我们在刺刀下面，走出了码头。

到什么地方去呢？梅生的地址，得一个个去打听，总不能领着一堆孩子满街乱走呀！我们找个小客店住下了。

立安不肯休息，问清湖南同乡会的地址，就要出去。旅店的伙计特别嘱咐说：

"早去早回，晚上七点就戒严！"

太阳一落，我就急坏了。正在这时，父子俩手牵手推门走了进来。

梅生穿着长袍马褂，戴一顶礼帽，完全像个绅士。孩子们叫着闹着，扑了过去。梅生一边亲着孩子，一边对我细声说："你到底来了……"忽然，他发现短少了什么，问道："本双呢？"

孩子们都沉默下来，我要开口，可是嗓子哽住了，索性放声大哭起来。

六

现在的年轻人，恐怕很难懂得什么是"白色恐怖"了！反革命的疯狂，他们对革命者和人民的残暴，如果不身历其境，简直连想也想不到。就是我，虽然生活在那个时代，并且是亲身受过迫害的，可是开始时也还无法了解国民党匪徒们的心理状态。

几个朋友，安闲地在室内谈笑，突然窗口会飞来一阵枪弹，人们在血泊中呻吟着倒下了。而第二天，反革命的报纸上却会出现这样的消息："共产党于某地密谋起事，为自卫团获悉，当场击毙多人。"

一个年轻姑娘，仅仅因为扎着一条红头绳，就会被当作"共产党的密探"，而被真正的密探架走。没有多久，人们就在江边发现她的尸体。

元宵节，一个住户在门前挂着红灯，竟会被说成是"起事的信号"。于是，警察闯进来，主人被捉走了。以后，每年这一天，也就成为这一家祭奠死者的日子。

反革命匪徒造下无穷无尽的罪恶，灾祸和死亡随时随地会降临到每个普通人家。到处流着善良人们的鲜血……

党的活动完全转入地下了。我来不久，党组织决定让张浩、龙大道和梅生等几个人，在汉阳成立县委机关。

我们在龟山脚下安了家。县委机关就设在这里。因为我们孩子多，地方又偏僻，出出进进，不会引人注意。

我是主妇，担任掩护同志的工作。从此，生活，战斗，我和梅生都在一起了。

光看外表，这是一个热热闹闹的大家庭。而我做主妇的，最重要的责任，就是保护"家庭"的安全。同志们睡了，替他们望风。深夜里听见可疑的脚步声，我就马上爬起来，先检查收藏密件的地方，再到屋前屋后，查看动静。

哪个同志出外，我要等门。不回来，就坐到天亮。就是洗衣、做饭，也觉得有了新意义、新内容："这是干革命！"

孩子们都没有入学。立安在家里，像影子一样，处处跟着我。屋里开会，我站在门口，他就跑过来悄声说：

"妈妈，你走吧，让我看着。"

"看什么？"

“看有没有人来。”

去收藏文件，他又不声不响地站在一边，给我“放哨”。外边有人叫嚷，他三脚两步跳出去“打探”，不一会儿回来说：“没事，卖菜的短了秤，跟人吵架呢。”

做完一件这样的事，他就眉飞色舞，絮絮不休。

“你这样毛手毛脚，会把事情搞坏的！”我抱怨说。

“妈妈，怎么爸爸不给我任务呢？”他委屈地说，“再不给我，我可要跑了。”

“又去当兵？”

“不，我得去革命！”

“任务”终于来了。

一天，梅生把他叫到跟前，问道：“这里有两封要紧的信，派你去送，办得到吗？”

“办得到！”孩子又惊又喜，“一定办得到！”

“这可不是打弹子。一路上不要贪玩，不要多事，天黑以前赶回来。你知道去鹦鹉洲的路吗？”

“知道。”儿子点点头。

爸爸告诉了地点和接头人的名字，才把包糖纸大小的信件拿了出来：“遇见盘查，要把它毁掉，不能落在外人手里。你打算放在什么地方？”

“放在帽檐里行吗？”孩子说，“赵大叔就是放在帽檐里。”

他说的赵大叔，是常来送信的交通员，昨天被敌人抓走了。

“不行，”爸爸说，“放在这块麦芽糖里，遇见敌人，就把它吞下去！”

收拾停当，儿子大踏步走了。

孩子一出门，我就有些后悔。外边这么紧张，不该让个孩子闯来闯去。出了危险，可怎么办？

梅生说：“现在大人的行动，更引人注意，况且一时也找不到交通员。信不能不送！”

话是这样说，可是，到吃晚饭的时候，还不见立安回家，他也沉不住气了。

“我出去看看！”我说。

“等一等，”他一边听着门外的声音，一边制止我，“是谁跑得这么急？”

脚步越来越近：咚，咚。

“可回来了！”我一下子就听出是立安的声音。

“送到了！”他进屋就说，累得直喘。

爸爸皱起眉头：“怎么才回来？”

“街上又杀人了！不许通行。”他一边抹汗一边说，“我是绕路回来的。晚了吗？”

“晚了。”爸爸脸色和缓下来，给他倒了一碗开水。

显然，第一次出去，就没有按时回来，很叫孩子惋惜。他不像往常那样多话了。

晚上，他坐在灶下，帮我烧火，还是默默不语，一肚子心事。

“回来晚了，并不怨你。”我鼓励他。

“妈妈呵，真太惨了！”孩子有自己的心事，“他们杀的是什么人？一个妇女，还怀着孩子。妈妈砍死了，小孩还在肚子里颤动。过路的人看见也哭了。”

我也黯然了。

“他们作孽的日子长不了，这笔账，总有一天要算清。”我对孩子说。

由于小孩子不大引人注意，立安成了“正式”的交通员了。每天，他把党报和文件，送到指定的地点。我把《大江报》折成很小的长条，围在孩子的棉裤腰间，用绳子捆结实，外面用棉袄盖好，一次可以捆八张，分送到八个地方。

腊月里，寒风刺骨，大雪没过脚踝，孩子在冷风中，来回几次渡过汉水，到江那边的鹦鹉洲，把报纸和文件送到工人住宅区。一天得跑十几里路。孩子对鹦鹉洲一带非常熟悉，每所房子几乎都进去过，跟每个工人都打过交道，成了那里最受欢迎的客人。每次回来，都带回一点好吃的东西，糖果啦，麻花啦……都是工人送他的。他舍不得吃，带回来给弟弟妹妹。只有一件礼物，他自己留下了，那是一个叔叔送的一对斑鸠，褐嘴巴，黄眼睛。他编了一个竹笼，把它挂在屋檐下。

可是，下回再去，那个叔叔已经不在了。他推开虚掩的房门，就听见有人吆喝：

"站住，干什么的？"

墙角冲出一个人，用枪对着他。孩子愣住了。但他马上镇静下来。

"我来收豆腐钱……"

"混蛋！"匪徒打了他一个嘴巴，"谁欠你豆腐钱！"

孩子哭着嚷开了：

"你不讲理！我爹病了，叫我来收十八号的豆腐钱，呜呜，你赖账，还打人！……"

"妈的！你瞎眼了，这是十七号！再不滚蛋，老子崩了你！"

孩子趁势退了出来。

他怕再遇见敌人，忙跑到僻静的岸边，把文件埋藏好。随后，悄悄回到十七号门前，在墙壁上画了个警号。

"做得好！遇见敌人就得随机应变！"爸爸听完儿子的叙述称赞道，"万一落在敌人手里，打死也莫说实话！交通员都是这样的。"

孩子得到鼓励，高兴得满脸放光。可是一抬头，正看到那对斑鸠，他叹了口气，打开笼子，把它们放了。他想起了那位叔叔。

七

我们机关门前，正对着黄鹤楼，后门通着龟山，山上草木萋萋。在乱草丛中，可以寻到蛇蝎盘踞的古老炮台的遗迹。秋天，还偶尔有些乞丐去捉蝈蝈，平常，就连顽皮孩子也不愿去玩耍。我们的同志来来去去，总是走山路。在屋里开会，听见警号，大家溜出后门，爬上山，就万无一失了。

一进腊月，敌人加紧“冬防”，市面上更混乱。匪军拉夫抽丁，见人就抓；码头工人，人力车夫，躲都无处躲；四五天内，拉走五千多人。于是县委组织码头工人，搞了一次抗议示威。

革命和反革命的斗争到了短兵相接的程度。头一天，敌人在纱厂门前杀死了三个十多岁的小姑娘；第二天，告密的工贼就被赤卫队员打死在广场上。戒严布告的旁边，贴着号召暴动的传单。敌人把净街的时间提前一个半小时，天还不黑，就断绝交通；然而半夜里，却有人从暗处冲出来，用麻袋套上巡逻兵的头，夺走枪支。

这个城市，好像一座火山，顷刻间就要爆发，迸出通红的岩浆，使敌人粉身碎骨。

年关越逼近，危机越严重。在苛捐杂税的重压下，店家纷纷关门，工厂倒闭，工人店员白出力不拿钱也找不到活干；“公务员”虽说幸运，能领小小一份“米贴”，可是无处买米。农村里天灾人祸，水深火热，武装反抗绵延起伏。因此省委下来指示：举行年关暴动，反抗国民党的罪恶统治。汉阳县委的工作更紧张起来了。

大雪天，我正在屋里纳鞋底，张浩同志闪了进来。他从来都是从后门进来的。他的突然出现，吓了我一跳。

“你好！”他一边扑打身上的雪，一边问候。

“你怎么从前门进来？”我责备地问。

“天下雪了。脚印留在山上，谁给我扫掉呢？你这个细心的主妇,怎么忽然粗心了?”他半认真半开玩笑地说。

张浩同志一向是这样细心,似乎跟他高大魁梧的身躯不大调和,但他做事确实又很果敢。听说三年前,上海闸北区上万名工人、市民集会,声讨北洋军阀。会场被军警包围。张浩同志带着群众,和军警搏斗。他的头顶被军警的刺刀挑破一寸多长的口子,鲜血糊了一脸,他还冲上主席台,振臂高呼:“冲!冲!冲!……”晕倒在地。工人们抬着他,向军警猛冲,一路游行示威。最后送到济生医院抢救。怕他落在敌人手里,以后又抬着他转移了好几个地方。因为得不到良好的治疗,终于留下头痛的根子。这真是个智勇双全的人物。

他四下里看了看,问:“梅生不在家吗?”

“刚从码头上回来,大概在屋里睡了。”

“我大概没睡。”梅生笑着,掀开门帘钻了出来,“有什么消息?”

“光有谣言。说共产党要调五十万农民军围攻武汉,贺龙拿来盒子炮三千只,机枪四十架,叫工人暴动……”

“我们还没动手,敌人就吓慌了!”梅生说。

“可惜没有盒子炮和机关枪!”张浩同志皱着眉头说。

梅生脸色也阴沉下来:“敌人放出这个风声,必有个缘故。”

“这就是问题!”张浩同志说,“看来敌人已有准备了……”

开会的人陆续到齐了。张浩同志说,今天的会很重要,要我注意戒备。同时,他也告诉到会的人,不要抽烟,不要在屋子里留下任何痕迹。

外面雪下得正猛。立安拿着笤帚,不住气地扫雪,扫过一层,又落一层,门前没有留下一个脚印。可是,他已经变成个白雪人儿了。

“你去歇歇,我来扫。”我说。

“没人走路,用不着扫了。”立安头上直冒热气,额角也出汗了。他又悄悄说:“妈妈,你留心后门吧,这里交给我!”

可是,我一转身,他就高声叫起来:

“妈妈,把铁锨拿来!”

这是警号！屋子里即刻鸦雀无声。但我仍然把铁锹往墙上通了几下，叫里边注意，然后才往外走。我一眼看见甲长往这边来了。

“徐甲长，什么事呀？大雪天也不得休息。快到屋里坐！”我大声打着招呼。

“不麻烦你驾！”他在门口站下了，“上边下来命令，叫每户准备一口大缸，两盏油灯。听说共产党要大暴动！”

“要大缸做什么呢？”我恨不得他快走，可是还搭讪着。

“装水吧，装米吧，管他呢！公事公办，你驾预备下就是了！反正家里也得用。”

甲长走了，沿门挨户去传达同样的通知。

张浩他们的会从下午直开到次日天亮，我和立安在前门后门紧守了一夜。孩子又累又困，不住地用雪团擦脸。

可是，到大家一个个散去的时候，他又精神焕发了，忙领着几个小的去铲雪，堆雪人。好像他干完一场紧张劳累的工作，现在正需要做些轻松的游戏作为休息。暴动计划定好了：夺取电灯公司、电报局，割断电线，控制交通要道，同时攻打军警机关。但当前最重要的是搞武器，这是一切计划的关键，没有武器，便无法作战。

事前，梅生已经和兵工厂工人接过头，讲好起事前，从厂里运出二十条步枪、两挺机枪。偷运武器的任务，交给了赤卫队员杨兴发。为了有个照应，临时又派老黄协助他。

临走，梅生拿出兵工厂的两个工人符号。

“你们戴上，从工厂后门进去，那里的警卫有自己人。枪放在废铁堆里，用席子卷着。到时候，有人帮你们抬。万一遇见别人，就说是废铁。工人偷点废铁，算不了什么。你们想想，还有什么问题？”

“一定完成任务！”杨兴发快人快语。

“那么，祝你们顺利！”

……开头还算顺利。他们把武器运上小船，向鹦鹉洲划去。谁知刚靠近码头，却被敌人发现了。两个巡逻兵跑上船来搜查，再也遮掩不过去。杨兴发举起船桨打倒了巡逻兵，自己跳到江里。但武器被敌船拖走了，老黄也在船上。

江岸上，枪声响了。

杨兴发一个人逃了出来，当他来到机关的时候，浑身上下都结了冰，嘴唇冻得发青。

“老黄呢？”张浩同志急切地问。

杨兴发冻得说不出话来，只是不住地摇头。

我连忙找出一身旧衣服，给他换上，又熬了一大碗姜汤灌进去，半晌他才缓过气。

“我没有完成任务。”报告了经过，他沉痛地说，“老黄叫敌人抓走了，我跳到江里才逃回来。”

他自幼生在江边，水性好，能踩水，还可以在深水里停留很长时间。

“我对不起大家！”这个粗大的汉子难过得流下了眼泪。

“这哪能怪你，”张浩同志安慰他说，“要怨也只怨我们想得太简单。怨天尤人有什么用，我们还得干！”

根据情况估计，老黄装成“船老大”，贩运私货，不会有生命危险，组织上可以花钱救他。只是，到哪里再弄武器呢？

“我们自己造炸弹，坚决干到底！”张浩同志斩钉截铁地说。

可是这也失败了。一天深夜，张浩夫妻空手从后山上逃到我们这里。他们在家赶制炸弹，不料雷管爆炸了，惊动了街上的巡逻兵。夫妻俩在敌人包围上来以前，从后门跑了。他们出世不久的小女儿，留在床上，也没来得及抱走。张浩的妻子涂俊明手被炸伤，跑到机关，还在不住地流血。我给她裹了伤，腾出床铺，让他们歇息。但是张浩同志硬不肯睡。他心事重重，不断在屋里来回走动。

我们就这样坐了一夜。

八

腊月初,党中央决定取消两湖地区的年关暴动计划,并且派人到武汉传达了这个决定。但是为时已晚,好多地方的准备工作已经暴露,敌人的报纸上,公布了我们的“暴动计划”,一些重要机关被敌人破坏,不少革命者被关进监狱。

除夕夜晚,月黑风高,雨雪纷飞,听不见一声爆竹,看不见一盏红灯。马路上,骑警纵马狂奔,阵阵粗野的吆喝,更加重了阴森恐怖的气氛。巡兵包探暗中搜索,就像勾魂夺魄的恶鬼一样。人们躲在屋里,大气不敢出,唯恐降下杀身大祸。

夜已深了。我把特意缝制的黑布窗帘拉得更严紧一些,免得漏出灯光,引起巡逻队的注意。张浩、龙大道和梅生围着炭火,小声商量事情,最后决定由梅生起草,给省委写紧急报告。龙大道似乎急着想走,到窗前倾听一会儿,又无可奈何地坐下来,我劝他到床上躺下休息,他摆摆手说:“不累。”

“找到没有?”我小声问张浩同志。

“没有!”他知道是问他们的小女儿,“孩子已经不在了!”

从那夜逃出来以后,他们找到一个新的住处,再没敢回原先住的屋子。他说,有个同志化装成黄包车夫,去门前查看过,屋里住了警察。

我叹了口气。

“革命总免不了牺牲,”他好像是在宽慰我,“每个人都可能遭到不幸,即使到了共产主义,种种个人烦恼痛苦,生离死别,也不是都能避免的。但这无关紧要,因为大多数人,都会幸福。一个革命者,总要看到将来。这是最重要的。有一个伟大的人说过:‘谁笑到最后,就笑得最好。’将来哭鼻子的,决不是我们!”

这话说得真好!悲哀不是结局,因为我们有幸福的将来。

“你去睡吧！今天我们自己站岗！”他说。

“我养成习惯了，有人在家，就睡不着。”我说。但我怕打搅他们，同时想到他们也许饿了，应该熬些粥给他们吃，便到厨房去了。

大概是过于紧张吧，梅生脸色通红，呼吸也很急促。不住叫我换冷手巾，给他捆在头上。捆好又写。看得出，他是在勉强支撑着。我劝他歇一歇，他不应。报告写到最后一页，他晕倒了。

我们赶忙抬他上床，帮他活动手脚。梅生双目紧闭，神志昏迷。我完全慌乱了。

“不要着急，快送医院。”张浩沉着地说。

龙大道喊醒立安，去外边找担架。可是孩子一出巷口，就遇见巡逻兵，忙退了回来。五点多钟，还没有解除宵禁。

我们只好守在旁边，等待街上通行。

担架来了。

几个人把梅生抬到担架上，上面盖好被子。

“你和大道送梅生去医院。”张浩同志对我说，“家里的事，交给我，你放心好了。”

我拿不出一点主意。不是他在一旁指点，我真不知该做什么好。

雪不下了，却起了大风，吹得电线呜呜叫，积雪满天飞。张浩叫我裹上头巾。我跟着担架，深一脚，浅一脚，穿过旷地，又过摆渡，不知经过哪些地方，也不知走了多远。

正午，赶到汉口协和医院。经过急救，梅生仍旧不省人事。

护士让我们离开病房，她说，病人患的可能是脑充血，需要绝对安静。

我周身几乎麻痹了，弄不清护士的话是什么意思，只是“哦哦”应着，却又在病床边坐了下来。

龙大道同志把我搀出病房。

“梅嫂子，你镇静一下，不要着急。”

我望望他，还是不知道这句话的意思。

我们坐在走廊上,这里静得吓人。雪白的墙壁,雪白的门窗,什么都是白的,好像没有任何实物。我觉得恐怖。

"妈妈!"

这是立安叫我吗?他背着小妹妹双林来了,一手还提着汽油炉子和小锅,可是为什么要这些东西?

"给爸爸煮粥吃。"立安说。

门开了,护士递来一张纸条,冷冰冰地说:

"办理后事吧!"

现在回想起这句话,我还禁不住浑身哆嗦。这怎么可能!昨天夜间,他还坐在炉边,和同志们讨论工作,起草报告。他怎么能丢下我们,忽然死去!

蒙着白单子的担架,从太平间里抬出来了。我扑上去,眼前一黑,栽倒在地上。

我不记得怎样回到家,怎样将死者入殓。当我清醒过来的时候,棺木已经停在屋子中央,梅生安安静静地躺在里面,好像睡着了。张浩同志喊我最后来和遗体告别。

"梅嫂子,再看看梅生吧!"他说。

直到这时,我才明白自己的生活中,发生了多么可怕、多么残酷的事!我战栗了。我怎么能离开他,孩子们又怎么能离开他!我扒着棺盖,头都磕得流血,嗓子也哭哑了。张浩同志强把我拖开。

梅生就葬在龟山脚下。好多日子,我都不能习惯这种生活环境。处处是梅生留下的痕迹:床头还没看完的书,墙上挂的出门穿的衣服,桌上零乱的诗稿,都还在那里,就像他并不曾离开我们。吃饭的时候,我不知不觉也总是多摆一副碗筷。而当想起我们的亲人已长眠在地下的时候,就不禁放声痛哭。

"你要坚强些,梅嫂子。"张浩同志常常来劝勉我,"梅生死了,光悲痛也无用!大家会照料你们的生活。他的家庭,也是我们的家庭!"

我永远忘不了党对这个孤苦家庭的关怀。对于一个普通妇女来说，丈夫死了，就意味着她和她的孩子也要跟着毁灭。可是在我遭到不幸的时候，党第一个向我伸出援助的手。我深切地感到，我的生命已经和党融为一体了。

梅生死后不久，一个远房亲戚，按辈分说，该叫他姑夫，大概是出于怜悯吧，写信叫我回湖南。他说："你还年轻，又拖着一群孩子，流落异乡，何以为生？不如返回本土，免致冻馁。"我很感谢他的好心，但我拒绝了。梅生生前给我指出一条路，这就是跟着党走。我不能在他死后，背弃他的信仰！前面的倒下了，后继者应该踏着前边的脚印再向前进！

我找到张浩同志提出要求："给我工作！"

他亲切地抓住我的手，笑了。

"我知道你会这样的，陶承同志！"

他还是第一次喊我的名字，称我同志，这使我激动得不知如何是好。

"党需要你这样的人，你还继续住机关吧！"他一边说着，一边从小箱子里取出一包银元。"我们准备开个木器店做掩护，你的生活也得安排一下。等我们找到铺面，再通知你搬过去。"

我把钱放回小箱子。

"这钱留作活动经费吧！"我说，"你们不必为我的生计操心，不要只把我看作是朋友的妻子，还应该把我当作自己的同志！"

九

我们还住在老地方。

街坊邻居知道我死了丈夫，不免用一种怜悯的眼光看待我。"年轻轻的就守寡，又拖上一大群孩子，该怎么生活呵！"他们说。我便趁势揽些针线活来做。——其实没有空做活，不过是摆摆样子，遮人耳目。

立安渐渐大了。张浩同志觉得这样闲着,会耽误孩子。但是,年纪太小,也做不了什么,不如找个地方去学手艺。正好有个石印公司招徒工,就把立安送去了。

谁知变起仓促,木器行还没有正式开张,就被查封。东拼西凑来的桌呀柜呀,全被没收。张浩夫妇逃到汉江边上一座小板棚里,躲藏了几天。敌人到处搜捕,他们在武汉再也无法停留,只得远走上海。事出意外,我刚刚平静下来的心情,又波动起来了。我赶做了一点熏鱼,送到他们的住处,给他们带到路上吃。

“陶承同志,我们都走了,你要保重自己。”张浩同志关切地说,“如果住得长久,最好送孩子进学校读些书。”

“在这种时候,还读什么书呵!”

“那么,将来呢?”他反问道,“将来他们要接替老一辈的事业,不但要打碎旧世界,还要创造新世界。没有知识,怎么去搞建设呢?”

“你想得真远!”

“人人都该看得远些!”他认真地说,“看得远,才有进取的雄心;眼前一点点挫折,一点点愁苦,压不倒我们。你站在黄鹤楼底下,觉得黄鹤楼真高得怕人,可是爬到龟山顶上,再看看,黄鹤楼可真不在话下。人站在高处,眼界开阔,才望得见远大前程。你看我扯到哪里了!是的,应该叫孩子读书,免得脑子里老是一盆糨糊。”

我是抱着双林出来的,家里还撇下几个孩子,不敢久坐。夫妇俩送我出来,亲了亲孩子,同我道别。我走出好远,回头望望,他俩还站在江边,向我挥手。

我回到巷口,发现有些异样:几个戴圆壳帽的警察,围在路边,听房东说着什么。我想转去,房东忽然高声喊道:“先生娘子,你站一站,屋里出了事了!”

警察围了上来,掏出绳子。

“你是杨刘氏吗?”

“有什么事?”我紧紧抱着双林,不动声色地问,“收房钱?”

“上局子!”

一个警察上来抓住我的膀子,我挣开了。

“你们干什么? 大天白日,动手动脚!”

“别装糊涂,快走!”两个警察一左一右,抓着我的膀子,好像怕我逃脱。

“放手! 我自己会走!”我一边挣扎着一边理直气壮地说,“我没犯法,去见天王老子也不怕!”

这时候,应坚拖着妹妹,不知从什么地方钻了出来,一见警察抓我,吓坏了,没命地哭叫着扑过来。

“再闹宰了你!”警察吼叫威吓着,抖弄着麻绳,要绑孩子。

“好大本事! 就会吓唬小孩子!”我恨不得一头撞去,同他们拼了。

几个警察横拖竖拽,把我母子带到警察局第五分局,关在候讯室。我脑子里翻腾得厉害:这是怎么回事? 是哪个坏蛋告的密? 稚鹤现在怎么样? 问应坚,也说不清楚,警察来的时候,他们在外面玩耍,不在家。我心里急得像火烧。

看看四处没有人,我对孩子们说:

“有妈妈在,都莫害怕。问你们什么,只说不知道。听见了吗?”

两个大点的孩子直点头。小双林还不大会讲话,只是哇哇叫着要出去。我一边哄着孩子,一边想好了口供。

候讯室门开了,一个长着酒糟鼻子的警察喊着:“提审犯人杨刘氏!”

我站了起来,招呼两个孩子说:“别怕,跟妈妈来!”

屋子的北头,放着一张长条桌。上首坐着一个又肥又黑的家伙,额头上有块明疤,像个挨刀的样子。这大概就是局长了。当时梅生死去只有八九天,我和孩子们都是满身重孝。这一点,似乎引起了他的兴趣。

“杨刘氏,你给谁穿孝?”

“给我丈夫。”

“他做什么? 老实讲!”

“是个读书人。出来谋事,发急症死了!”

“有人供出你跟共产党有关系。你说出实情,我不跟你这些孤儿寡母为难!”

“谢谢老爷恩典。我一个妇道人家,能知道什么!”

两个多钟点,问来问去,老是那一套。我按着编好的口供回答,能装糊涂就装糊涂。局长虽然有些失望,可是还不放松。

“你不老实! 这里明明有人证,怎么能说不知道?”

“真不知道。我一个妇道人家,大门不出,二门不迈,哪来的熟人?”我说着暗中把双林掐了一下。孩子没命地哭嚷起来。

“带下去!”局长真的不耐烦了。

分局里没有女监,只得派两个警察押我回家,明天再去听审。

家里,早翻得乱七八糟,被子和枕头丢在地下,书籍撕得稀烂,小稚鹤不晓得去了哪里。

我到处喊着稚鹤,没有人答应。警察不叫往远处找,催着给他们安排住处。

“反正不叫你睡得安稳!”我心里想,把停灵的那间屋子收拾了一下,就在灵位后面,搭上铺板。灵前点上了清油灯。

我无精打采地回到卧室里,眼前的景象又零乱又凄凉,孩子们害怕地挤在床角抹眼泪,我心里一酸,忍不住一面哭一面数说着:

“丈夫呀! 你死得好苦呵! 撇下我们孤儿寡母受人欺侮呵。孩子也丢啦! 你怎么不显显灵呀! ……”

外面,风呜呜地刮着,灵前一灯如豆,忽明忽暗,真也有些阴森森的。

警察隔窗哀告说:“杨刘氏! 求求你驾,莫哭了,吓死人。早早睡吧,明天还得过堂。”

一句话触动痛处，千般苦楚，万种仇恨，一齐涌上心头。亲人死的死了，走的走了；这些杀千刀的，连孤儿寡母都不放过！你们想得倒美：到苦水坑里来讨自在！我索性纵情痛哭起来。

"唉，真可怜。"一个警察说，"明天我们去给你驾求求情，把官司销了吧。"

两个小的累了，睡着了。应坚也来劝我，并且伏在我耳朵旁边，小声说：

"妈妈，后门锁打开了，是咱们自己人把稚鹤带走了吧……"

我连忙捂住他的嘴。我也看见床头的钥匙不见了，后门的锁不是扭坏的，难道稚鹤自己跑了吗？他还不到五岁呵！

夜深了，我也哭累了。想起还有事要办，忙摸下地，侧耳听听，两个警察鼾声大作，我轻轻开了房门，到通往晒台的楼梯板下，取出收藏的密件，到灶台里销毁了。然后放出警号。

七八天当中，总是白天过堂，晚上回来。回家就哭一场。警察也不大疑心我了。他们偷偷带酒来喝，我炒一盘鸡蛋，供他们下酒，他们心里高兴，就无话不谈了。

"你的官司快完了！"一个警察说，"不送警备司令部就好办……"

果然，第八天早晨，警察局叫我找保。我找不到保人，倒是那两个警察自愿保我，在保单上画了押。

后来才知道，有个姓王的被捕，供出了县委机关的地址。但是这个无耻的叛徒并没有保住狗命，第二天仍然被拉去枪毙了，所以没有牵连更多的人。我这个"案子"，既是"死无对证"，只好不了了之。

回到家，我收拾了屋子，拆去了灵堂，把警号也收了回来。当晚听见龟山上有个孩子在喊："妈妈！"

稚鹤回来了。我又惊又喜，忙跑出去把他抱在怀里。孩子身上干净整齐，一点也没瘦。问他从哪儿来，他说是杨叔叔送他来的。

原来那天警察进屋的时候，稚鹤惊醒了。这小东西一看情形不妙，趁着混乱，拿钥匙开了后门的锁，偷偷跑出去。路不熟，不敢远去，就坐在山脚下哭。正好杨兴发来送文件。稚鹤认识他，忙说："屋里有警察，不能去。"老杨抱着他，翻过龟山，赶紧给有关系的同志送警报，然后把稚鹤安置在一个茶楼上住。

"你妈妈出远门了，就跟我住吧。管我叫爸爸好了。"说着脱下身上的棉背心给稚鹤盖上。

几天当中，老杨天天到龟山附近，探听消息，看见撤回了警号，才把稚鹤送回来。

这里再不能住了，党组织叫我转到济难会工作。我在桥湾那头一个煤铺的楼上，租到一间空房，搬了进去，并且和济难会的负责人张牧之接了头。

我们的济难会，并不在一处。一个姓陈的同志在汉口开了一家勤余米店，他自任老板，把我的二儿子应坚要去当学徒。我还在汉阳，就在煤铺对面，开了一个纸烟店。我们的任务是保存密件，传递消息，给蒙难被捕的同志打铺保，进行营救。

这时候，我才觉得立安不在身旁是多么不便了。晚上，我和本纹二人用尽力气才能上上门板，第二天清早又得摘下来。如果立安在家，做这些事，一点也不费力。现在，他连家都不能回。石印行老板是个出名的酒鬼和赌棍，输了钱，喝醉了酒，便向徒弟寻事。我担心儿子受苦，有一天跑去看他，他却兴高采烈地说：

"妈妈，别担心。我可不是好惹的！那回他拿石印滚子打我，我就拿棍子和他对打。还跑到街上喊：'你们看呵！蔡老板毒打徒弟了！'要是警察来了，他还得请人家喝二两。"他咯咯笑着，越说越起劲："他打师兄弟，我也不答应，我说：'要是你自己生的儿子，你可舍得呀！你把我们打急了，往纸堆里放把火，你连老板也当不成。'我又说：'我们不到十八岁，放火也不犯法。'他真害怕，对我们直讲好话。爸爸说得好：人可以改造环境！"

听到这里，我也笑了。

"弟弟和妹妹都好吗？我真想他们。"他抱着我的脖子，厮缠着，还是以前的顽皮样子。

“他们都好。”我说。忽然我想起张浩同志临走说的话:“妈妈在学认字,你有空也看看书,不要老是贪玩。你看书吗?”

“看的。还给师兄弟念呢!”他停了一会儿,又问:“你们搬家了?为什么呢?”

我想了想,终于没有跟他说起“打官司”的事。

不久,勤余米店的老陈同志突然被捕了。米店被查封,应坚被扣留。济难会出了事,纸烟店也不能单独存在了。我不得不关了店门,赶紧隐蔽。但躲来躲去,总遇见叛徒。济难会的负责人张牧之待不住了,要去上海。他叫我收拾收拾,也随即动身。

对这个县城我并不眷恋,只是心头有种种牵挂。这里埋着丈夫的尸骨。二儿子被抓走,吉凶未卜。大儿子做苦工,朝不保夕。我怎么能硬起心肠,拔脚就走呢?但是,为着革命事业,我不能不割舍一切,离它远去了。

我尽快地收拾了行李,把要走的事情告诉了立安。

“妈妈要去上海了。你照顾弟弟吧,等他出来,一块儿去找我……”

儿子并不感到突然。

“你放心,妈妈,我们会照顾自己。应坚大概不会出什么事。我们很快就会去找你……你买船票不方便,把钱给我替你买。”

儿子处处这样精细,沉着。我心里想,他和爸爸的性格是多么相像呵!

当天晚上,我领着孩子们,摸着黑去向梅生的坟墓告别。后来又爬上龟山。在清澈的月光下,对岸的黄鹤楼,显出模糊的轮廓,江水汹涌澎湃,从我们脚下,滚滚而去。我不禁低声吟诵起梅生生前喜爱的诗句:“大江东去,浪淘尽,千古风流人物。……乱石穿空,惊涛拍岸,卷起千堆雪。江山如画,一时多少豪杰。”

大江,奔流吧!古往今来,多少豪杰之士,随波起伏,有的沉没,有的漂走。我,一个平凡的妇女,命运怀着恶意,把我打发到人世来,如今也卷进了时代的激流。任凭路程再长,险阻再多,也挡不住它奔腾向前。

十

这就是上海!跟武汉一样,江心停泊着外国轮船,船上插着五颜六色的外国旗;江边巍峨的建筑物,挂着晃眼的铜招牌,全是奇形怪状的外国字;码头仓库的墙壁上,漆着威风凛凛的“仁丹胡子”;几个外国巡捕守卫着码头出口,虎视眈眈地盯着过往行人。就跟武汉一模一样:都是帝国主义和他的走狗横行霸道的世界!

然而,这却是上海!一入市区,最触目的是“铲除共党人人有责”的大字标语。蒋介石那幅戎装画像,竖在不远的房顶上,俨然不可一世,这给各家商店“不顾血本”、“买一送一”、“出清存底”的大甩卖广告,作了最好的注解。街道上熙熙攘攘,店铺里冷冷清清……

忽然,警笛狂鸣。是汽车轧死乞丐,还是又抓住行窃的偷儿?可是,不等你思索一下,前面又锣鼓喧天,那是推销货物的广告队过来了,一个个画着怪脸,戴着二尺长的高帽子……

“太太,可怜可怜吧!”一个大烟鬼,跟在后边哀求着。孩子们吓坏了,拖着我的衣角,只叫快走。这时,街道上行人一片欢呼:原来从先施公司的楼顶上,飘下雪片般的传单……

这就是上海!跟武汉一样:一边是残暴的统治,一边是英勇的斗争。

天已黑了。我们找到一家小客店,安顿下来,一人啃了两块“瓦片”(最便宜的一种烧饼),喝点白开水,算是晚餐。孩子们累了,都已入睡。我趁这个空隙,去和组织接关系。

老张住在潭子湾一带,一家人全在纱厂做工。我找到他家,他正提着一把酒壶,自斟自饮。

“糟透了!”他一见我,就阴沉地说,“这里也出了叛徒,组织被破坏了。我跑了几天,也没接上关系,急得像热锅上的蚂蚁。我正想回武汉,你又来了!”

我怔住了。满怀热望,劈头一盆冷水。这些该死的叛徒!

可是,我仍沉着地问道:“现在怎么办?”

“怎么办?等着呗!”

“等等等!”我急了,“你这就不对,等到哪一天?”

“你不用发火,我也是刚进屋。”他焦躁起来,好像受了委屈。

“那是我错怪你了。”我表示了歉意,“不过,总得想个办法,拿个主意嘛。”

“这我知道,”他挥了一下手,“你住在哪里?”

我告诉他住在客店里。

“明天我帮你租间房。”他说,“眼前也得过日子,我去跑跑,先找个生活!”

“生活你不必操心!别看人地生疏,我还能闯。我只要求你一件事:积极去找党!”

我出来了。走不远,他又追上来:“我送你。”

“送什么,我认得路。”

“天这么晚,一个人走路,不要叫人剥了猪猡!”

街上很静,很黑,有些冷。看来他的心绪好多了。他不住地讲着路劫的故事。在冬季,一些为生计所迫的蟊贼小盗,夜间暗处埋伏,单身人路过,他就跳出来,抛出绳索,套上脖子,拖到小弄堂里,把衣服剥个精光。这就叫“剥猪猡”。遇上有钱的“肥猪”,就可养活数口之家。还有什么“瘦猪”、“瘟猪”,“软剥”、“硬剥”,真说得人毛骨悚然。

“这上海失业人口几十万,他们靠什么生活?”他愤慨地说,“有些人还不是靠抢劫,偷盗,诈骗!这个社会,天天在制造罪犯!可是,大亨们却叫嚷着要在马路上添设岗警,安装抢案报警扩音器。真是活见鬼!”

他一直把我送到客店门口。分手的时候,他又说:“你别见怪,我现在是一肚子牢骚,见什么都不顺眼!”

“发牢骚有什么用呢?倒不如咱俩也去剥个猪猡,还能解决点实际问题。”我很体谅他的心情,有意说得轻松些。“你要快些找党!不要老是借酒浇愁。”

“以前就听说你有股拗劲,我到现在才相信。”他摇摇头,“好吧,明天再去碰碰!”

过了几天,老张帮我租到一个亭子间,要我和女儿进纱厂做工。我做粗纱,本纹进厚生纱厂做徒工。早晨在街上买了饭团带着,把两个小的,托在邻居家里。

“妈妈做工去了,你和双林好好玩,”我对稚鹤说,“不要哭,也不要打妹妹。”

“不听话也不打吗?”

“也不打!”

母女俩早出晚归,天天如此。本纹一回到家,就躺在床上,“妈呀妈呀”不住声地叫唤:膀子酸了,腿疼了,脚肿了,闹个没完。

“妈妈呀,我受不了啦!”她叫完又哭。

孩子说的是实情。那时一个童工要做十二个钟头生活。本纹年岁小,够不上车,脚下得踩着凳子。一天下来,就是大人,也变成棉花条了,何况是孩子。我看着女儿红肿的双腿,心里发软。拿根水筹到老虎灶上打壶开水,轻轻给她揉搓着。

“你这个冤家,这么娇嫩,将来怎么生活呵!”

她只是哭,渐渐睡熟了。梦里还不住地抽泣……

我的遭遇,还要坏些。拿摩温(工头)嫌我是缠过脚的,跑不快,做了不到一个月,就把我辞退了。我有些惋惜,不是愁丢了饭碗,而是工作的门路又堵死了!

晚上,我爬上楼梯,大吃一惊:屋里灯光明亮,门锁已经打开,气炉子烧得呼呼响。

“糟了！出事了！”我马上站住，想往回走。

屋里似乎也听见楼梯响，忙打开门。天哪，原来是立安和应坚！兄弟俩喊声“妈妈”就扑上来，把我抱住了。

“放开放开，你们把妈妈拖倒了。”我一手揽着一个，进到屋里，欢喜得流出眼泪。“快告诉妈妈，你们怎么来的？”

“我们‘揩黄鱼’来的，一个钱也没花！”立安快活地叫嚷着，“我们躲在货舱里，简直闷坏了。弟弟憋不住，跑出来透透风，不想一下子睡过去，叫查票的抓住了。反正我们没钱，随便。真有意思。”

“你就是粗心！”我笑应坚。

“人家困了嘛！”应坚分辩着。

这兄弟俩真是奇怪的一对。一个老是唧唧喳喳，不肯安静；一个却总是闷声闷气，不言不语。记得小时候，他们跟本纹睡在一处，总要逗她，逗急了，本纹就“妈呀妈呀”直嚷。我跑过去。立安缩进被子，嘴里不住地求饶：“再不敢了！”而应坚却翻着白眼，纹丝不动。因此挨打总少不了他。现在，兄弟俩还是老样子。

“你们米店的事，怎么了结的？”我问应坚。

“谁知道，放我出来我就出来！”

我只顾跟他们兄弟俩说话，没有看见稚鹤也在屋里，他觉得受了冷淡，叫着说：

“妈妈，饭煳了！”

“你怎么也回来了？”我问。

“哥哥把我们接回来的。”稚鹤说。

我看他鼓着嘴，知道把他得罪了，忙把他搂过来。

“立安，快把饭锅端下来。”我说，“不是稚鹤提醒，饭要烧焦了。你说，今天哭了吗？”

稚鹤摇摇头。还说，他给妹妹做了一副望远镜哩。

不一会儿，本纹回来了。一家人坐在一起吃饭，我觉得我好久没有这样愉快。

我把床铺让给孩子们，自己打个地铺。可是立安硬要和我挤在一处。当孩子们都入睡了的时候，他趴在耳边悄声问道："妈妈，你的生活怎样？"

"你都看见了……"

"我说的不是这个。我是说像汉阳那样的……"

孩子的话，又勾起了我的心事。我不能入睡了，我是多么想立刻投进火热的斗争里去呵。

十一

我们又有个家了。

离住处不远，有个花边行，专卖湘绣用品，手工并不精巧。心想：眼前无事，何不揽些活做？于是，我就去领了一批拖鞋、领口、滚边回来；有时也给成衣店加工半成品，钉钉纽襻，镶镶衣边。做多做少，一家人都靠它度日。

对面粮店楼上，住着一个姓唐的老太太，给人家洗衣服。她的窗口，正对着我的亭子间，一天，她来闲坐，顺便说道："你怎么不进工厂做工？工厂挣大价码，比这强多了！"

"人家不要哇！"

"申新五厂有个王工程师，我常给他洗衣服，跟你们同乡，人家都叫他'迂夫子'，有求必应。我们找他去，一定能帮忙！"

我的心动了。价码大小倒是小事，这机会不可错过！

立安眼睛也放光了，怂恿说："妈妈，我们一起去！"

我们找到王工程师，这个白发苍苍的老人，听说我是湖南同乡，显得格外亲切。不过，他说，纱厂女工江北人多，都是大脚，我来做工，恐怕顶不住。这时，多嘴快舌的立安忽然插上来："你看，我怎么样？"

“你多大了?”王工程师整整金边眼镜,端详着这个小家伙。

“十五!我有的是力气!”

“读过几年书?”

“五年。”

王工程师显得非常满意。

“明天你再来一趟,”他站起来拍着立安的肩头,“也把书带上,半工半读,我帮你补习功课,还可以考学校。”他又转向我,“半途而废,这是你的过错。”

想不到事情会这样顺利。儿子能有着落,我也就心满意足了。立安更是欢天喜地,走路甩起膀子,就像飞似的。忽然,他用手撞撞我,悄声说道:“妈妈,你看……”

在临街花园的墙壁上,刷着“打倒反革命的国民党”标语,黑色臭油的印迹还未干,好像是刚刚刷下的。

我的心绪又烦乱了。同志们随时随地都在和敌人战斗,我却站在圈外。

立安进工厂去了。起初在办公间当茶房,侍候先生,无非是扫地、倒茶、打水、跑腿这些事。这是王工程师特地给他安排的轻松活。可是立安不满意。

“这算个什么,当听差的!”他一回来就咕咕哝哝,“那些写字先生,都是衣裳架子,树叶儿动一动,就打喷嚏。成天讲谈什么哑巴恋爱,螃蟹成精。真没意思!”

不久,派他去铜匠间学徒了。

“哈哈!这才带劲!”他一开口,神气活现,“真正的工人!累断筋骨,也浑身舒服。闲下来,骂骂资本家,逗逗工头,可真开心!”

我不知道那时他已经得了肺病。晚上回家,总是脸烧得鲜红,睁不开眼。他用冷手巾捂着脸,一边还跟小家伙们玩打鼻子眼睛。有他在场,家里总是笑语连天,不觉得寂寞。

吃过晚饭,他照例掏出揉皱的书本,读上几页,或是看看报纸。

困了，就站着读，或是小声念，免得睡着了。

“今天没有白过。”他躺在地板上，自言自语着。可是马上又爬了起来，因为他想起答应给人代写的家信还没有动手。

“快睡吧，你不要命吗？”我忍不住了，硬按他躺下。

“妈妈，答应过人家的事，怎好不做？那不是骗人吗？”孩子哀求着。

我只好放开手。

直到把信写完，他才蜷缩成一团，安安静静地睡去。他打冬天起，就睡地铺——洋灰地上，铺半张破席。我估计到他有病，让他睡床上，跟别的孩子换一换，他总是固执地拒绝了。

“我是哥哥！”他这样说，好像这个理由最充足。他不愿让弟弟妹妹去受委屈。

转眼就是夏天。老张忽然找上门来了。

“给你个任务，你干不干？”他故弄玄虚地问。

“爽快点，别藏头露尾！”我说。

“其实也不算什么任务！”他犹豫了一下，“直说吧，区委书记的太太死了，两个孩子无人照料，你能不能带几天？”

“就这个吗？那有什么不可以？”

“我怕你不同意，”他说了实话，“你有一堆孩子，何况又是做娘姨……”

这是从何说起。我说：“怪你自己糊涂！做革命娘姨有什么不好？我替他看孩子，他一心工作，对革命不是一样有利吗？”

他狼狈极了。

“别吵架，我认输。你这一段演说，几乎叫我忘记一件大事。组织上想叫应坚去学排字，将来自己好建立印刷所。如果你同意，我现在就带他去！”

“如果我不同意呢？”

大概他以为我又要吵架，连忙要作解释。其实我一点也没有要讲价钱的意思，只是不满意他说话少不了“如果”，太拖泥带水。

“革命需要，去就是了。我是革命的，孩子也是革命的！”我说。

这一天，我真有说不出的高兴。在革命最艰难的时候，我也能尽到自己的一份力量了。

上海的夏季，常有暴风雨。黄昏时候，雷雨刚停，一个穿长衫的人，闪进我的屋子，怀里抱着两个孩子。这就是沪中区委书记何孟雄同志。

“梅嫂子，麻烦你了！”他斯斯文文地说。随即把孩子放在铺上。

“都是自己人，说不上麻烦。我能力有限，做不了什么。能替你们减轻一点拖累，也是好的。”

“我早就听龙大道同志说过你，想不到你也来上海了。你拖儿带女，始终跟党走，真不容易！”

我问了这两个孩子的情况，原来孩子的母亲缪伯英病故，孩子无人照料，家里的亲友又不能够到上海来。

外面又是暴雷暴雨，震得窗户簌簌地响。忽然立安回来了，全身都在往下淌水，地板也弄湿了。

“妈妈，我不干了！”他嚷着。转脸望见何孟雄同志，又调皮地说：“你不说，我也知道你是谁！”

何孟雄同志笑了。

“真了不起！你们家立安会看相哪！”

“你怎么知道我的名字？”立安奇怪了。

“瞧你这记性！你给我送过《大江报》，就忘了？”

“不对不对。见过一次，烧成灰我也认识！一定是妈妈告诉你的！”立安边说边抖着身上的水。

我也搅糊涂了。仔细一想，何孟雄见过龙大道，准是龙大道把我们家的情况都告诉他了。立安蒙在鼓里，还在一味纠缠。

“快换衣裳吧！地铺打湿了，晚上不睡觉？”我说。

立安拧干衣服，晾在楼梯上，只穿一条短裤。回来又继续盘问何孟雄。他就是这个脾气，一件事不搞个水落石出，决不罢休。

“你还是先说说，为什么不干了？”何孟雄故意回避孩子的追问。显然他对这种捉迷藏游戏的兴趣，也没有消失。

“说起来气死人！”立安指手画脚起来，“工厂天天搞什么合理化鬼把戏，逼着工人开快车，拉屎撒尿都不许，我们铜匠间就憋死过人！”

“就为这个不干的？”

“哪里！那是以前的事，我还没进厂。”立安话一开头就收不住，“天天紧张得饭也吃不上口。今天晌午正吃饭，工头叫我去买香烟，我说：‘等会儿吧，吃着饭哪！’工头火了，一跳三尺高，说：‘好大胆子，叫你还不动弹！’我说：‘肚子饿了，还不叫吃饭？我又不是听差。’工头说：‘小瘪三，你还敢顶嘴！罚你四毛钱！’我说：‘罚四毛太少吧？我一天还挣不到四毛！’工头说：‘好！一句话罚你四毛！’你算算是多少！你罚你的，老子不干了！”

他一边说一边表演，模仿着工头的腔调，好像是在戏台上。何孟雄不时提醒他，压低嗓门，当心外边听见。可是孩子太兴奋了，说着说着，就忘乎所以。

“你不像交通员，倒像个演说家！”何孟雄半似责备地说，“不过，你倒做得对！应该给他们点颜色看看！”

可是我却想起介绍人的一片好心，该怎么向那个热心的老头儿交代呢？

“你跟王工程师说过没有？”我问儿子。

“说过了。他怪我不懂事，叫我赔个礼，还是回去。难道因为他，我就得逆来顺受，给人家做牛做马？”儿子理直气壮地回答。

“是不能回去，你要回去，那就是软骨头。”何孟雄说。

雨还没有住。从窗口往外看，街道都成了河。我们劝何孟雄就住在这里，万一孩子到一个生地方不习惯，也好哄一哄。他同意了。立安得到这个答复，高兴得发狂，连忙去收拾地铺。何孟雄趁这当儿悄声对我说:“梅嫂子,你太吝啬了。家里有立安这样的孩子,怎么还不把他献给党呢?”

“怎么,你能把他带走吗?”我惊喜地问。

“明天,我一定要把他带走,你不答应,我就拐走。他会成为一个好的战士。”

这太好了! 他本来就属于党的呵!

地上还有些潮湿,立安特意铺上那床光板毛毯。现在他变得安静了。当他俩躺在地铺上的时候,还叽叽咕咕,没完没了。孟雄开初给我的印象是温文尔雅,沉着老练,没想到他是这样热情,甚至带点孩子气。我睡得模模糊糊了,好像他们还在谈我们过去的生活。

忽然立安像发现奇迹似的,叫嚷起来:“现在我可知道了,你以前没见过我,我的事你是听龙叔叔说的!”

“你这个小机灵鬼,我上了你的圈套了!”孟雄也忍不住笑了,“不过你还是小声点好,街上的警察可没有睡觉呢!”

原来他俩还在继续那中断了的“捉迷藏”游戏。

十二

不久,何孟雄把两个孩子送到他哥哥家里照管,“你应该为党做更多的工作,我不能那么自私!”他这样解释。随后,调我到区工联住机关。住了一个月,又调到共青团中央秘书处。

秘书处机关设在英租界卡德路树德里,是一幢两楼两底的精致小洋房。我带着稚鹤和双林搬了进去;此外,再不住别人。工作是保管和分发文件,给来开会的同志们担任警戒,博古同志,还有王明也常来“办公”。他们躲在楼上整天地写,我就给他们做饭、放哨。

租界上不查户口,租房也不要铺保,只要有钱,房东是不管你什么来历的。那时租界上一天十几起抢案,旅馆里窝藏肉票,乃是公开的秘密;贩卖枪支,是合法生意;失意政客、垮台军阀、下堂姨太太,这些民国以来特别繁盛的产物，都把租界当作“安乐窝”。真是五方杂处，环境复杂。光是一条街上，就有大烟馆十来家，花柳病院两家，当铺五家。此外还有数不清的酒店、饭馆、赌场；几乎每个里弄都有暗娼和私设的大烟馆“燕子窝”；还有赌场“花会”机构。不消说，它们都是为寄生虫们服务的。这就是帝国主义和国民党统治下的上海的“繁荣”。

然而，我们就在这种环境里坚持工作。按照地下工作的纪律，三个大孩子不能来我这里，只许我去看望他们。立安跟何孟雄住在区委，应坚住在印刷公司。这两个孩子都能自理，我只不放心女儿本纹。她住在纱厂里，人又那样娇嫩，谁知道会出些什么事。

不过，立安对妹妹、弟弟比母亲更关切。他常常带上他们去参加一些活动，分配一些事情要他们做。也许是考虑到妹妹太娇气吧，他给找了一个“保姆”照料她。这个“保姆”也在纱厂做工，叫祝三妹，是个共青团员。现在她俩住在一处，形影不离。当交通员廖似光同志告诉我这个消息的时候，我不禁高兴地想：这个小哥哥想得倒周到。

“你去看看吧，我替你看家！”廖似光怂恿着说。她很年轻，长得漂亮，打扮得花枝招展，像个贵家千金。人又机警、老练，身藏重要文件，出入闹市，如入无人之境。连外国巡捕也不敢惹她。

是的，好久没有见到孩子们了。我按着地址找到祝三妹的家。祝三妹上班去了，家里还有个老妈妈。本纹在这里吃，在这里住，老妈妈还替她浆洗、缝补，就像待自己亲生的女儿。

“现在的姑娘家，真野得不像话，”祝妈妈慨叹着说，“管不住了！”

本纹是做夜班，正蒙头睡觉。听见我说话，翻身跳起来，就像喜鹊似的叫喳喳。

“妈妈！你怎么来了！”

“来看看你们呀！”我把她搂过来，“瞧你长得这么高，这么胖！可是祝妈妈却累瘦了！”

“祝妈妈可好了！这些日子，我就没吃过冷饭……”

大概祝妈妈想让我们母女俩好好谈谈心，说是要办些事情，躲出去了。

忽然，我发现本纹左眼下面，有一块青。

“怎么搞的？打架了吗？还那么娇气？”

她摇摇头：“拿摩温打的！”

做童工挨打是常事。早先听见几句同情的话，她的眼泪马上流成了线。我怕她撒娇，没敢再说什么。可是出乎意外，她却安慰起我来了。

“没什么，让他打好了。”女儿说着，还挺挺胸脯。“压迫我们，我们可有办法对付：打慢车，磨洋工，鬼子来了就做做样子，一离开，马上关车！想睡就睡，爱玩就玩。拿摩温追着打，抓住这个，跑了那个！他怎管得住呀！再打，我们就摆他的‘堆老’。”

“摆堆老”就是用蒲包装上粪便，套在人的头上，工人们常用这个办法惩罚工头。后来她又压低嗓门神秘地说：“妈妈，你不知道，哥哥还让我撒过传单呢！”

“真的？”我越听越入神。女儿不那么娇气，使我高兴。

“当然是真的。不信你问哥哥。我撒过好几回，还给拿摩温衣袋里塞了一张！”

“你又信口开河了！”门外有人说话，我一下听出是立安的声音。

本纹飞跑过去：“哥哥！妈妈来了！”

立安后边，还跟着应坚。就像每次见面一样，上来就抱脖子，缠得你东倒西歪，才肯松手。可是，应坚却显得拘谨，好像在生闷气。

我望着立安：“怎么，你们怄气了？”

立安不做声，只是傻笑。

我又问应坚。这孩子闷声闷气，没头没脑地说：“哥哥寻包探开心，我拦也拦不住！”

原来，南洋兄弟烟草公司浦东分厂无故关闭，好几千工人失业。工人推了代表团一百多人，到社会局去请愿，没有结果。因此，工人罢工了。今天,有三四百工人,集合在草坪上开会。哥哥想叫弟弟去“见见世面”,就把应坚拉去了。一个女工正在台上讲话,不料讲到半路,一个暗探跳上台去,把她推下来。

“这个会不合法,没有经市党部批准,不许开会。”暗探说。

工人摸不清头脑,正要散去。立安马上在人群里喊道:

“不要上他的当! 工人开会,讨论自己的事,就是合法! 他破坏罢工,不是好东西,撵出去!”

工人把暗探撵跑了,继续开会。散会后,兄弟俩坐摆渡过江,结伴来看妹妹,路过市党部门口,正好遇见那个暗探。

“怎么你才来报告,人家早散会了!”立安迎上去,故作惊奇地问道。

“我早来过,没人接见!”暗探老实招认说。

“说说好听,你东游西逛,办事不用力,当心摘掉派司!”立安想吓唬他。

“这真冤枉! 我叫人赶出来,几乎挨了揍,”暗探真急了,“你们可不能瞎说呀! ……”

“见你的鬼!”立安笑着跑开了。一路上直骂暗探笨蛋。可是弟弟却不满意,觉得用不着这样暴露自己。他对哥哥从来是言听计从的,只这一回,他有了主张,偏偏又说不服人。哥哥说:“他知道我们是做什么的? 拿他开开心,净当看场猴戏!”

“是哥哥不对,”我排解说,“不该开这玩笑。勇敢不是表现自己。把暗探撵走,这就够了。你不能说,‘他不认识我’,就得意忘形。万一认出你呢?”

“那可真得给他去作证明了!”立安笑着说,显然想叫这件事快些结束,谈些别的。

我看着立安,艰苦的斗争,并没有改变他好动活泼的性格,只是好像瘦了些,也黑了。一身黑色的学生制服,看来又瘦又小,紧紧绷在身上。从他跟何孟雄走后,他就成为一个共青团员,一直生活在工人当中，常常从浦东跑到沪西，从南市跑到沪东，几个大厂子里，几乎都有他的朋友。他愉快地给我讲着这些日子的遭遇，本纹在一边添油加醋。应坚不大做声，几次想说话，也插不上嘴，就跟着傻笑。

立安说，有一次，他到浦东一家纱厂开会，因为发高烧，突然晕倒了，工人们把他藏在一架停用了的机器下面，上头盖满纱头，这样才瞒过了工头的眼睛。他们还借用一个私立小学的礼堂，给工人们演戏。他装大肚皮资本家，就穿的这身学生装，里面塞上烂棉花，把下边纽扣都崩掉了。

"妈妈呵，"本纹又抢话头说，"你不知道，哥哥还编过好多歌子呢！……"

她生怕别人打断她，话没讲完，就唱起来：

天下洋楼什么人造，
什么人坐在洋楼哈哈笑，
什么人看门来把守，
什么人为工人坚决奋斗？
天下洋楼我工人造，
资本家坐在洋楼哈哈笑，
国民党看门来把守，
共产党为工人坚决奋斗！

"你等一等。"她唯恐别人说话，一边摇着手一边又唱：

工人诉苦情，
唱把诸公听，
早上五点就起身，
一个大饼当点心，
中午开水把饭泡，

做工一天头昏眼又花，
提着饭篮疲疲倦倦回到家，
还要洗衣浆裳造饭茶。

立安不愿意让妹妹把时间都耽误过去，忙说：

“这有什么，弟弟才好玩呢！老板给咱们印传单，还拿钱请客，叫他们莫往外说，他排一回传单，就大吃一顿……”

他笑得几乎要流出眼泪。我也笑了，觉得这真是一件滑稽透顶的事。应坚虽也咧着嘴笑，可是又不解地望着我们，好像是说人家情愿花钱请客，我又没有讹他。这有什么好笑！

不知不觉，已过去了很长时间。我对孩子们的景况非常满意。在党的抚育之下，他们不仅学会了独立生活，而且能在复杂的环境里，跟敌人斗争。我做母亲的，也就觉得放心了。

“住在这里，手脚放勤快些。不要娇娇滴滴，动不动就哭！”我嘱咐本纹说。

“我好久不哭了。”本纹分辩着。

“回来替我谢谢祝妈妈。”我一边说，一边往外走！

“妈妈，”立安悄声说，“这里有后门，我送你出去。”

孩子们依依不舍地拉着我，我又亲了亲他们，不让他们送。本纹眼圈忽然红了：

“妈妈，你什么时候再来？”

“有空就来，”我说，“你不是好久不哭了吗？”

她不好意思地背过脸去。我趁空溜出了小巷。

十三

四月八号这天，我起得特别早。推开窗子，一股潮湿的空气钻了进来，天阴沉沉的，像要下雨。我把楼上楼下的地板都洗了一遍。稚鹤来说:双林哭了。

双林发烧好几天,始终不退。我走进里屋,摸摸孩子的头,滚烫。我留稚鹤照看妹妹,忙去买药。

平时车水马龙的南京路,现在冷冷清清。也许时间还早吧,商店都未开门,连叫几家都无人应。我好生奇怪,看看四周,才发现各个路口,都是双岗双哨。怪不得连路旁的早点摊子,也摆得少了。有几个闲人,在巷口交头接耳议论:共产党要"大暴动"。

当时党的领导机关仍设在上海,不断号召中心城市举行总起义。动不动就搞游行示威,飞行集会。鞭炮"劈劈啪啪"一响,街上就集了一群人,喊口号,散传单,砸电车。结果是积极分子大批被捕,秘密组织大批遭受破坏。这种错误做法,使革命力量受到严重的摧残。可是今天又不是节日,敌人戒备什么呢?忽然我想起:前几天,南京下关和记工厂工人因为罢工,被英国水兵杀伤了十几人。立安曾说,上海要开群众大会,援助和记厂的阶级兄弟,抗议帝国主义的罪行。那么,敌人是在防备这个事吗?

我在弄堂口一家小药铺,买了些成药,回来给双林灌下去。不一会儿,孩子竟昏迷过去。我用毛巾被把她裹着,搂在怀里。她不哭不叫,好像静下来。再摸摸脸蛋,她已经断了气。

我的眼泪成串地滚下来了。我把孩子放在床上,真怕再看她一眼。

"应该早些埋掉!"我心疼地想。随着走了出来,准备去买棺材。巷口有几个警察,拿着哭丧棒,在驱赶行人。忽然,欢声震天,红旗招展,一支工人队伍,推倒铁刺路障,冲过来了。工人纠察队,手持铁条、木棒,前头开路,打得警察抱头鼠窜。"呜呜呜",敌人的铁甲车,也号丧一样出动了。恰好,从另一个方向,又冲出一支工人队伍,同敌人交了手。"当!当!当!"全速疾驰的电车,驶到街中心,猛一停,司机跳下车,高声叫喊:"罢工了!"于是,乘客们纷纷跳下车来,亮出了红旗。

街道上，波涛汹涌，像咆哮的海洋。几路工人大军，连续突破敌人七道封锁线，汇集到市中心，又向西藏路前进。不久，传来连珠般的枪声。

“糟糕！又流血了！”我一时没了主意，急忙跑回楼上，抱起小双林的尸体。不知怎的，我总觉得这小小的尸体，浑身都溅满了鲜血。

黄昏，杠行把双林抬去掩埋了。我顾不得跟着去墓地，忙跑到祝三妹家，看孩子们回来没有。祝妈妈急得满屋里乱转。

“天哪！准是出了事！他们几个早晨一起走的，外边又是枪响，又是铁甲车，怎么挡得住！”祝妈妈差一点哭出来。

“要是出事，总会有一个回来，他们都很机灵，不会等着挨枪的。”我安慰她说。

本来想打听一些消息，不料倒增加了心事。尽管焦急，我却极力克制着自己，不动声色。这个好心的祝妈妈，已经受够折磨了。

离开祝家，我又跑到立安住的阁楼上。立安不在，屋里只有和他同住的小李一个人，头上裹着纱布。我心里凉了半截，头发直往上竖，有气无力地站在门前，不能动了。小李一把将我拖进屋去，扶我坐下。

“怎么了，陶妈妈？”他不安地说，“立安他们刚走，开会去了。你是找他吗？”

“他们跑出来了？”我松了口气。

“差一点……好险！”他说，顺手给我倒了一杯白开水，“不过，都跑出来了！”

“你的头……”

“没关系，擦破点皮，抹点红药水就好了。可是，偏叫我休息……”他一边说一边咧嘴。

“祝三妹呢？”

“跟立安走了。”

“谢天谢地！”我几乎要感谢神明的保佑了。

小李说，这次参加游行示威的人很多，光烟厂、丝厂、纱厂工人，就有几万人。还有学生。他们的会场原预定在西藏路的宁波同乡会。九点钟，人还没有来齐，几个纠察队员就打开会馆的铁栅门，抱着许多宣传品冲了进去。但是帝国主义的捕房早有准备，群众还没有来得及跟进去，捕房的警备车开到跟前，大批探捕跳下车，把冲进去的五个人捉住，没收了宣传品，回头又驱散群众，严严关上了会馆的铁栅栏。

群众又转到贵州路北京大戏院，那是预定的第二会场。因为沿路有探捕截击，先到这里的才五百多人。立安领着二十多人从纸烟店旁门冲进大戏院，占领了会场。不料这个戏院的买办走狗乘人不注意，把门锁上了。一边狂吹起警笛。

立安他们被隔绝在里面。外边的群众都大喊："冲进去!"一边扭大锁，一边呼口号，飞散传单。敌人的武装赶来，包围了群众。这时，立安他们砸开太平门往外冲，巡捕们挥着铜头手棒迎面就打，沪西区工人纠察队长刘义清从外边抢进核心，打翻一个巡捕，一边高呼："快冲!"

敌人开了枪。

立安拖着本纹，跑到对边的人行道上。本纹回头一看，惊叫起来：

"哥哥！老刘倒下了!"

兄妹俩又回来抢救老刘。然而老刘已经牺牲了。工人们退到一条巷子里，重新集合打散的队伍，打起红旗，冲上了大街。

"我们的牺牲太重了！死伤十多个，被捕好几十。"小李说，"立安他们正在开会，讨论救济烈士家属的问题。他知道你会担心的……"

"谢谢你！你好好休息吧。"我告辞出来，急着要给祝妈妈送这消息，叫她好放心。

这以后，我好久没见着孩子们。不过，他们的情况还是时常传到我这里。我知道，大孩子没有更换的衣裳，太脏了就脱下来洗一洗。

有好太阳,放在外面晒;没有太阳,就用火烤,自己光着膀子,躲在屋里。我也知道,二孩子去找哥哥,哥哥不在家,他就站在墙角,等上四五个钟头,也不想想是不是出了什么问题。我还知道,兄弟俩结伴上街,拿粉笔写标语,你写一个字,我写一个字;走两个来回,就写好一条"打倒刽子手蒋介石!"

他们的一举一动,好像电影一样,不断在我眼前闪过。既使我愉快,又使我担心。

转眼又是五月。敌人的戒备更森严了,沪南、沪北各个要道都有军警出防驻守;北火车站一带不许结伴行路,被认为可疑的人,马上扣留;公共租界、法租界和华界交界处都关上铁栅栏门,加派巡捕守护;三道头们骑上脚踏车往来奔走;连大炮也架上了街头。敌人把这个月当作灾难来临的月份。因为一到这个月,工人游行示威会接连不断。

孩子们又成了"马路之王"。五一劳动节这天,立安组织五百个童工,在华德路跑狗场集合,会后准备游行示威。

事先,他把一面红旗用报纸包好,交给本纹拿着,嘱咐说:

"你找根竹竿子带着,等队伍排好了,我一摆手,你就把旗子扯起来……"

临出发,又掏出一张大饼,吩咐妹妹:

"万一出了事,你就装成看热闹的,在旁边吃大饼……"

妹妹按约定的时间,赶往跑狗场。那里已经聚集了好多人。她四下里找哥哥,看见了。哥哥摆一摆手,她忙打开纸包,抖开旗子。

"的! 的!"突然警笛响了。出丧用的大卡车冲进人群,队伍散了。

本纹把大饼忘到九霄云外了,撒腿要跑,衣领已经被人揪住了。

"往哪儿跑!"巡捕吼着。

"你干什么!"本纹拼命挣扎,边哭边嚷,"你凭什么揪住我!"

"旗子哪里来的?"

"我怎么知道！我是看热闹的。"

巡捕"叭"地给她一记耳光,不由分说,连拖带拉,把她扔上了卡车。

这一次被捕的人很多。孩子们把立安掩护起来,敌人没有发现。

济难会得到消息,连夜往牢里送东西,送糖果,为的是安慰和鼓舞这些孩子。

过了好多日子,组织上着人通知我,说本纹被捕了,改了名字,叫王阿二,让我去看她。

"这么说案情不重。"我想,带了几块点心,往牢房去了。

牢房里关的全是娃娃。说也有趣,探监的也多是妈妈。我站在牢房门口,等了好一会儿,里面才出来一个小女孩。我简直认不出这就是本纹,又黑又瘦,走起路来还有些摇晃,不是她喊我,我还不敢打招呼。

"妈妈!"她一开口,就放声大哭。

"不要哭,这么大人,哭什么！有话好好说。"我说。

"妈妈,"她越哭越凶,"他们不讲理,我去看热闹,他们也抓我,还打人……"

"你也会哭呵!"一个三道头跑过来讥诮说,"我还以为你们就会唱歌！这几天,你们在牢里也反得够了！你早这么哭,不是早出去了!"

"我哭我的,你管不着！你们高兴养活我,我就住着!"本纹不哭了,高声叫嚷着。

"怎么样,我就知道你是假装的！小赤佬!"三道头得意洋洋地说。

"你们打人,不给吃的,丧天良的猪头三!"牢房里的孩子们一齐嚷起来。

"骂吧,越骂越有吃的!"三道头讪讪地走开了。

牢房里饮食恶劣,孩子们闹得凶,伙食反而越坏越少,最后每人每天只给两小碗糠。本纹病倒了。监狱的大夫说是伤寒，可是开的却是泻药。

本纹关了四十多天才释放。出狱的时候，路也走不动。我叫了一辆黄包车，把她送进医院。

十四

两年来，秘书处机关没有遭到敌人的破坏，也没有搬场，这确实是不易的事。当时常常出现这种情况：一个机关建立不几天，就被包探监视起来；或是发现跟机关有联系的同志被捕，地下机关不得不马上搬走，甚至一天要搬几次。

敌人大量收买叛徒，充当爪牙，侦查党的地下组织。这些无耻的败类深知我们活动的特点，因此他们就成为最可怕、最狡黠、最难应付的对手。

斗争是更加复杂了。敌人不像初期那样，捉住革命者，连口供也不问就杀掉，而是在各地遍设反省院、感化院，长期监禁革命者，让他们读"党义"，"道德经"，来摧毁他们的信仰；用金钱美女、高官厚禄来引诱革命队伍中的意志薄弱者，供他们驱使；敌人用尽种种手法来摧残革命，几乎是无孔不入。我们再像在汉阳那样大模大样工作是不行了。

在这险恶的环境里，我们机关掩护得很巧妙，出入都要遵守严格的规定。我对外的身份是军人眷属。邻居问起，只说丈夫在第九军顾祝同手下当副官，驻防外地。为着遮人耳目，墙上的信袋里，还插着几个军事机关的大信封。尽管这样，却仍有人疑心我是什么官僚的"外室"。因此，我不仅要防备"包探"。还要防备绑匪、窃贼，怕他们真的把我当作有钱人家，不知趣地闯进门来。我们有个机关，就是夜半被窃贼盗走一包文件而暴露的。

幸好，除了收房捐、查水表，再没有外人来骚扰这个安静的"公馆”。门铃一响，小稚鹤忙抢着爬上小凳，望望门洞外面，然后告诉我：“妈妈，是自己人，上回来过的，能开吗？”

战斗的生活，使得小孩子也懂得应该防备什么人。

只是稚鹤太寂寞了。平时不许外出，只好从楼下跑到楼上，又从楼上蹦到楼下。唯一的游戏，就是用黄泥巴捏小人。玩厌了，就毁东西：将好好的门把手拧下来，“修理修理”；把自来水龙头、插销拆下来，“检查检查”；把手电筒灯泡拧下来，改装“收音机”；把电池掏空，改装“电话机”。

“稚鹤，电灯不亮了！”姐姐挑逗他。

“不怕，有我呢！”小东西不知天高地厚，卷卷袖子，就要动手。

“你不要命了！”我打了他一巴掌，“电可是好玩的？”

本纹捂住嘴哧哧地笑，稚鹤知道受了愚弄，气呼呼地说：

“你这个秃脑壳，不是自己人！”

“不是自己人”，这在他嘴里已经是最严重的“诅咒”了。

本纹出院以后，就躺在家里，头发脱光了，身上蜕下一层层黑皮，还没有完全复原。

“别闹，你听！”

门铃响了。

稚鹤马上安静下来，侧耳听了一会儿，辨别出是预定的信号。

“是自己人，妈妈。开后门吧？”

我们经常更动联络信号。有时来的人在前门按过电铃，却要绕到后门进来，防备万一机关遭到破坏，又来不及拆除警号，来联络的人不至于落进敌人手里。

后门开了，廖似光笑吟吟地站在那里。

“我给你们带来一位稀客！”她快活地说。

她后面跟着一个年轻人，不等我看清眉眼，就把我脖子抱住了。

“妈妈！”

我的天哪！这不是立安吗！

稚鹤见是哥哥，马上扑过去，像小斑鸠似的直叫着“哥哥”。本纹听见喊声，也从楼上跑下来，一边嚷着：“哥哥！哥哥！”一边扑上去了。

“我把他带来，也不谢谢我！”廖似光一边开玩笑，一边告辞。

立安穿着一件蓝线布棉袍，脚下穿着一双黑皮鞋，个子高过我一头还多，在灯光下，显得神采奕奕。他双手举起稚鹤，连声说：“好沉，好沉，简直抱不动了。”

稚鹤受到称赞，顿时神气活现。

“这半年多，你跑哪里去了？我也找不到！”我好容易插上嘴。

“我跑得可远啦，苏联！”孩子兴高采烈地说，“我到莫斯科开赤色工会国际会议去了！”

“你去了苏联？怎么不跟我说一声？”

“我是想来。”孩子承认说，“我走到巷口，又转去了，因为这里不是我该来的地方。我又不愿意让别人来告诉你这样好的消息……”

孩子遵守纪律的精神，他那种天真的想法，都使我感动。他等了半年，才把这可喜的消息告诉我，只是为着和妈妈一起分享这难得的快乐……

“回来多久了？”我拉他坐在身边，抚着他那一头不驯服的头发。

“快半个月了！”孩子说，“净忙着工作，抽不开身，真急死人！今天还是孟雄同志硬把我赶出来的！”

稚鹤扯住哥哥的棉袄襟着急地问：“你还走吗？”

“你说呢？”

“我不让你走！”稚鹤撒赖了。

“那也不错，整天陪你去捉洋迷迷。”

“这回该掉进黄浦江里！”我笑着说。

“不过，我学会游水了！”立安也笑着。停了一会儿，又问：“应坚怎么样！还那么老成？”

“你说二哥呀？还是那样。总是翻穿裤子，左脚的鞋穿在右脚上。”本纹抢着回答。

我在窗下搭上铺板，让立安去睡，他不肯去。

“妈妈，挤一挤吧，”他央告说，“睡一个床多暖和，说话也方便。”

“真是孩子气！”我心里好笑，“跑那么远，顽皮劲也没改掉。”

立安参加工作以后，还是第一次“回家”。我们虽在一个城市，久不见面，也都习惯了；但一见面，就有说不完的话。一种超乎家庭、母子的情感，使我们在最细微的生活中也接近起来。

“妈妈，我已经入党了。”孩子悄声说。

“那就要拿共产党员的标准来要求自己。”我勉励孩子，“可是，我一眼就看出，你还是那么幼稚！”

“你是说我爱蹦蹦跳跳吗？”孩子说，“我想改也改不过来，总觉得什么都挺有意思。”

其实，我心里是喜欢孩子那种乐观性格的。斗争尽管艰苦，可是永远精神勃勃，勇往直前。革命正需要这种性格呵！

孩子说，从苏联回来，他担任了共青团江苏省委委员，还兼任上海总工会青工部部长。同何孟雄一起，住在沪东工人区。

一提起苏联，孩子的话更多了。

“妈妈，你在听我说吗？”我应得慢些，他就追问，“我们在莫斯科开完会，又集中起来学习，到各地去参观。苏联是工农当家，人人有工做，人人有地种，人人有书读，没有人剥削人，更没有外国巡捕站在街头殴打本国人。现在还有困难，将来会更好的。我们要把中国也建设成苏联那样！你说是不是？”

“那要到什么时候呢？”

“反正总有这一天！”他沉默了一下，好像真的在计算日子，“顶多十年八年。”

“到革命胜利，妈妈也该爬不动了！”我有意这样说。

“那就进养老院！”他快当地说，好像眼前就掌管着这项职务似的。

养老院，在当时只能是一种幸福的憧憬。我们的同志常常被敌人追捕得东奔西躲，住不起房子，只好在车站排椅上，或是商店的台阶旁过夜。他们牺牲一切，茹苦含辛，不是为着自己能度幸福的晚年，却是为争取后代子孙幸福的将来。

"妈妈！你听我说，"孩子又推推我，"我在莫斯科还给报纸写过文章呢……"

过了一会儿，他又摇摇我的膀子："妈妈，你睡着了？"

"你说吧，我听着呢！"

"妈妈，没什么，我喜欢这样叫你。"

"真是孩子气！"

早晨，他要走了。稚鹤拖住袖子不放，哥哥说："你好好等着，到了春天，我带你们几个去看桃花！"

他站在我的对面，仔细端详着我，好像忽然发现了什么，吃惊地说："妈妈，你头上有了白头发了！"

"是吗？"我说，"可是，我觉得比过去还要年轻呢！"

儿子刚要走开，却又迟疑起来。但终于说：

"妈妈，你好好保重自己！也许我很快就要去苏区开会，恐怕没工夫来看你……"

十五

跟城市党组织受到严重破坏相反，一九三〇年是红军大胜利的一年。七月，红军攻入长沙——我出生和长大成人的地方。八月，又逼近南昌，在庐山避暑的外国人也吓跑了。冬天，蒋介石派出七个师、十万人马，第一次"围剿"中央苏区，结果是大败而归，前敌总指挥张辉瓒被红军活捉。愤怒的人民处决了这个杀人魔王。蒋介石吹吹打打，给他下葬，却不得不找木匠，现做一副木头身子。

"你们也有今天！"我愤恨地想，工作起来，浑身是劲。几年来，我在城市里不断看见自己的同志被关进牢狱以至被杀害，屡次经受亲人死亡的痛苦。现在，我却看到了敌人应得的下场！

工农红军一天天壮大，红色根据地遍及江西、福建、安徽、河南、陕西、甘肃、广西和海南岛。因此，党决定召开全国苏维埃第一次代表大会，建立自己的红色中央政权——中国工农民主中央政府。立安说，他可能去苏区开会，就是指的这件事。

一九三一年一月十七日，立安到三马路远东饭店开会。参加会议的有林育南、何孟雄、李求实、龙大道、柔石、殷夫、胡也频、冯铿等三十多人。不料会议还没有开始，旅馆就被巡捕包围。到会的三十多个同志，一齐被捕，押进了老闸捕房。

当廖似光告诉我这个不幸消息的时候，我头上好像猛然遭到沉重的一击，半晌说不出话来。

"只要不引渡就好。"廖似光怀着一线希望，显然是在安慰我。

"我有精神准备，事情发生了，就别指望侥幸！"仇恨给我添了勇气。我转身对站在旁边的本纹说："快去通知你二哥，大哥出了事，不要再去他住的地方！"

晚上，我失眠了。

"妈妈，你不舒服吗？"本纹和稚鹤都翻身坐了起来。

"没有。你们睡吧！"

"妈妈，你是担心哥哥……"稚鹤说。

"小孩子家，不要多话！"我厉声说。可是，我听得出自己泪珠"扑嗒扑嗒"落在枕上的声音。

第二天一早，我上街买来全市大小报纸，想得到一点消息。然而报纸上竟连一点暗示也没有。这批同志的被捕，在社会上引起很大波动，不仅因为他们都是群众运动的领导者，而且还有几个知名的作家。国民党当局对这个案件是很重视的。他们害怕引起群众性的抗议，事出之后，就封锁了一切有关的消息。于是，我把报纸统统塞进了火炉。

事后听说，这批同志被捕，是由于叛徒告密。在老闸捕房关押不久，就引渡到上海公安总局。南京指令“全部就地枪决”。但是由于社会舆论的压力，执行者有些犹豫，借口还得侦讯调查，拖延了几天，又将被捕者解往龙华淞沪警备司令部。

在审讯中，南京又拍来“就地处决”的电报。此后风风雨雨，议论纷纭。有的说把他们装进麻袋，投进了黄浦江；有的说解到南京才砍的头；但是却又有被难者的家属准备去探监。

我心里焦急，却无法去打听消息，工作不允许我暴露自己。我整天脚手不停地忙碌着，自己也不知忙的什么。不知饿也不知渴，嘴唇干得流血也不觉得。

到晚上，廖似光来说，还有一线希望，组织上正在设法营救。

“有用吗？落在敌人手里，还能活着出来？”说着，我哽咽了。要在感情上接受这个判断是困难的。

“陶大姐，你冷静一些！”廖似光劝慰说。她也很难过。

“是的，我得顶住，”我擦干眼泪，“你知不知道，他们在狱中表现怎样？你不要瞒我，有什么说什么！我打不倒！”

“表现很好……”

在敌人秘密审讯的时候，儿子受尽酷刑，始终没有一句口供。他只说：“我叫杨国华，到远东饭店去找父亲的一个朋友。没有别的可说。”

敌人把一个叛徒招到庭上，叫他指证。

“他叫欧阳立安，”叛徒有气无力地说，“他是上海总工会青工部部长，还是共青团江苏省委委员。在共产党内，是个实力派……”

“无耻！”儿子目光炯炯地斥骂着叛徒。

“那么，你承认自己是欧阳立安，是共产党员了？”法官得意起来，“你还有什么可说？”

“你要听吗？”儿子轻蔑地说，“那我可以告诉你：中国革命一定会胜利，国民党迟早要灭亡！不错，我是共产党员！就是筋骨变成灰，也还是百分之百的共产主义者！我为主义，为人民而死，死而无怨。”

“你年纪轻轻，死了多可惜，”法官扮起伪善面孔，“我想个办法开脱你，只要……”

“你是枉费心机，什么也休想知道！”儿子坚决而严厉地回答敌人。

在这群被捕者当中，儿子是最年幼的一个。敌人欺他没有经验，想从他身上打开个缺口，但终于失败了。

儿子被押进牢房。因为天气很冷，当时我们的济难会买通看守，送进去一批衣服，还送了些钱去。晚间，在黑暗的牢房里，大家聚精会神地讨论这笔钱如何应用。有人主张买日用品，有人主张存起来，以备不时之需。可是立安不同意。

“咱们这些人，是死定了的，说不定就是今天。还管什么冷不冷？依我说，把衣服、牙刷留给判过刑的难友。钱么不如买点酒菜，吃个痛快，就是临刑的时候，唱《国际歌》，喊口号，也有精神！”

这就是我的儿子。无论什么时候，都忘不了斗争。他的话，把难友们都逗乐了。

“言之有理。痛痛快快，喝他一顿，好打最后一仗！”

“再叫个理发师来，把头发理一理！”一向不大开口的胡也频同志也说话了，“就义以后，让反动派拍起照来，也可以更威武一点！”

大家的哄笑，震动了牢狱。守卫赶紧跑来制止。可是谁也不听他的吆喝。管狱的给每个人上了大镣大铐。

二月七日。

深夜，细雨蒙蒙，接着又大雪纷飞。何孟雄没有睡，他安闲地倚在唯一的小窗口下，凝望着灰暗的天空，自言自语道：“又下雪了！”

儿子戴着不习惯的铁链子，蹒跚地走了过去。

“你猜我想什么啦？我原答应稚鹤，春天带他去看桃花，恐怕看不成了。”

这也许是此时他最感遗憾的事吧？

营救并没有结果，从南京拍来第三封“就地处决”的电报，就在那个大雪纷飞，黑暗与黎明交替的时刻，淞沪警备司令部数重铁门突然打开了，大批武装匪兵手里提着马灯，涌进了低矮的牢房。

骚扰惊动了所有的囚人，他们都从地上爬起来，拥挤在狭窄的铁栏面前张望。为首的一个匪官，手里拿着一张名单，沙哑地喊着：“林育南，何孟雄，龙大道，欧阳立安，胡也频……”一共是二十三个人的名字。

黑暗中，不知是谁问：“把我们押解到哪里去？”

“即刻移解南京！”

儿子和难友们锁在一条链子上，被押出了牢房，朝着西北方向走去。漫天飘着鹅毛大雪。他们赤着脚，踏着深雪覆盖的荒地，穿过一座小石桥，来到一条结冰的河边。这里离房舍已经很远了。匪徒们叫他们站下。他们知道作最后一场搏斗的时刻到了，于是，一个个举起手铐向身边的敌人砸去。悲壮的《国际歌》夹杂着“共产党万岁”的口号，淹没在零乱的枪声里。

敌人连发了八十七枪，每个死者，身中数弹。为了掩盖罪行，敌人把烈士们的尸体，埋在荒场上预先挖好的深坑里。由于慌张，连铁链都来不及卸下……

几天中，我顽强地克制自己，不露出悲痛的痕迹，而唯一的办法，就是沉默。我没有把哥哥牺牲的消息告诉幼小者，免得他们小小的心灵承受过重的创伤。甚至连最狠心的母亲，也不会让孩子去分担她自己的痛苦。然而母亲的感情世界对孩子是没有秘密的，孩子能从每个细小的动作窥出母亲的不幸和忧愁。在我面前。孩子总是避免提起哥哥的名字。姐弟俩老是抢着干活。清晨起来，把玻璃窗、地板，都擦得明明亮亮。可是一看到他们夜间哭得浮肿的眼睛，我的心更加绞痛起来。

我经受过痛苦，但任何痛苦，也不如这次深沉。

同志们安慰我，但任何安慰，也不能减轻母亲的悲哀。

想一想吧,那该是多么残忍的日子。万恶的国民党,杀了人,还不叫死者亲属知道尸体的下落。在漫漫的长夜里,让孤儿寡母受着无穷无尽的精神上的折磨。直到解放以后,上海市人民政府从一个掘墓人那里,才打听到烈士遗骨埋藏的地点。为了纪念这些死去的先烈,就在龙华的草坪上,建立了一座烈士纪念塔,将遗骸移葬在这里,二十三个牺牲者的姓名,都写在碑文上,并且举行了隆重的追悼会。我曾写了一首诗,悼念儿子和他的战友:

烈士牺牲二十秋,永垂不朽精神留。
英雄姓名二十三,忠肝义胆耀人寰。
我儿英勇最年少,才离母怀便战斗。
聪明似父气如虹,誓忠阶级不惜身。
匪帮不敢见天日,半夜囚车出囚室。
枪声歌声振龙华,热血滋养自由花。
血凝滴滴雪花碧,骨列根根如剑戟。
墓园他日来凭吊,我心痛亦我心喜。

十六

我们的处境是越来越艰难了。机关被破坏,同志被捕的事,时有所闻。十一月,一个常来接头的同志突然失踪,组织上让我们立刻转移。

我清理了文件,又把别的东西收拾收拾,装进皮箱,带着两个孩子,避居到福煦路一家旅馆里。准备另租房子,重新开始工作。但是事情还无头绪,组织上来了通知,调我到中央国际事务团去住机关,并且让我把应坚也接出来。

机关设在张家花园一幢三层楼的楼房里。室内全是红木家具,式样考究,看起来很豪华。我的社会身份,是商务印书馆林股东的太太，本纹是小姐，稚鹤是少爷，而应坚却是听差，每天要送少爷上学。负责这里工作的是老沈和老王，他俩住在三楼。本纹住在二楼，我和稚鹤、应坚住在楼下，便于照应门户。

本纹担任交通，她烫了发，涂上口红，穿上颜色鲜艳的旗袍，俨然是富商小姐。她成天出出进进，东奔西跑，把文件送到各个地方。

我在三楼临街的地方，挂上一个“吞口”，这就是我们联系的警号。凡是到机关来的同志，总要先抬头看看，有“吞口”在，就表示平安无事。

但是，刚过一个多月，就发生了意外。

早晨，老沈派交通员老于到中央秘书处去取重要文件。临走时，交代清楚：中午十二点以前要赶回来。既然规定了时间，按地下工作的纪律，就必须严格遵守，否则机关就得迁移。

这天正是元宵节，我们也和普通人家一样，门前挂了彩灯，还特地跑到菜市去买了一只母鸡，给大家改善生活。

吃午饭了，老于还不回来。大家只好先吃。我撕下一只鸡腿，给他留着，又怕凉了，就用小锅盛好，靠在炉子旁边。

一点了，仍不见老于的影子，大家开始焦急了。

“注意，时间过了。”老沈警告说。

“最好先收拾一下，免得措手不及。”我说。

当时的事情是很难预料的。有时候，出去工作的同志遇见敌人跟踪，明明走到自己门前，也不能进去，往往要拐几个弯，绕几个圈才甩掉尾巴。有时候，路上忽然遇见车祸，不能通过，也得绕路，自然不能准时回来。

但也有一种人，贪生怕死，叫敌人抓住，抽三鞭子，压两杠子，骨头就软了。上午还是自己人，下午翻过脸，带着敌人来捉共产党。老于究竟是哪种人呢？

后门有人按铃。

“铃——铃铃——铃——”

是我们预定的信号。

“妈妈,于叔叔回来了!”稚鹤喊着,同时又吩咐应坚,“阿二,开门去!”

“是! 少爷。”应坚垂着手,毕恭毕敬回答,果然像个听差。

“等一等!”我从厨房里跳出来。细听铃声,准确无误。心里想:刚才的怀疑是没有根据的。

这时候,稚鹤已经打开门。“嘭啦”挤进来五个黑衣大汉,我一下明白了:“包打听!”

我冲上去,挡住去路。

“你们干什么?”我高声叫嚷着。

为首的包打听,亮出手枪,对准我的胸口。

“不许动!”

我一面挡住楼道,一面向楼上告警:“强盗强盗!”因为我知道老沈和老王在清理文件,本纹也在帮他们烧东西。

“强盗强盗!”我拼命叫嚷。

“不许嚷!”又是一声吆喝。

这声音好熟! 猛的,我看清了来人的脸:老于! 这该死的东西,把我们出卖了。

匪徒们像老鹰抓小鸡一样,将我母子推搡到厨房里,又把门反扣上。

“强盗强盗!”我一边用力撞门,一边声嘶力竭地叫嚷。

“噔! 噔! 噔!”一阵楼梯响,匪徒们上楼了。我招呼应坚:两人拿棍子用力撬开门,门口站着一个包打听,把枪一扬说:“进去!”

楼上传来铁器砸门的声音。“哐! 哐!”门砸开了。“哗啦!”桌子推翻了。“乒乓!”椅子摔过来。“咚咚!”有人在地板上厮打。忽然,又像杀猪似的吼叫起来:“救命! 共产党杀人了!”

看守的包打听丢下我们,往楼上奔。

小稚鹤紧紧揪住我的衣角,不住地说:“妈妈! 逃吧,逃吧!”

一句话提醒了我。我吩咐应坚说:“你先从大门走,逃脱一个是一个!”

“不!妈妈,要死死在一起!”

天呀!这是什么时候,还那么死心眼儿,我气极了。

“快点儿吧!冤家!要不,一个也逃不掉!”

应坚迟疑地说:“好吧,我去印刷公司。”

从印刷公司出来的时候,他对老板说是回湖南老家看看,现在回去,不会引起怀疑。

突然楼梯又响了,脚步杂乱。一个粗野的声音咒骂着:“他妈的,看你往哪儿跑!”

接着又听见一声狂叫:“哎呀!跳楼了!快抓住他!……”

是谁跳楼了呢?急得我一身汗,我不顾一切地冲出来,两个包打听,正押着老王往后门走。不用说,跳楼的一定是老沈了。

一场骚乱过去了。死一般的寂静。我忽然想起本纹。冲上楼一看,楼上空无一人,桌椅床铺全都打翻,窗玻璃碎了一地。楼上的“吞口”没有了。那么,她也跳楼了吗?

这地方不能久停,说不定敌人还会回来。我拉着稚鹤,紧往外走。机关破坏了,一时,我们成了无家可归的人。到哪儿去呢?身上只剩下几个铜板,而且,现在无论走到哪里,都会连累人。

我领着孩子,穿小巷走着,转过一个路口,突然听见后面有个妇女在喊:“林太太!林太太!”

谁在叫我呢?不管,还是往前走。

“稚鹤!稚鹤!”

不能不回头了。原来是住秘书处时的邻居。我们搬进去那天,还给她送过十个元宝点心。

我连忙和她打招呼:“哦,是张老师。”

她跑过来,亲热地说:“林太太,你们什么时候搬家的?我连晓得都不晓得,后来我也搬了,就老没看见你。你到哪儿去?”

“买点东西，随便走走。”我支吾着。

她把地址和门牌告诉我，让我到她家里去坐坐。我谢谢她的好意。这个时候，哪有心思串门呵！

走来走去，只好找应坚。他回到印刷公司，对老板说，回来的路上叫土匪抢光了。老板信以为真，预支给他一个月的工资，算是特别照顾。老板知道他一向老实肯干，工资又低，丢掉这样的劳动力，未免可惜。

我拿了两块钱，租了一间阁楼。房东是家裁缝店，就住在楼下。阁楼只搭得下一张单人铺板，我和稚鹤半缩着身子，才勉强睡下。屋里放不下别的东西，唯一的一只气炉子，只好放在楼下，做饭、烧水还得爬楼梯。此时此刻，哪有心思过日子，只求有个落脚地方，快些同党联系。

本纹被抓走了。在狱里押了十几天，死活不知。我蓦地想起了张老师，她丈夫是个律师，据平日了解，他们夫妻有正义感，同情共产党的事业。于是我找出那天她开的地址，登门求她保释本纹。

几乎没费什么力气就成功了。当时本纹不满十六岁，本来不够法定年龄，所以好说得多。只找了个酒店的铺保，人就出来了。

那天，她在楼上，被特务打晕过去，扔在墙角里。我上楼去，仓促间，没有发现。我们逃出不一会儿，特务们二次上楼，才把她抓走。

她亲眼看见老沈拿一把椅子抵挡三个敌人。老王掏出一沓钞票，趁空递给为首的包打听，说道：“都是自己人，拿去买包烟抽吧。”

“别来这一套！”这个死心塌地的走狗，把钞票打落在地，就要逮人。

五个人扭成一团。本纹赶紧去扯“吞口”，包打听发现了，把她揪下来，摔到地上。

老王和敌人搏斗，受了重伤，老沈从阳台上往下跳，摔断了腿，也被敌人捉住。押到捕房的时候，他们还向本纹说：“妹妹，我们要准备牺牲！”

可是不多日子,这两个人竟背弃了自己的誓言,在报上发表了自首书:声明和共产党脱离关系。为了求得一条活命,他们不惜用最卑劣的言词讨好敌人,诬蔑自己曾经信仰过的真理!

十七

我和党失去联系了。在地下斗争的年代,关系一断,再难接上。警察、密探、叛徒、奸细,四处布下罗网。一不小心,就落入圈套。即使碰巧遇到自己人,不知底细,也不敢相认。

虽说懊丧,我还常在街头徘徊。希望有个偶然的机会,能碰上自己人。奇怪的是,那些游行示威,飞行集会,都从地面消失了,就像有什么恶鬼施展了魔法一样。原来在上海担任保卫中央任务的纠察队长叛变投敌,几乎把全部地下组织一扫光。

夜正长,路也正长……

我不得不挣扎谋生,做杂工,洗衣服,绣手工,过着半饥不饱的日子。一天又一天,一年又一年,像失群的孤雁,在迷雾里冲撞。本纹饿跑了,去了外地。不久,稚鹤也病倒了。肺结核无情地吞噬着年轻的生命。为了去医院看病,我只得把仅有的一条被子卖掉。但是,得来的钱,仅够付门诊费。

正当山穷水尽的时候,忽然峰回路转:抗日战争爆发了。报上登着红军改编为八路军的消息,共产党代表团在武汉设立了办事处。负责人就是周恩来。亲人亲人!我可又找到了你们!

“妈妈,咱们到武汉去!”稚鹤嚷着,“马上走!”

“马上走!”我拿报纸的手在颤动,心也在颤动。我又看看报纸,怕是做梦。

“八一三”以后,上海成了火线。市区炮火连天,军队到处抓夫,真是兵荒马乱。应坚参加了救亡运动。老板借口时局紧张,闭门不接生意。应坚和几个伙伴偷着印抗日宣传品,被老板发觉,把他开除了。一天下午，他背着铺盖卷回到家里。我们母子三个，当天进了难民收容所，开始流浪。

我们随着难民群，从上海乘船，经过香港、广州，到了汉口。有时候走水路，有时候乘火车、搭汽车，搭不上车就开步走。应坚一路拉痢疾，拉得又黄又瘦，腿又长了血疮，走不动，只好拄着一根木棍，我和稚鹤扶着他，一瘸一拐，跟着难民群往前走。人家走得快，我们走得慢，好容易赶上队伍，人家又起程了。

终于到了武汉。也顾不得歇脚，我就扯着两个孩子，去找八路军汉口办事处。我多么盼望早些看见自己的同志！

我们来到八路军办事处，就像到了家，也不打招呼，一直往里走。一个穿灰军衣的人含笑问道：

"你们找谁？"

"我找秦博古同志……"

"他在开会，有什么事跟我说吧。"

一时我不知说什么是好，没头没脑地讲了好多话。那个同志笑了。

"别着急，你先休息一下，我去看看博古同志会开完没有……"

不多时，他从里屋转回来。

"会还没完，他让我接待你。你们过去一起工作过，是吗？……"

"是的！"我又兴奋，又难过，禁不住流出了眼泪，"我可找到了你们！"

我恨不得把这几年积下的苦水，全部倾倒出来。颠沛流离，孤苦无依，在死亡线上挣扎，今天，才回到亲人身边。

"可找到党了！快给我分配工作吧！"我请求着。

"你们真吃了不少苦，总算熬过来了。"这个同志说，"工作问题，同博古同志研究一下再决定。目前环境不同了，搞统一战线，也很复杂。"停一会儿又问："办事处就要撤到重庆，你可以去吗？"

"我到哪里都行，"我说，"这两个孩子，千万请送到延安去！"

稚鹤听说到他,连忙站起来:“同志,让我去当兵吧!”

“想当兵?”那个同志笑着说,“你多大了? 舍得妈妈么?”

“明年就十五了! 我是国家的人,怎么舍不得妈妈!”

“明年就十五了! 好呵。我们正需要这样的战士!”

于是决定了。小稚鹤先走,到延安抗日军政大学去学习;应坚因为有几个伙伴要一块走,还得等几天。

晚上,怎么也睡不着了,我感到浑身都是力量。我又回到党的怀抱,可以为党工作了!

不久,我来到重庆。组织上让我收藏文件,当保育员。国民党“消极抗日、积极反共”的反动政策,给人民带来了灾难,我在重庆无法立足,不得不撤回延安。

一九四三年六月,我随着八路军办事处的大卡车,离开重庆,到达西安。然后通过一条又一条封锁沟,一重又一重铁丝网,才进入陕甘宁边区。

来到黄土高原,它的空阔、辽远、雄壮,不由不激起你战斗的雄心! 更可喜的是我一到延安就见到了廖似光。她从上海转移到江西中央苏区,经过二万五千里长征,到了陕北。

“你们真狠心哪!”我拉着她的手,嗔怪地说,“不声不响就跑了,也不给我打招呼!”

“我还要找你算账呢!”廖似光嘴头子从不饶人,“我们派人同你联系,你怀疑人家是叛徒,拿把菜刀要砍他。不是腿长,人家就做了屈死鬼啦!”

我想起来,在机关被破坏不久,是有一个穿黑大衣的人,到我住的亭子间来找“姓杨的”。我刚盘问几句,他却慌了手脚,一溜烟跑了。我拿着菜刀,追到巷口,也没追上。

“都成了惊弓之鸟啦!”我说。

“总算都回到家里了!”廖似光愉快地笑着。她穿一身灰军装,打着绑腿,扎着皮带,显得英俊而苗条,比在上海更加标致了。

我又打听两个孩子的下落，她说应坚在中央印刷厂工作。组织上已经通知他来看望妈妈。

廖似光也不知道稚鹤的消息。我有些沉不住气了，过了两天，自己跑下山，要到部队里去打听，但是半路上邓颖超同志把我拦住了，她说：

“陶承同志，我们始终不敢告诉你，稚鹤在三年以前就牺牲了。……”

真是晴天霹雳，把我击晕了！我浑身无力，摇晃了一下，几乎倒下去，大姐赶忙扶住我。她亲切地说：

“想开点吧。人活百岁，终有一死。稚鹤死得光荣，他是在战斗中牺牲的……”

原来，稚鹤在抗大学习的时候，就成为共产党员了。毕业以后，分配到三五九旅政治部当青年股长。他是个活泼的孩子，爱演戏，好唱歌，搞什么文娱活动总少不了他。而每次演戏，总是扮演小姑娘，因此同志们都管他叫“小妹妹”。

那时部队正转战在晋察冀的崇山峻岭间。一九四〇年春天，蒋介石发动了第一次反共高潮，反动军队侵占了我陕甘宁边区五个县城。三五九旅奉令由敌后开回陕甘宁边区保卫党中央。当部队通过同蒲路封锁线的时候，忽然遭到敌人的伏击。

稚鹤战死了。这一年，孩子刚刚十六岁。

我几乎经不住这沉重的打击。同志们为减轻我的悲伤，川流不息地来安慰我，开导我，这使我感到惭愧。

第二天，应坚来了，一见面就跪了下来。

“妈妈，可看到你了……”

他说不下去，放声哭了。正在山上学习的同志，看见我们母子抱头痛哭，也都抹眼泪。

我经历过的苦难，决不止这一次。过去怎样承担的，现在还要照样承担起来，不能让悲哀打倒！

“这几年,你有进步没有呢?”我问应坚。

“我入党了!”像小学生应考一样回答,他拙于言词,三言两语就把话说完了,“我一到延安,就进抗大学习。我们的队长是张浩,他说认识你……”

“你小时候跟弟弟抢东西,他还拉过架,就忘了?可惜也见不到他了!……”我又难过起来。

在我来延安前一年,张浩同志逝世了。听说,那年离开武汉去上海,他又到安源参加湖南省委工作,恢复党的组织。因为无处存身,只得削发为僧,潜藏在郊外一座寺庙里进行活动,最后还是暴露了。张浩身披袈裟,手持木鱼,逃出虎口,一路化缘乞讨,跋山涉水,才返回上海,向党中央复命。一九三〇年,他又被派往东北,领导工人运动,因叛徒出卖,又被日本侵略者逮捕。一天当中受刑无数,昏死四次。敌人用尽酷刑,灌凉水,灌辣椒面,灌煤油,缓过气,又扒光衣服,放在地下室冰水里冻,冻死过去,又吊起两个指头……每次苏醒过来,都大骂日本帝国主义;他始终没有承认自己是共产党员,保守了党的秘密。出狱后,他作为中国共产党驻共产国际代表团成员,到了莫斯科。一九三四年十一月,为了同长征到达陕北的党中央取得联系,他又化装成小商贩,穿一件光板羊皮袄,穿过雪虐风狂、人烟稀少的大沙漠,到达瓦窑堡……

这个忠心为党坚忍不拔的好同志,永远离开我们了。可是,他的话我还记在心里:“站在高处,才有远景。”在那艰难的日子,他这样开导我,现在这远景活生生呈现在我们面前了。

每当我怀念亲人和儿女们的时候,我总是督促自己,要鼓起勇气,路还远得很,决不能停下来。如果说,我的家庭曾经遭受过许多不幸,那么,敌人又毁灭过多少个这样的家庭!孩子们付出生命,这是为着更多的母亲不再失去自己的儿女。党抚育了他们,教导了他们,他们并没有辜负这个时代。我应该坚强起来!一个人倒下去,千百万人站起来。现在我们有多么兴旺的革命大家庭啊!

把一切献给党

吴运铎

童 年

我是在矿山上长大的。

听父亲说,我们老家在湖北,家里穷得连瓦也没一片。祖父祖母都死得很早。父亲从小四处流浪,做过店铺学徒,做过苦工,后来流落到江西萍乡煤矿,当一名记账的小职员,才在这里安下家。

萍乡煤矿是当时中国南方最大的一座煤矿,矿工们都叫它安源山。山上山下,长满茂密的树木。山腰上,烟囱竖立,日夜喷吐着黑烟,炭粉把青山绿树都染黑了。连绵不断的高山,包围着这座矿工城。

我家就住在煤窑直井口旁的山脚下。在我童年的心里,矿井是个很神秘的地方。老年人说,那里藏着宝物,谁能得到宝物,谁就得到幸福。也有人说,那里暗无天日,有一天太阳照进了矿井,人们就不再受穷受苦。听到这些神奇的传说,我一心想进矿井。虽然母亲不断地嘱咐我说:“煤窑里小孩可不能进去,进去就出不来!”也吓不住我。我像一只初出巢觅食的小鸟,成天在矿山上跑来跑去,恨不得找个机会钻进矿井,把听到的一切都弄个明白。

离家门口不远的直井旁,煤车一溜溜地从井口运到洗煤厂。我喜欢学工人们的样子推煤车，弄得满身大汗，有时趁工人不注意，钻进了空煤车，弄得一身煤灰和油污。我羡慕刷洗烟囱的工人们的勇敢，也想冒险尝试一下，挽着烟囱上的铁环，一步一步地向上爬，弄得满脸煤灰，刮破了衣服。只是，每次溜近煤窑口，都被大人赶回来……

有一天，父亲买了一只鸭子，拴在院子的棚架底下。哥哥说鸭子会浮水，不沉底。难道真有这种怪事？趁着母亲没看见，我悄悄地解开绳子，抱起鸭子，一直跑到煤窑直井前的广场上，钻过了栏杆，把鸭子丢进喷水池里。

喷水池是洋灰砌的，池里都是发电厂排出的热水。水流涌过粗大的铁管，喷到半空，又倒泻下来，发出闷雷一样的响声，鸭子在池里吓得乱窜。父亲不问情由，就把我拖回家去，打了一顿。第二天，拿来一个新书包，一本新书，把我叫到跟前说：

“你在家调皮总算调够了，今年六岁啦，该上学了，明天上后山胡老先生那里念书去！”

读书本来是好事。哥哥们都上了小学，我一直很羡慕。谁知父亲偏不让我跟哥哥们一起。父亲对我说：“得找个厉害先生管管你！”既然算是一种“惩罚”，这个“上学”，我根本不感兴趣。

可是，又有什么办法呢！母亲给我换了新衣服，用手帕包了一对蜡烛三枝香，还拜托邻家的张大妈送我去后山上学。

胡老先生一看来了新学生，马上换了一件长衫，端端正正坐在上首。墙上贴着一张大红纸，写着“天地君亲师”。张大妈忙着点蜡焚香，吩咐我：

“快拜老师！快磕头！”

“又不过年，干吗磕头呀？”

张大妈不回答，硬按着我磕了三个头。

在这里读书很枯燥。整天念的是“人之初，性本善”。意思一点不明白，先生也从不解释。你要问他，他就瞪眼。

每天我路过煤窑直井，听见围墙里的嗡嗡声，就不由得放慢了脚步。脑子里时刻想：机器是什么样子？它为什么这样叫唤？……应该去看看！

一天，我照例背了书包去上学，一出家门，跑上后山，把书包挂在树叶稠密的树枝上，就急急忙忙地跑到直井围墙门口，背着警察，溜了进去。

我随着机器的响声，轻手轻脚走进了打风房。那庞大的空气压缩机整齐地排列在厂房里，巨大的飞轮飞快地旋转着，白光闪闪。这庞然大物，不息地旋转，发出隆隆的吼叫，真叫人害怕。说什么好呢？可是一见机器就叫人走不开了。我走近围着机器的铜栏杆，两眼盯着机器出神。

背后有粗大的手搭在我的肩上。

"小家伙，你跑来干什么？"

我吓了一跳，回头一看，是个司机工人何叔叔，笑嘻嘻地站在那里。

"叔叔，那个推机器的人，躲在哪里？"

他用棉纱擦了一下油手，摸着我的头问道：

"什么推机器？"

但是他很快就明白了我的意思，笑着说：

"你这小傻瓜，这哪里是人推的，是汽，懂吗？"

也许不忍叫我失望，他又安慰我说：

"不要紧，长大了你就会明白的。要人推还算什么机器！机器是人造的，你要它怎么着，它就怎么着。"

从那时候起，我觉得世界上最奥妙的东西就是机器了。它不吃饭，也不休息，老是轰轰隆隆地忙碌着。可是最了不起的还是工人，他能让机器听话，还能造机器！做一个管机器的工人——这就是我的第一个梦想。

我再不愿坐在冰冷的书房里，读我自己也不明白是什么意思的书本了。每天早晨，照例把书包挂到树枝上，到处跑个够，天黑才回家。机器占据了我整个的心，甚至夜里做梦也全是机器。这个秘密很快被母亲发觉了，她又托张大妈送我到胡老先生那里去。

“你这些天干什么去了？”先生问我。

“看机器去了。”

“我叫你去！我叫你去！”

他一手死死拧着我的耳朵，挣也挣不脱，疼得我抱住先生的大腿直转圈子。

“看机器有什么不好？偏要拧耳朵！”我想。

晚上回家，父亲问：

“你的耳朵怎么啦？”

“老师拧的！”

“为什么？”

“逃学！”母亲在旁边说。

“看机器去了，不是逃学。”我觉得母亲不公平。

“咳！你逃学去看机器，拧耳朵不冤枉！”父亲说。

这一夜，耳朵疼得要命，母亲用凉手巾给我捂着。我侧着身子睡，真想大喊大叫。到底还是咬咬牙，忍住了。

第二天，父亲领着我，去找胡老先生。

“胡老师，我这孩子太调皮，你要好好管教他。不过，拧耳朵要两只都拧，拧完那个，再拧这个。像这样一个大一个小，多难看！”

“好吧，叫他明天别来就算了！”先生冷冰冰地板着面孔，不教我了。

就这样，我离开了私塾。学校半路也进不去。母亲常为这事发愁：

“你这样下去，怎么是好啊！”

“不要紧，妈妈。将来我要当工人，造机器，开机器！”

我跑遍了整个矿山。电车厂、煤车厂、发电厂、打风房、锅炉房、升降机房,都是我经常拜访的地方。我成天在车间里混,常常连饭也顾不得回去吃。

父亲的老同事毛师傅,是修理厂的老车工,我再三请求他带我去玩。他说:

“你听话不听话?”

“带我去吧,一定听话!”

我们走进了修理厂。几百部加工机械——车床、刨床、钻床,许多特别的工作母机,都整齐地排列着。头顶上的起重机,拉着沉重的机件来回走动。这里修理全矿山的机器,也制造机器。这里的机器和我以前看见过的完全不同,以前看见过的打风机、发电机,都不太了解它们为什么要那样旋转。可是这里的刨床、旋床,却能够看见它们工作的结果。成块的钢料卡在床子上,机器一动,一剥一层皮,就变成了光亮亮的机件。在锻造间里,起重机从炉里拖出通红的钢铁,送到了蒸汽锤的铁砧上,汽锤猛烈地打击大铁块,火花四射,光彩夺目,比烟火还美。在工人手里,不管多坚硬的钢铁,都变得非常驯服。什么时候能像他们一样,站在车床旁边干活呢?我真盼望快长大,做个工人!

在那一边,工人们拿着钢的工具刀,在旋转的砂轮上一碰,便喷射出五彩的火花,刀子立时锋利无比。我想起前几天为了造玩具枪,把厨房里的菜刀砍坏了,惹得母亲天天埋怨。这回可好了,把菜刀拿来磨快,让母亲喜欢喜欢。

第二天,我把菜刀藏在衣服里,进了车间。趁大家不注意,拿出菜刀就往砂轮上碰,不料,火花一闪,菜刀脱手飞出,几乎砍在脚上,右手震得发木,瞪着眼直发愣。

毛师傅发觉了,马上走过来拾起菜刀,替我磨好,责备我说:

“你再乱动手,就不许你来了。这是好玩的吗?”

他看见我那伤心的样子,又和气地摸着我的头说:

“孩子,你还小哩!”

我非常尊敬毛师傅。心想,像毛师傅那样的人,都是些特别的人,机器不敢不听他们的话。什么时候我才能学到他们那样的本事呢?

跟工人们混熟了,他们送我一些小锤、小凿子、小锉刀,我很爱这些礼物,心想,他们送我这些东西,就是要我也锻炼成像他们一样的人。

到秋天,我进了煤矿小学一年级,每天和哥哥们去上学,念"大狗叫小狗跳"。但是心里老记挂着机器,放了学,总要绕到后街铁匠铺门口去看打铁。

这学校是教会办的。早晨的第一课,是趴在礼堂里做祷告。许多孩子受不了,就把后院的单砖墙拆了个大洞,祷告一开始,一个个偷偷地从洞里钻出去;等上课钟响了,再爬进来。我也跟他们一起爬出爬进。日子一长,被训育主任杨胡子发觉,他在袖管里藏着竹板,堵着洞口,每人给了五板。可是,第二天,我们又开了新的洞口。

大考结束后,成绩单送到家里。哥哥们都升了级,我的功课不好,留级一年。

父亲给哥哥们买了些彩色画片作奖励,还当着哥哥们的面对我说:

"你打算留级到胡子白吗?"

哥哥们也故意拿着彩色画片,在我面前摆来摆去。他们一走过来,我就闭上眼睛。可是心里难过,觉得丢人。

这年冬天,我约束自己,整天在家里复习功课。虽然还是想念车间,到底没出过家门。

第二年,我升级了,考试分数超过了二哥。二年级大考,我和大哥都得了甲等第一名。父亲逢人就夸奖我们有出息。

但是,我并没忘记要做一个工人。在工厂外面的渣子堆里,拾来一些碎铁片、洋钉和铁丝,又找到一个罐头盒子。我把树枝切断,卡在罐头盒口上,两头钉上小洋钉,在小树枝中间系一根长绳,做成了一只打水的吊桶。

我跑到一个水池旁，肚子伏在栏杆上，把小桶投进水里，可是它不肯下沉，我猛地向前一扑，想趁势打上水来，谁知两脚腾空，一头栽进池里去了。我刚张口叫喊，一股水灌进了肚子，一喘气，鼻子里又吸进一股水，接着水往鼻子嘴里直灌，急得我在水里乱抓乱滚。幸亏挑水工人老陶把我拖上来，还照头上打了两巴掌，说有冤魂附体。

老陶把我放倒在地上，一手顶着肚子，一手按头，控出许多黄水。也不管我愿意不愿意，就送我回家。父亲照例又打了我一顿。

夏天，锅炉房后山的贮水池里常有大孩子洗澡，我心里又痒痒起来。想下去，怕再挨淹。一时拿不定主意，愣愣地站在那里。

“下来吧！”小仇两手在水里扒了一下，向我招呼。

“我不会。”

“那怕什么，我教你！”

他两脚扑通扑通打着水面，激起一团团水花。我的劲头被勾起来了，连忙脱了衣服，下到水里，小仇在池边托着我练习划水动作。我使劲地打水，一高兴忘记了危险，脚一滑，落进了深水地方。我两手一使劲，划出了水面，刚一冒头，又沉下去了。小仇脸也吓白了，急忙爬上岸，抱一根粗树干，推到池里，我一冒头，抓住了树干，小仇趁势把我拉上岸来。

从这以后，我天天到池子里去，到底学会浮水了。

劳动的开端

安源煤矿工人的斗争，在中国革命历史上占有光辉的一页。三十多年前，中国共产党就在这里领导了工人运动。党首先创办了工人补习学校，教育工人群众，发展党的组织，接着成立了工人俱乐部，进一步把工人组织起来。还办了四个职工子弟学校，职工子弟不用花钱，就可以进学校里念书。

一九二七年，我整整十岁，在东区职工子弟学校念四年级，并且参加了矿上的儿童团，担任宣传员。

工人俱乐部是工人自己出钱盖的一座三层大楼，背后靠山，前面是大广场。礼堂正面悬着“全世界无产者，联合起来！”的大标语，两边还挂着斗大的红彩球。每天下课以后，我们背着洋鼓洋号，到广场上吹打。有时也在俱乐部看戏、听讲演。俱乐部里一天到晚不断人，它是组织矿工斗争的中心。

这年九月，官僚资本家和军阀派兵封闭了工人俱乐部，逮捕了工人领袖黄静源。工人们赶来抢救，反动派用排枪向工人射击，有两个工人当场牺牲了。黄静源被敌人捆绑着，愤怒地质问反动军官：

“我犯了什么罪？”

反动军官答不上来，只反问一句：

“你还敢打倒帝国主义吗？”

“打倒帝国主义！”

敌人用尽威胁利诱的手段，逼他供出党组织的活动，又问他谁是共产党员。黄静源冷笑着回答：

“闭起眼睛一个没有，睁开眼睛到处都是！你们能杀死我一个，杀不尽全中国人民！”

敌人在工人俱乐部前面的广场上，把黄静源杀害了。他临死前还高呼：

“中国共产党万岁！”

当天晚上，矿工们冒着生命危险，抢出烈士的遗体，连夜送到七十里以外的醴陵去。还在他就义的地方埋下一根树桩，作为标记，并且在长沙举行了盛大的追悼会。

不久，第一次国内革命战争开始了。一九二六年夏天，北伐军从广东打下湖南和江西以后，安源煤矿总工会公开出现了，八方井煤窑口扎起了高大的牌楼，牌楼上写着“也有今天”！矿工们拔掉了早年在广场上埋下的树桩，竖起一根一丈多高的木牌，上面写着：“黄静源烈士就义处”。周围的栏杆上挂满了花圈。安源煤矿工人成立武装纠察队,参加了革命战争。

一九二七年四月,蒋介石反动集团叛变了革命。国民党反动派的军队开到安源,疯狂地屠杀人民。安源煤矿变成了一座屠场,每隔三两天,就见敌人绑着一批人在工人俱乐部前面的草坪上枪杀了。革命者的鲜血染红了广场上的黄土和绿草。

最使人不能忘记的,是安源矿工武装领袖杨士杰和株萍铁路工会主任朱少连的被害。朱少连在就义前还给他岳母写信说:

“不要伤心,革命一定要胜利!”

杨士杰被敌人拷打了七昼夜。敌人用烧红的铁钉,钉住他的四肢和胸口,他还忍痛高喊:

“蒋介石你瞧吧!将来一定有人来收拾你!”

革命的急风暴雨过去了,那血的记忆却永远不能从我幼年的心里抹去。

国民党反动派占领萍乡以后,学校停办,我就失学了。接着,家庭生活也陷入了绝境。

父亲平时省吃俭用,攒下几个工钱,全存在萍矿银行里。同事和朋友们劝他在湖北老家买点田,置几间房屋,给晚年留个落脚的地方。但是父亲不要田地,也不要房屋,只想让孩子们念些书,学些本事,把他们培养成人。

父亲的梦想完全破灭了。

在敌人暗无天日的统治下,煤矿陷入不死不活的半停顿状态。银行一倒闭,父亲一辈子的血汗钱都白扔了。矿上又趁机滥印“矿票”,市面上谁也不收,工人拿着废纸买不着东西,只好用它当手纸。

我们兄妹七个只会张口等吃,这对父亲是个很沉重的负担。家里生活越过越苦,开头还有点儿稀的喝,后来连稀的也难喝上口。家具卖完了卖衣服,衣服卖完了卖破烂。要米钱,要油盐钱的债主们,成天找上门来,坐着不走。

父亲看着一家人挨饿，只是叹气，有时弄到一点吃的，家里人口多，也不够吃。弟弟妹妹围着母亲直嚷。母亲含着眼泪说：

“好孩子，让爸爸吃饱，好出去挣钱。”

父亲把稀菜粥还给了母亲说：

“先给孩子们吃吧。”

父亲捧着头坐在桌子旁边，落下辛酸的眼泪。

母亲低声下气地应付那些催命债主，还要哄孩子们。大哥被送进萍矿医院学医，那里管吃不给钱。二哥急得没法，饿着肚子跑到大街上，挤在人堆里听大鼓书。

这一年，我十二岁，看见家里这样子，心里像油煎一样。我不能眼看一家人挨饿，我要靠劳动解除饥饿的威胁。

萍乡煤矿四面环绕着高山，矿区东北的深山丛林里，丰富的煤藏快接近地面，人工开采的小煤窑，星星点点地散布在这深山里。

土窑完全靠人工采煤。窑主们随便挑个地方，挖一个斜洞，就算是煤窑，工人出进连腰也伸不直，像狗一样爬进去挖煤，又像狗一样把煤从窑里拖出来。窑顶常常倒塌，压死人。窑主害怕工人不下窑，在洞口摆个泥菩萨，挂上一块写着“确保平安”的木牌，天天烧香上供，迷惑工人。

从山里往外运煤，也同样靠人工，挑脚的把煤一担一担地送到车站。许多穷孩子都去挑脚，卖力挣钱，我也打算挑煤去。

我去找从小在一起玩的小赵商量，想叫他带我去。小赵歪着脑袋，把我左看右看，笑了笑说：

“得了吧！你也挑得动煤？像个瘦猴子，不要让扁担把你压扁了！”

“我的力气大得很，不信，咱俩比比看！”

“比什么！你要去就去吧，明天早点儿起来。”

“今晚不睡也可以，明天我去找你！”

要挑煤半夜就得动身。家里没有灯笼，我跑到电机房，找了些用过的油棉纱，在机器上擦了点机器油，绑在木头棍子上，准备点着照路。

母亲知道我要去挑煤，心里不忍，可是又不愿意眼看着孩子挨饿，只是不声不响地爬起来，送我到门口外面。我约上小赵，匆匆忙忙走了。

我们爬过几座山，穿过几处树林，赶到了挑煤的地方。哪知来得太早，小煤窑办事的地方，一个人影也没有，两扇门关得紧紧的，里面的人都在睡觉，也没有灯光。只有窑口上泥菩萨面前的残香，闪着微弱的火星。

屋檐底下有两张方桌，是窑上开票记账用的，我看天不亮，就睡在桌上。睡得正香，忽然向下一跌，好像掉进一个无底洞，摔得浑身疼。原来桌子被人抽掉，矿上的办事人来开磅称煤了。

我爬起来揉揉胳膊，心想：出门做工真不容易，穷人到哪里都要受欺侮。

我很想多挑一些，试了试，挑不动，又去掉一点。矿上办事人不耐烦地说：

“你要不挑就算了，别找麻烦！”

我赌气挑上就走。

我挑着煤赶路，一开头还跟得上人家，走出一二里就渐渐赶不上了。扁担把肩膀压的生疼，担子从左肩换到右肩，又从右肩移到左肩，换来移去，左右都吃不住劲了，只好歇一歇。哪知挑东西走路，越歇越想歇，越歇越觉得担子重。不一会儿又要爬山。这山连一条路也没有，那些人蹚出来的小路，光溜溜，跟滑板一样，一步三滑，肩上的煤筐来回晃荡，像是甩秋千，直到中午才爬上山头。解开衫子一看，肩也肿了，皮也破了。

我鼓起勇气，挑着往前走。一不留神，被石头绊了脚，一个跟头栽倒在半山腰，胳膊和腿擦破好几道伤口，煤炭也撒了一地。眼看太阳落山，挑煤的人早走远了，只剩下我一个人留在荒山上，离车站还有五六里路，就是挑到地方，收煤站也收秤关门了，怎么办？

红肿的肩头跟滚水烫过一样疼，腿上的伤口不住流血，只好挑着两只空筐子回家。

一进门，我一头倒在床上，一动也不想动，饥饿和疲劳完全征服了我。母亲走过来轻声问道：

“孩子，你怎么啦？”

我只简单地说，煤炭没挑到站，都扔在半山腰了。母亲含着眼泪给我打来洗脚水，我怕她看见碰破的伤口又要难过，不肯下地，向母亲说：

“妈妈，不要紧，我明天还去挑。”

“你吃过饭吗？”

“我不饿。”

第二天一早，喝了一碗野菜粥，又翻过高山去挑煤。扁担一压上红肿的肩头，头上就直冒冷汗，我想应该趁力气还没使尽的时候，多赶几步路，免得磨到天黑又误了事，就咬紧牙，两脚不停，一直把这担炭挑到了车站。

冬天，大雪盖遍了安源山，暴风裹着团团碎雪，裹着煤屑，搅得天昏地暗。饥寒把许多矿工驱赶进深山野洼，父亲推着沉重的独轮车，儿子拖着绳子在前边拉。雪地上踏出了一条黑色的路。有时不留心，腿陷进雪堆；有时被暴风一卷，连人带车从山腰一直滚到山底。

我挑着箩筐，从早到晚，夹在人堆里奔走。身上穿一件破棉袄，拦腰拴一根草绳，赤脚穿着草鞋，脚被碎冰块割成一道道血口子。山路又滑，走一步，身子不住乱颤，等赶到地方，煤也快丢光了。像这样累得半死不活，一天也难挑满一担煤。不能白受这份罪，得找别的门道了。

去锅炉房拣炭渣，一担炭渣可以卖十多个铜元，有的人一通夜能拣五六担。我觉得比挑煤合算，就找了一个旧畚箕去拣炭渣。

天一黑，我把畚箕往背上一挂，趁警察不注意，钻进了锅炉房。

那里摆着一排锅炉,好像是一队听候命令的兵士。工人们不时打开炉门,举起钢铲,一铲又一铲地把煤投进那火光熊熊的炉膛里,煤炭立时变得像稀泥一样柔软,不一会儿就闪起淡蓝色的火苗来。工人们不时发出吆喝声,给自己助威。

烧锅炉的工人,要在晚上九点钟以后,才把炭渣从锅炉里掏出来。时间还早,我跑到锅炉背后的烟道旁边,把畚箕放在地上,底朝上当枕头,倒下头就睡。雪花伴随着北风,从屋檐下钻进来,落在身上,化成水珠。我紧紧地靠着温暖的烟道,一会儿就睡着了。

突然,沉重的竹鞭抽在身上,把我从睡梦中惊醒。一骨碌爬起来,揉揉眼睛,屁股又挨了一脚,原来是查夜的警察来了。

"谁叫你来的? 小东西!"他凶声凶气地吼叫着。

我忙去抢畚箕,警察举起鞭子又抽过来,我闪开了,拔腿就跑。警察还不放松,在后面紧追。我跑过横在铁轨上的煤车,弯腰拾起一块煤块,朝他打去。警察挨了一下,翻过煤车又追。我绕着煤堆转了两转,跑出锅炉房。警察气呼呼地打开锅炉门,把我的畚箕丢进火里。

外面雪下得更大了。路上一个人也没有。喷水池的水珠一落在破棉袄上,马上结成一块块冰花,冻得我上下牙直打架。我推开屋门,家里人都睡了,母亲还在昏暗的灯光下补衣服。见我空手回来,她吃惊得睁大了眼睛,随又凄然一笑,好像是说:孩子平安回家,这比什么都好。

我在门背后,又拿起一个畚箕,转身就走。母亲追过来,一把拖着我,颤声说:

"别去吧,你的脸都冻青了!"

"不怕,妈妈。你去看妹妹吧!"

我挣脱了手,背上畚箕,向锅炉房飞跑。

工人们正在清炉。通红的炭渣从炉里拉出来,用水一喷,蒸汽、炉灰搅成一团雾,呛得张不开口。拾炭渣的穷孩子们哪管这些,只顾围着渣子堆，寻找没烧尽的炭渣。

我拾满了畚箕，背着警察，把炭渣运到外面堆起来。就这样，来回拣到天明，再把炭渣挑上大街去卖。

……日子长了，手指上烧的泡结成了又厚又硬的茧子；赤脚走在炭渣堆里，也不怕疼了。患难把穷苦的小伙伴们结成一体，大家轮流放哨，监视警察。远远看见警察的影子，放哨的喊声“来了”，都跑出去躲起来。警察一走，打一声口哨，又回来照样拣炭渣。

穷人和穷人总是心连心。那些烧锅炉的工人们，不等煤炭烧透，就拉出来用水浇灭，好让我们快点拣走。我又邀二哥来当帮手。就这样，勉强维持了一家半饱的生活。

寒冷的冬天过去了。冰雪融化，大地发青，满山的白茶花，发出醉人的清香。但是，春天并没给矿山带来繁荣。那些官僚资本家们趁火打劫，盗卖资材，假报工名，还印发“鬼票”，坑害工人。他们就靠这些不义之财，养得又肥又胖，工人越倒霉，他们越享福。工人们都说他们是“吃冤枉的”。许多机器拆走了，许多机器生了锈。工人们拿不到工钱，还要日夜做工，防备大水淹塌相依为命的矿井。

矿工们更没有忘记那血海深仇。早晨，太阳一出来，煤窑口的石壁上，就出现了斗大的白字：“打倒国民党！”煤车出窑，每个车皮上都有石灰水写的大字：“打倒蒋介石！”不屈的人们坚持着斗争，革命的心不死，革命的火永远不灭！

从春到夏，父亲失业在家，成天发愁。我仍旧背着畚箕，到锅炉房拣炭渣。秋天，新谷上市，听说后山红薯便宜，卖完炭渣，我又挑着箩筐，到后山买红薯。我们家吃不起白米，红薯就是上等饭食。

我的肩膀磨得结实了，挑三五十斤也不觉得吃力。这天黄昏，我刚爬上后山，就见一群人迎面走来，有的背着雨伞，有的背着小包裹。我只认得一个是修理厂的工人，他还送过我一把小锤子。我把筐子放在路边，拦住他问道：

“叔叔，你们到哪里去呀？”

“上井冈山！找我们的救星去！”他指着东南边。

“找红军吗？”我丢下扁担，“我也去！”

他摸着我的头，微笑着说：

“不行，老弟！你还太小。赶快长大，做个有用的人，等我们胜利回来，咱俩一起开机器！”

我含泪站在那里，望着他们的背影消失在山头那边，直到月亮爬上东山。

在矿井里

矿山再没有什么指望了。父亲只好拖儿带女，逃回湖北老家去谋生。一家人逃到湖南的洞庭湖旁，钱花光了，没钱买火车票，父亲急得在湖岸上来回转圈，望着茫无边际的湖水发愁。

湖旁停了一只小拖轮，是从武汉来湖南运木排的。父亲恳求他们顺便带我们一家回湖北。船上的工人们一口答应下来，给我们找了一块小地方，一家人躺在锅炉顶上，逃到了武汉。

父亲从小就流落外乡，亲戚朋友们见父亲穷着回来，谁也不敢沾边，饥寒仍旧无情地威胁着我们。父亲又带着一家人，逃到湖北省大冶县。

大冶的石灰窑（地名）面临长江，左右和背后是连绵不断的高山峻岭。这里蕴藏着丰富的铁、煤、石灰石和其他矿产，官僚资本汉冶萍公司设有大冶铁厂，还有四个煤矿、一个水泥厂。

江岸上耸立着鼓风炉，高大的烟囱插遍了山脚，黑烟结成乌云，笼罩着矿区。火车匆忙地顺着江岸奔跑，把褐色铁矿石从山里运到铁厂。煤矿的空中索道，越过了崇山峻岭，钢索上的煤斗，满载着煤炭，穿过那一架一架竖立在山顶和山腰的钢塔，一直把煤从深山里运到停在江边的大轮船上。

父亲的老同事们，很早以前就从萍乡煤矿回到湖北，在这里的富源煤矿做事。有一个姓高的同事在煤矿当采煤工程师，由他介绍，我们弟兄几个先后进煤矿当了学徒。

第一天清早，我怀着愉快的心情，走进了工厂，心想：从今以后，我就可以成天和机器做伴，学会管理机器、制造机器。特别使我高兴的是，童年的梦想将要实现：人们将要叫我“工人”了。

机电工程师把二哥分派到机器修理间，把我分派到电机间。工头带我到陈师傅面前认了老师，又把师兄叫来，要他交代工作。师兄顺口说道：

“早晨上班以前要烧开水、泡茶、扫地、打洗手水……”

“记住啦？以后就看你的了！”工头说完转身就走了。

这年春季，井底发大水，直井里的水泵日夜不息地把水从深井里抽出井外。黄黑色的井水，通过许多水管，在井外汇合，流成了一条小河。谁知最大的一部水泵的电动机突然发生了故障，井水灌满了井底蓄水池，接着淹没了井下铁道。

老师傅们忙着换下井的衣服，收拾工具和材料。师兄对我努努嘴：

“准备吧！”

头一天就下煤井，真是好运气。我忙把沉重的装工具的小铁桶往肩上一挂，随着师傅们踏上了升降机，降落到煤井里。

这里离地面有几十丈深，太阳光射不到井底，四周一片漆黑，污浊的空气夹杂着细小的煤灰，钻进鼻孔里，使人感到窒息。煤窑里四面八方到处冒水，汇成一支汹涌的水流，冲进蓄水池。煤道的拱架受了潮湿空气的侵蚀，木柱上长出一种白色霉菌。

在暗淡的电灯光下，那忙碌的运煤矿工们，把一车又一车煤炭从窑里的远处推进了升降机。泵房是砖砌的一个大拱道，里面排满了各种抽水机，有电动的，有蒸汽的。粗大的水管伸入蓄水池，拼命地吸着水，尽管它们日夜不停地喝着水，可是池水老是满满的，好像是永远也喝不干的大海。

蒸汽水泵喷出黏腻腻的热雾，笼罩了泵房，蒸得人浑身淌汗。起重机把巨大的电动机移开，大家脱光衣服，站在水里抢修。我蹲在旁边，拿着手电灯替师傅照亮。

突然，我浑身剧烈地抖动起来。原来手电灯的电线皮磨破了，漏电抓住了我。陈师傅急忙冲向配电盘，扯开了电门。我的两脚一滑，从水泵底座倒栽下来，摔在铁轨上。

大家把我抬起来，放到木板上，脱去湿衣服，我半晌才缓过气。我忍着疼痛，直忙到半夜，修好了水泵，才随师傅们出窑回家。母亲含着眼泪，为我洗净背上的血迹。

第二天，曙光还没有透过窗棂，我又悄悄起来，摸着黑穿好衣服，要在汽笛没响以前赶到车间。我怕惊醒家里人，踮着脚尖拉开门闩，又反身把门掩好。只听父亲在黑暗的角落里，长叹了一声。

车间里还没有人影，我提着茶壶去厨房里烧水冲茶。身上一阵困倦，坐在炉旁，就蒙蒙眬眬睡着了。

汽笛响了。等我惊醒过来，火上的铁壶没有了。仔细一看，壶水烧干，铁壶烧脱了焊，只剩下几块通红的铁片，躺在炭火上。

我急忙又找来一把铁壶，守在炉旁，烧开了水，冲好了茶，又急忙提着沉重的瓷壶，匆匆下坡。因为昨天受伤熬夜，浑身骨头又酸又疼，一不小心，踩着了一块石头，两脚一滑，一个倒栽葱跌在地下，大瓷壶摔成几块，开水四下飞溅，手背烫起了许多水泡，心想祸是闯下了。

“什么时候了，还不给我沏茶?”工头堵着门口嚷道。

我伸出烫伤的手给他看。

“烫死你活该，我管得着吗！给我拿茶来！”工头只管瞪眼。

我再也忍不住了，就气冲冲地回答说：

“茶壶我摔了，你瞧着办吧！”

“好小子，你还敢造反哪！”

工头一搂袖子，就想打人。陈师傅走来拦开了我们，把我拖到发

电厂的窗外,嘱咐道:

“吃点儿亏算了,跟他闹气没有好处呀!”

果然,以后工头就挖空心思跟我为难。那些受苦的粗活,总少不了我。有一次,工头硬要我清洗煤气过滤器,我刚钻进去,就被煤气熏倒。等人发觉,把我拖出来,我嘴角直冒白沫,只有一丝气息了。

学徒生活既无白天,也无黑夜,什么时候喊你,什么时候得在眼前,挨打受骂,钻锅炉,爬煤窑,拼死拼活干到月底,落得三块工钱,再给工棚管伙食的扣去伙食费,连剃头都没钱啦。那时候,我还不明白受穷受苦的道理,觉得世界不公平,是因为坏人太多,铲除了坏人,就不会受气。或许学会本事,多挣点钱,生活会好一些。因此,就一心一意钻技术。对机器和电气方面不明白的问题,也越来越多,只是没有地方能找到答案。

不下窑,我就在车间学做电气钳工。老虎钳太高,我找两块砖垫上脚,站在那里学打锤,学锉,学焊。陈师傅把钳工技术一样一样教我,我照样地做,可是电是什么呢?煤气发动机为什么自己会转呢?发电机为什么会发电呢?……这些童年时早就怀疑的问题,现在更使我不能安心了。我不能满足于这些打锤、锉锉的操作,我要弄清这些“为什么”。可是去请教谁呢?师傅也是一辈子受穷受苦,没有迈过学校门槛,虽然有一手精巧出众的手艺,却不能作原理上的说明。他凭的是经验。如果你问他电是什么,他会惊奇地望着你:

“你疯了吧?电就是电呀!”

去问问工头吧,他嘴上常挂着“将钱学艺”,没有钱别想惊动他,我除了几根瘦骨,哪有钱送礼?再说那些师兄们的父母,逢年过节,为了送礼,往往押当、借债。可是师兄们还不是也一样不知道电是什么吗?他们比我好的,只不过是少受点儿气,少钻煤窑吃苦罢了。

想来想去,只有请教书本了。我把希望寄托在书上,相信书本能解答各种疑难,告诉我从师傅那里学不到的东西。

我搬来一架梯子,爬上车间的阁楼里,把里面打扫干净,用旧报纸糊好顶棚,装了电灯,搭了个木板床,找了个装机器的破箱子,底朝天当桌子。一下班,我就钻进阁楼读书。我买了一套工业小丛书,书里讲的有交流电机和直流电机,有发电机和电动机,有内燃机,还买了几本浅显的物理学。我如饥似渴地读着想着,恨不能把书吃到肚里去。

夏天,屋顶的瓦晒得滚烫,伸不直腰的阁楼里热得像蒸笼。冬天,猛烈的北风由瓦缝吹进阁楼,冷得像冰窖。可是我被书本紧紧吸住了,常常忘记回家吃饭。书给了我热力,给了我快乐,也改变了我的生活。以前干活,师傅怎样教,我就怎样做。动起手来,总不免有些顾虑。活做完了,自己心里也没底。现在,做的和读到的道理一碰头,我就渐渐明白了为什么要这样做,干起活来,信心也大了。

那些出身贫苦的师兄弟们,多半不识字,学习技术更困难。我也常常把自己学到的东西告诉他们,我们利用晚间的工夫,在车间里开了技术讲座,我把书上的东西讲给他们听。师兄弟们不再赌钱和胡逛了。

有一天,锅炉房散热用的电风扇出了故障,电动机的线圈烧毁了。矿上从没有人能换电动机的线圈,以前都是送到汉口去修理。工头为了露一鼻子,要亲自动手。他傲慢地说:“这回看我的!”

电动机抬进了工头的办公室,只有工头的小舅子被叫进去,还紧紧地关上了门窗。

半个月以后,电动机修好了。工头叫抬出来,接上电线试验。

开关一开,电动机发出一声牛吼,射出火花。工头眉毛眼睛都活动起来,正想吹嘘几句,忽然那电动机颤抖一阵,不动了。工头眉头一皱,冲师兄们骂道:

“看什么,快给我干活去!”

晚上,我独自一个留在车间里。一股好奇心,使我想了解一下电动机的秘密。我拆开了电动机,拿着书本,一行行对照查看,发觉是线圈不够长,而且绝缘不良,引起短路,工头做的和书上说的不一样。

心想，要是我也来做一次，那该多好。但是，工头修不了，更不让别人修。那部电动机，到底还是运到汉口去了。

当学徒的，照规矩应该“吃三年萝卜干饭”才能出师，我只吃了一年半，在十七岁那年出了师，正式成为一个机电工人。机电工程师还分给我带两个学徒，吴昆和小阮。同事们一见我们就笑着说：“小师傅带小徒弟。”

矿工在阴森森的煤井里，一天要干十二个钟头的活，早晚跟太阳不照面。换班的汽笛响了，窑外的矿工们背上鹤嘴锄，提起电石灯，脸色阴沉地走到窑口。升降机把他们送到黑洞洞的煤窑里，谁也不知道自己明天能不能活着出来。那些刚出窑的矿工，就像是刚从黑色染缸里爬出来一样，只剩下眼珠旁边一星白点。他们庆贺自己又活了一天，高声吆喝着奔往洗澡池。人人都说：进窑就是鬼，出来才算人。

煤窑里，老鼠成群结队。送饭的工人一进窑，老鼠从顶棚里跑下来，围着饭桶转。矿工蹲在地上吃饭，老鼠也跑来要吃，好像是和工人聚餐，一点也不怕。矿工们要是一天不见老鼠，反倒不安起来了。预料矿井底下将要发生火灾，或是大水要冲倒煤窑。大家都说老鼠能掐会算，老鼠算到有灾难，早就逃走了。不信，你看每次灾难过后，总找不到死老鼠。

在涨水的季节里，每天工人一进窑，母亲和妻子就在家烧香求神，祈祷亲人的平安。算命瞎子敲着小铜锣，成天在工人住处转圈，为矿工判断祸福。这灾难的季节，是在亲人的祈祷和眼泪中，是在深沉的痛苦和担心中，一刻一刻挨过的。

尽管矿工们敬重老鼠，尊称它为“高老爷”，尽管家里烧香敬神，算命卜卦，可是灾难还是不断发生。有时候大火燃烧，有时候地底下的大水淹了矿井，有时候顶板塌了下来……常见一车一车成十上百的矿工尸体，丢在煤车上，随着煤炭从窑里运出。荒坡上的新坟，一年多似一年，每逢阴天晚上，荒坡上就闪烁着点点的磷火。老年人传说着,那是矿工不屈的眼睛。

我在矿上,眼见许许多多伙伴残废了,流落在街头要饭,晚上躲在市场里卖肉案子的旁边,和狗挤在一起过夜。眼见许许多多人的妻子成了寡妇,沦落为娼妓。有些人灰心丧气,喝酒赌钱混日子。

我出师以后,每天只拿三角工钱。父亲一直找不到事情做,我们弟兄几个做工,勉强只够自己吃,养不起家,母亲和妹妹替人家洗点衣裳,收入也有限。家里的生活照样苦。父亲经不起生活的熬煎,慢慢变得疯疯癫癫,后来得了瘫痪病,成天躺在床上。到大冶第二年,没有过完冬天就死了。

矿丁们最害怕春天。一到春天,事故就一天比一天多。这年大水冲倒了煤井,灌满了第三层直井,淹了井底所有的采煤横井。矿主为了继续采煤,在竖井中,用升降机吊着电动水泵抽水。

水泵安在井口,抽完一段,用升降机吊起来,着人下去垫好枕木,再往下移。就这样白天黑夜地抽水,凶猛的水流还是直往上翻。

这直井不是砖砌的,只用洋松木搭起架子,四周安上木板,一层叠一层,一直从井底叠到井口。这天又要移动水泵了,苦差事照例派到我头上。我和机器修理间的工人们攀着木架往下溜,安好枕木,移下了水泵。最后,还得安一盏电灯,我背着工具袋,提着电石灯,爬上爬下。我抱住一根木柱,想把线接上,不料这粗大的木柱被水泡烂了,两手一使劲,木柱就倒了下来。我随着木柱左碰右撞,直往井底落。电石灯掉在井下摔碎了,煤井里黑洞洞的,什么也看不见。眼看要粉身碎骨,忽然被下井的梯架挡住,一头撞到搁梯子的木板上,虽然摔昏了,却没有掉进井底。

在井口等我的伙伴们,听见这可怕的响声,都趴在井口往下看,喊了半天也没回声。他们找来了畚箕和吃饭的筷子,一齐顺着木梯爬下来,打算用筷子来拾我的碎骨头。

下完第五架梯子,才发现我一只手挽着梯脚,昏倒在木板上。他们马上用绳子捆住我的腰,把我抬到升降机吊篮顶板上,司机慢慢开动吊篮,把我送出了井口。

工头走过来,冷冷地看了一眼说道:

“回家给老祖宗烧香磕头吧！没死就算便宜。”

第二年春天,煤窑又被大水冲倒,一时无法恢复。老板决定和后山的富华煤矿合并,改名源华煤矿,并且趁机会大批裁人。在翻砂厂学铸工的弟弟被裁掉了,失业在家。我带的学徒吴昆也被裁掉了,没法生活,逃到萍乡煤矿去了。我能吃苦干活,工资又少,虽然勉强留下,也养不了家,母亲只得随着妹妹逃到萍乡煤矿去。工头怀着鬼心眼,死和我作对,借口两矿人员调整,把我调到后山富华煤矿电机修理厂去。

富华煤矿在高山那边,头顶满天星,我就起来上工。想起生活这么艰难,又气愤,又着急,谁知道那边还有什么鬼把戏!

春天的寒风,带着一股水腥气,轻手轻脚地溜过江面,远处传来煤车急驶的轰隆声。我刚刚跨进车间门口,胡工头就迎过来说:

“吴师傅,你来得正好,电动机昨天烧毁了,你去给修理修理吧!”

我心里一愣,明知是有意为难,也只得硬着头皮答道:

“修就修吧!”

我拆开电动机一看,线圈全烧毁了,要装新的。我把线圈的连接法和一切数字记在小本子上,领了材料,就开始工作。

花了一个星期时间,电动机总算修好了。我用仪器仔细地检查了每个新装上的线圈,同事们帮忙装好电动机,接好了电线。只见胡工头神气活现地走到电瓶前,右手握着开关的手柄,望着我问道:

“吴师傅,开吗?”

我第一次做这活,根本没把握,蹲在电动机旁,心里七上八下,大家一齐望着我,等我回答。我狠了狠心说:

“开吧!”

胡工头推上了开关,电动机发出轻微的嗡嗡声,迅速地转动了。胡工头瞟了我一眼说:

“你的运气不坏！”

我心里一块石头落下了，伙伴们也长出一口气，替我庆幸。头一关总算过来了。

没过几天，刚响过下班的汽笛，同事们忙着收拾工具，回家吃晚饭。煤窑里的升降机忽然发生了故障，煤车拥挤在窑里，无法运到外面来。胡工头又跑来对我说：

“吴师傅先别走，麻烦你下去一趟吧。”

我清理了工具，走进煤窑。司机黄师傅慌慌张张对我讲了升降机的毛病。我急忙开始修理，井口下煤车越挤越多，站井口的工人拼命拉动钢丝，撞得井口上的钟乱响，催促司机赶紧开车。

运转器修好了。黄司机走上司机台，握着运转器的手柄，开动升降机。不知怎么搞的，他把手柄推错了方向，机器立刻发出像牛叫的怪声，电动机的电刷环上喷出了火花，升降机的吊篮顶住了大滑车。黄司机吓得没了主意，呆呆地握住手柄不动，眼看升降机就要毁了。我正蹲在机器旁边收拾工具，准备出窑，一看不好，连忙跳到配电盘前，拉掉总开关，切断了电流。

检查了机器，幸好没有毛病。这样一来，救了黄司机，也保住了升降机。黄司机呆了老半天，才说出话来。他连连向我道谢。我满心欢喜地走出了煤窑。

第二天早晨，我刚走到车间门口，胡工头堵着门说：

“吴师傅，明天你不用来了。”

“为什么？”

“上头的命令，矿师说你昨天把升降机弄坏了。”

我为人处世，一向都是小巷子里抬竹竿，直来直去，但是，越是这样，饭碗越颤得厉害。严酷的事实一件件告诉我，这些爪牙结了帮，个个心狠手辣，最会赶尽杀绝。“凭本事吃饭”，只不过是可怜的幻想罢了。

就这样不声不响被开除，太便宜他了。拼上这条命，也得出口冤

气。我找到黄司机,把我被开除的事告诉了他。黄司机也气愤地说:

“亏你救了我,怎么要罚你?那是我的错,要罚就罚我。我去替你证明!”

我们一起到了办公室。矿师跷起脚,左手撑在桌上,背着我们抽雪茄,半天才转过身来,眼一眯问道:

“你们来干什么?”

黄司机把昨天事情的经过说了一遍,并且承认是自己的错。那矿师不等他说完,就瞪眼骂道:

“放屁!人家都说是吴运铎弄坏的,你怎么知道不是他的错!”

我头上冒火,勉强压住怒气问道:

“你到底讲理不讲理?”

这鸦片鬼立刻大发脾气,拍着桌子喊道:

“来人!拿棍子来!”

我看他真要打人,心想:这正对劲,我就和你拚了。顶多坐上几年牢,死了还是这几根硬骨头。我卷起袖管,向前走了一步:

“来吧!只要你敢动手,看我把你打扁!”

听差的拿来棍子,一进门看见这阵势,回头就走了。矿师知道讨不了什么便宜,威风先减了一半,只好自己找梯子下台:

“人家都说是你把升降机弄坏的,一清早胡工头就来报告了。”

“工头没有下窑,他怎么会看见?”

“等会儿我再调查,你们去吧!”

第二天,我照常去上工。

觉　悟

清晨,阳光照到鸡头山顶,江水沸腾了。就像是才出炉的钢水,闪着金光。鸡头山伸长脖子,插到江心,只给江水留下一条狭窄的通路。浩荡的江水奔到鸡头山下,碰到岩壁下,卷起巨大的旋涡,然后带着一股冲力挤过闸口,愉快地叫嚷着奔往东方。

生活也正如那险恶的旋涡。人一陷进去,就跟着旋转,挣扎,呼喊,我在生活的激流中,左冲右撞,冒着风险,步步搏斗,景况一点不见好转。在我跟矿师闹翻以后,又被调回到原来的富源煤矿,照样受欺压。我开始怀疑起来:拼来拼去,最后吃亏的还是我,得胜的总是那些坏蛋,这是什么道理?哪里才有出路呢?

正好抗日战争爆发,把我带进热血沸腾的生活里。

矿上的小学举办了抗战讲座,讲师就是小学的干仲儒校长。一到晚上,工人成群结队去听讲。我家也成了爱国工人们的集会场所。不久,我们租了两间房子,贴上标语,搬来桌椅,组织了工人时事座谈会。我们又在矿区的要道口,竖起木板,每天下班,把报上的消息抄写在大张的纸上贴出去。

从武汉来的救亡青年,一到大冶,就来找我们,教我们唱歌,给我们解答问题。就像一阵春风吹来,长期冻结的冰河奔流起来了,工人们唱出了内心的声音:

起来!不愿做奴隶的人们,
把我们的血肉筑成我们新的长城!

我们组织时事座谈会的消息一传出去,山后利华煤矿的工人也动起来了,还特地派人来要求我们帮助。

我时常乘上煤车,沿着空中索道,越过丛山,到工棚去开会研究工作。在这火热的日子里,工人之间变得更亲密了。我感觉到个人的力量不是增加了一两倍,而是千万倍。

一天黄昏,我沿着灰尘滚滚的公路回家,迎面来了一群人,领头的是干校长,他老远就向我喊道:

“老吴,快来!我们正找你!”

干校长一手拉着一个穿工人服的人。那人向我点头微笑,不等

我问话,他就自我介绍说:

“我叫张明,是来这里向你们学习的。”

我愣了一下。干校长接着说明他在中国共产党的机关报——《新华日报》工作,才从武汉来的,准备在矿区建立发行站。

从这以后,张明天天来找我。他从国民党监狱里刚出来不久,偶然掀起衣裳,身上就露出一块一块的疤痕。他受过电刑,坐过老虎凳,他不屈服,坚持过来了。最初我还替他担心,他是这样瘦弱,看来一阵风就会把他刮倒,但是他常常东奔西跑,成天不落脚,参加座谈会,找人谈话,直到深夜,好像永不知累。有一天,我问张明,他这劲头哪里来的?

他笑着说:

“这是大家的事,干起来才有劲。就是累,心里也快活!”

张明还说:一个人眼光远大,目标明确,生活才有意义。从他那里,我开始懂得了革命道理,了解了工人阶级的历史任务。我们受穷受苦受压迫,难道是因为懒惰吗?不!我热爱劳动,而且花了心血,我们工人是不靠欺诈生活的。我总希望把活干得更好些,也只有在这种时候,我才感到真正的快乐。难道说我们愚蠢吗?不!我们凭耳朵就能听出机器有什么毛病,甚至用鼻子也闻得出发电机内部发生了什么障碍。但是,为什么我们这么努力,费了许多心血,还被踩在脚下?原来不是别的,只因为社会上有了剥削阶级和被剥削阶级、统治阶级和被统治阶级。

在这个吃人的社会里,真正的劳动者受轻视,受压迫,苦不堪言;而那些吸别人血汗过活的人,脚不动,手不抬,天天养尊处优。这真是太不合理了。为了最后消灭这人类最大的不平,许多先驱者献出了宝贵的生命,他们被绑赴刑场的时候,他们被活活钉在门板上的时候,都不曾对革命事业发生丝毫动摇,他们为伟大的理想牺牲了个人的一切。活在世界上,就应该做一个这样的人。

张明还说:中国工人阶级受的痛苦非常深重。除本国的剥削阶级的剥削压迫以外,还要加上外国的剥削阶级——帝国主义的侵略,苦难重重,要想得到解放,凭个人力量是不行的,只有更多的人都觉悟了,行动起来,才能达到目的。团结斗争就是胜利的保证。在今天,应该首先集中力量来反对当前最凶恶的敌人——日本帝国主义,争取抗战胜利,然后才能建设理想的幸福的社会。

我明白了这些道理,就希望我的伙伴们也能赶快明白这些道理。《新华日报》是宣传共产党的主张的,我觉得应该让它广泛地送到工人们手里去。我们在矿上成立了《新华日报》推销站,专门请了一个小孩送报。每天下午四点钟,由汉口来的轮船一靠码头,小孩就上船去取报纸,按时送给订户。张明见工人们生活困难,不收报费,但是工人爱护自己的报纸,省吃省喝也要交报费。

当时国民党反动派表面上虽然允许《新华日报》公开发行,暗中却想尽一切方法来限制:有时借故没收报纸,有时在轮船码头上毒打报童,抢走报纸。我们就组织起来"护报",使报纸能继续发行。最后矿上强迫摊派国民党反动派出版的反动报纸,硬在工资内扣除报费,但是始终得不到工人读者。

不久,张明走了。他撒播下的种子,在矿工中间生长了。这时候,国民党军队不战而退的消息越来越多,而八路军却开向最前线,工人们把一切希望都放在遥远的北方,好像有一根无形的线,把北方和我们联结起来。我细心地阅读着八路军的每一个战报,每一个缴获的数目。有一次报上说,朱总司令号召全国人民募捐为八路军战士制备防毒面具,我像接到了动员令一样,半夜里跑到小学校去借来一架油印机,自己刻蜡版、印收条,天一亮,就去找工人们募捐,凑了40多块钱,当天由邮局寄给了《新华日报》。我们觉得,寄去的不只是钱,还有我们的心,用我们工人的心保卫我们自己的战士。

但是,国民党反动派害怕工人群众觉醒,他们极力打击工人时事座谈会。

大冶本来也有个御用工会,不过这个"工会"并不在矿区,却在离大冶十多里的黄石港，成年累月跟工人不照面，成了“走狗不走”。现在工人起来了，矿上才觉得走狗远了使唤不方便，就连忙盖起新房子，门口挂上新招牌，把走狗叫来，要他们就近来欺压工人。

御用工会的头子，是我小学同学，他一到大冶，就跑到我家来，一见面开口就说，现在“工会”已经成立，应该把时事座谈会取消。接着把话头一转：

“老弟，放着清福你不享，当共产党有什么好处呢？”

我勉强压制住内心的愤怒，冷冷地问他：

“说完了吗？”

“我劝你是为你好，你看共产党有几个落得好结果！”

在我脑海里，立刻浮起一副刽子手的凶相来。我捏紧拳头对准他的鼻子喊道：

“你再不滚蛋，它就认不得你了！”

他冷笑两声，转身走了。

我把这事告诉了工人伙伴们，大家很气愤，都说：

“他有胆子，就叫他碰碰看！我们还干我们的。”

我们团结得更紧了。每天晚上照例在大树底下读报开会。工头和御用工会一个鼻孔出气，他们接连几天加班开夜工，把工人关在车间里，不让出去，并且恐吓青年工人们说：

“你们不怕掉脑袋吗？吴运铎是个提着头玩儿的人，你们跟着他哄什么！”

接着，矿山上又传起各种谣言，说我组织什么暗杀团。工人们都知道这谣言的来源，它丝毫不能动摇大家追求真理的意志，老年工人们常跑来安慰我：

“运铎，别泄气，那些坏蛋不是打击你一个人，是打击我们大家啊！只要干得对，我们什么也不怕！”

的确也没什么可怕。哪怕变成土，只要是铺在通往真理的道路上，让伙伴们大踏步走过去，那也值得！

抗日战争进入第二年,战线逼近了武汉。矿上的经理们瞒着矿工,黑夜里一批一批地把大皮箱搬到码头上,连哈巴狗也跟着太太小姐们上了船。原来这些家伙打算先送走家眷,回头炸毁煤窑,撒腿逃跑,就不管矿工的死活了。

消息一传出来,谁也没心思干活。早晨,我走进机电车间,伙伴们就围在一块儿商量,要矿上发给安家费。不多工夫,全矿的机电工人都集合了,大家又拥到锻造间。没来的就只有那些工头和反动工会指定的组长们。我跳到铁砧上,高声喊道:

“同事们!是咱们拿出力量的时候了!他们是人,咱们也是人。要退都退,要留都留。再说,咱们生在矿山,长在矿山,几辈子都在这里扎了根,连逃的地方也没有!我们只有一条路,敌人来了,就跟它拼!经理是中国人,就该爱国,不能叫他们逃跑!”

“对呀!”

“找经理去!”

大家鼓掌,呼喊,拥出了车间。

站在门口的机电工程师一把拦住我,把我拖到公事房,悄悄说:

“运铎,你怎么这么傻!叫别人去闹,还不照样有你的份儿!经理说只要你不闹,他给你双份也行。”

我气愤极了,这不是叫我出卖同事吗?大家已经行动起来,我也顾不得和他计较,不等他说完,我就狠狠带上门,转身跑开了。

我们马上召集青年工人看守发电机,防止坏人破坏,并且派人值班,保证继续发电。因为发电厂一停工,煤窑就会淹掉。在敌人没有占领矿山以前,我们是不忍心让煤窑毁掉的。

傍晚,矿工们一出煤窑,就跟机电工人的队伍汇合了。矿工们跑到锅炉房,打开汽笛的气阀,举起鹤嘴锄敲断气阀的把手,汽笛冲破夜间的黑暗,发出嘹亮的叫声。这是我们总动员的信号。因为汽阀的把手敲断了,在锅炉的蒸汽没放完以前,谁也无法让它停止吼叫。矿工们得意地笑着,很满意自己的发明。

那汽笛鼓足了我们的力量，刚下窑换班的矿工也扛着鹤嘴锄出来了，他们自动在窑口站上岗，看见谁要下窑，就喊：“要活命的都去找经理！”

工人队伍奔到经理大楼前面的广场上，奔到矿警局门前的堆煤场上，要经理答复工人的要求。到处响着一个口号：

“反对逃跑，武装抗日！”

天黑了，大楼里灯火辉煌，经理们正在清理公文印信。工人队伍一到广场，他们连忙灭了灯，紧紧关上大门，还派出狗腿子，来分化收买工人。大家看穿了鬼花样，当场把狗腿子赶跑了。坚持到半夜，经理们不敢露面，工人们也一直不散。我们没想到，就在那黑洞洞的大楼里，官僚资本家们正在策划着对工人下毒手。

突然，黑夜里响起了枪声，子弹呼啸着，穿过广场的上空。一个连的反动军警，像群疯狗，直冲过来。工人倒下一大片，队伍散了，到处是呼喊声、叫骂声，连星星也直哆嗦，好像要掉下来。

二十多个工人牺牲了。广场上洒满了殷红的血。血的事实教育了我们：国民党反动派极端仇视人民，有枪不打日本鬼子，却来屠杀手无寸铁的爱国人民。但是反动派没有杀退我们，我们掩埋了伙伴的尸体，继续斗争。

第二天，热血沸腾的工人们紧紧包围了经理大楼，包围了反动工会，要求严惩凶手，要求抗日自由。工人们团结得更紧了。经理们被迫答应谈判。我和几个伙伴被推为工人代表，去办交涉。

“你们谁是头？”一个经理不怀好意地问。

“我们都是头，有话你就说吧！”

“忙什么，请坐请坐！”

“我们能等，恐怕大家等不得！你没看见外面吗？”

“啊啊……”

正义在我们这边，经理们到底屈服了。惨案发生以后，《新华日报》发表言论谴责国民党反动派，武汉的一些工厂也行动起来，支持我们的斗争,在广大爱国人民的压力下,他们答应发给全矿工人三个月工资,作为安家费;死者由矿上埋葬,另外发给抚恤费;伤者由矿上医治。警察局局长也受了撤职处分。

这个事件戳破了国民党抗战的假面具,也教育了工人,谁是真正跟他们站在一起的。后来日本鬼子占领了煤矿,许多矿工拿起武器,参加了共产党领导的鄂东抗日游击队。罢工以后,国民党反动派放出风声,要追查"肇事人"。正好我受压迫也受够了,决心离开矿山,投奔新四军。

黄昏,我奔往码头,搭上开往汉口的轮船。我迎风站在甲板上,长久地看着矿山——养育过我、磨炼过我的地方,在那里,我开始懂得了什么是爱,什么是恨。想起也许要永远跟它分别,心里不免又浮起眷恋的感情。

鸡头山远了,前面是新的斗争!

我们的工厂

我路过武汉到萍乡去,准备参加新四军。

这是一九三八年九月,日本鬼子已占领鄂北一带,汉口成了一座死城,街头店铺都关了门,饿狗窜来窜去找寻食物,倒在路旁的重伤兵呻吟着,呼唤"救命"。周围不时传来爆炸声,入夜,大火冲天,遮没了一天星斗。

我穿过瓦砾堆积的街道,走到长江通洞庭湖的港汊,搭上一条难民船。仓里有十几个人,都是老弱妇孺。船刚开动,敌机就追来低飞扫射,木船只好隐蔽在岸边柳树底下,直到黄昏,才得开动。

第二天下午,船到洞庭湖口,下雨了,天上地下,迷迷茫茫。我冒着雨赶到岳州,搭上南下的难民车。车是敞篷,大人孩子在泥水里泡着,冻得直抖。我把大衣顶在头上,不一会儿就湿透了,浑身是水。车刚出站,敌机又追来了,机车呼哧呼哧喘着气,拖着漫长的列车,疯狂地向前奔驰。

晚上，车到长沙。遍地是残砖乱瓦，烧得焦黑的墙头孤零零地站在那里。铁轨炸得像一团乱麻，有几节车厢都烧光了，只剩下一副骨架，歪歪扭扭地倒在一边，车轮旁边还有一个烧焦的婴孩尸体。

我在废墟里站了好久，心里非常沉重。忽然汽笛响了，开往江西的火车蠕蠕爬动，我踏着枕木碎石，向前追赶，把行李卷先抛到车上，抓住车厢门口的小梯子跳了上去。车上又是难民！到处都是难民，到处都是惶惑的眼睛。听着病人的呻吟，听着孩子的啼哭，听着母亲的叹息，我的心几乎要炸开。祖国在苦难中，人民在苦难中。再不拿起武器，真白活了！

在车轮的单调而迟钝的轰隆声中，不知道过了多少站，我总嫌车子开得太慢。终于，到了度过我童年时代的萍乡。我摸摸口袋，只有几个铜元，才想起自己两天没有吃饭。

矿山也是满目凄凉。歪斜的门框结上了蛛网，黄鼠狼在倒坍的房舍里安下了家，窑前长满一蓬蓬枯黄的蒿草。煤井早已停工。国民党只知道逃跑，哪管人民的死活！

我见到了久别的母亲，见到了妹妹。离别一年多，母亲显得更苍老。她听说我要去前方，难过得哭起来。

"你们弟兄几个的翅膀都硬了，想飞到哪里就飞到哪里吧！"她一边抹着眼泪埋怨，一边帮助收拾行李。

当晚，早先跟我一起做工的吴昆，带着两个人跑来了。

"我不干了，咱们一块走！"吴昆说着，就从口袋里把钱掏出来。"你看，账都算了，正好做路费。"

我们四个人，扛着简单的行李卷，离开了萍乡。坐上火车，一直往东。这一带离战线还很远，敌机偶尔来盘旋一阵。车行两天两夜，才到南昌。

我们找到新四军办事处。同志们听说我们是煤矿工人，就像见到了久别重逢的亲人，忙着给我们打水洗脸，倒茶端饭。当天，我们穿上了军装，你看看我，我看看你，觉得世界上再没有比这更漂亮的衣裳了——这是革命战士的衣裳呀！

不久，我们到了皖南云岭。

这是一个小山城，新四军司令部就驻在这里。深夜里，可以听见低沉的炮声。一种迫近战斗的喜悦，一种对火热生活的渴望，弄得我们坐也不是，站也不是。早晨起来，不是收拾鞋子，就是摆弄袜子，把那简单的行李卷，捆了又捆，包了又包，只等通知，就出发到前线去。那时候，我们住在招待所，每天茶来张口，饭来伸手，还发香烟抽。大家等得有点儿着急了，他们三人推我去找司令部的同志请求分配任务。

“好同志，赶快发枪吧！”

“我们正在研究这件事哩。你们去造枪不更好吗？”

那个同志搬过来一张椅子让我坐下，然后告诉我，现在新四军的武器很不够，又不好，有的同志还在用鸟枪、土铳打仗。他说：

“你们都是机器工人，一定能学会造枪的。你们多造些枪，对革命不是更有好处吗？”

一个工人懂得一枚螺丝钉有多大意义，他们是从生活中懂得的。螺丝钉虽然小，可是少了它，机器就不能正常地运转。既然工作十分需要，就不能凭个人的感情用事，造枪拿枪一样是为革命，用不着讨价还价了。我说：

“好！快些分配吧。”

第二天，我们四个人被派到了军司令部修械所。

修械所在黄山东北一百多里的一个小山村里。这里有一百多户人家，居民靠砍柴、烧炭、采茶为生，也种一点儿山田。周围都是高山大岭。岭上岭下两种气候，山顶落雨，山下天晴。黄昏时站在峰顶，月亮像是从山谷里爬出来，似乎一伸手，天上的星星也摸得着。

所长跟我们做了简短的谈话，分配我们去修枪。我们也巴不得一步跨进车间，站在机器旁边工作。所长笑着说：

“好吧,你们先到工厂去看看!”

我们走进一所普通农家的小院子,只见墙角搭起高高的茅草棚子,那就是锻工间,里边有两座用土筑起的锻铁炉,两个木风箱,一个铁砧子。北屋正中间摆着宽大的工作台,紧靠着台子,埋了几根粗树桩,每个树桩上安一部老虎钳,桌上摆满了锤子、锉刀、钻头一类零星工具。靠窗户旁边的木桩上,安了两把手摇钻。对面是枪托修理间,只有些普通木工用的简单工具。一切都很简单,找不到任何一部机器。我们四个人愣住了。原来这就是我们的工厂啊!

我们正要扭头往回走,在工作台那边干活的一个年轻小伙子连忙放下锉刀,笑嘻嘻地跑过来:

“我叫罗克绳。所长说你们没有修过枪,要我来帮助你们。不过我也不怎么会,咱们一起研究吧!”

这个年轻的小组长,看上去不过十七八岁。他领我们到库房里抬出一捆破步枪,这是前方才送来的,大多数残缺不全,需要安装新零件。步枪的种类很多,我们连名字都说不上。罗克绳一支一支拿起来介绍:这是德国的老套筒,这是日本的三八式,这是国民党的汉阳造,世界上所有的步枪种类,这里几乎全有。因为,我们的队伍主要靠夺取敌人的各种武器来武装自己,而国民党反动派发动的“反共”内战,却得到帝国主义各国反动派的援助。最后,我们发现了一支奇怪的步枪,枪筒特别粗,没有来复线,没有枪栓,也没有标尺和准星。罗克绳说,这是以前红军使用的武器,本来是农民打猎的鸟枪,也跟着主人来到了队伍里。

罗克绳的老虎钳靠近我。他把步枪零件一件件拆开,又一件件安上,给我讲零件的名称和作用。怕记不住,每讲一遍,还再三问记住没有。

我照他讲的背一遍,又做给他看。直到完全没有错误,他才高兴地说:

“很好很好,就是这样。”

在短短的日子里，我学会了修理各种枪支，制造各种步枪的零件。虽然这里一切都很简陋，但是，它比大冶的大矿山，比武汉的近代化工厂还要可爱，因为这是我们工人自己的。

在这以前，我们什么时候，对什么东西能说一句“这是我们的”？河流、土地、矿山、机械、铁路，所有一切，都不是我们的。它们被少数人霸占着，我们都受少数人的奴役。只有今天，在革命队伍里，我们工人才可以自豪地说。“这是我们的！”

星期四上午举行实弹射击，检查修好的枪支。

大家忙着领了子弹，把修好的步枪抬到山沟里，向山脚下射击，罗克绳忙着进行检查。顿时山脚下掀起阵阵的黄土，枪声响彻了山谷。吓得那些麻雀吱吱叫，满天乱飞。

我拿起了自己修理过的步枪，一支又一支地射击。忽然一支土造枪的枪管爆炸了，我的左手正托在枪管下面，手掌和手指被震得变成青色，指缝里流出紫色的血。

罗克绳赶忙跑来，扶着我走回宿舍，所长带着医生随后赶来，替我敷药包伤，同志们也都跑来看我。

傍晚，同志们上课去了。我躺在床上，想起白天的事故，心里还有些庆幸。幸亏这支枪没有出厂，不然，在前方的战士手里爆炸，那该多糟糕啊！

第二天，左手的疼痛轻了许多。我走近工作台，拿起锉刀，罗克绳抓着我的肩膀说：

“等伤口好了再干吧！”

“前天你砸破手指还工作，我受点伤就叫休息，这太不公道了！”

他不回答什么，笑着把我推出车间。

罗克绳的一言一行，都给我留下了难忘的印象。我们并肩工作，床铺也并排摆着。早晨在一个桌子上自修，晚间在一个桌子上听课。我们在空闲时候，也常常沿着小径，到溪边散步。他的刚毅沉着，跟他的年龄很不相称。他总是把最困难的工作留给自己，从来不叫苦。

他诚恳谦虚，关心别人。他又是那样单纯，就像一池清水，清可见底。他对我有一种强烈的感染力，甚至使我在不知不觉中模仿他的一举一动。后来我们做过一次谈话，我就更了解他也更尊敬他了。

一天傍晚，罗克绳和我到溪边去洗衣服。那里早有一群村子里的大嫂子和姑娘们跪在地上捶洗着，她们唱着小调，笑着闹着。我们怕暴露目标，只得远远躲开。如果被发觉了，她们连问也不问，就把衣服夺过去洗。这样的事情发生过好多次了：眼尖手快的缴获了战利品，就洋洋得意；下手慢的就撅着嘴，说有“偏心”。弄得我们同志又要道谢，又要赔不是。每次洗衣服都偷偷摸摸，瞒过她们的眼睛。

我俩绕了一个圈，走到上流去，找了一个水深的地方，把衣服泡起来，背着夕阳坐在水边的石头上。罗克绳一边用手搅着水，一边问我：

“这里什么都要自己动手，做饭洗衣，样样得会。你过得惯吗？”

“怎么过不惯！这是我们的革命生活呀！”

“一个战士不但要会打仗，会工作，还要会生活，你看我还会做针线哩。”

他真的从口袋里掏出针线，又找到一块鹅卵石，把袜底衬上补起来。这个年轻人的一双手，一上一下，熟练得很，使我想起了母亲为我缝补时的情景。半晌，我忍不住问道：

“你从小在家里学会的吗？”

“我没有家。”

“你的父母呢？”

“都牺牲了。”

“唔！”我惊异地望着他。

他把补好的袜子收拾起来，咬了一下嘴唇，沉重地说：

“这个仇我永远忘不掉！”

每个穷孩子，都有一段惨痛的经历。他家住在大冶，租地主几亩地种，收的粮食不够吃，父亲还要上山采药，换来粮食交租。十岁那年，鄂东红军打进了大冶。父母钉上大门，带了几件破烂衣服，一家三口都跟队伍走了。

他当了红小鬼。

队伍从湖北转战到江西。在反“围剿”战斗中，父亲两腿被敌人的枪弹打断了，仍然爬到山石后面继续抵抗，直到牺牲以后，还保持着射击的姿势。

第二天，做炊事员的母亲，请求到前方去，再也没有回来。

“那时我真难过！哭了几天，两眼都叫眼泪腌肿了。心想我再也没有亲人了。可是我们的党把我当做自己的儿子，像父母一样关心我，爱护我，培养我。我年纪小，打起仗来跑不动，叔叔们就轮流背我；敌人炮弹落下来，叔叔就用身体遮盖我。我是党抚养大的，党就是我最亲最爱的人。”

我激动得说不出一句话，无心再洗衣服，胡乱揉了几下，提着水淋淋的衣服回来了。

不久，我申请参加了青年队。

修好的步枪堆满了仓库，因为缺少刺刀，不能送上前线。领导上调我到刺刀制造班，赶造刺刀。

造刺刀全用手工，刺刀上那两道槽，得用凿子一下一下挖，这样来得很慢。虽说是冬天，窗外飘着雪花，汗珠还是顺着背脊往下滚。忙了一天，才造了一把，一检查，还是废品。吃饭的时候，看见同志们都欢天喜地，我更觉得问心有愧，心想，同样长两只手，吃的也不少，为什么别人一天能做几把，我却一把也造不成？越想脸越发烧，饭在嘴里团团打转，却咽不下去，好像有刺刀卡住嗓门。我坐不住了，忙丢下饭碗，跑到屋外去。

我严格检查了自己：既没有偷懒，甚至比别人还要累，那为什么落在后边呢？拿没有经验、工具使不惯，来安慰自己，就更可耻了。这等于没有上战场，先准备做俘虏。这样的人，如何能做战士？

天黑下来，我坐在村边一棵歪倒的枯树干上。雪花飘落着。深谷里不时传来猿猴的哀鸣。我仰起脸，清凉的雪花使我稍微感到一些舒畅。忽然罗克绳走来，一只手搭在我肩上：

“你不舒服吧？一个人跑到这里坐着，多冷啊！”

他给我掸着雪。我们一起绕着村子，无目的地走着。我心里有很多话，不知道怎样说才好。还是罗克绳先问我：

“今天工作得不好吗？”

“糟透了！”

“这样的事，我也碰到过。有时候，工作没做好，就顿脚捶胸，恨不得把自己撕成几半。等到稍微清醒一下，发现自己还停留在老地方，一步也没有前进。这太可笑了。工作有缺点，光发一阵疯，骂自己一顿，又有什么用？应该多问问别的同志，请他们帮助你。这并不丢人呀！”

平静的话语，句句打动我的心坎，我发现自己正是原地踏步。一个坚强的人，碰到困难，是不会这样惊慌失措的。应该钻进去，虚心向别人学习。想到这里，我立刻快活了。

第二天早晨，我一进车间，就去找老同志请教。他们让我站在旁边看着。我发现他们每人手边都有十多把凿子，用坏这一把，马上换那一把；我呢，只一把凿子，用钝了，现磨现淬火，耽误许多时间。人家的锤子砸下去沉甸甸的，我的拿在手里轻飘飘的。我那个老虎钳也太小了，夹不住活。这一下弄明白了。我连夜改造好工具，以后干活快多了，造出的刺刀也经得起检查了。

车间里贴了一幅大标语，上面写着：“我们多流一滴汗，战士少流一滴血！”每次看见这鲜红的大字，胸口就止不住激烈地跳动。觉得自己的工作和革命事业联在一起，干活也更有劲。那天完工，数数刺刀，竟赶上了其他同志的数目。

春天又来到了，心里又轻松又愉快，锤子抡起来也更有力。在这万物生长的季节，我们修械所也承担了新的任务。所长宣读了军部的命令，要我们在山沟里建立第一座兵工厂，制造新步枪。

在我们面前，摆着数不尽的困难，没有厂房，没有材料，更没有机器。可是，困难是不能压倒创造的热情的，我们决心从无到有，把工厂建立起来。

当天就出发勘察新厂址。我们沿着麻岭坑山脚下的小溪向前走，过了树干搭成的小桥，转过羊肠小路，进入深林。这里完全是没有开垦的处女地。小溪穿过乱草，穿过山脚的密林，口渴的獐子们安闲地在溪边饮水，偶尔昂起头来，看着行人。

前面有一块不大的盆地，古老的松林遮蔽了阳光，林间显得异常幽暗，多年堆积的落叶，发出刺鼻的霉味。就在这里，我们开始建设自己的兵工厂。

山村里的农民们，成群结队带着斧头锯子来帮助我们。我们扫清腐朽的落叶，砍倒大树，搭起屋架，又到小溪旁伐倒粗大的竹子，编成围墙，把茅草铺上屋顶，把墙壁糊上泥，刷上石灰。不到一个月，制造车间、修枪车间、锻工车间、枪托车间和炊事房、宿舍、办公室、俱乐部，都一一出现了。

我们从麻岭坑搬进了山谷。领导上拨出一座大房子，做全厂青年队员们的宿舍，派我担任青年班的班长。

搬来的第一夜就发生了意外的事。半夜里，五班的宿舍乱嚷起来，杯子碗盆摔得乒乓响。我们不知道出了什么事情，慌忙披上衣服跑过去。五班的同志从床上跳到桌子上，又从桌子上跳到地上，堵着门大喊：

“捉活的，捉活的！”

我们点起松明一看，遍地都是茶壶、茶杯的碎片，桌子也打翻了。老李光着膀子蹲在地下，两手按着一只小獐子，叫道：

“快拿绳子来！”

大家一边忙着捆獐子，一边问：

“怎么回事？”

老李牵着那只吓得浑身哆嗦的小獐子，说：

“这个小东西真坏透了,半夜跳上床来,在我脸上乱舔,我还以为是谁跟我开玩笑呢!想不到……”

他轻轻拍了一下小獐子的脑袋,大家止不住打了半天哈哈。老柴一边架翻倒的床铺,一边做鬼脸说:

“老李,该你好福气,头一天就有个四条腿媳妇送上门,保险以后百事如意。”

大家兴奋得不能睡了,亲密地挤在一块,坐在床沿上、桌子上,谈着生活,谈着未来,谈着自己的心愿。尽管各人都有不同的爱好,但是大家关心的却是一件事:让我们的工厂变得更好。

车间里安上了土机器。枪筒是要用旋床旋出来的,我们没有旋床,就把大长木凳的四条腿埋半截在土里,在木凳一端钉上两个铁叉,叉子当中放一根带有木轮子的铁棍当车轴,车轴前面的凳子中间再钉上一个铁叉,枪筒一头卡在车轴上,一头搁在铁叉上,木轮一转,枪筒也跟着旋转。这样就成了一部最简单的旋床。

枪筒里要有来复线,好叫弹头正确地飞行。我们没有造来复线的机器,就在地上埋了一截粗树桩,对面竖着埋一块厚木板,木板中间钉个母螺丝,用一块扁铁板拧成和来复线相等的螺旋形,穿过木板上的母螺丝,一头安上四个刀口的刀,一头安上木柄,把刀插进固定在树桩上的枪筒里。这就算是刻来复线的机器了。工作起来,握住木柄来回推拉螺旋,枪筒就刻出了来复线。

我们又造了打光机。把铁棍插进枪筒里,浇上铅,拿下来抹上菜油,再把破玻璃碾成碎末,用细箩筛好,洒在铅棍上。如果来复线有毛碴,就用我们自制的打光机在枪筒里来回摩擦,不一会儿,来复线就又光又滑了。

没有发动机,我们就借老乡磨面的石磨,在磨眼上插进一根铁棍当轮轴,埋下两根树桩当轴承,把石磨架起来摇,就算是发动机。再缝一条厚布带代替传动皮带,一摇磨扇,车轴转起来,土机器就能生产。

新步枪一批又一批地送到前线去了。

一天，有几个人来参观工厂，中间有一个外国妇女，穿着和我们一样的军装，脚上穿草鞋，还会说中国话，她就是我们的国际友人史沫特莱。

她先要了一支新造的步枪，拉开枪机，仔细察看了各部分的构造，不住口地赞扬工人们的手艺，并且要我们在小坡上埋一块钢板，她举起枪来向着钢板一连打了三枪，子弹都顺利地穿过了。她放下枪问：

"用什么机器造的?"

我们领她走进了车间，那里没有一部机器，只有一些长凳子、矮凳子、木桩、木板和旋转着的石磨。

她热情地跟同志们一个一个握手，兴奋地说：

"我从美洲到欧洲，到过很多国家，也看见过很多工厂，可是还没见过像你们这样的兵工厂。你们这个兵工厂真是世上少有。"

入　党

我们的时代是战斗的时代。生活在这个时代，我感到幸福。尽管斗争非常残酷，革命战士的生活，也不会黯淡。因为愈艰苦，愈奋斗，也就愈快乐！我们整整挖掉半个小山，开辟了运动场，在工厂周围的空地上栽花种菜。我们唱歌，演戏，办墙报，还举行体育比赛。看到这些活动的时候，谁也想不到下一分钟这里也许就发生激烈的战斗。

兵工厂迅速成长起来了。附近一个煤矿有许多破旧的工作母机闲着不用，我们就把机器借来，成立了机工组。我被派做组长。

大家忙着拆洗机器，修配机件，架天轴。从收买来的废铁堆里，找到一部残缺不全的十五匹马力的内燃发动机，我们连夜修好。没有钢筋水泥给发动机筑固定座，就在地下挖一个深坑，埋了几根粗树桩,用螺丝把发动机固定住,再套上大皮带。发动机一开动,全部工作母机都转动了。

有了机器,我们的工作起了很大的变化。做一支枪筒,用手工最少也要一天,用机器不到一个钟头就成了。开工那天,全厂同志都拥到车间来参观。看见机器飞快地转动,枪筒外皮的钢屑冒着青烟,卷起一长条的圆钢带,都兴奋地互相夸耀着工厂的发展,畅谈着将来的美景。

“我们这里什么都好,就是没有电灯!”管理汽灯的小黄说。

“还是安上自来水好,一拧龙头水就哗哗流,炊事员也不用到河里挑水了!”小赖在南昌见过自来水,老觉得新鲜。

“只要开动脑筋克服困难,什么也不愁!”罗克绳说。

因为人少,我还兼管发动机。一天早晨,在溪边洗脸,忽然想起小赖说的自来水。我们的发动机靠凉水冷却,每天都要一担一担挑水,花费很多人力。如果让水流到门前多好呀!我顺着泉水寻找水源,钻进灌木林,爬上了后山,发现一座陡岩下面,涌出一股清泉,汇成一个小池塘,水流像一条小蛇沿斜坡蠕动着。

我把这个发现告诉年轻的伙伴们,并且提议修造自来水管,让小河搬家。他们高兴得跳起来,马上跑去请示了所长。当天,我们就把建厂剩下的长竹子,用铁棍一节一节打通做水管。又用树枝做好支架,把竹管架起来,一根套一根,从半山腰的水源一直接到伙房,接到机工间的发动机上,清凉的泉水不断地涌出。从此以后,青年班得到一个别号,叫做“自来水公司”。

不久,大家选我当俱乐部主任,还兼任墙报委员。不管工作多么紧张,我一点也不感到疲倦,好像心里也安上了发动机。一清早,在小溪里洗过脸,就跑到竹林里读书。吃过早饭,跑到车间,分配完工作,就守着发动机。它那嘭嘭的响声特别使我愉快,整个心都随着这音乐的旋律跳动了。所长看到我已经担负了两个人的工作,叫我停止修枪。可是我总觉得身上有使不完的劲,还能做更多的工作。我在发动机旁掘了个大坑,埋了一根木桩,把我修枪的老虎钳搬来,固定在木桩上。一边修枪,一边用耳朵掌握发动机的运动。一到晚上,我又成了"教员",在俱乐部讲发动机和机床的构造原理,和同志们一起,研究各种技术问题。

这年春天,敌人沿着浙赣铁路向西进攻,萍乡煤矿被国民党反动派撤退时破坏了。逃到四川的弟弟来信说,大哥在武汉被敌人逮捕,关进了集中营,二哥死在敌人的刺刀下,妹妹逃到广西,年老的母亲流落到浙赣路的樟树镇,沿街乞食。家庭的不幸遭遇,不免使我心里有些沉重。多少个家庭在战争中毁灭了,多少人丧失了亲人!可是个人的不幸,不过是我们祖国人民经受的苦难的一部分。流泪,悲伤,不能结束这种苦难。只有英勇战斗,彻底消灭敌人,以战争来消灭战争,才能夺得幸福。个人的幸福只能包括在集体的胜利中。因为个人不过是一滴水,谁能从苦海中捞到一滴甜水?斗争也是这样,无数水滴汇合成巨流。一旦离开了集体,最大的水珠,也会干涸。我早已决心做一个革命战士,把自己交给集体,为工人阶级的伟大事业奋斗到底,那么,怎么能够只眷念个人的家庭呢!

一个星期日,吃过早饭,我跑到后山坡,躺在草地上看书。周围都是一丛丛的野花,忙碌的小蜜蜂们正在紧张地劳动着。不一会儿,做钳工的秦永祥,也拿着一本书从山下跑来了。

"我猜到你就在这里!"他打开书本,坐在旁边,狠狠地吸一下那浓郁的香气。"这地方真美!就跟花园一样。"

老秦从前是上海一个工厂的车工,抗战第一年就参加了新四军,先在教导队学习,毕业以后,调到兵工厂制造刺刀鞘。机工组一成立,又被调来做钳工。他是我们车间里的生产能手,又是俱乐部的文娱委员。他爽直热情,我们一见面就成了很好的朋友。

春天的太阳晒得身上有些发热。老秦站起来脱掉上衣,铺在地上,望着山洼里那一片黄色土房,凝神微笑着说:

"看我们工厂多好!才一年时间,发展得这么大,再过几年,说不定真能造出大炮呢!”

我也跟着站起来,望着脚底下的山沟。想到未来的日子,感到很愉快。

老秦回过头,忽然问我道:

“老吴,你将来准备做什么?”

我想了想,我一直是个工人,机器永远对我有一种魔力。当它平平稳稳地转动,像琴键弹出一个个动听的音符的时候,心里就愉快;当它发出杂乱的噪音,像一个醉汉发着呓语的时候,心里就不安,好像是亲人得了重病,恨不得把我的心掏出来,放进他的胸膛里去。这种感情,是任何一个热爱自己事业的人都会有的。可是,在我内心深处,还有一种最使我激动的感情:不仅要做一个热爱自己事业的人,而且要做一个共产主义战士。他们的口号是“吃苦在前,享福在后”,在战斗中,又是“冲锋在前,退却在后”。做一个这样的人,是最大的光荣,也是最大的幸福。因此,我毫不迟疑地说:

“做个共产党员!”

秦永祥的眼睛立刻闪耀着光亮,他丢开书本,紧紧抓住我的手,热烈地喊道:

“太好了,太好了!”

那时候,为了防止敌人的破坏,党还没有完全公开。不过,那些忠诚积极的人,在我们心里都印下一个特别记号,因为这些人平时都是大家的榜样。秦永祥就是受到普遍敬爱的一个。我向老秦说:

“老秦,我早就想参加党,为党做更多的工作。只是我有不少缺点,性情又急躁,恐怕离党员的标准太远了。”

“只要努力争取,党一定吸收你!”老秦说,“做个革命战士,最重要的,得有坚定的立场,对党无限忠诚,经得起任何考验,不管什么时候,都跟着党走,不变心!”

我们谈得很多,除了工作、学习,也谈了思想修养。老秦有段话,特别启发了我。他说:“个人主义最害人,自私自利,虚伪欺诈,都是从这里产生的。做个真正的革命者,要像对待毒瘤一样割掉它!”长时期以来,我也反复思索过这个问题。专为个人打算的人,实际上没有生活方向。成天在自私自利的阴沟里爬来爬去,弄得一身泥,满脸脏,走到哪里,臭到哪里。这样活着,又有什么意思。我参加革命,并不是把自己存进银行里,打算捞一笔优厚的利息。因此,听了老秦的话,我就说:

“我认识到,为人类最美好的理想——共产主义事业而斗争,就是终身最大的幸福。我要把自己完全交给党,听党的话。希望你好好帮助我。”

老秦热情地鼓励了我,要我们互相帮助。还说,共产党员也都是从旧社会出来的,不是“超人”,即使入了党,也还必须在斗争中锻炼,靠批评和自我批评来加强党性。一个人,只要不掩饰缺点,善于听取别人的意见,就能够不断提高阶级觉悟。一个人,如果是真心革命,就不会让个人主义的灰尘迷住眼睛。这场谈话使我更加了解到革命战士要改造世界,同时也改造自己的意义。我正如我们时代的许多年轻人一样,当相信自己“正确”的时候,常常表现得十分固执,单枪匹马,个人突出,因而也就过分看重个人的成败。谈话以后,我时时警惕自己的毛病,决心不惜牺牲一切,献身给伟大的工人阶级的党。

已经是初夏了。菜园里的黄瓜蔓爬上了架,这里是小白菜,那里是小萝卜。傍晚,我和几个年轻小伙子在菜园浇水,只见罗克绳老远连蹦带跳地跑来了。他一把拉住我就走,高兴地说:

“告诉你一个好消息!”

我莫名其妙地跟着他跑出菜园。

“老秦已经把你的要求向党支部汇报了。”他边走边说,“经过研究,支部认为你可以正式申请入党。”

“真的?”

“真的!我做你的介绍人。”

我紧紧地握住他的手。

当夜，我坐在菜油灯下写入党申请书，并且写了详细的自传。我不断回忆起那些过去的日子，那些痛苦和折磨，我走过弯路，摔过跟头，是党告诉我正确的方向，把我引导到革命队伍里来，是党教育我培养我，使我懂得了生活的意义。现在，我长久的期待快要成为现实，我将成为党的一个成员。我忽然觉得天地都更加开朗了。

过了不久，一天晚上，月亮刚刚爬上山头，罗克绳领着我翻过一道小山梁，顺着林荫小路，走进一块不大的草地。月光穿过茂密的竹林，照着挂在树枝上的党旗，环境严肃异常。我只觉得心在怦怦跳动，脸烧得发烫。

支部书记宣读了我的入党申请书和自传，罗克绳把他平时对我的了解作了介绍，然后表决。

“一致通过！”支部书记宣布。

我极力抑制内心的激动，在党旗面前，庄严地宣誓：

“我志愿加入中国共产党，积极工作，努力学习，不惜牺牲个人一切，誓为共产主义的最后实现终生奋斗到底！”

这一天是一九三九年五月十八日。

我觉得，成为工人阶级先锋队的一员，这就是最大的幸福，最大的快乐。我必须不辱没共产党员这个崇高的称号。

转　移

上班的哨声响了，车间里沸腾起来。我检查了发动机的油箱，添进了煤油，握着摇柄开动了发动机。不提防摇柄一滑，落下来，把左脚踝骨碰破一个小伤口。在厂里，手脚破点皮算不了什么，像往日一样，我也没在意。

过了半个月，伤口还不停地流黄水，时刻隐隐作痛。一天早晨，我去山后镇上采购材料，翻山越岭，来回跑了五十里。当晚赶回来，同志们又拉我去麻岭坑参加晚会演出。化装时解开腿上的绑带，小伤口已经肿了,身上也发烧,我忍着痛演完了歌剧《一根扁担换支枪》,不料散会后就站不起来了。

同志们把我抬上担架,送到留守处门诊所,一试体温,烧到40℃。医生用小刀划开伤口,乌黑的脓血涌了出来,原来伤口内部全烂了。

第二天,我被送到军司令部后方医院,医生给我挖去腐烂了的肌肉,沿着踝骨挖了一个月牙形的大洞,足有半个菜碗口大。

我在医院里住了一个多月,伤口老不见好,心里惦记工厂,一闭眼睛,就好像听见发动机嗡嗡转动着。整天躺在病床上,心里又烦又闷。我实在忍不住了,请求医生发给我一些药膏绷带,腋下夹两根拐杖,一只脚跳回工厂去。正好半路碰见工厂派担架来接我。一回厂,我马上投入了紧张愉快的劳动。

这时候,国民党顽固派阴谋向日本帝国主义投降,调动了十几万人马,要消灭在江南敌后坚持抗战的新四军。兵工厂接到了撤退命令,连夜埋了机器,随着非战斗部队先撤。军医处和兵工厂跟着前卫部队走在最前边,刚离开茂林不远,顽固派军队就从中间插了进来。猛烈的战斗开始了。

我脚上的伤口还是那样大,拄着拐杖走,左脚一落地,就疼痛难忍,只好临时找到一副担架,请两个农民妇女抬着,随队伍撤退。

傍晚,我们撤到宣城地界,驻扎在一个大村庄里。大家忙着烧晚饭,我拿出药膏和纱布,坐在厨房的油灯下换药。庄外突然响起枪声,庄子里起了阵骚乱,老乡惊慌地向四外逃跑,国民党军队追过来了。

同志们急忙继续撤退。没有了担架,大家轮流搀扶着我走。我咬紧了牙,紧跟在队伍后面,伤口的血浸透了纱布和绷带,流进草鞋底,浑身衣服都被汗湿透了。

漆黑的夜,分不清小路的高低。队伍前进的速度正在加快,我的左脚猛地踢在路旁的大石头上,大拇指的指甲掀掉了一半,不停地流血,痛得我昏倒在路上,同志们轮流背着我跑了一夜。

行动更加困难了。国民党顽固派和日本鬼子、汉奸汪精卫一个鼻孔出气,他们派出了正规军和大批特务,密密地布下了罗网,来搜捕我们的同志。

队伍要渡过长江去建立新的根据地,沿途经过敌人占领的许多城镇。我们这部分人不是战斗部队,又没有武器,只好化了装分散走。

我躺在一家农民的床上,无法行动。所长和同志们走到我面前,看着我发愁。我说:

“你们走吧,不要为我一个人,拖累了大家。”

“运铎同志,大家相信你经得起考验。我已交代老乡,好好照顾你。等情况缓和一点,你再去找我们!”所长说。

“你们放心,我爬也要爬过长江去!死也不落在敌人手里!”

同志们换上便衣,按照指定的路线出发了。罗克绳紧紧握着我的手,舍不得放开。我催他赶快上路:

“你快走吧,过长江再见!”

罗克绳眼里闪着泪花,半晌才说:

“你要好好保重!”

他走到门口,又回头看看。我没想到,这竟是永别。

对我来说,这的确是一次严峻的考验。前面有八百多里路程,有敌人的严密封锁,时时都可能撞在敌人手里。心想,往前走一步,就离目的地近一步。还有一口气,决不能留在这里。我必须不顾一切艰险,赶上同志们,去迎接新的斗争。

我勉强爬下地,做出发的准备。和老乡商量,换了一身破烂的棉衣,又弄到一张姓周的难民证。怕脚上的伤口被人发觉,就买了一大张狗皮膏药,贴在纱布外面。当天下午,我挎了个要饭篮子,扶着一根树棍上了路。

我成天脸也不洗,蓬头垢面,越来越像个难民了。路旁田里,死水面上已经漂浮起一层薄冰碴,寒风扫过辽阔的田野,成群的乌鸦在头顶上盘旋。我咬紧牙，一步一步向前挨。一路上，看见一块石头，一个土堆，都想坐下来歇歇，可是一停脚，就累得倒在路旁。想到后面战场上英勇战斗的同志，想到前面开辟道路的战友，我又来了力气。我是他们中间的一个，不能被困难压倒。我擦擦头上的冷汗，挣扎着爬了起来。

黄昏后，拣最小的村庄留宿；天不亮，又急忙赶路。走大路怕暴露目标，专拣小路走。偶尔遇见推小车赶集的农民，他们也顺便送我几里地。就这样，一天又一天，一里又一里，赶往前去。

疲倦和伤口无情地折磨着我。

一天午后，太阳快落山了，忽然浑身发冷，两腿直哆嗦，我站不稳，一头倒在枯草窝里，缩成一团。剧烈的颤抖过去，接着又发高热，口里干得冒火，两眼烧得睁不开，原来是害疟疾。我连滚带爬，挣扎到水田旁边，大口大口吞着污水。不一会儿，稍微清醒了些，我扶着树棍，向前边冒着炊烟的庄子挣扎。

在草屋门前的柳树底下，一个年老的大娘坐着搂麻线。我说：

"老大娘！天黑了，叫我借宿一夜吧，天亮就走。"

我两腿一颤，就倒在墙根下了。

老大娘丢下麻卷，慌忙跑到我跟前，拉着我滚烫的手问道：

"你是哪里来的呀？"

"逃难的。"

老大娘招呼来她的儿媳，把我扶进后院的牛棚里。那大嫂抱了一大捆稻草，铺在牛屁股后边；老大娘一手抱棉被，一手提茶壶，送进牛棚来，回身关好门，叫我休息。

"你委屈一点，睡在这里吧！这些天风声很紧，该死的汉奸天天来查，说是要捉新四军。你……"

忽然门开了，进来一个三十多岁的农民，他一边打量着我，一边皱着眉头向老大娘说：

"妈，别唠叨了，你给他烧点开水，我找药去。"

他凑近两步，蹲在我身旁，压低嗓门问道：

“同志，你准备过江吗？”

“你认错人了，我是逃难的。”

“别担心，我昨天带路才回来！”

“给谁带路？”我一骨碌爬起来。

“给兵工厂的同志。”

“他们在哪里？”

“赶得快还能跟得上。”

他笑着出去，不一会儿拿来了膏药，让老大娘掌着灯，用温水给我洗了伤口，再换好药。然后他说：

“趁黑夜赶路吧，天亮了不方便。不要紧，我们抬担架送你。你一定很累了，就在担架上睡一觉。”

这位大哥又找来了一个老乡。大嫂搬出一个藤躺椅，上面铺了床棉被，两边绑上茶杯口粗的竹竿。老大娘扶我躺下，给我盖好被子。两位老乡抬着担架抄村边小路，一直往北走。

北风在耳边不断呼啸，天要下雪了，冷得很。虽然天黑，担架却很平稳，这条路原是我们农民弟兄踩出来的，他们就是闭上眼睛，也不会失脚的。想着就要和同志们见面，我心里兴奋得怦怦跳，可是不一会儿就蒙蒙眬眬睡着了。

天蒙蒙亮，已经走出六十多里，担架上落了厚厚的一层白霜。他们把我安顿在一座破庙里。

“天快亮了，我们得赶快回去。同志们离这儿不远。你多保重吧！”

“谢谢你们！”我感激得不知怎么是好，只说出这一句。

“说哪里话！自己人嘛！”

那大哥又把他们随身带的干粮全塞给我，就把担架拆开，一人挑着被子，一人扛着藤椅，我们难舍难分地告别了。

前面就是溧阳和句容交界的地方。我按约定的记号打听，没找到人。后来听说一个村子里住着工人，我急忙赶去，到那里已经半夜，我怕惊动大家，就借村边一间小屋住下了。

不料第二天清早。天还不大亮，村里响起了枪声。我惊醒过来，慌忙下床。留我住宿的老大爷披着衣服，把我连扶带拖，跨过小菜园的篱笆，转进一道土沟，送到另一个村子上。

原来有一群特务，打听到消息，混进村里，拿着手枪堵住了罗克绳带领的那一个小队住屋的门。罗克绳他们用石头砸，用扁担打，勇敢地往外冲，敌人就开了枪。

这一次，六个同志被捕了，里面有四个党员，两个青年队员。他们是黄虎胜、于志修、张先哲、张光先、余长海，还有罗克绳，他受了重伤，没有冲出来。

敌人把被捕者捆在大庙的柱子上，一个个严刑拷打，要他们供出新四军活动的情况。同志们被打得死去活来，大殿上溅满了血，但是没有一个人屈服。在他们心里，有一道攻不破的防线，这就是对革命事业无限忠诚的意志。这道防线，永远不会崩溃。

当天下午，狗特务把我们的同志转交给日本鬼子。敌人都一样残忍，也都一样愚蠢。日本鬼子用水灌，用火烧，照样得不到什么东西。

鬼子派人在村口大道旁边，连夜用木板搭起一座大台子，又逼着老乡们在台下面挖了六个坑。他们想用屠杀来恐吓人民。大清早，走狗们敲着锣沿路吆喝，鬼子兵端着枪，挨门挨户把大人孩子都赶到台前去。

凄凉的北风扬起灰蒙蒙的尘土。我们的战友被推到台前。许多老乡看见他们血淋淋的模样都哭了，敌人就拿鞭子乱抽乱打。战友们激昂地高呼："中国共产党万岁！""毛主席万岁！"从容跳进了土坑。台下成千人的呜咽，变成了痛哭。敌人慌了，拿起铁锹直往坑里填土。战士们同敌人战斗到最后一秒钟，决不屈服！死亡永远不能征服人民的战士。

这天夜间，地方上的党支部同志把我送到一个小学校去。他们得到紧急指示，向敌人展开反搜查斗争，保护自己的同志。我刚进门，一个穿棉袍的商人打扮的人向我扑过来。

“老吴，你可来了！”

原来是秦永祥。他也是那天脱险的。我们紧紧拥抱着，激动得说不出话。想起那些英勇牺牲的同志，我们都禁不住流出热泪。

这里还有二十来个各式各样打扮的男女青年同志，我都不认识。他们也是被敌人冲散的。我们编好小组，准备作更艰险的行军：穿过敌人占领的常州城，渡过长江。

秦永祥、我和四个女同志编在一个小组。因为我正闹病，需要休息，只好晚些出发。农民同志们夜以继日地防护在小学校的四周。

过了两天，我们这一组拂晓出发，带路的同志领着我们悄悄走到一条小河旁，钻进了船舱。进城的男女老乡也上了船。船开出二十多里，星星才隐没在青苍色天幕的后边。

机警的带路人领着我们混过敌人一道又一道关卡，旁若无人地走过常州城内萧条的大街，城外小河里早有一只小木船等着我们。

出城二十五里，船行到了最后一道岗哨。一个汉奸拿着一根皮鞭，从碉堡那边摇摇摆摆过来了，后面跟着一个鬼子兵。他们跳上了船。汉奸站在舱口，把头伸进来喊道：

“检查！”

我暗地扯扯老秦的衣角，会意地交换了一下眼色，虽然没说话，我们已经得出共同的结论：万一暴露了，先把这两个家伙推下河！

鬼子兵站在船头，只顾伸手向船夫讨美丽牌香烟，叫着：“美丽美丽！”鬼子愈来愈穷，连香烟也抽不上了。

坐在舱口的带路同志忙从口袋里拿出一块银元，交给船夫塞过去。鬼子兵眉开眼笑地向那汉奸一努嘴，扭头走了。

前面就是长江，暴风掀起雪白的浪头，冲击着堤岸。江边停着几只破旧的小渔船，在惊涛骇浪的冲击下颠簸着。敌人的军舰来回巡逻，封锁了江面，看见渡船就用机枪扫射。为了尽量减少牺牲，我们小组又分开单独行动，各人找港口设法渡江。老秦看我的伤口没好，行动不方便，跟我留在一起，好随时照顾。

我俩一整天都伏在堤岸上，观察敌舰的动静。身子紧贴着地面，动也不敢动。狂风过后，空中飘起了鹅毛大雪，江上灰蒙蒙一片。

“来了！”老秦轻轻拉了我一把。

只见下游飞驶过来两艘鬼子军舰，浪花翻滚起来，有一丈多高。接着响起一阵清脆的机枪声。

“又有人受害了！”老秦愤恨地说。

身上冻得有些麻木了，不远的江堤下边，有一间孤零零的小茅屋，大概是渔人歇脚的地方。我俩跑进去，想找些吃的。屋里却一点儿烟火气也没有，尘土盖没了脚面，严寒把蜘蛛赶进了墙缝，小屋四壁透风，几块烧得焦黑的土坯砌的小灶也塌了。它的主人呢？

墙角灰烬旁边，有几块红薯皮。我说：

“这里一定有人住，你看……”

“有人就有办法。”老秦说。

果然，黄昏时候，一个老渔夫背着一捆柴进来了。我们帮他生了火，老人问道：

“你们怎么跑到这里来？”

“准备过江！”

“过江？这可不是玩儿的！弄不好就把命送掉。这一带你们有熟人吗？”

“没有。”我和老秦同时回答，“请你帮帮忙吧！老大爷。”

“不好办啊。”

老人从布袋里倒出几个红薯，拨开通红的火灰，把红薯埋在里面。我们就这样围着炉火谈了一夜。天快亮，老秦凑到老人跟前，亲切地说：

“老大爷，跟你说实话，我们是新四军，得到命令要转移到江北去。你帮帮忙吧！”

“你们是新四军，怎么不早说！拼上不要老命，我也要送你们过去。你们放心好了，有我就有你们。”

兵舰上的绞锚机隆隆响起来了。老人招呼一声，我俩跟着出了小茅屋。外面积雪很厚，我们后脚套前脚，脚印叠脚印，一直走到港口，准备趁兵舰到上游巡逻的空隙冲过江。

我们上了小渔船。老渔夫撑着舵，摇动后橹。我俩坐在船旁，使劲摇桨，顶着西北风，破浪前进。小船行驶在汹涌的波涛上，一会儿抛上去，像要离开水面，一会儿又陷下去，周围的浪头就像一堵堵的围墙，浪花直往脸上扑，紧张的搏斗使我忘记了伤口的剧痛。到达北岸以后，都累得满头大汗，而衣服上却结起了厚厚的冰块。

我们终于到了苏北。

一进黄桥镇，街头到处张灯结彩，锣鼓喧天。老乡们挑着鱼肉，背着成捆的鞋袜，慰劳参加黄桥大战的战士们。原来就在我们突围的时候，国民党顽固派向苏北我军也发动了进攻。被复仇烈火鼓舞起来的战士们，把顽固派一个军赶进一条河里，饱饱尝了一顿机枪手榴弹。敌人死尸压死尸，填满了河沟。殷红的河水被尸体堵塞，溢出堤岸来。连顽固派军长李守维也淤在河底，喂了王八。

当天晚上，我瘸着腿跟老秦兴奋地参加了庆祝黄桥战斗胜利的军民大会。

反“扫荡”

新四军不但没有被消灭，反而更加发展壮大了。党中央决定在苏北成立新的军部，全军扩大为七个师，坚持华中抗战。军司令部成立了军工部，领导建立修械、炮弹、手榴弹等兵工厂，加强作战的力量。秦永祥被派到修械厂，我担任了军工部党支部书记。

我的伤口一直没长好，现在生活一安定下来，连脚背也红肿了。

眼看着无数同志千方百计地到处搜集破铜、碎铁、烂机器，我又怎么能只顾个人的一点伤痛呢！不久，军司令部决定要建立子弹厂，军工部长对我说：

“老吴！这个任务交给你了。我知道你没造过子弹，可是别人也没造过。更糟糕的是一无材料，二无机械，困难当然困难，不过革命就是从无到有，从小到大。只要发挥革命毅力和创造智慧，总能想出办法。”

还有什么可说的呢。让一个战士去执行严重的战斗任务，这是党对他最大的信任，因为党相信我们不会碰到困难就向后转，成为可耻的逃兵。我应该珍惜这种信任，愉快地接受了任务。

终日狂风大雪。我们驻扎的古庙盖满了白雪，院子里柏树的枝丫都压弯了。我站在台阶上，望着墙根出神。那里散乱地堆着搜集来的许多破铜废铁，也有钢轨，也有铁板。我们的子弹厂就要从这堆废铁里诞生出来。

大庙的正殿里耸立着三尊大佛，斗大的脑袋一直顶到大殿的屋顶，成天眯着眼睛，猜不透他们在想些什么。我们在佛座下铺了稻草，挨着窗棂架上案板。古庙的大殿便又是宿舍又是车间了。

东西配殿做了修枪厂。我去领了几发步枪子弹，把弹头拔掉，仔细地量着子弹各部分的尺寸，计算了材料的重量，记在日记本上，成天地揣想子弹各部分的制造方法。

我先制出一副弹壳模型，但是制弹壳要用铜。这类材料很缺乏，只有要求每个战士珍惜每一颗空弹壳，把保存的弹壳汇集缴回工厂，由我们用钢模压制，使它恢复原形，再造成子弹。不过，弹壳底部的火帽在放射时被撞针击毁了，必须换成新的。我们没有做火帽的铜片，只好把那些不能再用的裂口的空弹壳剪开，锤成薄片，来代替火帽材料。

我就这样守在大殿里，不分昼夜地干。冷风时常从雕花的窗缝钻进来，手冻僵了，脚上的伤口发痒了，我就离开木案走动走动，往手上呵呵热气。

在敌人重重的封锁下，火药原料是找不到的，只好去寻找代用品。我把红头火柴的头刮下来，准备用酒精泡开，制成起火药。但是找不到酒精，就到小铺里打了二斤老烧酒，又做了个洋铁罐子，把烧酒蒸馏一下，当酒精使用。谁知火柴爆炸力太强，不适合做起火药。我又跑到厨房里刮下锅烟子，掺在一起，才配成了起火药。不过红头火柴需要很多，根据地不出产这东西，从敌占区运来又不方便，后来我们到药店里买了雄黄和洋硝，混合配制，才解决了这个难题。

当时我们还没有大炮，缴获来的各种炮弹用不着，都堆在那里。我把它一个个拆开，取出炮弹壳里的发射火药，又做了一个小铜碾子，把它碾成碎末，做子弹的发射药。这种易燃物体，摩擦过度容易起火，把人灼伤，所以每次碾末都要特别小心。

制造弹头的材料更缺乏。我试着把铅熔化了注入模型，做子弹头。但是铅经不住高热，放射时，铅头子弹经过枪管，把柔软的铅渣填满了枪筒的来复线，步枪有被炸毁的危险。最后改用铜元，放在弹头钢模里压成空筒，做成尖头的子弹头，里面灌上铅，实验就完全成功了。

接着还要制造机器。我从废铁堆里找出几节切断了的钢轨，中间钻个洞安装模型，然后把铁轨钉在案上，算是“冲床”。修械厂也为我们制造出一批手模、冲子等简单的工具。上级又调来一部分人员，成立了子弹实验厂。

实验工厂刚开工，日本鬼子就来“扫荡”了。这天，吃过早饭，庙里的大铁钟响了，这是空袭警报的信号。我连忙把那些零碎工具装进袋子，背上就跑。刚出庙门，六架敌机迎头冲来，只听耳边一声呼啸，三颗炸弹同时落下，我顺着雪堆滚下斜坡，车间立刻发出震耳的爆炸声，砖瓦木梁嗖嗖从头顶飞过，烟和尘土像浓雾似的迷漫了大庙，倒塌的屋顶埋住了机器，佛像也被炸得东倒西歪，龇牙咧嘴。敌机没发现目标，打一阵机枪飞走了。

随着轰炸，敌人冲进了这年幼的根据地。

黑夜里，各厂同志冒着风雪，把机器、材料抬上了船，沿着小河向东北海岸大荒地撤退。坚固的冰块封闭了河流，船只挤在河里开不动，同志们卷起裤脚，跳到冰块上，抡开大锤砸破冰块，开辟前进的道路。

夜间看不清四处景色，怕暴露目标，也不能点火把，往往脚下一滑，人就扑通掉到水里，大家又撇下机器去抢救伙伴。湿透的衣服被冷风一吹，立刻结成冰甲。女工同志们背上背着孩子，手里握着竹篙撑船，男工同志们拽起纤绳，沿着堤岸一步一步往前拖。岸边密密麻麻布满了钢刀一样的冰刺，碰到我左脚的伤口，引起一阵阵剧痛。

凶恶的北风扫过灰色的海洋，扫过一望无边的大荒地，扫过海岸熬盐区的盐堆——成群的盐堆耸立在海岸的荒滩上，就像一个个白色的岛屿。暴风夹着盐粒和雪花，冲到人身上，渍得肉疼。在这个咸土地带里，草木不愿生长，飞鸟也不愿歇脚，只有稀稀落落的几座盐民的茅屋，点缀着辽阔的荒原。

我们在茅草屋里安了家，架起机器重新干起来。荒凉使人们忘掉大米和白面，连玉蜀黍也看不见了，黄豆吃完吃绿豆，大麦吃完吃红薯，最后连红薯藤子也吃了。井水河水全是咸汁，雪水成了甘露。

后来敌人追到荒滩上来，我们又化整为零，并且派一部分同志带些机器上了大盐船，张开大帆，在海上建立了分厂。就这样，我们坚持了武器和弹药的生产。

荒原上转过风向，东风带来了雨季，终日一阵风一阵雨，半个多月太阳不露面，茅草棚子塌的塌，漏的漏，同志们撑开军毯，照常工作。这里百十里路没有人烟，运输本来就很困难，再加上暴雨，补给就完全断绝了。材料、粮食眼看快完了，我们只得离开海边，转移到盐城附近的水网地区。

人工挖掘的河渠，像蜘蛛网一般交错在苏北平原上，除了河流，就是水田。初夏时节，河堤上飘着鹅绒般的柳絮，褐色的小燕子满天飞，巨大的风车在堤岸上旋转，农民们忙着往稻田里灌水，赶插早秧。在那绿色林荫下的茅舍里，我们的工厂又开工了。

那时候，不光要用战斗精神来劳动，还要随时准备作战。每个工人都带着两种武器，除了钳子、锉刀以外，还有步枪和手榴弹。工人们平时都把子弹压进步枪的弹仓，放在身边。

秋天来了。一天早晨，太阳刚露头，忽然听见小河里有汽艇的马达声，接着机枪扫射起来了，掷弹筒炮弹在河岸上炸开，烟雾淹没了沿河的柳林。敌人偷袭我们的工厂来了。

工人们立刻放下工具，拿起武器，沿河岸散开，抵挡敌人的进攻。敌人的汽艇靠不了岸，像掐掉头的苍蝇，直在河心里打转。工厂就利用这个空隙撤退。女同志和工人家属先顺着隐蔽地带转移，机器能带的都带走，不能带的就埋起来或是丢在池塘里。

我们撤退完了，日本鬼子冲上岸来，炸毁了机器座子，烧了房子，又紧紧跟踪追来。

各厂的工人们迅速编成了战斗小组，边打边向阜宁转移。当时我是子弹厂的政治指导员和工会主席，领着一个青年工人小组，掩护家属和照管机器、材料。这一支队伍连老带少一百多人，妇女们有的生病，又有孩子。那些娃娃们，有的刚会走，有的还没断奶，一有动静，就哇哇叫。行走起来队伍拉半里长。青年工人们就前前后后来回跑，扶大人，背孩子。到了宿营地，这些年轻小伙子，要担任警戒，又要四外找粮草，刚合上眼休息一下，又要出发了。

兵工厂是敌人的眼中钉。敌人紧紧地跟着追击，一步也不放松，敌人到东，我们就到西；敌人向前扑，我们就向敌人后面钻。我们不是战斗部队，能够保护好自己，就是胜利。

一天中午，我们到了一个四面环河的村庄，打算在这里整理队伍，休息一下，做顿饭吃。同时把一些半成品埋藏起来，减轻行动的负担。两个同志帮我把东西抬到一个小菜园里，刨了几个坑，把一个个小箱子放进去。忽然，邻庄鸡飞狗叫，老乡们拖着孩子，向庄外奔跑。

鬼子又追来了。

这庄子只有一条木桥进出,再慢一步,撤退就来不及了。我对他俩说:

“你们快回去,带着队伍过河,绕到敌人后面去,我埋完东西,再去找你们。”

敌人很快到了南河岸,木桥被我们拆了,敌人站在桥头向庄子里乱打炮。我填完最后几锹土,又在坑上盖了些烂草和树枝,弯着腰往河边跑,敌人发现了,打来一阵乱枪,脚下土噗噗冒花,我一翻身滚下河堤,嘴里咬紧手榴弹的布袋,左手举起步枪,游过了小河。

军工部带领各个小队,冲破敌人的包围圈,退到阜宁去了。我们这一小队跟领导机关失去了联络。

我们只好向西北方的阜宁前进,沿途又收容些前面掉队的同志。白天行动不方便,就在树林里休息,晚上互相牵着衣襟赶路,绕过那些火光闪闪的被烧的村庄。就这样跟敌人周旋了一个来月,天气转凉了,田里的稻子也黄了。最后我们走到一处叫丁家渡的地方,忽然发现陷进了敌人的包围圈。

这里四面都是河流,又是开阔地带,如果被敌人发觉,连隐蔽的地方也没有,必须连夜冲出封锁线。我把队伍带到一道土埂下面隐蔽起来,和一个同志去找船。

我俩轻轻走进村外一个小茅棚子,擦亮一根火柴,唤醒了主人,这个农民听说我们是新四军,马上拉我们往河湾跑,那儿正锁着六条船。

“这船是‘瓦房子’的,向他们借用一下吧。”他说。

原来“瓦房子”指的是地主。我们又翻身往瓦房子跑,好说歹说才叫开门。

“深更半夜,又不报丧,干吗砸门啊!连个安稳觉也不叫睡吗?”地主气势汹汹地说。

“船借我们用一用，弄坏了赔你的。”我说。

“哼！你们新四军还赔得起船呀！”地主眯缝着眼睛，坐在太师椅上，装着打瞌睡。

时间是不能再等待了。我们一边说，他一边打呼噜。我急得把驳壳枪掏出来，枪栓拉得哗啦响，大声说：

“干脆，你说，借不借？”

地主立刻吓得变了脸色，浑身哆嗦，又是作揖又是打拱，连说：

“借……借……借！”

“你早该说借了！”领路的农民得意地笑起来。

当天夜里，大雷大雨，天黑得伸手不见五指，淋着倾盆大雨，我们把机械和材料搬上了船。风大雨大，孩子们饿得直哭，妈妈们焦急地把干瘪的奶头塞到孩子嘴里，也哄不住。我们是逆流而上，河里涨水，船直往后退。当地许多农民得到消息，半夜里跑来帮助拉纤。响雷在头上爆炸，一道道闪电照得眼花。

船行不远，碰到敌人预先布置的封锁网。敌人把河岸上的大树砍倒，一排排埋在河中，树和树之间用铁条连上钉牢了。我们跳进河里，拿钢锯锯断铁条，农民们在树桩上系上粗麻绳往外拔。从河里拔掉三根大树桩，大家一齐使劲把船硬拖过去。在丁家渡口，又碰上同样一道封锁网，也照样被突破了。

这一夜，我们简直用尽了所有的力气。人人脸色铁青，被疲乏、饥饿、寒冷折磨得站也站不稳。体质弱的人，走着走着就晕倒了。这里离阜宁有六十多里，还要通过反动地主武装土匪控制的地区。我们顾不上休息做饭，抬着病号，互相搀扶着，继续向前赶路。

傍晚，刚渡过漕河，武装土匪果然扑过来了。数百人摆开扇形队伍，想把我们压进大河里。我们趴在河堤上抵抗，十多枝枪压不住敌人的气焰。正危急间，侧翼忽然响起了密集的枪声，原来是住在附近的我们的战斗部队赶来了。

土匪们丢下死尸，扭头就往回跑。我们紧跟着队伍冲上去，像赶鸭子一样,把土匪挤到一个大院子里,抓了俘虏。

我们在这里舒舒服服过了一夜。战斗部队的同志们给我们做饭,安置住处,就像招待客人一样,第二天又护送我们离开了战斗地区。

我们这小队,终于到达上级指定的归队地点,人员一个没有损伤,机械没丢失一件。

在党的领导下,根据地的军民取得了反"扫荡"战斗的胜利,把敌伪军赶出了根据地。

第二次负伤

随着华中抗战形势的发展,军司令部决定把我们这些兵工干部和工人分配到华中各根据地去,建立更多的兵工厂。

军工部吴师孟副部长带着一部分同志去二师,那是罗炳辉师长率领的部队,驻在淮南根据地(包括安徽省津浦路东西两侧地区)。我也被派到淮南去。

激烈的反扫荡战斗,打了五十多天。日夜作战和转移,我左脚的伤口弄得愈烂愈大,成天淌脓流血。医生说伤口已成了慢性溃疡,没有特效的医疗方法,要我每天露出伤口晒太阳。

早晨,太阳越过村东头的大树梢,我坐在墙角地下背靠着墙,解掉绷带和敷料,把伤口伸在阳光下晒。同志们在屋里忙着化装出发,窗口不停地传出打闹的嬉笑声。

从苏北到淮南要步行几百里,要越过敌人盘踞的村镇、炮楼、公路和重重封锁线。怎样完成这艰难的行军任务呢?我瞧着伤口直发愁。

同志们在找我换服装,小鬼拿着一套旧便衣,带头跑出屋来。

同志们见到我的伤口,都默不作声。一会儿,钳工老李说:

"老吴,只要有我们,抬也把你抬到淮南去。"

是真的,只要和自己的同志在一起,我什么也不怕。这多年来在战斗中,在建立敌后兵工厂的斗争中,我们度过了多少艰苦困难的日子啊!

越过黄河故道,我们向敌占区挺进。上级为了我们的安全,特地派遣了一个营的部队护送我们。我们日夜赶路,不时还要进行小的战斗。急行军时,部长把马匹让给我骑,在同志们的关怀帮助下,一个月后,我们胜利完成了这次战斗行军,进入了淮南根据地边境,在高良涧乘上了大帆船,一路顺风驶进了洪泽湖。

朝雾迷漫,湖水连天。渔船结队撒网,水鸟不时惊起四飞。

芦苇丛里突然驶出一队船只,一字摆开,挡住了我们的去路。主力舰船头上架着小钢炮,甲板边缘堆着沙袋,船舷四周挂满半寸厚的大铁板当装甲,这是我们的海军——二师巡湖大队。

主力舰上打旗语,要我们落帆受检。当他们听说我们是军部派来建立兵工厂的,舰队里立即爆发出欢呼声,指导员领着舰队的战士们,送来许多大筐的鲜鱼和菱角,舰上的战士们挥着手直嚷嚷:

"同志们! 没有别的慰劳,吃点鱼罢!"

"同志们! 多给我们造些炮弹!"

一进大门就遇到这样好客的主人,弄得真过意不去。同志们的信任,是更珍贵的礼物。它给了我们更大的鼓舞和信心。

到了二师司令部,罗师长陪我们吃饭,晚上又陪我们一同坐在地下,看文工团演戏。人人都盼望在这里赶快建设起自己的兵工厂。

一切都是从头开始,吴师孟担任了二师军工部部长。交给我的任务是建立步枪子弹工厂,年产量是六十万发。军工部派了两个钳工,一个锻工,两个车工,两个小鬼算学徒,连我一共八个人。在这毫无工业基础的农村里,要建立起工厂,摆在面前的困难是多的,但困难对我们来说,又算得什么呢? 只要有党的领导,发扬我们党的革命传统——自力更生,奋发图强,我们就一定能取得胜利。

接到任务后,我那左脚上的伤口,仍是张着铜板大的血口,一走就出血。偏偏又得了肠炎,连日地拉肚子,真是“内外夹攻”,只好到医院取点药来,一边治,一边工作。

一年要生产这么多的子弹,就必须要有生产子弹的设备和机床,这些庞大而又要求精密的机床又从哪里来呢?我们决定从自己设计开始,把各种机床制造出来。

军工部材料科的同志们,千方百计地为我们收集破铜烂铁,作为我们制造机床的材料。从另外一个修械厂调来一部四尺长的皮带车床,两部老虎钳和一台手摇钻。村上农民腾出两间茅草屋子给我们当车间,背包一放就算安了家,从此我们就开始了紧张的劳动。

交给我的任务是设计各种机床。制图用的丁字尺和三角板是用木片钉成的,一个小学生用的破旧圆规,两支铅笔。这些就是我们的全部制图仪器。借来当床用的门板,铺上一张白报纸,权当绘图板。

机床的设计是不可能按照自己的主观愿望来进行的,也不可能硬搬现成的理论,因为我们缺少材料。某些机件的制造需要大型工作母机,而我们仅有一部四尺车床。大的锻造机件需要有空气锤,我们最大的铁锤只有十二磅。较大的铸造件也无法制造,因为我们只有一个用人工拉动木风箱鼓风的小熔铁炉。此外还要考虑战斗中的转移,机床也不宜过大。最重要的,还得看我们收集的材料怎样,有什么就利用什么。这就是我们设计的立脚点,如果不从这里出发,想象得再完美,在实践中也还是不顶事。

茅屋没有窗户,东西墙上临时掏开两个小洞,早晚随着太阳转向,搬动那扇两用门板,借着墙洞透进来的亮光,绘制图样。有时候也跑到车间做实验,寻找设计上的缺点,检查代用材料的性能,使设计更切合实际。

当弹壳大冲床的图样完成的时候,我们立刻分成三班干活,昼夜不让车床停歇。每天鸡叫头遍,我上最后一班。我们常常一连几天通宵不睡,黑夜接着白天,干了一班又一班。有时过于疲倦,就倒在机器旁边,不知不觉睡着了,一会儿醒来,用冷水擦擦脸,再接着干。

吃饭时,炊事员把饭送到车间来,我们也顾不得满手油腻,拿起碗筷就吃。

一天黄昏,材料科的牲口大队,运来大批材料。牲口背上的驮篮里满装着破铜碎铁,还有几匹牲口驮的是不能使用的迫击炮弹,这是打扫战场时收集起来的。

我们跑出车间,帮着卸驮篮。赶牲口的同志把鞭子往腋下一夹,递给我一封信。我拆开旧纸糊成的小信封,里面有张纸条,是吴师孟部长写来的指示:

"……前方等着炮弹,务请尽一切力量,提早修好。"

一切为了前线的胜利。我们停止了制造机床,来抢修炮弹。这批炮弹没有一个零件,只剩一个空弹壳,不是修理,等于重新制造。我们找来一颗同类的完整炮弹做样子,依样画葫芦来制造每一个零件。炮弹修好了,就是缺少引发爆炸的炸药——雷汞。我们当时没有制造雷汞的材料,前线又急迫地需要炮弹,要能很快得到雷汞,办法只有一个,从旧炮弹里去挖取。

我收集了一些旧炮弹,这些炮弹大多是在历次战斗后,在打扫战场时收集的一些敌人打过来没有爆炸的炮弹。我把这些形形色色的炮弹的雷管拆卸下来,浸在洗脸盆里,放在宿舍的床底下。

一天一天地过去了,可是白天黑夜里,只听见敌人的大炮轰轰声,想到自己的炮兵还在焦急地等着我们的炮弹,看着浸在脸盆里的雷管,这叫人多么焦急啊!

一个多星期过去了。一天早晨,早饭后,同志们都到车间里工作去了,宿舍里只有我一个人了,我关好门,把脸盆搬到桌上,我坐在桌旁开始挖炸药。我从脸盆里拣了一支最大的雷管。仔细地观察了一会儿,拿着小签子轻轻地挖出了一小块炸药。我认为没事了,没想到凉水只浸透了雷汞表面一层,内里还是干的。当第二次签子一接触炸药的表面,轰的一声,这支雷管就在我左手里爆炸了。

眼前火光一闪,泡雷管的脸盆里,红成一片。左手炸掉了四个手指，肉和皮炸得飞起来，贴在墙上，贴在桌面上。左腿膝盖炸开了，露出了膝盖骨，左眼直淌血，什么也看不见了，脸上炸了几个洞，浑身麻木得失去了感觉，反而不知疼痛。

我赶紧用右手握紧左手手腕，阻止流血。低头一看膝盖的伤口，直担心腿骨炸断了，全身就像着了火，急得我在屋里来回跑，不知怎样才好。

车间里工作的同志们，听见宿舍里爆炸，赶紧丢下工具就跑。那些家属大嫂们，丢下孩子也跑来。大家忙着绑了个担架，把我抬到了医院。

院长和医生们都忙着为我准备手术。他们为我洗伤口，消毒。衣服脱不下来，只好用剪刀把衣服剪成碎块。

天黑了，解放区没有电灯，没法动手术，只好等到天亮。可是这天夜里，死亡严重地威胁我，我什么也不知道了，我陷入了严重的休克状态。

同志们白天黑夜看守着我，想我是活不成了。但是我还有一丝气息，脉搏仍在微弱地跳动着。但有时醒来，睁大一只右眼，谁也不认识，也不知道吃饭，同志们急得把我牙撬开，天天给我灌凉开水。大小便尽拉在病床上，害得护士同志们成天为我换床单。

这些日子里，同志们都在为我的生命担忧，吴师孟部长也特地赶了几十里路来看我。

后来护士同志们告诉我，说我在白天或是深夜里，时常猛地从床上跳下来，一直往大门外跑，挥舞着缠着绷带的胳膊，高声喊叫：

“我要回去！前方等着炮弹哪！”

可是，我左腿负伤很重，身体衰弱不堪，跑出大门不远，就摔倒在大路旁的水稻田里。

整整地过去了十五天，这天下午，我突然清醒过来了。我恢复了知觉，额角上沁出细汗，身上有些闷热，我推开被单，衰弱地喊了一声：

"渴。"

值班护士小张惊喜地凝视着我,突然她一转身,拔腿就跑。一时,院长、医生和护士,都赶来了,挤满了病房,同志们为我获得了生命感到高兴。护士同志赶忙端来开水,一匙一匙往我嘴里喂,我深深感到阶级友爱的温暖,感到革命大家庭的幸福。

三天以后,我被抬到手术室,继续做完左手伤处的手术,据说第一次手术,因我休克不醒,手术只做了一半。

我左手捆满绷带,左腿膝盖处也捆着绷带,摸摸脸,也全用纱布绷带裹起来了,只露出嘴和一只眼。伤口不时疼痛。我躺在床上一动也不能动。

冬天来到了,窗外飘着雪花,北风呼啸,穿过病房破墙缝隙,不时引起人们的寒噤。我成天躺在病床上,望着日落日出,数着心脏的跳动。我尽力排除心中一切不安的影子,可是一想到我们的工厂,想到那些未完成的机床设计,心里便非常不安。弄得长夜不眠,我想我这时能做点工作该多好啊!

一个深夜里,伤处剧烈疼痛,我再也不能入睡。想起那些机床的设计,叫人不得安宁。我想利用躺在病床的时间,把每部机床的结构都想好,等我出院后,在设计工作上,就可赢得很多的时间,加快建厂的速度。我一直想到天亮。

次日中午,值班护士离开了病房,我想把自己想好的设计方案和机床结构记在自己的小本上。我从枕头下取出了日记本和钢笔。可是躺在床上,一只手仍然是无法工作。我用两手腕关节顶住床板,死劲挣扎着坐起来,手腕一出力,左手伤处疼痛难忍。我只得倒下去稍事休息,第二次我一使劲,终于坐起来了。我满心欢喜地打开小本,记录机床设计的方案和结构草图。

护士小张提着一壶开水走进病房,惊愕地瞧着我的左手,突然说了一声"不好",扭头就跑出了病房。

护士的惊愕,弄得我难解,也不知发生了什么事。只觉得左手伤处湿漉漉的，我抬起左手一看，白色绷带全变成红的了，鲜血穿透敷料和绷带往下滴。

医生和护士赶忙跑来，解开绷带和敷料，从伤口里喷出一线血流，直喷到病房的墙壁上，原来是我在坐起时，手腕关节顶在床板上用力过大，震断了伤口内的动脉血管。

血不住地喷着，医院没有血管钳，太阳下山了，动手术也不可能。护士用橡皮管扎紧手腕，血流仍在缓慢地渗着，最后在这茅屋病房的屋梁上，拴上一根绷带，把我的左手高高地吊了一夜，次日天明后，我又被送进手术室扎血管。

我的秘密很快被医生发觉了，院长严厉地批评了我一顿，没收了我的小本和钢笔。我只得成天躺在病床上，想着机床设计，硬记在脑子里。

一天，司令部周参谋长到医院检查工作。他来到病房，沿着病床，依次向伤病员问好。最后，他走到我的床前，查看了病床前挂的牌子，他看了我一会儿，问道：

“你是拆信管炸坏的吗？”

“是的。”

他坐在床边，摸摸我的额角烧不烧，看看水杯脏不脏，被子是不是单薄，又问伙食好不好，窘得我不知怎样应对。

“一切都好！”我喃喃地说。

“真没有一点困难吗？”

“就是没法工作。”

“那你就好好休养。”参谋长微笑着说，“你不要为残废担心，一个革命战士，只要心在跳动，他就能工作。”

首长的话，给了我鼓舞，但也加重了心思，只想早日回厂工作。

在医院同志们的细心治疗下，脸部的伤口已愈合，体力也趋渐恢复，我终于能起床走动了，只有手和腿上的伤口，老不见好。

窗外柳枝吐出了新芽，春天又来到根据地。

这年春天带来了胜利的喜悦，津浦路西界牌集反顽战斗已获全胜。

战斗结束后，由前方送来一些负伤的战士。我们的病房，又多了两个年轻的伤员。这天傍晚，他俩忍着伤口的疼痛，从被里挣扎着坐了起来，兴高采烈地谈论着这次反顽战斗的经过。他俩的谈话，吸引了全病房的同志，鼓舞了我们的斗志，增加了胜利的信心。最后，他们谈到了部队弹药缺乏的困难情况，也引起了我们心情的沉重。

这天晚上，我在被子里翻来覆去睡不着，特别是想起那些艰苦斗争的日子，战士们每人只有两三发子弹，部队行军时，子弹袋是空空的，战士同志们不得不选些粗壮的高粱秆，切成子弹一般长，排列起来装在子弹袋里。

想到这些，我更是想要回去工作，我不能成天躺在病床上，无聊地瞧着茅屋顶棚。

好容易挨到天亮，我急忙穿衣起床，刚走到院子里，年轻的女院长就迎面走过来了：

"你怎么起来了？"

"院长，我要求出院！"

"什么？"她瞪着两只大眼瞧着我。

"我要出院！"

"你别胡说啦！你的伤口还没长好，怎么能出院呢？"

我把昨晚的经过都告诉了她。

"这些情况我也清楚，我也愿意你早回去。可是你伤口不好也不能工作呀。"

"我回去就安心了，自己不能工作，帮同志们出点主意也好。我们工厂附近有个门诊所，我每天可以去换药。"

院长最后点点头，同意了我的办法。她说：

"你先等一等，我给你开个介绍信。"

我回到病房，就向军工部派来照顾我的小同志说：

“小鬼,快打背包,咱们走吧!”

护士同志给我换了一块新三角巾,把左手吊起来。我和同志们告别后,撑着树棍就走。

医院离家二十多里地,一路上膝盖上的伤口,挣出了血。直走到天黑,远远看见工厂茅屋的影子,我兴奋得忘记了疼痛,拖着小鬼就跑。心想:我又能和同志们紧张愉快地劳动在一起了。

新任务

长期住医院,好像手脚都闲得笨拙了。眼前的任务是继续造机器,建立兵工厂。许多制造子弹的机器还没有设计,车间里等着图纸加工制造。我摘下挂在左手上的三角巾,用包扎绷带的左手按着三角板和丁字尺,忍着左手伤口的疼痛,趴在床铺上继续设计制图。有时也跑到车间,跟同志们一块儿做试验。炸瞎的左眼和炸断四根指头的左手,使我碰到许多不便。铅笔秃了,就用左臂按着铅笔,再把它削尖。我顽强地练习用一只手工作。

星期天大清早,同志们都在打扫屋子,洗衣服。我刚走到门口,迎面过来一个炮兵,牵着一匹大骡子,驮来一门迫击炮。炮兵说:

“我们的迫击炮打坏了,请你们修理修理。要的很急,我住在厂里,等你们弄好了,马上带回去。”

我把迫击炮全身查看一遍,没有毛病,就是底座中间的一个零件震坏了,需要制一个新的装上。我招呼大家把炮卸下来,抬到车间去。

我装上毛坯,开动了机器。

天近正午,零件做好了,就是表面有许多毛碴,不够漂亮。我想再磨光一点,就拿起锉刀,左臂轻轻按着锉刀的尖端,谁知机器转得飞快,手刚触着制件,绷带就被这零件表面的毛碴挂住了。受伤的左手也跟着被拉过去。在我旁边干活的一个工人飞步跳过来,把机器停住。可是伤口已经挤肿，流出很多血，浸透纱布，把皮带也染红一大块。

同志们又把我送到医院去。医生上了药，要我住院。

“我刚出院，怎么好意思又住院？你还是给我配点药带回去吧！”

“回去可以，不过，伤没好不许工作。”

傍晚，我回到工厂。那个炮兵还在车间门口转来转去，要他休息一下，他直摇头，连一口水也不肯喝。我很了解这小伙子的心情，如果今夜任务完不成，他连觉也睡不安稳的。其实我一样着急。一门炮到了我们战士手里，就能发挥强大的威力；丢在这里，不过是一大块废铁。我拿起锉刀又走到机器跟前去。同志们拦住，把我扶到一边，拉过一条凳子叫我坐下。

“你在这儿看着我们做，要是不对，你说一声就行了。”

同志们连夜把炮装好，试一试，炮座很牢固，直到炮兵同志愉快地赶着骡子走远了，我们才吃晚饭。

图样画出来了，同志们又是日夜赶工。要造的机器很多，困难一个紧跟着一个。可是我们决不被困难吓倒，我们的格言，是顽强战斗，用创造性的劳动克服困难。

我们要造的螺旋冲床，单是那个杠杆，就有半吨左右，我们没有起重机，全靠人力搬来搬去；这个杠杆应该是中间加粗，我们没有汽锤，只有打铁的铁锤；屋子也小得转不开身。我们在屋外的空场上，用砖砌好火炉，支起风箱，开辟了“露天车间”；又在地下挖了一尺多深的坑，埋上铁砧，四周搭起一人多高的木架，上面铺好板子，安装上木轮滑车。等杠杆中间烧红了，就用粗绳子把一头拴牢，拖到铁砧上竖起来，五个小伙子光着膀子，爬上木架，抡开铁锤，一边吆喝一边砸着。六月天，太阳像一把火，身上的汗水直流，杠杆还没冷却，人已经没有力气了。小伙子们累得放下铁锤，张大口喘气。我光着膀子，给同志们送水喝。天黑了，木架上吊起汽灯，同志们不顾劳累，继续干活。我也在一旁帮着拉风箱。这八个人的工地，热闹得像集市。铁锤叮叮当当,火花乱飞,炉子上的火苗,随着风箱低沉的吼声一闪一闪。终于把那碗口粗的铁杠挤鼓了。

接着又制造螺丝杠。在一根三英寸多粗二十多英寸长的铁棍上刻六条螺丝扣,十六英寸长那么一段,要转一圈。按规矩该用铣床,可是我们没有铣床,只能用手工在铁棍上硬刻。刻完公螺丝,就用公螺丝杠翻砂制成坯模,灌进去铜水,铸成母螺丝。没有化铜用的坩埚,就利用废炮弹做的"钢锅"。不过,化过两次铜,钢锅就腐蚀得像蜂窝一样了。

"这材料能造多少漂亮的工具呀!"同志们心疼地说。

我们轻易得不到好钢,一切精致的工具:刀子、钻子、锉刀……都是用钢炮弹改制的。

身上的伤口逐渐长好了,就是受伤的左腿走起来有些吃力,眼睛瞎掉一只,视力受到很大损伤,但我的心却好像磨炼得更坚强了,因此工作起来,总是有劲的。

第二年夏天,制造子弹所需要的机器全部造成了,大大小小一共三十多台。我们把机器都刷上了油漆,写上了号码。又把村头的一座大庙打扫干净,修补好破漏地方,把新机器搬进了大殿。

每年要生产六十万发子弹,只靠八个人当然不行,上级从战斗部队里调来一百多个青年队员,到厂里当学徒。我们开始轮班带徒弟,师傅教了徒弟,徒弟再教徒弟,一边上课,一边实习。

工厂正式开工这天,同志们都换上干净衣服,铁钟一响,拥进了大殿。

我装上原料,推动沉重的冲床,在机器巨大的吼声里,第一颗子弹诞生了。我拾起那颗黄澄澄的弹壳,捏在手心里,舍不得丢开。接着,机器全部开动了。小伙子们呼喊着自己创造的号子,那雄壮的呼应,压倒了冲床的吼声。

吴师孟部长也特地骑马跑了九十里,赶来道喜。他跨进车间门口,在那里站了很久,看着整齐排列的机器,看着黄色的弹壳从冲床下面一个个滑出来,他愉快地笑了。走到机器跟前,跟每个人握了手,随后也卷起袖管,抓住那沉重的冲床杠杆,参加了生产。

刚到淮南的时候,我们两手空空,什么也没有。为了早日生产子弹,吴师孟部长曾经化装成商人,跑到敌人占领的上海,采买工具和材料。这个从井冈山来的老战士,直到后来病逝的前一分钟,还惦记着兵工厂的生产。他对革命事业无限忠诚的精神,永远刻印在我们的心里。

工厂每月都超额完成任务。虽然困难一个又一个来到:弹头变形,弹壳裂口,打瞎火,材料用尽,工具不够,但是都一一克服了。起初我们制的是上下一般粗的子弹,后来我们也能制尖头鼓肚的“流线型”子弹了。

第二年秋天,上级命令制造迫击炮弹,同时还叫不妨碍子弹的生产。我们召开了动员会,重新组织了力量,抽出一批人来学习、实验。

我们从来没造过炮弹,为了完成这个任务,迫切需要获得知识,可是这类书籍根本找不到。我收集了敌人打过来的各种各样没有爆炸的炮弹,把它拆开,又把每个弹壳、弹尾和信管锯开,通过实地解剖来掌握炮弹的构造原理和制造知识。我对每个零件都提出了问题:为什么要这样构造?它起什么作用?反复对证,直到断定不会发生错误为止。我把敌人炮弹的优点综合起来,再根据自己工厂的条件,设计迫击炮弹的图样。

同志们根据图纸,制出第一颗炮弹,准备试炮。

这一天,在靶场的土丘上,架起了一门迫击炮,我站在炮旁,右手高举起炮弹,准备打这谁也不知道会发生什么结果的第一炮。为了防备万一炮弹在炮筒里爆炸伤人,我让同志们伏在远远的洼地里。

我用敏捷的动作,把炮弹投入迫击炮口,一翻身滚下土丘。谁知炮弹根本就不响,它带来了可怕的沉寂。我站起来一看,同志们已跑过去,一人双手堵住炮口,一人双手抬起炮的底部,把炮弹从炮筒里倒出来。小鬼在一旁扯起嗓门唱着:“迫击炮,真糟糕!打不响,往外倒。”

第一炮失败了。检查结果，发现炮弹直径过大，底火药调制不好。我们的底火药是把洋硝、雄黄和锅烟子掺在一起配制的，成分没有配好，当然打不响。我们连夜重配了底火药，修正了弹带直径的尺寸。第二天早晨，又走上了靶场。

炮弹投入炮口，迫击炮大吼一声，把炮弹喷射出去。炮弹在半空里疾驰向前，大家欢呼起来。

可是，炮弹落在前面的荒草地上，静悄悄地钻在土里，像是跟我们捉迷藏一般，无声无息。长久难耐的沉寂告诉我们，它是存心不爆炸的了。第二炮又失败了。

现在，最重要的是弄清楚失败的原因。但是炮弹钻到哪里去了呢？不把它找回来，又怎么能听取它的意见呢？谁知道它到底闹的是什么情绪！大家跑到那宽广的荒草地上，寻找这颗顽固的炮弹。太阳下了山，同志们打起灯笼火把，拨开一丛丛的荒草搜寻，炮弹还是渺无踪迹。

晚上，我一直思索炮弹不炸的原因，没得到结论。鸡叫头遍，我喊醒了同志们，跑到荒草地上，继续向炮弹飞行的方向寻找。结果发现它躲在一堆乱草里，入土一尺多深。我们用锄头把它掘出来。因为信管的安全装置在发射前已经去掉，说不定它一发脾气，又要爆炸。同志们就特别小心谨慎，冒着危险把它请了回来。对这个临阵脱逃的家伙，翻来覆去做了检查，才弄清楚：原来是信管里撞针的弹簧太软，减低了撞针冲击力。

针对着毛病动了“手术”，又做第三次试验。为了避免落地不炸，又不好寻找，这次准备了三颗炮弹。

试验开始了。炮弹在草地上空呼啸着向前飞奔，它一接触地面，立即闪出火光，发出巨大的轰响，泥土冲向半空。伏在四周的同志们一跃而起，高声欢呼：

“再来一个！”

我又放射出第二颗炮弹,随着爆炸声又是欢呼:

“再来一个!”

第三发炮弹响过以后,同志们争先向荒草地跑去,找到三个爆炸坑,忙着量坑的直径和深度,又查点了留在弹坑里没有飞出的破片的数目,量了破片的大小。一切材料都证明炮弹的杀伤威力合乎规格,试验成功了。

当天就给军工部首长们写信,报告了炮弹试验的经过。吴师孟部长回信鼓励我们继续努力,要我们试造三百发炮弹,还说军工部材料科的同志们突破敌人的封锁,从敌占区找到一部破旧的六尺车床。这有力的支援,更增强了我们的信心。我们一边试造炮弹,一边赶造工具,准备建立炮弹车间。

一个月后,三百发炮弹出厂了。

炮弹送到司令部的第四天下午,我正在车间里检修机器,军工部的一个小通讯员忽然一头撞进门来。他那副慌张的样子,弄得我有点不安。我忙接过信,拆开看,上面写着:

“……第一批三百发炮弹已发给部队。炮兵在演习射击时,将炮弹加足药包,只打三十公尺左右,落地还不爆炸。现在炮弹已全部退回,师长要你明天一早赶到司令部。”

信纸从手里落到地下。真惭愧,三十公尺远,还不如扔手榴弹呢!而且几乎要延误战士们执行战斗任务!我的心被这只能打三十公尺的三百发哑巴炮弹咬住了。同志们拾起信来一看,也都是面面相觑。

在失败面前,不能张皇失措,必须冷静地分析失败的原因。我下定决心,哪怕失败一百次,也要做第一百零一次的尝试。不胜利不罢手!

我立刻收集那些制造炮弹剩下的零件,回到宿舍里,在铺板上摊开图纸,仔细检查。零件都合乎规格,图样也找不出什么毛病。我又把每道工序负责加工的人和成品检查员都找来,详细询问,把制造过程中可能发生的一切意外都研究到了,还是没有结果。恨只恨炮弹出厂时,为什么不来一次实弹射击呢?

又是一个难耐的不眠之夜。我刚上床,又跳起来,点起油灯,想了一阵儿,再躺到床上,盯着屋顶,眼睛都发酸了,还是不能入睡,好像那些打不响的炮弹一直在眼前晃来晃去。最后我想到:只能打三十公尺远,也许是发射火药还没烧完,炮弹就出了炮口,不能充分发挥火药的效力。因为我们自己没有火药厂,完全靠缴获来的火药乱七八糟凑的,什么火药都有。想到这里,心里一亮,原因多半在这里。

我披上衣服,擎着一支蜡烛,静悄悄地推开门,跑到后配殿旁边的草屋里,轻轻叫醒装配工老王。

"老王,你记得炮弹装的是什么火药吗?"

"日本鬼子的山炮弹火药。"

"上回试验炮弹用的火药呢?"

"早用完了。"

这就是了!山炮弹的火药,用来做迫击炮弹的火药,当然不行。可是不用这火药,又上哪里去找迫击炮弹的火药呢?眼看这三百发炮弹,就因为没有火药而成了废物。

回到宿舍里,火药问题还是使我不能入睡,怎样把火药的燃烧速度加高,使它成为迫击炮弹的火药呢?从化学上来改造它,我们没有制药厂,根本做不到。想来想去,觉得把火药片压得更薄一些,更小一些,可能烧得更快一些。一骨碌爬起来,又跑去叫醒了老王,我俩一起跑到车间,点起灯来压火药。

天一亮,我带了两个技工,带了压碎了的火药和工具,赶到了司令部。

参谋长命令在靶场支上一门炮。靶场周围人山人海,大家都关心这一批炮弹的命运。

我拿起一颗炮弹,不卸掉信管上的保险,有意不让炮弹爆炸,以免发生危险。我用力把炮弹投入炮口,只听炮筒里轻轻响了一声,炮弹无力地飞出炮口,落在二十多公尺远的田里,炮弹尾翼上的绸布药包还在空中燃烧,原来真是火药燃烧太慢。

我们立刻拆掉十个炮弹的火药管,换上自己带来的火药。炮兵同志马上又架起一门炮,我给他们每人五发炮弹,要第一炮不加药包发射。两门炮同时一声怒吼,炮弹射到五百公尺远的山坡上,发出闷雷般的爆炸声。同志们都热烈地鼓掌欢呼。

第三和第四发炮弹,各加了三个药包,在炮口巨大的吼声里,炮弹飞过对面山头,落在两千公尺外的山地里,猛烈地爆炸了。那两个炮兵同志跑过来,跟我们握手,激动地说:

“谢谢你们!这回不愁没有口粮了!”

我们迅速建立了一个炮弹车间。不但能够修理坏炮弹,还可以制造新炮弹。又在附近的村子找到一座房子,把造子弹的人员和机器分出去,建立了一个分厂。

生活永远是紧张的战斗。一件工作完成了,新的任务接着来到了面前。当子弹和炮弹生产正在紧张的时候,上级要我们想办法制造地雷。

在游击战争中,地雷这种武器,轻便灵巧,便于使用,杀伤力很大。为了展开地雷战,上级要我们制造多样的地雷,拉火地雷,脚踏地雷,还有定时地雷。

说也好笑,当了几年兵,我还没见过地雷,不知这东西究竟是什么形状,脑子里只有一个概念:既叫地雷,可能是埋在地里的炸弹,也是利用爆炸的破片杀伤敌人。那么像定时地雷,究竟怎样不用人触动它,就叫它在一定的时间里起火爆炸呢?用什么装置来控制起火时间呢!想来想去,得不到答案。如果按照炮弹延期信管的原理,把引火线加长,计算好时间,燃着了埋进土里,显然是行不通的。因为地雷盖上泥土以后,里面断绝了空气,引火线就要熄灭。我们试着把一小段封闭的铁管,压进空气,再使空气慢慢地泄漏,来延长地雷的发火时间,还是失败了。

有一夜，我在屋里翻书，想找到一些线索。熬到半夜，眼睛也睁不开了，睡吧，又睡不着。竹林里的土獾子，也不知忙些什么，来回奔跑，弄得枯竹叶习习作响，惹人发烦。我熄了灯，走到院子里。

夜很黑，很安静。只见西屋里有一星星火亮，那是警卫同志点的香火，用它标志值班的时间。我忽然联想起人类历史上的许多计时方法。我们的祖先利用过竹竿的影子来计时，后来发展到铜壶滴漏。用滴水的方法可以定时，可是又怎样使地雷爆炸呢？这就不得不借用电力了。

我用马口铁做了一个圆形水壶，壶底装了个放水的小开关，壶里注满水，水面浮着一块圆形木板，在木板中心装一根小木杆，上面刻着每十分钟的刻度。木杆夹着一个可以移动的电极，壶盖中心挖一个孔，使木杆可以上下活动，铁盖上也固定安一个电极。放开壶底的水开关，壶里的水一滴一滴地滴下来，浮在水面上的木板和木杆逐渐下沉，两个电极一碰头，地雷就爆炸了。

问题还没有完，电力可以用手电筒用的那种干电池，但是电雷管又怎样解决呢？这起火的电雷管是要用钨丝做成的，根据地买不到钨丝，最后还是想到手电筒上。拧下一颗手电筒的小灯泡，用砂纸在灯泡的玻璃上轻轻地磨破一个小洞，填进火药，再用纸糊住，一过电，红热的钨丝就把火药点着了。

我们进一步做了实验。同志们搬出一颗迫击炮弹的空壳，里面装满了炸药，拧上了用电灯泡做的电雷管，把铁壶灌满水，电线全接通，然后把炮弹埋在大庙前的广场上。一切都跟我们安排的一样，在规定时刻，埋在土里的炮弹爆炸了，定时地雷成功了。

不过，经过多次的实验，暴露了滴水装置的弱点：爆炸时间往往不十分准确，有时靠前，有时靠后。这主要是因为水滴的大小难以调节。最后，大家动脑筋，想法采用了现代的计时方法，按照钟表的机构，用发条齿轮装置代替了滴水装置。虽然制造要复杂一些，定时地雷却达到了准时爆炸的要求。

脚踏地雷的设计,同样是用电起火的。它的优点是一踩就炸,更机动些。

拉火地雷,可以由人选择时机。最初设计时,只是根据步枪撞针的装置,来设计地雷的发火机构,里面有弹簧、钢珠和许多零件。为了检验设计是否正确,我带着草图走进了钳工车间,照图样制造。钳工老高在旁边看我锉一根撞针,随口问道:

"老吴,你在试验拉火地雷吗?是不是像手榴弹那样一拉弦就炸?"

我连忙放下锉刀,琢磨着老高的话。是啊!如果按照我自己那种复杂的设计,机件多,需要的材料也多,也要多费工时,如果按手榴弹发火的装置设计,既不影响质量,也可以大量生产了。我根据老高的启示,彻底修改了设计。

从此,我们炮弹厂同时生产各种地雷了。

铜是我们不可缺少的材料,炮弹和地雷的引信都需要用铜来制造。根据地没有铜矿,也没有炼铜厂。材料科的同志们终日为它发愁,唯一的来源只有四处收集破烂铜器,供应工厂的需要。

引信的加工,一向是沿袭着老法子,先将碎铜熔化,铸成铜棍,再用车床来加工。一百斤铜棍约有五十斤的铜被切削成了铜末,简直是浪费。

如果能制造一副钢模,把熔化了的铜水浇入模型里,倒出来,再一加工,就是成品。这样不仅节省了原料,也大大地缩短了引信生产的过程,赢得了时间,更腾出了车床来造炮弹。

我们在庄子后的河沟旁,建立了一座新的压铸车间,进行新生产方法的试验。可是没有坩埚,开不了工。化铜要有坩埚,早先在战场上打扫来的敌人的钢炮弹,全都当坩埚用完了。

我们学补锅匠的办法,买来造坩埚的黏土,造了一个小坩埚。同志们使劲地拉动着风箱,熔铜炉喷出了熊熊的烈火。我把新造的坩埚放在炉火中间,刚一转身,坩埚炸得粉碎。

第二个,第三个,第四个坩埚,结果都一样。

我们立刻开"炉前会",研究原因,都认为新的坩埚没有先烤干,一放到炉火上,干燥太快,里面的水分化成蒸汽,就爆炸了。

我们又开始了试验。坩埚烧得通红,在烈火上支持了十分钟,同志们都会心地微笑了。我拿起铁钳把一块块碎铜添进坩埚里。风箱越拉越快,蓝色火焰从炉中升起,车间里飘浮着柳絮样的白色氧化铜末。金黄色的铜液,已经熔满了半坩埚,忽然又是一声爆炸,铜水向四方喷射,拉风箱同志的头被烫伤了,几小点铜水喷上了我的右手背。铜水流下了炉底,把炉桥也凝结了。我们停了火,修好熔炉,继续再干。一连几次,都失败了。

我们得到的黏土原料都是劣质的,没有造坩埚的石墨粉,只好用捣碎了的焦炭粉末来代替。这也是失败的原因。但是最主要的还是我们没有经验,没有各种知识。书本上也没有介绍土造坩埚的办法。后来有人提醒:补锅匠的坩埚是怎样造出来的呢?为什么不拜他做老师呢?对!就这么办。

清早,我拿了区长的介绍信,跑去把一位老补锅匠请到车间里来。老师傅细心地察看了我们做的坩埚,察看了造坩埚的原料,他拿起黏土仔细看看,摇了摇头。他带领我们管材料的同志,去买来另一种灰黑色的硬得像石块的黏土,他不用焦炭粉,在炭渣里找了一些没烧尽的炭块,把黏土和炭块捣碎,动手造了个坩埚。最后他烧了些木柴和树枝,慢慢地把坩埚烤干。

同志们留心地观察老师傅熔铜时的一举一动,看他怎样安置坩埚,看他怎样加料,看他怎样调节炉火。老师傅若无其事地操作着。我们把铁勺伸进了坩埚里,盛起了铜水,注进钢模,压铸成一个又一个引信体。试验成功了。我们学会了老师傅的手艺,保证了压铸车间按照新方法顺利生产。

敌人的扫荡更加频繁了,我们的地雷也日夜不停地大量制造出来。抗日根据地里到处布下了地雷阵,遍地是雷,叫敌人无处立脚。

上级办了地雷干部训练班，要我去上课，同时照顾工厂生产。每天我骑着匹快马来回跑。

罗师长派人在上海买了一部《现代工厂实习法》，送给我作为奖励，要我好好学习。在书的第一页上，师长亲笔写着：

“只有把科学和无产阶级的利益结合起来，才是真正的科学家。”

我时时刻刻记着这亲切的教导，督促自己。人民要革命，就要想出各种各样的办法，和敌人斗争。虽然，在科学的领域里，我还几乎是个一无所知的小学生，但是，作为一个革命战士，为了战斗的需要，我将不畏挫折，老老实实地虚心学习，努力掌握科学知识，一步步摸索前进。

制造枪榴弹

工厂天天扩大，人员也天天增加。可是我心里却越来越觉得焦急。我感到：党不仅要培养我成为一个精通业务的技术工作者，而且要培养我成为一个具有革命理论的政治工作者。为了进一步提高，符合党的要求，我请求调我到司令部学习一个时期，再回厂工作。政治委员批准了我的要求，要我等候通知。

恰好秦永祥调到淮南来了。吴师孟部长通知我，上级决定调我去延安马列学院学习，委派秦永祥担任厂长。

一九四一年苏北秋季大扫荡后，秦永祥被分配到三师军工部工作。敌人安下许多据点，反复“清剿”，兵工厂天天拖着机器打游击，无法生产，后来他们把机器、材料、熔铁炉拉上大帆船，就在船舱里安装上机器，建立了机械加工车间和铸造车间，组成了一支海上流动兵工厂。煮饭是海水，喝的也是海水，同志们的嘴都烧烂了。海上生活，严重地摧毁了秦永祥的健康，他时常吐血，晕倒在机器旁边。疾病把他赶上了海岸。我连夜办完交代。老秦说：

“延安，这是革命的圣地，毛主席居住的地方，能去那里学习，真是太幸福了!”

“只是一见面又要离开,有些舍不得。老秦!你要注意身体,不要拖垮了。”

“现在才应该加倍工作呢!要不然,鼻子往上一翘,想工作也不行了。”

我感觉得到他那颗战士的心的跳动。他还像过去一样,有着饱满的战斗精神。

第二天一早,我告别了同志们,老秦一直送出大门,我们又紧紧握手,互相嘱咐珍重。

大雪盖遍了田野和村落。我冒着北风,赶到司令部。周参谋长说:

“来得正好,赶快到供给部换便衣,准备出发吧。”

我拿上介绍信,跑出大门,恰好罗炳辉师长刚从连队里回来,正站在台阶上掸雪,看见我匆匆忙忙往外跑,一把拦住我问道:

“运铎同志,上哪儿去啊?”

“到供给部换便衣。”

“干什么?”罗师长奇怪地问。

“到延安学习。”

“啊!是这么回事。来谈谈吧。”罗师长拉着我走进了他的住室。

我一向非常敬爱罗师长。这位人民英雄出生在一个贫苦农民的家庭里,父母都是被地主老财害死的。一九三九年秋末,他领着队伍到了敌后战场。第一仗,在来安城烧死了上千的日本鬼子,从此在淮南扎下大营。人民都称呼他“我们的罗司令”,也有说他是天神下凡的。看外表,他那魁伟的身体,也的确像金刚一样威武。他是一位英勇善战的指挥员,也是战士们和老乡们亲切的朋友。他常常叫我到他那里去玩,讲一讲当前的政治、军事形势,也谈一谈个人的工作和学习问题,临走照例送一点礼物,像从敌人那里缴获来的用具啦、装烟用的皮口袋啦等等。有两次,他找了半天,没有东西可送,就跑到小菜园子里，把自己种的番茄摘下一个最大的送我。他种的番茄，总比我们收的多，长的大。

罗师长让我坐下，像往日一样，亲切地和我谈话。

“运铎同志，学习是很重要的，不过现在战斗很紧张，还有重要任务交给你。我想跟你商量一下，暂时不走好不好？”

“学习是为了更好地工作，既然工作需要我留下，就继续在工作中学习吧。”

罗师长满意地笑了。他一边在屋子里来回踱着，一边给我分析形势。罗师长再三地说：对待敌人，就应该狠，狠到连它的骨头都给敲碎，叫它永远爬不起来。我们现在就需要有各种各样能敲碎敌人骨头的武器。

“你看能不能想出办法来？”他微笑着问。

罗师长的话给了我很大启示，我提出保证：

“我的一切都是属于党的。党要我做什么，我就做什么。”

罗师长送我到门外，还嘱咐我：

“要有信心，要顽强。回去跟大家商量商量吧！”

我接受了研究新武器的任务回到工厂。当时最大的困难就是没有材料，没有机器。光凭主观去想，就是想得再好一些，把图样画好了，也是没用。有了材料，没有工具也不行。所以第一件事是找材料，研究工具，然后根据这些进行设计。

年老的老乡们说，以前国民党打着“治淮”的幌子，说是要在洪泽湖附近造水闸，运来一批铁棍，后来国民党官僚捞满腰包就跑了，水闸没造成，铁棍也没影子了。听到这个消息，军工部材料科全体动员，整天沿着湖岸寻找，扒雪堆，挖土丘，坑坑洼洼都找遍了，最后在湖边一堆腐烂的苇子里，把那批铁棍掘了出来。铁棍有好几百根，每根三寸多粗。大家就像发现了金矿，高兴得很，马上套上大骡子，全驮回来了。

究竟拿这些材料造个什么东西呢？凭空研究一种武器，是不容易的。我把能找到的书都搬了出来，翻来翻去，在一本旧杂志上翻到一篇介绍枪榴弹的文章。说也可怜，那篇文章总共不过二三百字，而且多半是空话，无非讲枪榴弹如何如何厉害之类。唯一的收获，是从这里知道了所谓枪榴弹，就是利用步枪发射一个小型炮弹。至于它的构造，只说是用钢片制成的小炮弹。

我收集了敌人的掷弹筒弹和各种迫击炮弹，终日伏在桌子上研究。最后决定把粗铁棍锯断掏空，制成枪榴弹，像装刺刀那样套在步枪口部；再用铸铁造成形状像迫击炮弹一样的炮弹，装在筒里，利用没有弹头的步枪子弹的火药气体，把筒里的枪榴弹发射出去。

我拿着草图找老秦一块商量，对每一部分都作了详细的研究。车间的工人们也纷纷围拢来，探听新武器的消息。钳工老高拿起枪榴筒底座的草图，仔细端详着。他提议把底座柄和底分开，成为两个零件，这样能节省材料，加工方便，可以大量生产。

同志们积极的支持，给设计打下良好的基础。大家要我尽快把制造图纸交给他们。

忽然木型车间的小丁，挤到我面前说：

“你这玩意儿行吗？一颗小子弹，要把那么大炸弹轰出去，准是落在自己面前，没打到敌人，反而炸坏了自己！”

这个年轻小伙子平时说干就干，搞到劲头上，拦都拦不住，怎么忽然畏首畏尾起来了？我正在寻思，小丁拍着我的肩膀说：

“咱俩打个赌吧！要是成功了，我输给你一只老母鸡。”

在抗日根据地里，大家的生活非常艰苦，平日吃肉都难得，没有很大喜事更吃不了鸡。我心里明白，小丁要打赌，是激我快点把枪榴弹制造成功。他使的是“激将法”。我回答说：

“好！你先买好母鸡等着吧。”

根据草图和大家的意见，我做了最后的设计。第一个难题是计算枪榴筒内火药的压力。这需要有高等数学知识。我只学过分数和体积，别的全不懂，只好现做实验，先做个筒子，量好直径，打一枪，再量一量,看它胀了多少,不行,再改一改。射程距离的调节也是一个难题。怎样叫它远它就远、叫它近它就近呢?我想用调节枪膛压力大小的办法来调节枪榴弹的射程:膛内压力加大,枪榴弹就可以射远;减低压力,枪榴弹就可以射得近。可是要采用一种什么样的机械装置才行呢?我跑到车间去和大家商量,根据大家的意见,按照调节车床速度的道理来设计。

天气渐渐暖和了,柳树枝头已经绽出了鹅黄色的嫩芽。设计工作进入最紧张的阶段。我日夜忙着绘图,忙着去机器旁做实验。当感到过度疲倦的时候,就跨上小红马在田野上奔驰,让脑子被风吹得清爽些。整个的心都被图样钉住了,吃饭,睡眠,似乎都成了多余的负担。晌午,勤务员小顺子轻轻地推开门,把饭菜放在桌上,倒了一碗开水。到天黑,小顺子送来晚饭,桌上的饭菜还一点没动,筷子整整齐齐地摆在一旁。小顺子撅起了小嘴,用手掩着图纸,抱怨起来:

"厂长,你怎么老不吃饭啊?只顾你完成任务,我的任务就完不成啦!"

"对不起,小顺子,现在'做总结'吧!"

他一直站在旁边看我吃完,才收拾起碗筷,笑眯眯地走了。

装配车间的女同志和那些家属大嫂们,一下班就去找小顺子问我换衣服没有,要不就跑进屋来翻床底,寻找要洗的衣物。她们还送些零食给我晚上吃。

一种对事业的共同责任感,一种阶级的友谊,把大家的心都联结在一起了。大家的心都在为一个目的跳动,共同分担苦恼,共同分享快乐。

图纸交到各个车间,同志们抢着干。半个月后,第一批枪榴弹和第一枝枪榴筒造成了。谁都想尽力把自己的创作做得更漂亮一些,还在枪榴筒上镀了一层蓝黑色的电光。

春天说来就来了。工厂后边的荒地上铺上一层新绿。警卫连的战士们在荒地四周布置了岗哨,不让行人走进射击地区,我们的枪榴弹第一次举行实弹射击。

小顺子扛着枪榴筒，跟着我走到靶场上。谁也猜想不到这第一枪是什么结果，也许打不响，也许枪榴弹在枪榴筒里就炸。为了避免意外事故，我在一个干水塘岸上，选中了一棵大柳树，用绳子把步枪捆在树干上，枪口卡上了枪榴筒，筒口正对着荒地；再把枪榴弹装进枪榴筒里，拉开枪栓，推进了无头子弹，扳机上系一根小绳子。等同志们隐蔽好了以后，我趴在干水塘里，一拉小绳子，轰隆一声，枪榴弹射了出去，火光一闪，在爆炸声中，尘土卷着黑烟向上冲起，破片呼啸着四散，惊得野兔子在荒地上直打转。

听见第一个枪榴弹的爆炸声，正像母亲听见自己的胎儿坠地后的哭声一样，那种喜悦，那种激动，是无法形容的。可是我也看见，枪榴弹在空中飞行时，摇摇摆摆的极不稳定，这就要降低命中率。同时测量了射程，只打到 220 公尺。这样的射程不值得满足，不应该是最后的结论。对我们来说，任何成果都永远不是最后的。

我重新设计一个枪榴弹图样。把弹体的弧线加大，减少空气阻力，把枪榴弹重心再往尾部移。经过试验，枪榴弹能够一直向前飞行，不摆动了。可是射程总超不过二百三四十公尺。枪榴筒和枪榴弹的各部分，都做过仔细的考查，没有毛病，剩下来的就是发射用的无头子弹，一定又和以前试验追击炮弹一样，问题出在无烟火药上。

我把意见告诉了老秦，他也同意这个看法。我俩找到装配车间的老马，一块儿把火药研成碎末，又混合了另一种火药，使它燃烧加快，接连装好了几个子弹，再去打靶。

我装好枪榴弹，推上子弹，蹲在地上，朝荒地打了一枪，只听见一声响，枪榴弹没影了。它跑到哪儿去了呢？同志们都昂起头向远处张望，忽然荒地那边传来低沉的爆炸声。大家低着头向前奔去。

打开皮尺一量，射程 540 公尺，增加了一倍多。

同志们一路兴高采烈地谈笑着，还哼起了小调。

这些日子里，我一直忙着搞枪榴弹，司令部几次来信了解情况。

现在可以作一个详细的汇报了。第二天，我带了两个同志，扛着枪榴筒，挑着枪榴弹到司令部去。

参谋长看过枪榴筒，招呼我们坐下，拿起电话筒，命令立刻布置靶场。师长、政治委员、参谋长都去了。一连打了十几发枪榴弹，个个都炸得很漂亮。

试验完了，罗师长拉着我的手，一起走进参谋长的办公室。参谋长问道：

“你们一个月能生产多少？”

怎么回答呢？我们只有一部车床，每个月要制造三百发迫击炮弹，其他机器只能造子弹，没有别的生产工具。参谋长看见我有些迟疑，就问：

“有什么困难吗？”

罗师长也关注地等着回答。我觉得叫苦不好，战士的荣誉感也鼓舞着我们不能在困难面前低头。我回答首长：

“困难不少。我们一定想办法克服。”

参谋长又拿起枪榴筒，提出许多重要的改进意见。我们根据指示，又使生产时间缩短了许多，射程提高到七百多公尺。

由于精兵简政，军工部缩小编制，改为军工科。在这以前，吴师孟部长因为积劳成病，不幸去世了。司令部派我担任科长。

当时，淮南根据地已经有了四个兵工厂，都由军工科领导。责任是更加重大了。除了技术工作，还要处理很多行政事务、财务支出、材料采购等等问题。但是最挂心的还是枪榴弹。我住到工厂里去，一边布置各厂的生产，一边计划枪榴弹和枪榴筒的生产。我们设计了制造枪榴筒的机器，造了几部制造枪榴弹的小车床。在大殿上又建立了一个新的车间。

我们制造的枪榴筒和枪榴弹，很快出现在前方。

枪榴弹第一次立功，是在边境的桂子山上。在这次战斗中，我们的战士用枪榴弹打死了八十多个日本鬼子。指挥战斗的成钧旅长，特地把一支从鬼子军官身上缴获的手枪送给我,作为制造枪榴弹的奖励。

秋天,是收获的季节,也是战斗的季节。稻子熟了,遍地是金黄色的谷穗。搞群众工作的同志们动员老乡们快收、快打、快藏。民兵们武装起来,布置了一道道的瞭望哨。工厂的工人也组织了收割队,轮流帮助老乡抢秋。

一大队鬼子和汉奸伪军,到我们的来安县来抢粮。这地方周围是山,鬼子到了半山腰,坐在山洼里休息,命令伪军打头阵。那些伪军刚翻过山梁,我们的枪榴弹就像雨点一般飞过去。战士和民兵们的射击技术还不够熟练,枪榴弹全飞远了,没有打着伪军,可是,正好落在山梁后边鬼子休息的地方,一下子打死十几个。鬼子拖着死尸,拔腿就跑。伪军们见势头不好,也跟在后面跑了。

拆定时炸弹

我们的材料始终很缺乏。炮弹的发射火药和炸药,多半是从没爆炸的敌人的炮弹和炸弹中挖出来的。钢是主要材料之一,多半靠民兵们破路,去拆钢轨、道钉、夹板,工厂拿手榴弹和地雷做交换。车间里的铁锤、钢凿、锉刀,车床上的旋刀,造子弹的钢模子,都是用钢轨做的。许多同志化了装,冒着生命危险,挑了担子到敌人占领的城市里,替人修补锅碗,收集破铜,凑齐一担子就送回根据地来。有的材料不容易搞到,就不得不花巨大的代价。像翻砂用的红砂土,需要数量很多,敌人控制得很紧,只好派战斗部队强攻敌人的据点,夺取些过来。还有些同志化装成难民、商人、小贩,跑到上海、南京去,收买破机器,拆卸开来,分别坐着小船、推着独轮车、挑着担子,弄回根据地来。往往要好几部破机器,才凑成一部能用的。也有不少同志被敌人查出,有的被杀害了,有的被关进了监牢。我们的兵工厂,就是在许许多多同志舍生忘我的劳动中发展壮大起来的。

材料越来越少了,同志们就寻找代用品。做炮弹引信用的铜,一向最缺乏。用钢来造倒可以,就是没条件大量生产;收集来的破锡壶、锡蜡烛台,是一种柔软金属,不能做引信。我们打算用铅来代替铜。没有炸药,就用自造的黑色火药。这种火药做鞭炮倒挺好,但不知道能不能引起炮弹剧烈爆炸。我们决定试试看。

同志们把炮弹里填满了黑色火药,装上铅引信,在荒地上架好了迫击炮。炮弹打炮筒里轰出去,落在远处的洼地里,只听见轻微地响了一声,这炮弹突然又从地里射到空中,尾巴向前,迎着我们飞来。

十多个参加试验的人,丢下迫击炮,拔腿就跑,炮弹紧紧在后面追赶。

炮弹掉在炮座旁边的草地上。同志们都惊呆了,奇怪,射出去的炮弹怎么会回来呢?

等了一阵儿,炮弹没爆炸,也没有再蹦起来的意思。我们跑到炮弹跟前,只见那炮弹躺在地上,还是完整的,摸一摸,挺烫手。只是信管已经被火药气体冲掉,炮弹头上露出安装信管的一个大圆口,炮弹里的黑色火药全部燃烧完了。

炮弹究竟怎样回来的呢?原来当炮弹从高空下坠,钻进潮湿的土地以后,土地就成了一支火箭弹筒,信管发火后,引起炮弹里黑色火药的燃烧,立刻把这软金属做的信管打掉了,露出一个圆洞,这样就形成了火箭弹的喷口。炮弹里的黑火药压得太紧,不能迅速烧完,它就只得继续燃烧,火药气体的激流冲出喷口,打击空气,把追击炮弹变成了火箭弹,利用反冲力推动炮弹仍照老路回来。

这次试验失败了。铅不能用,我们就用铸铁来制信管,没有发射药,就派人到敌占区去收买废电影片,当无烟火药原料。

炸药成了珍宝。敌人进攻时,工厂的同志宁愿撇下自己的背包,也要抬着火药转移。在一次反"扫荡"战斗中,一部分工人陷入包围。一个火药箱被敌人枪弹打中,火药爆炸了,烧伤了两个同志。大家抬着负伤的同志和其余的火药箱,终于突围出来。

敌人的封锁越来越紧,战斗任务越来越多,弹药的需要就更加迫切了。没有材料,炮弹造不成,同志们急得像热锅上的蚂蚁。在这些紧张的日子里,我专心实验材料,却一直没有很好的效果。

但是,有一次,我们意外地获得了大批材料。

自从太平洋战争爆发以后,美国用上了我国西南部一些基地,有时派飞机到日本占领区轰炸。在一个秋天的深夜里,月亮没出来,只有星星在黑暗的空中闪烁着。天空响起了轰炸机马达沉重的声音,震得茅屋直抖。我披上衣服,走到院子里,只见美国“空中堡垒”的巨大黑影闪着红绿信号灯,向南边飞去。不一会儿,觉得脚下有一阵轻微的震动。

东方刚露出鱼肚白,司令部得到报告,在仪扬区(仪征和扬州两县交界地区)发现了八颗炸弹,都没有炸。参谋长马上打电话给军工科,叫我赶快去想法挖炸药。

我得到命令,心里很高兴,正缺材料,材料送上门来了。洗了手,找了三个同志,带了拆炸弹的工具,跨上四匹快马,飞箭样地向仪扬边境奔去。

我们刚到当地驻军司令部,电话铃就响了。

我接过听筒,远处传来参谋长亲切的声音:

“你是吴运铎同志吗?我刚才忘了嘱咐你:你现在只剩下一只手,千万要当心!如果有困难,你们就回来,不要冒险!”

我心里一热,身上长了勇气。我说:

“请首长放心,我一定完成任务!”

有人说,搞兵工是和死亡为邻,弄信管更是老虎嘴上拔毛,早晚会给吃掉。但事实并不如此。兵工是一门科学,只要摸清楚它的规律,控制住它,就能把发生危险的可能减小到最低限度。尽管我们的科学知识可怜得很,时常感到不够应付,可是由于战斗的要求,我们总是勇敢地迎上去,边学边做,精通它,征服它。

在战斗岗位上,战士的脑子里,想到的只有胜利,没有死亡。

到了落炸弹的地点，区政府已经动员了好几百人在挖炸弹，只见满山坡的农民们，正忙着挖土挑土，驻军司令部派了一个连的战士，在四周警卫。炸弹钻到土里两丈来深，一直挖到吃过晌午饭，才看见炸弹。

这样大的炸弹，我是第一次看见，竖起来比我还高。大概是日本鬼子的战斗机追得紧，美国“空中堡垒”为了快跑，半路甩下来的。

炸弹的半个面露出来了，不能继续往下挖了。炸弹上装有引火的信管，这东西是危险的祸根，炸弹挂在飞机上是有安全装置的，可是，炸弹一旦脱离了飞机，就断掉了安全装置，变成了武装状态。而且炸弹从高空落下来，信管里面的机件已经受到剧烈的震动，机件的组织变了形，再受到一点碰撞或是摩擦，就会爆炸。这八颗炸弹都紧靠着，要是有一个爆炸，其余的受到爆炸波的感应，也会一起爆炸。如果这八颗炸弹都爆炸了，这一带的村庄就会全部毁灭，人民的生命财产将遭到无法估量的损失。

现在，第一着就是先拔掉信管，否则不可能取出炸药。拔信管是拆炸弹最危险的一个动作，偶一失手，就要发生不幸。为了避免无谓牺牲，我们动员农民们到两里地外的土坡后面去。

现场上就剩下我们同来的四个人了。这美国炸弹，从来没拔过，说不定会碰到危险，多留下一个人，就可能多受一些牺牲。我对同志们说；

“你们也走吧！”

“不！不能让你一个人冒险。”

说着他们拿起工具就向弹坑走。我忙着堵住他们说：

“同志们，这完全没必要，让我先去了解一下构造，你们再去。”

他们三人想了想，才离开了。

我顺着新挖开的斜坡走下弹坑，拨开炸弹头部和尾部的浮土，看到炸弹头尾都有一个引信，奇怪的是这引信头上，没有螺旋桨的装置，不像是碰炸的瞬发信管。心中没底，不敢动手。我蹲在炸弹旁边，又仔细查看了一遍，发现信管的外壳被剧烈的震动震裂了一条缝，我拿螺丝刀插进裂缝，撬开一看，里面的构造十分复杂，像钟表一样，有发条，有大大小小的齿轮，还有许多钢珠，原来是定时炸弹。

定时炸弹是怎么一个东西，我是清楚的，说不定两三天以后才炸，也说不定立刻就炸。这样的美国炸弹我是第一次遇到，摸不清它的底细。我一只腿跪在地上，双手轻轻地旋动信管，往外一拔，信管一动不动，里面似乎联结着什么东西。忽然，我的心怦怦乱跳，眼看着这巨大的炸弹，好像立刻就要爆炸，我立刻就要粉身碎骨了。两条腿不知不觉地，从弹坑里往外走。

刚到洞口，一阵凉风吹来，头脑清醒了，对自己这种举动奇怪起来：炸弹在坑里，你跑上来干什么？——怕死吗？

如果我不拆，就得别的同志来拆，不是同样也会碰到危险吗？临阵脱逃，不仅是怯懦，而且卑鄙。死又有什么可怕？任何工作都要付出一定的代价，它不过是一种重大的代价就是了。许多同志因为战斗需要，英勇地献出了宝贵的生命，在这严重考验的时刻，我怎能迟疑不前？活着就要完成任务，死了就算革命到底！在这一刹那，一切恐惧、一切慌乱都消失了，我又恢复了镇静，充满了信心。

我拿着工具，回到炸弹坑里。右手紧紧握住了巨大的信管，心想：要炸你就炸吧！牙一咬，眼一闭，一使劲，从炸弹上拔出了比迫击炮弹还大的一个信管，却没有爆炸。原来刚才拔它不动，是因为一时慌张，不敢使劲。我把它放在一边，又把弹尾上的信管也卸下来，一手抱一个，爬出了弹坑，跑到山脚下，把它们放在凹地里。这一下，大炸弹的爪牙全敲掉了，它就神气不起来了。

我迅速地跑回弹坑，一个连着一个，花了四个多钟头，把那七颗炸弹上的信管全部拆掉了。我跑上土堆，两手拢成了喇叭筒，高兴地喊道：

“快来啊！快来拖炸弹呀！”

大家跑来了，忙着用粗绳子捆住大炸弹，几十个人拉一颗，把八颗炸弹都拖到平地上来。我先从弹口轻轻取出一小块裂开的炸药，放在石头上，用锤子猛击几下，没有爆炸，接着四个人一齐动手，取出了八个大弹壳里的炸药，有七百多斤。

天色黄昏，当地区政府和驻军战士借来了麻袋装炸药，借来了毛驴驮运，动员了民工抬弹壳，大队人马，浩浩荡荡，回到了兵工厂。

炸药的补给暂时算是解决了。我们使用时也特别节省，一点点也舍不得浪费。材料是我们一滴血一滴汗弄来的，怎么能不加倍珍惜呢？

我们的平射炮

一九四三年夏天，在江南坚持战斗的六师兵工厂一部分同志，突破敌人的重重封锁，来到了淮南。

军工科又扩大成为军工部。我担任工务科长。

淮南根据地处在鬼子、汉奸军队和国民党顽军的夹击之下。这批国民党军队抗日消极，反共积极，他们张牙舞爪地又来进攻我们津浦路西的地区了，他们跟日本鬼子一样，沿路拆房毁屋来修筑碉堡，前锋一个团进到占鸡岗。

司令部发出紧急命令，要兵工厂立刻开始制造攻坚的平射炮，准备削平津浦路西林立的碉堡群，保卫抗日民主根据地。

军工部当天召集了会议。决定抽调人员建立大炮制造厂，原先的迫击炮弹厂改造平射炮弹。责成我主持整个设计和制造工作。

我们有的关于兵器知识的书籍少得很，我一面贪婪地钻研书本上的知识，一面找同志们商量，结合自己造炮弹的经验，开始了设计。

大炮的主要材料是钢，我们能找到的钢料只有钢轨，无法碾成粗大的炮筒。我想历史上不是也有过生铁大炮吗？今天我们也不妨用铁炮代替钢炮，反正不准备用它一辈子，先把敌人的碉堡削平再说。

造枪榴筒剩下的许多铁棍，还存在材料科，估计能造几十门炮。

只是这铁棍不够粗，口径不能太大。这也不要紧，只要炮多，这个缺点是可以补救的。

要使炮弹能够打出去，炮筒内壁必须刻出一种凸凹的斜线，就是平常说的来复线。刻来复线的机器是一种非常精密的机器，我们没有这个东西。这个加工问题不解决，有了图样，炮也没法子造出来。

以前我们在皖南兵工厂造步枪，枪筒里的来复线是用手工方法拉出来的，可是炮筒比枪筒粗好几倍，“拉”是不行了。记得有一次，罗克绳偶然谈到造来复线还可以“挤”，倒可以试一试。

这炮筒的来复线二十多英寸长才转一周，怎么挤呢？我想：如果做一个橄榄形的钢柱，在钢柱圆周刻上凸凹斜线，把这钢柱硬楔入炮筒，也许就能挤出和钢柱上螺旋形一样的来复线。

究竟行不行，只有通过实验才能证明。我马上绘了一张简单的钢模图样，交到车间去。

同志们立刻动工，根据图纸制造了炮筒、钢模和钢垫片。钳工在钢模上忙着刻凸凹的精细线条。晚饭时间早过去了，可是没有人去吃饭。炊事员焦急地跑到车间门口，拼命吹哨子，谁也不理他。八匹马力的柴油发动机，拖着车间里的全部机床飞快地旋转。同志们满头大汗，越干越起劲。那时候是战争环境，一粒子弹，一颗炮弹，都是和敌人作生死斗争的力量，因此突击成了我们经常的工作方法；再加上制造大炮又是头一回，小伙子们拗劲一上来，滚油也泼不开，直到把活干完，才肯放手。

夜来了，大院里点起了明亮的汽灯，院子中间放好铁砧，同志们把炮筒竖在铁砧上，把钢模插进炮筒口，四周注上润滑油，同志们抡起大锤，把钢模打进炮筒，接着把钢垫垫在钢模上面，继续往下打。所有的钢垫全打进去，那钢模被压挤着通过炮筒，从另一端钻出来了。把筒子里油污洗净，抬起炮筒来对着灯光一照，里面的来复线又光又滑，跟我们要求的一样。

半个月来，连日带夜地赶着设计图样，左眼又红肿起来了，我点上眼药,扎起手帕,继续工作。

造炮弹没有钢料,就和枪榴弹一样,用铸铁来做。最后还缺少容纳发射火药的炮弹铜壳,别说我们没有铜,就是有,也没有制造铜壳的机器。我又回想了一遍大炮的发展史,开始人们不也是用没有弹壳的炮弹吗?那现在为什么不可以不用铜壳呢?我们可以用绸子缝成火药包,来代替铜壳。再用黄杨木做成炮轮,周围包上铁箍,把小铁轨锯断,用螺丝钉连接起来做成炮架。这样,大炮的设计算是初步完成了。

图纸完全送出以后,我感到一阵阵头晕,两眼疼痛难忍,浑身绵软无力,就倒在工作台上了。

医生给我吃了药,又上了眼药。同志们扶着我躺下。

第二天,我还是跑到炮厂帮助造炮。

没几天,实验炮造好了。在厂外荒坡上,筑起一座高大的土墙,离土墙三百多公尺远的地方,筑了一道壕沟,架起我们自己造的第一门大炮。第一发炮弹没装炸药和发射药包,把四尺多厚的土墙穿了一个对通的大洞。第二发用真炮弹打出去,土墙被揭去了一半。又打了几发,土墙站立不住,全倒塌了。

参谋长特地从几十里路以外赶来参加试炮,提出许多改进的意见。这天晚上,又开会总结造炮的经验。根据大家的意见和参谋长的指示,改正了草图,制出了正式的大炮图样。炮弹厂的同志们也改进了生产方法,制造了铁模型代替翻砂,来嵌装弹带,又用铁模子铸造引信的毛坯,减少了材料的耗费,提高了产品的数量。

到秋天,我们造成了三十六门平射炮和大批炮弹。

战士们团团围住占鸡岗,所有的大炮对准顽军的大碉堡。顽军团长蒙佩琼在碉堡里狂妄地叫唤:

“新四军!你们没炮打什么仗!赶快回去吧!瞧我的钢炮……”

蒙佩琼的喊话声没停,轰的一声,第一颗炮弹钻进了碉堡。他又喊道:

“共产党只有三颗炮弹，再打两颗就完事了！”

我们三十六门大炮一齐怒吼了。急风暴雨般的炮弹从四面钻进了碉堡，尘土迷漫半天，眼看那高大的碉堡坍塌了。顽军另一个营慌忙赶来增援，战士们冲上去，展开了肉搏，顽军只得举枪投降。

我们的战士在顽军死尸堆里找了半天，没找到那个蒙佩琼，有个俘虏兵做了一个手势，嘴巴向地下一撅。战士们赶快拖开尸首，刨开乱砖碎石，下边是一块大石板，掀开一看，这个反共的少将团长仰脸朝天，躺在碉堡底下的水沟里。战士们拿枪一指，吓得他浑身发抖，结结巴巴地说：“别打别打，我出来！”

占鸡岗战斗结束不久，日本鬼子发动了“扫荡”。初冬的雨点夹着碎雪粒落个不停，兵工厂开始了紧张的备战，同志们抬着笨重的机器和材料，踏着烂泥，隐藏好机器，在工厂的四周埋满了地雷。我正忙着在屋里清理文件，忽然走进来一个老百姓的新媳妇，头后挽起一个髻，花衣花裤花鞋，仔细一看，原来是炮弹厂火药装配工人陆平。

她也是六师来的，平常有空，常找我谈天。有病时，她也照顾过我。现在开始反“扫荡”，为了随时掌握敌人的情况，司令部派她到敌占区建立秘密联络站，传递情报。这几年来，在六师，在二师，陆平常常担任这个工作。

“怎么啦？你又要回娘家？”

“你看像不像？”她没理我的问话，只咧着嘴笑，“我特地来看看你，一打仗，就见不着了，这一阵子你身体太坏，可要当心，别搞垮了。知道吗？”

看着她那一本正经的“老大姐”派头，我忍不住大笑起来。

以后，我们就很少有见面的机会了。反“扫荡”结束，她随着炮弹厂迁到盱眙的一个山洼里，彼此相距七十里。但是她那短小结实的影子，却深深地留在我的心里。

听说她老家在扬中的一个小村里，父亲是贫农，全部家当就是两间茅草棚子，在一九四二年秋天鬼子“扫荡”时，也被一把火烧光了。

一家人落得无家可归。她被迫寄住在姨母家里，最后下了决心，包了两件衣服，瞒着年老的父母，参加了丹北人民抗日游击队。

她小时候读过五年书，入伍后，被分配到文工团工作，不久参加了党。文工团转到江南以后，她被调到六师军工部火药厂当工人。后来来到二师。在我心目中，她是一个好同志，一个勤劳的女工，一个真诚的朋友。以前和她在一起，也不觉得怎样，现在一离开，像是生活里缺少了什么东西。这究竟有什么原因呢？连我自己也解释不清。也许这就是爱情吧？

我把自己的感觉告诉了军工部长。他笑着说：

“原来是这样。我来做媒吧！”

我慌起来了。

“这太莽撞吧？如果她没有这种感觉，就太不好意思了！”

“你的顾虑真多！”部长笑了。

在我炸瞎左眼、炸坏左手以后，同志们都非常关心我的个人生活，希望我结婚。可是我想，如果仅仅是为自己生活起居有人照顾，找一个爱人，那太自私了。一个战士对待工作和对待生活的态度应当一致。没有理由让别人背包袱。

这时候到了抗战胜利的前夜。在欧洲战场上，苏联已经向德国法西斯展开了全面进攻。在国内，解放区军民打退了国民党第三次反共高潮，正在积极准备对日本侵略者实行反攻。我们的炮厂也在继续扩大，只是大炮还不能满足战斗需要，必须继续改进，增强它的威力。

我们做了分工。我负责加大炮的口径，秦永样负责改进炮弹，用钢制造，信管也要改为自动化的。当时，全部力量都集中在争取最后胜利这个目标上。

不幸的事情发生了。一天，老秦坐在工作台前，把一个日本信管拆开研究，引起了剧烈的爆炸，一块无情的爆片，割断了他的咽喉。等同志们赶到，他已经停止呼吸了。

老秦的牺牲使我非常难过,也更督促我要把未完成的工作做好。我骑着马跑到前方,实地查看大炮的杀伤力,又跟战士们开座谈会,了解他们对大炮的要求。我在部队住了几天,帮他们组织了一个随军行动的流动修械厂,临动身时,部队派了一个骑兵班护送我到炮弹厂。

刚走进工厂的院子,一群女工就把我包围了。

“哎呀,老吴同志,你怎么现在才来呀?”

我正在猜测她们话里的意思。女工同志们忽然哈哈大笑起来,弄得我更加莫名其妙了。

新任厂长出来了,把我拉到屋里,谈了一阵提高炮弹威力的问题。后来我问:

“你们这里出了什么事?”

“她昨天已经出院了。”厂长没头没脑地说,接着才解释道,“陆平受伤了,起火管把她的胸部、腹部炸伤了。你去看看她吧!”

我忙着跑出屋子,刚一出门,就碰见她。

“我来看你哪!瞧见你们谈问题,不敢打搅,就在外边等你。”

我俩走出了厂门,走进了山脚下的林荫道。

“你受了伤,怎么不给我写信呢?”我抱怨地说。

“怕你着急呀!听说你上前方去了。”

她停下脚步,看着我,好像有句要紧的话哽在喉咙里说不出来。

“老吴,你跟部长说什么了?”她终于憋不住了。

“什么也没说啊!”我一时想不起来。

“别打埋伏了。人家都知道了,要我请客!部长来检查工作,找我谈过。你到底是怎么想的?”

我这才记起那次的谈话,就说:

“我是个残废,你不觉得有什么遗憾吗?”

“怎么能这么说呢?你是为革命事业受的牺牲,我应该向你学习。”

第二天，我们就一起给师政治部写了份报告，申请结婚。

回到军工部，我又忙着设计工作，一边画图样，一边到工厂实验，把大炮口径从三十六厘米扩大到四十二厘米。

入夏以来，淮南解放区就闹旱灾，长久不落一滴雨，烈日当空，田地裂出龟纹，禾苗都干枯得能引火了，眼望秋收将要落空。因此，军工部把各厂的生产力作了新的调整，组织了救灾队，拖着抽水机去为农民弟兄灌水。一部分同志被派到新解放的高邮，修理面粉厂机器。各工厂向军工部附近集中。炮弹厂也从盱眙搬回来，我担任了军工部副部长兼工务科长，负责领导生产。紧急的任务使我们顾不得考虑个人生活问题了，结婚的事只好延期。

中国人民殷切盼望的伟大日子来到了！一九四五年八月八日，苏联向日本帝国主义宣战。第二天，毛主席向解放区军民发出了响亮的号召：

……最后地战胜日本侵略者及其一切走狗的时间已经到来了。……八路军、新四军及其他人民军队，应在一切可能条件下，对于一切不愿投降的侵略者及其走狗实行广泛的进攻，歼灭这些敌人的力量，夺取其武器和资材，猛烈地扩大解放区，缩小沦陷区。

八月十日，日本政府要求投降，就在这一天，朱总司令命令各战区的人民解放军迅速前进，收缴敌伪武装。

淮南解放区军民以英勇的战斗回答了党的号召。战士们向敌伪盘踞的城镇进军，我们工厂日日夜夜赶造炮弹。工厂的院子里，搭起了两丈多高的支架，上面架上滑车，拴上一个一百多斤重的生铁疙瘩，算是“大汽锤”，再把烧红的一节节钢轨放进炮弹钢模内。“大汽锤”从两丈高的上方一起一落锤打，就制成了钢弹壳。经过长期的反复实验，大炮的射程也已经提高到八华里。在前线上，我们的大炮，抬起了头，张大了口，要消灭那些敢于拒绝投降的敌人，解放祖国神圣的土地！

第三次负伤

抗日战争胜利了。人民渴望着和平生活。军工部根据群众需要,准备把一部分兵工厂改为农具工厂。但是,躲在峨眉山的蒋介石,却妄想抢掠人民的胜利果实。一九四六年夏天,在美帝国主义支持下,国民党军大举进攻解放区。淮南又成了炮火弥漫的战场了。敌人拿刀,我们也拿刀。要打就打到底!在一个黑夜里,我们接到命令,所有兵工厂连夜向北转移,继续生产,供应战斗需要。

各工厂编成了战斗大队,同志们扛着步枪,挂好手榴弹,拆下机器,把材料装了箱。好几百农民携带杠子绳索来帮助搬运。

敌机结队低空盘旋,下雨一般地投掷炸弹,并追着我们的队伍扫射,照明弹布满天空,照耀得如同白昼。敌人的大炮炮弹带着刺耳的声音,不断在周围爆炸。同志们就在烟火中前进。

黎明前,工厂撤到南山河南岸一个村庄,离战线四十多里。我因为照料军工部撤退,最后赶到,只见树林里堆积着机器、工具和材料箱。同志们抱着枪,倒在树脚下,草堆旁,呼呼地睡着了,身上被露水浸得湿漉漉的。朝霞的光辉透进了树林,清冷的晨风把树叶上的露珠扫落下来,我不禁打了一个寒噤。

我累得眼睛也睁不开了,可是不能睡,我轻轻推醒一个一个同志:

"起来吧!天亮了!"

同志们站起来,把步枪和手榴弹挂在树枝上,动手整理机器,利用战斗的间隙,制造炮弹。一部分工人担任警戒,爬上树梢监视敌机。大家把天轴抬进村子,在一所较大的茅屋梁柱上架起来,各小组长带领组员们忙着安置机器工具。车工们在天轴下面排列旋床,钳工组在工作台上装置老虎钳,锻工组砌砖和泥,筑起锻铁炉,司机架上轻便的柴油机。不到吃中饭时间,工厂的机器全旋转了。

敌人疯狂地进攻，我们准备利用晚间继续撤退。

宽阔的南山河横在我们背后，由洪泽湖奔来的急流，涌进四里多宽的河道，流入高邮湖，向东南奔进长江。敌机封锁了河面，轮番扫射，打得河水直冒花。为了赢得撤退的时间，我告诉厂长，集中暂时不用的机器、工具和材料，连同工人家属、小孩和病号，先渡过大河。随又骑上马，跑去通知军工部材料科，带上所有的材料、工具，准备渡河。

我们派了十多个同志沿河找船。

炮声越来越近，敌人推进很快，离我们只有二十多里了。出去找船的同志们，动员了上百的农民，在河里打捞起十多只被敌机击沉的小木船，工厂的木工在树阴下加紧抢修。只等天黑，开始渡河。

傍晚，阴霾逐渐把晚霞的余晖吞没了，顿时天昏地暗，降下倾盆大雨。大雨过后，又是狂风，岸边的芦苇，被吹得茎断叶残，河水暴跳不停。大家把修好的小船放下水，装上机器、材料，渔民撑开竹篙，同志们帮着摇桨。小船没有帆，同志们用背包绳把军毯结在两根竹竿上，两个人抱一根竹竿。军毯鼓满了风，带动小船迅速地绕过沙洲，直达北岸。河那边，早就动员好老乡们等着接运了。

当夜，敌人占领了南山河下游的黎城镇，离我们工厂仅有五里地，听得见密集的枪声。工厂立即停止生产，准备撤退。

一连几日几夜不能休息，我的左眼又红肿起来，不住地淌眼泪。在这次转移中，军工部长劳累过度，旧病复发，连日吐血。指挥工厂转移的担子全放在我肩上了，我找医务员给我洗了眼睛，扎上绷带，坚持工作。

又是一整夜的抢渡，天亮，我们跟后卫部队一起，安全地渡过了南山河。

接着，敌人侵占了整个淮南。

兵工厂继续向北转移，敌机也紧跟着骚扰。一个月后，我们撤到了淮阴新四军司令部所在地，跟华中的军工部门合并，我被调到华中军械处担任副处长,兼任华中炮弹厂厂长。

敌人疯狂地向北侵犯,战争的中心移到了两淮(淮阴、淮安)。我们接到命令,带领兵工厂转移到山东的沂蒙山区。

工厂又忙着拆机器、装材料。从车间里铺设了一条临时铁道,通到射阳湖的岸边,大家推着铁车,把笨重的机器运到湖岸,再用粗大的树干搭起架子,当做起重机,把机器、材料吊起来送到大帆船上。一溜数十条大船张开了白帆,像一支出海舰队,浩浩荡荡,越过了射阳湖,驶进中山河的支流。

前面有一座小山堵住去路,船停住不动了。跑上小山一看,前面是一片广阔的平原,中间躺着黄水滚滚的黄河故道。这小山就是旧黄河的堤岸。旧黄河河床本来没有水,有的地方早已种上庄稼,国民党反动派为了配合它的军事进攻,竟不顾人民死活,在上游扒开缺口,把洪水重又导向黄河故道,在我们来到以前,无数田园和村庄已经被淹没了。我们离开了中山河上的船只,准备跨过旧黄河,继续北进。

在又高又陡的旧黄河堤岸上,我们拣好一棵粗壮的大树,架上起重滑车,滑车的巨钩套住捆在机器上的绳索,把又圆又粗的木棍垫在机器下面当车轮,上面的同志拉滑车的铁链,下面的同志拿铁杆撬着机器,上下一阵吆喝,那笨重的机器,像蜗牛一样缓缓爬上一百多公尺高的斜坡。接着,又把滑车移到前面的大树上或是木桩上,一步一步把机器拉到两里地外的渡口上。同志们跳下水,来回推着仅有的一只渡船,把机器、材料运过了宽阔的旧黄河。最后在新沂河换了船,经过小河道,斜穿陇海路,进入了山东境内。

船只向西北行进,河水越来越浅了,早潮起来时,海水向西灌进小河,河水涨满堤岸,河上有桥挡住,我们就把船硬向下压,拖了过去。天过正午,河水随海潮又回头向东,直往下降,变成了浅水沟渠,船只搁在河底上,静静等着晚潮上涨。再往北行,地势更高,想寻找河水最深处挤过去,但是机器太沉重了,压得船底紧贴着河底淤泥。

同志们卷起裤腿,爬上两岸,拽起纤绳,拖着躺在光滑淤泥上的木船,步步前进。

秋末的骄阳像一团烈火,河底的淤泥都被烤干了。北去的航路最后断绝,我们只得转入陆地行军。老乡们有的套上双轮牛车,有的推着独轮车,赶来搬运机器。一千多头黄牛,两百来架手推车,车挨车,人挤人,排满了十里路长的堤岸。

再向北去,路很狭窄,双轮大车搁不下,只好让一个车轮在小路上滚动,另一个车轮由同志们抬着向前走。一到天黑,树林就是住地,人们烧起成堆的篝火,啃着冰冷的干粮,夜间就钻在大车底下,呼呼睡去。我不敢停脚,骑着马东奔西跑,寻找区村干部,安排明天的行程和粮草。刚一合眼,队伍又要出发了。

离开淮南,正是炎夏季节,到达沂蒙山区,已经满天飞雪了。我们在河滩上一个背靠悬崖的村庄里,安下了家。同志们扫去堆积在机器上的厚雪,在茅草屋里架上天轴,继续制造弹药。

战火燃烧到山东解放区。敌机四出扰乱,邻近十多里的村镇都被炸平了。但是我们的工厂始终平安无恙,因为那险峻的崖顶向前突出一大块,正好掩护,敌机怕撞上高峰,不敢低飞,炸弹丢不准,不是落在河心里,就是落在山头上。只要山不塌,机器声就不停止。

可是,经过长途强行军,我的健康受到严重的损伤。时常头晕,炸瞎的那只左眼,老是红肿不退,直流黏水。不想吃饭,夜夜失眠。有时工作着就晕倒了。

党决定送我到东北,把身体治好。

一九四七年初春,我和陆平穿过胶济铁路,到达烟台附近的一个渔村里,这就是渡海兵站的所在地。一个黄昏,我们乘着一只小火轮,离开了码头。在惊涛骇浪里,躲过敌舰的探照灯光,在第二天黎明,冲破敌人的封锁线,到了东北的一个海港。

在海滨的山坡上,我住在一座小楼里休养,上级找来许多医生,给我治疗眼睛。医生们诊断:眼睛红肿流黏水,是因为左眼里留有弹片，在当时的技术条件下，是无法取出来的。唯一的办法是静养，多休息。

早晨，太阳从海水和天空连接的地方升起来，红色的光芒把屋子照得通明。正是四月，山间背阴地方还有残雪，可是在向阳的小楼周围，绿草丛中已经开出一朵朵不知名的小花了。在这样美好的春天，不能工作，真是莫大的恨事。每夜我躺在床上，都是翻来覆去不能入睡。心想：如果医治无效，就赶快到工厂去吧！每时每刻，我们的同志，我们的人民都在从事艰苦的战斗。而我却这样白白荒废时光。休养了一个多月，我再也不能安心住下去，就请求恢复工作。

在毛主席英明的战略思想照耀下，人民解放军迅速转入反攻，国民党反动派在各战场上都遭到惨败。敌人的美式装备大批落在人民手里，我们的野战军装备了大钢炮。战争已经是大规模的攻坚战和阵地战了，没有大量的炮弹，就不能保证战斗的胜利。当地党组织得到指示：争取在很短时间内，建立大规模的炮弹厂，支援伟大的人民解放战争。

七月，我被留下参加建立新的兵工厂。前淮南军工部政治委员吴屏周也被调到东北，负责建立炮弹厂，并担任厂长。我担任总厂工程部副部长，负责建立引信厂，兼任厂长。

为了提高炮弹产量，我建议改变生产方法，用水压机压制，来代替半手工切削，这样可以使产量提高数十倍。领导上同意了我的意见，委托我去帮助吴屏周建厂，同时负责安装水压机。

在荒凉的山沟里，筑起了钢骨水泥的工厂，高大的水压机一座座地耸立在车间里。各种工作母机整齐地排满了加工车间。无数的电动机拖动了全厂机器。我们已经不再摇动石头磨子和用毛驴拖车轮子，而是电气化了；也不再用手工方式造生铁炮弹，而是使用近代化的机器来造大型的美式钢炮弹了。我们自己也有近代化的电气炼钢厂和新型的火药制造厂了。革命事业飞快地发展着，人民的胜利临近了，斗争要求我们尽最大努力，不要掉在后面。

我们废寝忘食地工作着。白天,我在炮弹厂车间里和工人同志们一起安装工作母机,研究制造炮弹的方法;夜晚回到正在建设中的信管厂,和同志们一起计算引信零件的工时和所需要的机器,研究制造方法,计算材料的需要量。晚上,住在信管厂里,常常工作到夜深,设计新机器。为了赢得时间,决定提前进行炮弹试验,准备厂房完全建成以后,立刻正式生产。

在炮弹的试验生产中,钢炮弹上的铜弹带始终没法压紧,因为我们没有这种专用的巨大水压机。如果弹带嵌压不紧,就会引起炮弹在炮筒里爆炸,把大炮炸毁。可是,时间已经不许可我们造这样庞大的特种水压机了。这个困难不解决,生产就无法进行。我忽然想,可不可以研究一种简单的工具,来加大弹带的压力呢?长期和炮弹混在一起,我已经逐渐掌握它的性格了。我立刻开始设计,用一段粗钢柱制成一个漏斗形的钢模,迫使弹带周围都能受到高压,牢固地嵌在炮弹上,使炮弹在发射时,不会受到火药的高压而脱落,保证炮弹在战场上不发生危险事故。和工人同志们一商量,大家都说很好。果然钢模造好以后,一试验就成了。

炮弹生产技术上的问题,在大家共同努力下,一个个被解决了。最后碰到炮弹钢的热处理问题。钢炮弹最后要不要热处理加工,只有进行炮弹爆炸试验,检查破片的情况才能决定。

我搬来了八个炮弹壳,傍晚回到信管厂,准备明天试验炮弹爆炸。

我走进了建设着的火药装配车间。车间主任陆平正带领女工同志们连夜在整理工具,安装新机器。几天没回来,工厂已经变样了。前几天,地上还是坑坑洼洼,四壁透风,现在已经铺上水泥,安上高大的玻璃窗了。

陆平帮我找齐要用的工具,我工作到深夜,装好了八个炮弹。第二天早晨,把炮弹搬上了车,运到炮弹厂。临上车时,陆平赶来嘱咐着:

“当心一点，不要又挨炸。”

“得了吧！炮弹总算跟我有了交情，这回也许客气点。”我顺口回答她。

午饭后，开始了试验。

在傍海岸的山脚下，选好了试验场。我怕发生意外，让同志们都留在山外边。吴屏周和我走进山里，在山脚的乱石坪上，挖了一个坑，把炮弹埋进去，外面只露出炮弹的信管。又在信管撞针的横梢上系一根绳子，拖到远处小土丘的背后。我俩卧倒在土丘后面，张大了口，免得耳朵被爆炸声浪震聋。我把绳子一扯，岩脚下立刻像火山爆发，地里喷出一支火柱，那巨大的爆炸声冲击着山岩，震得悬崖上的石片和泥土纷纷下坠，声浪被高山阻挡回来，消逝在辽阔的海洋上。炮弹的破片和碎石凶猛地向四面飞迸，“簌簌”飞过我们的头顶，飞进了奔腾的海浪里。

我们两个紧紧地贴在地上。吴屏周微微抬起了头，伸了一下舌头：

“好家伙，真厉害！”

“就是要它厉害啊！”

我俩站起来，掸掸身上的土，忙去搜寻破片，做了爆炸结果的记录。接着埋下了第二颗炮弹。

第二颗炮弹也同样地爆炸了。

又埋下第三颗炮弹。我使劲一扯绳子，撞针的横梢掉了，可是炮弹却不声不响，我们伏着一动也不敢动。吴屏周忍耐不住了，站起来，要跑去看个究竟。我连忙扯住他的衣服说：

“再等一下！像这样的事也是常有的：炮弹当时不爆炸，等你走近它；它又正好爆炸了。我们抽支烟吧。”

海涛不息地喧哗奔腾着，炮弹仍旧是没有动静。心里很烦躁，我丢掉烟头，一跺脚，对吴屏周说：

“你蹲在这里等着，我先去看看。”

我蹑手蹑脚地走近炮弹，轻轻卧在地上，仔细地观察，寻找它不爆炸的原因。神经一阵阵地紧张，心里怦怦地直跳，我长长呼吸了两下，让自己镇静下来。

撞针打下去了，有没有打中起火雷管呢？得不到答案。唯一的办法，只有冒着危险把信管拧下来。我紧紧地握着信管，使劲一拧，心又急跳起来了，我屏住气息，慢慢卸着信管，警惕它受到震动。吴屏周不放心，紧跟着也跑来了。我们刨开炮弹周围的泥土和石块，把炮弹从土里起出来。紧张的搏斗结束了，汗水湿透了内衣，清凉的海风吹过来，身上说不出的畅快。

这一颗炮弹作废，我们继续进行试验。第四颗，第五颗，第六颗都爆炸得很好，扬起的尘土像浓雾一样弥漫了山脚，那沉雷般的爆炸声夹着弹片的呼啸，压倒了海浪冲打山脚岩石的怒吼。

我使劲地扯动了第七颗炮弹的绳索，炮弹没有爆炸。再拉绳子，绳子却松劲地躺在地上，我怀疑这绳索中段某处被拉断了，慢慢地把绳子收回一看，绳子头牢牢地拴好钢丝的横梢，可是炮弹还是不响。吴屏周和我彼此望了一眼，他眉头一皱：

“怎么又不响啦？”

“照老规矩，抽烟！”

我们点着香烟，一声不响地蹲在土坡后面，低着头苦苦地思索炮弹不响的原因。

“难道又是信管的毛病？”我脑子快要炸开了。

“那可不一定！”吴屏周说。

忽然他用力摔掉手中的半支香烟，向炮弹跑去，我一抬头，他已经上了土坡，我急忙丢掉香烟追过去。

“等一下，别动手。”我一边跑一边喊。

“这回该我了，你别来！”他只顾往前跑。

我们两个同时到达埋炮弹的地方，老吴背着高山蹲下去，准备检查炮弹，我背着大海也蹲下来，钢炮弹就在我俩中间。没想到我两腿刚往下弯,这炮弹就像山崩地裂样地爆炸了。

巨大的爆炸波浪把我从地面抛起来,我心里像着了火,窒息难忍,两手紧紧抓住胸前的衣服,想把它撕开。我被轰到五六丈外海滩的沙地上,只觉得天旋地转,两眼迸着火花,在那一瞬间,我以为自己已经死去了。一阵剧烈的疼痛告诉我,死亡还没有夺走我的生命。我活着,我还活着。可是我的伙伴呢?我的同志呢?我一翻身,想站起来去寻找吴屏周,可是马上又摔倒在海滩的血地上。我的左手腕被炮弹截断了骨头,右腿膝盖下被炮弹炸劈一半,骨头也截断了,脚趾炸去了一半,脸上许多伤口不住流血,炸烂的衣服被血浸透,成了血人。我翻身跪在地上,右手撑着地,向山坡爬过去,刚移动一步,又摔倒了。我又挣扎坐起来,用眼睛向山脚那边寻找我亲爱的同志。只见岩石旁躺着一条模糊的黑影,吴屏周被轰到山岩脚下。我拼命地高声叫喊:

“老吴!老吴!……”

可是他一声不应,躺在那里。我想他一定是昏过去了,听不见,更使劲地叫喊着:

“老吴!老吴!”

等在山坡外的同志们,在巨大的爆炸声后,听见有人喊叫,唯恐发生事故,有两个同志连忙沿着山脚过来了。

“同志们!快把吴厂长送到医院去。快点!快点!”我声嘶力竭地喊着。

那两个同志跑到吴屏周面前,蹲了下去,不一会儿,又慢慢地站起来,立正摘下帽子,低下了头。

吴屏周牺牲了!

他在旧社会里从小就受苦,父亲是一个火车司机,全家缺吃少穿。抗日战争开始,他就参加了人民的军队,起初在津浦路西解放区做群众工作,后来担任了淮南军工部政治委员,不久前担任华中军械处的政治委员,被派到东北来建立炮弹厂。我们并肩战斗,同甘共苦。现在,这个党的优秀儿子,工人阶级的战士,为了人民解放事业,流尽了最后的一滴血。

哀痛使我忘掉肉体的痛苦,眼泪夺眶而出,泪水掺和着脸上的鲜血,滴了下来。

一辆大卡车开到山脚下,车上垫好三床棉被,同志们把我抬了上去。

汽车开过乱石地,车身猛烈地颠簸着,我咬紧牙根,忍受着疼痛。汽车开出山口,总厂党委书记带着护士慌忙地赶来,给我注射强心剂和止痛剂,做了止血手术。党委书记爬上汽车,抱住我的头说:

“运铎同志,我来晚了,使你受苦了。”

我伸出手,想握握他的手。可是,又是一阵疼痛,只喃喃地说:

“我很快就会好的。”

汽车转上平坦的公路,奔向医院。同志们在两旁用手紧握着棉被的边沿,把我抬下车来。我昏迷地躺在手术台上,医生们用剪刀剪去我全身衣服,要把那些大块弹片取出来,却没法下手。因为我全身是伤,没法施行局部麻醉,如果施行全身麻醉,又怕麻醉过去醒不过来。医生只好干脆不用麻醉,把我按在手术台上,用刀、用钳子硬干。

我昏过去,醒过来,就像经过好多个漫长的日夜。党给我勇气,敢冒生命的危险,党也一样给我毅力,来克服疼痛。我忍受着,忍受着,竭力不叫出声来,又昏过去了。

永远前进

不知经过多少日夜,我才清醒过来。

一个早晨,正在睡梦中,忽然感到手脚被什么东西夹住,伤口疼痛难忍。睁开眼睛一看,陆平正俯在床边上,带着忧虑的脸色,紧紧抓住我的手,不让动弹。工厂派来的小朱双手抬起我的右腿,医生们正在换药。疼痛钻心,我咬紧下唇,轻轻哼了一声。陆平更紧地抓住我的手腕，好像怕我从床上滚下来。她朝我一努嘴，镇静地说：

“别动，马上就完了！”

我昂起头，眼睛随着医生的手转动，只见右腿下半截全炸烂了，手指那么粗的青筋也炸断了，有两三寸长一段吊在伤口外面，左腿被碎片崩的尽是芝麻大的窟窿，就像一个个蜂窝。医生在右腿的大伤口上，一连塞进去几大卷纱布。换药延续了一个多钟头。

我觉得胸部一阵阵的痛。陆平忙掀开棉被，解开我的衣服，发现左胸突起一块茶杯口大的紫黑色伤痕。陆平呆呆地站在那里，她用惊奇的眼光凝视着伤痕，思索了一会儿，急忙转过身去，拉开小桌抽屉，拿出一只怀表，递给我说：

“你看巧不巧？这是在你衣袋里掏出来的。”

我也愣住了。原来有一块凶恶的弹片，正巧被左边衣袋里的怀表挡住了，表里的机件打得粉碎，只剩下击扁了的外壳。如果没有这只怀表，或是弹片再偏一分，那就一切全完了！

我躺在床上，左手和右腿都被夹板牢牢地固定了，头部、腹部一直到脚尖全被纱布绷带缠满，就像被铁钉楔在床上一样，一动也不能动。我知道伤势是严重的。在皖南，机器砸坏了左腿；在淮南，雷管炸断我四根手指，炸瞎了左眼，身上留下大大小小的伤疤；这一次，又会落个什么结果呢？从那些来看望我的同志们的脸色上，可以得到答案。但是，我相信死亡跟我无缘，我战胜它已经不止一次了。而且，即使是死，或者落个重残废，我也没有什么遗憾！既然是战斗，总有牺牲者，不是自己，就是别人。在这时候，不禁想到奥斯特洛夫斯基在《钢铁是怎样炼成的》这本书里通过保尔·柯察金所说的话：

> 人最宝贵的东西是生命，生命属于我们只有一次。一个人的生命是应当这样度过的：当他回首往事的时候，不因虚度年华而悔恨，也不因碌碌无为而羞耻。——这样，在临死时候，他就能够说：“我整个的生命和全部的精力，都已献给世界上最壮丽

的事业——为人类的解放而斗争。”

是的，一个人的生命是短促的，而我们的事业却无限长久。个人尽可以遇到许多不幸、许多痛苦，但是只要我的劳动融合在集体的胜利里，那幸福也就有我的一份。只要我活着一天，我一定为党为人民工作一天。

远在一九四三年春天，在伟大的整风运动中，党就号召我们学习保尔·柯察金的优秀品质，努力提高思想觉悟程度。不久，我从淮南《抗敌报》一个同志那里借到《钢铁是怎样炼成的》这本书，那是淮南仅有的一本，经过许多人的手，书的边角已经卷起来了。虽然由于环境的艰苦，灯油越发越少，灯草也由三根减到一根，保尔·柯察金仍然跟我一起守着微弱的灯光，度过好几个夜晚。在他那火焰一般绚丽的生命光辉的照耀下，我真正感到自己的渺小。但是我也毫不气馁地勉励自己：应该不愧为他的一个朋友和同志。

解放战争正当紧张的关头，前方多么需要炮弹，我却老是躺着，一动也不能动，总觉得没尽到责任。为了静养，我曾强迫自己不想心思，可是只要精神稍好一些，头脑里就会出现工厂里、前线上激战的场面。我的心飞出病房，奔到工厂，想象着车床在飞速旋转，大批大批的炮弹生产出来，日日夜夜，用卡车装着，用毛驴驮着，用牛车拉着，越过凸凹不平的道路，越过遍地泥泞，送到前方去。我们的炮弹，像急风暴雨一般，落在敌人阵地里，在漫天的烟尘中，敌人的工事垮了，战士们突破重重障碍，把胜利的红旗插在祖国的各个角落。

然而，一睁开眼，望见的只是雪白的天花板。劳动的欢乐，胜利的喜悦，都离得很远。我感到不安了，哪怕是回工厂看一眼，呼吸一下工厂的空气，也会给我很大的满足。我开始了挣扎。不料，刚一挪动身体，剧烈的疼痛又把我扳倒了，使尽了最后一点力气，也没有爬起来，我恨得流下了眼泪。

腿上那根被炸断的筋已经割掉了，只剩下一根细骨头连接着脚和腿,腿骨缺了一寸多,短时间是长不好的。听医生们说,如果把腿锯掉,一星期就可以出院。我几次下决心锯掉腿,装一只假腿,回去马上可以工作。但是,我和陆平一商量,她却不同意。她严肃地说:

“最简单的办法,不一定是最好的办法。腿能锯掉,眼也能挖掉,对个人来说,顶多有些不方便。可是怎么工作呢?快别胡思乱想了!”

我再也无话可说,不得不丢掉锯腿的念头。可是我还是极力想做点什么事情。

我曾经多次拆过信管,也读过有关信管的材料,如果把自己的心得写出来告诉同志们,他们一定要少走一些弯路,对建厂也许有些帮助。经过再三请求,医生们才同意,他们把我扶起来坐在病床上,背后垫了两床棉被,又给我找来一块方木板,摆好纸。我用绕满绷带的左手和木夹板按着纸张,右手慢慢地写文章。头一天,写了两千字,心里充满了愉快。一连三天,我连写带绘图,完成了初稿,送到总厂。他们用油印印成了小册子,党委还在第一页上加了按语,这给了我非常大的鼓励。

浑身疼痛还没有减轻,又咳嗽起来了,我怀疑有肺病,医院里给我拍爱克斯光照片,证实肺部正常,只是脑壳和两腿有些碎弹片。医生也不瞒我,坦率地说:

“你的左眼失明,是弹片崩的;现在据爱克斯光照片诊断,你的右眼里,也有了一小粒破片。”

那就是说,剩下的一只眼睛也碰到危机了,每年每月,都要过黑暗无光的生活了。我着急地问:

“很快要瞎吗?”

“很难说。”医生惋惜地说。

我不愿再问了,双目失明,的确是致命的打击。没有了眼睛,能做什么工作呢?工厂不需要失明的人,机器也不愿意和盲人做伴。我想起儿童的时候,矿山上常有一个盲人坐在街头的树荫下说书,弦子一拉,周围就集拢来一大群人。他那充满情感的声调,引起了许多老人的叹息、青年的愤慨和孩子的好奇。我和二哥常常听《岳传》听到半夜,不肯睡觉。那些矿工们也忘记了劳累,一直听到散场。如果我瞎了,就到农村去,做一个盲人宣传者!

做一个歌唱宣传员,得学会一种乐器。央求陆平给买了一只胡琴,我用左手仅剩下的一个小拇指,在弦上滑动,学习拉胡琴。

左手腕的骨头已经接好了,在爱克斯光照片上可以看见折断处四周长了一圈新骨头,正像电焊工焊铁棍一样,牢牢地把两截断骨连接起来了。可是右腿骨仍旧有一寸来长的空间,新骨头一点也没生长,瞧着爱克斯光照片,真叫人发愁。医生用石膏绷带,把我从脚趾直到大腿全裹上,把伤口部分的石膏绷带挖了一个大洞,每天照样换药。为了使我早日复原,医院特别照顾我,对我的饮食做了安排,让我多吃含有钙质的东西:鸡蛋、牛骨髓、螃蟹、虾、海带。不过,要让这一寸长的骨头重新长起来,至少还要几个月。怎样度过这痛苦而又漫长的日子呢?我给自己排了一个课程表,抓紧时间学习。以前,因为缺乏必需的知识,工作中碰到过许多困难,现在正应该急起直追,趁着眼睛还有用,赶快把自己充实起来。

我如饥似渴地读着各种文学书和理论书,也学了外科医药知识。后来又学习外国语文。我们过去搞到不少日文技术书籍,可惜看不懂。现在我要求组织上请来一个日文教师,学了三四个月以后,借着字典的帮助,居然能看日文书了。

春天的太阳越过海岸上的山峦,金色的光线穿过玻璃窗,射进了病房。我给自己的课程表新添了一门功课:每天在床上做早操和晚操,争取早日下床。

周身的伤口都已经封口了,只剩下右腿上的伤口,还是顽固地张开红色小口,折断的骨头也没有长好。半年多来,一直躺在床上,背脊、屁股老磨着床垫,肌肉都磨烂了,只得用汽车内胎打足气当垫子。长期不运动,各部关节也逐渐地丧失了机能,脊椎骨硬得像是成了一整块骨头。我在病床脚头的栏杆上拴上一根粗绷带,用手拉着,想慢慢使上段身体离床坐起来。第一天,因为急着要试试,用力过猛,把绷带拉断了。第二天,拴上了一根更粗的绷带,继续练习。

到了四月,腿上的伤口完全长好了。一天早饭后,我右手拉住结在床头上的绷带,左手撑着病床,使劲抬起了身子,坐起来了。过分的兴奋,使我的嘴唇不停地颤抖,两手也微微哆嗦。我极力镇静下来,开始第二个动作。我试着移动右腿,沉重的石膏腿像生了根一样,一动也不动,但是左脚已经不知不觉落地了,被子也被拖到地上。陆平连忙递给我两根新拐杖,小朱抬起我那沉重的石膏腿,轻轻地放在地下。我把拐杖支在腋下,左腿一蹬,离开躺了七个多月的病床,站起来了。虚弱的左腿支不住全身重量,不住地颤抖,全身也不停地乱晃,吓得陆平和小朱赶紧扶着我。我撑开双拐,左脚向前一步,顾不了打扰隔壁病房的安静,快乐地高声喊着:“第一步!”接着又移动双拐,高声喊着:“第二步!”“第三步!”

我走近窗口,从三楼上明亮的大玻璃窗里望见远处绿油油的山,淡蓝无云的天空。我推开窗子,温暖的风,带着诱人的清香迎面扑来。多好的春天啊!

海岸上传来工厂里迷人的机器声,我的心也跟着它怦怦跳动。我禁不住喃喃自语:

“走着瞧吧!我一定要赶上你们。”

再不能等待了!我要回工厂,把七个多月的空白全给填满!我走近墙边的沙发,放下双拐,坐下来写报告,请求区党委准许我出院。

当天下午,接到区党委指示,已经在离海岸不远的风景区,拨出了一幢楼房,要我继续休养。

遍地是青葱的林木,建筑物整个坐落在绿海里,微风不时吹来桃花的落英。小朱扶我下了马车,我架着双拐,走进庭院。小径两边尽是花草。住宅里有明亮的会客厅,铺着地毯,摆着整齐的沙发和餐桌,卧室里摆着钢丝床和衣柜,读书室里靠窗口摆着书桌和书架。一切都好。

每逢假日，工厂的同志们常常来看我，告诉我许多令人兴奋的消息：工厂已经建立起来，炮弹也开始生产了。我想研究一种烈性炸药，增强炮弹的杀伤力。对炸药我学的并不多，不能说是内行，正因为这样，就更想研究它。我搜集了许多有关炸药的日文书籍来阅读。不过书里对这种炸药谈得也很零乱，我就一点一滴地学，再把那些片断连贯起来。一种学问，初学起来，是那样深奥，那样枯燥，可是一钻进去，就觉得趣味无穷，不忍释手了。我一边读一边记录，越读越有味道。

我又请求上级购买了化学实验仪器和药品，在疗养室里布置了一间小型的炸药实验室。疗养院的党委非常关心我的实验，房子不够用，特地拨给我一幢房子做操作室，分为化工室和机械室两部分。我成天在实验室里工作。首先精制原料，使原料重新结晶；接着又把玻璃盒里装上冰块，制造冷冻液，使炸药原料在－15℃硝化。可是，开始试验总不顺手，烧杯一接近冰碴就碎了，硝酸跑得没有影子，一连好几次都是这样。屋里弥漫着硝酸烟雾，呛得人不能张口。我并不灰心，坚持实验，克服了各种阻碍，两个月后，终于造成了这种高级炸药。

转眼就到夏天了。每天傍晚，迎着灿烂的晚霞，我沿着平滑的林荫路，撑着拐杖散步。经过爱克斯光检查，腿骨已经完全长好，新的骨头填满了那一寸长的空间，医生给我解去了十多斤重的石膏绷带。只是刚长出的嫩骨头支持不住身体的重量，还需要拐杖的帮助。我盼望尽早丢掉拐杖，自由地行走。

随着解放战争的胜利，缴获的美国大炮更多了。我们工厂的任务也逐渐加大，要大量制造美式炮弹。各种炮弹的信管构造很复杂，而且要具有极高的灵敏性和安全性。总厂厂长几经考虑，决定把设计信管的任务交给我。

全国大陆解放的日子越临近，也更需要我们贡献力量。可是一时又不许出院，我再三请求，让我在疗养院研究和设计草图。上级同意了,并且送来新的制图机和仪器,还有这种信管的参考实样。我又布置了一个机械设计室,钳桌上安好了老虎钳、手摇钻,准备了锉刀、铁锤和别的一些必需工具,动手研究信管每个零件的制造。

我谨慎地拆开一个信管,仔细研究每个零件的作用和构造。这是由七十多个零件组成的极复杂的装置,信管的雷管装置得很特殊,雷管里的火药全封得死死的,炸药无法取出来。取不出炸药就无法进行化学分析,就不能了解这种炸药的成分。我坐在钳桌旁边,用两块木板夹着雷管,再轻轻卡在老虎钳口里,特别小心地用小刀一点又一点地挖去雷管口上的金属封闭片。不料刚一瞧见那白色的炸药,忽然雷管轰的一声爆炸了,幸亏老虎钳口挡住了破片的横飞,雷管破片向上冲起,把天花板捣了个窟窿,老虎钳的钢口也崩掉一块。

小朱听见爆炸声响,惊慌地闯进来,把我上上下下打量一遍:

"没出事?"

"你看!"我指着老虎钳缺口。

他长吁了一口气:

"好险!"

等他走后,我又夹上第二个雷管。除去刻掉雷管封片外,没有别的安全有效的方法。我坐到钳桌旁边,再照以前的方法,用小刀缓慢地刻着,刻一刀停一停,最后取出了炸药。

到了秋天,信管的图样全部完成。我丢掉了那两根拐杖,可以拄着一根手杖行走了。只是腿上的筋断了,转动不大灵活,走不快。

我终于回到了工厂。

几个月不见,工厂完全变了样,在原来的空地上,出现了一排排的新厂房,连厂里道路我也摸不清了。同志们看见我回来,都很高兴。总厂建立了新的机械、物理、火药化学实验室,指定我兼实验室主任。不久,新引信开始了正式生产。

接着,总厂成立了一个专门学院,培养技术人才。讲课的人都请来了,只有机械系少一个机械制图讲师。总厂厂长跟我商量:

“老吴,你教书吧!”

我吓了一跳,心想这完全是一场误会。“我小学还没上完,怎么能够去教大学生呢?”我连忙说。

“别开玩笑了! 这可不是咱们干的。”

“照你说,该谁干呢?”

“你知道,我是个工人……”

“还有最重要的一点:你是个共产党员。咱们学会了打仗,学会了造枪造炮,也得学会教书!”

早年在煤矿里做工,我只会看图纸,总觉得制图很奥妙。参加革命以后,因为工作需要,不得不亲自设计图样,不知不觉也会制图了。但是要真正讲出道理来,那就不能光凭经验,还需要理论知识,这正是我所缺乏的。一个共产党员不应该拒绝学习,我同意去试试。

同学们在讲台上摆好了座位,脚下还安置了一个搁脚的软垫子。我就坐着讲了半年课。每天晚上,我在灯下阅读参考书,结合自己的经验,编写讲义。这使我自己也有很大的提高,弄懂了许多以前不大明白的东西。我深切体会到:要当先生,先得当学生。

在党的正确领导下,我们的工厂实行了社会主义企业管理,我们造出的炮弹,不仅源源送到辽沈战场,并且漂洋过海,送到遥远的淮海前线。我们深深引为自豪,因为在人民解放斗争中,我们始终坚守着自己的岗位,工作得像一个真正的战士。

一九四九年十月一日——永远难忘的日子,毛主席宣告:中华人民共和国成立! 旧中国死亡,新中国诞生。中国人民站起来了!

祖国以闪电般的速度前进着。码头上起重机轧轧作响,列车载着各种器材开往建筑工地,第一批勘探队已经出发到边远地区,寻找埋在地下的宝藏。高山峻岭之间,正铺好枕木,开凿隧道。淮河两岸集结起百万劳动队伍,展开了征服灾难的斗争。每天打开报纸,这里是新纪录,那里是新发明,“首次通航”、“首次通车”、“首次开工”……这一切都标志着劳动人民掌握了自己的命运,他们会创造一切奇迹。这是毛泽东时代新的史诗，人民真正成了生活的主人。我渴望着迅速参加建设的行列，跟同志们一起，投进火热的斗争！

亲爱的同志们！我们每个年轻人，都应该是生龙活虎、精力充沛的战士，随时准备到最艰苦、最困难、最需要的地方去。我们要永远记住毛主席的教导，做一个毫无自私自利之心的高尚的人、纯粹的人，把我们的力量、我们的智慧、我们的生命、我们的一切，都交给祖国、交给人民、交给党吧！从人民和党那里，我们将获得无穷的力量，去移山倒海，开发矿藏，修建水闸，征服沙漠，把我们祖国建设成美丽的花园！在敌人还没有投降的时候，不要放下你的武器！在为实现人类最崇高的理想——共产主义的斗争中，做一个无限忠诚的战士，永远前进！

《文学照亮人生——中国现当代优秀文学作品选》

总　目　录

小说卷(上)

铁木前传　孙犁
我的两家房东　康濯
暴风骤雨(节选:分马)　周立波
城南旧事(节选:我们看海去)　林海音
山楂村的歌声　刘绍棠
铁道游击队(节选:王强夜谈敌情)　知侠
工地之夜　杜鹏程
党费　王愿坚
我的第一个上级　马烽
韩梅梅　马烽
风雪之夜　王汶石
黎明的河边　峻青
老水牛爷爷　峻青
三月雪　萧平
玉姑山下的故事　萧平
红旗谱(节选:朱老巩大闹柳树林)　梁斌
林海雪原(节选:杨子荣献礼)　曲波
红豆　宗璞
青春万岁(节选:迎接新年)　王蒙
悠悠寸草心　王蒙
青春之歌(节选:在狱中)　杨沫
百合花　茹志鹃
创业史(节选:梁生宝买稻种)　柳青

小说卷(下)

诗歌散文卷

诗　歌

地球,我的母亲！　郭沫若

炉中煤　郭沫若

天上的街市　郭沫若

哀中国　蒋光慈

死水　闻一多

再别康桥　徐志摩

断章　卞之琳

五月的鲜花　光未然

别了,哥哥　殷夫

松花江上　张寒晖

我爱这土地　艾青

黎明的通知　艾青

我为少男少女们歌唱　何其芳

给战斗者　田间

王贵与李香香(节选)　李季

有的人　臧克家

望中原　臧克家

漳河水(节选)　阮章竞

乡音　李学鳌

致橡树　舒婷

祖国啊，我亲爱的祖国　舒婷

我骄傲：我是中国人　王怀让

长城谣　席慕蓉

风流歌　纪宇

热爱生命　汪国真

金黄的稻束　郑敏

五月的村庄　青勃

田园牧歌（二首）　刘章

面朝大海　春暖花开　海子

散　文

从百草园到三味书屋　鲁迅

为了忘却的纪念　鲁迅

白杨礼赞　茅盾

白马湖之冬　夏丏尊

落花生　许地山

背影　朱自清

辞缘缘堂　丰子恺

怀李叔同先生　丰子恺

清贫　方志敏

野店　李广田

我吻女儿的前额　阎纲
摇曳秋风遗念长　孙晓玲
我与地坛　史铁生
小民安家　王十月

报告文学回忆录卷

报告文学

包身工　夏衍
英雄的十月　华山
谁是最可爱的人　魏巍
向秀丽（节选）　郁茹
为了六十一个阶级兄弟　王石　房树民
毛主席的好战士——雷锋　甄为民　佟希文　雷润明
南京路上好八连　西虹　胡奇坤　张哲明
红桃是怎么开的？
　　——记党的忠实女儿赵梦桃　魏钢焰
大寨英雄谱
　　——陈永贵抗灾记　孙谦
县委书记的榜样——焦裕禄　穆青　冯健　周原
大庆精神大庆人　袁木　范荣康
人民的好医生李月华　易云

亚洲大陆的新崛起

——从李四光走的道路看中国地质科学的跃进　黄钢

哥德巴赫猜想　徐迟

大雁情　黄宗英

祖国高于一切　陈祖芬

胡杨泪　孟晓云

袁隆平,用一粒种子改变世界　马万里

人生能有几回搏

——记我国第一位乒乓球世界冠军容国团　王鼎华

“人工天河”屹立太行

——一九五九年建红旗渠纪实　陆幸生

永远的红树林　何建明

回忆录

我的一家　陶承 口述　何家栋　赵洁 执笔

把一切献给党　吴运铎